JN091945

恩田陸

Onda Riku

Nibiiro Genshikou

鈍色幻視行

集英社

鈍色幻視行　目次

鈍色幻視行

序章

ベトナムで見た蠅《はえ》のことを考えている。

旅のあいだ、何がいちばん印象に残ったかと人に聞かれたら、いろいろ答えるべきことはある。船旅の贅沢さ、ダイナミックな大陸の人々、旧植民地の建造物や、自然の造形の美しさ。しかし、個人的に旅の象徴として残っている場面は、オプショナル・ツアーの帰りのバスの中で見た蠅なのである。

もう太陽は西の空に沈み、空は少しずつ紫色に透き通り始めていた。バスの中は暗く、インフラ整備が進みつつある都市の造りたての道路を冷房の効いたバスが走っている。

乗客はうつらうつらしていて、誰もが眠っているように見えた。

切り拓かれたばかりの山肌は寒々として、この先味も素っ気もない「開発」という名のもとの自然破壊と造成が――かつて日本が通ったのと同じ道がこの大地に待ち受けていることを感じながら、私は暮れていく窓の外をじっと眺めていた。

その時、視界の隅に蠅がいることに気付いたのだ。

小さな黒い蠅。

蝿は豪華なバスのよく磨かれた窓の内側にいて、ぽつんと雲のない空に浮かんでいるように見えた。

微動だにせず透明なガラスに留まった蝿は、世界をどう認識しているのだろうか。

少しずつ宵闇に沈んでいく景色の中をバスは走り続けていて、乗客は寝静まり、目を覚ましているのは私と蝿だけのような気がした。

もしかすると、蝿だって本当は眠っていたのかもしれない。けれど、あの旅のことを思い出そうとすると、あのバスの中で蝿に感じた奇妙なシンパシーと、窓越しに暗くなってゆく空を眺めていた記憶だけが身体の中にしんと冷たく残っているのだった。

今もあの旅の間につけたメモを頼りに原稿を書き続けているのだが、その仕事にしても、やはり私自身があの透き通ったガラスに留まっていた蝿に思えて仕方がない。あの作品について複数の人間からゆっくり話を聞けたことは有意義だったが、結局見えないガラスを撫でているだけではないかという無力感に繰り返し苦しめられる。

ピアノの音が聞こえる。

誰かが弾いているのか、オーディオからのものなのかは分からないが、その「イタリア協奏曲」はなかなか上手だった。

私は、遅々として進まぬ原稿から注意をそらす。

そういえば、私たちはアモイにあるピアノの島に行った。十九世紀のヨーロッパのメーカーのグランド・ピアノがたくさん並んでいる博物館で、骨董品のようなピアノの間を歩き回った。

旅に出る前に、ＴＶであの島のドキュメンタリーを観たことがある。小さな古ぼけた家の中で、音楽教師の父が娘にピアノの特訓をしていた。古いアップライト・ピアノでショパンのエチュードの第一番を弾きまくるおさげ髪の娘。父親は、娘をラン・ランやユンディ・リのような世界的ピアニストにするのが夢なのだ。

ショパンのエチュードの第一番は、寄せては返し、遠くへとうねっていく波の音に似ている。海の表面が、白い波頭が、ショパンのエチュードに重なって、ガラス越しにうねる。

どこまでも一直線に空を隔てる淡いブルーグレイの水平線に、音にならない潮のうねりが無言の咆哮《ほうこう》を繰り返している。

私は仕事場の窓の向こうに、あの鈍色《にびいろ》の薄暗い海を見る。

誰もいない海、生きる者の気配のない海。

塩がこびりつき、かすかに曇ったガラス窓に、微動だにせぬ一匹の蠅を見る。

私と蠅は、静かに暮れていく空の向こうに、見えないものを感じている。私たちにしか共有できない世界、私たちだけが目覚めている世界、私たちが畏れつつも憧憬する、決して目に見えない世界を。

一、乗船まで

　翌週には師走《しわす》を迎えようかという空は雲ひとつなく晴れ上がっていて、ほぼ徹夜明けの目が光暈の多さに尻込みしていた。

　蕗谷梢《ふきやこずえ》は、しょぼしょぼした目でスーツケースを引きずりながら、タクシーを止めた。

　本や資料などは前もって送ってあったものの、それでも二週間以上の旅とあって、いちばん大きなスーツケースがいっぱいになってしまい、タクシーの運転手と一緒にトランクに押し込んだ時には、腰ががくがくした。

　座席に座りこんだとたん、どっと疲労が押し寄せてくる。

　反射的に一服したくなったが、「禁煙タクシー」の表示を見て、思いつかなかったことにする。

　もっとも、禁煙してそろそろ一年近く経つ。特にさしたる不自由もなく禁煙できたところをみると、そんなに煙草《たばこ》が好きだったわけではないようだ。そして、かつて喫煙者だった者ほどいったん禁煙すると他人の喫煙に厳しくなるという都市伝説の通りに、このところ他人の喫煙マナーに厳しくなりつつある自分に気付くのだった。

　ともあれ、出発できた。間に合った。

　梢は小さくため息をつく。

しかし、道は込んでいて、品川駅に着くまでハラハラしなければならなかった。いや、もっと正確にいうと、ハラハラしなければならなかったのだが、身体が疲れ切っていたので今いち本腰を入れて狼狽《ろうばい》できなかったのである。予定の新幹線に乗れなければ、神戸への到着が遅れ、港への移動時間も考えると、乗船そのものも難しくなる。いったん船が出てしまえば、次の寄港地まで乗り込むことは不可能だから、旅自体がパアになる。結構ピンチの状況なのに、身体は弛緩していて緊張感がない。

品川駅に到着した時は、発車の時間まで十分ちょっとしかなく、さすがに慌てたが、ホームまで近かったのでなんとか入線前にホームに降り立つことができた。

品川からの乗客は毛並のいいビジネス客ばかりで、誰もが狙っている、車両いちばん後ろのスペースにスーツケースを押しこめたのは幸運だった。身軽になって座席に腰を下ろすと、今度こそ本物の疲労が全身の汗と共に噴き出した。

急速に眠気が襲ってきたので、コーヒーを頼む。これで駅を乗り過ごしたら洒落《しゃれ》にならない。一応、携帯電話のアラームをセットする。

旅は始まっているのだが、まだ始まっていない。

この宙ぶらりんな時間が、梢は嫌いではなかった。高速で移動する新幹線の車内は静まり返り、プライバシーの保たれた秩序が支配している。

ぼんやりと車窓を眺めていると、不意に幸宏の声が聞こえてきた。

「それ、やめといたほうがいいんじゃない？」

数日前の話である。

長年の友人である映像作家、城田幸宏と一緒に芝居を観たあと飲んだ。出発が迫っていたが、芝居のチケットをずいぶん前から押さえていたので、久しぶりに会ったのだ。

「なんで？」

梢がそう聞き返すと、幸宏はあきれた顔で「なんでって」と呟《つぶや》いた。

「呪われてるから？」

梢は更にそう畳みかけた。

すると、幸宏は大真面目で「そう」と頷いたのである。

今度は梢があきれた。

「まさか、みんな本気にしてるわけ？　映画関係者は」

幸宏は苦笑したが、改めて真顔になると、諭すように身を乗り出した。

「本気にしてるわけじゃないけど、何かあるものってあるんだよ。今だって、『四谷怪談』をやる時は必ずスタッフがお参りに行くの、知ってるだろ」

「知ってるし、お参りとかお祓《はら》いとか、そういうものを馬鹿にしてるわけじゃないよ。精神的に必要なものってあると思うし、昔からしてることってきっと必然性があるんだと思うし」

幸宏はぷかりと煙草の煙を宙に吐きだした。

「あれ、生きてるんだよねえ、今も」

「今も？」

「呪い」

「『夜果《よるは》つるところ』の？」

「うん」

「まさか」

少しだけ背中がぞくり、とした。

幸宏は、煙の行方に目を向けたまま口を開く。

「去年、実は、『夜果つるところ』をCSドラマでやる話が進んでたんだ」

「え、知らなかった」

「極秘でね。やると知ったら、関係者に反対されるの分かってたから。でも、不思議なことに、必ず何年かに一度、あれを映像化したいって人間が出てくるんだ。むろん、イメージ喚起力のある原作だし、魅力があるのは分かるけど」

「そうだね、あの炎上シーンとか」

「撮影は、順調に進んでたんだよ。まさに、その炎上シーンを撮るところまで進んでた」

「へえ。観たいなあ」

「だけど、そのシーンを撮ってる最中に、カメラマンが急死しちゃってね。Sさん」

「えっ、Sさんが亡くなったのは知ってたけど、あれ撮ってて亡くなったの？」

「そうだよ。大打撃だよ、いいカメラマンだったのに。みんな、ショック受けちゃってね。ディレクターもプロデューサーもひどく落ち込んじゃってさ、えらく憔悴してた。俺たちがあれを撮ろうとしたばっかりにって」

「でも、『夜果つるところ』のせいってわけじゃないでしょう。いいカメラマンって引っ張りだこだし、Sさん真面目な人だったから、過労だったんじゃないの」

「そういうことにはなってるけどね。でも、Sさん、亡くなる数日前から妙なことを言ってたらしいんだ」

「妙なことって？」

「一人多いんだ、って」

「何、それ」

「炎上シーンで、人々が逃げ惑って騒ぐところを何日もかけて撮ってたんだけど、予定のエキストラより人数が一人多くて、その一人がいつも変なところに立ってるって」

「やだ、気持ち悪い」

「エキストラを叱ったりしたんだけど、彼らは指示どおりにしてるって言う。ディレクターやスタッフが見ても分からないんだけど、Sさんは、やっぱりいるって主張してたんだ。Sさんの気のせいだろうってことで片付けられたんだけどね」

「フィルムはどうしたの」

「お蔵入りさ」

「放映はせず？」

「完全に頓挫した」

二人は天井からぶら下がっているオレンジ色の照明を見つめた。

新宿の裏通り、古い居酒屋だ。客には映像や演劇関係者が多く、壁にはぎっしりとポスターが貼ってある。

梢はおずおずと言った。

「もったいないね、せっかく撮ったのに。炎上シーン、観たかったたな。完成させようとは思わなかったのかな」

「スタッフがすっかり怖気《おじけ》づいちゃったからね。新たな伝説が付け加わった以上、また当分誰も手を着けないだろう」

「それって、三回目？」

「ある程度撮影が進んでいるものではね。それ以前の企画段階も含めれば、映像化の話は相当あったはずだ」

「呪われた映画、ねえ。最近、リンチもそんなの撮ってたよね」

「呪われた映画の話、だろ、リンチが撮ったのは。こっちは本当に呪われてるんだから」

「なんでだろうね」

「原作が呪われてるから、だろ？」

幸宏はかすかに眉を吊り上げた。こういう時に、梢は自分が活字側の人間だということを意識する。映像側の人間とは、やはりどこかで越えられない壁があるのだ。

「本当に書く気なの？」

少し間を置いて、再び幸宏は口を開いた。

梢は曖昧に頷く。

「当分、発表の予定はないの。依頼されて書くものじゃないし、小説にするか、ノンフィクションにするかも決めてないし」

幸宏は探るような目つきになった。

「ふうん。編集者には？」

「つきあいの長い担当者には、このテーマで書いてみたいという話は、ちらっとしたけどね」

「反応は？」

「まあ、好きにしろという感じかな。それより、今遅れてるほうの原稿を書いてほしいっていうのが正直なところでしょう」

幸宏は「さもありなん」というように大きく頷いた。

「俺が編集者だったら、やめといてほしいと思うな。小説家がノンフィクションを書くのって、結構危険じゃないか」

「そんなことないよ。確かに、フィクションしか書いてなかった人がノンフィクション書くと、スタイルという意味でいろいろ問題もあるけど、書きたくなる気持ちは分かるな。世界を広げたいっていうか。フィクションばかり書いてると、じゃあ、現実に起きてることを書くのってどんな感じなんだろうって思う」

「元々、取材して書くタイプの小説家だったらいいけど、そうでないタイプはどうかな」

「あたしは取材して書くほうだと思うけど」

幸宏はそれには答えなかった。

「純然たるフィクションをやってきた人が、実際に起きたことを書こうとすると引きずられる——何人かそういう作家知ってるよ。映像関係者でも、いる。他人の人生にハマっちゃうんだ。あれがそうじゃん、カポーティ」

「『冷血』？　映画、観た？」

「喝采と死刑台。怖い話だったな」

トルーマン・カポーティは早熟な天才と言われたアメリカの作家だが、カンザスで起きた一家惨殺事件に魅入られ、ノンフィクション・ノベルという形式で書く際、死刑囚となった犯人と長期に亘《わた》る交流を続けた。その結果完成した『冷血』は『風と共に去りぬ』以来と言われる国民的ベストセラーとなり大成功を収めるが、その後亡くなるまで、ついに新作長編を完成させることができなかった。

「『冷血』が書けるなら、精神病んでもいいけどね」

梢は小さく笑った。そして、思い切って口を開く。

「『夜果つるところ』の関係者と、いっぺんに会える機会があるの——これを逃す手はないでしょう、物書きならば」

「そうだな」

幸宏はあっさり同意した。

「俺でも、おまえの立場だったら喜んで取材するね」

「でしょう？」

「でも、俺は、やめといたほうがいいと思うな。理性としてはね」


そう、結局、逃れられはしないのだ。

梢は、熱いコーヒーを少しずつ飲みながら考える。

あの時の幸宏の目。よもや、彼だって、あたしが取材をあきらめるとは、何も書かないとは思っていなかったに違いない。

だが、彼は当事者ではなく、忠告すべき立場にたまたまいた。だから、友人としてはそう言わずにはいられなかったのだ。

映画でも、小説でも、友人たちは主人公に忠告する。善意と理性から、親身になって不幸に引き寄せられていくヒロインを引きとめる。残念なことに、彼らは自分の忠告が受け入れられないことも知っている。なぜなら、彼らは主人公ではないからだ。自分が主役ではないことを知っている彼らは、主役がおのれの責務を果たさずにはいられないのをよくよく承知しているのだ。だから、彼らの目には諦観と嫉妬がある。友人という役を与えられた以上、すべき演技は決まっているし、演技を済ませたら速やかに退場しなければならないからだ。

呪いとは何だろう。

梢はぼんやりとコーヒーを飲む。

呪縛と刻印。ある意味で、あたしたちは呪いを切望している。自分を縛るもの、魅入られるもの、やむにやまれず引き寄せられるものを。

晴れ上がった初冬の空の下、いつもと変わらぬ人の営みの風景が窓の外を通り過ぎてゆく。

あたしの呪いは何だろうか。

梢はぼんやりと考える。

蕗谷雅春《まさはる》と一緒になったこと。そして、蕗谷雅春の親戚に、『夜果つるところ』の関係者がいること。

いや、そうではない。

梢はゆるゆると首を振る。

小説を書いていること、だ。これが呪いだ。きっと、これはずっとずっと前から始まっていたのだ。

「あ、そうそう、今回お蔵入りになった『夜果つるところ』の脚本は、五年前に完成してた映画化用のホンをベースにしたそうだ」

帰り際、席を立とうとした時、幸宏が思い出したように言った。

梢は小銭を数えながら答える。

「へえ、じゃあ、その時にも企画はあったんだ」

「うん。その時は、ホンを完成させた脚本家がその直後に自殺してしまったために頓挫したらしい」

梢は思わず幸宏を振り返る。

「うわあ。それって、凄すぎる。脚本家、誰だったの？」

一瞬、沈黙があった。

「笹倉《ささくら》いずみ」

梢はまじまじと幸宏の顔を見た。

無表情な目が、彼女を見返している。


携帯電話のアラームが鳴りだそうとした瞬間、慌てて止めた。

車内のアナウンスが、新神戸が近いことを告げている。

シューッ、という音を立ててドアが開き、冷たい風を浴びながらがらんとしたホームに降り立つ。

一瞬、太陽の光が目を射ぬき、棒立ちになる。

が、梢は気を取り直し、他の乗客に続いてタクシー乗り場を目指した。

港で、雅春が待っている。

彼は、前の晩から既に横浜港で客船に乗り込み、一晩かけて神戸までクルーズしてきているのだ。

なんともゆったりとした行程。いっぽう、梢はぎりぎりまで仕事場に詰めて雑用を済ませ、神戸から乗り込むことにしたのである。
不思議な興奮を感じた。
いや、これは胸騒ぎだろうか？　それとも、他の何か？
梢は自分に尋ねてみるが、判断することはできなかった。
船で、夫が待っている。
彼の前妻は、笹倉いずみという脚本家だった。

二、青ひげ考

そう、港に辿り着くまでがひと仕事だった。

あの時私はタクシーを降り、大きなスーツケースを引きずりながらも、まだ完全な旅行気分にはなれなかった。何かし残したことがあるのではないかと頭の中のリストをチェックしながら、目ではポストを探す。必ずあるはずだ、と思って周囲を見回すと、車寄せの先にぽつんと四角い箱が立っているのが見えた。

ホッとして、急いでポストのところまで行く。

吹きさらしで風が強い。

少し背伸びをして、ポストの上で、葉書を書く。出すのがのびのびになっていた礼状や、仕事の断り状など、あらかじめ宛名だけ書いて新幹線の中で文面を考えてきた。新幹線は、縦書きの文章を手書きするには向かないのである。ここで出していかないと、また数週間先になってしまうと思うと必死だった。

あの時のポストの冷たい感触。

ポストに手首を押しつけていると、だんだん手が冷えて痺《しび》れるように痛くなってくる。

誤字がないか、言葉遣いに失礼はないかと考えつつも、あの時私は頭の片隅で別のことに気を取られていた。

青ひげ。

なぜか青ひげのことを考えていたのである。

むろん、理由は分かっていた。

無意識のうちに、雅春と私を重ねていたのだ。前妻が亡くなっていること。彼女が『夜果つるところ』という「呪われた」原作とその映像化に関わっていたこと。我ながら短絡的な発想であると苦笑せざるを得ない。

青ひげ。次々と結婚しては妻を殺し、その財産を手に入れていった男、というイメージである。元はフランスの作家ペローの童話が出典で、七人目の妻の兄に殺されたことになっているのだが、七人目の妻は生き延びたのだっけ？

ペローという人は民間伝承から童話を作ったとされ、この話にもモデルがいたと言われている。そのひとりがジル・ド・レという、恐怖小説や伝奇小説では有名な十五世紀の貴族で、いわゆる殺人嗜好症としかいいようのない、一説には幼児や少年少女を含め数百人を殺したと言われる男である。また、イギリスのヘンリー八世がモデルという説もある。確かに、離婚するためにカトリックと絶縁してイギリス国教会を作るわ、好きな女ができると現在の妻はあっさり殺してしまうわ、ということをさんざん繰り返し、人々を並外れたバイタリティと畏怖で支配した男は青ひげの名にふさわしい。

青ひげというと、なんとなく青いひげが生えているみたいで、童話でもそのように描かれているが、実際のところは、ひげを剃ったところが青く見える状態を指しているのであって、青いひげが生えているわけではない。ジル・ド・レも青ひげだったらしい。かくして青ひげは精力絶倫、みたいなイメージが出来上がっていったのだろう。

ポストの上で手紙を書く数分のあいだ、そんなことをぼんやり思いつつ、ポストに葉書を投函する頃には、エルンスト・ルビッチの映画『青髭《あおひげ》八人目の妻』のクローデット・コルベールの相手役が誰だったか一生懸命思い出そうとしていた。『青髭八人目の妻』は、タイトルに青ひげと入っているだけで内容は全く関係がない。いわゆるスクリューボール・コメディで、パジャマの上だけを買いに来た男と、パジャマの下だけを買いに来た女がデパートで出会うというシチュエーションで、つとに有名である。

その相手役は、結局船旅の途中、綾実《あやみ》さんに聞くまで忘れたままだったのだが、今ではゲーリー・クーパーだったということが分かっている。

ゲーリー・クーパーはあんなに有名な俳優なのに、いつも顔が思い出せない。クラーク・ゲーブルやジェームズ・スチュアートはすぐに出てくるのに、クーパーの顔だけ紗《しゃ》が掛かったように記憶の暗がりにいるのだ。「ゲーブルやスチュアートは表情豊かでコメディもこなせるけど、どうもクーパーってあまりコメディセンスが感じられないのよねえ」と言ったのは詩織《しおり》さんのほうだが、私も同感だった。真面目でいい俳優だが、今いち表情に乏しいのだ。

手紙がポストの中に消えると、文字通り肩の荷が降りて、身体が軽くなったように感じられた。重いスーツケースを引き、港の施設の中に入っていく。

それでも私は気を取られ続けていた。

要は、「青ひげ」云々《うんぬん》はどうでもいい連想でしかなかった。意識はある一点に集約されつつあった――

なぜ雅春は、私に前妻である笹倉いずみが『夜果つるところ』の脚本を書いていたことを教えなかったのか。

これはなかなか興味深い疑問だった。

なにしろ、私はこれから彼と一緒に、長い船旅を利用して『夜果つるところ』にまつわる呪いを解明しようとしているところなのである。しかも、そのお膳立てをしてくれたのは雅春であり、彼自身この企画を楽しみにしているのだから。

あの態度は嘘とは思えない。言いだしたのも彼のほう、渋る私に決心させたのも彼。旅の支度をする時も、遠足の準備をする小学生みたいにそわそわしていた。

笹倉いずみの自殺が『夜果つるところ』と関係していたのかは分からない。けれど、時期的には、彼女は脚本を完成させた直後に亡くなっているし、ただでさえ「呪われた」テーマと言われている『夜果つるところ』なのだから、ついその死を結びつけて考えてしまう。

前妻の自死が楽しい話題のはずはないから、雅春がそのことについて話したがらないのは当然だ。実際、私たちの間ではほとんど話題にのぼったことはない。

しかし、今回の旅を企画した段階で、その話題が出ても不思議ではないのでは？　いや、むしろ出ないほうが不自然なのでは？

もしかすると、彼はこの旅でその件を打ち明けようとしているのかもしれない。

ふと、そんな気がした。

雅春には、ひどく天の邪鬼なところがある。普段は泰然として、瑣事《さじ》には関わらないのだが、時折スイッチが入ると、思いがけなく露悪的な一面を見せるのだ。
サプライズ・パーティ。
果たして、彼はどんな「サプライズ」を隠し持っているのだろう。

三、乗船

静かな音楽が流れていた。

トリオバンドの生演奏が、乗客を歓迎しているのだった。

梢は、一瞬棒立ちになる。

がらんとした、高い天井の下の広いスペース。

大きなガラス窓の向こうに、憂鬱な色をしたブルーグレイの海が広がっていた。

乗船口の脇のロビーである。梢のスーツケースを目にしたスタッフが小走りに寄ってきて、乗船することを確かめるとツアーの専用タグの付いたスーツケースを運んでいった。ようやく重石《おもし》が取れて身軽になる。

神戸から乗船する客は、そんなに多くないらしい。客を待つ受付は、あまり人気《ひとけ》がなく、数組の老夫婦が並んでいるだけだった。

制服を着た折り目正しいスタッフが梢を出迎える。乗船券を呈示し、乗船証と客室のカードキーを受け取った。客室まで案内すると言われたが、梢は何本か電話を掛けたいから後で行くと断った。

窓の向こうには巨大な白い客船が横づけされている。客船としては国内でも大きいほうではないというが、それでも白い壁が視界に収まらない高さにそそり立ち、かなりの大きさだ。

もう乗船できるのに、梢はしばらくロビーでぐずぐずしていた。

あの中で何が待っているのか。

むしろ、船に乗ってしまえば楽なことは分かっている。あとは移動するホテルに滞在しているだけだし、上げ膳据え膳で生活でき、ゆっくり取材に専念できるのだから、早くしがらみを断ち切って船に飛び込んだほうがよいのだ。

しかし、それでも梢を躊躇《ちゆうちよ》させる何かが今回の旅にはあった。

取材で旅をすることは多いけれど、プライベートと取材とが完全に重なっているというのは初めての体験だったし、そして、何よりよく考えてみると、再婚してからというもの、いや、出会ってからこれまで、夫とこんなに長期間途切れず一緒に過ごすのが初めてだと気付いて愕然とする。

なるほど、その緊張感なのか。

不安の理由に思い当たって、梢は内心頷いていた。

一緒に暮らしてはいても、互いに社会的な地位をそれなりに築いていると、実は連続して顔を合わせている時間は少ないものだ。

何かを見破られるのではないか、もしくは知りたくもない相手の正体を知るはめになるのではないか。そのことをいちばんに恐れていることに気付く。

気付いてしまえば、気持ちが落ち着いた。

梢は乗船口へと歩いていく。

パシャ、パシャ、と音がする。

若い女性が、客たちの写真を撮っていた。スタッフ用のウインドブレーカーを着用しているところを見ると、専属のカメラマンで、ツアー中の写真を撮っているらしい。

渡り廊下のようなタラップを通り、船に入る。入口は、船のフロアの五階か六階部分に当たるようだ。

入口にはスタッフが詰めていて、遊園地の入口のように乗船証を機械に読み取らせ、出入りをチェックしている。当然、人数は厳格にカウントされているのだろう。

船に足を踏み入れると、一転、豪華なホテルの内部という雰囲気である。

フロントデスクの前には螺旋《らせん》階段が吹き抜けになった上の階に続き、明るいシャンデリアが天井から吊るされている。

上がってみると、そこは広々としたロビーになっていて、大きな窓が並び、港の景色が見渡せた。ここは船の中では上層階に近く、景色も明るく感じられる。

梢が足を止めて外の眺めに見入っていると、後ろから「おい」と声を掛けられた。

振り向くと、バサリと新聞を畳む音がして、螺旋階段の手すりを囲むように並んでいた椅子のひとつに座っていた雅春が手を振っている。

梢は、その姿を珍しいもののように眺める。

髪は長めでどちらかといえばボサボサだが、不潔な感じはしない。天然パーマというほどではないが、癖っ毛であり、ウェーブが掛かっている。

バタ臭い顔で、がっしりしている。このところ、やや太り気味だ。カジュアルな格好が嫌いで、ポロシャツも嫌だという。休日でもいつもきちんとしたシャツを着ている。靴磨きとアイロン掛けが趣味なので、そのどちらもあまり好きではない梢としては助かっている。

これが夫という名の他人なのか。そんなふうに、雅春を客観的に見たのは久しぶりだった。

「あら、そこにいたの」

梢は近寄り、向かいに座った。

「仕事、終わった？」

雅春は新聞をコーヒーテーブルに置いた。梢は首をかしげる。

「うーん、なんとかね」

「歯切れ悪いな」

「まだいくつかゲラが来ると思うけど。当分電話通じるよね？」

「日本近海航行中はね。衛星回線使うから高いぞ」

「でしょうね。これ、今日の新聞？　新聞、見られるの？」

雅春の持っていた経済新聞の日付を見る。

「さっき、外に出て買ってきた」

雅春は活字中毒で、ニコチン中毒でもある。好みのものすべてにおいて過剰なのだ。

「煙草は？」

胸ポケットの煙草に目をやる。雅春は渋い顔をした。

「喫煙室があるけど、いちいち行って吸うのが面倒臭いな」

「ついでに禁煙してみれば？」

「考えてみる。部屋、見るか？　さっき梢の荷物、ボーイが持ってきた。それとも、昼飯食う？」

「部屋にコート置いてきたいな」

「じゃあ、行くか」

雅春は立ち上がり、先に立って歩き始めた。

ロビーの中央にあるエレベーターの前に立つ。

「どう、一晩先に過ごした感想は」

「俺たち、たぶん客では最年少だな」

「やっぱり、船旅って年配の人が多いのね」

「平均年齢、軽く六十五は越えてるな。昨日スタッフと話したところでは、八割近くがリピーターなんだとさ」

「へえー」

「これが夏休みとかバカンスシーズンだったらもっと年齢下がるんだろうけど、こんな中途半端な時期だからな」

「そうね。サラリーマンだったら来週から師走なんて時に休めないよね。雅春、ほんとによく休めたね」

「ま、な。ここ三年くらい全く休みなしだったから、無理やり押し込んだ」

雅春は弁護士だ。大手の法律事務所に所属している。が、その忙しさたるや、梢は外側から見ていた時も大変そうだと思っていたが、同じ家で生活してみると想像を超えていた。梢自身も多数の連載を抱えているので毎月修羅場を経験しているが、下手すると一週間近く顔を合わせない、ということも珍しくない。かと思えば、明け方の四時過ぎくらいにキッチンで出くわし、ビールを飲みながら互いの近況を報告する、なんていうこともある。

その彼が「無理やり」と言うのだから、相当無理をしたのだろう。

「で、皆さん、いらしてるの？」

梢はさりげなく尋ねた。

雅春は、エレベーターの階数表示を見ながら「うん」と答える。

「ま、今夜、食事のあとにでも紹介するよ。今は疲れたろうから休めばいい。どうせ、ゆうべは寝てないんだろ」

「三時間寝た」

「仕事場で？　よく起きられたな」

「他の人はどうか知らないけど、あたしの睡眠時間って九十分単位なのよね。九十分ひとコマって感じ。だいたいその倍数で目が覚める」

「それって、大学の授業のせいじゃないか」

「あっ」

突然、梢が声を上げたので雅春はギョッとしたように振り向いた。

「あたし、仕事場のエアコン、消してきたかな」

「覚えてないのか」

梢は必死に記憶を辿る。

「消したとは思う。でも、こういうのって無意識だから」

「だったら消してるよ」

梢は不安になる。なにしろ、新幹線の時間を睨んでバタバタしていたから、仕事場を出る間際の記憶が飛んでいるのだ。

「どんどん不安になってきた。部屋の鍵、閉めたかな」

あらゆることが心許《こころもと》なくなる。

「管理人に電話して見てもらったら？」

「ううん、大丈夫。大丈夫、閉めてる。エアコンも、きっと消した。最後に点滅してないの確認したから」

梢は首を振り、不安を振りきった。

すると、今度は雅春の顔に影が差した。

「そう言われると、こっちも不安になってくるな。俺、ベランダのサッシュの鍵、ちゃんと閉めてきただろうな」

「やだ」

こういう不安というのは増幅されるもので、二人で疑心暗鬼に陥ったまま上層階に着き、静かな廊下に出る。

「この階がスイートルーム。船内ヒエラルキーのいちばん上ってわけ」

雅春が些《いささ》か茶化して呟いた。

部屋の問題は、申し込みのぎりぎりまで迷ったところだった。梢が仕事をすることがはっきりしていたからである。

梢は小さい部屋をふたつ取ったほうがよいのではないか、と提案したが、雅春は広い部屋ひとつのほうがいい、と主張した。

梢の言い分はこうだ。

自分は決して神経質なほうではないし、周りに誰がいても集中できる。しかし、部屋の中で殺気立って仕事をしている妻がいるというのは夫としてはどうか。少なくとも、夫が寛げる状態であるとはいいがたい。

雅春の反論はこうである。

船は広いし、シアター、バー、図書室、ラウンジといくらでも避難できる場所はある。職業上、普段から修羅場に慣れている自分は、殺気立った妻が作業しているのに気がねするほど繊細な性格ではないし、むしろこの機会にいったいどんなふうに小説を書いているのか見てみたいと興味津々である。ずっと顔を突き合わせて煮詰まったり、喧嘩したりするのもまた一興ではないか。

結局、雅春の意見が通った。いちばんの理由は、中規模の部屋をふたつ取るよりもスイートルームをひとつ取るほうが経済的だったからである。

部屋はじゅうぶんな広さだった。

ベッドスペースと、リビングスペースが壁で仕切られており、L字形のソファとテーブルがセットされていたし、それとは別に壁沿いにカウンター状のライティングテーブルがある。

仕事柄、ホテルの机をチェックする癖がついている梢は、これなら集中できると一目で見て取り、安堵した。

「うん、これなら大丈夫」

「だろ？」

クローゼットも広く、ひと月やふた月の旅が珍しくない船旅ならではの充実ぶりである。

梢はコートをハンガーに掛けた。雅春のスーツやジャケットが、もう隣にきちんと納めてあった。

大きく取った窓の外のバルコニーには白い椅子が二つ並べてあり、ドアを開けて出られるようになっている。

「バルコニーで煙草が吸えるね」

「こっそり、な」

雅春がにやっと笑ったので、梢は、ひょっとして彼がこの部屋を取ることを主張したのは、バルコニーに出られるからではないかと疑った。

「灰を落としちゃ駄目よ」

「もちろん」

大きく頷いた彼を見て、ますます梢はそのことを確信する。

「あ、宅配便の荷物、そこにあるよ。俺の分、先に開けた」

雅春は、ソファの脇に置かれている、船宛てに先に送っておいた二つの段ボール箱を顎で示す。

二人とも、荷物のほとんどは本だ。資料や小説、専門書。その他に梢が毎日飲むお茶や、雅春の煙草、ちょっとしたジャンクフードなどがぎっしり入っている。

「本が切れたらどうしようと思ったけど、図書室が結構充実してた。少なくとも、読む本がなくなることはなさそうだ」

活字中毒の雅春は、航海中に読むものがなくなることを恐れ、この機会にといろいろ本を詰め込んできたらしい。

リゾートホテルなどの施設で「図書室」を謳うところは多いが、マトモな本が置いてあったためしがない、ひどいところになると、客が置いていったベストセラー本やハウツー本を平気でそのまま並べている、と雅春はいつも怒っているだけに、彼に及第点をつけてもらえるとは、かなりいい図書室なのだろう、と梢は思った。

「ふうん、見たいな、図書室」

「飯食う前に見るか」

「うん。荷ほどき、後にする」

「よし」

再び廊下に出る。

「あっちがロイヤルスイート」

雅春がちらっと廊下の奥を見た。エレベーターホールの向こう側にあるらしく、直接そちらが見えるわけではない。

「あそこに、みんないるぜ。昨夜、真鍋《まなべ》姉妹にも会った」

「そう」

梢は思わず大きく呼吸していた。

みんな、いる。関係者たちが、同じ船に。今、彼らはあたしと同じフロアにいて、これから二週間以上時間を共有するのだ。

雅春が歩き出したあとも、梢はじっと廊下の奥を見つめていた。

四、姉妹

梢を図書室に案内しながら、俺は真鍋姉妹との昨夜の会話を思い出している。

雅春は、物書く女が好きなのねえ。

自分のことを書かれたらどうしようなんて思わない？

余計なお世話だ、と思う。

読んだ本や観た映画についてまともに話ができない女とつきあおうとは思わない。というよりも、実際のところ、不思議でたまらない。世の中の夫婦は、いったいなんの話をしているんだろう。全く何の趣味もなく、年に映画を一本観るか観ないか、本を一冊読むか読まないかという夫婦は何を話しているのか？　子供の成績？　近所の噂？　日本の政策？　それとも世界平和だろうか？

家でまで、話なんかしたくないよ。

別に、話すことなんかないよ。

同僚に尋ねたことがあるが、皆面倒くさそうに、もしくは憐れむように俺を見ながらそう答えるのだった。

パートナーは対等でなければ、という男には二種類ある。本気で思っているタイプと、いわばポリティカル・コレクトネスとしてそう思い込んでいるタイプだ。後者はなかなか厄介で、本来は強い男尊女卑思想者なのにそれを抑え込んでいるので何かとストレスがたまりやすい。団塊の世代などはその最も悪い見本で、男女平等を口にしながら行動は徹底した男尊女卑という、矛盾の塊みたいな連中だ。そもそも、あれだけさんざん政治を口にしながら実は誰も何の意見も持っていないノンポリだというのに気付いていないこと自体、全く自己客観性に欠けている。だからあいつらは信用できない。

いっぽう、女は男より馬鹿だし馬鹿でいいし対等に話なんかできなくてもいい、という男は全員本当にそう思っている。

母の姉の二人の娘。それを通常いとこと呼ぶ。が、母と二人の姪とは血が繋《つな》がっていない。母の実母は母の幼い時に亡くなっている。つまり祖母は母の父とは再婚で、母の姉は連れ子なのだ。それでも、祖母や伯母、母と真鍋姉妹はなんとなく皆雰囲気が似ているので、血縁関係がない感じはしない。

あの二人に会うと、いつも奇妙な苛立ちを覚える。会う度その感覚が蘇り、ああ、こいつらこうだったたっけ、と思うのだが、その理由を明確に説明することができないので、またそのことで少し苛つく。博識で話題も豊富だし、頭も切れるし華やかだ。その点は魅力的でとても面白いのだが、やはり彼女たちの持つある種の毒に中《あ》てられるらしい。

二人は売れっ子の漫画家で、二人一組でひとつのペンネームを名乗っている。大学在学中から活動しているのでキャリアは長く、ヒットシリーズを幾つも抱え、アニメ化もされ、海外でも売れているので、たいへん裕福である。俺が読んだことがあるのは歴史ファンタジーだが、緻密な構成、詳細な時代考証には感心した。絵も華麗で品があり、知的興趣に溢れていて面白い。

都内に資産運用のためのマンションを幾つか所有し、那須に別荘も持っていて、普段は吉祥寺の外れの、仕事場と棟続きになった戸建てに一緒に住んでいる。

そんなに四六時中一緒にいて飽きないのか、喧嘩したりしないのか、と尋ねたことがあるが、もはや空気のようになっていて、互いの存在が当然なので慣れている、それに、家の中の二人のスペースはきっちり分けられていて、風呂場やキッチンも別になっているから、皆が思っているほど一緒にいるわけではないのだ、と説明した。

映像であれ、漫画であれ、作家と呼ばれる人物に興味を持っている人間なら、二人の仕事の配分はどうなっているのか、誰でも知りたいところだろう。

プロットは編集者も含め三人で考えることが多いそうだ。細かい考証をしてプロットを固め、資料に当たってネームを考えたりするのは姉の綾実のほうがメインらしい。いっぽう、実際に描くのは妹の詩織がメインで、彼女がだいたい主要な人物を描くという。綾実も絵は描くが、背景や脇役がほとんどで、今はそれもアシスタントが担当しているという。

となると、どうしても絵を描くほうの負担が大きいんじゃない？　小説家だと、片方がプロット、片方が執筆、と分けていたらどうしても執筆のほうにしわ寄せが来て、結局コンビを解消したって例があるよ。

俺が少し意地悪くそう聞くと、詩織は笑った。

漫画はまたちょっと違うの、ネームが命だもん、漫画ってね、毎回ページ数決まってるでしょ、それでコマ割りと台詞《せりふ》を全部決めてからでないとペン入れしないの、逆にもうネームができてしまえば、作画のほうはアシスタントさんも来るし物理的に日数が読めるから、システマチックに完成できるの。

じゃあ、実はコンビを解消していたとか、よく漫才師で聞くような舞台を降りると一言も相方と口きかない、みたいなことはないんだな。

俺がそうずけずけ聞くと、「今のところ、ないわ」と、二人ともころころと華やかに笑ったものだ。

それにしても、あの二人の『夜果つるところ』に対するおたくぶりは凄い。いや、彼女たちの場合、原作者である飯合梓《めしあいあずさ》の熱心なファンなのだ。

彼女たちは、飯合梓についていろいろ調査もしているようだ。彼女たちは彼女たちなりに『夜果つるところ』の呪いの謎に対する答えを持っているらしい。

『夜果つるところ』。

そのタイトルを思い浮かべる時、ひとつの夜の風景が頭をよぎらざるを得ない。


ねっとりとした重い夜。

甘い香り。

遺書はなかった。

苦しんだ形跡もなかった。

文字通り、眠るような死に顔だった。肩を叩けば、「今何時？」と目をこすってむくりと起き上がりそうだった。

首に紐を引っ掛ける、というこんな古典的な方法で今でも死ねるのだ、ということがとても意外だった。

仕事部屋にも変わったところはなく、きちんと片付けられたいつもの部屋だった。

換気のための小さな窓だけが開いていていて、網戸越しに甘い香りが漂ってきた。

マンションの外のアカシア。

あんなにも濃厚な、甘い香りのする樹木だと、あの夜まで知らなかった。

いつだったろう、出張と社員旅行を兼ねてソウルに行ったことがあったけれど、繁華街のどまん中にある米軍基地の周りにもずっとアカシアの並木が続いていて、その香りを吸い込んだとたん、あの夜に引き戻されたことがあった。

伴侶の死の実感。残された者の実感。

皆あまり触れようとはしないが、妻に自殺された夫という実感が今もない。突然いなくなった。ただそれだけなのだ。

遺書はなかった。元々、すべてがきちんと整頓されていたし、あまりモノを持っていなかった。ただ、机の上に大きめの黄色い付箋紙が貼ってあり、そこにひとこと、書きしるされていた言葉が目に焼き付いている。


必然性？


その付箋紙を見た者は皆、首をひねった。俺にもその意味は分からなかった。

もしかすると、脚本の手直しをするために、どこかに貼るつもりだったのではないか、と知り合いのプロデューサーが言っていたが、既に第一稿の上がっていた『夜果つるところ』はきちんと束ねて別のところに積んであったし、彼女は几帳面な女だったから貼るならとっくに貼っていたはずだ。

これが彼女なりの遺書なのではないか、とも言っていた。「私がこの世にいる必然性なんてあるの？」という意味なのでは、というのだ。

完璧主義である彼女なら、それはありそうな表現ではあるが、完璧主義で几帳面であるがゆえに、こんな付箋紙一枚の書きつけを遺書にするというのはもっともありそうにない話だった。

兆候はなかったのか？

くどいほど何度も聞かれた質問だが、残念ながら「なかった」と答えるしかない。もしくは、俺には分からなかった、と。彼女は完璧主義だった。そうであることを悟らせないほどに完璧主義だった。綻びを見せない女。作家と呼ばれるしんどい生産活動をただのルーティンに落としこめる女。そこを尊敬していたし、互いに尊重しあってまずまずうまくいっていると思っていたのだが。

彼女は、実家との折り合いがあまりよくなかった。いや、それは控え目な言い方で、彼女と実家は互いに関わらないようにしていた。

むしろ、俺のほうが彼女の両親と話をしていたくらいだ。何が理由なのかはよく分からない。彼女はほとんど実家に帰らなかったし、俺が促しても「いいの」とそっけなかった。実家のほうでも、連絡してくることは数えるほどしかなかったし、娘を持て余しているというか、理解不能のような感じで、その辺りのことを彼女の両親に聞こうとしても、二人とも当惑するばかりで何も聞けなかった。

彼女の死の知らせを伝えた時も、その反応は微妙なもので、予期していたようでもあり、既にあきらめていたようでもあり、もっといえば、かすかな安堵すら滲《にじ》ませていたように思えた。

ひょっとして、お姉さん、昔からそういう傾向があったの？

葬儀のあとで、彼女の弟に聞いてみた。弟は公務員で、地元で所帯を持ち、子供も二人いる。

そういう傾向って？

弟は困惑した表情で俺を見た。まったく、この家の人間はどうして誰も彼もこんな顔で俺を見るのだろう。

いわゆるリストカット症候群とか、そういう傾向はあったの？　思春期に自殺未遂をしたことがあったとか？

俺はズバリと聞いた。

弟は目に見えて動揺した。ここまで動揺するか。俺は自分が極悪人になったような気がした。

一度だけ、と彼は消え入りそうな声で呟いた。

いつ？　俺は畳みかける。

高三の春。

その時は何を使った？

睡眠薬、飲んだ。発見早かったし、命に別状は。

理由は？

あまり言いたがらなかった。この先自分の思うような人生が送れそうにない、って言ってたみたい。

非常に彼女らしい理由だ。早々に、自分の能力の限界を見定めて絶望したということなのだろう。

弟は、暗い目をしてちらっと俺を見た。

蕗谷さんは、お姉ちゃんといてよく平気だったね。

そうか？

俺は面くらった。

お姉ちゃんが家にいるってことがどんなに大変だったか。みんな、ピリピリして、固唾を吞んで、お姉ちゃんの機嫌を窺《うかが》って、お姉ちゃんの完璧主義に合わせて、みんなずっと我慢してた。お姉ちゃんは我が家の支配者だった。

支配者。そうくるか。

だが、俺には彼女の気持ちが分かるような気がした。いつもびくびくして自分の顔色を窺っている家族。ことを荒立てたくない、衝突したくない、見た目だけでもいいからつつがなくやっていきたい、保身だけが全ての家族。何を聞いても「えっ？」と困惑し、意見を求められると不当な目に遭っているといわんばかりに被害者面をするこいつらを見ていると、むくむくと暴力的な衝動が湧きあがってくる。

支配者だと？　支配されることしか能がないくせに。常に誰かの顔色を窺い、誰かのあとについていくことしか知らないおまえたちに、彼女は支配者に仕立てられたのだ。おまえたちはいつも支配者を熱望しているのだ。支配されているから何もできないと、何も意見など言えなかったとおまえたちは言いたいのだ。自分の脳みそで何かを考えたことなどないくせに。

彼女はずっとこういう衝動と闘ってきたのだろう。

遺品はどうしましょう？　仕事場は？

両親に尋ねると、彼らはまた困惑した顔で答えるのだった。

蕗谷さんのほうで処分してください、私らにあの子の仕事のことはよく分かりませんので、お任せします。

私物は、彼女の母親と、私生活でもつきあいがあったというTV局の女性プロデューサーが片付けに来て、黙々と処分していった。彼女には、プライベートでは友人らしい友人がほとんどいなかったのだ。形見分けとして、俺は彼女が使っていた万年筆とペーパーナイフを貰《もら》うことにした。

仕事場は、俺と彼女の仕事関係者の四、五人で片付けた。

俺は、彼女の書いた脚本と、その準備稿や資料をまとめたノートだけを手元に置き、あとは処分した。それらは段ボール箱二つに収まって、俺の書斎の天袋に入っている。

必然性。そして、その下のクエスチョン・マークの意味。

必然性？　俺が今ここにいる意味？　彼らがここにいる意味は？　俺たちが『夜果つるところ』について語る必然性はどこにある？


「わあ、ほんとだ、いい品揃えだね。最新刊もこんなに」

梢が声を弾ませている。

気がつくと図書室にいて、棚の前で喋っていた。

「きっと、どこかの書店さんが定期的に本を納めてるんだね」

「俺もそう思う。ジャンルも偏ってないしな」

船の図書室らしく、本は皆壁に作りつけの、ガラスの扉の付いた書棚に収まっている。

雑誌や新聞のコーナーがあり、パソコンの並んだ三つのブースもある。

パソコンに目を留め、梢が呟いた。

「あ、船内専用のアドレス貰ってこなくちゃ。雅春は？」

「一応、貰ってある。あんまり使う気はしないけどな」

懸案事項は片付けてきたつもりだ。なるべく連絡はしないでくれ、と言ってある。それでも昨夜からちょくちょく携帯にメールが入り、頭は仕事に引き戻される。

「まだ二日くらい携帯通じるよね」

「どこまで通じるか楽しみだ」

船の中では、一人一人が専用のメールアドレスを貰うことで、船内のパソコンから衛星電話回線を通じてメールが送れる。当然、天候に左右されるので、悪天候の時は送れないこともあるし、ある程度データが溜まってから断続的に送るので、送信してから着くまでにタイムラグもある。

「さすがに、『夜果つるところ』はないね」

梢が冗談めかして呟いた。

書棚の中の本は、定期的に回転させているらしく、ここ数年に出た本がほとんどだ。いわゆる古典や、文学全集に入るような類の名作はほとんど置かれていない。

「真鍋姉妹が持ってるよ」

二人の顔を思い浮かべる。

二人の指に並んだ、おおぶりの指輪。

部屋の照明にきらきら輝いていた二人の指輪。

雅春は、物書く女が好きなのねえ。

自分のことを書かれたらどうしようなんて思わない？

「もちろん、あたしだって持ってきてるけどね。初版本」

「真鍋姉妹、いろいろ持ってきてるらしいよ」

「凄いなあ。今、文庫版も品切れなのに」

「航海中に見せてもらえば？」

「そうさせてもらえればありがたいなあ。それにしても、『いろいろ』集められるものがあるっていうのがすごいね」

「おまえはコレクターじゃないもんな」

「うん。本は好きだけど、収集欲はない。どちらかといえば雅春のほうがその傾向があるんじゃない？」

「かもな」

「しばらく読んでないから、もう一回ちゃんと読み返さなきゃ」

「昼飯は？」

「ほぼ徹夜明けであまり食欲ないから、いいや。雅春、よかったら食べてきて」

「俺もいい」

本当のところ、少し小腹が空いていたが、この時点でまた一人で真鍋姉妹と顔を合わせるのはなんとなく億劫《おっくう》だった。スイートルームクラスの乗客は、それ以外の客とレストランが別になっているので人数も少なく、言葉を交わさずにいることが難しいのである。

「そろそろ出航だね」

梢が腕時計に目をやった。

出航は午後二時。あと数分である。

梢はフロントにメールアドレスを貰いに行った。

煙草が吸いたくなるが、我慢して大きな窓に近づく。

ガラス越しの海。

港の風景は、直線だ。クレーンやケーブルの直線が空で交わり、コンテナのモザイク模様があちこちに積まれている。

不思議な時間。

こんなに頭を空っぽにして景色を眺めたのがいつ以来なのか思い出せない。

そこここで座って寛ぐ人々。ラウンジ、サロン、喫茶店兼パブなどパブリックスペースは多い。ハイシーズンではないので、乗客はそんなに多くない。船内には駆動関係を含めかなりのスタッフがいるから、ちょうど客と同じくらいか、下手するとスタッフのほうが多いのではないか。ハイシーズンになると、食堂も時間を分けて二回転するというから、そうなったらてんてこまいで人口密度もこんなもんじゃないだろう。

唐突に、長く汽笛が鳴った。

乗客たちが華やかにざわめく。奇妙な感慨が、淋しさが、焦燥が、込み上げる。

出航だ。

汽笛は、何度も長く鳴った。とても大きな音なのに、うるさく感じられないのが不思議である。

見送りの桟橋は空いていた。平日なので、見送る人はほとんどいない。

テープを持って手を振っているのは、旅行会社の社員だろう。そういえば、スイートルームには、デッキから投げられるように紙テープが置いてあったっけ。

「嘘みたい。本当に出るんだね」

いつのまにか、隣に梢が立っていた。

「はい。嬉しい、ここ、ケーキも充実してる」

手に二人分の皿を持っている。

「座るか」

二人で窓のそばの椅子に向かいあって座る。

「あ、動いてる」

ゆらり、と船が動いたような気がした。しかし、「気がした」だけであって、かすかな眩暈《めまい》というほうが近い。船舶自体が大きいので、あまり実感がない。

しかし、確かに船は動いていた。ゆっくりと桟橋の景色が変わり、海に向かって方向転換していることが分かる。桟橋との距離が少しずつ広がっていく。見送りの人の顔が見えなくなる。少しずつ空が広がり、海が視界を占めていく。

汽笛がもう一度鳴った。

梢がケーキを一切れ口に運んだ。クリームの甘い香りがこちらまで漂ってくる。

アカシアの甘い香り。

ねっとりとした夜。

なんという濃厚な、夜。

俺は、書斎の天袋に入っている二つの段ボール箱を思い浮かべる。

そして、その中から、今回初めて引っ張り出してきたもののことを考える。

完成していた『夜果つるところ』の脚本。そして、彼女がその脚本を書くために書いた一冊の大学ノートのことを。

五、『夜果つるところ』

女は待っていた。

開いた窓の前にぽつんと座り、青白い顔を暗い部屋のなかに浮かびあがらせ、ボンヤリと待っていた。生気のない顔は切れた電球を連想させた。白っぽくてざらざらしていて、埃《ほこり》でうっすらと汚れている電球。内側にある、頬や瞳を輝かせるためのかぼそい線が永遠に切断されている硝子《ガラス》の抜け殻。

女は赤鉛筆を握っていた。先が削ってある、子供用の箸程の長さの赤鉛筆を、懐剣のように握っていた。尖《とが》ったほうを膝の上で、切腹しようとするみたいに自分の腹に向けていた。

時折、思い出したように赤鉛筆をソロソロと目の前に掲げ、ちろりと猫のように濁った色の舌を出して先端を舐めた。そしてまた興味を失ったようにぱたりと赤鉛筆を握った手を膝の上に落とし、ジッと窓の外を見ているのだった。

女が見ているものはいつも同じだった。

女が居る二階の角部屋の窓の外には、庇《ひさし》に古い鳥籠が下がっていた。錆《さ》びた鉄製の、提灯《ちょうちん》のような形をした鳥籠に鳥が入っていたことはなく、いつ見ても空っぽだった。

女はその鳥籠を日がな一日ジッと見上げていた。

そして、何かを待っていた。

たまに女は鳥籠に目をやったまま、唐突にケーッ、という奇妙な声を上げた。金属的なゾッとする声で、いちど叫び出すとなかなか止《や》まなかった。何度も何度も、目を見開き顔を歪《ゆが》め、誰かが「うるさいッ、静かにしろっ」と叫ぶまで繰り返すのだった。

孔雀《くじやく》の声を真似ているのよ、と莢子《さやこ》が言った。

莢子はいろいろなことを知っていた。孔雀のオスは夜鳴くこともあるのよ、孔雀は森にいるの、森のなかで夜中にああいう声を出すんですって。

莢子はいつも、どんな話でもなんでもないことのように話した。

もしかすると和江《かずえ》さんは、ああして叫んでいる時、ほんとうに鳥籠のなかに孔雀を見ているのかもしれないわねえ。

孔雀の声を真似、日がな一日空っぽの鳥籠を眺めている女が、私の産みの母であると教えてくれたのも莢子だった。


梢は、冒頭部分を読んだところで、おもむろに本を閉じた。

何度も読んでいる本なのに、なぜか頭に入ってこない。

いや、何度も読んでいるせいかもしれない——といっても、前に読んだのはいつだったっけ？

この取材が決まった時にもざっと読み返したはずなのに、その時の印象がほとんど残っていない。

パラパラとページをめくってみる。

そんなに長い作品ではない。原稿用紙で四百枚はないだろう。

チラッとソファに座って本を読んでいる雅春に目をやる。

同じ部屋で、同じ本を読んでいる夫を見るというのもおかしなものだ——そういうことのできる夫というもの自体が不思議だ。

梢は部屋の隅の段ボール箱を開け、スティックになったココアを出す。何か甘いものが飲みたくなったというのもあるが、『夜果つるところ』のテキストと向きあうのを先延ばしにしている、というほうが強い。

前の夫は本など決して読まない男だった。

ふと、そんなことを久しぶりに思い出した。

「俺にもくれ」

突然、声を掛けられてぎくっとする。ほんの一瞬でも前の夫のことを考えていた時だっただけに、見透かされたような心地がした。

「うん」

もう一本スティックを出し、二つカップを並べてそれぞれに入れ、お湯を注ぐ。

カップの中の液体の表面をじっと見つめるが、全く揺れていない。

出航後も、船はゆったりと移動していた。港を出る時には感慨があったものの、いったん海の上に出てしまえばそれもすぐに日常になる。それに、まだまる一日は日本の陸地に沿って進んでいくので、なんとなく安心感もある。

乗船してから二十四時間以内に済ませなければならないという避難訓練と、二つの港から乗り込んだ乗客が全員揃った最初のオリエンテーションを終えて部屋に戻った二人は、揃って「予習」を始めていた。

「全然揺れないね。なんとなく大きくうねってる感じはするけど」

「まだ外洋に出てないからだろ」

ソファの前の固定してあるテーブルにカップを運ぶ。

雅春はほとんど進んでいない本から目を離し、カップを手に取った。

「昔読んでインパクトがあった本を読むのって緊張するな」

雅春が呟く。梢は、同じようなことを感じていたのだと内心驚いた。

「ほら、あれだよ」

雅春はカップに口を付け、宙に視線を泳がせる。

「昔あこがれてた人に再会するような感じ」

梢は声を出さずに笑った。

「そうだね。幻滅したらどうしよう、幻滅されたらどうしようってドキドキする」

かつて感動した本は、印象ばかりが心に刻み込まれている上に、歳月がその印象を更に甘美にする。膨らんで味付けされた印象を抱えたまま再会すると、思わぬしっぺ返しをくらうことになるのだ。

ふと、興味を覚えてきいてみる。

「雅春の初恋の人ってどんな人？」

「どれを初恋ととらえるかだな。ドキドキするんだったら幼稚園からドキドキしてたし」

「ませてたんだ」

「幼稚園の浅川先生が初恋かな。いや、もうちょっと現実的なところだと、中学の時の先輩かなあ、テニス部の」

「あら、いいじゃない」

「部長だったんだ。凛々しくて強かった」

「強い女性が好きだったんだ」

「うん」

「雅春、最初にこの本読んだのいつ？」

梢はテーブルに置かれた本に目をやる。

古い単行本。カバーは黒地で、ゆるやかなカーブで区切られた三分の一ほどの赤い部分があり、そこに『夜果つるところ』のタイトル文字が白抜きで入っている。たぶん初版本だろう。

「高校生の時だな。いっとき耽美系に走ったんだ。本好きのティーンエイジャーが頽廃《たいはい》的なものにかぶれる時期ってあるじゃん。だから、俺、この本も凄く耽美な印象があったんだけど、今読むと全然そんなことないな。むしろ、淡々としてる」

「そういうのってあるよね。あたし、横溝正史って映画や本の装丁のイメージからうんとおどろおどろしい小説って印象あったけど、最近久しぶりに読み返してみたら、理路整然としてて、むしろ都会的なタッチで驚いたもん」

「ある一定の年齢でないとインパクトを受けない類の本ってあるよな。その時期を逃すと早過ぎても遅過ぎても感動しない」

「『夜果つるところ』はそういうタイプの本じゃないと思うけど。年齢よりも、ある種の嗜好を持つ人に確実にヒットするタイプでしょ」

「うん。でも、どちらかといえば買いかぶられるタイプの本じゃないか？　読み手の妄想を掻き立てる、というか。俺、頭の中でイメージが肥大して理想化されてるから、結構ギャップが大きくてスリルがある」

「これ、初版本？」

「そう。学校の近くの古本屋で買った」

「見ていい？」

「どうぞ」

梢は本を取り上げ、奥付を見た。後ろの見返しに、古本屋の主人が書いたと思しき値段が鉛筆書きで残っていた。隣に、蔵書印らしきものが押してある。楕円形の囲みの中に花の絡まったアルファベットのMの文字が描かれている。文字には揚羽蝶が乗り、後ろに雲の掛かった月が見える。下の空白に、本を買った日付が書き入れてあった。

「これ、雅春の蔵書印？」

「あ、押してあった？」

「うん。雅春が作ったの？」

「違う。知り合いに器用で絵が巧い奴がいたから、そいつに彫ってもらった」

「Mは分かるけど、揚羽蝶と月はどういう意味？」

「知らん。そいつが勝手にデザインしたんだ」

「意味聞かなかったの？」

「聞いたけど、教えてくれなかったんだ。でもデザインが気に入ったんで、分からないまんま使ってた」

揚羽蝶と月。その人は雅春をどういうイメージで捉えていたのだろう。

梢は、蔵書印をじっと見つめた。

「洒落てるね。この人、センスあるよ」

「今、広告代理店でデザイナーやってる」

「今もこの蔵書印使ってるの？」

「いいや。本増える一方だし、蔵書印押してると処分しにくくなるからな。大学生になって少しして、押すのやめちゃった。そっちも初版本だよな」

雅春は、梢がライティングテーブルに置いた本に目をやる。

「そう」

「だけど、なんとなく違わないか？」

「まさか」

梢は自分の本を持ってきた。雅春の本の隣に並べる。

「あれ、ほんとだ。なんか印象が違う」

「だろ」

二人で本を見比べる。どちらも古い本だし、歳月を重ねているから、日焼けしたり汚れたりしている違いはあるものの、同じ版のはずである。しかし、確かに微妙に雰囲気が違う。指摘はできないが、どこかが異なるということだけは分かるのだ。

「不思議だな」

「あ、分かった」

梢は顔を上げる。

「ここのカーブが違う」

梢は表紙の赤と黒を分ける境界線を指差した。

カバーを外し、二枚を重ねてみる。照明に透かしてみると、二枚のカバーの線は微妙にずれていた。見た目の印象はほとんど変わらないので決して大きな違いではないが、重ねてみると明らかに違う線である。

「ほんとだ」

雅春も呟いた。

梢は本体のほうもじっくり比べてみたが、むろんどちらも同じ版なので違いはない。

「カバーだけ二つのバージョンがあるってことね」

「そんなことってあるのか？」

「あたし、一度だけある。デザイナーさんからの指定の連絡に行き違いがあって、決定する前のバージョンでカバーを刷ってしまって、配送前に差し替えたの」

「へえー。でも、差し替えたってことは、前のバージョンのは市場に出回ってないってことだろ？」

「うん」

「これはどうなる？」

「さあ、どうなんだろ。当時の印刷がどんなだったかは知らないし」

「やっぱり違うな。印刷の加減とかじゃないな」

雅春は、照明に透かして何度も重ねて見ている。

「真鍋姉妹が持ってるのと比べてみれば？」

「みんな違ってたりしてな」

「これって初版何部くらいだったのかな。そんなに多くなければ、カバーだけ手作りって可能性もあるかも」

「ますます謎が増えるな。面白い」

雅春は一人で頷いている。

その悦にいった顔を見て、梢はあのことを聞いてみようか、と思った。

なぜ彼は笹倉いずみが『夜果つるところ』の脚本を書いていたことを黙っていたのか。

ほとんど昼のところまでその質問は出かかっていた。

が、梢はどうしてもそれを口にすることができなかったのである。

なぜだろう。

梢は内心首をかしげた。別に、そんな大した質問ではないはずなのだ。

「映像関係の知り合いから聞いたんだけど、いずみさんって『夜果つるところ』の脚本書いてたんだって？」

そう一言聞いてみればいい。しかし、その質問は出てこなかった。

大した質問ではないが、微妙な質問であることは確かだ。彼女の最後の作品であり、それを完成させた直後に命を絶ったのだから。けれど、そこには触れずに「イエス」「ノー」で答えることは可能なはずだ。

頭の中をぐるぐるとそんな考えが巡っていたが、結局、梢はその質問を口にしなかった。この先、関係者とあの作品について話をするうちに、どうしてもそのことに触れざるを得ない瞬間が来るだろうから、何も今わざわざ聞かなくてもいいと思ったのと、やはりそのことを聞くのをどこかで恐れていたからだった。

「雅春は、読み返すのはいつ以来？」

代わりにそう尋ねた。

雅春は「んー」と記憶を辿る表情になる。

「二度目の映画化が決まったって聞いた時だから、司法修習生の時じゃないかな」

「じゃあ結構前だね」

「だから、とっても新鮮。これだけ間が空いちまうと、読むほうも違う人間だからな」

「あたしは、プロになってから読んでみると、変なところが気になっちゃって。和江が赤鉛筆舐めながら鳥籠見て何か待ってるって場面が、校正者がゲラ待ってて恨めしそうにしてるところを描いてるんじゃないかって」

「ハハハ」

雅春はあっけらかんと笑った。

「いろいろ深読みしたくなるところはあるよな。考えすぎなんだろうけど」

だからこそ、これだけ長いこと人々を惹きつけ、何度も映像化の話が持ち上がるのだろう。

「ね、もう一度、今回集まっている人たちをおさらいさせて」

梢は真顔になり、ソファに座り直した。

笹倉いずみのことは気にかかるが、まずは仕事のことを考えなければならない。せっかくの機会だし、無駄にはしたくない。

梢は「あっ」と顔を上げた。

「そうだ、大事なこと聞くの忘れてた。テープレコーダーとボイスレコーダー回してもいいかしら？」

「聞いてみよう。たぶん大丈夫なんじゃないかな。そんなにテープ持ってきたのか？」

「うん、たくさん持ってきた。やっぱりボイスレコーダーだけじゃ不安で。テープが回ってるのが見えないとね。あとで聞き直すのと整理するのが大変だけど」

雅春は、少し考えこむ仕草をした。

「どういう形式で書くつもりなんだ？　みんなの証言で構成するのか？　それとも、小説仕立てに？」

その口調の裏に、彼が梢の書くものになみなみならぬ関心を寄せていることに気付き、梢は一瞬弱気になった。こういう形で取材して書くのは初めての試みだ。うまくいくのかどうか、きちんと取材できるのか、書きあげられるのか、全てが急に不安になったのである。

梢は口ごもった。

「全然決めてないの。皆さんの雑談を聞いて、ヒントにしようと思ってる。個別に話を聞くかもしれないし、やっぱり一緒に話してるところのほうがいいってことになるかもしれないし。あたしのことはどう話してあるの？」

「『夜果つるところ』のファンで、それにまつわることについて本を書きたがっているとは話したよ。これって、どこかに載せるのか？」

「ううん。この船旅について、紀行エッセイを雑誌に載せる予定はあるけど、それはあくまでクルーズについての文章だから、その中でこのことには触れないつもり。もしかすると、将来連載という形でどこかに載せるかもしれないけど、今のところは書き下ろしでやるつもりだし、最終的にフィクションの形にするか、ノンフィクションにするかも決めてない。だから、まとまった形になるのは早くても一、二年先になるんじゃないかな」

なんとなく牽制《けんせい》するような口調になったことを感じたのか、雅春は彼自身の好奇心を抑え込んだようだった。

「なるほどね。そのこと、最初に梢から言っておいたほうがいいな。すぐどこかに載ると勘違いされても困るだろ？」

「そうね。まだ漠然とした話だから」

頷きながら、ふと、梢は心に浮かんだ疑問を口にした。

「でも、あたしたちがいなくても、今回みんなは集まったわけよね。こうして集まったのは、何か目的があったの？　単なる思い出を語り合う会ってこと？」

素朴な疑問だったが、雅春の表情は、思いがけずその疑問が何かの核心を突いたことを表していた。梢は思わずうろたえた。

「ごめん、なんかあたし悪いこと言った？」

「いいや」

雅春は苦笑する。

「詳しくは知らん。だが、老い先短いのもいるし、いろいろ片をつけておきたいことがあるのは確かだろう——もしくは、やっと語れるようになったのかも、ね」

やっと、という言葉に梢は違和感を覚え、問いかけるような視線を雅春に向けるが、彼の笑みはじわりと真顔に変わっていく。

「なにしろ、ここは海上だ。どんなに居心地が悪かろうと、誰も逃げ出せない。完璧な密室さ。俺たちは、いわば目撃者として呼ばれたのかもしれないね」

そう、あの頃はあれが私の世界の総《すべ》てだった。

太陽はなかった。

私は、あそこで太陽を見た記憶がない。私の世界はほとんどが夜で、世界が夜に沈んでいく短い黄昏《たそがれ》と、夜に尻尾のようにぶらさがっている、ほんの少しの夜明けとで出来ていた。

夜は華やいでいて、疲れていて、薄っぺらで、重くて、滲《にじ》んでいた。

赤みがかった、夢のような提灯の明かり。女たちの嬌声《きょうせい》と、すすり泣きと、誰かの罵声と、低く流れる歌声と、遠くで雷が響く音が、幾つかの小さな坪庭の上でぐるぐると鈍い渦を巻き、澱《よど》んで行き場を失っていた。

女たちがいて、顔のない男たちがいて、影のように行き交う年寄りがいて、明るく空っぽな闇の底でゆらゆらと影が揺れていた。回っていた。蠢《うごめ》いていた。

時々莢子は、私を月観台《つきみだい》に連れていってくれた。

彼女は月観台と呼んでいたけれど、それが本来の使われ方をすることはほとんどなく、大抵は女たちの肌着の物干し場として使われていた。いや、ほんとうは元々が物干し台で、莢子のほうが間違っていたのかもしれない。

それでも、狭い矩形《くけい》の板張りに座り、壊れかけた欄干にもたれかかって遠くを見るのはつかのまの気晴らしになり、莢子はいつもずっと黙って遠い山のあいだに少しだけ見える海に、悪い目を細めて見入っているのだった。

記憶のなかの海はいつも暗く、遠くの空にはどす黒い雨雲が垂れ込めていて、時折空に罅《ひび》が入ったかのような稲妻が数本、走ったかと思うと消えた。稲妻が消えると、ひと呼吸置いてお腹の底に雷鳴が響いてくる。私はその響きをおっかなびっくり楽しんでいたが、莢子は全くなんの反応も示さず、あの恐ろしげな音にも動じなかった。

あそこはどこ、と私は尋ねた。

あそこって、と茨子は気のない返事をした。

あのチラチラ光ってるところ、と私は山のあいだの小さな三角形を指差した。

夜の終わりよ、と茨子は答えた。

あそこで夜がおしまいになるの。

じゃあ、ここは、と私は尋ねた。

ここってどこ、と茨子はまた気のない返事をする。

ここは、と私は詰まる。そして、ぶっきらぼうに言う。

ここはここだよ、茨子と和江と文子《ふみこ》さんがいるところ。

ああ、そう、と茨子は冷たく答える。

夜の始まるところよ。ここから、暗い夜が始まるの。

茨子がそう言うと、あたかも本当にこの館の窓という窓から闇が噴き出して空を覆うところが目に見えるような気がした。短い黄昏をみるみるうちに覆い隠し、どんどん闇が重くなり、館を包んでいくところが。

だから、私の世界はいつも夜だった。

私の三人の母が棲《す》み、母たちにまつわる人々が棲む、あの奇妙な館から始まる夜と、夜が終わるところまでが私の総てだった。

六、蛇の巣

私たちがレストランに入っていくと、注目されるのを感じた。

いや、もっとはっきり言えば、「私」が鋭く値踏みされるのを感じた。

無理もあるまい。

すうっと息を吸い込み、覚悟を決めた。

私はこの中では最年少で、どこの馬の骨とも分からぬ女である。世間的にはもう四十の声を聞いているので立派な年増だが、彼らからすればまだ小娘に見えるだろう。

小説家としては業界ではぼちぼち中堅というところだが、エンターテインメントがメインで、彼らが読みそうな格調高い本は書いていない。私のことを知らなくても驚かないし、いくら雅春が連れてきたとはいえ、自分たちの大事な『夜果つるところ』についてこいつに書かせてもよいのか、いったいどの程度の「作家」なのか、ちゃんとフェアに書いてくれるのか、実際書けるのか、ゴシップまがいの暴露本にしてしまうのではないか、などなど、さまざまな危惧を抱いているに違いないのだ。

今夜のドレスコードはカジュアルだったが、きちんとしたパンツスーツにしてよかった。雅春がきちんとした格好が好きなのでそれに合わせたのだが、他の客たちを見ていると皆それなりの格好をしているので、長袖シャツにジーンズでは浮いていただろう。

私はそれとなく他の客に目礼し、なるたけ自然に振る舞いながら、ボーイに案内された奥のテーブルで雅春と向かい合って座った。

客は十人ほど。それぞれ和やかに食事を始めている。

このレストランは、スイートルームの客専用のもので、専属のスタッフがついてサービスをしてくれる。夕食には決められた時間のあいだに訪れればよい。

広くシックなスペースにテーブルがゆったりと配されているので、違うテーブルの客と会話をするにはやや距離があった。いきなり集中砲火を受けるのは避けられたらしい。内心、ホッとした。

正直いって、食事中は邪魔されたくない。

それは、恐らく彼らにとっても同じこと。食事のあいだは猶予時間のようで、関係者と思しき人々も、話しかけてくるようなことはせず、雅春に軽く手を上げたり、「よう」と声を掛けたりする程度である。

「よかった。ゆっくりご飯が食べられそうね」

私がそう囁くと、雅春はにやりと笑った。

「いやいや。みんな、実は内心小説家に興味津々さ。手ぐすね引いて食後の会談を楽しみにしてるとみたね」

私は苦笑した。

確かに、普段の生活の中で小説家に出くわすなどまれなことだろう。ほとんど家に籠もって仕事をし、会うのは編集者をはじめ出版社の人間ばかり。彼らは小説家という人種に慣れているし、私もそういう人たちと一緒にいる世界に慣れてしまっているが、たまに業界以外の人に会うと、彼らが小説家というものに結構古典的でステレオタイプなイメージを抱いているのに驚かされることが多い。

シャンパンで乾杯し、口に含むと、ずいぶん久しぶりにまともな食事にありつけたことに気付いた。染みわたっていく辛口のシャンパンに、空っぽの胃袋、船に乗り込む前のごたごたで傷んでいた哀れな胃袋のことを意識する。

「真鍋姉妹は分かるよな」

雅春は、シャンパンを飲みながら囁いた。

こぢんまりとした、美しい前菜が運ばれてくる。

ああ、きちんとしたご飯だ。

忘れていた疲労が、どっと押し寄せてくるのを感じながら、相槌《あいづち》を打つ。

「うん。二人とも美人だね。雅春と血は繋がってないんだよね？」

「そう、ばあさんの連れ子の娘」

普通に会話しているように見せかけて、さりげなく客たちを確認する。私たちの席は、うまい具合にレストラン全体が見渡せる位置にあった。

パッと目に入る二人。

真鍋姉妹は、実に華やかで貫禄があった。二歳違いと聞いているが、ほとんど歳の差は感じられない。五十歳くらいだろう。ふっくらしていてボリュームはあるが、太っているという印象は与えない。むしろ、福々しい感じである。二人とも目鼻立ちがはっきりしていて、同じブランドで揃えたらしいニットのアンサンブルが似合っている。

「どっちが綾実さん？」

「辛子色の服のほう」

雅春は私に目をやったまま答える。

なるほど、弁護士というのも演技力が必要な職業なのだな、と思う。私たちを見て、まさか他の客について話し合っているようには見えないだろう。彼の演技力はなかなかのものだ。

辛子色のニットで、白ワインのグラスを手にしている綾実は髪を大きく巻いていて、肩に掛かるくらいの絶妙な長さが女らしさを強調していた。髪は真っ黒で量も多い。眉や目の化粧は少し前の女優メイクのようで、ちょっと懐かしい。私の世代はひたすらナチュラルに、より中性的にと進んだ世代なので、きちんと「女」を演出し、それが古臭くなっていない彼女が少し羨ましく思えた。

向かいの詩織は明るい紫色のニットに身を包み、かつて「オオカミカット」と呼ばれていたシャギー風のヘアスタイルだ。こちらも肩くらいの長さ。彼女は明るいブラウンに髪を染めていた。頬骨が高く、綾実とは違うタイプの、欧米系の顔の美人である。

あまり似ていないな、と思う。長いこと一緒に仕事をし、一緒に暮らしているせいか、漂う雰囲気は似ているが、顔自体はそんなに似ていない。

「あんまり似てないね」

私がそう感想を漏らすと、雅春はなぜか苦笑いを浮かべた。

「まあな。その件については、また今度ゆっくり」

その件について。引っかかる言葉だ。

ひょっとして、二人は血の繋がった姉妹ではないとか――まさか。

雅春はすぐに話を変えた。真鍋姉妹にはなんらかの家庭の事情があるらしいが、今説明する気はないようだ。

「角替《つのがえ》監督と、奥さんの清水桂子《しみずけいこ》は分かるね」

「うん。最初の映画の助監督ね」

「前の奥さんも分かるな」

「玉置礼子《たまきれいこ》ね」

静かであまり会話を交わさないが、ただものではない気配を漂わせて食事をしている夫婦。

七十を越えているが、がっしりした体軀を黒のコーデュロイジャケットに包み、洒脱な雰囲気を漂わせている男が角替正《ただし》監督である。『夜果つるところ』の最初の映画化の時は助監督で、当時の監督だった白井一義《しらいかずよし》と一緒に脚本作りにも携わったという。

彼は、この時、最初の妻だったやはり女優の玉置礼子を、撮影中の事故で亡くしているのだった。彼女の出た映画は一、二本しか見ていないが、コケティッシュで妖艶な雰囲気の女優だったと記憶している。

現在の妻、清水桂子はどちらかといえばバイプレイヤータイプ。渋く、サラリとした演技をする。監督とは十歳くらい離れていたはずだ。ものすごく痩せているが、すらっとしてとても姿勢がよく、さすが役者だと思わせる。

「カッコいいね、監督」

「ものすごくもてたらしいぜ」

「でしょうね」

しかも、仕事は映画監督だ。いくらでも女優たちが寄ってくるだろう。

「ええと、こっちのご夫婦がプロデューサー？」

「違う。こっちは編集者。プロデューサーは監督の隣の席のほう」

「編集者――ああ、『夜果つるところ』を文庫で出した人ね」

私たちの隣のテーブルで和やかに食事をしている、いかにも文化人といった雰囲気を漂わせている夫婦が島崎四郎《しまざきしろう》とその妻、和歌子《わかこ》らしい。

島崎四郎は、『夜果つるところ』を文庫化した担当編集者で、飯合梓とも面識があったという。もう引退しているが、文芸の世界では有名な編集者だ。妻も違う会社の編集者で、ずっと女性誌を作っていたという話である。

「うん、言われてみれば確かに二人ともとっても編集者っぽい」

編集者には影のように支えるタイプと、自らも主張しつつ作家を引っ張っていくタイプがあるが、見たところ、この二人はどちらも後者のスター編集者タイプに思えた。

隣のテーブルなのであからさまに見ることができず、よく分からなかったが、社交的で明るい夫婦のようである。

私が最初、こちらが島崎夫婦なのではないかと思ったのは、どちらかといえば地味な印象の小柄な夫婦である。

大柄な角替夫婦の隣にいるので、余計小さく見えるのかもしれない。

六十は過ぎているのだろうが、年齢不詳な印象を与える男。のっぺりした四角い顔、細い目をした表情の読めない男が、二度目の映画化を試みたプロデューサー、進藤洋介《しんどうようすけ》である。妻は小柄な進藤に輪を掛けて小柄で、こちらも細い目に小づくりな顔で、揃って無表情である。

「ふうん。あまりプロデューサーっぽくないね」

「プロデューサーぽいのってどういうのだよ」

雅春が突っ込んでくる。

「押しが強くって、声大きくて、エネルギッシュな感じ」

「見た目とは違うかもよ」

「そうなの？」

「まだ俺もきちんと話したわけじゃないから分かんないけど」

「あのおじいさんは誰？」

私はちらっと一人で食事をしている老人に目をやった。


レストランに入った時から気になっていた。

傍らに杖を置き、ニットの帽子をかぶったまま悠々とワインを飲んでいる老人は、かなりの高齢だった。ひょっとして、九十歳近いのではないか。

がりがりに痩せているが、鷲鼻の目立つ顔は端整で、西洋人のようである。ニット帽からふわふわした白髪が広がっているさまは、ファンタジー小説に出てくる魔法使いのようだ。寒いのか、カウチンセーターを着込み、首にはマフラーまで巻いている。

「映画評論家の武井京太郎《たけいきょうたろう》だよ」

「へえ、あの人がそうなんだ」

武井京太郎は五十年以上に亘って活動している映画評論家である。TVなどに登場するタイプではないので、本や雑誌でしか名前を知らなかった。幾つになっても若々しい文章で、B級映画も分け隔てせず、映画ならなんでも愛するというスタンスを好もしく思っていた。

「嬉しい、あたし、結構ファンなんだ」

「俺も好き」

雅春は映画好きでもあった。

「でも、相当変わってるらしいぜ」

「一人で来てるの？」

「いいや。彼氏と一緒」

「彼氏？」

一瞬、聞き間違えたのかと思った。が、雅春は小さく頷く。

「あのじいさん、ゲイなんだよ。パートナーと一緒に来てるんだが、出航時に喧嘩したらしくって、相手はずっとフテ寝してるらしい」

「へえー。知らなかったー。相手は幾つくらいの人なの？」

「えらく若いらしい」

武井京太郎がゲイだとは知らなかった。驚いたが、逆に、あの若々しい文章の秘密をかいま見たような気がした。

「奥の二人は？」

「あれは、俺たちとは関係ないお客。どっかのでかい寺の住職とそのおつきらしい」

明らかに仏門と分かる、坊主頭の二人が奥で黙々と食事をしていた。

一人は七十歳を大きく越えていそうな小柄な老人で、一緒にいるのは五十歳前後と思しきがっしりした男である。

坊さん二人がワイングラスを手に、フランス料理を食べているさまはなんとなく奇妙な心地がする。生臭坊主、というのは今や死語か。昨今の般若湯《はんにゃとう》はおしゃれだ。

関係者を確認したことで、新たな闘志が湧いてくるのを感じる。

「いらっしゃいませ、蕗谷様。お料理はいかがでございますか」

ふわりと柔らかい声が降ってきた。

テーブルを順に回ってきた、レストランマネージャーである。

三十くらいか。若いのに非常に落ち着いた、美しい男だった。「結城」という名前のバッジの隣にソムリエのバッジも付けている。

「お世辞じゃなくておいしいね。客層に合わせてるのもあるんだろうけど、フレンチなのに健康的なメニューだね」

雅春が磊落《らいらく》な口調で感想を言う。

「ありがとうございます。なるべく塩分を控えて、素材にも気をつけております」

結城はにっこりと笑った。

確かに、話に夢中になっていたものの、出てくる料理は皆上品な味で、カロリーを抑えてあることが窺えた。乗客の平均年齢が七十近くとあれば、彼らに向けたメニューにするのは当然のことだろう。

しばらく世間話をして、マネージャーはまた別のテーブルへと向かった。

「上品だねえ」

そのぴしりと伸びた背中を見ながら、思わず呟いていた。

雅春が、グラスにワインを注ぎながら頷いた。

「金持ちばかり相手にしてるわけだからなあ」

「金持ちだから上品だとは限らないけどね」

「そりゃそうだ」

雅春は肩をすくめる。

ようやくお腹が落ち着いてきて、ワインの味が分かるようになってきた。

ひととおり「敵」の陣容が把握できたので、精神的にも落ち着いたのだろう。

「ねえ、そもそも今回の旅行って誰が言い出した話なの？」

「さあ、よくは知らないな。角替夫妻と武井京太郎が昔からの仲良しで、一緒に船旅をしようと言い出したのがきっかけらしい」

「それぞれは、互いに面識があるのよね？」

「あるとは思うがね」

雅春はボーイを呼び、ワインのボトルを追加した。

「真鍋姉妹は、誰と知り合いなの？」

「自分たちの作品を映像化した関係で、進藤さんとは親しいらしい。あと、あいつらは飯合梓マニアだから、出版社のつてで島崎さんとも会ったことがあると言っていた」

「へええ」

マニアの情熱、恐るべし。

「雅春は、角替監督から誘われたの？」

「うん。最初に誘われたのは真鍋姉妹からだったけど」

角替監督とは遠い親戚で、叔父が監督の法律顧問を務めている関係もあって親交があり、なぜかえらく気に入られているのだそうだ。雅春は、相手によって態度を変えたりしないので、年配者に生意気だと憎まれることも多いが、同じくらい可愛がられることも多い。

「『夜果つるところ』の失敗の歴史を振り返る、って感じかな。なにしろ、誰も完成させてないからな、映画」

「そうか」

「結構死人も出てるしね」

死人。

急に目が覚めたような心地になる。

笹倉いずみ。

雅春の言う「死人」に、彼女は含まれているのだろうか。

「どれくらい亡くなってるのかしら、実際のところ」

さりげなくかまを掛けてみる。

雅春は、新しいワインをグラスに注ぐ。

「そうさなあ。最初の映画化で六人。次の映画化で二人。おおやけになってるのはこの八人だね」

雅春の答えは無難なものだった。

「どこまでを被害者に含めるかっていう話だな」

そう言い添える。

「おおやけになってない死者もいるってこと？」

「うん」

『夜果つるところ』は映像化する度に死者が出ている。

最初の映画化の時は、クライマックスである炎上シーンを撮るときに、予定よりも早くセットから原因不明の出火があり、役者四人、スタッフ二人が火災に巻き込まれて亡くなる大惨事となった。

主要登場人物が亡くなってしまったため、映画は完成させられず、自社のプロダクションでこの映画に懸けていた白井監督は巨額の負債を抱え、会社を潰す結果となってしまった。

二度目の映画化の時は、撮影中に役者同士が無理心中をするという騒ぎがあり、撮影は中断。こちらもフィルムはお蔵入りとなる。

再映画化の話が出た時点から、どうしても最初の映画化の惨事が思い出され、不吉な影を落としていたけれども、これで『夜果つるところ』の「呪い」は決定的なものとなった。

そして、五年前の映画化は、脚本家が脚本を完成させた直後に自死したことで——直接の原因がそれなのかは不明だが——やはり頓挫したらしい。

最近も、CSドラマ化が進んでいて、ほとんど撮り終えていながら、撮影カメラマンの急死でやはり完成をあきらめたという話を聞いたばかりである。

累々と死者を積み上げ、その身にまとう伝説と、「呪い」のききめを堅牢にしていく『夜果つるところ』。

やはり、惹かれる。

そう認めないわけにはいかない。人は禍々《まがまが》しいものに惹かれ、不吉なものに引き寄せられていくのだ。

「雅春、じゃあ、ラウンジでね」

ふわっと香水の匂いが鼻をかすめた。

華やかな風が、横を通り過ぎる。

ひと足先に食事を終えた真鍋姉妹が引き揚げていくところだった。

「OK」

雅春が鷹揚《おうよう》に手を上げて応える。

私は慌てて会釈をしたが、綾実が艶然とした笑みを返すのがちらっと見えただけだった。そのねっとりとした笑みが、二人が姿を消したあとも、私たちのテーブルのところに漂っているような気がした。

「あとでな」

続いて、角替夫妻が声を掛けて出ていく。

今度は雅春と一緒に、タイミングを逃さず会釈することができた。

「いよいよ出番ですよ、先生」

雅春は私のグラスにワインを注いだ。

「これを飲んでからでいいわよね？」

「もちろん。ゆっくりしてこうぜ。みんなも、どうせすぐにはラウンジに行かないよ。九時くらいに行けばいいだろう」

「ガソリン注いでいかなくちゃ」

「うむ。蛇の巣に飛び込むようなものだからな。がんばろうぜ」

蛇の巣。

なぜ雅春がそんな言葉を使ったのかは分からなかったが、それは今の私たちの状況をよく表しているように思えた。

七、ゲームの規則

　梢は、趣味と実益を兼ね、文章読本や小説作法の類を読むのが好きである。

　いわゆる「作家性」の高い小説家ならば、他人の本も技術も気にも留めない、というタイプの人間も多いけれど、どちらかといえば職人タイプであると自覚している梢の場合、他人がどうやって書いているのか興味があるし、純粋にテクニックとして参考になるものがあれば素直に取り入れたいと思う。

　小説家としての蕗谷梢は、タイムリーに社会性と時事ネタを取り入れた端正なエンターテインメントを書くというのが業界内での評価である。テーマ性が高いものが多いため、いわゆるシリーズキャラクターというのは持っていない。こういうタイプのものは社会と技術の変化が速まった今、どんどん賞味期限が短くなっていて、自分の死後も残る種類の作品ではないだろう、というのが梢自身の自己評価である。梢はそれでも構わないし、自分が興味を持ったテーマの周辺を探り、面白い読み物として提供することに意義を感じているし、満足もしている。

　取材をしたり調べ物をしたりすることには慣れているので、今回、技術的には複数の人間に話を聞くことに抵抗はなかった。しかし、いつになく不安を抱えていたのは、新宿の居酒屋で幸宏も懸念を抱いたように、取材相手もテーマも普段とは全く毛色が異なるし、しかもテーマ自体、あまりにも漠然としていて何を聞いたらよいのか分からないということであった。調べたことを元にプロットを組みたてていくという手法は通用しそうにないし、そもそもどこを着地点にすればいいのか見当もつかない。

それは、『夜果つるところ』に関するデータが少ないことからも来ている。

完成され公開された映画ならばいろいろなデータベースに残るけれども、未完成・未公開となるとたちまちデータは少なくなり散逸する。それゆえ、この映画は一般的には全く認知されてこなかった。

呪われた歌やら携帯電話やら、あの手この手でティーンエイジャーの興味を引くネタを探している今の時代ならば、本家本元、ホンモノの「呪われた映画」に興味を持つ人間が出てきてもよさそうなものだが、この映画についてきちんと書かれた本は一冊もない。梢が探した範囲では、せいぜい映画監督のフィルモグラフィーで僅かに触れられるか、全く裏を取っていない都市伝説の類のものしか見つからない。

頓挫したとはいえ、何度も映像化の企画が持ち上がった作品の作者なのに、飯合梓に関しては更に悲惨である。もう忘れられた作家と言ってもよく、謎の多い人物であったことも手伝って、評伝も研究書も本格的なものは全くない。

この題材が、もしかしたら誰も気付いていない鉱脈である可能性もある。発表したら、評判になってお蔵入りした映画が注目されるかもしれない。梢自身も物書きとして新たな領域を開拓したと言われたい。そんな色気がないと言えば嘘になる。ある程度の地位と固定ファンを得た中堅作家はなかなか書評でも取り上げてもらえなくなるし、皮肉なことに、ある程度コンスタントに本を出していて内容も平均点を維持している者ほどその傾向は顕著だ。世の中で求められているのは「巨匠が長い沈黙を破り世に放った問題作」か「彗星のごとく現れた驚異の新人の話題作」の二種類のみ。これだけ多くの小説家と小説家志望者が巷《ちまた》に溢れているのに、各出版社が常に血眼になって新人を探しているのは、いかに書き続け、作家であり続けることが難しいかの証明である。なにしろ、彼らは巨匠の沈黙期間を埋める本も出さなければならないのだから。

固定ファンが付くということは、異なる層の読者を新規に獲得することが難しくなるということでもある。梢が『夜果つるところ』をテーマに本を書くことで、これまでとは違う読者を開拓し、梢のこれまでの小説を読んでいる人間にも新鮮なイメージを与えられるかもしれない。

そのいっぽうで、これを取り上げることでキワモノ扱いされる可能性もある。時代に即した、いわば最新の話題をテーマにしてきた梢が、よりによって古臭い怪談に手を出したということを後退もしくは手抜きとみなされ、これ一作で幻滅されるかもしれないのだ。巷でよく言われるとおり、信用を築くには時間がかかるが、信用を失うのは一瞬なのである。

どちらにせよ、この企画は博打《ばくち》だ。

そんなことを意識のどこかでもやもやと考えつつも、梢は目の前の人々が次々と投げかけてくる質問に如才なく答えていた。

大手都市銀行に入社し五年ほど勤めたあと、金融業界誌に記者として転職し、やがてエンターテインメント系の文芸誌の新人賞に応募して受賞したのをきっかけにこの世界に入ったこと。小説家としての日常、業界の裏話。

思ったよりも緊張はしなかった。自分の経歴や受け答えが信用を得るであろうという自信もあった。ゆっくり食事をして落ち着き、お酒が入っていたこともあるし、青に統一されたラウンジはゆったりとしていて心地よかった。それは関係者たちも同じで、彼らも寛いだ友好的な調子で、梢にいきなり噛みついてくるようなことはなかった。どうやら、この調子だと、今夜は梢の身元調査で終わりそうな気配である。

しかし、梢はラウンジに入った時から、自分が集中していないことに気付いていた。

なんだろう、この上の空な感じは。

梢はそっと周囲を盗み見た。

客層のほとんどが高齢のためか、ラウンジで酒を飲む客は少ない。梢たちの一団を除くと、ふた組の夫婦が離れたところでそっと杯を傾けているだけだ。

サービスのスタッフは、マネージャークラスを除いてほとんどが外国人である。肌が浅黒くずんぐりして、人なつっこいフィリピン人や、旧ソ連の衛星国である東欧出身の女性が多い。このラウンジでも、スタッフはカウンターの中でお酒を作るフィリピン人男性が一人と、注文を取りお酒を運ぶウクライナ人の若い女性の二人だけだ。

蛇の巣に飛び込んだというのに、あたしはいったい何に気を取られているのだろう。

「雅春とのなれそめは?」

突然、変化球を投げつけられて、梢は我に返った。

それは角替監督の声で、ふと監督の顔を見ると、その目が思いがけなく真剣なのに内心狼狽する。

「ええと、その」

梢は口ごもり、思わず雅春に目をやった。

雅春は肩をすくめ、おどけた表情でジャケットの胸を押さえた。

「そうよそうよ、なれそめ、聞きたいわ」

綾実がパッと目を輝かせて身を乗り出した。

梢は内心苦笑する。それまで真鍋姉妹は微笑みを浮かべて梢の話を聞いていたものの、やはり、当たり障りのない業界話や著者略歴に退屈していたのだろう。

世の中には、「なれそめ」をやたらと聞きたがる人がいる。どうやら彼女がそうらしい。

「元々、知りあいではあったんです」

梢と雅春は目で譲り合っていたが、観念して雅春が話し始めた。

「どこで？　大学、違うわよね」

綾実がさりげなく指摘する。

雅春は頷いた。

「俺の高校の先輩が、彼女が入った銀行に勤めてて、異動して彼女と同じチームになったんです。それで、たまたま何度か一緒に飲んだことがあって」

「へえー。その時の印象は？」

興味津々、という綾実の視線は梢に返答を求めていた。

梢は警戒しつつ、控え目に答える。

「面白い人だな、という感じですね。初対面の時、お互いもう結婚してましたし」

これまでの経験からいって、再婚同士でなおかつ以前から知り合いだったと言うと、前の伴侶がいた時からつきあいがあったのでは——平たくいえば、不倫していたのではないか、と下世話な疑問を抱く人は結構多い。

「雅春、結婚早かったものね。卒業してすぐじゃなかった？　普通、司法試験に受かってから結婚するでしょうに、まだ司法浪人中に結婚するって聞いて驚いたわ」

詩織が呟いた。

「そこはほら」

綾実が頷いてみせる。

「いずみさんは大学時代から放送作家とドラマの脚本で稼いでたから、大丈夫だったのよ」

その名前の破壊力はてきめんだった。

一瞬明らかに、一団に稲妻のような動揺が走ったのだ。

とっさにポーカーフェイスを装ったつもりだったが、梢は自分も反応してしまったことに内心舌うちした。その様子を綾実がしっかり見て取ったこと、その反応に満足したような表情を浮かべたことも口惜しかった。

平然としていたのは雅春だけだった。

「そうだね。司法修習生になるまで、俺、ヒモみたいなもんだったな」

胸をポリポリと掻きながらのんびりした口調で頷いた雅春を、綾実はじっと見つめていたが、やがて視線を逸らした。

あ、そうか。

梢はようやく違和感の正体に思い当たった。

武井京太郎がいないのだ。あの強烈に個性的な映画評論家のおじいさん。そりゃあ、最高齢だからラウンジでお酒というわけにもいかないのだろう。もう眠ってしまったのか。それとも、パートナーとの関係修復に努めているのだろうか。

しかし、それだけではない。他にも違和感が——

「まさか雅春が梢さんの離婚弁護士を務めた、とか？」

そう尋ねているのは詩織だった。彼女のほうが無表情で淡々としていて、綾実のように心理的な駆け引きを迫ってくるところがないのでホッとする。

雅春は、今度こそ大げさに首を振った。

「違う違う。そんなドラマみたいな話じゃないよ」

「一応、前の旦那とは円満に別れましたから」

梢も笑ってみせる。

円満。梢はその言葉を冷めた気持ちで繰り返してみる。社内結婚だった夫が、学生時代の後輩といつのまにかつきあっていて妊娠させてしまい、そちらの父親となることを選んだこと。円満。共同名義で買ったマンションを梢の名義にする代わりに慰謝料を請求しないと約束させられたこと。円満。妊娠させた女の父親は、神奈川県に不動産を幾つも持っている資産家だったので、娘にポンと横浜の一等地のマンションを贈ったらしいと聞き、さんざんしおらしく「マンションは君に譲るから」と恩着せがましく繰り返した男に、腹が立つのを通り越してあきれてしまったこと。これらすべてが円満だ。

「お互い一人になってから、さっき言った先輩が連れて行ってくれた店の常連として再会したっていうのがいわゆる『なれそめ』ですよ。そんなもんです」

雅春はこの話題にケリをつけたいらしく、なごやかにそう打ち切った。

確かに雅春の説明は正しい、と梢は考える。

もっとも、彼の説明はいろいろなところを省いているのだが。

嘘を言ってはいけない。

突然、梢の頭に雅春の声が響いた。

これはいつの会話だろう。

ふと、鼻の先にきつい煙草の匂いが蘇った。

あの頃雅春が吸っていた煙草。深夜のバーカウンター。

雅春が煙草の煙の行方を見ながら話している。

嘘を言ってはいけない。けれど、聞かれないことには答えなくてもいいし、わざわざ不利な情報を提供する必要もない。

交渉のイロハ。そんな話だった気がする。

別れる前に聞いておきたかったわねえ、と梢は答えた。

雅春はハハハ、と屈託なく笑った。

あの男も嘘は言っていない。雅春が言うところの「交渉のイロハ」は彼も承知していたものとみえる。「マンションを君に譲る」のは本当であるし、少なからぬ額の頭金を払ったのは彼の父親だったので、「申し訳なく思って」梢に財産を譲ったというのも嘘ではないだろう。横浜の億ションと呼ばれるような住居が自分の懐を痛めずに手に入るということを梢に教える必要はないし、実際に自分がローンを払った期間がごく短いマンションを手放すのはそんなに惜しくないと思っていることも教える必要はない。惜しくないマンションで慰謝料がチャラになるのなら、なおさらである。


「どんなふうに進めればいいかしらね」

またぼんやりしていた自分に気付き、顔を上げた梢は、詩織の顔を正面から見た。

なんとなくハッとした。

やはり、この人は姉とは全然似ていない。

そんな感想が真っ先に湧いた。

次に、素早く詩織の質問の意味を考えた。「『夜果つるところ』について語る会」を今後どう進めるか尋ねているのだと気付く。

「そうですね」

梢は自分がちゃんと思慮深げな表情を浮かべていることを祈りながら、ぐるりと周りを見回した。

「明日の午前中、私が司会をしますので、皆さんの記憶に残っていることを自由に話し合ってもらって、いろいろ疑問に思ったところをリストアップします。それから、私が個別に伺ってお話を聞く、というのはどうでしょう」

異論はないようだった。

というよりも、みんな顔合わせでそれなりに疲れたのか、そろそろ退散したいという表情が浮かんでいた。詩織はそんな気配を感じて、さりげなく閉会を促したのだろう。

「どこでやる?」

「ここ、昼間も開いてるのかしら?」

三々五々、立ち上がりながら言葉を交わす。

「海が見えるほうのラウンジだったら開いてるんじゃないかな」

「どこでもできるさ」

「了解、了解」

「おやすみなさい」

梢は立ち上がる関係者の表情を見ていた。

取材は終わってからが始まりだ、と先輩記者に聞いたことがある。クロージングのあと、ノートを閉じてから聞く話が本音である。椅子から立ち上がる時の表情、応接室から出る時の表情が大事である、と。

　実際、取材が終わってから話が弾むことも多かった。取材時間よりも遥かに長い時間、対象者と話したことも少なくない。誰でもマイクとノートを目の前にすると緊張するし、知らず知らずのうちに身構えているものだが、マイクのスイッチが切られ、ノートが閉じられるとホッとして、つい素の表情を見せてしまうものなのだ。

　しかし、さすがに彼らは老練で、なごやかな顔を崩さず、梢が読み取れるような素の表情を見せることはなかった。

「武井先生はもうおやすみになったんでしょうか？」

　梢は誰に聞くともなしに呟いた。

　それを耳に留めたのか清水桂子が梢を振り返る。

「武井先生はね、五時間単位で生活してらっしゃるの」

「五時間単位？」

「五時間寝て、五時間起きる。大体そんなペースで暮らしてらっしゃるようよ。たぶん、今の時間は寝てる時間なんでしょう。だから、とんでもない時間に元気に活動しておられたりして、知らない人は戸惑うけれど、そういう方なの」

「ずっとそんなふうに生活してらっしゃるんですか」

「お若い頃は全然眠らなかったそうなの。それが、お歳を召すにつれて、活動時間と睡眠時間の長さがどんどん近付いてきたんですって」

　能率がいいのか悪いのか分からない。

　ぞろぞろとラウンジを出ていく関係者を見送ると、梢はどっと疲労が押し寄せてくるのを感じた。

「お疲れ」

雅春が呟く。

「部屋に戻る？」

「ここで一杯飲んでこうぜ。あんまり飲んだ気がしなかった」

ぽつんと残された梢と雅春は、テーブルを片づけている女性スタッフにウイスキーのロックを注文した。

いつのまにか、他の客も部屋に引き揚げたらしく、青い空間に残されたのは二人だけである。

静かな夜。やはり、揺れはほとんど感じられない。

「どう？　あたし、受け入れられたのかしら」

「バッチリさ」

雅春はぐいっとグラスを呷《あお》った。

「本当に？」

「本当に。もしおまえのことが気に入らないんなら、真鍋姉妹はとっくにソファ蹴って部屋に戻ってるよ」

挑発するような綾実の目と、無表情な詩織の目が蘇る。

今ここで聞くんだ、と梢は自分に言い聞かせた。

なぜ笹倉いずみが『夜果つるところ』の脚本を書いていたことを教えなかったのか、彼に聞くのならば今しかない。

が、ふと、胸を押さえる雅春を見て、ずっと感じていた違和感の正体を悟った瞬間、たちまちその件は梢の頭から吹き飛んでしまった。

「ねえ、あなた。ひょっとして」

「うん？」

「ボイスレコーダー？」

「よく分かったな」

平然としている雅春に、梢は愕然とした。

雅春は、ジャケットの内側に手を入れた。ボイスレコーダーを止めたらしい。

彼はずっと会話を録音していたのだ。

梢は慌てる。

「そんな。回してるなら、回してるってみんなに言わなくちゃ」

最近のボイスレコーダーは性能がいいので、ポケットに入れていても相当細かいところまで音を拾う。

梢の脳裏に、話しながらやたらと胸を押さえている雅春の姿が巻き戻される。

そうか、そのせいだったのか。

「あなた、やたらと胸を押さえてた。あたし、ひょっとして、胸が苦しいんじゃないか、具合でも悪いんじゃないかって思ってた」

無意識のうちに、ずっとそのことを気にしていたのが、梢に違和感を与えていたのだ。

「回していいか聞くのがマナーでしょ。最初からずっと？」

「うん。そうか、俺、胸押さえてたか。つい、気になっちゃうんだな。今後気を付けないといかんな」

雅春は取り合わない。

が、梢が自分を混乱した表情で見ているのに気付くと、静かに呟いた。

「俺の個人的な資料だ。誰かに聞かせる気はないよ。俺が一人で聞いて、この船にいるうちに全部削除する」

穏やかではあったが、頑として譲らない表情だった。

全部削除する。

梢には、その言葉がやけに不吉な響きに感じられた。

雅春は、何を削除したいのだろう。何を求めてここに来ているのだろう。

グラスをテーブルに置くと、氷がからん、と乾いた音を立てた。

二人はどちらからともなく立ち上がる。

「ここの支払いは？」

「部屋に付けといてもらおう」

船内では、基本的にツケで済むし、食事は旅行代金に含まれている。お酒は別に支払うが、その都度現金で支払ってもいいし、船を下りる時にカードで精算してもいい。インタビューの時の飲食代は梢の経費にする予定である。

俺が一人で聞いて、全部削除する。

客室に戻る梢の頭の中には、「削除」という言葉が繰り返し響いていた。

八、夜の始まり

私はしんと静まりかえった船内を一人、小さなトートバッグを提げて歩いていた。

午前零時まで開いている大浴場に向かっているのだ。

最上階に近いところにある浴室は、窓が大きく見晴らしがよい。ありがたいことに他の客はおらず、貸し切り状態だった。客層からいって、もっと早い時間に込むのかもしれない。こんなふうに大浴場があるところが、いかにも日本の船らしい。部屋にもユニットバスはあるけれど、旅に出ると広い風呂につかりたくなるのは、やはり温泉好きの日本人のＤＮＡのせいだろうか。

むろん、ここは温泉ではないけれど、広い湯船につかると思わず「あー」という声が漏れ、どっと疲れが噴き出してきた。

ほぼ徹夜明けで仕事場を飛び出し、新幹線に飛び乗り、よろよろと船に乗り込んだのが大昔のことのように思える。

湯船の中でじっとしていると、ゆっくりとお湯の表面が揺れているのが分かる。

地震でビルの上層階のほうが揺れるのと同じ原理で、ここは船内では十一階にあたるのだから、下の階よりも揺れは大きいのだろう。

広い窓は太平洋側を向いているらしく、外は真っ暗で何も見えない。それでも、同じ漆黒でも密度の違いでなんとなく水平線が分かるから不思議だ。

ここから、暗い夜が始まるの。

ふと、『夜果つるところ』の登場人物の言葉が頭に浮かんだ。

夜はどこから始まるのか。

窓の向こうをじっと見つめる。

飛行機の旅ならば、夜の終わりや始まりははっきりしている。十時間も乗れば夜を追い越し、明るい一日が始まるところを目の当たりにできる。

しかし、船旅というのは全くベクトルの異なる旅だ。むしろ、いかに急がないかに重点を置いているのだから。ここでは一日が長く、夜も普段より引き延ばされているような気がする。

雅春の落ち着き払った表情が頭から離れなかった。繰り返し胸に手をやる仕草も。

彼が何に執着しているのか、何を企んでいるのか考えるともやもやした不安が込み上げてくる。この旅が企画されたところからして、私の知らない事情が多々あることが窺える。けれど、さっきの様子を見るに、彼はそのことについてまだ語る気はなさそうだし、とにかく自分の仕事をするしかない。

静かだ、と思った。

海の上、しかも空中でお湯に浸かっていると考えると不思議な心地だ。

湯船の中に身体を伸ばし、頭を浴槽のふちに載せて天井を見上げる。

さっき、綾実たちと話していて前の夫のことを思い出してしまったことが、いずみの名を聞いて私が反応してしまったときの綾実の満足げな表情と重なり合って、微妙に不快な気持ちを長引かせていた。

今日雅春が着けていた腕時計が、前の夫の好きなスイスのメーカーのものだったというのもある。むろん、モデルは異なるが、「えへへ、買っちゃった」というあの男の声が蘇ってきて、ますます一人で不快になる。

紘一がよその女を妊娠させたことが分かった時、梢に対して済まなそうにしていたのは彼の父親だけだった（ように思う）。紘一は、バツは悪そうにしていたが、せいぜい悪戯《いたずら》が見つかった男の子のような表情であったし、彼とよく似ている母親は、息子の不貞を世間に対してどう説明するかに気を取られている様子だった。

梢さんはインテリだから——今の若い女の人は自分のやりたいお仕事があるんでしょうし——でも、もっとあなたがよく紘一の面倒をみて、早く子供を作っていればこんなことには。

もごもごと最後のほうの言葉を呑み込んだことから、周りに対して「息子は家庭を顧みなかった妻の犠牲者であるので、よそに子供をこしらえたのも無理はない」という説明をすることに落ち着いたのだな、と分かった。

いっぽう、彼の父親は、この別れ話の現実面の核心を突いてきた。

梢さん、あなた、お金のほうは大丈夫？

私は、義父のその言葉の意味するところをすぐ理解した。

はい、私名義では借りていません。保証人にもなっていないはずです。

なら、いい。

彼の父親は、その瞬間、ほんの少しホッとしたような顔をした。その顔を見て、「不幸中の幸い」という言葉を思い出したことを覚えている。

紘一には浪費癖があった。

生活にはまるで構わない。美食家というわけでもなく、服や靴に凝るわけでもない。しかし、時計には目がなかった。ガラス越しにやたらと細かい部品がごちゃごちゃ詰まっていて、ちまちま隅っこで何か動いている、「で、今本当は何時なの?」と聞きたくなるような、あの大きな黒い腕時計。「えへへ、買っちゃった」という台詞のあと、二百万という値段を聞いて梢は愕然とした。

都市銀行に勤める三十そこそこの男が、いくら同世代の平均よりも稼ぎがいいとはいえ、「買っちゃった」で済ませられる額ではない。そんなお金をどう調達するのか、と問い詰めると「パチンコで勝った分でなんとかする」という答え。今はリボ払いがあるしね。

しかも、それは一度や二度ではなかった。下取りに出しているわけではないので、時計はシーズンごとに増えていく。どう考えても、彼の年収を上回る合計額である。共働きなので、マンションの月々のローンは紘一、生活費は梢と分担を決めていた。個人の趣味についてはそれぞれの収入内で好きにする、というルールにしていたものの、紘一の「趣味」のあまりの額の大きさに危機感を覚えた。「買う前に相談してよ」としばしば訴えたが、まるで平気そうにしている紘一を見ているうちに、正直なところだんだん気味が悪くなっていった。その金銭感覚からいって、彼が消費者金融に手を出していないとは思えなかったのだ。

紘一が私と離婚せざるを得なくなったのは、おそらくその女からかなりの額の借金をしていたというのも大きな理由ではないかと睨んでいた。紘一の父親も同じことを疑っていたのだろう。金銭的に被害がないことを、紘一の父親と梢は「不幸中の幸い」と暗黙のうちに了解しあっていたのだった。マンションを梢さんに譲りなさい、と主張したのも義父だったと聞いている。なにしろ頭金を出したのは義父だし、このままでは息子の借金のカタになってしまうという危惧を抱いていたのかもしれない。

同じメーカーの時計でも、雅春が腕にしていたのはずっとシンプルなデザインである。よかった、普通の時計も造れるんだ、と思い、なんとなくおかしくなった。

「それ、どうしたの?」と聞くと、司法試験に合格した時、角替監督がプレゼントしてくれたのだという返事だった。だから、わざわざ今回の旅に着けてきたのだ。なるほど、これがまっとうな高級時計の入手方法というものである。

職業柄、いろいろな業界に顔を繋いでおくことが重要なので、紘一と別れた後も、私は元の同僚に定期的に会って業界の話を聞いていた。

自然と紘一の噂も耳にする。

直近の話では、紘一は完全に入り婿状態で、紘一の実家と現在の妻の家とはほとんど没交渉らしく、ロクに孫にも会えず紘一の母親は怒り心頭のようだ。しかも、やはり浪費癖というのは直らないもので、妻の家が資産家なのをいいことに更に彼の時計コレクションは充実したらしいが、そのあまりの額にスポンサーの父親が激怒、彼はカードを取り上げられて蟄居《ちっきょ》状態を強いられているという。そのことを知った紘一の母は、なぜか紘一を責めることはせず、「紘一のおカネの遣い方を不審に思っていたはずなのに何もアドバイスせず、その上、紘一が買ったマンションをちゃっかり自分のものにしてしまった前の嫁」である梢を恨んでいるというのである。

その話を聞いてあっけに取られたことを思い出し、湯船の中で苦笑した。

責任転嫁もあそこまでいくと立派というか、ほとんど妄想というか。あたしよりよっぽど小説家向きだわね。

ぱしゃん、とお湯の表面を叩いてみる。

そう、問題は、金銭的被害ではない。

暗い窓の外を見ながら、私は冷たい気持ちで想像する――自分が身をよじり、紘一によく似たあの母親に向かって泣き喚《わめ》くところを。

ええ、おカネなんかいりません。問題は精神的な損害なんです。

芝居がかった動作でハンカチを口に当てる私。一生有り得ない場面だ。

それでも、想像の中の私は叫ぶ。

あたしは大きな心の傷を受けたんです。ええ、とっても大きな――あたしはあなたの息子さんのせいで不能になりました。あなたの息子さんが、よその女を孕《はら》ませたと知った時から、男性と健全な関係を築くことができなくなってしまったんです。あれからもう何年も経っているのに、再婚した今も、現在の夫との関係に、そのことが影を落としているんですよ。この心の傷をどうしてくれるんですか？

近頃、やたら「傷ついた」と訴え、その割にはいとも簡単に「癒される」人たちを鬱陶しいと思っていたが、なるほど、「心の傷」を言いたてるのは気持ちがいいし、何より反論を封じることに威力を発揮するものだ。

ところで、あたしの場合も不能という言葉でいいのだろうか？

そんなことを考える。

不能というのは主に男性の場合に使う言葉である。「不能《アタハズ》」とは、これまた随分と直截《ちよくせつ》的な表現だ。該当する男性にとっては、この二文字はかなり残酷で、目にするだけでもさぞかし傷つくことだろう。女性の場合はなんと呼ぶのだろう？　ひと昔前は不感症とか冷感症とか呼んでいたような気がする。それも、かなり侮蔑的な意味あいの表現だったと記憶している。

あらゆるネガティヴな言葉の言い換えが進んでいる今、きっと女性にもこの状態に当たる言葉があるのだろう。言い換えたところでどうにもならないのだけれど。


当然のことながら、そのことに気付いたのは雅春とそういう関係になった時のことである。最初は何が起きているのかよく分からず、やがて自分には雅春を受け入れることができないと気付いて愕然とした。

なんとも気まずい沈黙。

あまりのショックに打ちひしがれた。

まあまあ、と雅春に慰められる始末だったが、雅春のほうも前夫の影が梢の身体にこんな形で残っていることに少なからずショックを受けたであろうことは確かで、一時は再婚をやめようかと悩んだほどである。

私にとっていちばんショックだったのは、それほど自分が紘一の不実からダメージを受けていたという事実だった。


あのね、三か月なんだ、向こう。

紘一がもじもじとこう切り出した時、私はその意味がよく分からなかった。

子供、できちゃったんだって。

その時、なぜか「あたしったら、自分が妊娠しているのに気付かなかったのかしら」という考えと、「紘一が妊娠していてもう三か月なのか」という荒唐無稽な考えとが同時に頭に浮かんだ。紘一の言う「向こう」が何を指すのか全く思いもつかなかったのだ。

紘一はもてた。

やんちゃで甘え上手。母親が手放したがらないのもよく分かる。頭の回転は速く、愛嬌があるので、男性にも年寄りにも好かれた。

二人の関係が冷え切っていたとかぎくしゃくしていたとかいうのならともかく、紘一にそう切り出されるまで全くその兆候はなく、まさに青天の霹靂《へきれき》。私はショックというよりもあっけに取られた。

次に猛然と湧きあがってきたのは激しい怒りで、その怒りに突き動かされて離婚までのスケジュールを消化してきたと言ってもいい。

それだけに、雅春とつきあうようになり、この人とならやっていけると思った矢先、意外な形で自分の「心の傷」に気付かされたことがショックだったのだ。

ま、今さらサカリのついた高校生じゃあるまいし、何がなんでもってわけじゃない。徐々に馴らしていけばいいんじゃないの。

雅春があえてのんびりした声でそう言ってくれたことを思い出す。

結局、再婚に踏み切ったのは、一緒にいてこれだけ楽で、価値観に隔たりの少ない相手はなかなか見つからないだろうと認め合っていたことと、それぞれ、前の結婚で、この世に完璧なものなどないと学習していたことが大きかった。

暗い水平線。

私は、長いこと湯船でぼんやりしていたのに気付き、慌てて風呂から上がった。

無人の洗面所で、鏡の中の自分の顔を見ながら髪にドライヤーを掛ける。

鏡の中に、綾実の薄笑いを見たような気がした。

そうか、そうだったんだ。

突然、腑に落ちた。

綾実の表情に対する不快さは、自分の中にあるのだ。

私と雅春は、一緒にいるとしばしば「きょうだいのようだ」と言われることがある。

それはたいがいの場合、二人の雰囲気が似ていることを指し、違和感のない、仲の良いカップルであるという誉め言葉で使われていることが多い。

しかし、時々、同じ言葉が毒のある針のように二人を刺す時がある。

雅春が同じことを感じているかどうかは分からないが、たぶん、感じているだろう。いや、男性のほうがもっと強く感じているかもしれない。

小さな毒針を秘めて「君たち、きょうだいみたいだね」と言うその顔は、さっきの綾実のような目をしている。それは、二人が成熟した男女関係の上に成り立つ夫婦ではないのではと疑っている目、もしくはそうと値踏みした上で憐れんでいる目である。

その目に遭う度に、自分たちがほとんど関係を持ったことがないことを見抜かれているような気がして、自分の頰が熱くなるのを感じた。

世の中には夫婦の数だけいろいろな関係があるのだから、そのことに引け目を感じることはないと認めているのに、どこかでやはり自分たちは――いや、雅春は違う、自分だけが――いびつなのではないかと揺らぐ私がいる。

綾実が笹倉いずみの名を出して私を試したように感じたのは、その名に動揺した私を見て満足げな様子に感じられてしまったのは、ふだん自分が心の片隅にしまいこんでいるそんな引け目や揺らぎが増幅されて現れた結果なのだ。

そこまで納得のいく分析を終えると、今日一日で感じたさまざまな動揺が治まってくるのを感じて、なんとなく満足した。

髪を整え、大浴場から出ようとすると、片づけに来たスタッフと出くわす。

スタッフの揃いのポロシャツを着た、若いフィリピン人の女性。くりっとした目が利発さを感じさせて可愛い。笑って会釈を交わし、「おやすみなさい」と声を掛ける。


静まり返った長い廊下。

淡い照明が、薄紫色の絨毯《じゅうたん》の上に点々と当たっている。ここだけ写真に撮ったら、船の中だとは思わないだろう。こうしていても、暗い海の上を滑る客船の中にいることを忘れてしまいそうだ。

こんな廊下を、これまでにも何度か歩いたことがある。

足音が絨毯に吸い込まれ、秘密を隠し持った沈黙に沈んでいる、ほの暗い廊下。

大都会のホテル、地方のホテル、外国のホテル。あるいは無機質なオフィス・ビル。古い石造りのビル。廊下の両側の壁に並ぶドア。それぞれのドアの向こうにある、大小悲喜こもごものドラマを秘めた、とり澄ました薄暗い空間。

仕事で長いインタビューをお願いした時——座談会の形式で取材をセッティングした時——単行本のゲラ刷りを徹夜でチェックした時。

無数の部屋が、会議室が、長い廊下の上で重なり合う。

あたしは今、どこを歩いているのだろう。

ちょっと気を抜くと、自分が今どのホテルの廊下を歩いているのか分からなくなってしまう。人はいつも薄暗く長い廊下を歩き続け、自分のための次の部屋を探している。新たな部屋を常に求めつつ、次の部屋のドアを開けるのをためらう。

私は、自分が昼間、船に乗るのを躊躇したことを思い出していた。

あれも今ならば説明できる。

私は、雅春と「成熟した男女関係」を築くことを恐れているのだ。

雅春に対し、「深入り」することを怖がっている。確固たる関係を築いてしまったあとで、また紘一の時のように、ある日突然その対象を失ったらどうしようと怯《おび》えている。手ひどい裏切りを、無邪気な不実の破壊力を恐れている。

逆に言えば、あの時自分は、今ならまだ引き返せる、と思っていた。今ならばまだ深入りせずに済む、と。

冷たいポストの上で葉書を書きながら「青ひげ」について考えていたのは、無意識のうちに、雅春からの圧力も感じていたからなのだろう。

徐々に馴らしていけばいい、と言ってくれた雅春に甘え、互いの多忙な日常にかまけて、一緒になってからもあの問題について向き合うことを避けてきた。式も挙げなかったし、伊豆の温泉に一泊しただけで、ばたばたと二人の生活は始まり、そのまま二年近くがあっというまに過ぎ去っていた。

この船旅を提示された時、私は心のうちのどこかで、二人の関係をきちんとさせるべきだという雅春の意志を感じていたのだ。

深入りしたくないのは、雅春になのか、それとも『夜果つるところ』になのだろうか。

いつのまにか、足が進まなくなっていた。

トートバッグをだらんと提げたまま、廊下の真ん中に立ちつくす。

分からない。

笹倉いずみが『夜果つるところ』を書いていたことを話さない雅春、和やかに談笑しながら客たちの話を無断で録音していた雅春――そんな彼に深入りしたくないのか――それとも――彼にそんなことをさせる『夜果つるところ』、関係者の運命を狂わせ、今こうして太平洋の上に彼らを、そしてあたしたちを連れてきた『夜果つるところ』――そのテキストに深入りしたくないのか。

分からない。

そう口の中で呟いてみる。

どちらにしろ、私にとって、この旅での雅春と『夜果つるところ』は表裏一体だった。どちらが表を向いていても、もう片方もぴったり同じ大きさで裏側に貼り付いている。

再び歩き出した。

雅春の待つ部屋に帰ろう。部屋に帰って、そして、明日に備えよう。

自分たちの部屋のドアの前に立つ。

あたしの夜はまだ始まったばかりなのだから。

カードキーを差し込み、重いドアを開ける。

ベッドの上で本を読んでいたパジャマ姿の雅春がこちらを振り返る。

「どうだった？　結構広かったろ」

「うん。貸し切り状態で気持ちよかった」

「年寄りは皆、朝、甲板をウォーキングしてから風呂に入るんだよ。こうやって長期間海外旅行ができるんだから、皆基本的に丈夫な奴ばっかりなんだよな。俺たちよりあいつらのほうが、よっぽど健康的だよ」

私は頷いて雅春に微笑みかけ、部屋の奥に歩いていくと、あの呪われた本をそっと手に取った。

九、最初の座談会

驚いたことに、梢が翌朝目覚めた時には、すっかり船上生活を受け入れていた。

もう少し、目覚めた瞬間に、自分がどこにいるのか分からない、異世界に来たような混乱があるかと思っていたのだ。

乗船までがこの世の終わりのタイムリミットのように感じていたのが、遠い幻のように思えた。

昨夜はあの本を読み返しながら、いつのまにかぐっすり眠ってしまったらしい。疲れ過ぎて眠れない、と思っていたのもつかのま、全く夢も見ず、スイッチをぱちんと切ったかのごとき深い眠りだった。

窓の外の海は、初冬特有の、どこか凝《こご》って青みがかった灰色をしていた。天気が悪いというほどではないものの、空も似たような色をしていて、その合間に引き伸ばした影のような陸地がぼんやりと浮かんでいる。もう九州あたりだろうか。

午前八時過ぎ。

雅春は部屋にいなかった。散歩に出かけているのか、朝食に出かけたのか。夕食以外は、それぞれ勝手に摂《と》ろうと決めてあった。

梢は、夏休みの初日のような、ぽっかりと開《ひら》けた時間と空間に心もとなさを覚えた。

非日常が日常になったことが、まだ信じられない。

梢にとっての日常は、机の周りに積み上げられた本や資料であり、大量のコピーやゲラ刷りや雑誌や大型封筒の束から作業スペースを守るため、穴の開いた船からバケツで水を汲み出すように、かろうじて決壊を免れるよう、机上を整理し続けることである。

整理整頓は嫌いではないものの、二日もこの作業をサボるとたちまちすべてが決壊の危機に晒《さら》される。仕事場を分けているとはいえ、余波は住居にも押し寄せる。雅春の書物や資料も持ち込まれる。

だから、がらんとした部屋、すっきりとシンプルな調度品だけの部屋というのは常に憧れの対象であるのと同時に、生涯持ち得ないことが分かっている理想でもある。

がらんとした部屋は、旅に出ていることの証明でもあった。


ゆっくり顔を洗い、着替えていると携帯電話のメール着信音が鳴った。

まだまだ携帯電話の通じる範囲内なのだ。

画面を見ると、編集者からの三通のメールと共に、雅春からのものがある。

「おはよう。朝食はうまかった。ロビーでコーヒー飲んでる」

梢はくすっと笑った。

空腹は感じなかった。ただ、雅春のメールのせいか、無性に濃いコーヒーが飲みたくなる。

ロビーというのは、船内に入ってフロントから螺旋階段を上ったところにある、カフェバー的なスペースだ。

降りていくと、乗客たちが大きな窓の脇で思い思いに寛いでいる。そのテーブルのひとつで、椅子に嵌《は》まり込むようにして本を読んでいる雅春の姿があった。

圧倒的に平均年齢の高い乗客たちの中にいることもあるけれど、雅春という人間は、とにかく密度の濃い人だな、と梢は改めて思った。

彼のいるスペースだけがみっちりとして、色彩も輪郭も強い。全く辺りのことなど目に入らないかのように、手の中の本に集中している。

この人は自足している、と梢は思った。

ゆったりと足を組み、いっしんに本を読んでいる雅春はとても幸福そうに見え、それが彼女に僻《ひが》みっぽい妄想を喚起させた。

この人は、あたしがいなくても、こうして一人で満足して生きていける。そもそも、あたしじゃなくてもよかったのかもしれない。きっと、誰とでもそれなりにいい関係を築いていける人なんだ。

胸の中にくすぶるそんな情念を押し殺し、さりげなく雅春の向かい側に腰かける。

雅春は本から顔を上げた。

「よく眠れた?」

「うん。朝食って、コースなの?」

「ホテルのセットメニューって感じかな。コンチネンタルと、和食と、もひとつなんかあった。なかなか豪華」

「罪悪感が先に立っちゃって、まだ放し飼いに慣れないわ」

「分かる分かる。俺も、つい、朝起きて公判資料とか読んじまったもん」

「ダメね、貧乏症で」

のんびりコーヒーを飲んでいると船内放送が入り、「間もなく、屋久島沖に差し掛かります」というアナウンスがあった。

乗客たちが色めき立ち、窓に引き寄せられる。

梢と雅春も、窓に寄って灰色の海上の一点に注目する。

「あ、あれだ」

「島の上って、雲があるのよね」

こんもりとして黒い屋久島は、上のほうが黒ずんだ雲にすっぽりと覆われていた。急峻な山が、海岸線のすぐ近くまで迫っている。ここもまた、島全体から生命の密度の濃さを感じさせるオーラが漂っていた。

「ずいぶん高い山があるのね」

「九州一高い山は屋久島にあるんだぜ」

「あら、そうなんだ」

大きく回り込むようにして、船は島の脇を進む。

島の周りは潮流が変わるのか、船が大きく上下にうねっているような気がした。そのせいか、島がゆったりと近づいたり離れたりして、逐一表情が変わっていくのが面白い。

「フランスの諺《ことわざ》に、旅とは少し死ぬことである、っていうのがあるんだって」

雅春が、島から目を離さずに呟いた。

「へえ。どういう意味？」

梢も窓の外に目をやったまま聞き返す。

「分からん。古い諺で、いろいろ解釈はあるらしい。今、急に思い出した」

「屋久島を見て？」

「うん」

「ふうん。でも、説明はできないけど、なんだか分かるような気がする」

「だろ？」

旅とは少し死ぬことである。

梢は、そう胸の中で繰り返してみる。旅とは、日常とは異なる時間、異なる世界の住人になることだ。それはつまり、普段は意識していないけれどこの世と確実に並行して存在する、死者の時間あるいは死者の世界に似ているということなのだろうか。

二人は、屋久島の島影が、水平線の上の雲の塊になるまで、じっと見つめ続けていた。


「——とにかく、今でも強烈に印象に残ってるのは、白井さんがこの作品になみなみならぬ執念を燃やしてたってことだねえ」

角替正は、テーブルの上の古いアルバムにそっと目をやった。

アルバムは二冊あった。赤い布張りの表紙の色が褪《あ》せて、懐かしさすら感じさせる。

最初の『夜果つるところ』の映画撮影現場のスナップ写真である。角替監督が持参してくれたものであるが、相当貴重なものであることは間違いなかった。

「知らなかった、こんなアルバムがあったなんて。監督、いったいどなたが撮ってたんですか？」

進藤洋介が、顔をかすかに上気させている。彼も初めて見るものらしく、かなり興奮しているようだ。

角替監督は、彼の興奮をまともに受け止める気はないらしく、あえてさりげなく無関心を装っているように見えた。

「さあね。みんな交替でだよ。俺も撮ったし、アキちゃんにサトやん、スタッフのほとんどが撮らされてるんじゃないかな」

「メイキングの走りってこと？」

真鍋綾実が雅春を見る。

代わりに角替監督が頷く。

「白井さんは、映画を完成させたあとで、本を出すつもりだったんだ。この作品との因縁や、撮ることになったいきさつや、撮影日記や、美術スケッチを盛り込む予定で、撮影中もきちんと資料を整理してた。タイトルも決めてたらしい。『夜の果つるところまで』にするつもりだと聞いたことがある」

「今じゃ、関連本やメイキング本は珍しくないけどね。書いてほしかったなあ。完成しなくても、頓挫したところまで書けばよかったのに」

進藤は、心底残念そうだ。梢は、その未練がましい表情に、かつて鬼プロデューサーと言われた男の名残を見たような気がした。

「それはなかったでしょうね」

角替監督は静かに言った。

「なにしろ、白井さんはあの映画に全財産を懸けてた。事故で撮影中止が決まった時は、この人、死んじゃうんじゃないかと本当に心配だったからね。みんなで密かに、絶対監督から離れるな、たとえ追い払われても目を離すなって申し合わせしてたくらい。白井さんは、自分の組のスタッフをものすごく可愛がる人だったから、自分の現場でスタッフが巻き込まれて亡くなったこともすごくショックで、家族に合わせる顔がない、代われるものなら代わってやりたかったって、そればっかりずっと言ってたね。もう、あの時点で本を書くことなんか、全く考えてなかったでしょうね」

「そうかな、そうだね、うん」

進藤は、自分を納得させるように、何度も頷いた。それでもまだ、白井一義のメイキング本に未練たっぷりのようである。

「結局、あの事故の出火原因って、今でも分かってないんですよねえ?」

綾実がすうっと二人の会話に加わった。

「あまりにもよく燃えたからね」

角替監督が頷く。

「セットだったこともあって、火の回りが速かったし、ほとんど何も残らないくらい燃え尽きてしまった。通常の火災だったら、もうちょっと手がかりになるようなものが残ったんだろうけど」

「でも、あれって」

綾実はおっとりと、それでいて率直に言った。

「放火だったんですよねえ?」


最初の座談会は、船の最上階にあるラウンジで開かれた。

船の後方部にある十二階のラウンジは、空に大きく迫《せ》り出すような形をしていて、ぐるりと三方がガラス張りになっており、海原を一望できる素晴らしい眺めである。

夜は生演奏が入るバーになるが、昼間はスタッフも常駐しておらず、座談会メンバーの貸し切り状態であった。

「凄い眺めねえ」

「思わず『タイタニック』ごっこ、したくなるわよね」

漫画家姉妹は、今日も色違いでお揃いのニットのアンサンブルで決めていた。

「でも、かなりガラスに色入ってんなあ」

雅春が呟いた。

「そりゃ、今日は曇りだからいいけど、ピーカンだったら凄いよ、海の真ん中って。雪山と同じくらい照り返しが凄くて、目ぇ開けてらんないでしょう」

進藤がニコニコしながら言った。

梢は、ルームサービスをこちらのラウンジに運んでもらうように頼んでいた。コーヒーポットと、急須と煎茶、ジュースとミネラルウォーターのボトルをいっぺんに持ってきてもらう。

「あら、合宿みたいね。ううん、稽古場かしら。それとも、大部屋？」

清水桂子が、ぞろぞろグラスやカップを抱えてやってきたスタッフを見て、楽しげな表情をした。下積みが長く、苦労人だと言われているだけあって、スタッフを尻目に、どんどんみんなに茶碗やカップを配ってしまう。梢も「座っててください」と止めたけれど、「動いてるほうが楽だからいいのよ」と取り合わない。

梢は、仕切るつもりはなかった。あくまでも進行役として誰かに水を向け、その人を起点に無秩序にわいわい話してもらうことが望みだった。録音の許可を得たので、テーブルの中央にはテープレコーダーとボイスレコーダーが置いてある。

角替監督が二冊のアルバムを抱えてきたことに目を付け、その役を監督に振ったことで、まさにその通りの展開になった。もはや梢は影のようになって、場の片隅で勝手に皆が話すのを静かに聞いていた。記録係としては、これが理想的な形なのである。

「確かに、当時からそういう噂は跡を絶たなかったよ。みんな火の気には気をつけてたから、出火原因として可能性はなかったとは言わない。でも、単なる噂に過ぎないよ。放火だという証拠は見つからなかった」

角替監督が、やや鼻白んだ様子で反論した。

が、綾実は全く動じない。

「だったら、ますます失火の可能性は低いんじゃありません？　火の気がなくて、管理がしっかりしていたんなら、余計に人為的なものだと言えるんじゃないでしょうか」

角替監督は、びっくりしたような、ぐっと詰まったような、奇妙な表情になる。

暗に「放火だなんて、白井監督の顔に泥を塗るようなことを言うんじゃない」というつもりで言った台詞に、堂々と正面から反論してくるとは思わなかったのだろう。

なるほど、綾実はこういう人なのだ、と梢は思った。

昨日、笹倉いずみと雅春の関係、そして梢との関係を皮肉られたのではないかと勘繰ったけれど、彼女は誰にでもこうするのだ。

それも、決してその場の雰囲気を読めないからではなく、あえて相手の痛いところやなんとなく触れないでいるところを突き、何が起こるかを知りたがっている。そして、そのことに伴うちょっとした軋轢《あつれき》や衝突を引き受けることも辞さないのだ。

職業的好奇心？　それとも単なる性格？

梢は内心首をひねった。

そして、何気なく妹の詩織を見てぎょっとした。

そこには、姉をこの上なく冷ややかに傍観する、全くなんの表情も浮かんでいない目があったからだった。

梢は動揺を顔に出すまいと努力し、一応それは成功したようだが、この対照的な表情といい、そのことにすっかり慣れてしまっている様子といい、この姉妹は、私生活ではいったいどんな言葉を交わしているのだろう、と不思議でたまらなくなった。

住居は同じでも、生活スペースは別々に分かれているそうだ。

学生時代からひとつのペンネームで漫画家をやってきたのだし、私生活ではなるべく接点を持たないようにしていても驚かないが、このとことん批判的な表情は何なのか。

雅春が匂わせたところでは、彼の祖母の連れ子の娘だが、何か家庭の事情があるらしい。この二人のあいだに横たわる裂け目は何なのだろう。

「ひょっとして、君は、犯人に心当たりでもあるのかい？」

ふと、角替監督は思いついたように言った。

この人は、さすがに若手の俳優もどんどん起用しているだけあって、頭が柔らかい、と梢は感心した。彼も、綾実がこういう人なのだ、と理解したらしかった。自分たちと同じような気配りや根回しが通用する相手ではないのだ。いったんそう理解すると、切り替えも速かった。逆に、率直かつ明断なこの少女漫画家の意見を聞くつもりらしい。

「名指しできるわけじゃありませんよ」

綾実は苦笑した。

「だけど、あの事故を思い出した時に、飯合梓の最期、いえ、正確に言うと、飯合梓の最期とされる事件を連想しないのは不自然でしょう」

雅春が、「さあ、おいでなすったぞ」という表情をしたのがおかしかった。

謎多き異端の作家、飯合梓のマニアである綾実が、いきなりそちらに話を持っていくのは意外でもあり、さもありなんという気もした。

「飯合梓は、今も見つかっていませんよ」

ひょうひょうとした声で、島崎四郎が呟いた。

文芸の世界では伝説的な編集者で、この中で、生前の飯合梓と親交があったのは、唯一彼だけである。

「ええ、そういう扱いなんですってね」

待ち構えていたように、綾実は目を輝かせて島崎四郎を振り返った。

「失跡して七年が経って、失踪届が出されて死亡扱い。そういうことですわね？」

「はい」

島崎四郎は、綾実の直視にも動じることなく、こっくりと頷いた。

「事件というのは？」

進藤洋介が腕組みをして、鋭い目で尋ねた。

第一印象は地味だというものだったが、口を開いてみると、やはり進藤洋介はプロデューサーだった。かつての、ギラギラした押しの強さが表情のはしばしに透けて見える。いや、今もまだ現役なのだろう。ただ、これまでは仕事モードでなかっただけだ。

ひょっとするとこれは仕事になるのかもしれない、という色気のようなものが、彼の中にゆっくりと頭をもたげ始めているのが見えるようだった。それがどういう形のものになるのかは分からないけれど。

綾実はすうっと息を吸い込んだ。

「飯合梓は、とにかく私生活に謎の多い人なの。極端な人嫌いで、写真も全くといっていいほど残ってません。本名も非公表。今、話をしていたのは、彼女の晩年のこと。彼女には、死亡したとされる日が二つあります」

さすが、マニアだけあってすらすらと説明する。

「二つ？」

「はい。最終的には、遺体が確認されていないので、失踪扱いになり、もう七年以上経過しているので、法的には死亡したことになってるわけ」

「それなのに——命日が二つ？」

進藤は怪訝《けげん》そうな顔になる。

「ひとつ目は、一九八〇年三月二十六日。彼女は、晩年、I半島のM町に住んでいました。彼女が飯合梓だと知っている人はいなかったけれど、この日より三か月ほど前から、毎日夕方に海岸を散歩する女性がいることは近所で知られていました。防波堤沿いに、毎日一時間近く歩いていたそうです。三月二十六日は、風が強くて、海はひどく荒れていた。それでも、いつものコースを歩いている飯合梓の姿を数人が目撃していました」

綾実は、それこそ見てきたかのように淀みなく言葉を継ぐ。

「突然、突風と、巨大な高波が道路の上まで押し寄せてきて、彼女はあっというまに見えなくなりました。目撃者は複数いました。道路工事をしていた作業員四人と、ランニングをしていた高校生二人です。みんなで浜まで降りて捜したけれど、靴が片方見つかっただけで、彼女はついに見つかりませんでした。この日は、I半島で、他にも釣り人が二人高波に呑まれて亡くなっている、大しけの日でした」

「本当に、その人は飯合梓だったの？」

「それがのちのちの争点になるわけ。ともかく、この第一の事件で、海に呑まれたとみられる女性は、その後全く目撃されていないし、M町の自宅にも戻っていません」

「なるほど。もうひとつは？」

進藤は、真剣な目で聞き入っている。

「ちょっとややこしいんだけど、飯合梓は、I半島に何軒か不動産を持っているの。どういう理由だったのか知らないけれど、こまめにその数軒の家を移り住んでいたらしいのね」

「引っ越し魔ってやつか。結構いるよ」

進藤は、思い当たる知り合いでもいるのか、しきりに頷いた。

「それで、第一の事件から二、三か月ほど経った、一九八〇年六月九日。別の、持ち家のひとつが火災で全焼したんです」

「火事で？」

綾実は頷いた。

「その焼け跡から、四人の遺体が見つかったの」

「四人？」

「そのうち、三人は近所に住むお年寄りだと身元が判明した。けれど、どうしても身元が判明しない遺体がひとつ残ってしまったわけ」

「それが飯合梓だと？」

「年齢的には符合するのよ。だけど、遺体は激しく燃えていて損傷が激しい上に、飯合梓という人には通院歴というものが全然残っていなくて、照合できるような情報が見つからなかったのね」

「そっちの焼死体のほうを第二の事件とするよね。第一の事件で散歩してた女性と、第二の事件で暮らしてた女性は、同一人物なの？」

「それが問題なのよ。第一の事件の女性はそもそも飯合梓じゃなくて、全くの別人だったのかもしれない。あるいは、飯合梓は海辺でひどい目に遭ったから、別の家に引っ越してしまい、そこでまたしても運悪く火事に遭遇して、命を落としてしまったのかもしれない。だけど、第二の事件のほうは『作家の飯合梓さん焼死？』とクエスチョン・マーク付きとはいえ、新聞で報道されたからね。彼女のファンでも、こちらが彼女の最期だと思ってる人は多いと思うわ」

「つまり、その」

進藤は探るような目つきで綾実を見た。綾実はにっこりと笑う。

「最初の映画化の時の火事。どう見ても状況は似てるわよね。助けようとして巻き込まれたスタッフ二人はともかく、セットの中にいた役者は四人。それが、焼け死んでしまった。これは、どうみてもあたしには、飯合梓の死を予告していたとしか思えないの」

十、揚羽蝶と月

綾実が得々と語る姿を眺めながら、俺は、自分がかつて初めて古本屋で手に入れた『夜果つるところ』のことを考えていた。

見返しに押したスタンプ。

松澤明の、ちょっと皮肉でそれでいて爽やかな笑み（しかも横顔だ）が蘇る。

高校時代、俺に蔵書印を作ってくれた男。今は広告代理店で売れっ子のデザイナーになっている男。

ほんの数年前、どこかで十数年ぶりに再会したことがある。誰かの結婚式の二次会だったか、それとも別の催しだったか、とにかく高校ＯＢが何人か集まる機会があった時で、全く思いもかけない再会だった。

奴は頭を金髪にしていて、鮮やかなブルーのシャツを着ていた。最初目にした時はびっくりしたが、決して奇抜ではなく奴に似合っていた。すっかりクリエイターっぽくなったなあと思ったけれど、奴の物静かで凄みのある雰囲気は高校時代と全く変わっておらず、「久しぶり」と静かに微笑むところも、かつて高二の夏休み明けに「はい」と蔵書印を渡してくれた時と同じだった。

俺は音楽選択だったので、松澤とは同じクラスになったことはないが、奴が凄く絵がうまいという話は聞いたことがあった。

その話を確かめる機会が訪れたのは、高校生活もずいぶん経ってからのことだ。

たぶん二年の七月の学期末のことだろう、奴が課題の水彩画を持ち帰るところに居合わせたことがあったのだ。奴は学校の玄関で何気なくその絵を広げてみて、じっと無表情に眺めてから、くるくると丸めて無造作にカバンに突っ込んだのだ。

俺はたまたまその絵を見たのだが、一目見てそのテクニックに仰天した。明らかに素人離れした技術であり、風景画だったが、とても水彩で描いたとは思えないほどリアルで、奴が広げた瞬間、そこから景色が飛び出してきたみたいに見えたのだ。

「すげーっ！　うまーい！」

思わず俺は叫んでいた。

松澤はギョッとしたように俺を振り返ったが、俺が奴の絵を見たことに気付いたらしい。

「ああ」とカバンに突っ込んだ画用紙を見て呟き、「ありがとう」と静かに笑った。

それが例の微笑みで、ティーンエイジャーというのは、えてして他人に誉められた時に素直に受け止めることができない動物だったから、俺はその自然な受け答えに感動のようなものを覚え、奴に好感を持った。

「見して見して、もう一回」

俺は思わず奴に駆け寄り、画用紙を取り上げていた。

改めて見せてもらった彼の絵は実に素晴らしかった。

「すげえなあ」

奴はニコニコしていた。その時、いきなりその考えが閃いたのだ。

「なあ、俺に蔵書票作ってくれない？」

「えっ」

奴は面くらっていたが、実は俺も驚いていた。なぜそんなことを頼んだのか、自分でも不思議だったのだ。ただ、我が家には憲法学者だった祖父の蔵書がごまんとあり、中でも祖父が趣味で集めていたドイツ文学の原書なども子供の頃から目にしていた影響はあったに違いない。そこに貼られていた、祖父が知り合いの画家に頼んだという素晴らしい蔵書票は強い印象を与えており、蔵書票を持つという行為に憧れていた。

それで、知り合いが画家↓蔵書票が欲しい、という連想から唐突に思い浮かんだものらしい。

「蔵書票ってなに？」

あぜんとしていた奴は、開口一番そう尋ねた。俺が説明すると、「ふうん。そういうものがあるんだ。ちょっと調べてみる」と言って帰っていった。

奴は、本当に夏休み中に図書館で蔵書票について調べてみたらしい。そして、蔵書票ならぬ蔵書印を彫って、休み明けに持ってきてくれたのだ。

俺のイニシアルのMは分かるとして、なぜ揚羽蝶に月なのか、と尋ねてみると、奴は小さく笑った。

なんとなく。イメージで。

俺は首をひねったが、デザインは美しく洒落ていたのでありがたく受け取った。

おカネ、払うよ。幾らで売ってくれる？

そう言うと、奴は「いらない」と首を振った。それは困る、というと、「面白かったから。蔵書票って、いいもんだね。勉強になった」と笑ってさっさと立ち去ってしまった。

以来、あの印が手元に残り、俺は手持ちの本にせっせと押し続けたというわけなのだ。

真っ先に押したのが、『夜果つるところ』だったのは言うまでもない。

なぜこんなことを思い出したのかというと、綾実の着ているニットの模様が蝶だったせいだ。綾実のふくよかな身体を包んでいるせいで、蝶の胴体の部分が引き伸ばされて蛾のように見える。

そういえば、花札の猪鹿蝶《いのしかちょう》というのがあるが、子供の頃から、あの蝶は蝶ではなく蛾ではないかと思っていた。あのぷっくりと膨らんだ胴体といい、オレンジがかった横に長い翅《はね》といい、翅の斑点模様といい、どう見ても蛾に見える。

綾実の放つ毒も、ちょうど蛾の鱗粉のようだ。

知らず知らずのうちに結構かぶれている。

梢には言わなかったけれど、この姉妹の父親が違うのではないかという噂は以前から聞いていた。似ていないせいでもあるが、二人の母親というのがかなりの「発展家」だったらしいのである。

二人は母親に対する評判を子供の頃からさんざん周囲から聞かされてきたそうで、それが二人を結束させるのと同時に微妙な距離を置かせることにもなったという。そのアンビバレンツな状況が、あたしたちにユニットを作らせたのよ、と自嘲ぎみに詩織が呟くのを聞いたことがある。

結局、二人の父親が異なるのかどうかはこんにちも判明していないらしいし、調べる気もないらしい。いや、二人のことだ、もしかすると密かに調べ上げていて黙っているだけなのかもしれない。

そういう目で見ると、彼女たちが『夜果つるところ』に入れ込む気持ちも分かるような気がする。

三人の母親を持つ子供の物語。しかも、その三人は母親であって母親ではない。産みの母親は精神を病んでおり、コミュニケーションは取れない。育ての母親もどこかいびつで全幅の信頼を置くことはできず、名義上の母親はあくまでも世間体としての振る舞いしかしない。そんな彼女たちの生活圏は、遊廓という特殊な世界なのだ。

父親の不在。あるいは、他者としての、信用できない母親。「遊廓に棲む母」という設定自体、母親である前に女である、というテーマがくっきり表れている。

信用ならない母親。

真鍋姉妹はそこのところに共鳴しているのだろうか。

そういえば、最初にこの本を映画化しようとした白井監督も、家族に恵まれず、子供の頃は親戚をタライ回しにされて育ったと聞いたことがある。父あるいは母の不在という点で、監督もこの物語に共感したのかもしれない。

いつのまにか、また胸に触れようとしていることに気付き、そっと手を引っ込めた。

もちろん、今も胸ポケットの中のボイスレコーダーは作動している。

今が冬で助かった。ベストやカーディガンを重ね着できるので、シャツの胸ポケットの中身に気付かれずに済む。

梢は相当怪訝そうにしていたし、俺が無断で録音していることに抵抗があったらしいが、深くは追及してこなかった。彼女は時々、そんな遠慮をする。遠慮というより、追及するのが怖いのだろう。

梢には奇妙な臆病さがある。聡明できちんとしていて何も臆病になる必要などないのに、何かのスイッチが入ると極端に自分を責め、ひどく気弱になるのだ。それは彼女の魅力でもあるのだが、前の旦那が、彼女が彼女自身を責めこそすれ、決して自分を非難することはないだろうと甘えた(つけ込んだとも、舐めていたともいう)のもよく分かる。気弱な時の彼女は、なんとなく男の嗜虐性をそそるのだ。

自分が何を記録しようとしているのか、よく分からなかった。とにかく、この旅で語られるものをすべて録《と》っておきたい。そんな衝動だけがあって、こうして今も時限爆弾の導火線のように、じりじりと胸のポケットで危険なものが燃えている。

いずみの創作ノートは、日誌の形式をとっており、創作ノートであるのと同時に作業日誌でもあった。

彼女が他の脚本の時にもそういうノートを作っていたのかは分からないが、少なくとも『夜果つるところ』を書く時にはかなり念入りに記録していたのは確かだ（白井監督といい、いずみといい、どちらも未完成の段階なのに、まるで未完成になることを見越しているかのように途中の詳細な記録を取ろうとしているのはなぜだろう）。

さすがに、彼女の死後すぐにノートを開くことはできなかった。

まさかとは思ったが、自分に対する非難が書かれていたら。俺がどこかで彼女に対して重大な錯誤をしていたら。

本当は、遺書らしきものがノートの中に残されていないかすぐにでも確認すべきだったのだろうが、できなかった。

パラパラめくってみる気になったのは、かなりの時間が経ってからだ。面倒臭く砂を噛むような仕事の資料をえんえんと読んだあと、非常に失礼な言い方をすると、気分転換のつもりでノートを手に取ったのだ。今なら、ノートの中にどんなショックな記述があっても受け止められる。そう思ったのも大きい。

しかし、ノートはやはり創作ノートであり、作業日誌だった。俺の知っているとおりの彼女が、淡々と、きっちりと、仕事を進めていくさまが目に浮かんだ。それも、極めて順調に、計画通りに。

それだけに、逆に割り切れない気分になったのも事実である。

発作的な自殺の心情など誰にも想像できないが、なぜよりによっていずみが、なぜこんな時期に？

唐突な、という言葉しか浮かばなかった。


必然性？


彼女の書き残した言葉がそっくりそのまま疑問になる。

ノートに何もショックなことや目新しいことが書かれていなかったことが、余計に俺を混乱に陥れた。

なぜなのだ？　なぜ死んだ？　俺に何も言わず、なぜ？

ただ、創作ノートから浮かんできたのは、彼女がやはりこの原作になみなみならぬ興味を抱いていたことだった。むろん、業界内での伝説や噂は耳に入っていたようだし、過去の映画化の挫折の経緯についても調べていたらしい。

綾実の思い出話はまだ続いている。

いつのまにか、「私と飯合梓」というテーマになっており、詩織も加わって彼女たちのコレクションの話になっている。

みんなもその話を傾聴してくれているのはありがたいというべきか。確かに、売れっ子だけあって二人の話は面白い。

梢が少し困った顔をしている。黒子に徹してメモを取っていたが、ここで姉妹の話に介入して、監督たちの話に戻すべきか迷っているのだろう。

大丈夫だ、梢。このメンバーなら、必要とあれば誰かが話を引き戻すさ。

そう彼女に内心話しかけながらも、生前のいずみと『夜果つるところ』について話し合ったことがあったかどうか考えている。

俺の本棚は学生時代から見ていたはずだから、『夜果つるところ』があったことは知っていたはずだが、彼女とこの本について話し合った記憶がない。彼女が脚本を書くことを聞いたような気もするが、そのことについても話したことはなかった。

でも、それはおかしい。もし『夜果つるところ』の脚本を書くといずみ本人の口から聞いていたら、もっと俺は大騒ぎしていたはずだ。愛読してきた作品であるし、不幸な映画化中断の話も知っていたからだ。

にもかかわらず、彼女とその件について話し合ったことがなかったとはどういうことだろう。なのに、俺は彼女が『夜果つるところ』の脚本を書いていることを知っていたし、第一稿を上げたことも知っていた。

俺はいったい誰からそのことを聞いたのだろう？

不意にゾッとした。何かが間違っているような——どこかに重大な錯誤があったのだとしたら——

慌ててその考えを振り払う。

が、ふとアカシアの香りが蘇った。

あの日、窓の外から流れ込んできた香り。

夜に溶けるような、ねっとりとしてむせかえるようなあの白い花の——

いや、あれは本当にアカシアの香りだったのだろうか？

思いがけないくらい、はっきりとその疑問が降ってきた。

なぜそんな疑問を？

ああ、姉妹の付けている香水か。

俺は座り直した。いつのまにかぼんやりしていたが、背筋を伸ばして気をつけてみると、二人の付けている香水の匂いが漂ってきていることに気付く。綾実がやや興奮して身振り手振りを加えているせいで、余計に香りが広がっているのだろう。

嫌な匂いではなかったが、どことなくあの晩嗅いだアカシアの匂いに似ていたのだ。

が、そのことは、同時にあることを思いつかせた。

あれは、香水の匂いではなかったか？

部屋に入ったとたん、感じた匂い。視線は開けられた窓に向かい、その外にアカシアが見えたので、アカシアの香りに違いないと思ってしまった。

しかし、それがアカシアではなかったとしたら？

香水の残り香。しかも、ひょっとして、窓が開いていたのは、その残り香を消そうとしていたのではなかったか。

いずみは香水は付けなかった。たまに寝る前にアロマキャンドルを焚くことはあったが、執筆中はそれも気になると言って使ったことはなかったはずだ。

だがあの匂いは。

あの部屋に、いずみ以外の誰かがいたのだ。

ふっと、一人の女の顔が浮かんだ。いずみの様子が変だと連絡してきた女。一緒に仕事場を片づけた女。いっときうちによくやってきて、「あたしたち気が合うんです」としつこく主張していた女。

プロデューサー。

名前は忘れた。あまり虫が好かなかった。仕事ができるふうではあったが、その癖妙に女っぽさを見せつけるところがあった。

何度か、俺に電話してきたことがあった。いずみに代わろうとすると、「いいえ、今日はちょっとご主人のお耳に入れておきたいことがありまして」と声を潜める。

よほどの重大事なのかと身構えると、別になんということもない。

「いずみさんの様子、このところどうですか?」

「ちょっと心配なんです、行き詰まっちゃってるみたいで」

と、いずみの様子を窺っているようなのだが、何が言いたいのかよく分からなかった。俺が見たところ、いずみは変わらなかったし、何度かそういうことがあったので、女の話を割り引いて聞く癖がついていたのだ。

そうだ、いずみが『夜果つるところ』の脚本を書いているという話はあの女から聞いたのだ。もうすぐ第一稿が上がる、と聞いたのもあの女からだ。

今にして思えば、あの女の心配は正しかったということなのだろうか。俺が見抜けないだけで、いずみは行き詰まっていたのだろうか。

それとも、あの女はいずみが行き詰まっていると俺に思わせたかったのだろうか?

背中が冷たくなった。

これまで、考えてもみなかったことだった。

しばしば電話をしてきて、いずみの様子がおかしいという印象を俺に植え付けようとしていたあの女。それはいったいなんのためだ？

いずみが自殺したと思わせるため。

それはつまり？

いずみは自殺ではなかった。

俺は、一瞬、自分がどこにいるのか分からなくなった。客船にいるということも、大勢の人間が『夜果つるところ』について話をしているということも忘れ、生々しいあの夜に引き戻されていた。

あのねっとりとしたアカシアの匂い――肌にまとわりつき、夜に溶け込むような――

まさか。

俺は必死に自分の思いついたことを否定しようとした。

まさか、あの女がいずみを殺したとでもいうのか？　動機はなんだ？　プロデューサーが脚本家を殺して得することなどあるものか。

ふと、単にあの女はいずみのことが嫌いだったのではないか、という気がした。

「あたしたち、気が合うんですよ」と繰り返し言ったのは、そのことを隠すためだったのではないか。

いいわねえ、旦那様が弁護士だなんて。いずみちゃん、仕事も選べるし、好きなものだけ書いてりゃいいんだもの。

そんなことを言うのを聞いたこともある。いずみがそれを聞いて引きつった顔をした。それはそうだ。彼女は学生時代から放送作家やドラマの脚本で稼いで、学費も自分で出したし、司法浪人中の俺まで養っていたのだから、ムッとするのも当然だろう。

そして、ある結論が浮かんだ。

あの女は妬んでいたのだ。

いずみを。俺たちを。

くっきりと、それまで見えなかったものが形になったような気がした。

もしかして、あの女は俺たちそれぞれに何かを吹き込み、仲を裂こうとしていたのではないか。

俺にはいずみの精神状態が変だと吹き込み、ひょっとして、いずみには、自分と俺とが出来ていると匂わせていたのではないだろうか。あんなふうにちょくちょく、俺と話をするために電話をしてきたのは、もっともらしく見せるためだったのだ。

いずみがそれを本気にしたとは思えない。あの女はとてもじゃないが俺の趣味ではなかったし、あの女の企みは、いずみならすぐに見抜いていたことだろう。

しかし、あの女が大げさに言っていたのだとしても、本当にいずみの精神状態があまりよくなかったのだとしたら。

あの女の稚拙な企みが、いずみにとっての最後の藁《わら》になっていたのだとしたら。

そちらのほうが、大いに可能性はある。

俺は、内心大きくため息をついていた。

やはり、いずみは自殺だったのだ。

そのことについて、改めて確信していた。あの女の悪意が後押ししたのだとしてもそうでなくても、あの結果は避けられなかったのだ。そんな気がした。

揚羽蝶と月。

再び、松澤の微笑みが脳裏に蘇った。

揚羽蝶と月は、どちらが大きいか。

松澤が、そう俺に尋ねているのが聞こえた。

俺はこっくりと頷く。

もちろん、揚羽蝶だ。

松澤はきょとんとする。「蔵書票ってなに？」と尋ねた時と同じ顔だ。

俺は自信たっぷりに答える。

なにしろ、揚羽蝶はすぐ目の前にいて、月はとてもとても遠いところにいるんだから、当然揚羽蝶のほうが大きいのさ。この世は、目に見えるものがすべてだ。そうだろう？

十一、死者たちの声

私は、目の前の男女が語り合うのを見ながら、どこかガラス一枚を隔てた風景を見ているような気がしていた。

なんだろう、この状況を言い表す言葉は。

メモを取り、話を注意深く聞きつつも、頭の片隅でその言葉を探している。

突然、閃いた。

嘘臭い、だ。

意外に思いつつも、職業的にはぴったりの言葉を思いついたことに満足する。

そうだ、まるで芝居を観ているかのよう。予定された台詞を聞いているみたい。なにしろ、ここにいるのは嘘をつくプロばかりなのだ。

そう気が付いて、不思議な心地になる。

たとえば——たとえば、あたしがここにいなかったとしたら、ここではどんな会話が交わされていたのだろう。

密かにぐるりと皆の顔を見る。

なぜか、全く異なる会話が交わされていたような気がしてならない。こんなふうに演技めいた表情もなく、身振り手振りもなく、みんなボソボソと無表情に内輪の事情を話し合い、時には剝《む》き出しの非難がましい応酬が為《な》されていたのではないか。

もしかして、そうならないためにあたしを呼んだのでは？

その思いつきは、なかなか当たっているような気がした。外部の目が入れば、皆きちんと体面を保たざるを得ない。あたしは皆の緩衝材として呼ばれたのでは？

あるいは、あたしを騙すためだけに呼んでいるとしたらどうか。みんなの望む「呪われた映画」についてのストーリーを記録させるために、みんなで前もって造り上げていた虚構を演じているのだとすれば。

私は心の中で苦笑した。

自分のことをそんなに疑り深い性格だと思ったことはないのだが、なぜか船に乗ってから神経質になっていた。雅春という接着剤はあっても、多勢に無勢という感は否めない。

それに、雅春がいったいどちらを向き、どちら側にいるのかもよく分からないのだ。もしかして、何かを企んでいるのは彼なのかもしれない。

「玉置礼子さんのお墓はどちらにあるのかしら？」

綾実の声が聞こえる。

相変わらずこの躊躇のなさ、おのれの好奇心の赴く先に正直なところはもはや感心させられてしまう。

もっとも、角替監督も現在の妻である清水桂子もそんな質問に動揺することはない。

玉置礼子との結婚は大昔といっていいくらいだし、期間も短かった。

監督は鷹揚に頷いた。

「福島だよ。彼女の郷里。お母さんが、自分のほうのお墓に入れるといって、骨を持っていったんだ」

亡くなった時、玉置礼子はまだ若かったはずだ。角替監督とのあいだに子供はなかったし、監督の再婚の可能性を考慮して連れ帰ったのだろうか。

「礼子さんは、母子家庭だったんですよねえ」

綾実はそちらのほうも調べが行き届いていると見える。

監督も、彼女がそこまで調べていることに驚いた表情を浮かべた。

「うん。母親は福島市内でスナックを経営していて、女手一つで彼女と弟を育てた」

「弟さんは、今どこに？」

「全くつきあいはないけど、地元の商業高校に行って、地元の企業に就職したはずだよ。彼女と顔は似てなくて、寡黙な男だった。あのお母さんは、とにかくしっかりした人だったな。芯がとても強い――むしろ、強情と言ってもいいくらいの人で。彼女の骨を連れて帰るのも、全くこちらに口を挟ませないような感じで。俺のことを恨んでいるのかと思ったけど、そういうわけでもないんだよね。結婚した時からそうだった。子供たちのことをどこか突き放して見ていた。葬儀でも、涙を浮かべるわけでもなく、じっと無言で写真を見つめていて。かといって、薄情というのでもない。運命だと割り切っているというか、こうなることを予想していたというか」

「予想していたって、何を？」

雅春が尋ねる。

監督は、一瞬慌てた表情になった。「いや、その」と言葉を濁す。

「あら、何よ」

綾実がすかさず突っ込む。

監督は苦笑し、渋々口を開いた。

「実は、結婚する時に、言われたことがあったんだ。『あの子は女運が悪いので、気をつけてやってくれますか』って」

「女運？　男運じゃなくて？」

詩織が聞き咎《とが》めた。監督は首を振る。

「俺もそう聞き返したよ。もしかして、俺に対する嫌みなのかと思って、どきどきした。でも、きっぱり首を振って『いや、女運だ』って答える。どういうことなのか、よく分からなかった。あんまり余計なことは言わない人だったしね。でも、後で彼女に『お母さんがこう言ってた』と伝えたら、『ああ、そうなの』って頷いた。話を総合すると、つまりこういうことらしい」

監督はコーヒーをひと口飲んだ。

「子供の頃から彼女には、決して悪い人ではないんだが、幸薄いというか、あまり運がよくない人たちが寄ってくるんだそうだ。彼女の雰囲気が、ある種のタイプを引き寄せるらしいんだね。小学校の時には、仲良しだった子のお父さんが、彼女がその子の家に遊びに行った時に油をかぶって一家心中を図って危うく巻き込まれそうになったし、お母さんのスナックのお客さんで彼女を可愛がってくれていた人は、別れた夫に刺し殺された。どうもそういう人が近づいてきてしまうところが自分にはあるらしい、昔からお母さんに気をつけなさいって言われてたと」

「へえー」

みんなが声を上げた。

「いるのよねえ、漫画家のお友達でも、やたらと電波系の人からファンレターが来るって人」

「ああ、Cさんのことね」

綾実と詩織は頷きあった。

「不思議よ。本人はごくごく真面目で、几帳面で、全くそんなところがない人だし、作品だって至ってノーマルなのに、なぜかそっち方面の人の感覚にヒットするらしいんだわ。本人も不思議がってた」

「おたくらのところは？」

雅春が尋ねる。

「あたしたちのファンは、堅いお勤めの人が多いの。公務員率とか高い気がする。中年男性も多いし」

「たぶん、偏差値高いわよね」

姉妹は小さく笑った。

「あたし、礼子さんには違うイメージ持ってたわ」

島崎和歌子が呟いた。

「小悪魔的な役や、自堕落な役が多かったでしょう。だから、男性ファンは多かったけど、当時は女子には嫌われていたもの」

私の印象も、コケティッシュで女っぽい女優というイメージだった。華奢《きやしや》なのに艶《なま》めかしく、思わせぶりなところがあり、女性なら反射的に反感を抱いてしまうタイプ。

「そんなふうに売ってたからねえ」

監督は頷いた。

「いわゆる主役を張るタイプじゃないんだよねえ。美人は美人なんだけど、ちょっと癖があるというか陰があるというか。そういう容姿なんで、確かに女性ファンはつかなかったな。でも、本人は、地味な性格だったし、寄ってくる人間を拒絶できないんだ」

「だからそういう不幸を背負った人を呼び寄せちゃうのね」

和歌子はため息をついた。

「じゃあ、映画の火災も、運悪く巻き込まれちゃったってこと？」

「でも、火事で亡くなった女性は彼女一人よね。あとは皆男性だったわ。女運が悪いというのとは違うじゃない」

姉妹の情報はハンパではない。

「うーん」

監督が唸った。まだ何か話していないことがあるらしい。

みんなが彼に注目する。

「いや、こんな話をすると、また余計な都市伝説を付け加えちまいそうで不本意なんだけどさ」

監督は慌てて手を振った。

「要は、彼女のお母さんは、霊感というか、そっち方面の才能があったみたいなんだな。ほら、スナックって占いしたりするだろ？　元々は家系的に拝み屋さんだったりするらしい」

「へえー。いきなり、そっち方面に来ましたか。まさか角替監督の口からそんな単語を聞くとは思わなかったわ」

綾実が感心したような複雑な表情を浮かべた。

「だから、言いたくなかったんだ。俺はそういうの、信じてないよ」

監督は顔をしかめつつ、続ける。

「『夜果つるところ』の撮影が始まる前に、彼女、里帰りしたんだよ。撮影は長丁場になりそうだったし、しばらく帰れそうになかったんで。そうしたら、お母さんに言われたんだそうだ。『あんたの周りに、帽子をかぶった女がいない？』って」

「帽子ですって？」

みんながゾッとしたような表情を浮かべた。

監督は泣き笑いのような顔で頷く。

「彼女が『そんな人いないわ。役で帽子かぶることはあるけど』って答えたら、『そう。ならいいの』って軽くいなされたらしい。俺は彼女がその話をしてくれたことを、ずいぶん後になってから思い出したんだけど、あの当時、よく考えてみたら、いたんだよ」

「え？」

「帽子をかぶってた女。一度だけ、撮影を見に来たことがあった女」

「まさか、飯合梓？」

島崎四郎が青い顔で呟いた。

監督はこっくりと頷く。

「そう。彼女は帽子が好きだった。自分でも作ってて、何種類も持ってた」

島崎もそう言って頷く。

「うそー。じゃあ、礼子さんのお母さんは、飯合梓のことを言ってたわけ？　そっちの『女運』に、礼子さんは巻き込まれたってこと？」

「そりゃ怖いわ、マジで」

雅春もこころなしか青ざめている。

私も正直なところ、ただのありがちな怪談だとは思っていたものの、肌寒いものを感じ、思わずがらんとしたラウンジを見回していた。

もしラウンジの隅に帽子をかぶった女がひっそり座っていたら――

慌ててそのイメージを打ち消す。

あたしが「呪われた映画」の雰囲気に呑まれてどうする。

「礼子さんには、そういう霊感なかったんですか？」

詩織が尋ねる。

「いや、全く。弟はどうか知らないけど」

「その後、お母さんとは？」

監督は力なく首を振る。

「全くの没交渉でね。しばらくお墓参りには行っていたけど、その時も会わなかった。というより、向こうが俺に会う気はなかったみたいだ。何年か前に、風の便りに亡くなったと聞いたな」

「残念。ここに呼びたかったわね」

綾実が呟く。

「やっぱり、そういう話ってあるもんなんですねえ」

進藤が感心したように頷いた。

「あら、そういう話ってどういう話？」

清水桂子がからかうように突っ込みを入れた。

「まあ、その、この業界に昔から多い――」

「怪談？」

「そうは言わない。不可解な話のことです。最近だって、聞いたでしょ？」

進藤は身体を乗り出した。その目が輝いている。

私はぎくっとした。

まさか、笹倉いずみの話題になるのでは。そう思って、緊張したのである。

「CSで『夜果つるところ』撮ってて、カメラマンが急死した話、知ってる？」

「えっ、そうなの？　最近？　知らなかったわ」

桂子は目を見開いた。

そっちの話か、となんとなく胸を撫でおろす。

今はまだ。今はまだ、いずみの話はしたくない。まさか進藤も、元妻に死なれた男がいるところでそんな話題を持ち出すことはないだろうが。

「また企画が出てるって噂は聞いたけど、もう撮ってたのか」

監督も初耳だったようで、咎めるような口ぶりである。

「そう。あんまり騒がれないうちに撮っちゃおうって、かなり早撮りしてたらしい。だけど、やっぱりクライマックスシーン撮ってる途中で、ホントに急死。何度もカメラテストしてる時に、カメラマンが妙なことを口走ってたのを、何人ものスタッフが聞いてた」

「やだ、また怖い話？」

和歌子が逃げ腰になった。

「いやいや、不可解な話さ」

進藤はにやにや笑いながら首を振る。

「カメラマンいわく、エキストラの位置はびっちり決まってるはずなのに、いつもヘンな人物が映ってるって。しかも男女二人」

私は、自分が幸宏から聞いた話とは少し違うな、と顔を上げた。

「やっぱり怖いじゃないの」

和歌子が自分の肩を抱き、進藤を睨みつけた。

「まあ、お決まりの話です。続きを聞いたら、あまりにありふれた話なんで、幻滅すると思いますよ。要は、『夜果つるところ』の二度目の映画化の時に無理心中した二人が映ってる、っていう話なんです」

「確かに、そいつはちょっと陳腐だね」

監督が冷静な声で口を挟んだ。

「でしょう？　だけど、カメラマンが何度も口にしたのは複数のスタッフが聞いてるんですよ。『なんでそんなところにいる』『邪魔だ、そこの二人』『こんな二人いたっけ』とかなんとか」

「ただの覚えの悪いエキストラなんじゃないの」

桂子があっさりと受け流す。

「かもしれませんね」

進藤も否定しない。

「誰か、残った絵で確かめてみたの？」

「それが、本番の途中でカメラマンが急死。まさに、ファインダーを覗いた状態のままでこときれてたんですって。しかも、それまでのカメラテスト分もなぜか真っ白になってて全く残ってなかったんだって」

「それこそ、出来すぎた怪談だなあ。ひねりがなさすぎる」

雅春が抗議の声を上げた。

なんとなく、みんながドッと笑って、空気がほぐれた。

一緒に笑いながら、ようやく強張っていた背筋が緩むのを感じた。

怖がっていた。みんな、怯えていたのだ。

こんなに明るい海の上で。真昼間に。大の大人たちが。

そう気付いて、なんとなくゾッとする。

「で、どうしたの、そのシャシン」

監督が苛立ったような声で尋ねた。

進藤は肩をすくめる。

「またまたお蔵入り。なんでも、スタッフがみんなビビっちゃって逃げちゃったんですって」

「じゃあ、結局、炎上シーンは撮れてないんだな」

「そうです」

監督がホッとしたような表情になったので、おやと思った。

伝説の映画。かつて挫折した映画。やはり他人には撮られたくなかったのかもしれない。師匠である白井監督が撮れなかったわけだし。角替監督ほどの、巨匠と呼ばれるような人でも、そういう焦りや嫉妬があるのだと思うと、意外なようでもあり、心強くもある。クリエイターの世界では、それらは避けては通れない。それが私のようなまだ若輩の書き手であろうと、世界の巨匠であろうと。

「無理心中、ね。進藤さんがプロデュースした二度目の映画化」

綾実が口をとがらせ、首をひねった。

「あれがどうもよく分からないの。確か、舞台俳優二人でしたよね？」

腕組みをしてちょっと左右に揺するところなど、実に芝居がかっている。

改めて、この劇場のような状況を自覚した。

誰もが自分の与えられた役を演じている――

綾実は探偵役の女優のように人差し指を立てた。

「無理心中ってことだったけど、当時、みんなも不思議がってたそうね。そもそも、その二人がつきあってたのを知ってた人が誰もいなかったって聞いたことがあるわ。特に人目を忍ぶ必要もなかったのに」

進藤が驚いた顔になる。

「さすが、詳しいですね。いったいどっから聞いてくるの、そんな話。私たちだって知らないような話まで」

「まあ、いろいろとね」

進藤が探りを入れると、綾実がさりげなくかわした。

「そうなんですよ。あの事件は、私も不思議だった」

進藤も深追いはしない。

「警察だって不思議がってたはずだ。結局無理心中ということになったけどね」

「そうじゃないの？」

桂子が怪訝そうな顔になる。

「まあ、誰が見ても無理心中という結論を出さざるを得ないんですよ。なにしろ、二人が死んでたのは完全な密室状態の場所だったからね」

「密室！」

その言葉に反応したのは雅春である。活字中毒、中でも推理小説ファンなのだから、無理もない。現実の世界では、なかなかそんな言葉には遭遇しない。

みんながその反応にどっと笑った。

「おや、どうやら君は探偵小説ファンなんだねえ」

進藤はまたあのにやにや笑いを浮かべて雅春を見た。

雅春は頭を掻く。

「すみません、ヘンなところに反応して。でも、はい、子供の頃から推理小説は好きでした」

雅春は、つと顔を上げて進藤を見る。目は好奇心にあふれている。

「でも、そうじゃなかったんですか？　無理心中ではないと？」

「うん」

進藤は頷いた。

「私はそう思いますね。警察にしても、他に選択肢が見つからなかったから、無理心中ということで事件を終わりにしてしまったんじゃないかと」

「そうではなかったと？　事故とか？」

「いいや」

進藤ははっきりと否定した。

「あれは殺人ですよ。二人とも、誰かに殺されたんだ」

進藤は、まだ笑みの残る顔で、そうあっさりと宣言した。

十二、目と耳の密室

「密室」という言葉に反応してしまうのは、推理小説好きの悲しい性《さが》である。子供っぽいと分かっていても、つい耳をそばだててしまう。

俺の友人に、筋金入りのミステリ・ファンがいて、新聞の文字の中の「密室」という単語にも反応してしまうらしい。しかし、よく見ると「密室の談合」という、陳腐な常套句だったりしてがっかりするそうだ。なんとなく気持ちは分かる。

「そういえばさ、最近、現実でもなかったっけ。密室殺人事件」

つい、余計な口出しをしてしまう。

「あのスナックの事件でしょう」

梢がちらっとこっちを見る。

「そうそう」

「なあに、それ」

綾実が興味を示したので説明する。

「どこかのスナックで、客と従業員と合わせて四人、刺されて殺されてるのが発見されたんだよ。カウンターだけの小さなスナックで、玄関にはがっちり鍵が掛かってて、窓も内側から鍵が掛かってて、完全な密室状態。新聞の記事で読んだ時は興奮したね」

「ああ、それ、聞いたことがある」

詩織が淡々と相槌を打った。

「でも、それ、解決したのよね。四人のうちの一人が他の三人を殺して、最後自殺したらしいじゃない？」

「え、そうだったの？」

「後追い記事で読んだと思ったけど」

この姉妹は、三面記事までカバーしているらしい。

「自分も刺したの？　苦しいだろうに」

「そういうことらしいわ。ナイフの角度とかで、自傷かどうか分かるんでしょ？」

「ふうん。そんなにあっさり解決したんじゃ、密室事件の意味がないな」

「意味がないってことないでしょ。この場合、本来の目的で密室だったってことよ」

「本来のって？」

「誰にも邪魔されたくないってこと。鍵を掛けるっていうのはそれがいちばんの目的なんじゃないの？」

詩織があきれた顔で俺を見た。

なるほど。言われてみれば、本来密室というのはそういうことだ。「トリックのためのトリック」と言われる「密室」ミステリばかり読んでいると、アリバイ工作だの不可能犯罪だのという陰謀にばかり気を取られて、そういう素直な見方ができなくなるようである。

ふと、何かが頭をかすめた。

陰謀に気を取られ、素直な見方ができなくなる――

それと似たような状況を、ついさっき体感したような。

「現実の密室殺人はどういうものだったんですか？」

綾実が進藤を挑発するような目つきで見た。

進藤は小さく笑う。

「まあ、それでは説明してみましょうかね」

口調はそっけなさを装っているが、自分が主役になれるのをかすかに喜んでいる様子がうかがえる。

「なかなか特殊な状況ですから。きっと、探偵小説好きの方にも興味を覚えてもらえると思います」

「おお、期待を持たせますね」

俺が茶々を入れると、気のない笑いが上がった。

「まずは、二度目の映画化のロケ地のことをお話ししなけりゃなりませんね」

進藤は小さく咳払いをし、改まった口調になった。

「最初の映画化の時はほとんどがセット撮影でしたが、二度目の時は、廃業が決まったI半島の旅館を使って撮影したんです」

「三春館《みはるかん》だろう？」

角替監督が頷いた。

「営業してる時に泊まったことがあるし、廃業が決まってから、俺のところにも撮影で使わないかという話が来たよ」

「まあ、オーナーが剛毅《ごうき》というか、ちょっと変わった人でした。数寄者《すきもの》、という言葉が似合うような。どうせ取り壊してしまうのだから、有効に使いたいと言って。燃やそうが潰そうが、ちゃんと映像に残してくれるのならどう使ってもいいと言って」

進藤は控え目に言っているが、恐らく、相当に奇矯なオーナーだったのだろう。

監督が懐かしそうに目を細めた。

「とてもキッチュな、和洋折衷の造りでね。下手すると重要文化財クラスだったんだけど、あちこち手を加えている上にそのキッチュさが仇《あだ》になって認定されなかった、という噂があるくらいだった。戦前には、結構ロケに使われてるんだよ。庭とか、部屋とか。お見合いの場面で使われたりしてね」

いくつかの名前を挙げるが、どれも俺の知らない映画だった。

「M雅叙園みたいな感じ？」

綾実が尋ねる。

進藤は首をひねった。

「あんなに派手じゃないけど、テイストは近いかなあ。あれをもっと枯れさせた、というか、野ざらしにしたというか」

「それはそれで凄そうね」

「原作のイメージにはぴったりじゃない」

綾実と詩織がぼそぼそと囁きあった。

「監督のところに話が来た時、何か撮ろうとは思わなかったんですか？」

俺が尋ねると、監督は苦笑した。

「撮りたかったんだけど、もう他に撮る予定が二年先くらいまで決まってたからね」

「それこそ、監督がもう一度、『夜果つるところ』を撮ろうとは思わなかったんですか」

綾実が、俺が暗に尋ねたかったことを改めて質問にしてくれた。滞在したことがあったのなら、すぐに現地のイメージも浮かんだろう。そうしたら、当然『夜果つるところ』も念頭にあったはずだ。

「もちろん、考えなかったといえば嘘になる」

監督はため息混じりに答えた。

「でもまだタブー意識のほうが強くてね。まだ白井監督はご存命だったし、当時のスタッフにとっても記憶は生々しかったし、俺が言い出せる感じじゃなかった」

実際の二番目の映画化は、最初の映画化から十数年経っていたはずだが、それでもやはりスタッフに残した傷は大きかったということか。

「それで、結局は私と城間《しろま》監督が二度目の映画化の権利と、三春館の撮影許可を取り付けたわけです」

進藤が、監督に対する遠慮と、映画製作に漕ぎつけたことに対する自負とを覗かせた複雑な表情で呟いた。

「城間比等志《ひとし》監督は、ドキュメンタリー出身の方でしたよね」

島崎四郎が独り言のように呟いた。

「はい。いわゆる商業映画、しかもフィクションを撮るのはこの時が初めてでした」

「しがらみがなかったからその人選になったって話を聞いたことがあります」

「そういう側面は、確かにありましたね。白井監督のあとではさすがにちょっと他の人は撮りにくかったですし」

えてして映画界は狭い。かつては徒弟制度同然だったし、皆が知り合いだといろいろ気がねすることも多いのだろう。

「城間監督は、この原作に対して思い入れはあったんですか？　それとも進藤さんの思い入れ？」

綾実が尋ねる。

「正直、私、ですね。映画にしたかったのは」

進藤がきっぱりと答えた。

「本当は、白井監督の時も私がプロデュースしたかったんです。だけど、まだ駆け出しで、必死に売り込んだんですが、相手にしてもらえなかった」

当時の悔しさを思い出したのか、ほんの一瞬、目が険しくなった。なるほど、このおっさんは今でも気持ちはガンガンに若い。プロデューサーとはこういうものなのだろう。いや、こうでなければ映画など作れないのだろう。

が、彼は表情に出ていたことに気付いたのか笑顔を作り、周囲を見回した。

「城間監督は淡々とした人で、予算のないドキュメンタリーをコツコツ撮ってきた人なので、まだ資金力のないプロデューサーとしては有り難かったですね」

いろいろ深読みのできる発言だが、角替監督は微笑むだけだ。

思い出話もいいけれど、俺はどちらかといえば早く密室話を聞きたいのだが。

「ええと、心中したと言われているのは、高橋圭太という人と、加納良子という人ですよね。この二人は、準主役級？」

同じ気持ちだったとみえ、綾実がさりげなく口を挟んだ。

「はい」

進藤は頷いた。

「それまで映画での主演の経験はありませんでしたが、二人とも脇を固めるタイプの、うまい、いい役者でしたよ」

「演劇畑から引っ張ってきたんでしたよね？」

進藤は首をすくめた。

「城間監督もドキュメンタリー畑でしたし、彼は芝居関係者に顔が広かったんで、そっちから役者を連れてきたんです」

要するに、当時の進藤は白井監督の失敗でタブー感のたちこめる映画界からは人材を引っ張ってくることができず、畑違いのところから呼んでくるしかなかったということか。

もっとも、白井監督のフィルムと城間監督のフィルムを運良く部分的に両方見たことがあるというスタッフの話では、全くテイストは異なるものの、けれん味のある、いかにも古き良き日本映画育ちの白井監督のものより、城間監督のもののほうがリアリティや異様さといった点で出来がよかった、という噂を聞いたことがある。むろん、伝聞なので、本当かどうかは分からないし、そのスタッフの好みや偏見もあったかもしれない。

改めて、「観てみたい」と強く思った。途中まででもいいから、あの世界がスクリーンの中で展開するところを暗い映画館で観られたらどんなにいいだろう。

「無理心中だというのが一般的には流布してますけど、本当のところはどうだったんでしょう。進藤さんは、殺人だったとおっしゃってますが」

詩織が抑揚のない声で尋ねた。

「私は殺人だと思っていますよ。しかし、残念ながら、おおよその状況は心中と判断させるようなものだったのです」

「どんなふうに?」

俺が促すと、ようやく進藤は話し始めた。


好きに使っていいということで、旅館にいろいろな設備が運び込まれました。監督は入念にカメラテストを繰り返していましたね。ある意味、セットじゃなくて本物の建物を使うというのはむつかしい。カメラの置き位置や、照明の具合など、結局あとで壁を壊してしまったところもありましたが、なるべくぎりぎりまで壊さずにやりたいということで、極力現状のままで撮影しようとリハーサルやテストが続きました。

便利だったのは、近くにある従業員寮だったアパートをそのままスタッフや役者の滞在に使えたことです。直前まで従業員が住んでいましたから、きちんと掃除されていて、部屋にはそれぞれ洗濯機が備えつけられていたし、共同の食堂や大浴場も近くの別棟にあって、スタッフも下手なホテルよりいいと喜んでました。

大スターがいなかったのも幸いでした。アパートはみんな同じ間取り、同じ設備でしたから、みんな同じ扱いで、特別扱いしなくて済んだし。

撮影は順調でした。

山の中で、邪魔も入らないし、遅くまで撮影していても、近くのアパートに歩いて帰ればすぐ布団にもぐりこめる。

天候も安定していて、スケジュールも予定通り消化していました。

問題の日は、毎日ぶっ続けで撮影が続いていた時に、たまたま天気が悪くなった日でした。昼から冷たい雨が降り出して、絵が繋がらないので、じゃあ午後からは休みにしよう、と監督が決めました。みんな、喜びましたね。ほとんどの役者は、アパートに戻って休息を取ったようです。何人かは、町に買い物に行ったり、気分転換に出かけましたが。

その直前、数日間、二人の様子がおかしい、という証言はありました。

ぎくしゃくしているというか、やや緊張関係にあったようだ、という。

二人は同じ劇団の叩き上げで、かつてはつきあっていたこともあったらしい。でも、この時は、スタッフの証言では、色恋沙汰でぎくしゃくしていたのではなく、演技の内容について真面目に口論していたという話です。

まあ、劇団では主要メンバーの二人でしたし、演技について互いに意見を言うのはいつものことだから気にするなよ、と二人を知ってる監督は言ってましたがね。

で、二人もその日は引き揚げてきてそれぞれの部屋に戻り、休んでいたようです。

ところが、しばらくして、女のほうが男の部屋を訪ねていった。

部屋の行き来は役者どうし、スタッフどうし、あるいはスタッフと役者どうし珍しくなかった。映画の現場はハードワークで、役者もスタッフも朝早くから夜遅くまでの肉体労働だから、よからぬ下心で往来する、という感じじゃなかった。時々、ガス抜きに酒盛りしてるのは大目に見てましたよ。

それからしばらくして、夕飯の時間になりました。

夕食は、別棟の食堂でみんなで摂ることになってました。そうすれば、まかないも片付けもいっぺんに済みますからね。

いつもはみんなで撮影現場から食堂に行きますが、みんな寮で休んでいたのでスタッフが呼びに行った。

そして、なんだか様子が変だと思って高橋圭太の部屋を開けてみたら、血まみれになって倒れている二人を発見した、というわけです。


「ていうことは、ドアには鍵は掛かってなかったってこと？」

俺は自然と眉を吊り上げていることに気付いていた。

密室じゃないじゃん。

俺の顔にそう書いてあるのを読みとったかのように、進藤はこっくりと俺に向かって頷いてみせた。

「はい、鍵は掛かっていませんでした。でも密室だったんです」

「どうしてまた」

「アパートの構造を説明しましょう」

進藤は、きょろきょろと辺りを見回した。

梢が気付いて、ノートを一枚破り取って進藤に渡す。

進藤は梢に拝む仕草をし、胸ポケットからボールペンを取り出すと図を描き始めた。

よしよし、やっぱり密室には図面がなくちゃね、と俺はヘンなところで満足する。

「アパートは二階建てのものが二棟並んでいました。全く同じ造りです。片側が通路になっていて、階ごとに六世帯ずつ入っている。通路にはそれぞれの住戸の洗濯機が置いてあって、通路の端に素通しになった、スレート葺《ぶ》きの屋根のついた階段があるという、至極一般的な造りです」

「ああ、サンダル履きなんかで階段登ると、やたらカンカン音が響くやつね」

綾実が独りごちた。

「そう、まさにそういうアパートです」

進藤が頷く。

「で、高橋圭太の部屋はここ」

印を付けたのは、二階の端から二番目だ。

「加納良子の部屋はここです」

もうひとつの印は、一階の端。高橋の部屋の斜め下の部屋だ。

加納良子の部屋の脇に階段がある形だ。

「もう一人。ここにKという小道具スタッフがいます」

進藤は、二階のいちばん奥の部屋に「K」と書き込んだ。

「Kは衣装係も兼ねていて、この日の午後、通路で洗濯機を回しながらその前に椅子を出して、ずっと資料を読んでいたんです」

「ずっと?」

俺は確認する。

「はい、ずっと。洗うものがいろいろあって、二槽式だったからいちいち脱水機に移さなければならないので、部屋に入るのが面倒だったと言っていました」

「なるほど、そいつが証言してるのか。二人以外誰も部屋に入ってないと」

「ええ。Kは、高橋圭太と一緒に現場から引き揚げてきて、彼が部屋に入っていくのを見て、それからすぐに洗濯を始め、ずっと通路に座っていて、加納良子が階段を上がってきて高橋圭太の部屋に入っていくのも見ています。それ以降、誰もその部屋に出入りしていないし、スタッフが食事で呼びに来て二人を発見した時もそこにいた。彼はすぐにその部屋を見に行ったので、部屋の中には他に誰もいなかったと証言しています」

「いいねえ、目の密室か」

俺はうっとりした。

「つまり、やっぱり心中だったってことなんじゃないの？　他に誰もいなかったのなら、それが当然でしょう」

密室のロマンを感じない、常識人の詩織があっさりと言った。

「はあ、結局そういうことになりました。Kの証言でね。しかも、Kだけでなく、隣の棟の一階の端の部屋にいた役者も、加納良子以降誰も階段を登っていないと証言している。彼は、ずっと起きていて、窓に向かって台詞の稽古をしていた。で、この部屋から、隣のアパートの階段が丸見えなんですね」

進藤は楽しそうに説明した。

詩織は胡散《うさん》臭げな表情になる。

「じゃあ、ますます心中だという結論になるじゃないの」

「はあ、警察もそう判断せざるを得ませんでした」

「ええと、どうやって心中したんですか？」

俺は進藤の楽しげな顔を見ながら素朴な疑問を投げかける。

「刃物で刺されていました。二人とも」

「つまり、無理心中というからには、どちらかがどちらかを刺して、自殺したってことですよね？」

俺は畳みかける。進藤の、この煮え切らない返事にはどんな意味があるというのだろう。殺人だと言い切るその理由は？

「警察はそう発表しましたね。でも、実際のところ、二人ともほとんど時間差がなく刺されているので、どちらが先に刺されたのかは分からなかったようです」

「うーん」

島崎が腕組みをした。

「無理心中にしろ、殺人にしろ、刺されて死ぬなんて凄く痛いですよね。昔ながらのアパートというのなら、失礼ながら、部屋もそんなに広くないし、音も隣とか下に筒抜けじゃないですか。心中を迫られたり、殺人者に襲われたりしたら、悲鳴を上げるなり暴れるなり、外に逃げ出そうとするんじゃありませんか？」

もっともな質問だ。どちらにせよ、断末魔の苦痛からは逃れられない。

「高橋圭太の部屋の下に、別の役者がいましてね。こいつは、部屋で横になって文字通り休息を取っていたそうです」

進藤が明るい声で言った。

「そいつはなんて証言してるの？」

「それが、奇妙なことに、『静かだった』と言っているんですね」

「眠ってたんじゃないの？」

「いえ、この役者は結構神経質な男でね。話し声がすると眠れないたちで、二階の窓が開いていて、高橋と加納がずっとボソボソ話す声が聞こえていたので、眠れず起きていたというんです」

「そう言ってて、実は少しは眠ってたとか。夢の中の出来事だったんじゃゃ？」

「かもしれない。でも、彼は、いたって普通に話していて、急に静かになった、と言っている。とても無理心中とは思えない、と証言していました」

「でもねえ、結局、誰も出入りしていない、そこに話は戻ってきますよね。進藤さんは、どうして殺人だとおっしゃるの？」

詩織が痺れを切らしたように口を挟んだ。

俺も同じ思いだった。

すると、進藤は、奇妙な笑みを浮かべて俺たちを見た。

「凶器がなかったからですよ」

「え？」

俺は間抜けな声を上げて聞き返した。

「二人が亡くなっていた部屋には、凶器が見当たらなかったんです、どこにも。警察は、どちらかが死の直前にこっそり処分したんだろうと言いましたが、凶器は見つかっていない。だから、私は殺人だと言っているんです」

溶ける氷のナイフを使ったのでは、とは、いくらミステリ・ファンの俺でもさすがに言いだせなかった。

十三、供物

それこそ探偵小説的状況としか思えない話を面白く聞きつつも、私は集中力が途切れかけているのを感じた。

不意に、強い色の入ったガラス窓に囲まれたこの船のてっぺんにあるラウンジがひとつの円盤で、私たちは灰色の寄る辺ない海に浮かんでいるこの世の生き残りのように思えてきた。

例えば何かの拍子に世界が滅びてしまい、この船の人々だけがたまたま生き残り、帰港する土地もなくさまよっているとしたら、どんな話をしているだろう。

恐らくは、未来の話などするまい。きっとこういう話題、過去の瑣末な記憶、かつて撮り損ねた呪われた映画、かつて存在したもの、そしてこの先存在しえないものについてえんえんと語り続けるのではないか。

そう、ちょうど今の私たちのように。

「そんなにおかしな状況だったのに、警察は心中という結論を出したんですか？」

詩織があきれたような声を出した。

「凶器がないっていうのは、どう考えてもヘンでしょうに」

「そんなにおかしな状況だったけど、そう結論を出さざるを得なかったんですよ。周囲の証言を突き合わせていくとね」

進藤は肩をすくめた。

「当時は私も寝耳に水の大打撃で、パニックでした。こうして冷静に振り返ってみると、確かにおかしなところがいっぱいあります。でも、事件のさなか、よく考える余裕もなかった。でもね、現実の事件って、きちんと辻褄《つじつま》が合って、整合性があるものじゃない。無造作に、なおかつ無数に事実や情報が投げ出されている。事件に関係のない余計な情報もいっぱいあって、分かりやすいストーリーがあるわけじゃない」

彼はにやっと笑って雅春を見た。むろん、それが推理小説マニアの彼に対する皮肉であることは明らかで、雅春も進藤を真似て肩をすくめた。

「警察も、混乱した現場の状況から最大公約数として、説明がつく結論を選んだんですよ。私は、お恥ずかしいけれど、当時はそれどころじゃなかった。文字通り、目の前が真っ暗になりましたよ。もちろん撮影は中断です。いろいろ手は尽くしましたが、結局そのまま中止に追い込まれました。呪われた映画というより、なんでこんなことになったのかと私のほうが天を呪いましたよ。正直、死んだ二人が恨めしくて、思いやる余裕がなかった。申し訳なかったです、今にして思うと」

「もし殺されたんだとすると」

詩織が例によって冷静に口を挟んだ。

「動機のある人はいたのかしら。そっちは調べなかったの？　それが基本でしょ」

進藤は心得てます、という表情になった。

「実は警察に一人、コロンボみたいな刑事さんがいましてね。彼は捜査が打ち切られたあともしつこく調べてました。何度か会ったことがありますが、殺人に至るほどの動機があると思える人物は見つからなかったそうです」

「となると、むしろ心中説のほうが強化されるわけだ」

今度は雅春が口を出す。

「あなたが殺人説を採るのは、凶器がないという一点のみからですよね」

まあまあ、裁判じゃないんだから、と私は内心苦笑した。

「ええ、そうです。あなたもそのほうが嬉しいんじゃないですか？」

「そりゃ、個人的な趣味から言えば密室不可能殺人のほうがいいですよ。でも、世の中、自殺に見せかけた殺人と同じくらい殺人に見せかけた自殺ってのも多いんです。どっちも目的は保険金だったりするんですが」

「あら、雅春自身そういう事件を扱ったわけ？」

綾実が興味を持ったように雅春を見る。

「ノーコメント」

雅春はそっけなく綾実を一瞥《いちべつ》すると、身を乗り出した。

「俺は話を聞いてるうちに、むしろ周到に計画した心中説を採りたくなってきたな。なにしろ二人は実力派の役者だ。その気になれば憎み合っているふりなんぞお手のものでしょう。『ナイルに死す』だ」

「それはそうかもしれないけれど——いったいなんのために？　なんでわざわざあんなところでそんな手の込んだことをして心中しなけりゃならないんです？」

進藤は困惑した表情で尋ねた。

雅春は口ごもる。

「ええと、それはその」

彼が口ごもるとは珍しい。よほど言いにくいことらしい。

綾実がくすっと笑った。

「あたしが代わりに言ってあげる。『夜果つるところ』を呪われた映画にするため、よね」

雅春は、悪戯を見つけられた子供のような顔になった。

いっぽう、周囲に一瞬あきれたような、白けた空気が漂った。

正直なところ、私もその一人だったことは否定しない。いくら、皆がある程度芝居がかった設定を楽しむ覚悟でいるとはいえ、あまりに荒唐無稽な動機である。実際、人が二人亡くなっているのだ。

「いや、その」

「ごまかさなくていいわよ。あたしだってそう思ったんだから」

「そうはっきり言われるとなあ。俺だって、そんなバカげたこと口にするのはどうかって遠慮したんだから」

雅春は複雑な表情だ。

綾実はぐるりと皆を見回す。その時には、皆、白けた表情を引っ込め、見事に「興味深げ」な顔を作っていた。この辺り、大人というものは誰でも経験豊かな役者であると思わざるを得ない——実力派だったという、亡くなった二人の舞台俳優に負けず劣らず。

「あたしは、殺人説を採るわ」

綾実はきっぱりと言った。

「でも、進藤さんと違って、あたしがそう思うのは凶器がないからじゃありません」

進藤が何か言おうとしたのを遮り、そう付け加える。

「動機は今言ったとおり。『夜果つるところ』を呪われた映画にするため。それは雅春と同じだけど、あたしはその動機だからこそ、殺人説だと思うの」

「ふうん。そのココロは？」

雅春が尋ねる。

「そんなこと、あんたならちょっと考えれば分かるでしょ」

綾実は軽くあざけるような笑みを浮かべた。

「死んだ二人に、原作や映画に対するそんな思い入れがあったとは到底思えないわ。なにしろ、ずっと舞台をやってきて、映画はほとんど初めてだった役者なのよ。そうでしょ、進藤さん？」

「ええ」

「最初の映画の事情さえなければ、二度目の映画化に参加することもなかった。そんな二人が、映画を伝説にするために殉ずると思う？　それはどう考えても有り得ないでしょう」

「それはもっともだ。賛成するよ」

雅春はあっさりと認めた。

「だから、二人は映画に捧げられたのよ――映画を伝説にするために」

綾実は自信たっぷりにそう言ってのけた。

ゲーム。

私の頭にはその単語が浮かんでいた。

やはり、彼女にとってこれはゲームなのだ。感情もタブーも排し、彼女の偏愛する飯合梓にまつわる、思考実験のような推理ゲーム。滅びた世界で暇つぶしに行う、過去についてのゲーム。

「そいつは矛盾してるな」

角替監督が、不満そうに呟いた。

「映画に捧げるというのならば、映画を完成させなけりゃなんの意味もない。その殺人犯は、映画の完成を望んでいなかったのかい？」

「どうなんでしょうね」

綾実は考え込むような表情になった。

「望んでいたのかもしれないし、望んでいなかったのかもしれない。どちらの可能性もあると思うな。ただ、どちらにせよ、犯人が原作に対して強い思い入れを持っていることは確かだわ」

「綾実さんみたいに？」

進藤が突っ込みを入れた。

ふと、綾実が真顔で進藤を見た。

私は動揺した。

綾実の、それまでの芝居っ気たっぷりの表情が、ばさりと音を立ててセットを隠している暗幕が落ちてしまったかのように、一瞬削《そ》げ落ちたのだ。

その時、この空間に出現したあまりにも殺伐とした灰色の大きなものに、私は怖気づいた。

これが本当の私たちなのだ。これが私たちが覆い隠そうとしているものなのだ。

そう思ったとたん、綾実はまた目を見開き、自信たっぷりに笑ってみせた。

灰色の大きなものはたちまち消え失せ、感じた動揺そのものもすぐに忘れそうになる。

「そうね。あたしみたいに、ね。これがSFファンタジーだったら、あまりにも飯合梓とその作品を敬愛するあまり、あたしが過去に遡ってその二人を殺していたって話になるかもしれないわ」

「映画製作を中止させるために殺人を犯したっていうのは、動機としてあたしも納得できるの。捧げもの云々はともかく、ね」

詩織が淡々と話し出したので、皆が注目する。

綾実のようにそこにいるだけで人の目を集めるというタイプではないが、彼女がいったん口を開くと、傾聴せざるを得ないような威厳が漂う。

「ここはもう少しシンプルに考えてみない？　映画製作を中止させて利益を得るのは誰？　そんな人、いるかしら？」

監督と進藤が同時に唸った。

「いないよ、そんな人。冗談じゃない」

進藤が不快そうに呟く。

「そんなことないわ。一人、もしくは二人、いるじゃない？」

綾実がまたしても、これから不快なことを言うぞ、という笑みを浮かべて言い放つ。

「一人、もしくは二人？」

進藤は表情を緩めない。

「この映画化を最初に思い立った人。私費を投じてでも、この映画を撮りたかった人。または、撮りたかったけど、その人に遠慮して、メガホンを取ることを断った人」

進藤と監督は、ぽかんとした表情になった。

「なにかい、白井監督と俺か？」

監督が自分を指差す。

「はい」

綾実は悪びれもせず、こっくりと頷いた。

「他の人にこの映画を撮らせたくない。ましてや、完成させたくない。これって、とても強い動機じゃなくって？」

監督は毒気を抜かれたように笑いだしてしまった。

「なるほど、そりゃそうだ。そいつは最強の動機だ。参ったな」

監督の目がふっと緩み、そして、不穏に光った。

「そうだ。白井監督は本当に無念だったろう。どんなに撮りたかったか。俺だって、撮れるものなら撮りたかった。そういうもんだろう、監督ってのは」

「ねえ、進藤さん」

詩織がふと思いついたように尋ねた。

「うん、なんだい？」

「二つの映画に、両方とも参加していたスタッフっていなかったの？」

「えっ、最初のと二度目の時のってこと？」

「ええ。いくら前回のスタッフを避けたとはいえ、狭い世界だし、腕のいいスタッフって限られてるから、重複してた人もいるんじゃないの？　あたしの友達に、衣装やってる人いるけど、その人、一年中映画やってて、観る映画観る映画、エンドロールに彼女の名前が出てくるのよ。意外に実働部隊って少ないんだなって思って。もっとも、今と違って当時の映画業界はもっと人材豊富だったかもしれないけど」

「うーん、どうだったろう。思い出してみるよ。どうして？」

「いえね、実際問題として、あたしが密かに『夜果つるところ』の熱狂的なファンで、映画製作を中止させたいと強く思っていたらどうするかなって思ったの」

「どうする？　詩織だったら」

引き込まれるように雅春が尋ねた。

「あたしだったら、スタッフとして潜り込む」

みんながハッとしたように詩織を見た。

詩織は相変わらず淡々としている。

「スタッフなら、現場をうろうろできるでしょ。そこにいても怪しまれない。何かの細工もできるし、呼びに来たとか言って、誰の部屋にも入れるわ」

「確かに」

みんなが感心した表情になる。

私は別のところに感心していた。

なるほど、綾実と詩織の二人の違いは、こんなところにも出ているのだ。

綾実が主にストーリーを作り、絵のほうは詩織がメインで描いている、というのに納得した。これまでの話を聞いていると、綾実は何事かを発想し、大風呂敷を広げてみせるのに秀でている。人々を引き込むプレゼンをし、出資金を集める役だ。発想も豊かで、衆目を集めるひらめきもある。しかし、具体的に絵にするのは詩織なのだ。細部を詰め、確認を繰り返し、形にして商品にするのは詩織。実現できるかどうか見極め、決めるのは詩織なのだ。

詩織が使った「実働部隊」という言葉が引っ掛かっていたが、こうしてみると、実際に作業を受け持つ彼女らしい言葉だ。

「待てよ——小道具のあいつ——Kって、最初の時の小道具もやってなかったかな。最初の時は助手だったけど」

進藤が記憶を探るように言った。

「小道具って、洗濯機のそばにずっと張り付いてたって彼のこと？」

雅春が勢い込んで尋ねた。

「そう。そうだよ、あいつ、両方ともやってたはずだ」

進藤が興奮した声で雅春を見る。

「そいつは面白い。密室の証人である彼が、前回の現場にもいたとはね」

雅春はどこか満足そうだ。

「監督は、その小道具係助手は記憶にないんですか？」

「うーん、当時は大所帯だったからなあ」

「きっと、他にもそういうスタッフがいると思うの」

詩織は進藤と雅春の興奮を冷めた目で見ながら、考え込む表情になった。

みんなが再び詩織に注目する。スタッフの中に犯人がいる、という現実的な説を提案しておきながらも、彼女は他のことに気を取られているように見えたからだ。

「だけどあたし——あたしは、誰よりも強い動機を持っている人がいると思うの。映画製作の中止を願う、いちばん強い動機を持っている人が」

声にならない「えっ」という、驚きの叫びが上がったような気がした。

それは誰？

誰もが同じ疑問を胸に抱いたはずだ。が、同時にみんな薄々その答えを知っているような気もした。

「分かってるでしょう」

詩織も同様の感想を持ったようだった。しかし、ちらっと周囲の表情を窺い、誰も口にする気はないと確かめたのか、あきらめたように呟いた。

「原作者。飯合梓本人よ」

再び、声にならないため息のようなものが漏れる。

「あたしたちは、何度か自分たちの作品が映像化されてるから、これまでの経験から言わせてもらいます。他の人はどうなのか知らないし、他の人にも当てはまる感想なのかどうかは分からない」

詩織は前置きのように断ってから続けた。

「でも、映像化されるのって、嬉しいのと同時に、同じくらい嫌なものなんですよ。視覚化されて、大きなメディアで広くたくさんの人に見てもらえるのは確かに嬉しいんだけど、こぼれ落ちるものも大きいし、どんなに頑張っても別のものにならざるを得ない。それは漫画だって同じ。最初から視覚化されてるだろうって言う人もいるけど、映像化された場合、絵を描くのは他の人だし、世界観を始め、いろいろなものが思ってもいない方向にずれていくのは避けられない」

映像化する側である進藤と角替監督は神妙に聞いている。

「嫌だ、という言葉を誤解しないでほしいんです」

詩織は念を押すように言った。

「映像化したい、と思ってもらえるのはとても光栄だし、嬉しいんです。だけど、なんていうのかな、自分だけのものだと思ってたおもちゃを取り上げられちゃった感じ。あたしの場合、それに近い感じです。でも、飯合梓の場合、どうだったんでしょう。あの作品の場合は、どう思ったでしょう」

「映画化って、すんなり決まったんですか？　今さらですけど」

　雅春が監督を見た。

　監督は苦笑する。

「いや。何度も断られたらしい。かなり強硬にね。それを、白井監督が何年もかかって口説き落としたんだ」

「でしょうね」

　詩織が小さく頷く。

「飯合梓はどちらかと言えば、日の当たる場所に出るよりも、自分だけの世界の中で充足していたいタイプだと思います。きっと、明るいところに引っ張りだされるのは嫌だったでしょうね。今ほどじゃないけど、映画化されたらいろいろな人が彼女のところに来るでしょうし」

「じゃあ、飯合梓が映画化を中止させたいと思って犯行に及んだと？　いったん引き受けたものの、やっぱり嫌だと。契約まで結んじゃってるから、今さら断るわけにいかないし、よっしゃ、一発事件を起こして中止させたるぞと」

　雅春が身も蓋もない言い方をしたので、小さな笑い声が起きた。

「さあね」

　詩織は苦笑した。

「でも、あたしには何よりも強い動機に思えるんです。自分の世界を壊されたくない。自分だけのものだと思っていた世界が、違う形のものになってしまうのが恐ろしい。ましてや、映像作品になって、それが一人歩きしてしまうのなんて耐えられない。その恐怖って、映像化するほうの人って、あまり分からないんですよね。みんな無条件に、映像化するのはいいことだし、宣伝にもなるんだからって思ってるから」

詩織の言葉は、最後のほうは皮肉だった。

知り合いのミステリ作家で、何度もドラマ化されている人が自嘲気味に言っていたのを思い出す。あれって、設定だけが欲しいんだよね。今って、原作がないと企画が通らないから、原作があるんだってことを上に証明したいだけなの。

彼は、ドラマ化を認めたら、タイトルと登場人物だけは確かに原作のものを使っているのに、中身は原作と似ても似つかぬものに変えられてしまったことが何度もあるそうだ。

「ごめんなさい、あたしが言いたいのはこんなことじゃなくて」

詩織は小さく笑った。

「あたしも綾実も、確かに飯合梓に惹かれてます。いろいろな意味で」

詩織の顔から笑みが消えた。

「きっと、『呪い』の根本的なものは、彼女にあるんだと思います。だから、あたしもここに来た。あの人って、何者なんでしょう。あたし、あの人のことを知りたいんです」

沈黙が降りた。

「ここはやはり」

何か言わなくては、と私が口を開こうとした時、綾実がひと足先に口を開いていた。

「飯合梓について伺いたいですわよねえ、島崎さん？　この中で、彼女と親交があるのはあなただけなんですから」

それまで面白そうに話を聞いていた島崎四郎は、ぎょっとしたように椅子に座り直した。

急に注目されて、面くらった様子である。

「参ったな。いきなりお鉢が回ってくるとは」

島崎は、戸惑ったように頭を掻いた。

しかし、それでも、脇に置いてあった紙袋から、ごそごそと一冊の本を取り出した。

「それは」

綾実の目が大きく見開かれた。

「はい」

島崎は、小さく頷いた。

「これは、飯合梓が自分で初めて出した作品。『夜果つるところ』の原型になった、私家版です」

十四、私家版

「なんですって？」

詩織も珍しく声を上げて身を乗り出した。

「あたしたちだって持ってないのよ」

綾実が、まるで島崎が持っていることを非難するかのように睨みつけるので、島崎は苦笑した。

「へえ、珍しいものなんですか？」

角替監督が怪訝そうに三人を見回す。監督は、原作に興味はあっても稀覯本《きこうぼん》には関心がないらしい。

綾実と詩織が今度は揃って監督を睨みつける。

「五十部しか作ってなくて、しかも現存しているのは二部か三部って言われているんです」

「えっ、それしかないの？」

そう言われて監督は仰天した。

改めて、皆が島崎の手の中の小さな本に目をやった。

「タイトルは？　同じく『夜果つるところ』なんですか」

雅春が尋ねる。

「いえ、違いますね。こちらは『夜果つる汀《みぎわ》』になってます」

島崎は本をテーブルの上に置いた。

小さな本だ。ハードカバーだが、新書サイズくらいか。布張りで、元の色は青だったようだが、すっかり色が褪せて白に近いような黄緑になっている。そのため、箔押ししたタイトル文字もよほど注意して見ないと読めない。しかも、著者名は更に小さいイニシアルでM・Aとしか書かれていない。

しかし、貴重な品と承知しているせいか、ガラスのテーブルの上でほのかな光を放っているように輝いて見えた。

梢はじっと背表紙を見つめた。まだ背表紙のほうが、くっきりとタイトル文字が残っている。

なるほど、最初は『夜果つる汀』だったのか。のちに『夜果つるところ』としたのは、「汀」が「水際」で、「果つる」と意味が重なるからかもしれない。見た目も「ところ」としたほうが収まりはいい。

『夜果つるところ』の基になった私家版があるというのは知っていたが、現物を見るのは初めてだった。

「カバーは付いてたのかな」

「いえ、最初から付いていなくて、函《はこ》入りだったそうです」

「その函は持ってないの？」

「はい。これを入手した時には既になくて」

まるで古墳を発掘して、埋葬品を見つけた研究者たちのように皆が次々と口を開く。

「手に取ってみてもいいかしら？」

綾実が目をぎらぎらさせて島崎を見た。

「もちろんです。どうぞ」

島崎が綾実に本を渡す。

綾実は受け取るのももどかしいように表紙をめくり、中に目を走らせた。

隣の詩織も顔を寄せて本を覗き込む。

書き出しのところを素早く読み、綾実は顔を上げた。

「出だしは同じだわね。最初の部分はほぼ同じみたい」

「長さはどうなのかしら」

詩織も頷きながら呟いた。

「『夜果つるところ』よりかなり短いです。目次がないんですが、実はそれには中編が二つ入っている」

島崎が答えると、綾実はぱらぱらとページをめくった。

「あ、本当だ。ここまでが『夜果つる汀』」

真ん中より少し後まで、五分の三くらいの厚さを指で挟んでみんなに示す。

「もうひとつの作品はなんていうの?」

雅春が聞いた。

「『お菓子の家』よ」

綾実がページを開いてタイトルを見せる。

「聞いたことないな」

雅春は身を乗り出した。島崎がゆるゆると首を振る。

「いえ、その本では『夜果つる汀』と『お菓子の家』は別々になってますけど、この二つの内容を合体させたのが『夜果つるところ』なんです」

「へえ、そうなんだ」

『夜果つる汀』は、山奥の屋敷が舞台で主人公と三人の母親を巡る話。『お菓子の家』は、遊廓で暮らしている子供が、そこに来ている小説家と交流する話。『夜果つるところ』に出てくるでしょう、いつも着流しの作家が」

「ああ、あの太宰治みたいな奴ね。ふうん、なるほど。島崎さん、航海中に読ませてもらってもいいかなあ」

「ええ。お貸し出ししますよ」

綾実が横槍を入れる。

「あら、あたしたちが先よ。島崎さん、今夜はあたしたちが借りてもいいでしょう?」

「もちろんですとも。順番に、ね」

島崎は子供のわがままを宥《なだ》めるように両手で抑えるような身振りをした。

「綾実は現物、見たことあったの?」

雅春が綾実の顔を見た。

「ええ、何度かコレクターズアイテムとして見せてもらったことがあるの」

その口調から、たぶん入手交渉の経験があり、なおかつそれに失敗したことが窺えた。

「函も?」

「ええ。函は紺色で、白抜きでアールヌーヴォー風の模様が入ってたわ」

綾実は思い出したように小さくため息をついた。

梢はじっと綾実がページをめくっているところを眺めていた。

作品の成立過程を探るのは面白いものだ。もし島崎が許してくれるのならば、本のコピーを取らせてもらおう、と考えていた。

私家版、という響きには謎めいた雰囲気がある。商業ベースに乗ることが叶わぬ作品。あるいは、商業ベースに乗ることを無視した作品。好事家《こうずか》のもの。親しい仲間内での贅沢なお愉しみ。大家が世に出る前の初々しい自費出版もあれば、世に出た大家がプレゼント代わりに作ったものもある。いずれにせよ、私家版の最も大きな特徴は部数が少ない、ということだ。言い換えれば、希少性が高いという意味でもある。

つきあいのある古書店の店主が言っていたが、最近では近代文学などの大御所のものよりも、趣味性の高い作家のものに人気が出る傾向があるという。若手のコレクターは、文学的、歴史的価値のあるものよりも、自分の好みに合うマニアックなものを欲しがるのだそうだ。耽美性の高い異端と呼ばれた作家はこれからもっと人気が出るだろう。飯合梓などは、今は忘れられているが、この先有望株だそうだ。

この姉妹は必ずこの私家版を手に入れるだろうな、となんとなく思った。

二人がどのくらい費用を掛けているのかは見当もつかないし、今はまだそんなに値が上がっていないからそれほどでもないのかもしれないが、二人の目つきを見るに、もはや「飯合梓コレクター」になりきっているのは明白である。この航海中に島崎を説得して買い取る、くらいのことをしても驚かない。コレクターというのはそういうものなのだ。

梢は、自分が前の夫と目の前の二人を重ねて冷ややかに見ていることに気付き、慌ててその気持ちを振り払った。

あの男はコレクターとはまた少し違うような気がする。浪費家？　特定のジャンルに特化した買い物依存症？

その原因は自分にあったのだろうか？

そう考えて梢はギクリとする。いや、そんなはずはない。自分と結婚する前から彼は腕時計を買い続けていた。

でも、エスカレートしたのはあたしと一緒になってから？　あんな天真爛漫に見えても、心の奥では何か抑圧されたものがあったのだろうか。義母の指摘は実は某《なにがし》かの真実を突いていたのだろうか？

梢は気持ちが沈みこむのを感じ、同時に、今更こんなことでブルーな気分になる自分に腹を立てた。一方、心のどこかでは冷静に自分を分析している。

あたしは、引け目を感じている。この船の中で、自分だけが場違いなように感じている。今ここにいるメンバーの中で、あたしだけが同じ世界の住人ではない。あたしは単なる記録者として同席を許されているに過ぎないのだ。

雅春にちらりと目をやる。

いや、あたしは記録者ですらないのかもしれない。

雅春の胸ポケットで作動しているボイスレコーダーが透けて見えるような気がした。

雅春のほうが、よほど記録者の名にふさわしい。この旅に誘ったのは彼だし、冷徹な観察眼をもって今も記録を続けているのは彼のほうなのだから。

「まあ、皆さんもご存じでしょうが、飯合梓は自分の経歴を明かしていません。北海道の出身で、かつては裕福だったけれど戦後没落した家に生まれたらしい、という程度しか」

島崎が説明を始めた。綾実のリクエスト通り、飯合梓について語るつもりのようだ。

「でも、それも彼女の張った煙幕のひとつ、という説もありますよね」

詩織が静かに口を挟んだ。

「はい、そういう説もあります」

島崎は鷹揚に頷く。

「でも、僕の印象では、北海道出身というのは間違いなさそうです。僕も実は北海道出身で、たまに彼女の言葉のイントネーションに懐かしさを感じる瞬間がありましたし、一度だけ訪ねた彼女の家で、北海道の消印のある郵便物を目にしましたから」

「没落した富豪、というのはどうです？　そちらも本当かしら？」

いつの時代にも、自分の出自をより高級なものに見せたがる人がいるものである。

島崎は首を振った。

「それは分かりません。家族の話は聞いたことがない。きょうだいがいたかどうかも分からない。でも、ある程度の財産があったことは確かです。なにしろ、彼女は働いていなかった。しかし、こういう私家版も作れて、持ち家に住んでいた。作家としてそんなに売れていたわけでもない。だけど、ご存じのとおり、I半島に数軒の家を所有し、そこを不定期に移り住んでいた。質素な生活だったけれど、調度品はいいものを置いていたし、生活に困っていた様子もない。自分で働いて作ったのではない財産があったことは明白でした」

「何か後ろ暗いところのあるお金ってことはないのかしら」

綾実が呟いた。

「後ろ暗い？　たとえば？　犯罪がらみってこと？」

雅春が尋ねる。

「まあ、漫画家的想像力で言わせてもらうと、いろいろ考えられるわね。『夜果つるところ』の内容もふまえて考えると、実家が風俗店を手広くやっていたとか」

「ああ、なるほど」

皆が頷いた。

「別に違法じゃない商売なんだから、文句を言われる筋合いはないでしょうけど、年頃の女の子だったら親の商売に嫌悪感を抱いても仕方ないわ」

「だったら、後ろ暗い金っていうのは変じゃん？　普通に商売して稼いだ金なんだから」

「だから、更に踏み込んで妄想全開で考えるとさ、ラブホテルとか風俗がらみの飲食業とか、最も脱税の多い業界とも言われているじゃない？　あるいは、地元のヤクザへのみかじめ料とかさ。彼女はそういう裏金を持ち出して、単身家を出てきたんじゃないかしら」

「ははあ、確かに漫画家的想像力だな」

「写真を嫌がったのも、所在がバレると困るから？」

詩織が聞く。

「そう。ヤバイお金を持ち出したんなら、当然でしょう」

「話としては面白いけどねえ」

進藤が苦笑した。

「そういうヤバイお金だったら、女の子一人、もうとっくに東京湾に浮かんでたと思うなあ。そんな豪遊できるようなお金を持ち出してそのままでいられるはずないよ」

「あら、やけに実感がこもってますこと、進藤さん」

綾実はチラッと進藤を見た。

「だから、あくまでも漫画家的想像力と言ったでしょ？　他にもいろいろ考えられるわよ。こんなのはどう？　彼女は本当に北海道の資産家の娘だった」

「それじゃあ、そのまんまじゃないか」

雅春が突っ込みを入れる。

「待ってよ。その子をA子としましょうか。A子には、親友がいた。こちらをB子としましょう。B子は身寄りのない、貧しい娘。境遇は違えど、A子とB子はとてもうまが合って、何でも話し合うような仲。A子は高校を卒業して東京に行くつもりだが、B子はとても進学などできないし、ましてや地元を離れるなんてできない。実はB子には文学的才能と野心があって、どうしても東京の大学に行きたいと思っている」

雅春はあんぐりと口を開けた。

「まさか、A子を殺して、B子がA子になりすますっていうのか？」

「そのとおり」

「『太陽がいっぱい』だな」

監督が呟いた。

「でも、そんなのすぐにバレるだろ。親がいるんだから」

「そこは考えたわ。A子は実は前妻の子で、後妻がB子に協力するの」

「父親は？」

「父親は高齢で、長いこと病に臥《ふ》してるのよ」

「なんで後妻はB子に協力すんの？」

「きっと何か条件があるのよ。A子が成人するまで生きたことにして、相続放棄する書類を書く、とかなんとか」

「うーむ。昔の昼ドラだ」

みんなが大声で笑い出した。

「——帽子をかぶった女、かあ」

詩織がぽつりと呟いた。

「島崎さん、彼女に何度か会ってらっしゃるんですよね？　彼女、自宅でも帽子かぶってました？」

島崎が記憶を探る表情になる。

「そうだね。言われてみれば、帽子でなくとも、スカーフやターバンみたいなのを巻いてたなあ」

「でも、島崎さんとつきあいがあった頃って、彼女、まだそんなに歳じゃなかったはずですよね。確かに、年配になると髪が薄くなるし、髪のコシがなくなったのを気にして、室内でもニットの帽子をかぶったり、スカーフを巻く女の人がいるのは分かりますけど」

「うん、そうだね。でも、ヘアバンドとかバンダナとか、あの頃は頭に何か着けるってファッションが普通だったような気もするけどな」

「何か理由があると思うの？　詩織は」

綾実がつと真顔で詩織を見た。

詩織はその視線を外すようにして首をかしげる。

「そうね。まずは帽子のほうを印象づけて、あまり顔のほうの印象を残さないようにすること」

「ふふん。それから？」

「頭に何か目立つ身体的特徴があったとか」

笑い声を上げていた皆が、なんとなく笑顔を消した。

「なあに、ツノが生えてたとか？」

綾実が冗談っぽく応える。

「さあね」

詩織はそっけなく肩をすくめた。

奇妙な緊張感が、テーブルの上に漂った。

それは、綾実と詩織のあいだに流れるもののようでもあり、そうでもないようでもあった。詩織は淡々と続ける。

「まず考えられるのはカツラかヘアピースを着けてたんじゃないかってこと。当時のヘアピースは一目でそうと分かるものばかりだったけど、帽子と一緒に着けてたら分かりにくいと思う」

「禿げてたとか？　生まれつき？　あるいは病気？」

「あるいは、事故とか。頭にひどい怪我をしたりすると、そこにはもう髪の毛が生えないこともあるわ」

詩織がそう言うと、妙に生々しかった。

梢は、飯合梓が部屋で一人帽子を脱ぎ、ヘアピースをそっと外すところを思い浮かべていた。そこには、ほとんど坊主に近い頭があり、頭皮にはひどい裂傷のあとが透けて見える。

鏡の中をそっと振り返る飯合梓。

同じ場面を思い浮かべたらしく、雅春がハッとした。

「それ――そういう奴、『夜果つるところ』に出てくるよな。墜月荘《ついげつそう》で力仕事とかやってる男で、昔事故に遭って、頭に傷が残ってて、記憶を失ってる奴」

みんながアッと叫んだ。

確かに、普段は気がよく優しい男だが、何かの拍子に残虐性を発揮する登場人物でそういう男が出てくるのだ。

「記憶喪失？　それもなかなか少女漫画的想像力だわね」

綾実がやや皮肉めいた微笑を浮かべて感想を述べた。

「そうよ。あくまで妄想のひとつね。でも、頭に怪我があって、自分が何者か分からなかったら、過去にどんなことがあったのか怖くなって、怪我も隠したくなるでしょうし、自分に危害を加えた人物に会っても分からないのだから、極力顔を知られたくない、不特定多数の人に会いたくない、と考えるんじゃないかしら」

梢は、二人のあいだの緊張感が強まっているのを感じた。

それは他のメンバーも同じらしく、口を挟むべきか、そのままにすべきか逡巡《しゅんじゅん》する空気があった。

「ふーん。面白いなあ。今度は『シンデレラの罠』みたいだ」

そこにあっけらかんと口を挟んだのはやはり雅春で、ホッとしたような空気が流れる。

「うふふ。でしょう？　こういう話、好きでしょ？」

詩織もそれに応えてニコッと笑ったので、空気がほぐれ、また笑い声が上がる。

「いやあ、そんなふうに考えたことなかったな。単なる人嫌いなのかと思ってた。でも、もし仮にそういう事情があったのなら、映画化を渋るのも当然だね。自分では普通に小説を書いたつもりでいても、もしかして彼女に危害を加えたり彼女とかかわりのあったりした人物が映画を観たら、何か彼女に結び付けて考える可能性があるかもしれない」

島崎が感心したように言った。

「おお、それだよ。それが、映画化中止の狙いだよ」

雅春が叫ぶ。

「それなら辻褄が合うし、映画化を中止させる強力な動機になる」

「――まあ、どちらにせよ、飯合梓が何者なのかという疑問は残るわけだ」

監督が雅春の興奮を冷ますかのように、のんびりした声を掛けた。

「ですね」

雅春もすぐに認めて、椅子に背中をもたせかける。

「とにかく、この私家版が彼女の処女作ってことですね。このあと、『夜果つるところ』を刊行ということになるわけですけど、その経緯についてお話ししていただいてもよいですか？　もうご存じの方も多いと思いますが」

梢が久しぶりに口を挟んだ。

なめらかかつ控えめ、でも低く聞き心地のよい声、のはず。

みんながなんとなく島崎を見たので、梢の提案は受け入れられたようだ。自分の存在が影のように感じられていたので、よかった、ちゃんと聞こえていると、梢はおかしなくらい安堵した。

「うーん。僕は文庫を作った時の担当なんで、実はよく知らないんだ。というか、あの本の経緯についてはは不可解なことが多くて」

島崎はどことなく気が進まなそうな口調である。

「不可解？　不可解というのは？」

綾実がすかさず突っ込む。

「そもそもね」

島崎は、重い口調で言った。

「あの本を作った編集者が、どこで飯合梓を見つけだしてきたのか誰にも説明してなかったらしい。本が出るまでに彼女に会ったのはその編集者ただ一人。しかも、本が出てまもなく、彼は姿を消してしまった。未だに行方不明さ。もうこの世にはいないかもしれない」

「えっ」

またしても死者。

死者は淋しがりやだ。死者は死者を呼び寄せる。

「そうしたらね」

島崎は、居心地の悪そうな咳払いをした。

「ある日、会社に自分が飯合梓だと名乗る女が現れたんだそうだ」

「それが帽子をかぶったあの――」

綾実が言いかけると、島崎はのろのろと首を振る。

「違うんだ。全く違う女だったらしい」

みんながギョッとして顔を見合わせた。

「大きなサングラスとテラテラ光る真っ赤な口紅が印象的だったとか」

「そんな」

綾実が絶句する。

「真相は未だに分からない。だが、その女は、飯合梓は二人いる、と言ったそうなんだよ」

十五、二人の女

「二人？　飯合梓が？」

綾実が怒ったような声を出した。飯合梓マニアの彼女も知らなかった情報なのだろう。自分の知らない事実があるのは許せない、というニュアンスすら感じられる。

まあ、マニアの心情とはそういうものなのだろうし、俺も分からなくもない。

「ええ」

島崎は、綾実の責めるような口調を意に介さない様子で続けた。

「その女は『対外的な役割の飯合梓』を名乗ったそうなんです。まあ、そのこと自体にはそんなに驚かなかった、とその時応対した編集長は言ってました。実のところ、そういうのは意外と多いんです。代理人を名乗って編集者との連絡役を務める、エージェントとマネージャーの中間みたいな人間が出てくるっていうのは」

「代理人を名乗ってるのが本人、というケースも多いわよ。自分の代理のふりをして、本人はああ言ってます、こう言ってますといって交渉するの」

詩織がそう口を挟んだ。どうやら、身近にそういう人間を知っているようである。

「ああ、いますねえ」

島崎は苦笑した。彼の知っているケースを思い浮かべたのだろう。

「あの人もそうなんですってね、Nさん」

彼女は有名な耽美系の作家の名を挙げた。

「打ち合わせ場所に現れるのはどう見ても本人なんだけど、本人ではない、代理の者だと言い張るんだそうよ。バレバレなんだけど、会うほうもそれに合わせることにしてるんだとか」

へええ、とみんなが声を上げた。

島崎は肯定も否定もしなかった。

「アメリカなんかだとエージェントがいるほうが普通ですが、日本の場合、まだエージェントという商売が根付いてないので、そういう人があいだに入るとややこしいですね。夫だとか妻だとかいうのならまだしも、知り合いだとか友人だとかその場その場の恋人だったりすると、契約関係を交わしているわけでもないし、本当に本人がそう言っているのか分からない」

「で、その『対外的な役割』のほうの彼女はどんな感じの人だったんですか」

俺は尋ねた。

「以下は応対した編集長の話だけど、一見、普通に見えた、と」

島崎は思い出すような表情になる。

「話し方も落ち着いていて、整然としていた。身なりもきちんとしていたし。ただ、パッと見て、かなりの若作りをしているな、という印象を受けたと」

「その女、何歳くらいだったんですか」

「編集長いわく、見た目は三十代半ばくらいだったけど、もしかするとそれよりも十歳くらい上だったんじゃないかな、と。パッと見は若いし、ファッションも隙がないんだけど、そのせいで逆に

『本当はもっといってるんだな』と気付かせてしまう、という感じ」

「ああ、そういう人、いるわね」

綾実が頷いた。

「自分のスタイルはこれ、というイメージが頭の中にあって、それをずっと変えない人。脳内イメージでは自分がいちばん良かった頃のままだから、実年齢がそのスタイルにふさわしい年齢とずれてくると、どこか違和感を覚えるのよね。なまじ外側を完璧に作ってると、余計に隠されている内側との落差を感じさせてしまうというか」

やはり、物書きというのは基本的に意地悪だな。

俺は綾実を見ながら考えた。観察力があるという言い換えも可能だが。

「で、その女は何しにやってきたの？」

「それが、よく分からない。今後のことをご相談したいので、という話だったから会社の近所の喫茶店に行って小一時間も話したんだけど、自分ともう一人の梓がどんなふうに創作をしているか滔々《とうとう》と語るわけ。一緒にアイデアを練って、おおまかなプロットを作るのは自分で実際に文章にするのはもう一人だとか。こっちには全然情報がないから、実際に書いているもう一人の梓はどこにいるのか、とか、これまでの創作歴は、とか、次回作は、とかところどころで質問してみるんだけど、こちらの聞いたことははぐらかすんだな。で、『また今度』と言って帰っていった」

「それ、絶対ニセモノよ」

綾実は怒ったように言い放った。

「うん。編集長もそう思ったと言ってる」

島崎はあっさり頷く。

「でも、奇妙なことに、彼女は失踪した編集者の名前を知っていたし、彼の容貌も承知していた。彼とのやりとりの話にも信憑性があったので、ニセモノと言い切れなくて迷ったらしい。少なくとも、実作者である飯合梓の近くにいる人間なのは本当らしいと思った。だから、曖昧に返事をして、そのまま帰したと」

「ふうん、それは変ね。飯合梓の家に出入りできた人ってことかしら。もしくは、彼女宛ての郵便をチェックできた人。近所の人とか」

「あくまでニセモノだと思うわけね」

俺がそう突っ込むと、綾実は小さく笑った。

「あのね、潜在的な作家志望者がどのくらいいるか知ったら驚くと思うわ。あたしたちも、何度か『なりすまし』されたことがあったもの」

「へえっ。そいつら、勇気あるな」

俺はいろいろな意味で感心した。この二人になりすまそうとするなんて、よほど根性が据わってるか、よほどの阿呆かどちらかだ。

「いちばん凝ってたのは、本物の姉妹であたしたち二人になりすましてたパターンね。髪型や服装まで似せて、名刺まで作って」

「そこまでする。で、何、どうしてバレたの？　請求書でも来た？」

かなり用意周到ではないか。

「ううん。あたしたちの自宅に招待されたって言うファンがぽつぽつ現れて噂になったの。あたしたちは自宅兼仕事場は舞台裏だからお客様には見せないことに決めてるので、そんなはずはない。で、調べてみたらニセモノだったたってわけ。自宅にはあたしたちの本がずらりと並んでて、それらしい仕事道具も一通り揃えてあったそうよ。招待したファンにお茶とお菓子もふるまって、一緒に写真まで撮ってたっていうから驚くわ」

「へえー、持ち出しじゃん。で、その二人は実際に漫画も描いてたの？」

「ううん。それが、全然描けないの。仕事道具は飾り」

「すげえな。で、どうしたの？」

「踏み込んだら、別にあたしたちはなりすましたわけじゃない、勝手にあの子たちが信じただけだ、って言い訳してた。まあ、実害はなかったから二度としないと約束させておしまい。そそくさとどこかに引っ越していっちゃった。もしかして、どこかでまたやってるかもね」

「一人ならともかく二人ってところが怖いね。二人で演技してるところを想像すると」

「でしょ？　逆に、二人いたから互いに妄想を補強し合えたっていうのもあるかもしれないわね」

綾実がちらっと詩織を見た。詩織は無表情である。が、彼女も口を開いた。

「実害があったのもあるわ。アシスタントの知り合いで秘書兼マネージャーをやりたいっていう子がいて、真面目そうで熱心に見えたから頼んでみたら、全然実務能力がなくて。おかしいと思ったら、大手商社で経理をやってたっていう経歴は嘘だったの。アシスタントの子も、郷里で高校が一緒だったという理由で強く頼み込んできたから紹介したけど、職歴は知らなかったんですって。だから辞めてもらったんだけど、あたしたちがつきあいのあったデパートとかエステとかみんな知ってるから、辞めたその足で店を回って、あたしたちの代理で来たって言ってツケで洋服やジュエリーや化粧品を買ったの。あの時は、いっときとはいえ本当にうちで雇ってたんだからってことで、払ったのよね」

「偉い、太っ腹。いくらくらい？」

「百五十万くらいだったかな」

詩織がサラリと答える。金持ちめ。

「ひでえ。訴えてやればよかったのに」

「もちろん捜したけど、そのまま今も行方不明よ。商品をどこかで換金でもすれば分かったかもしれないけど、それはなかった」

「恐ろしいなあ」

「あれは私の作品ですっていうのも周期的に来るわよね」

「そうそう。盗作だって」

姉妹はうんざりした表情で頷きあった。

「それは、ありますね。あれは私のだって言ってくるケースは」

島崎が同意した。

「よく聞いてみると、あれは私のアイデアで、私の頭から盗んだんだって言われることもあります」

みんなが笑った。

「でも、実際のところ、今はネットでコピペできるから、盗用ってのは増えてるんだろ？　学術論文の剽窃《ひょうせつ》なんか世界的に増えてる」

俺が言うと詩織が頷いた。

「そうね。引用、リスペクト、オマージュ、リミックス。何がオリジナルかはどんどん曖昧になるわね」

盗作。

その単語にたまらなく惹かれるのは俺だけだろうか。

クリエイターの皆様を前にして失礼な話だが、正直に打ち明けると、俺は昔から作家が盗作する話が大好きだった。映画『デストラップ 死の罠』も好きだったし、TVドラマやサスペンス小説でも、作家どうしがいがみあい、嫉妬しあい、盗作する話を見たり読んだりするのが好きだ。師匠が弟子の作品を盗む話は昔からよくあった。「まだ未熟なので私が手直しして発表する」というのがその決まり文句で、大体その言葉を発したあと、師匠は弟子に背後から鈍器で殴り殺される（その逆もしかり）。同姓同名の作家が恵まれたデビューを果たしたのを妬んだ作家志望者が、徐々に精神を病んで本当に「なりすまそう」とする話や、友人の作家が素晴らしい小説を書いたのを妬み、その小説の元ネタが存在していたかのように偽書をでっちあげて友人を破滅に追い込む話。クリエイターであるはずの作家が、自分が作り出したものではない、他者の作品を盗もうとする、その心理に興味があるのだ。

嫉妬。

自分が抱くには最低な感情だが、他人の嫉妬を鑑賞することくらい甘い快楽を与えてくれるものはなかなかこの世に存在しない。それも、色恋沙汰の嫉妬ではなく、クリエイターどうしが抱く嫉妬を眺めるのは。

「とにかく、その女は、小説を書きたいんじゃなくて、小説家になりたかったのよ。あたしたちになりすました女たちも、漫画が描きたいんじゃなく、一見華やかそうな漫画家になってみたかっただけ。不思議よねえ。法律に全く興味ない人が偽弁護士って有り得ないでしょ？」

綾実が俺を見る。

「そうだねえ。全く法律知識なしで弁護士名乗るってのは無理だろ。何度も司法試験に落ちてるとか、長年関係業務をやっててそれなりの知識があったたって人なら分かるけど」

「でしょう」

潜在的な作家志望者、か。

俺はさっきの綾実の言葉を口の中で繰り返していた。

もしかすると俺もそうなのかもしれない。二人の妻にプロの物書きを選んだのも、俺の潜在的志望が為せる業なのかもしれない。

「ねえ、もしかして」

綾実が何か思いついたようにみんなを見回した。

「もしかして、そのいなくなった編集者というのは、その女が殺しちゃったんじゃないかしら」

「ええっ」

一斉に声が上がる。

綾実の目がきらきらと光る。

「もしその女が本物の飯合梓の近くにいて、例えば出版社からの手紙に気付いてそれを横取りしてたとすると、その女が本物になりすまして編集者と接触してたかもしれないじゃない」

「なりすましてたんなら、編集者を殺す必要はないんじゃないの？」

そう指摘すると、綾実は自信ありげに人差し指を振った。

「きっと、飯合梓として編集者と接触した後に、その編集者が本物の飯合梓の家を訪ねていって、ニセモノだというのがバレたのよ」

「だからって殺すかねえ」

俺は首をひねる。ミステリ・ファンとしては、殺人事件のほうが面白いことは確かだが。

「でも、これなら彼女が編集者の名前や容貌を知ってた説明がつくじゃない」

そうだけど、と俺はぶつぶつ呟いた。

「その女はその後も現れたんですか」

梢が質問すると、島崎は頷いた。

「もう一度だけ。最初の訪問から一週間くらいしてまたやってきたそうです。この時は最初の時と打って変わって、あれは本当は私の作品なんです、ほとんど私が考えて、彼女は私の指示通り書いただけなんですって繰り返しまくしたてていたとか。編集長が面喰らっていると、『次の作品でそれを証明してみせます』と言って帰っていったと。でも、それっきり」

「ふうん。で、実作者のほうの飯合梓とは？」

「その後、手紙が来たそうなんだ。内容からいって、これは本物だということで、しばらくは手紙のやりとりをして、文章からいってもこれは本人だと確信していたと」

「それよ」

綾実が再び口を挟んだ。

「そのなりすまし女は、飯合梓が受け取る郵便は横取りできても、彼女が郵便を出すのは止められなかったんだわ。だから、わざわざ二人いるんだと言いに来たのよ」

「じゃあ、どうしてその後は現れないんだ？」

「うーんと、それは」

綾実は一瞬考え込んだが、何か思いついたらしくパッと顔を輝かせた。

「きっと、飯合梓本人にバレたんだわ。それで引き下がったのかも。隣人だとしたら、気まずくなって引っ越したかもね」

俺は容赦なく鼻で笑った。

「編集者まで殺しておいて、そこですごすご引き下がるかねえ。そこまでする女なら、それこそ飯合梓本人を殺して、本当に彼女に成り代わったのかもしれない。成り代わったので、もうわざわざ二人いると弁明するために出版社に行く必要がなくなった。だから、それ以降現れなくなった。このほうが筋が通ってるんじゃないか？」

「うーん」

綾実は反論を考えているようだ。

俺は他のことを考えていた。

「だったら、飯合梓のほうがその女を殺してしまったというほうが可能性があるんじゃないか？」

俺がそう言うと、綾実はきょとんとした顔になった。

「なんで？」

「なりすまされそうになった怒りかもしれない。あるいは、その勘ちがい女に殺されそうになって抵抗し、返り討ちにしてやったのかもしれない。あるいは」

俺は唇を舐めた。

「その女は、飯合梓の近くにいて、彼女が受け取る郵便物を横取りできる立場にいたんだろ？　だったら、これまでの話から考えて、飯合梓の謎めいた過去について何かを知りうる機会もあったってことだよな。それが、知られたくないものだとしたら？」

「口を封じたっていうの？　飯合梓が？」

綾実は険悪な表情になった。崇拝対象が殺人者だと言われるのは気分が悪いのだろう。しかし、俺は、むしろそのほうが飯合梓にふさわしいような気がしていた。

「もちろん、仮説に過ぎないさ。でも、その後の隠遁者みたいな生活もそれで説明がつかないか？」

綾実は絶句した。俺の説のほうが筋が通っていると感じたのだろう。

「じゃあ、彼女が二度目に来た時『次の作品でそれを証明してみせます』と言ったのは？」

例によって冷静な表情で詩織が尋ねる。

むろん、その点も考えてある。

「もしその女が作家になりすましたいと思っていて、なおかつ飯合梓を強請《ゆす》るつもりだったなら、普通に考えて、次回作の生原稿を持ってくるんじゃないかな。それがいちばんの証明だろ？」

「確かに、次の作品を早く書いて渡せと言われて、しかもそれが渡した相手の作品になると言われたら、書いた本人は強い殺意を感じるわね」

詩織は認めた。

「もしかすると、最初に飯合梓の過去に気付いてしまったのはその編集者で、彼の口封じをしたところをご近所のその女に見られたのかもしれないわね」

「ちょっと、詩織。あんたまで飯合梓を殺人犯にしようっていうの？　それも、連続殺人？」

綾実がムッとした顔を詩織に向かって突き出す。

詩織は肩をすくめた。

「あら、あくまで仮説よ。でも、これならその女が編集者の顔を知っていたのも説明がつくし、彼女がわざわざ出版社まで出かけていったのも説明がつくわ」

「あら、出かけていったのはどうして？」

「飯合梓にプレッシャーをかけるためよ。編集者のいなくなった出版社までわざわざ出向くなんて、『喋っちゃうぞ』という脅し以外の何物でもないわ。さぞかし梓は恐ろしかったでしょうね。彼女が出版社まで出かけていくなんて思わなかったから。しかも、その女が作家志望者だったなんて、夢にも思ってなかったでしょうね。まさか原稿を寄越せと言ってくるなんて」

「いよいよのっぴきならない状況になったわけだ」

俺は、詩織の追加の説明に感心した。

「そりゃあ、殺しちまうな」

「そうね」

俺と詩織が頷きあっていると、「おいおい」と島崎が苦笑した。

「君たちの華麗なる推理を聞いていると、本当にそんな気がしてくるから恐ろしいな」

みんなが笑う。

「本当にミステリが好きなんだねえ、君らは」

進藤があきれたような笑い声を立てた。

はい、少なくとも、俺は。

「すみません、こんな感じで失礼な話ばっかりしますが、どうぞお構いなく。ただ妄想をくっちゃべってるだけですから」

俺は人生の先輩方に頭を下げた。

みんなはもう慣れてきたらしく、苦笑いしている。梢も困ったような顔をして笑っていた。

脱線が多いが、許せ、梢。

「でも、感心したよ。今の話、それなりに説明はつく。不思議だな、急に思い出したよ。飯合梓と交わした会話のこと。ずっと忘れてたのにね」

島崎が軽く首を回した。

「どんな話ですか？」

詩織が食いついた。

「僕が文庫版を作ることになって、飯合梓に会った時、聞いてみたことがあったんだ。何度か打ち合わせをして、やっと信頼関係ができてきたと思った頃にね。デビュー直後、『飯合梓は二人いる』と言って、編集部を訪ねてきた人間がいるってね。僕が会ったわけじゃないが、当時の編集長が会った。それも、二回来たんだけど、心当たりはあるかって」

詩織の目が真剣になる。

「そうしたら?」

「彼女、こう言ったんだ。『そんな女、全く心当たりはありません』とね。その時は全然気にも留めなかった。ああ、やっぱり、あれはニセモノだったんだ、勝手にそう思い込んでるだけだったんだ、と思っただけでね」

「それって」

思わず身を乗り出していた。

詩織がちらっと俺を見る。

もちろん、俺も詩織も彼の話の問題点に気付いていた。

「そう。今になって、おかしいと気付いたよ」

島崎はこっくりと頷く。

「僕は、『編集部を訪ねてきた人間がいる』と言っただけだ。男だとも女だとも言っていない。だけど、彼女は即座に『そんな女、全く心当たりはありません』と答えたんだ。彼女は、それが誰なのか知っていた。それがあの女だと、知っていたんだね」

十六、ユモレスク

不意に耐え難い息苦しさを感じて、私は軽いパニックを感じた。

密かに深呼吸をしようとしたら喉の奥でひきつった音を立てそうになり、慌てて鎖骨の下に手を当てる。

濃密過ぎる。

中てられる、というのはこういう状態のことを言うのだろう。

この場所の空気は、濃密過ぎる。

ゆっくりと、静かに深呼吸する。

さりげなく腕時計に目をやると、もう正午を回り、昼食の時間になっていた。

しかし、まだ座の緊張は途切れない。誰かが疲れた様子を見せたら「お昼にしましょう」と声を掛けようと思っていたのだが、皆があまりに集中しているので口を挟む隙がなかった。

取材する側としては願ってもない状況ではあるが、些か初日からハイテンションで飛ばし過ぎだという危惧もあった。

こちらの目論見《もくろみ》としては、今日はざっくりとこれまでの経緯を皆で確かめ合い、明日から個別に深い話を引き出し、後半にもう一度皆での座談会を設けることを宣言して、その場に向けて盛り上げていく、というつもりでいたのだが、始めてみると、むしろ彼らのほうがやる気満々で、今いちばん疲れているのは私だった。

取材というのは、取材する側が強い意志を見せないと成功しない。頼まれもしないことを勝手にやろうとしているのだから、責任は全面的にこちらにあるし、常に働きかけなければならないのはこちら側だ。取材される側に引き受ける義務はない。是非知りたい、是非書きたい、という高いモチベーションを保ち続けないと、何も情報を引き出せないのだ。それは結構しんどいことで、常に、自分がなぜその対象について書くのか、書かなければならないのかを問い続けることになる。逆に言うと、よほど興味を持てる対象でない限り、取材を続けていくのは難しい。

取材される側は、相手が自分の持つ情報をどの程度欲しがっているのか、相手がどの程度調べてきてどの程度の予備知識があるのかを瞬時に見抜く。だから、こちらの知識と情熱に比例した情報しか出してこない。かといって、あまりにこちらがギラギラしていると、相手も怖気づいてしまって情報を出しにくい。その辺りの匙《さじ》加減が微妙なのだが、私は相手に自由に喋らせつつも、こちらの静かな情熱をそれとなく伝える、というスタンスで取材するのを得意にしてきた。

が、一対一ならいつも成功するその作戦も、今の状況ではなかなかうまくいかなかった。こうも取材対象が多いのは初めてだし、身内も一緒にいることにかなり戸惑い、緊張してしまっている。

ふと、空気が澱んでどろどろし、みんなの姿をまるで水槽越しに見ているような錯覚に襲われた。しかし、聞こえてくる声は非常にクリアなのだった。

この感覚には覚えがあった。仕事に集中している自分をやけに客観的に見ている自分がいるのだ。むろん、普段も常に客観的な自分は存在していて、その存在は身体の中にいる。しかし、たまに客観的な自分が身体の外側にいるように感じる時がある。電車に揺られていて、吊り革につかまっているのだが、半分眠っている時と似たような感じだ。あれは不思議なもので、眠っているのに周囲の景色は見えているし、雑談をしている人の声やアナウンスなど、外部の情報はちゃんと入ってきている。

職業意識というのはたいしたものだ。訓練と経験を積むと、ある程度の活動は反射でできるようになる。みんなの話からポイントとなるところを自然と抜き出しメモを取っているのに、頭の大部分は他のことを考えている、なんていう芸当もできるようになるのだ。

今の私がそうだ。ちゃんと手はメモを取り、じっと話し手を見たり、時折小さく相槌を打ったりしている。

なのに、私は他のことを考えていた。

そのきっかけが、今の話にあることは間違いない。歳月を越えて明らかになった衝撃の事実、という惹句《じゃっく》を付けてもいいだろう。まだ仮説の域を出ないところはあったが、飯合梓を名乗る女が二人いた、というのはかなり信憑性があったし、非常に気味の悪い、ある種の犯罪性を窺わせるエピソードである。

そんな女、全く心当たりはありません。

島崎が思い出した、飯合梓が言ったという言葉もかなりの破壊力があり、付箋を立てておきたい台詞のひとつに違いない。

みんながその台詞に大げさに反応し、震え上がるポーズをしたり、笑い飛ばしたりしているところを眺めながら、私は他のことを考えていた。

二人の飯合梓。

そのモチーフが、私に他のことを連想させていた。

なぜかは分からないが、いつのまにか、私の頭の中では二人の飯合梓は私と笹倉いずみになっていた。

二人の女、二人の書き手、だからだろうか。いや、それなら目の前に強力な二人がいる。なのに、今この話題になって私はいずみと自分を連想した。

突然、その理由が分かった。

ひとつしかない席に座ろうとしている二人の女。

それが、連想の原因なのだ。

飯合梓は一人だ。しかし、自分が飯合梓だと主張するもう一人の女がいた。むろん、その名を冠することができるのは一人きり。

そして、雅春の妻という席はひとつ。いずみと私が同時に座ることはできない。もちろん、私といずみが敵対していたわけではなく、雅春とつきあっている時期が重なっていたわけでもなかったけれど、席がひとつしかない以上、私といずみは相容れない立場にあるわけだ。

私といずみ。

心のどこかで並べることを躊躇していた名前。

張り合う気持ちがなかったといえば嘘になる。脚本と小説では違うと自分に言い聞かせていたもののの、創作者として、女として、意識していなかったはずがない。

もちろん、雅春はいずみの思い出話など一切しないし、前妻の気配を匂わせることすらなかったから、私が勝手に意識していただけだ。

けれど、私は常に心の底で疑っていたのではないか——雅春が、いずみと私を比べているのではないか、と。

それも、女としてだけでなく、創作者として、いずみと比べられているのではないか、と。馬鹿げた妄想だとは承知している。ナンセンスな疑問だと理解している。もし本当にこの質問を雅春に投げかけたら、彼は苦笑し、「ナンセンスだ」と肩をすくめるだろう。脚本と小説なんて比べられない、まったく異なるタイプの人間の書く異なるジャンルのものを比べてどうする、と言うだろうし、実際そうだと私も思う。

死んだ奴に嫉妬してどうするんだ、とも言われるかもしれない。

しかし、人間には理屈では割り切れない感情がある。

雅春の中に、クリエイターへの強い憧憬があることは分かっていた。ならば、彼が伴侶を選ぶ基準がクリエイターとしての才能にあることも明らかではないか。

うぬぼれるわけではないが、鑑賞者としての雅春のセンスの良さを知るにつけ、私にもそれなりのものが——少なくとも、彼を納得させるだけのものがあったはずだ、という自負はあった。

それとも、才気あるクリエイターと暮らすことに懲りて、今度は凡庸な女を選んだのだろうか？すっかり自嘲モードに入っている自分に苦笑し、内心首を振る。

それこそ、ナンセンスというものだろう。雅春は、自分が興味を持てない、尊重できない相手を、おのれの自尊心を慰めるためだけに身近に置くようなタイプではない。

だったら、なおさらに——鋭い鑑賞眼を持つ彼が、クリエイターとしての妻同士を比べないということが有り得るだろうか。一緒に暮らしているというのに？

まずいことに、以前からくすぶっていたであろう猜疑心が、だんだん堂々巡りになってきた。こういう負のスパイラルに入り込むとなかなか抜け出せない、自分の悪い癖はよく知っている。日常生活ならば、買い物に出たり、人に会ったりとそれなりに断ち切る術もあるのだが、今は逃げも隠れもできない上に雅春ともずっと一緒。船上で取材対象者と何日も過ごさなければならないという環境に、どんよりしたストレスを感じてしまう。

違う、違う。

あんたの考えていることは、そんなことじゃないでしょう。

突然、思いもよらぬ方向から、叱責するもうひとつの自分の声が割り込んできてハッとする。

私は更に苦い笑みを浮かべた。

こんな時は、自分の物書きとしての習性が嫌になる。

分析癖や微妙な感情を言葉にする癖は生来のものだが、自分の考えていることが、二重底、三重底になっていることを以前はそんなに意識することはなかった。せいぜい、本音の部分を自覚するだけだったのに、最近は更に「今のは本当に本音だろうか」と疑う癖がついてしまっている。

たった今頭の中で言葉にした、雅春は私といずみを比べているのではないかという猜疑心は、確かに彼と再婚した時からずっとくすぶっていた私の「本音」だったが、今現在、本当に私が気を取られているのがそのことなのか、と問い質《ただ》した時、「どうやら違うみたいだ」というのが直感の告げるところだった。

用心深く、自分の心を探ってみる。

いったい私は何に気を取られているのか。

さっきからかすかにチラチラと脳裏をかすめているもの。

突然、調子っぱずれの声が聞こえた。

ドレドレミソラソ　ドシレドシレドラ　ソソラソドラソミレ

ドレドレミソラソ　ドシレドシレドラ　ソソドドレソド

なんだこれは？

私は面喰らっていた。

誰かが歌っている。しかも、かつて音楽の授業でやらされた、「音名で歌う」というやつだ。ピアノの伴奏も聞こえる。

どうしてこんな歌が？

私は混乱し、必死にこの歌の出所を探った。

いつだったろう。誰かがこの歌を歌うところを、目の前で見ていたことがある。

ドボルザークの「ユモレスク」。

懐かしい。子供の頃、ドボルザークの曲はよく学校に流れていた。「遠き山に日は落ちて」は、「もうおうちに帰りましょう」という合図の音楽だった。

歌っているのは子供だ、と思った。

しかし、子供がユモレスクを歌うのを見る機会なんて、大人になってからあっただろうか？

首をかしげる。この風景を見たのはかなり前だが、大人になってからのことだという確信があったからだ。

イメージを見失いそうになった。

せっかくここまで思い出したのに。

舌打ちしそうになった瞬間、不意に、隣に誰かが立っているイメージがパッと浮かんだ。

誰かが立っている——女性だ——自分と同世代の女。

腕組みをしている——冷ややかな横顔。

その横顔が呟いている。

低い声で。私にしか聞こえないような声。実際、私にしか聞こえなかっただろう。


「あんな必然性のない場面撮って、どうしようっていうのかしらね」

その声を聞いて、私は彼女を見たのだった。

私が見ているのに気付いて、彼女もパッとこちらを振り向く。

無表情だが、どこかシニカルな印象を与える彼女が——そう、笹倉いずみが、こちらを振り向き、私を見ている。

今度こそ、思い出した。思わず膝を打ちそうになるのをこらえる。

私は、一度だけ、笹倉いずみに会っているのだ。

思い出したこと自体に、ひどく驚いていたし、すっかりそのことを忘れていたことにも驚いていた。

自分といずみとは全く接点がなかったと思い込んでいたからだ。もちろん雅春にも、この時のことは話したことがない。

そうだ、かなり前のことだ。

作家としてデビューして間もなく、たまたまラッキーなことに、私が書いたものがBSでドラマ化されたことがあったのだ。単発のドラマだったが、初めての映像化だった。スタッフに大学時代の友人がいたこともあり、撮影しているところを見せてくれると言うのでTV局に行った時、ついでに取材をさせてもらった。興味があったのは、放送技術の開発スタッフやリサーチャーなど、裏方のスタッフだったのだが、取材の際、別のドラマの撮影現場を見せてもらったのだ。

スタジオのセットで、子供が一人、縁側で足をぶらぶらさせながら、ユモレスクを歌っている場面。

歌い方が気に入らないと、何度も撮り直しをさせられ、子供は既に集中力を切らしかけていた。

大変だな、と思いつつ辛抱強くマイクを掲げているスタッフを見ていた時、隣に自分と同年代の女性が立っていることに気付いた。

最初は、てっきり現場スタッフの一人だと思った。化粧っ気がなく、後ろで無造作に髪をひとつに結わえていたし、軽装で腕組みをしてじっと撮影の様子を見つめていたからだ。

が、次第に、撮影スタッフではないらしいことが分かってきた。

撮影が中断する度、他のスタッフが忙しく動き回るのに、彼女は全く参加する気配もなく、シニカルな目つきで立ったままだった。

もっと偉い人かな？　プロデューサーとか。

チラチラと彼女を見ていたが、そのうち、どこかで見たことのある顔だと気付いた。

ええと、女優さん？　いや、違う。

なかなか名前は浮かばなかった。

何度目かの中断で、ついに子供がべそを掻いてしまい、ディレクターが「休憩」を宣言した。子供の付き添いらしき女性が、泣きじゃくる子供の肩を抱き、しきりに慰めの声を掛けながらどこかに連れ出していく。

スタッフのあいだにげっそりした疲労感が溢れた。嘆息し、浮かない顔で散っていく者、機材のチェックを始める者など、ほんの少し前まで集中していた現場が、バラバラとほどけていった。

相変わらず、動かずにそこに立っているのは私と彼女だけだった。

いや、私ももう出ようかと思っていたのだが、彼女を置いて出てゆくのがなんとなくはばかられたのだ。

どうしようかともじもじしていたら、彼女が不意にそう言ったのだ。

あんな必然性のない場面撮って、どうしようっていうのかしらね。

急に話しかけられて思わず横顔を見ると、彼女もこちらを振り向いた。

今の場面、原作にも脚本にもないシーンなのよ。

彼女は冷たい口調で言った。

ディレクターが付け足した場面なの。子供が縁側で歌っているところを撮りたいんですって。そういう絵が撮りたいって。

その口調は皮肉に満ちていた。

気持ちがあって、行動になって、それを絵に撮るわけでしょう。絵に語らせるべき内容があって、それがドラマ全体の流れに必要だから、撮る必然性があるわけでしょ？

誰に問いかけるでもなく、彼女は腹立たしげに続ける。

ただ単に撮りたい絵があるんなら、絵葉書でも撮ってればいいじゃない？ そうでしょう？

私があぜんとして彼女を見ていると、彼女はもう一度私の顔を見て「ね？」と念を押した。

彼女があまりに真顔なので、なんと返事をしたものか迷ったが、彼女は私の返事を待つでもなく、反応を期待する様子もなかった。

ほんの数秒、目を合わせていただろうか。

ふっと彼女の顔からシニカルなものが消え、無表情になった。

そのまま、彼女は何も言わず、くるりと踵《きびす》を返してスタジオから出て行ってしまった。

私はあぜんとしたまま、その場でぼんやり突っ立っていた。

結局、私は一言も言葉を発しなかったし、互いに名乗ることもなかったから、彼女は私が誰なのかも分からなかったろう。たまたま、あの場所にあのタイミングで私がいたから、話しかけたに過ぎないのだ。私はいかにも部外者、見学者っぽかったから、あんなことを言ったのかもしれない。

ＴＶ局を出て、帰り道で電車に揺られている時に、初めてあれは脚本家の笹倉いずみだと気付いた。

彼女は二十歳そこそこから脚本家として注目されており、当時はいくつも賞も貰って売れっ子だったから、駆け出しの私など足元にも及ばぬ大家だった。

この時、既に雅春とは面識があったものの、笹倉いずみと夫婦だということはまだ知らなかった。

あんな必然性のない場面撮って、どうしようっていうのかしらね。

鮮明に声が蘇る。

ずっと忘れていた、あの時の彼女の表情を思い浮かべる。

見ず知らずの人間に話しかけてきて、いきなりあんな「本音」を聞かせるなんて。しかも、こちらが動揺してなんと答えるべきか逡巡していることにも気付いていたはずなのに、彼女には全く動じる様子はなかった。

だが、私が同世代の女性だったから話しかけてきたのは間違いないだろう。

あの時、クールで率直な人だな、と思った。同時に、何か強く抑圧されたものが隠されていることも感じた。

そして、奇妙な共感も覚えたのだ。

それは世代的なものだったのか、同性としての共感だったのかは分からない。しかし、あの短い邂逅《かいこう》のあいだに、彼女と自分に似た部分がある、と直感したのは確かだった。

そうか、あたしと笹倉いずみは思いがけないところで接点があったんだ。

私は奇妙な感慨を覚えた。

雅春を介してではなく、もう少しただの物書きどうしとして話してみたかった。

そんな気持ちになったものの、一方で、全く接点のないままだったらよかったのに、と思う気持ちもあった。

具体的な、生身の女性としてのイメージをいったん持ってしまったら、この先二度と消えることはないだろう。ましてや、彼女が自ら命を絶ち、もはやその肉体がこの世に存在しないことを知っているのだから。

溜息混じりに静かに呼吸したとたん、意識が身体にすとんと戻るのを感じた。

ふと、いずみが同席していて、腕組みをしてじっとみんなの会話を聞いているところが目に浮かんだ。

もし彼女がここにいて、取材対象者の一人だったとしたら。

お蔵入りした映画のシナリオライターとして、ここに参加していたら。

あの、無表情でクールな目がこちらを見ているような気がした。

彼女は私の取材に、必然性を認めてくれるだろうか。

「――あら、もうこんな時間。皆さん、お腹空いたんじゃありませんか?」

私は、いつのまにかごく自然な調子で声を掛けていた。

みんながハッとしたように、きょろきょろして時計を見た。

「あっ、ホントだ、もうお昼過ぎてる」

「ずっと喋りっぱなしだったな」

どっと、緊張していた空気がほどけた。伸びをしたり、腰を浮かせたり、たちまち空気が弛緩していく。

「食事をして、午後にもう少しだけ皆さんのお話を伺ってもよいですか？　明日以降の予定も立てたいので」

同意の声を聞きながら、私もノートを閉じ、身体を浮かせた。

そこにいるはずのないいずみの同意を得るように、そっと部屋の隅に目を走らせながら。

十七、外海へ

　ぞろぞろと空中のラウンジから出てエレベーターに乗り、皆に続いて降りてきた時、梢は自分が激しい疲労感を覚えていることに気付いた。

　あまりに長時間集中していて肩に力が入っていたせいか、全身が重く、足取りもぎくしゃくしているような気がする。

　が、それは疲労感のためばかりではなく、船がゆったりと大きく揺れているからでもあると気が付いた。

「結構揺れてるなあ。ついに、陸地を離れて外海に出たって感じかも」

　同じように感じたらしく、雅春が呟く。

「そうね。大きくうねってるみたい」

「疲れたろ。俺も疲れた」

　雅春が伸びをした。

「緊張しちゃった。面白かったけど」

「うん。非常に興味深かったね」

「なんだか、あのラウンジ、ガラスに濃い色が入ってたせいか、金魚鉢の中にでもいるみたいだったね」

「はは、金魚鉢か。確かに。丸いしな」

昔ながらの、厚いガラスの丸い金魚鉢。酸素不足で、金魚があっぷあっぷしているところが目に浮かんだ。

「あとで再開するって言っちゃったけど、今日はもうやめたほうがいいかな。飛ばしすぎて、きっとみんなも疲れてると思うな。今夜は、ウエルカム・パーティだし」

「そうだな。しょっぱなからすげー濃厚なミーティングだった」

「お昼、どうする？」

梢は含みを持たせた声を出した。座談会と同じメンバーで、レストランで顔を合わせるのはなんとなく嫌だったのだ。

雅春もすぐにその意味を読み取った。

「またあいつらと顔突き合わせるのもなあ。ルームサービスでも取るか？　それか、カップ麺でも食うか。腹は減った」

「うん。何かジャンクなものが食べたいな。部屋でカップ麺食べましょ」

「煙草吸いたい」

「そういえば、よく我慢してたわね」

「あまりに退屈する暇がなかったもんで」

梢はふふ、と笑った。

「そうね。あの、帽子をかぶった女の話とか、二人いたとか、気持ち悪かったものねえ。思わず、あのラウンジの隅っこに帽子をかぶった飯合梓が座ってるんじゃないかって、探しちゃった」

「うん、あれは怖かった。みんな話上手だから、余計に」

話上手。その言葉が引っかかり、梢はふと、顔を上げた。

「ねえ、考えてみると、あたしたちは皆『虚構』に携わっている人間なのね。あのラウンジにいたみんながそう。映画監督に女優、漫画家に作家。プロデューサーだって、編集者だって、みんな『作り事』で生活しているんだわ。実業なのはあなたくらいじゃない」

雅春は鼻で笑った。

「俺の商売が実業なのかどうかは疑問だな。むしろ、もっと罪深い『作り事』で生活してるのかもしれないぞ」

「あら、それはまずいじゃない」

「映画や小説はそれがフィクションだと承知してるけど、俺たちの場合は、それが真実だってことになっちまうからな」

「真実、ねえ」

梢はかすかに首をかしげた。

「どこかにあるのかしら、真実って」

「おや、今回は飯合梓の真実を求めて本を書くんじゃなかったの」

雅春が突っ込むので、梢は苦笑する。

「今日のみんなの話を聞いてたらますます分からなくなっちゃった」

窓の外に目をやる。

灰色の水平線。薄曇りの空と、灰褐色の海を隔てる境界線。

「真実ってなんなのかな」

それは、梢の本心から出た疑問だった。

「みんな、どこかに真実があると思ってる。それも、卵の殻を剝くみたいに何かを剝《は》がしたら、その下に、つるっとした実体のある、動かしがたい『真実』があると思ってる」

雅春が真顔になった。

「そういうもんじゃないと？　じゃあ、ほんとはどういうものなんだ？」

「さあね」と梢は肩をすくめる。

「あたしたちフィクションを作る側にも責任はあるわ。ずっとそういうふうに『真実』を扱ってきたんだもん。あたしが書いた小説でも、お約束通り、最後のほうに何度かどんでん返しがあって、更に意外な『真実』を置いておく。誰かの手記とか、手紙が出てきたりしてね。その中では『これが真実です』と言い切ってることもある。だけど、真実って一枚岩じゃないし、綺麗な形もしていない」

雅春は、しばらく考えたのち、首肯した。

「それは同感だな。人間て、自分が何考えてたかなんてちっとも覚えてやしない。なんで自分がそうしたかなんて、行動の理由だって忘れちまう。紙切れに書き込むのは、かなりの部分を省略して、ならして、最大公約数化した情報だけだもんな」

「うん。真実なんて、パレードで降ってくる紙吹雪みたいなものだよね。ちらちらしてて、いろんな色があって、ところどころでキラッと光ってる。光ったその瞬間は本当に金色だったっていうだけで、地面に落ちた時には他の紙吹雪に紛れて、踏まれて、すぐに見えなくなっちゃう。綺麗なまとまりのある実体じゃないんじゃないかな」

「ふうん、いいねえ、真実はパレードの紙吹雪。覚えておこう。どこかで使ってもいいか？」

「裁判で使うのはやめてね」

「©蕗谷梢にしとくよ」

「やだ」

軽口を叩きながら、長い廊下を歩いていくと、少しずつ緊張がほぐれてきた。

同時に、梢は、座談会のあいだじゅう、ずっと雅春に感じていた引け目のようなものが和らいで いくのに驚いていた。ひと仕事終え、あたしたちは一緒に仕事をしている、チームとしてこの企画をやり遂げようとしている、という一体感のようなものを覚えていたのだ。しかも、取材者として雅春はすこぶる優秀だった。

あたしはラッキーなのかもしれない。夫がインタビュイーの関係者で、インタビュアーとしても優秀だなんて。

職業作家としての打算が働くのを感じ、かすかに嫌悪感を覚える。が、雅春だってそうなのではないか、と思い直した。妻を記録者、観察者として利用しているのではないか。

部屋に戻ってくると、安全地帯に帰ってきたような心地になった。

ドアが閉まり二人きりになったところで、やっと「さっき」の話をする気になる。

梢は電気ポットに水を注ぎながら、さりげなく切り出す。

「ねえ、ひょっとして、真鍋姉妹って、何か家庭の事情があるの?」

「そう思ったか?」

聞き返されて、梢は口ごもる。

「なんとなく。ゆうべ、あんまり似てないねって言った時のあなたの反応とか、今日の互いの発言に対する反応とか見てて」

「まあ、噂の域を出ないのは確かだけど、二人の父親が違うんじゃないかというのは以前から言われてたんだ。もしかすると、二人とも戸籍上の父親の子ではないんじゃないかとも言われてた。二人の母親が、相当な発展家だったらしくってね」

「発展家って言葉、懐かしいわね。久しぶりに聞いたわ」

雅春は「ハハハ」と笑った。

「そう言われてみりゃ、死語かもな。今はなんて言うんだろ。淫乱、てのも古めかしいし。男好き、は今でも言うか」

「惚れっぽい、っていうのはどう？　あ、淋しがりやっていうのがいいかも。これならかなりソフト。あるいは、肉食系」

「肉食系。それだな、あの母親の印象は」

「あなた、会ったことあるの？」

「ほんの数回だけど、見たことがある。トシ喰ってたけど、バリバリ現役の女って感じだった」

そんな母親に対する嫌悪から、二人とも結婚しなかったのかもしれない。

梢はそんな気がした。

「姉妹はどう思ってるの？」

「さあね」

「姉妹の祖母は連れ子で再婚って言ってたよね。前の旦那さんとは、離婚したの？」

「いや、死別だったはずだ」

雅春は、部屋の隅に置いてある段ボール箱を開け、カップ麺を物色し始めた。

「梢、なんにする？」

「シーフード」

「俺はカレーにしよう」

カップ麵を取り出し、持参した箸を載せる。

「いきなり、庶民的だな。つーか、部屋から浮いてるな」

「インスタント食品でホッとするってところが情けないというかなんというか」

ソファに二人してだらしなく腰掛ける。

バルコニーの向こうには、やはり灰色の水平線。

じっとしていると、やはり大きなうねりを感じる。

陳腐な連想だが、「運命のうねり」という言葉を思い出した。あれは、船の上で長いこと過ごした人たちが最初に使った言葉なのだろう。

こんなふうに、見渡す限り何も見えない大海原にぽつんと浮いていたら、あまりの自分の無力さと、とてつもなく巨大でどうすることもできないものの力を感じずにはいられない。

「あの二人のあいだって独特な緊張感があるね」

電気ポットの中でお湯が沸く音を聞きながら、梢は呟いた。

「うん。普段は仕事以外別々に暮らしてるのに、二週間以上ずっと同じ部屋で顔突き合わせて暮らすわけだ。大丈夫かな」

「大丈夫っていうのは？」

「これが推理小説なら、大体こういう閉鎖空間で過ごすと、普段は見ないふりしてきた積年の恨みが爆発するってことになってる」

梢はくすくす笑った。

「ほんとに好きなんだねえ、推理小説。さっきの推理、面白かった」

「あれはサービスさ。俺の戦略でもあるんだけどね」

雅春の口調にドライなものを感じて梢は思わず振り向いたが、彼は背を向けていたのでその表情は見えなかった。

戦略。それは、どんな目的を達成するための戦略なのだろうか。

ふと、豪華なロイヤルスイートで、今あの二人がどう過ごしているのかを想像してみた。

想像の中の二人は、無言だった。

部屋の中は静寂。窓の外でゆっくりとうねる海。おのおのが、視界に入らないよう、向きを変えて座っているところが目に浮かんだ。

「たった二世代前までは、戦争もあったし衛生状態も悪かったし、死別で子連れ再婚なんて珍しくなかったのよね。きょうだいも親戚も多かったし、書生とかお手伝いさんとか、他人が家の中にいるのも普通だった。こんなに他人が家の中にいない時代って人類史上初めてじゃないのかな」

梢がそんな感想を漏らすと、雅春も頷いた。

「そうだな。今って、斜めの関係とか、第三者的関係がどんどん消滅してるもんな。ちょっと前までは、一族に一人か二人は何の仕事してるか分からん謎の叔父さんとか、はみだし者の親戚がいて、だいたいイケナイことを教えてくれるのは、たまにふらっとやってくるそういう叔父さんだった」

「寅さんだね」

「寅さん、消滅だ」

「その一方で、地球の裏側の人間といきなり一対一でつながれるわけでしょ。変な時代だよね」

「少子高齢化っていうのは、逆に言うと純血化が進むってことだな。生殖の選択肢が減るわけだし。

となると、雑種のほうが生命力が強いのは自然の摂理だから、滅びの道を歩むのも当然てことか」

「少子高齢化に加担してる身としては、ちょっと肩身が狭いけどね」

この話題は、梢のような出産能力のリミットが近付いている世代にとって、チクチクと針で背中を刺されているような後ろめたさを感じてしまう話題である。普段は忙しくて全く念頭にないが、いつも長く伸びた影のように背後に横たわり、決して離れることはない。

「作ってみるか」

「え？」

「子供」

一瞬、まじまじと雅春の顔を見てしまう。

が、その横顔からは、冗談なのか本気なのかを読み取ることができない。

こんな時、彼のポーカーフェイスぶりが職業によるものなのか、性格によるものなのかが分からなくなる。まるで、自分が黒板を前に解答が書けずにいる出来の悪い生徒のような心地になってしまう。

「ははっ」

梢は笑って受け流すことを選択した。

「あたしが子供の頃は、二十一世紀には日本は人口爆発で食糧も土地もなくって大変、みたいに言われてたのに、たった三十年かそこらでこの転向ぶりっていうのは、なんだか腑に落ちないなあ。ほんと、学者の言うことなんて全然あてにならないね」

そんなふうに話を振ってみる。

雅春は無言で頷いた。

「まだしばらくは途上国で人口爆発が続くだろうけど、明らかに種としての人類のピークは過ぎてんだろうなあ」

それ以上は突っ込んでこなかったので、梢はホッとした。

が、内心どきどきしていることにも気付いている。

雅春は、本当にこの旅でいろいろなことを決めようとしているのかもしれない。ずっと先送りにしてきたこと、忙しさにかまけて見ないふりをしてきたことを。

そう考えると、彼が真鍋姉妹について言ったことが、自分たちのことを指しているようにも思えてくるのだった。

これが推理小説なら、大体こういう閉鎖空間で過ごすと、普段は見ないふりしてきた積年の恨みが爆発するってことになってる――

電気ポットがしゅんしゅんと音を立て始めた。

お湯が沸く音というのは、人を否応なしに現実に引き戻す力がある。

「なんだか仕事場にいるような気分になってきたわ」

カップ麺にお湯を注ぎ湯気の匂いを嗅ぐと、時間に追われる普段の生活まで蘇ってきて、とても豪華客船の中にいるようには思えない。

「この三分間って、最高に手持ち無沙汰だな。何かするにはハンパな時間だし」

「ウルトラマンが怪獣と戦う時間なんじゃないの」

「なるほど」

雅春はくくっ、と笑った。

「そうか。確かに、ウルトラマンとカップ麺は同じような時代に生まれてるもんな。カップ麺食べるために、ウルトラマンは三分以内に戦いを終わらせなきゃならないわけか」

「焦るはずだよね。早く倒さないと、麺が伸びちゃう」

「伸びすぎたカップ麺て悲惨だからな」

カップ麺をすすりながら、梢は雅春がいつもと変わらないことに安堵していた。さっきの重要な一言を笑って受け流したことに、彼が気を悪くしたのではないかと疑っていたのだ。

「こういうのを心からうまいと感じてしまうのは、もう既に身体が化学調味料に慣れきってるってことだな。よく最後の晩餐に何を食べたいかって質問するじゃないか。みんないろんなもの挙げてるけど、俺、かなりの割合で『カップ麺』て言う奴がいるんじゃないかと思う」

「かもね」

食べ終わって、一息つく。

片付けたあとも、独特の匂いが辺りから消えない。

梢は、バルコニーのサッシュを開けた。たちまち、どっと潮の香りを含んだ風が吹き込んできて、部屋を掻き混ぜる。

「うわ、凄い風」

慌ててすぐに閉めた。

が、まだ匂いは残っていた。

「しかし、匂いが残るよねえ、インスタント食品は」

「カップ麺食べた人がいるっていうの、どこにいても分かるよな」

「食べるのって味より匂いだよね」

「うん、風邪ひいて鼻がやられてると、全然味しないもんな」

「前に、香料の会社取材したことがある。お菓子でも化粧品でも、新製品ってすなわち新しい匂いの開発なんだよね」

「ふうん」

「バーベキュー味とか、めんたいマヨネーズ味とか、あれってほとんど香料。どれもちゃんとその味がする。香料さえあれば、何食べさせられても味が再現できるの」

「なんだか不条理だな。でも、香料会社は将来有望だってことか。株でも買っとくかな」

「あなた、株とかやってるの?」

雅春の口から株という言葉が出たのはなんとなく意外な気がした。

「いいや。今はやってない」

雅春は欠伸《あくび》混じりに首を振る。

「昔、どういう仕組みなのか知りたかったから、一時期買ってみたことがあるんだ。だけど、いちいち気にしなけりゃならないことが多くて精神衛生上よくないんで、やめちゃったけどね」

「へえー」

「梢はやってなかったのか? 金融業だったんだろ」

「あたし、博打はしないわ。胴元に勝てっこないもの」

「確かに」

「特に、国が胴元になってる博打は絶対無理」

「裁判とかな」

雅春はシニカルな笑い声を立てた。

「さてと、ウエルカム・パーティの前に、午前中の座談会、少しまとめておこうかな。こういうのって、テープが溜まると手に負えなくなっちゃうから」

梢は溜息をつき、ライティングテーブルの上に置いたパソコンをちらっと見た。

テープ起こしをすべきだろうか。

それは、座談会の最中から迷っていた。相当な量になる会話を全部起こすべきか、メモ程度にするか。パソコンにキーワードや気になったところを打ち込んでいくのが現実的かもしれない。

雅春はのっそりと立ち上がった。

「そっか。じゃあ、俺、みんなに今日はもうやめようって連絡してくるかな」

「え、いいの？　あたしが電話するわよ」

「いや、いいよ。俺、レストラン覗いて、言ってくる。ついでに煙草吸って、ぶらぶらしてくるよ。ずっと座りっぱなしで、身体動かしたいし」

「悪いわね。ありがとう」

礼を言いながらも、自分が再開しましょうと言ったのに、雅春からやめると連絡されるのはみんなの心証的にどうだろう、と考える。

チームの仕事と割り切るべきだろうか。

あたしと雅春の──

ふと、結婚式での陳腐な決まり文句が頭に浮かんだ。両手を添えて、ウエディング・ケーキにナイフを入れる瞬間、司会者が言う。

さあ、二人で一緒にする初めての作業です。

「──必然性？」

梢がそう呟いたのを聞いて、雅春がびくっとするのが分かった。

「今、なんて言った？」

振り向いたその表情が、硬く強張っているのに梢はギョッとした。

「どうして知ってるんだ？」

「え？　何を？」

梢はどぎまぎする。

今、あたしはなんと言ったっけ？　ほとんど無意識な呟きだったので、独り言を言ったことにも気付いていなかった。

雅春は、つかのまじっと梢を見ていたが、「そうか」と表情を和らげた。

「なんでもない、行ってくる」

雅春は、背を向けたまま軽く手を振り、部屋を出ていった。

混乱した表情のまま、梢は一人残される。

十八、ウエルカム・パーティ

こんなに乗客がいたのか、というのが率直な印象だった。

ロビーからレストランに至るまで、そこここで人々が笑いさざめき、歩き回っている。

ドレスコードがフォーマルウエアだから、というのもあるだろう。柔らかな照明の下で、錦糸の帯やラメの織られたドレスがキラキラ輝いていて、それぞれの存在感を主張している。

なるほど、日本にもこんなにフォーマルウエアを着慣れた人たちがいるのだ。

むろん、銀行に勤めていた頃や金融業界誌の記者時代にも、フォーマルな場所はそれなりに経験していた。財界人や芸能人ら、いわゆるＶＩＰを直に取材したこともある。

しかし、今ここにいるのは、個人でお金を払って参加している人たちだ。つきあいや仕事での集まりとはわけが違う。それが、このなんとも抑制された、それでいて自信に満ちた迫力の理由なのだろう。

リピーター客が八割近くを占めるという客船でもあるし、皆こういうパーティに慣れているという気がした。人生経験も豊富そうだし、貫禄があるのも当然だ。それこそ、かつて日本の高度成長期を支えて世界を駆け巡った元ビジネスマンも多いだろう。こうして船旅に二週間以上の時間を割けるような人たちは、自分の人生に対する満足度が高いように思えた。

女性はカクテルドレスと着物姿が目につく。年代的にいって、着物がフォーマルウエアだという人が多いのだろう。ドレスと着物では、帯や織りの華やかさ、小柄でボリュームのない体格の世代が着慣れていることからいっても、やはり着物のほうが断然豪華だ。神戸の実業家に嫁いだ私の母方の叔母が、着物を着ていると海外でも日本でも周囲に大事にしてもらえるからいいわよ、と言っていたのを思い出す。

私も着物を用意することは考えないでもなかったが、今のセミロングの髪型では中途半端で着物に合わないのと、どうにも黒子体質というか、仕事だという感覚が強いので、あまり目立ちたくないというのが念頭にあり、無難な黒のレース地のワンピースを選んだ。かといって、フォーマルウエアというドレスコードの時にはある程度開き直っていないとみっともないので、アクセサリーを派手目にする。

こういう時の雅春は、押し出しが利いていて安心できる。仕立てのいいスーツにオーダーメイドのドレスシャツ。すべてに趣味がよく、育ちの良さが滲み出ている。

いつも感心するのは、いわゆる富裕層の人々は、自分の同類を瞬時に嗅ぎ分けるということだ。雅春を目にするなり、彼らはすぐに寄ってくる。

そういう種類の人間は、えてして同類どうしで連携しようとする。彼らは世の中を生きやすくするには人脈が命だということをよく知っているので、個人的なネットワークを作りたがる。雅春を目にして、さりげなく寄ってきては自己紹介をする人たちをこれまでもよく目にしてきたものだ。

雅春の家は法曹界系というのか学者系というのか、上流階級というのとは少し違うが、その業界ではよく知られているらしい。何より、雅春自身に人目を引く靭《つよ》さがあり、勘のいい人々は彼を味方にしておいたほうがいい、と直感するようなのである。実際、彼が弁護士であると言うと、なぜか皆納得したように頷くのだった。

つい、紘一と比べていることに気付く。紘一は容姿もいいし、愛嬌があって上の人間に可愛がられるのだが、こういう席できちんと振る舞えるタイプではなかった。

しかし、人のことをどうこう言える立場ではない。私自身、こういう場はことのほか苦手だ。自分が主役を張れる人間ではないと子供の頃から気付いていたし、一歩前に出るよりは、一歩後ろに引いて、全体を見渡しているほうが落ち着く。

考えてみると、雅春と一緒にこういう場に出るのは初めてかもしれない。

スタッフが、客たちに飲み物を配っている。

スラブ系の女の子がニッコリ笑ってシャンパンのグラスを勧めてくれたので、微笑み返してグラスを受け取る。

ひときわ目立つ人だかりがしているのは、角替監督のところだった。妻の清水桂子は黒の大島紬で、エメラルドグリーンの帯を合わせている。濃い紫の帯揚げと朱色の帯締めがはっとさせるような粋な着こなしである。やはり女優は違う。常に見られていることと、カメラに写される点景の一部になることを前提としているので、どこかオブジェめいて見えるのだ。よくできた工業製品、あるいは隙なく活けられた花のよう。

監督を取り巻いているのは、いちばん日本映画を観てきた世代だろう。皆、子供のように顔が上気していて、とても嬉しそうなのが微笑ましかった。

別のところで輪の中心になっているのは、綾実だった。鮮やかなピンクのワンピースを飾る（というよりも、覆っているといったほうが正しい）カラフルな半貴石の連なったネックレスがきらきら輝いていた。

時々周囲から笑い声が上がっているのは、何か気のきいた話か、彼女らしい毒気に満ちた皮肉を披露したからだろう。毒のある話やアクの強い人物というのは、パーティでは何かと重宝されるものなのだ。

詩織はどこにいるのだろう?

綾実の周りを探してみたが、見当たらなかった。もちろん、一緒にいなければならないわけではないし、まだ来ていないのかもしれない。

ロビーいっぱいに乗客が集まってきて、少し照明が落とされ、スポットライトが灯された。皆がそちらに注目する。

このウエルカム・パーティの主催者である船長が現れたのだ。

中肉中背の、思ったよりも若い温厚そうな男だった。声もよく、笑顔で挨拶をし、乾杯の音頭を取る。グラスに口を付ける少しの間があり、やがて万雷の拍手が起こると、照明が元に戻された。マネージャークラスのスタッフの挨拶が続き、軽妙な話に笑い声が起きる。

ひととおり挨拶が済むと、徐々に会場は賑やかになる。人々がめいめい勝手に歩き出し、混ざりあい、雑踏になる。最初の緊張がほぐれて、空気が柔らかくなる。

会場にはパーティ・フードも用意されているが、ひととおりパーティ気分を満喫すると、徐々に人のかたまりがほどけてレストランに流れ、通常のディナーに移ってゆく。

私たちも、しばらく近くにいた夫婦と当たり障りのない会話をしていたが(どうやら妻のほうが船に弱いたちらしく、顔色が悪いのが気になった。本人も、外洋に出てからつらいとしきりに零《こぼ》している)、そろそろレストランに入ろうか、というように雅春が目で促したので頷いたところ、ふと彼の視線がどこかに留まったのに気がついた。

それは一緒にいた夫婦もそうだったようで、はっと表情が固まる。

何か一種異様な雰囲気が周囲に漂い、周りの人々もその何かに気を取られているのが分かった。その視線の先に目をやると、一台の車椅子が、ゆっくりとロビーをやってくるところだった。

武井京太郎だ。

真っ先に思ったのは、このあいだは杖をつきながらもなんとか歩いていたようだったのに今日は車椅子なのね、ということだった。が、その次に、みんなが注目しているのは武井京太郎だけでなく、その車椅子を押している青年にも関心を寄せているのだと気がついた。

黒のベルベットのスーツに、ワインレッドのシルクシャツ。

小柄な、やせぎすの青年で、髪は短く切っていたが、灰色——いや、銀色に染めている。パッと目に飛び込んでくるのはその大きな目で、遠目からも、まるで付け睫毛《まつげ》でもつけているかのようにくっきりとした長く黒い睫毛が見て取れた。

色白で、デッサンのお手本のような彫りの深い顔である。美しい、と称《たた》えるべき顔なのに、なぜかそう言うことをためらわせるものが彼にはあった。美しさの均衡がきわどいところでほんの少し暗いほうに傾いていて、なんだか不吉なものを感じるような美しさ。

それは、彼が不機嫌さを隠していないせいでもあった。

それどころか、目が真っ赤で、泣いたあとらしく頬も赤みを帯びている。口は一文字に結ばれ、むっつりと車椅子を押している。

ようやく、その青年が、武井京太郎のパートナーなのだと理解した。

こんなに若い子だなんて。

不作法を承知で、つい見入ってしまった。どう見ても二十歳そこそこにしか見えない。

京太郎自身は、みんなの注目を浴びているのかいないのか、機嫌よさそうにニコニコ笑い、時折顔を上げて青年に向かって何か話しかけている。

しかし、青年は正面を見つめたまま、それに応えようとはしない。京太郎もそれを気にする様子はなく、誰かを見つけたのか笑みを浮かべて小さく手を振った。

今度は、彼が手を振っている相手を見ようとみんなが視線を移す気配を感じた。なんとなく、彼の登場で辺りが静かになってしまっている。

その異様な空気が振り払われたのは、角替監督が清水桂子と共に「やあ、先生」と屈託のない様子で足早に寄っていったからだった。

「おう」

京太郎も相好を崩して、近付いてきた二人を見上げる。

「眠れました？」

「まあね。ちょっと普段とは勝手が違うんで戸惑ったけど、もう慣れたよ」

和やかで親しげな会話のおかげで、周囲の空気がホッとしたように緩んだものの、周囲が注目していることに変わりはない。

私は、あっけに取られて四人を見守っていた。

一緒にいた夫婦が、ちょうどいいタイミングと思ったのか、会釈して離れていった。私たちも慌てて会釈を返す。

「あれがその」

私がそっと囁くと、雅春も「あれがその」と言って目で頷く。

「ずいぶん若いわねえ。二十歳くらい？」

「いや、見た目よりはもう少し上だ。二十六とか言ってた」

「思わず歳の差を計算しちゃったわ」

すくなくとも、半世紀以上離れていることは確かである。

「やっと出てきたね、キューちゃん。なんだかずいぶんご機嫌斜めだったらしいじゃないか。なんだよ、その顔。ハンカチ噛んで泣き崩れてたのかい？」

監督がからかうように声を掛けるとキューちゃんと呼ばれた青年はそっけなく顔を背けた。

京太郎が小さく手を振る。

「いやいや、俺が悪いんだよ。よくこいつに叱られるんだ。デリカシーのない発言が多すぎるってね」

「そうだよ、先生が悪いんだよ。あんまりなんだもの」

青年はぶすっとしたまま呟いた。

おや、と思った。見た目からもっと神経質で高い声を想像していたのに、全く飾り気のない低い声だったからである。

「すまんすまん」

京太郎は顎を上げて青年に目をやったが、やはり青年は目を逸らしたままだ。

「なあ、腹が減ったよ。キュー、おまえも空いただろ？　ずっと何も食べてなかったもんな。さあ、ディナーにしよう」

京太郎は、宥めるような声を出した。

青年は、決まりの悪そうな表情で「レストラン、まっすぐでいいの？」と尋ねる。

「いや、俺たちのレストランは、そっちのほうだ」

青年は、京太郎が指さす方向に車椅子を押し出した。

「そうだよ、喉渇いただろ？　さ、とっとと中でビール飲もう」

監督がそう言って青年の肩を叩き、妻と一緒に二人を挟むようにしてレストランに入っていく。

「――ね、まるで少女漫画に出てくるようなアドニスでしょ？」

突然、肩ごしに話しかけられてギョッとした。

振り向くと、ふわりと香水が香る。綾実がすぐ後ろにいて、私たちに向かってニッと笑った。

「ああ、びっくりした。おまえ、存在感でかいくせに、こんなふうに忍び寄ることもできるんだな」

雅春が胸を撫でおろす仕草をする。

「そうよ、あたしは実はとっても用心深いのよ」

綾実は大きく頷いてみせる。とっても用心深い。たぶん彼女はそうだろう。気ままに発言し、行動しているようでいて、あらゆることを考え抜いている。

「あの子、ああ見えて、築地の魚屋の次男坊なんですって」

「ええっ？」

「全然見えない」

私たちが驚くのを、綾実は面白そうに眺めている。

「まるでアイドル歌手みたいな顔ですもんね。でも、先生が築地場外の寿司屋で見初めたって専らの噂」

「見初めたって――」

雅春は苦笑した。

「顔が派手だから誤解されるらしいけど、なかなかいい子みたいよ。まだちょっとしか話してないけど」

「ふうん。孫よりも若いな」

「なんでキューちゃんっていうんですか?」

武井京太郎も「キュー」と呼んでいた。

「珍しい苗字なのよね、九重《ここのえ》さんて言うんだって」

「数字の九から取ってキューちゃんか」

「九重光治郎《こうじろう》だったかな。武井先生はアルファベットの『Q』で呼んでるみたいよ」

まるで時代劇のような名前だ。

「凄い名前ね。彼の場合、名は体を表すじゃないわ」

「確かに」

「詩織さんは?」

「さあ、部屋じゃないかしら。そろそろ来ると思うけど」

綾実は興味なさそうに辺りを見回した。なぜかその口調にひやりとさせられる。

「ところで——」

綾実はひょいと私の胸元を覗き込んだ。

「ああ、やっぱりそうだ。あなたのネックレス、あたしのと色違いでしょ?」

そう言われてドキリとした。

「ほら」

綾実が私と自分の胸元を交互に指さした。

「Sのでしょ。色が違うと、ずいぶん印象が違うわねえ」

オーストリアの有名なガラスメーカーの名前を挙げる。

「ほんとだ」

言われるまで気付かなかった。

綾実のを見て、とても派手な半貴石のネックレスだと思ったが、よく見ると、確かに私のネックレスと同じデザインだ。大粒のガラスが滝のように連なり、下に行くにつれてすぼまる形。私のネックレスはどのガラスも透明だが、綾実のは、何色か暖色系のガラスが組み合わされているので、パッと見て同じデザインとは思えない。

なんだかどぎまぎしてしまった。人と同じものを身につけているというのは、どうしてこうも決まりが悪いのだろう。

「うん、梢さんは、やっぱりその色よね。清潔感があって、上品で」

綾実がじっと私の胸元を見ているので、落ち着かなくなった。

ちらりと綾実の目を盗み見る。その目は思いがけず真剣だった。

別に皮肉というわけではなさそうだ。つい、綾実の言動に神経質になっている自分を感じる。

「そうだよ、おまえはやっぱこっちの色だよな。そんな地味なのやってらんないわよ、たくさん色がなきゃつまんないわよ、ってなもんだろ」

雅春がずけずけと口を挟んだので、思わず綾実と私は声を揃えて笑ってしまう。なんとなく救われた気分になった。

「そうよ、いつもカラーページで苦労してるから、人が作ったものもフルカラーでないと嫌なの」

綾実は笑いながら切り返す。

「何言ってんだよ、カラーページで苦労してるのは詩織で、おまえじゃないだろうが」

雅春が突っ込むと、綾実の顔から一瞬、笑みが消えた。

「そんなことないわよ。みんな完全に分業制だと思ってるみたいだけど、あたしだって、全然描いてないわけじゃないわ」

突然、何かがひゅっと音を立てて裂けたような気がした。

雅春が驚いた顔で綾実を見ると、綾実はすぐさま笑みを作り、「なんてね」とおどけた声で言い添えた。

雅春は、じっと綾実を見た。

「ひょっとして、今、詩織は仕事してる?」

「まさか」

今度は綾実がどぎまぎしているようだった。

「今回は、仕事は持ってきてないわ。バカンスと趣味よ」

言い訳するように早口になる。彼女がこんな口調になるのは珍しく、なんとなく雅春と私は顔を見合わせてしまった。

が、同時に目を逸らす。

「俺たちもメシ食いに行くか。すきっぱらにシャンパンがこたえた」

雅春は話題を変え、胃を押さえてみせた。

「シャンパンは悪酔いするからね」

綾実もすぐに話を合わせたので、何事もなかったかのように三人で連れ立ってレストランに入っていく。

中に入ると、ここにも詩織はいなかった。

朝食の時まではテーブルが分かれていたが、パーティの時は全員がひとつのテーブルを囲むらしく、大きな長方形のテーブルがひとつ、真ん中にセッティングされている。

あのお坊さんの二人が、テーブルの一角でゆっくりディナーを摂っている。もう肉料理を食べているところを見ると、まっすぐここに来たのだろう。パーティに参加する気はないらしい。お坊さんの正装というのは袈裟《けさ》かと思っていたが、二人はスーツ姿だった。たいへん高そうな、不思議な光沢のある生地である。

監督と女優と、映画評論家と魚屋の次男坊がテーブルを挟む形で向かい合い、楽しそうに談笑している。

他の客はまだ来ていない。

青年の前には生ビールのグラスがあり、私たちがテーブルに近付くと、ちょうどそのグラスを空けたところだった。

「あー、腹減った」

青年は恨めしそうにまだ料理の来ていないテーブルを見回す。

「ハンストなんかするからよ」

清水桂子がからかうように言った。

「ハンストしてたわけじゃないよ。あんまり悔しいから食欲がなかっただけだよ。あ、ビールお代わりお願いします」

青年は口を尖らせながらも、給仕をしている結城に手を上げた。

「ほんとに何も食べてないの？」

監督があきれた顔をした。青年は大きく頷き、それからちょっと考える顔つきになった。

「あ、そういや、持ってきた柿の種、ちょっとだけ食べた」

なるほど、見た目は何やら毒のある花のようだが、口を開くとやんちゃな少年がそのまま大きくなったかのようだ。

「お邪魔します」

雅春が声を掛け、私たちは四人の隣に綾実と向かい合って並んで座った。

「意外とムラっ気があるんだよな、Qは。時々乙女みたいになるんだよ。フケツ、キライ、許さないってな」

武井京太郎がワインを舐めながら呟いた。

青年はキッと京太郎の方を向いた。

「そう言われるようなこと言うからだよっ」

「先生、そうやってまた、からかうのはよしなさいな」

清水桂子が苦笑した。

「これって、ひょっとして痴話喧嘩を見せ付けられてるってことかな？」

監督も笑う。二人とも、この歳の差カップルを平然と受け入れていることが窺えた。

あのお坊さんたちはどうだろう。

そう思って、ちらりと奥の二人を見たが、相変わらず泰然とした様子で食事を続けている。こちらには全く興味を示さない。

「いやいや、違う」

京太郎が、ゆるゆると左右に首を振った。

「またそんな」

笑って突っ込む仕草をした監督に対し、京太郎は首を振り続けた。その顔から笑みが消えている。

「嘘じゃない。こいつもちゃんと、今回のカードの一枚ってことさ」

監督も笑うのをやめた。

「今回のカード？」

みんなが顔を見合わせる。

青年だけは、運ばれてきた二杯目のビールを無邪気に傾けていた。

「こいつの親戚が、白井組にいたんだよ」

京太郎がちらりと青年の横顔を見る。

「ええっ？」

みんなが声を揃えて叫んだ。あまりにもぴったり声が重なったので、びっくりして照れ笑いを浮かべたほどだ。

「こいつも、子供の頃にあの映画の話を聞いたことがあるそうだ。こいつ、こう見えて結構映画も観てる」

「それは、スタッフということですよね？」

監督が尋ねた。

「そうさ。小道具やってた」

その言葉に、雅春と綾実が強く反応する。

「小道具ってまさかあの――」

不意に、詩織の声が聞こえてきたような気がした。

彼女はなんと言っていたっけ。

映画の世界は意外に狭い。映画を観るたび、知っている人が衣装をやっている——あたしだったら現場にスタッフとして潜り込む——

「ひょっとして、二度目の映画にも参加したという、スタッフですか？」

雅春が勢いこんで聞くと、おや、知ってるのかい、という顔で京太郎が頷いた。

「そうさ。両方の映画に参加してたスタッフだよ」

のんびり呟きながら、ワインの香りにうっとりしているように見える京太郎の隣で、孫のような歳の青年は、ゆっくりとビールを飲んでいた。

皆が自分に注目していることなど、まるで気にも留めない様子で。

十九、奇妙な玩具

なるほど、結局、話はまたここに戻ってくるわけだ。

俺は、結城に白ワインのグラスを頼みながら、手が無意識のうちに煙草を探していることに気がついて苦笑した。

ようやく緊張がほぐれてきたのか、慣れてきたのか、はたまた飽きてきたのか。その全部のような気がする。昼間は抑制できていたのに、夜になって我慢できなくなってきた。特に、酒を飲み始めてしまうと、煙草が恋しくなる。

もう今日はこの話題は出ないと思っていたのだが、考えてみれば武井京太郎にとっては、昼間は参加していなかったから、新鮮な話題のはずだ。みんなと呪われた映画について話しあいたいのだろう。

で、みんなももううんざりしているのかと思いきや、綾実も角替監督も身を乗り出しているのに半分感心し、半分あきれた。京太郎に対する演技かもしれないが、確かに新たな材料が出てきたのだから興味をそそられることも確かではある。

そもそも、モノを作ったり、批評をしたりする連中はかなりしつこい。粘り強いとか、完璧主義だという言葉でも言い換え可能だが、ねちっこいとか、執拗だとも言える。

俺の仕事も相当粘り強さを必要とされるが、いっぽうで引く時にはサッと引かなければならない商売でもあるので、気持ちの切り替えは大事だ。こいつらは、あまり気持ちの切り替えが得意そうじゃないな、という気がした。

それにしても、こうしてみると、相当濃い面々だ。

テーブルを囲む顔ぶれを見ていると、まるでTVドラマの中にいるようで、ますます虚構めいた心地になってくる。実際、女優も中に含まれているわけだし。

監督には悪いが、女優やアイドルと結婚したがる男というのはどうにも理解できない。俺の同僚にも、ものすごいアイドル好きの男がいて、結構もういい歳なのに、絶対にアイドルと結婚すると決めている。弁護士としての腕もいいし、どこをどう辿ったのか紹介してくれるつてを持っているようでそれなりに見合いもしているようだが、なかなかまとまらない。そりゃあ確かに可愛いし、アイドルを女房にしたといえばある種のステイタスにはなると思うけれど、そのアイドルが歳を取った時のことを念頭に置いているのだろうか。あの美しさはあくまでも商品としてのものだ。いわばパブリックなものである。そんなものが家の中にあるのは楽しいだろうか、そばにいて寛げるだろうか、という疑問が湧いてしまう。

キャバ嬢に入れあげる男もしかり。綺麗に着飾った綺麗な子と擬似恋愛をするのは楽しかろうが、あれもまたカネで購入できる商品。とにかく若い女が好きという男も多いが、要は記号を求めているに過ぎない。

と、綾実のねっとりした声が脳裏を過《よぎ》ってしまう。

雅春は、物書く女が好きなのねえ、と。

余計なお世話だ、と向かい側にいる綾実に向かって内心毒づく。

妻が物書きだというと、だいたい反応は二つに分かれる。自宅にいて稼いでくれるなんていいな、というポジティヴなものと、何書かれるか分からないし怖くないか、というネガティヴなものだ。面倒臭いのでどちらの反応に対しても「そうかもな」と答えている。「面白いから」と本音を言っても、誰も信じてくれないからだ。

武井京太郎のパートナーの顔をしげしげと観察する。紅顔の美少年、という言葉が頭に浮かんだ。絵に描いたようなお小姓タイプというか、お稚児《ちご》さんタイプというか。なんでも昔から武井京太郎の好みのタイプは、この手の小動物っぽい、隠花植物めいた美しい男だという話だ。彼自身、若い頃はものすごい美少年だったらしい。

とにかく派手なアイドル顔である。上睫毛と下睫毛が、マスカラでもつけてるみたいに長くて濃い。形の良い唇も、口紅も塗っていないのに真っ赤だ。かつては「おんなおとこ」と言われていじめられたタイプだろう。しかし、相当に鼻っ柱が強そうだから、さぞかし生傷が絶えない子供時代だったに違いない。魚屋の次男坊だというが、何の仕事をしているのだろうか。こうして、師走にかかる忙しい時期に二週間以上も船旅に出られる職業がなんなのか見当もつかない。武井京太郎の面倒を見ているのだろうか？　パートナーというからには、一緒に住んでいるのだろうが。

前菜が運ばれてきたので、ワインに口を付ける。

「ねえ、その小道具さんはなんて名前なの？」

綾実が尋ねて少し経ってから、「Q」こと九重光治郎はハッとしたように周囲を見回し、注目されていることに気付いたらしく、どぎまぎした表情になる。どうやら、空腹なところにビールを流し込んだので放心状態だったらしい。

「え、なに、俺？　俺に聞いてる？」

「そうよ」

みんながこっくり頷くと、彼は頭を掻いた。

「やだな、そんなに期待しないでくれよ。両ちゃんと話したの、かなり昔だし」

「両ちゃん？」

「うん、みんなそう呼んでた。大叔父さんで、両平っていうの。千両役者の両に、平らって書く」

光治郎は宙に字を書いてみせた。

千両役者の、というところが今時の子にしては珍しい。きっと家族に歌舞伎好きがいるのだろう。

「無口だけど、優しい人だった。うちの一族は代々魚売ってて気の荒い奴ばっかりなんで、両ちゃんみたいなのは珍しくて、みんなに好かれてた。ほんとは絵描きになりたかったんだって」

「ふうん。今はどちらに？」

「あ、おととし死んじゃった。子供好きだったんだけど、奥さんの身体が弱くて、子供できなかったんだよね。だから、俺とか親戚の子供、すっごく可愛がってくれたよ」

あっけらかんとした物言いに面喰らうが、気のいい子のようなので不快な感じはしない。逆に二十六でこれでは、子供っぽいという言い方もできる。

「奥様はご存命なの？」

これまた綾実が尋ねると、光治郎は「ううん」と首を振った。

「奥さんはずっと前に亡くなった。長いこと入院してて、ずっと両ちゃんが付き添ってたんだけどね」

「ふうん。で、その大叔父さんから聞いたのね？『夜果つるところ』の映画の話を？」

「うん。うーん」

光治郎は、いったん頷いてから、首をかしげた。

「何よ、その煮え切らない返事は。どっちなの？」

相変わらず、綾実の突っ込みは容赦ない。こいつには本当に遠慮というものがない。

光治郎は気まずそうな顔になった。

「実は、ちゃんとタイトルを聞いたことはないんだよ。いわくつきの映画、としか言ってなかったから」

「いわくつきの映画」

なんとなく、みんながそう繰り返していた。

いわくつきの映画。まさに『夜果つるところ』に関してはピッタリの称号だろう。

「Q、正確に説明してやれよ。両ちゃんがその映画をどう呼んでいたかって」

武井京太郎はもう何度も聞いている話なのだろう。じれったそうに光治郎に向かって顎をしゃくった。

「えーと」

なぜか光治郎は逡巡していたが、やがてボソリと呟いた。

「ストレンジ・トイ」

「何？」

角替監督が聞き返す。

「両ちゃんはそう呼んでたんだ。あの映画のこと」

「どういうこと？」

光治郎は戸惑った表情になり、渋々答えた。

「『奇妙なおもちゃ』だって。あの映画はストレンジ・トイなんだ、って言ってた」

不意にゾッとした。

何がそうさせたのかは分からない。が、ストレンジ・トイという言葉の響き、その意味するところがなぜか恐怖を感じさせたのだ。

それは俺だけではなかったらしく、みんなが一瞬黙り込み、青ざめるのが分かった。

「いったいどういう意味なの？」

清水桂子が、気味悪そうに尋ねた。

「さあ、分かんないよ」

光治郎は「こっちが聞きたい」というように憮然とした顔で首を振った。

「俺も、それどういう意味って聞いたんだけど、教えてくれなかった。そしたら、遊び方の分からないおもちゃがあるだろ、おもちゃに見せかけていても、本当は遊べないおもちゃがある、あるいは、本当はおもちゃじゃないおもちゃがあるんだって。ね、分かんないだろ？　全然分かんないって言ったら、『いわくつきの映画なのさ、いったんいわくがついちゃうと、もうどうしようもないんだ』って言ってた。俺が聞いたのはそれだけだよ」

また、わけの分からない恐怖が込み上げてきた。

遊び方の分からないおもちゃ。おもちゃに見せかけていても、本当は遊べないおもちゃ。本当はおもちゃじゃないおもちゃ。

彼はいったい何を言おうとしていたのだろう？

「何かそういう隠語でもあるんですか？　映画業界で」

俺は監督にそう尋ねた。

角替監督も青ざめた顔をしていたが、ハッとしたように俺を見ると「いいや」と首を振る。

「聞いたことないな。きっと、その人独特の表現なんだろうな」

「他には何か言ってなかった？　Qちゃんは、『夜果つるところ』については知ってるのよね？」

綾実の質問は続く。

「うん、子供の頃から映画は好きだったし——両ちゃんに連れてってもらったこともあった。でも、『夜果つるところ』の話は聞いてたけど、両ちゃんと結びつけたのはずっとあとだよ。ずいぶんあとになってから、両ちゃんが、『またやることになった』って言ってたのを思い出して、あれだったんだなあって思っただけで」

「またやることになったって言ってたのね？」

「うん。一度ポシャったのをまたやることになったよ、って」

「どんな調子で言ってた？」

「どんな調子っていうのは？」

「気が進まなそうだったとか、嫌そうだったとか、そんな感じじゃなかった？」

光治郎はしばらく考え込んでいたが、ゆるゆると首を振った。

「ううん、特にそういう感じはしなかったよ。淡々とした感じだったな。両ちゃんは映画の仕事が大好きだったから、嫌そうにしてたことは一度もないよ」

「ふうん」

なんとなく、みんなが黙り込み、身体を引いて椅子にもたれかかった。

みんながどことなく青ざめている中で、武井京太郎だけが機嫌よさげに赤ワインを舐めている。

「武井先生は、今の話を聞いてどう思われました？」

監督が京太郎のほうに身を乗り出した。

「面白い話だろ？　なんか知らないが、そいつ、センスがあるじゃないか。ストレンジ・トイ。あの映画には言い得て妙な気がするな」

「何か思い当たることが？　彼が何を言いたかったのか」

「いやあ、そのまんまだろ。まさしく映画というのはストレンジ・トイ。大の大人が夢中になる、一生かかっても遊びきれない不思議なおもちゃだ」

俺は、なぜか「奇妙な果実」という歌を思い浮かべていた。ただの、「奇妙な」という言葉からの連想だ。伝説の歌姫、ビリー・ホリデイが歌った曲。奇妙な果実とは、リンチされて虐殺され、木に吊るされて揺れている黒人の死体のことを指していたという――ビリー・ホリデイ本人も、酒に溺れ、若くして破滅的な生涯を終えた。

「うーん、今の話だけじゃ、詩織の説は立証できないわねえ」

綾実が呟いた。

「詩織の説？」

俺が聞き返すと、「そう」と頷く。

「詩織の説だと、映画化を阻止するために、同じスタッフさんが二つの現場に潜り込んだかもしれないってことだったじゃない」

「ええっ？　まさか、両ちゃんがそんなことするわけないだろ。あんな映画好きだったのに。自分が参加した映画が完成しなかったら、ものすごく悲しむよ」

光治郎が抗議したので、みんなが「まあまあ」と宥めた。

「あくまでも仮説だからさ」

まだ憤慨したままの様子の彼に、監督が両手で抑える仕草をした。

「いや、それはまだ分からないだろ」

俺は口を挟んだ。

「彼がどういうつもりであの映画を『ストレンジ・トイ』と呼んだのか――なあ、両ちゃんが『ストレンジ・トイ』と言ったのは、当然一度目の映画化のあとだよな」

光治郎の顔を見ると、「え？」という表情になる。

「念のため確認したいんだけど、両ちゃんがその映画について話したのは一度？　二度？　さっきの話だと、両ちゃんは『またやることになった』と言ってる。以前にもその映画についての話を聞いたってことだよな？　おまえの歳だと、最初に話を聞いたのは、一度目の映画化からずいぶんあとのはずだ。両ちゃんが『ストレンジ・トイ』と言ったのはいつだ？　二度目の映画化が頓挫する前かあとか？」

いきなり「おまえ」呼ばわりしてしまった。俺も綾実に文句は言えない。が、その辺りは全く気にする様子もなく、「ああ」と納得した様子で光治郎は考え込んだ。

やがて、顔を上げてこっくりと頷いてみせる。

「うん、両ちゃんとは二回、その『いわくつきの映画』の話をした。で、『ストレンジ・トイ』と言ったのは一回目のことで、二回目の映画化が中断する前」

「間違いないか？」

俺が念を押すと、光治郎はただでさえでかい目を見開いた。

「うん、間違いない」

凄い目力だ。武井京太郎ではないが、クラクラしそうだ。

「最初から『ストレンジ・トイ』と言っていたのか」

俺は腕組みをして考え込んだ。

「二回目の中断の前とあととで何か違いがあるの？」

梢が尋ねる。

「うん。例えば、おまえの小説が映画化されようとして、事故で撮影中止になったとするよな」

梢は俺のたとえに苦笑した。

「ええ」

「でも、まあ、不幸な事故だったわけだ。この時点で、おまえはこの映画のことを『いわくつきの映画』って言うか？」

梢は、何かに思い当たったように「いいえ」と首を振った。

「言わないだろ、この時点では。『いわくつき』と呼ばれるようになるのは、もう一度同じ小説の映画化を試みて、またしても中止に追い込まれたような時だ。その時点で初めて、『いわくつき』の映画になる」

「『ドン・キホーテ』みたいにな」

監督が首をすくめてそう呟いた。

「そうなの？」

綾実が目で聞いてきたので、俺は頷いた。

「映画界では、『ドン・キホーテ』というのは呪われたテーマとして知られている。映画化が過去に試みられて何度も挫折しているんだ。有名なのは、オーソン・ウェルズだな。最近だと、テリー・ギリアムがやろうとしてこれも中断した。途中まで撮ったフィルムがドキュメンタリーになってるよ」

「ああ、ジョニー・デップが出てたやつね」

「そう」

「つまり、両ちゃんは、一度目の映画化が中断した時点で、あの映画が『ストレンジ・トイ』だと言っていたということね」

綾実が念を押した。

「そういうわけだ。まだ『いわくつきの映画』になる前から、彼はあの映画が『いわくつき』だと思っていた。その理由が知りたいね。もう不可能かもしれないけど」

彼は、『夜果つるところ』が呪われた主題になることを予期していたというのだろうか？

「どうしたの、みんなで深刻な顔して」

そう声を掛けられて、ハッとして顔を上げると、詩織が不思議そうな顔をして立っていた。黒のカクテルドレス。バロックパールのネックレスをつけ、綾実とは異なるシックな装いである。

「ああ、詩織か」

俺はなんだか焦ってしまった。

「今ね、あんたの説を検証してたところなのよ」

綾実が例によってしゃあしゃあと言った。

「あたしの説？」

ほんの少し眉をひそめ、詩織が説明を求めるように俺を見る。

俺は仕方なく説明をする。

「うん、なんとびっくり、そこにいる彼の大叔父さんが、二つの『夜果つるところ』の映画に小道具係として参加してたんだってさ。で、二つの映画共通のスタッフが映画化を阻止したんじゃないかっていうおまえの説について話していたわけ」

「ああ、あれね」

詩織は頷いてから、ハッとしたように光治郎のほうを見た。

「あなたの大叔父さんが——？」

「うん、そうなんだ」

光治郎はこっくりと頷く。

その時の詩織の表情は、なんとも奇妙だった。

彼女は棒立ちになり、光治郎の顔を正面から見つめる。

「え？」

光治郎がびっくりしたように詩織を見返すが、詩織はぴくりとも動かない。

詩織は何を見ているんだ？

誰もがきょとんとして詩織を見ていた。

詩織の視線は、光治郎を見ているようで、そうではないようだった。彼を通り越し、ずっと先を見つめているように見えた。まるで、そこには誰もいないかのように。

思わず詩織の視線の先に目をやるが、坊主が二人、コーヒーを飲んでいるだけだ。

見ているのは坊主か？　それとも、給仕をしている結城？　それとも——

「どうしたの、詩織？」

そう綾実に声を掛けられて、詩織はハッと我に返ったようだった。

「あら、ごめんなさい、ぼうっとしちゃって」

慌てて笑みを作り、綾実のほうに歩いていくと、隣の席に着いた。

「何を飲みます？」

梢が尋ね、手を上げて結城を呼ぶ。

「そうね、シャンパンを」

詩織はそう答えたものの、やはり上の空だった。

何かを思い出したかのように横目でじっと宙の一点を見つめている。

何を見てる？

俺は、その詩織の表情が気になった。さっき見せた彼女の顔は、俺には、強い恐怖の表情であるように思えてならなかったのだ。

二十、思い出した場面

詩織の見せた不可解な表情は、一瞬その場に複雑な動揺をもたらした。

それが何なのか、恐らく誰にも理解できなかっただろうし、詩織自身も自覚していないように見えた。

だが、あの目を当分忘れることはできないだろう――虚無なのか恐怖なのか絶望なのか、あるいはそれらが入り混じったようにも見える、凍りついたような灰色の目。

目の色が変わる、という言葉は比喩ではない。人間の目は、本当に色が変わる。怒った時、悲しむ時、回想の時。あの時、詩織の目は確かに青みがかった灰色をしていた。

奇妙なことに、この時私が連想したのは、なぜかアガサ・クリスティーの推理小説の一場面だった。そこを読んだのはもう数十年も昔、中学生の頃だ。よくそんなものを思い出したな、と自分に感心したくらいで、しかもこの時まで綺麗さっぱり忘れ去っていた箇所だった。

私は雅春ほどのミステリ・マニアではないし、特に雅春が好むような本格探偵小説と呼ばれるジャンルのものを読んでいたのはせいぜい高校生までだ。

だから、この時思い出したのも、はたしてクリスティーのどの作品なのかは分からなかった。ただ、今のこの場面はあれに似ている、と思っただけなのだ。

それは、こんなシーンだった。

階段の下から女の人が上のほうを見上げている。

それはなんということのない、日常動作のひとつなのだが、彼女はふと階段の上を見て、何かを思い出した表情になる。その思い出した内容が何か恐ろしいことらしく、彼女は歪んだ奇妙な表情を浮かべる。その表情をたまたま誰かが目撃していて、印象に残った。そんなシーン。

思い出したのはこれだけだ。この場面が、小説の序盤に出てきたのか、それとも終盤なのかも定かではない。けれど、小説の中で事件解決の重要な手がかりとなる、真相を暗示する場面だったということは覚えていた。

さっきの詩織の表情を、無意識にその場面と重ねていたのだろう。

詩織がテーブルに着き、かすかな断線などどこにもなかったかのように再び会話が流れ出してから も、私は自分が大昔の読書体験の中からそんな場面を引っ張り出してきたことに驚きつつ、それが何を意味するのかぼんやり考えていた。

クリスティーの小説では、登場人物の驚愕の表情は重要なモチーフだったが、今この現実では、詩織の表情は何かの手がかりとなるのだろうか。

呪われた映画、いわくつきの映画。それにまつわる数々の謎を解決するための手がかりに?

ともあれ、詩織が登場したことで流れは変わった。まだしばらくQちゃんの大叔父さんの話が続くのかと思ったが、詩織が加わったことで正式なディナーの席という雰囲気になったためか、会話はとりとめのない世間話に移っていった。皆の集中力が途切れ、話の中心がばらけて拡散していく。

ウエルカム・パーティの晩だったので、船長との撮影会で話が中断されたことも大きかった。予定調和の見慣れた社交の雰囲気をみんなも歓迎していた気がする。

少なくとも私は、正直考えることに疲れていたのでありがたかった。

「えらく長い一日だったな」

さすがに雅春も疲れたらしく、部屋に戻るとげんなりした表情で上着を脱ぐ。

それを手伝いながら、私は「社交辞令っていうのもそれなりに役に立つのね」と呟いていた。

「え？　ああ」

雅春は聞き返しながらも意味するところを察したらしく、苦笑する。

「面白かったけど、あのまま小道具係の話が続いたらどうしようかと思ったぜ」

ふわああ、と伸びをする。

「あたしも。まだ続くのか、いい加減もういいよって」

二人で疲れた笑いを漏らす。

「でも、最初はびっくりしたけど、いい子だったね、Qちゃん」

部屋着に着替え、クレンジングクリームを顔に塗りながら、鏡の奥のほうに映っている雅春に話しかける。

「うん、悪い奴じゃないな。何して食ってるんだろう。武井京太郎に食わせてもらってるわけじゃなかろうに――駄目だ、喫煙室まで待てない。すまん、今回だけここで吸わせてくれ」

やはり着替えた雅春が、真っ先に煙草を取り出す気配がしたのがおかしかった。

「どうかしら。もしかするとそうなのかもよ。あの様子だと彼、文字通り、武井京太郎の身の回りの面倒を見てるわけでしょう。専門のヘルパーさんを雇ったら、かなりの額だわ。秘書とかマネージャーっていう名目なのかも」

「ああ、なるほど」

バルコニー側のサッシュを開けたらしく、ゴウッという音がして冷たい風が吹き込んできた。

たちまち部屋の温度が下がり、机の上の紙類がばさばさと舞い上がる。

「うわっ」

慌てて閉める音がして、静かになる。

外気を遮断された部屋。

ふと、洗面ボウルに流れる水の中に真っ暗な海面が浮かび、ゾッとした。

海の上に、ユニットバスの洗面ボウルと一緒にぷかぷか浮かんでいる自分の姿が。

あたしたちは広くて暗い海の上に、ぽつんと漂っている。もはや陸地からは遠く離れ、夜の闇の中で孤立している。目を凝らしても水平線は遠く滲み、空との境目もよく分からない。日常から切り離され、この船だけが世界のすべて——今あたしたちは、真っ暗な夜の海を漂流している。

そう考えると、たまらなく不安になってきて、つかのまパニックに陥りそうになる。

もちろん、それはほんの短い時間のことだ。すぐにそんな感情を押し殺し、じゃぶじゃぶと顔を洗う。しかし、心のどこかで、この水から潮の香りがするのではないか、今にもそこここから濁った海水が浸《し》みだしてくるのではないかという恐怖を感じる。

そんなはずはない。そんなはずは。あたしは一人きりではない。すぐそこに雅春がいる。

タオルで顔を拭い、そっと部屋のほうを覗きこむ。

ぼんやりとバルコニーで煙草を吸っている彼が見えた。

何の表情も浮かんでいない。ぴくりとも動かない。煙草をくゆらすことが目的の置き物のよう。

一人きりではない、のだろうか。

そんな言葉が頭に浮かんだ。あたしたちは「あたしたち」なのだろうか。

外が思ったよりも寒かったのか、雅春は意外と早く中に戻ってきた。

「――さっき、クリスティーの小説の場面が頭に浮かんじゃった」

「え？」

乳液と美容クリームを塗り、部屋のソファに戻る。早くも食べ過ぎたようだ。胃がもたれているのを感じる。明日の朝は、デッキをジョギングしたほうがよさそうだ。

「なんで？」

雅春がこちらに顔を向ける。煙草をくゆらせていた置き物が、人間になった。

「さっき、レストランに詩織さんが入ってきた時、なんだか変な顔をしたじゃない？」

ハッとしたように雅春が動きを止めたので、こちらのほうがびっくりしてしまった。

「どうかした？」

そう尋ねると、雅春は小さく首を振る。

「やっぱりみんな気付いてたよな」

「詩織さんの表情のこと？」

「うん」

「おかしかったよね、彼女。いつも落ち着いてるのに珍しい」

テーブルの上を覆った空白。会話の断線。

「そう。あん時、何見てるのかと思って視線追ってみたけど、分からなかった」

「あたしもよ」

レストランの内装を思い浮かべる。

シックなカーテンと壁紙の印象くらいしか浮かんでこない。情けないが、私には映像記憶の才能はないようである。

「特に目立つものもなかったわよね。奥の壁に掛かってる絵?」

風景画だったと思うが、それすらもよく覚えていない。いかに事故や事件の目撃者があてにならないかがよく分かる。

「坊さん見てるのかと思ったけど、そうでもない」

「うん。だから、何か見てるわけじゃなくて、何か思い出したんだと思うの」

「そうだな。いったい何を?」

「さあね。で、あの時思い出したの、クリスティーの小説」

「へえ。どの小説? ポアロもの? ミス・マープルもの?」

「タイトルは忘れた。たぶん、ミス・マープルものだと思う」

雅春は興味を覚えたようだった。

「なんでおまえが思い出して、俺が思い出さなかったんだろう」

悔しそうにするのがおかしい。ミステリおたくというのはこういうものか。

私は手を振った。

「たぶん、有名な作品じゃないのよ。初期の頃の、『アクロイド殺人事件』とか『オリエント急行殺人事件』とか、トリックが一言で説明できるような作品じゃないの」

「短編じゃないんだな」

「長編だった」

「どういう場面?」

私は説明した。その場面が、小説の全体のどの部分に置かれていたか覚えていないこと、しかしその場面が事件の真相に迫る重要な場面だったのは確かだと思うことも。

「うーん、その場面、確かに覚えがあるな」

雅春は、新しい煙草をくわえて腕組みをした。

「きっと後期の作品だ。ミス・マープルは後期のほうが多いんだよな」

「どの小説か分かる？」

「待てよ、今考える。俺だって、最後にクリスティー読んだのって大学生くらいだぞ。最後に『夜果つるところ』を読んだ時期とどっこいどっこいだ」

「普通、そういうものよね。いわゆる世界名作文学だって、読んだのってせいぜい二十代まで」

「クリスティーって、有名作品以外は、結構内容を説明するのが難しいのが多いんだよな。俺はそういう後期のもののほうが好きなんだけど」

「あたし、クラスに意地悪な子がいて、有名な推理小説はことごとくその子にネタばらしされちゃったから、ほとんど読んでないの。クリスティーもそう」

「だから後期の作品を読んだわけだ」

「だと思う」

雅春は、かなり真剣な様子で考え込んでいる。

「んもう、今日はもうやめときなさいよ」

くわえている煙草を見咎めると、雅春は苦笑しつつようやく唇から離し、箱の中に戻した。

「ここの図書室にないかなあ、クリスティー」

「あした探してみるわ」

「まだ開いてるかな、図書室」

雅春はドアを振り返った。今にも探しに行きかねない様子である。

「開いてると思うけど、着替えちゃったから出ていくのが面倒臭いわ」

「それもそうだ」

「何か飲む？　お茶とか、ココアとか」

「緑茶くれ」

私は立ち上がり、電気ポットにミネラルウォーターを注いだ。

お湯を沸かすという行為は、どこにいても、どんな精神状態であっても、心を鎮めて気持ちを均《なら》してくれるような気がする。

さっき洗面ボウルを見ながら感じた恐怖が消えているのを確かめ、密かに安堵する。

しかし、まだ心のどこかに暗くうねる闇の中の海面が見えて、ひやりとした。

あたしたちは「あたしたち」なのだろうか――

不意に、能面のような女の顔が目の前で動いたのでギョッとする。

それは、鏡の中の自分の顔だった。

どこか怯えた、青ざめた女の顔。

一瞬、さっき見た詩織の表情と重なったような気がして、余計に肌寒くなる。

ただの鏡だ、落ち着け。

ティーバッグを急須に入れ、改めて顔を上げる。

電気ポットなどお茶の道具を載せた作りつけの棚のところに、細長い鏡があるのだ。

旅先や、仕事のためにホテルに泊まると、普段とは違う思わぬ場所に鏡があるのでしばしば驚かされる。特にライティングテーブル周りは、壁に接してテーブルを備えつけてあることが多いので、閉塞感を感じさせないようにテーブルの前が鏡になっていることがほとんどだ。意識していない時の自分の表情が、こんなに暗くてぼんやりしているとは。内心苦笑していた。気をつけなくちゃ。

お湯はすぐに沸いた。

緑茶の入った湯のみを雅春の前に置くと、それと同時に彼は顔を上げた。明るい表情。

「分かった、たぶんアレだ。『鏡は横にひび割れて』」

そう言うと、私の顔を覗きこむ。

「なっ、これだろ？」

そう言われても、今ひとつ確信が持てなかった。

思わず、あやふやに首をかしげてしまう。

「うーん。分かんない。読んだことがある本なのは確かだけど、本当にそれだったかどうかは」

雅春は不満そうだ。

「頼りないなあ。せっかく思い出したのに、感動がないぞ」

「ごめんなさい。言われてみればそういう気もする」

「かくいう俺も、いまいち記憶が怪しいけどな。それに、どうしてそんな顔をしたかっていう理由も詳しく思い出せない」

「あら、肝心なのはそっちじゃないの」

「確かにな。これじゃないかという理由は覚えてるんだけど、もしかすると俺が勝手に記憶の中ででっちあげた話かもしれない」

「どういう話なの？」

二人でお茶をすすった。

「あ、このお茶、うまい。ティーバッグにしては」

雅春が意外そうに私を見た。

「ティーバッグはティーバッグでも、ちゃんとした茶葉がたっぷり入ってるほうよ」

私はティーバッグ受けに目をやった。紙のように薄いよくあるティーバッグではなく、三角錐の形をした、手揉みの茶葉の入ったティーバッグを奮発したのだ。

普通に缶入りの茶葉と急須も持ってきたのだが、急須を洗うのは面倒臭いのでこちらにした。つい部屋の掃除をする人のことを考えてしまうのが我ながら貧乏臭い。

「ネタばらししてもいい？」

雅春が尋ねる。

「構わない。たぶん、もうああいう古典的な推理小説って読まないと思うし」

「そうか？　また読みたくなるかもしれないぞ」

どこか淋しそうにこちらを見るので噴きだした。

「もしそうだとしても、雅春を恨んだりしないから大丈夫」

「そっか。もしかしたら、俺の記憶違いかもしれないから、その時は勘弁な」

「了解」

「確か、風疹だったと思うんだよな」

「風疹？」

思わず聞き返す。思ってもみない単語だった。

「そう。それが事件の真相とどういうふうに結びついてたかは覚えてないんだが、その女がびっくりしたような凄い顔をした理由は、確か風疹だ」

「風疹って、あの風疹？　ワクチン予防接種するアレ？」

「うん」

「雅春、かかったことある？」

「ある。中学生の時、クラスで大流行してうつされた。流行の終わりのほうだったんで、ひどく重かった。梢は？」

「あたしは小学生の時にやった。学級閉鎖になったわ」

「懐かしいな、学級閉鎖。じゃあ、俺たちにワクチンは必要ないな、とりあえず。どちらも免疫はあるわけだ」

一瞬、勘ぐる気持ちになった。

俺たちは、子供を作れる健康な成人男女である。そう言われたような。むろん、考えすぎだとは思うけれど。

「それで、風疹がどう関係するの？」

気を取り直し、聞き返す。

「えーと、その凄い表情をした女は、妊娠中だったという設定なんだよ」

雅春は淡々と続けた。

妊娠中、という言葉にも反応しそうになるが、むろん平静を装い、聞き流すふりをする。

「で、確かその場面は、後で風疹を発症した誰かと、その場所で接触したことを思い出したところなんだ。だったら、そんな顔をした理由が分かるだろ？」

「うん」

私は頷いた。

「妊娠中の女性が風疹にかかるのはまずいよね」

胎児に影響が出る可能性が高いのだ。

「そういうこと」

「なるほど、それならうろたえるのも当然よね——ショックだわね」

もし自分がそんな立場に置かれたら。

その状況を想像するのと同時に、そんな生々しい理由を推理小説の中に埋め込んだクリスティーに、尊敬にも畏怖にも似た感情を覚えた。

ただの推理小説なのに。もう半世紀近く前の、古い小説なのに。

「これでも思い出さないか？」

ぽかんとしている私に、雅春が怪訝そうな顔をした。

「うん。全然覚えてなかった」

素直に認めつつ、我ながらあきれる。結構ショッキングで、現代にも通じる理由なのに、こうして説明されても全く思い出せないなんて。

「もっとも、俺も本当にこういう理由だったのか、ちょっと自信がないんだよなー。もしかすると、他の作品とごっちゃになってるかもしれない」

またしても勘ぐってしまう。

じわりとドアの下から浸みだしてくる濁った海水。

彼はわざとそんな話を作り上げたのではないかと。本当は違うのに、自分の記憶があやふやなことにして、そういう話を私にして聞かせたのではないかと。

「ふうん。じゃあ、もしかして、老後にクリスティーを読み返した時に、雅春、これ違う話だよって言うかもね」

「その時は遠慮なく言ってくれ。でも、どっちも忘れてる可能性が高いけどな」

「確かに」

いちばん記憶力がよかった年頃に読んでも忘れてしまうのだから、その頃にはもっと忘れているだろう。

「でも、もう一度新鮮に楽しめていいんじゃないの」

「そうともいえるな。今だって、文庫になった時、親本で読んだかどうか思い出せなくて買おうか買うまいか迷うもんな」

「ええっ、そうなの？」

「実は、結構忘れてる」

笑いあいながらも、私は誰かが後ろから囁くのを感じている——

あたしたちは、「あたしたち」なのだろうか、と。

二十一、揺れる世界

翌朝、梢が目を覚ました時も、今自分がどこにいるのか混乱することはなかった。既にこの世界は馴染みのものになっており、もはや何週間もこうして海の上で過ごしているような心地すらした。同時に、奇妙なことに、飯合梓についての取材もこの環境での「仕事」として身体に馴染んでしまい、ルーティンワークのように感じられた。人間、順応性が高いものだと改めて感心する。自分が決してこの旅を「休暇」だととらえていないのだ、ということにも。

ベッドのそばのナイトテーブルに置いた腕時計に目をやる。七時過ぎ。

雅春の姿はなかった。コーヒーでも飲みに行ったのかもしれない。あるいは、ゆっくり喫煙室で朝の一服を楽しんでいるのだろう。

思いのほか、自分がぐっすりと眠ったことに驚きと安堵を覚える。雅春が起きて部屋を出たことに全く気付かなかったのだ。梢は眠りが浅い質《たち》で、誰かが同じ部屋で眠っていて寝起きしたりすると必ず目を覚ましてしまう。

それが恨めしい時期もあった。

紘一と暮らしていた頃は——特に最後のほうは、無邪気にすやすやと熟睡し、朝はすっきりした顔で出かけていく彼が、ひどく薄情に思えてならなかったのだ。

当時は、毎朝いつも、どこかで読んだ警句じみたものを思い出していたものだ――愛していないほうが先に眠り、遅く目覚める。

あたしたちは？

梢は、隣のベッドのめくられた毛布を一瞥した。

起き上がり、顔を洗うと、ぼんやり寝巻き姿のままでバルコニーの向こう側を眺める。

今日も曇りだ。

陽射しはなく、ブルーグレイの空と海がややぼやけた灰色の水平線で接しつつ、どこまでも平行線を描いている。

身体が重く、むくんでいる感じがした。昨夜は水分を摂りすぎた。

サッシュを開けてみる。

相変わらず強い風だが、昨夜ほどではなく、思ったよりも暖かかった。

デッキを歩いてみよう、と思いつく。

甲板をぐるりと一周すると、それなりの距離になるので、軽くジョギングすることをスタッフの誰かが勧めていたっけ。

ヨガの講座やジムもあると聞いていたので、スウェット一式は持ってきていた。

このままでは運動不足になるのは目に見えている。今日はジーパンでとりあえず歩いてみよう。

着替えて、廊下に出るとしんと静まりかえっていた。みんなはもう活動を開始しているのだろうか。

廊下を歩いているうちに、かすかな眩暈を覚えた。しかも、その眩暈は長い周期を描いている。

船が揺れているのだ。

立ち止まり、改めて意識してみると、船がゆったりと大きく揺れているのが分かる。海のうねりが船のてっぺんまでゆっくり伝わっていっている。上階ほど揺れると聞いてはいたが、まさに世界そのものが揺れていて、揺れる世界の中で暮らしているのだ。歩いているぶんにはほとんど分からないのだが、気付いてしまうと揺れていることがよく分かる。気になる人は気になるだろう。

昨夜、船酔いがつらいと言っていたご婦人がいたが、絶え間なくこの状態が続くのだから、逃げようがない。梢は同情した。これで天候が悪くなり、海が荒れたりしたらどうなるのだろうか。

再び歩き出すと、違和感は消えた。揺れる世界にも身体が順応している。

人気のない廊下からドアを開け、デッキに出る。

顔を風が打つが、やはり冷たくは感じられなかった。南の洋上にいるからだろうか。

見渡す限りの灰色の水平線。

見事に何もない。

あまりにがらんとして、とりとめのない風景だった。普段はモノに溢れた東京の狭いマンションに暮らし、ごちゃごちゃした街で過ごしているだけに、こんな巨大な空間に放り出されたら戸惑いしかない。身体はこんな体験は想定外だとばかりに把握することを拒絶しており、遠い水平線を、すぐそこにある、手を伸ばせば触れられる舞台の書割のように感じているような気がする。

雲が厚く、濃淡が少ないので、余計に距離感がつかめなかった。船が止まっているのか進んでいるのかも分からなくなる。

パーカーの前を閉め、歩き出した。デッキは幅が広く、がらんとしている。が、歩き出してみると、次々と夫婦連れや一人で歩く人々に出くわした。

それも、みんなきちんとスポーツウエアに身を包み、明らかに慣れた様子でキビキビ早足で歩いている。

本当に、昨今の高齢者は元気だわ。

こちらがたらたら歩いているのが恥ずかしくなるほど、彼らには鍛え上げた気配が漂っている。それこそ、健康でなければ二週間もの船旅に参加することは難しいだろうから、健康に気を遣っている人たちばかりなのは当然と言えば当然なのだが。

「おはようございます」

「おはようございます」

すれ違う度に皆が声を掛け合う。

梢は挨拶をしながら思わずつられて背筋を伸ばし、歩くスピードを速めた。

絶え間なく吹く風もあるし、早足で歩いているだけで結構負荷が掛かる。これは意外といい運動になりそうだ。

長いデッキを歩いていくと、年配の男女が立ち止まって何かを見ていた。

近付いていくと、何か白っぽいものがデッキの上に落ちている。

小鳥だった。

何の鳥だろう。灰色の、そんなに大きくない鳥である。カモメなど、いわゆる海鳥という感じでもない。ツグミとかそういう鳥を連想した。

鳥は既に絶命していた。

ひっくり返った格好で、曲がった小枝のような二本の足を天に突き出している。もはや羽もカサカサしていて、剝製のように水分が感じられなかった。

ぶつかったとか、ケガをしたとかが死因のようには見えなかった。

覗き込んでいると、年配の女性が梢を見て、「触っちゃダメよ」と囁いた。

「そう、今は鳥インフルエンザとか怖いからね」

夫らしき男性も頷く。

「今、スタッフを呼んでますからね」

二人が梢に向かって説明するので、梢は「はあ」と頷き返した。

そういえば、もし船上でも旅先でも動物がいたら触らないように、という注意があったような気がする。特に、この鳥は事故でなく病気で死んだように思えるのだから、警戒すべきなのだろう。

と、ポロシャツ姿のスタッフが、ゴミ袋と火バサミを持って現れた。

落ちている鳥をしげしげと観察してから、火バサミで拾い上げゴミ袋に入れると、挨拶をして引き揚げていった。

会釈して歩き出す夫婦。梢も会釈を返す。

が、脳裏には、天に足を突き出して落ちていた鳥の姿が焼きついていた。

鳥の目は閉じられていた。どことなく諦観に満ちた表情に見えた。

宙を漂い、弱々しく飛んでいく小鳥の姿が目に浮かぶ。

あの鳥は、いったいどの瞬間に、どんな状態の時に絶命したのだろう。力を振り絞って海の上を飛んでいたのに、空中のある一点で、ついに力尽きたのだ。意識を失い、落ちたところが、たまたまこの広い海原を通りかかった客船の甲板だったなんて。

把握しきれぬほど広い海の上、これまた更に広い空をただ一羽、えんえんと飛んでいる鳥の孤独と寄る辺なさを思うと、なんだか空恐ろしい心地になる。

ふと、遥か昔に教科書で読んだ歌を思い出す。

白鳥《しらとり》は哀しからずや空の青海のあをにも染まずただよふ

あれはいったい誰の歌だったろう。

梢は、鳥の姿も見えないブルーグレイの海と灰色の水平線に目をやり、ぼんやりと記憶を探った。

梢が目覚めた頃、すでに、雅春は喫煙室にいた。

彼がここに一服しにやってきた時、早朝にもかかわらず先客がいた。年齢からいって、喫煙者としてのキャリアは彼よりも遥かに長い。灰皿をさりげなく見ると、もう三本目である。相当なヘビースモーカーとお見受けした。

小さく会釈をしてから少し離れた席に身体を埋め、本日最初の一本に火を点ける。

いつもの安堵感。一日が始まったという実感。

ゆっくりとこの時間を味わいつつも、見るとはなしに先客を観察する。

他人を観察するのは子供の頃から嫌いではなかったが、こういう職業を選んだ以上、依頼人をはじめ担当検事や裁判官がどんな人間か観察するのは、もはや第二の天性となっている。

ひょろっとした痩せ形の男で、この年代の人間にしては結構上背がありそうだった。無造作に組んでいる足も、膝下が長くてこれまた年代的に珍しい。

年齢的にはもしかすると八十近いのではないかと思ったが、身体は丈夫そうだった。何より、リタイアした人間という雰囲気ではなく、どことなくまだ第一線のビジネスマンの殺気が漂っている。

なんの職業だろう。

そんなことを考える。

これは彼の好きなゲームでもあった。年齢、職業、家庭環境。幼い頃にはまったシャーロック・ホームズではないが、身なりや持ち物などからその人の人となりを想像するのは、時間潰しとしては今も彼にとって最高の遊びである。

服装からはよく分からなかった。

ツイードのジャケットも、セーターも、スラックスも、目立つブランド品ではないがこなれていてすっきりしている。靴も、いいものをよく磨いて長いこと履いているようだった。

なんとなく、海外暮らしが長かった人ではないかという気がした。

海外での暮らしが長かった人間に特有なのは、こういうある程度パブリックな場所での寛ぎ方である。

野暮な親爺が自宅の茶の間の延長とばかりに傍若無人に寛いでいるのではなく（そういう人間の場合、たぶんパブリックという意識もないのだろう）、公の空間で個として寛いでいるのだ。他の誰でもない、あくまでおのれ自身の個という意識を持ちつつ寛ぐのには、それなりの訓練を要する。

浅黒い肌。目は細く、面長で、表情は読めない。

ちょっとT・Rに似てるな。

雅春は、酒好きで有名だった現代詩の詩人の顔を思い浮かべていた。

密かに、タムラ氏という名前を付ける。

これは、彼のゲームのやり方だった。人間には名前がある。雅春は、知らない人には名前を付けないと観察できないのだった。人として認識できない、あるいは向き合えない、とでもいえばいいのだろうか。

まだ仕事を始めたばかりの頃、先輩に「名もない人などこの世には存在しない。AさんやBさんなどという名前の人もいない。すべての人間は生身の存在であり、誰かの息子であり娘なのだ」とさんざん言われたせいかもしれない。

そのタムラ氏は、ポケットから煙草を取り出し、手元も見ないで無造作に一本抜いた。彼の喫煙タイムはまだ続くようだ。

ハイライト。

雅春は内心苦笑した。

若輩の喫煙者である我々が、日頃少しでもニコチンの摂取量を減らすべしと心を砕き、軽い煙草へ軽い煙草へとなびいているのに対し、この大先輩の潔い吸いっぷりを見よ。

しかも、好きな煙草の代用品として軽い煙草で我慢している軟派な喫煙者とは異なり、タムラ氏が長年この銘柄を愛用してきていることは明らかである。

こういう「ハイライト吸って六十年」みたいな親爺を見てると、本当に煙草が肺ガンの原因なのか疑わしくなってくるな。

雅春は、自分が軟弱な若造になったような気がしてきた。

むろん、煙草が肺ガンの大きな一因であることは間違いないだろう。しかし、すべての人にとっての要因であるとは言えないのではあるまいか。ある人にとっては要因になりうるが、別のある人にとっては要因とならない場合がありそうだ。

それにしても、昨今の喫煙室というのは、かくも後ろめたさと共犯者意識と同族嫌悪にまみれた、精神的に複雑な場所と成り果ててしまった。周囲から隔離され、囲い込まれた集団であることに、屈辱と同時にマゾヒスティックな喜悦を感じてしまうほどだ。差別され続けているうちに徐々に選民意識が湧いてくるというのが、ほんの一瞬だけ理解できるような気がする。

大先輩ほど腰の据わった喫煙者でないことをふがいなく思いつつ、雅春は一本だけ吸い終えると退散することにした。

来た時と同じく、さりげなく会釈をして席を立つ。

タムラ氏も、さりげなく会釈を返してきた。

その瞬間、相手もあの表情の読めない細い目の奥から、こちらをじっと観察していたのだと悟った。

そりゃそうだ。

奇妙な満足感を覚える。

あれだけ隙がないのに寛げる爺さんなんだから、こんな若造の考えていることなんかお見通しだな。

喫煙室を出て、ぶらぶらと廊下を歩く。

船客の年齢層が高いせいか、早朝からラウンジでお茶を飲んだり、辺りを散歩している人は多かった。

灰色の海。霞《かす》む水平線。空と海の境界線は曖昧でぼやけている。

客船というのは、想像以上に劇場っぽいと雅春は感じていた。

裁判にも芝居じみた一面がある。裁判に限らず、人は誰でも社会という舞台で演じている。誰もが嘘をつくし、誰もが勝手に見当違いのセルフイメージを作り上げている。

梢はなんと言ってたっけ？

ふと、頭に浮かんだ。

真実はパレードで降ってくる金色の紙吹雪、だっけか？　あれは、おかしなくらいしっくりきた。チラチラしていて、そこらへん一帯に降り注いでいる。その中にいると、綺麗に光を放ち、夢のような高揚感に包まれる。

しかし、しばらく経ってみると、地面に降り積もり、踏みつけられて、単なる安っぽい紙切れだったと気付く。しかも、日が暮れるまでに腰を折ってせっせと掃除しなければならないときている。さんざん掃き集めてゴミ袋に詰め込む頃には、腰は痛いし、泥だらけのみすぼらしい紙切れにうんざりし、すっかり飽き飽きしているのだ。

あれは、とらえどころのない真実というものを言い当てているような気がする。

大きく切り取られた窓の前に立つ。

見渡す限りの、曖昧な水平線。

この船もまた負けず劣らずの役者ぞろい。公演期間は二週間。会食の場が毎日の舞台。日によってはマチネーまである。こうしてぶらぶらしている時間は幕間《まくあい》だ。

まだ始まったばかり。相手は相当に手強い。

もう一本吸えばよかった、と雅春は後悔した。

既に、次の煙草を求めているのがわかる。

この芝居は厳しい。なぜならば、裁判や日常生活では勝利することや報酬を得ることなど、切実な目標があっての演技だが、この芝居ではそれぞれが何を目的として、なんのために演じているのかさっぱり分からないのだ。

不意に、揺れを感じた。文字通り、ぐらりと視界が揺れたのだ。

船は大きくうねっていた。テーブルの上のものを揺らすようなものではないし、気にしなければ気付かないほどではあるが、ゆっくりと船は大きく揺れていた。

価値観が揺さぶられる、ってやつか。

雅春はそんなことを考えて苦笑した。

それだって、普段となんら変わらない。世界はつねに揺れているし、価値観はいつも揺さぶられ続けている。そのことを意識しないふりをし、自分が幼時から築いてきたちっぽけなセルフイメージにしがみついて、世界は揺れてなどいない、うねってなどいないと自分に言い聞かせ続けているのだ。本当は、既に船は外海に出て大きな波で激しく揺さぶられているというのに。

船旅というのは——旅というのは、実に面白いもんだな。

雅春は我ながらおかしなところに感心する。

すべてが人生の暗喩になっている。いや、むしろこれは直喩だろうか。世界は目に見える形で提示され、これが人生なのだと喉元につきつけてくる。

夜果つるところ。

それでは、この旅の果てには何があるのだろう——旅路の果てという陳腐な言葉があるが、この旅に果てなどあるのだろうか。

ぼやけた水平線すら、ゆらゆらと遠くで揺れている。

そのことに、かすかな不安を覚えていた。自分が不安を覚えていること自体、鈍い痛みのように心をざわめかす。

二十二、沖に棲む少女

そういえば、『沖に棲む少女』という小説があったっけ。シュペルヴィエルというフランス人作家の小説だったと思うが、どういう話だっけか。タイトル通り、海と少女にまつわる幻想小説だったことは確かなのだが。


そんなことを考えていたのは、二回目のセッション——と俺は勝手に名付けていた——が、あの金魚鉢の中のようなラウンジでなんとなく始まってしばらく経ってからのことだ。

夕食以外はそれぞれ好きに食事を摂ると最初に梢と決めていたので、朝食はカフェスペースでゆっくりコーヒーをおかわりし、食後にもう一度喫煙室で煙草を味わってからこちらに移動してきた。

昨日はさすがに緊張していたけれど、ウエルカム・パーティなどで丸一日一緒に過ごしたことで、みんなかなり馴染んだようだ。しかも、フルメンバーが揃っていて、なかなか壮観である。梢も、昨日はどう仕切ればいいか多少戸惑っていたが、今日はもう勝手にやらせることにしたようだ。

そんなわけで、俺がラウンジに着いた頃には、みんなリラックスした様子でご歓談中だった。

どうやら、「海が出てくる印象的な映画、あるいは好きな映画」という話題のようである。

映画関係者はそういう話は避けるのかと思ったが、皆嬉々として語っている。やはり彼らは筋金入りの映画バカなのだ。

映画評論家は『太陽がいっぱい』、そのパートナーは『冒険者たち』と、アラン・ドロンで揃えてきたところが面白いというべきか、息が合っているというべきか。

角替監督は意外や『復活の日』の東京湾にボートが出ていくシーン、清水桂子は『青幻記』、進藤洋介は渋く『眼下の敵』を挙げた。

綾実は『恋におちたシェイクスピア』のラストシーンだという。

詩織はしばらく考えていたが、「最近だと、『まぼろし』かなあ。シャーロット・ランプリングが出てた」

俺はどの映画だろう、と考えているうちに、『沖に棲む少女』のタイトルが不意に頭に浮かんできたのだ。

短編小説だったと記憶している。

淡いイメージ。水平線、髪の長い少女。それらがぼんやりと遠くのほうで霞んでいる。

どんなストーリーだったろう。ちっとも思い出せない。

どうしてこうも、かつて観た映画やかつて読んだ小説の印象というのはつかみどころがないのだろう。

どんなものを観ても、読んでも、その時のタイミングや順番で簡単に印象は塗り変わり、入れ替わる。結局は、映画でも小説でも、自分が頭の中で反芻《はんすう》したイメージだけが残り、それが「本当に」見たものなのかは分からない。人は見たいものしか見ないし、目にしているのに見えていないことも多い。逆に、見えないものすら見てしまう。

この不完全な目、客観性を得ることのない、あくまで主観的にしか見られないいびつな目、なのにおのれの見たものこそが真実であると誰もが思い込まされているこの目こそが、我々を呪われた存在にしているのではないだろうか。

沖に棲む少女。

小さく弾ける泡のような、かすかな少女のイメージ。

あれは、幽霊だったか？　それとも、誰かの見たまぼろしだったか？

目の前の映画談義は、いつしか海難事故の話になり、当然、史上最大かつ最も有名な事故、タイタニック号の悲劇の話になっていた。こちらも何度も映画になっているし、小説の題材にもなっている。

豪華客船上にはふさわしくない話題のような気もするが、タイタニック号の悲劇以降、救命ボートは必ず乗船人数分以上確保しなければならないという鉄則が出来たので、巡り巡ってお世話になっているともいえる。

「――人魚姫って痛いわよねえ」

唐突に、そう発言したのは綾実である。

タイタニック号の話から、セイレーンやら、幽霊船やら、そういう伝説関係の話になってきたので連想したらしい。

「痛いっていうのは、どっちの意味？　肉体的に？　それとも、状況とか設定が『イタイ』の？」

そう突っ込みを入れたのは島崎和歌子だ。

「両方よ」

綾実は真顔で答える。

「あたし、人魚姫に足ができて最初に歩いたところの描写、今でもトラウマになってるもん。ものすごく痛そうで、いくら王子に会えてもこんな痛いの嫌だなって子供心にも思ったわ」

「あたしは初体験か、あるいは出産のメタファーなのかなと思ったけどね」

「和歌子さん、まさか人魚姫を初めて読んだ時にそう思ったわけじゃないわよね？　いったい幾つのときの話よ？」

そう聞いたのは桂子である。

和歌子は笑って手を振った。

「まさか！　そう思ったのは大人になってからよ。初めて読んだのは幼稚園の頃だもん。その時からそんなこと考えてたら怖いわよ」

みんなが笑う。

なんだか、女性陣はすっかりガールズトークのノリになって、既に一体感が生まれているようだ。こういうところで、大抵我々男性陣は先を越されるのだ。社会人一年生の頃、女は三日で職場に慣れるが、男は三か月掛かると言われたことを思い出した。

「童話はみんな残酷よ」

「でも、グリム童話はグリム兄弟が民間から集めた説話だけど、アンデルセンのは創作童話でしょう？　──あれ、『幸福の王子』って、アンデルセン？」

Qが呟いた。

「あれはオスカー・ワイルド」

すかさず綾実が答えると、Qが大きく頷いた。

「あれもそうじゃん？　子供の頃、あのツバメが可哀想でさあ。南の国に帰らなきゃならないのに、何度も王子にお使いさせられて、最後、ツバメ死んじゃうんだよね。ひっでーよなあ、せっかく王子の話聞いて奉仕したのに。ラストシーンの、王子の像の足元でひっそり死んでるツバメのとこで、この世の不条理に俺ボーゼンとした」

「おまえが怒ってるのは、ツバメだからってわけじゃないよな？」

にやにやしながら武井京太郎が茶々を入れる。

むろん、「ツバメ」にかこつけたジョークなのだが、彼以外にはこんなジョークは言えないだろう。

「ふん、違うよっ」

Qは鼻を鳴らした。

京太郎はいつもこんなふうに彼をからかっているのだろう。Qには悪いが、確かに彼にはちょっかいを出したり、からかったりして怒らせたくなるところがある。いちいち反応がビビッドなので面白いのだ。

しかも、Qは本当に京太郎にぞっこんなのだ。それを全く隠さないところが素直というか、いじらしいというべきか。

オスカー・ワイルドにせよ、アンデルセンにせよ、つまりは無償の愛というものを信じていなかったのだろうが、この世には見返りを求めない愛もないわけではないのだ。

Qを見ていると、そんな感慨が湧いてくる。

いやはや、世界はまだ捨てたものではない。

「セイレーン、幽霊船、人魚姫ときたら、俺も話さないわけにはいかないな」

俺はそう言って参戦する。

「なによ、あんたの話題は謎のバミューダ海域？」

綾実が馬鹿にしたような目で俺を見た。

「それでもいいけど、もちろんアレだよ、マリー・セレスト号事件」

みんながなぜか納得半分、あきれ半分で頷く。

梢が含み笑いをしているのが視界の隅に見えた。これが俺のサービスだと気付いているのは明らかだ。

「Q、知ってるか？」

京太郎がQの顔を覗き込んだ。

「もちろん。俺、オカルト番組好きだもん」

「これってオカルトなの？」

詩織が口を挟む。

「もしかすると、オカルトかもよ」

綾実がくすくす笑う。
Q、なかなかいい仕事をしてくれる。この青年は、ともすれば緊張感を漂わす真鍋姉妹のいい緩衝材になってくれそうだった。いや、真鍋姉妹だけではない。この呪いにとらわれたメンバーの中で、一服の清涼剤たる存在になってくれるだろう。そんな予感がした。
「ほほう、あれをオカルトと言うQ君。では、マリー・セレスト号事件を説明してもらえるかね？」

俺はQに微笑みかけた。

「えー。詳しくは知らないけど、昔、アメリカからイタリアに向かった船の中から、蒸発したみたいに乗組員が消えちゃったって話でしょ？　漂流してる船を見つけた人が中に入ってみたら、食べかけの食事があって、まだ湯気が上がってて、ついさっきまで人がいたみたいだったっていう」

「はい、概《おおむ》ね正解です」

俺は慇懃《いんぎん》に頷いた。

「昔というのは、十九世紀後半、一八七〇年代ね。まだ帆船。無線技術もなし。だから、漂流してるのが見つかるまで、誰も何かが起きていたとは分からなかった」

「昔も今も船って貴重だからさ、船としての機能を失ってない船が無人状態なのって、ものすごく異常な状態なんだよね。よく映画なんかにあるとおり、何かあったら船長は最後まで残るのが普通だし、昔の船は現在とは比べ物にならないくらい積荷を運ぶ重要な手段だったから、積荷に対する責任もハンパじゃない。めったなことで、航行可能な船を放棄するなんてことは有り得ないわけ」

島崎四郎が俺の説明を補ってくれる。この辺り、さすがは編集者だ。

「船に乗ってたのは十人。船長とその妻子、あとは七人の乗組員」

「『そして誰もいなくなった』だわね」

綾実が呟いた。

そう、アガサ・クリスティーの名作『そして誰もいなくなった』の発売当時の原題は『テン・リトル・ニガー』だ。

「十一月初旬のニューヨークを出て、ジェノバを目指していたマリー・セレスト号がポルトガル沖で発見されたのは十二月初旬。乗ってみたら、もぬけの殻。誰もいなくて、船だけが漂流していた」

「でも、食べかけの食事とか湯気の上がってたカップとかって、後から付け加えられた脚色だって説もあるわよね？」

詩織が口を挟む。

なるほど、この売れっ子漫画家はこういう事件にも詳しいようだ。

俺は鷹揚に頷いてみせた。

「そうらしいね。船は無傷で、乱闘などの痕跡もないから、徐々に話に尾ひれがついていって、突然乗客が消え失せた、みたいになったのは事実のようだ。でも、航海に必要な計器が壊されていたという記録は残っている」

「じゃあ、やっぱり何かのトラブルかしらね？」

「船長は人格者で、乗組員とトラブルがあったという話はない。妻と小さな娘も乗ってるわけだし、その辺りは気をつけていたと思うよ」

「あたし、詐欺だと思うな」

和歌子がしたり顔で言う。

「積荷か保険がらみの詐欺なんじゃないの？」

「でも、積荷は残ってたんでしょう？　船が沈んじゃったことにして保険金を取るなら分かるけど、積荷が残ってて乗組員が消えちゃうんじゃ、誰が保険金を受け取るのよ」

綾実の反論を聞きつつ俺は続けた。

「ちなみに積荷は大量のアルコールだったらしいです。酒ではなく、工業用のアルコール。一説には、船長が運んだことのない大量のアルコールを積荷にすることに不安を抱いていたらしく、引火するとか何か事故が起きて、危険だと判断して船を放棄したとか」

「船に小火《ぼや》の跡はあったの？」

「いや、なかった。だから、その説は却下」

「うーん。気になるのは、やっぱ船長の妻子が乗ってることよね。船長と乗組員だけだったら、みんな船に慣れてるしそれこそ偽装工作とかできるだろうけど、妻子、しかも小さな子供が一緒というのが不可解だなあ」

「その後も、乗組員て見つかってないの？」

角替監督が尋ねる。

「はい。誰一人として見つかってません。遺体もなし。この船の乗組員だったという遺体がボートで見つかったという話もありますが、ＤＮＡ鑑定も何もない時代ですから、根拠はありません。いろいろ都市伝説になってる部分はありますが、船を残して十人全員が消えてしまったというのは事実です」

「どこかで生きてたってことはないのかなあ」

進藤が呟いた。

「密かに他の船に乗り移って、上陸してるかもしれない。当時は、身元を偽るなんて簡単だったでしょう」

「だけど、そうする理由がサッパリ分からない」

俺は首を振った。

「なんでわざわざそんな面倒臭いことしなきゃならないんです？　犯罪者でもないし、何かから逃げてたわけでも、トラブルがあったわけでもない。むしろ、積荷を放棄していなくなるほうがよっぽど重罪ですよ」

「だよね。うーん」

進藤は唸った。

そうなのだ。マリー・セレスト号事件の最大の謎は、なぜいなくなったか、その理由なのである。

「みんなで水浴びしていてサメに食われたとか、凄い竜巻に襲われたとか、海賊に遭ったとか諸説ありますが、どれも今いち信憑性に乏しい」

「でも、計器が壊されていたと言ったよね。それは確かなの？」

角替監督が俺を見た。

なんとなく、反射的に腕時計を押さえてしまう。監督に貰った、大事な時計だ。当時、船の中での計器は、この腕時計どころじゃない、ものすごい貴重品だったろう。

「はい。複数あって皆壊されていた。人為的なものだったようです」

「そりゃまた奇妙だね」

監督は首をひねった。

「でも、それが人為的なものなら、やっぱり結局は何かトラブルがあったんじゃないだろうか。少なくとも、誰か一人はトラブルを抱えていたことになるよね。実際に壊された計器が残っていた以上、誰かが計器を壊したんだから」

「だけど、計器が壊れたからって船を放棄するかな？　他にも方角を知る方法はあるし、ベテランの船長なら船を離れるほうが危険だと判断するんじゃないの」

進藤が呟く。

みんながマリー・セレスト号事件で盛り上がってくれるのが妙に嬉しいのは、俺が幼稚なせいだろうか。

「この当時は、救命ボートはあったの？」

梢が俺のほうに身を乗り出した。

「もちろん。遭難率は当時のほうが高かったからな」

「じゃあ、海に落ちたのでもない限り、ボートに乗り移った可能性は高いわね。マリー・セレスト号にボートは残ってなかったんでしょう？」

「うーん、それは分からないな」

そういう資料は記憶になかった。

「俺は、トラブルを抱えた一人が計器を壊して、他の乗組員を殺しちゃったという説を採るね」

監督は一人で納得したように頷いている。

「それがいちばん合理的だよ。たぶん船長に恨みを抱いていた誰かが、みんなを巻き添えにしたんだ。船長のいない船が港に着いたら、すぐに乗組員がどうにかしたとバレてしまうだろ？　だから、船を捨てて逃げた。それが真相だよ」

「あるいは、船長が人格者だというのは嘘で、みんなが船長に叛乱を起こしたか」

進藤がそう続けると、監督は首を振る。

「もし乗組員全員で船長に叛乱を起こしたのなら、計器を壊す必要はないと思うんだ。船長さえ消してしまえば、あとは皆で航海すればいいだけのこと。計器が壊されていたということは、個人の犯行だというのを裏付けていると思う。船が航行不能になるのを承知で、壊した。つまり、そいつは最初からジェノバに近付いたら船を捨ててボートで逃げるつもりだったんだ。誰かが悪意を持って計器を壊す。それで船内は混乱しただろう。互いに疑心暗鬼になって、バラバラになったところを一人ずつ始末したんだ」

おお、監督もなかなかのミステリ・マニアではないか。

俺は感心していた。

こっそり計器を壊してみんなに悪意を示し、互いに疑うように仕向けるなんて、まさに『そして誰もいなくなった』の世界ではないか。

そうしてみると、マリー・セレスト号は、陰謀渦巻くサスペンスの世界、クローズド・サークルのミステリとも思えてくる。

「監督の意見は至極真っ当だけど、それじゃあ面白くないわね」

綾実が不満そうな声を上げた。

面白くない、というところが彼女らしい。

「もっと面白い説は？」

俺はそう水を向けた。

「話として面白いのは、さっきトンデモ説に挙げられてた、泳いでてサメに食われたっていうのだわね。知ってる？　確か実際にあった話を基に映画にしたやつで、若い子たちがヨットで沖に出てて、みんなでわーいと海に飛び込んだら誰もヨットに残ってなくて、サメが来てパニックになったって話」

「知ってる、B級パニックホラー映画になってた」

Qが頷く。

「きっと誰かが船に残ってて引き揚げてくれるだろうと思って、みんなが海に飛び込んじゃったんで、誰も船に上がれなくなっちゃったんだって。馬鹿みたいな話だけど、そういうのってホントにありそうじゃん」

そのシチュエーションは間抜けだが確かに恐ろしい。プールから上がるのでさえ、手すりがなければへとへとで大変なのに、ましてや海の中から船に上がるのに、船の上からの介助なしでできるとは思えない。

「でもさあ、十九世紀の母が子供を抱えて海水浴するとは思えないよねえ」

「逆に、最初に落ちたのが子供だとしたら？」

和歌子の呟きに、桂子が答えた。

「最初に誤って子供が落ちた。それで、みんなが助けようとして次々飛び込んで、サメにやられてしまう」

「壊された計器はそれとどう関係するの？」

「それは分からないわ。きっと別の話ね」

桂子は首を振り、苦笑した。

「ふうん、マリー・セレスト号事件って、そういう話だったんだあ」

Qが呟いた。

「そういうわけ。今も未解決なのは確か。この事件をモデルにして、コナン・ドイルはじめいろんな作家が小説書いてるよ」

「面白いね。そういうことってあるんだね。そんな大昔の事件のこと、今もこんなふうに話してるなんて、なんか不思議」

Qが瞬《まばた》きするのを見ていると、そのあまりの目力にこちらまでくらくらしてくる。

いや、俺にそういう指向はないのだが。

「ある日突然、いなくなって、生きてるか死んでるか分からない」

Qはぼんやりとした目になり、無邪気に呟いた。

「それって、飯合梓みたいだね」

二十三、顔

すっかり油断していた。

油断、という言葉がふさわしいのかどうかは分からないが、その時、油断していた、と感じたのだ。

二回目になると座の雰囲気もすっかりくだけたものになっていたし、いったんこの場に馴染んでしまえばあとは無意識のうちに要点や気になったところをチェックし、メモを取っていくだけだ。

ひたすら相手に集中し続ける一対一のインタビューと違って、こういう座談会の記録は集中するところが異なる。いわば、池に釣り糸を垂らしたような状態だ。水面に注意を払いながら、たまにくいっと糸が引っ張られるのを待つ。引っ張られたらすぐに反応しなければならない。リラックスしつつも、態勢は整えておく。

誰が何を言ったか、キーポイントとなる言葉——会話の流れのそこここで浮かび上がってくる言葉や、引っかかりを感じた言葉を書き取っていく。「誰が」というのが大事で、あとから見て会話の流れが再現できるメモが理想だ。うまくメモが取れた時は、かなりの会話があとから思い出せる。

私の存在に皆が慣れ、記録者がいるということを失念してくれて、場の一部になっている実感があった。こういう状態がいちばん落ち着く。みんなの会話を一歩引いたところから聞いて、その会話の外側に広がっている絵がどういうものなのか想像している時が。

雅春がマリー・セレスト号事件の話をしているあいだ（意図しているのかいないのか、雅春がミステリ談義をしてくれているると、少し休むことができてありがたかった）、私はなぜか全然関係のないことを考えていた。

ずっと前、まだ銀行に勤めていた時の同僚のことである。

ほっそりした女性で、当時二十代後半だったと思う。二年ほど先輩だった。

なんというか、変わった人だった。何がどう変わっているのかと聞かれても、うまく説明できない。曇りガラスの向こうに、何かどろりとした不穏なものが隠れている。そういう感じ。

見た目はおとなしいお嬢様ふうの人だし、仕事もそこそこ有能でてきぱきとこなすのだが、しばしば「切れる」のだ。しかし、いったい何が地雷なのかさっぱり分からないのである。当たり障りのない世間話をしていたはずなのに、突然表情が変わる。といっても、別に怒ったり声を荒らげたりするわけではない。

ただ、分かるのだ。彼女がピクリと何かに激高する瞬間が。

気付いているのは私だけかと思っていたが、彼女が退職したあとでみんなも気付いていたのだと判明した。

彼女の目が三白眼になるということを。

それまで、辞書の中にだけある言葉だと思っていた「三白眼」だが、本当にそういう状態になるのだと彼女を見て初めて知った。本当にそうなるんだ、とおかしなところで感心したし、確かに恐ろしい印象を与える。

彼女は突然会社に来なくなり、結局解雇の形になってしまったのだが、それからようやくみんなが彼女に同じことを感じていたのが分かった。

あの子、突然切れるよね。

うん、でも理由が分からないんだよね。

そうそう、何か悪いこと言ったかなあと思って、会話の内容を思い出してみるんだけれど、どうしても思い当たることがない。

そもそも、浅い世間話しかしてないのに、何か気に障るような内容があったとは思えないんだよね。

で、目が怖いんだよね、その一瞬。

うん。こっちがびくっとしちゃう。

小説を書き始めて、さまざまな登場人物を書くようになった。中にはエキセントリックな人物も出しているけれど、今にして思うのは、現実のほうが変わった人がいっぱいいるということだ。会社勤めで一緒に働いた人を思い出してみても、普通の職場のほうが、当たり前に変わった人がいっぱいいる。それも、みんな自分は普通だと思っているのだ。

何より、そういう人たちは矛盾の塊だ。小説に書いたら「辻褄が合わない」とか、「一貫性がない」と言われそうなのだが、実際のところ、何を考えているのかさっぱり分からない行動を取る人は多い。

そんなことを、漠然と考えていたのだった。

彼女の顔は、なぜかたまにひょっこり思い出す。いつもあの「三白眼」が目に浮かぶのだが、今引っかかっているのは、彼女の名前が思い出せないことだった。

あの人はなんという名前だっただろう。割とありふれた名前だった。それこそ、普通で平凡な名前。

ええと、佐藤でも高橋でもなく、でも普通の名前——

その時、Qちゃんが言い放ったのだ。

「それって、飯合梓みたいだね」

なんとなくハッとして、彼の顔を見る。

続けて彼はこう言った。

「で、飯合梓って、どんな顔してたの？」


今度はみんなもハッとしたのが分かった。Qちゃんもそれに気付いたらしく、「え？　なに？　俺何か変なこと言った？」とみんなの顔を見回す。

「写真とかないの？　一緒に仕事したんでしょ？　ああいう話書く人って、イメージ的には凄いお嬢様で、痩せてて色白で美人って感じなんだけど」

Qちゃんは無邪気に続けた。

写真。飯合梓の顔。

なぜか、名前を思い出せぬ元同僚の彼女の三白眼が目に浮かぶ。

私も飯合梓の顔を見たことはないのだが、いわばイメージとしての飯合梓を思い浮かべようとしてしまう。そして、その顔に彼女の顔がはまってしまうのだ。

「参ったな。写真は一枚もないし、会ったのは数回で、今や帽子の印象しか残ってないよ」

島崎四郎が頭を掻いた。

この中で飯合梓と面識があるのは彼と角替監督だけだ。

「どんな人？」

Qちゃんは熱心に尋ねる。

「どちらかと言えばぽっちゃりめ。いつもしっかり化粧をしていて、目深に帽子をかぶってたから、あんまり顔覚えてないんだよね」

島崎は心許ない表情でゆっくりと答えた。

「美人？」

率直な質問に、島崎は苦笑し、唸った。その声からして、絶世の美女というわけではないようだ。

「上品だったよ。育ちはいい感じがした」

「ブスだったの？」

「いいや。雰囲気は美人だった」

「なんかビミョーだね」

がっかりしたようなQちゃんの表情と返事に皆が笑ったが、どこか強張った笑い声だった。なぜだろう。飯合梓の顔、と言われて動揺してしまうのは。

「この女、シュウケイゾウオがあるんじゃないかなあ」

そう呟いたのは武井京太郎だった。

「なに、それ」

Qちゃんが聞き返す。

「醜形憎悪。若い女なんかで、自分は醜いと思い込む心理だよ。むしろ、傍から見たら美人のほうに入るのに、本気で自分は醜いと思い込んでたりする」

「あー、それ、聞いたことある。歌手のAがそうだって。人前に出られるような顔じゃないって言って、本番の前には誰も控え室に入れずに一人で何時間もかけてメイクするんだってね」

その噂は私も聞いたことがあった。若い子なら誰もが憧れる歌姫で、じゅうぶん綺麗だしスタイルも抜群だというのに、本人はそう思い込んでいるというのだ。

醜形憎悪。醜形恐怖とも呼んでいたような。一種の神経症であるのは間違いない。

「どうしてそう思うの？」

綾実が尋ねる。

「いやあ、俺も若い頃そうだったもんでねえ」

京太郎はさらりと答えた。

「えー、先生、そうだったの？　だって、すっごい綺麗だったじゃん」

Qちゃんがしゃあしゃあと言った。説明しなくちゃというようにみんなを見る。

「先生の若い頃の写真、見たことある？　ものすごい美青年なんだよー。ジェラール・フィリップみたい」

「Q、渋いなあ喩《たと》えが」

角替監督がそちらに反応する。確かに、この年代でジェラール・フィリップの名前が出てくるのは珍しい。

京太郎は笑い飛ばした。

「ハハ。『夜果つるところ』の中に出てくるだろ、自分の顔が自分のじゃないような気がするってところが。鏡を見ても、どうしても見た目通りではないと感じるところ。あそこに引っかかるんだなあ」

「ふうん」

Qちゃんはおとなしく聞いている。

「でもね、先生。たぶん、醜形憎悪っていうのは、ある程度美しい人が思い込むものなんだと思うのよ」

綾実が淡々と言った。

「さっきのAみたいに、もともと綺麗な人が完璧を求めてくよくよするんじゃないかしら。あるいは、自分が望む美しさでなかったり、好きな人が振り向いてくれなかったのをそのせいにしたりする。本当に醜かったら、『私は醜い』なんて口が裂けても言えない。おくびにも出せない。そう思っていることも気付かれたくない。イジメと同じよ。本当にいじめられていたら、『イジメにあっている』なんて絶対言えない。言いたくない。親にも気付かれたくない。そうじゃない？」

「それって、飯合梓がブスだったってこと？　やっぱり？」

Qちゃんがあっけらかんと尋ねたので、みんなが再び苦笑した。

「ブスじゃなかったよ。美女でもなかったけどね」

島崎が肩をすくめる。

「なぜか不当に『美人』と呼ばれる人々、というジョーク聞いたことあるなあ。一番目が殺人事件の被害者で、二番目が女性の少ない職場の専門職の人」

そう呟いたのは雅春である。

絶妙なタイミングというか、なんというか。今度はみんなが本当に笑った。彼のこういうブレのないユーモアはありがたい。

「ねえ、一度聞いてみたかったんだけど、女優という商売での美醜問題ってどの程度のウエイトを占めるのかな？」

雅春は清水桂子に向かって聞いた。

Gジャンにスパッツというカジュアルな格好の清水桂子は、いきなり話を振られたことに一瞬気付かなかったようで、「それをあたしに聞くわけ?」と冗談めかして苦笑すると、椅子から身体を起こした。

「そうねえ」

そう言って、湯飲みを手に取る。

「この世界に入ったばっかりの時、最初は綺麗な人しかいないから、コンプレックス持ったり張り合おうと頑張ったりもしたけど、女優としての魅力となるとまた別の話だからね。必ずしも美女がもてるわけじゃないってこと、みんな知ってるでしょ? 要はチャームと個性があるかどうか」

桂子はお茶を一口飲んだ。

「仕事としてこの世界にいると、ほとんど気にならなくなるわね。綺麗で当然というところもあるし、商品なんだから維持管理もしなきゃならない。それより気になるのは、キャラクターとか使い勝手なんかが自分と重なる人ね。雰囲気とか、演じる役のキャラクターが似てる人は気になるし、ライバル心が湧く。美しさにもいろいろあって、役者という仕事柄、無意識のうちに棲み分けしようとするから、自分と同じような役をやる人は気になるわ。単に綺麗だからというだけでは全然気にならない。特に、もうこの歳になれば、ね」

桂子は小さく肩をすくめた。率直なさばさばした口調に好感を持った。最近の言い方でいうと地頭《じあたま》の良さ、というのだろうか。本質的な聡明さを感じる。

「武井先生は醜形憎悪とおっしゃいましたけど、あたしは美醜というよりも、まあ、よくある言葉ですがアイデンティティですか。そっちのほうに対するわだかまりを感じますね、『夜果つるところ』には」

桂子は独り言のように言い添えた。

「アイデンティティかね？」

京太郎はからかうように繰り返した。

桂子はそっけなく頷く。

「そうです。『夜果つるところ』の登場人物は皆、何かを隠しながら誰かを演じている。主人公も、自分が自分の見かけとは異なるんじゃないかと常に怪しんでいる。自分は何なのか、どういう人間なのか悩んでいるし、実際、思いもかけない人間だったと分かるわけだし、自分で自分がつかめない人間の話じゃないですか」

いかにも普段「演じる」ことを仕事にしている人の感想という気がして、みんなが聞き入った。

ノートに「アイデンティティ」「演じる登場人物」と書く。「(桂)」と、念のため発言者のマークも書き入れる。

「それが飯合梓と重なるというわけね？」

綾実が念を押すと、桂子はうっすらと笑みを浮かべた。

「モノを書く先生方は、皆さん矛盾がある。自分の書いているものを誰にも見せずに自分だけの宝物にしておきたいという気持ちと、みんなに見せて自慢したいという気持ちがいつも闘っている。飯合さんもそうだったんじゃないでしょうか。それには、創作者としての感情だけじゃなくて、個人的な事情も絡んでるんだろうなと感じます」

その口ぶりは、夫である角替監督に向けられているのではないかと思った。

監督は、自分で脚本も書くし、評論も書く。映画界きっての知性派として知られている。その監督を長いあいだそばで見てきての実感なのだろう。

同時に、綾実や詩織も自分に向けられた言葉だと感じているはずだ。

そして、私も。私もほんの少し、自分のことを考えて鈍いうずきのようなものを感じた。書くことの矛盾。発表したくない、という気持ちと、発表したい、という気持ちと。

あたしは本当に書けるのだろうか？

飯合梓のことを、呪われた映画のことを。

「俺、飯合梓の顔知らなくてよかった」

雅春が呟いた。

「どうして？　知りたいと思わない？　あたしは知りたいし、できるものなら会ってみたかったなあ」

綾実が雅春のほうに身を乗り出した。

「知らないほうが、いろいろ勝手に想像できるじゃん。たぶん、みんなの中で飯合梓のイメージがそれぞれ出来上がってると思う。俺はなんとなく岡本かの子系の顔を想像してるんだけど」

「岡本かの子！」

詩織が噴き出した。

雅春はむっとしたようだ。

「詩織だって、なんとなくあるだろ？　飯合梓をモデルに漫画描くとしたら、どういうイメージにする？」

「漫画に描く――」

詩織はふと、目を泳がせた。

一瞬、昨夜レストランに入ってきた時に見せた表情を思い出した。あの時、彼女はいったい何を見ていたのだろう？

「そうねえ、考えてみたこともなかったわ。彼女の顔、ねえ」

詩織は首をかしげる。

「面白いわね。あたしたち、これだけ熱心なファンだっていうのに、自分の仕事で描いてみようとは思わなかったわ。それって、ありかも」

そう言う綾実と顔を見合わせる。

「どんな顔かしら」

綾実は目を輝かせた。

詩織は冷静な表情のまま、イメージしているようだ。

「そうね。あたしが描くんなら、平凡で地味な顔にするわ。ほとんど特徴のない顔。一重まぶたで、ちょっと腫れぼったい顔かな」

「彼女、一重まぶたでした？」

綾実が島崎に尋ねるが、島崎は全く予想外の質問だったらしく、あきらめたように首を振った。

「覚えてないなあ。あんまりじっくり顔を見た記憶がないんだよね。何度か会ったはずなのに、僕もイメージの中では顔のところがぽっかり空いている」

そういうものかもしれない。

毎日目にしていても、一緒に仕事をしていた人であっても、なかなか覚えられない顔がある。あるいは、かつては隅々まで知っていると思った顔なのに、もはやぽっかりと顔のところが穴になってしまって思い出せない顔もある。

そう思った時、一瞬前の夫の顔が浮かんだが、ぼんやりした笑顔の印象だけがあって、今となっては細部は疑わしかった。いつまでも若い頃の顔しか記憶になく、今はどんなふうになっているのか想像もできない。

そして、なぜか次の瞬間、またしても元同僚だった彼女の三白眼の顔が浮かんできてしまうのだった。

彼女がほんの一瞬だけ見せる、異形の表情。

しかし、やはり名前は出てこない。名前は出てこないのに顔は出てくる。名前は出てくるのに顔が出てこない。どちらが自分にとって重要なのだろう？　記憶される側としては、どちらがいいのだろうか？

「みんなが一枚の絵とか写真だけで覚えてる顔ってあるよな。あれってすごいと思わない？　世界中の人が、そのイメージで知ってる。ベートーヴェンとか、シューベルトとか」

雅春が同意を求めるように周囲を見回した。

「音楽室の肖像画ね」

「信長とか家康とか」

「最近、信長だと思われてた肖像画は別人だったって説、なかったっけ？」

「夏目漱石と芥川龍之介」

「あの写真だと、いかにも神経質な感じなのよねえ。川端康成も」

他愛のない会話が続いている。

それでも、私はかつての同僚の顔が頭の中から消えなかった。

なんでまた、今ごろになって、この船上で、この場所で、彼女のことを思い出したのだろう。いったい何からの連想なのか？　なんの必然性があって？

そう考えて、ふと、雅春が「必然性」という言葉に強く反応したのを思い出した。

あの時のびっくりしたような、ショックを受けたような顔。

あれはなぜだったのだろう？

昨日の雅春の顔、昨夜の詩織の顔。

それでは、あたしの考えている飯合梓の顔のイメージは？

そう考えてみるが、雅春の言った岡本かの子や、詩織が説明した顔がぼんやりと浮かんできて、なかなか自分のイメージがつかめない。これまであたしは飯合梓の顔を想像したことがなかったのだろうか。そんなはずはない。自分だけで漠然と抱いていた顔のイメージがあったはずなのに。

私は奇妙な焦りを覚えた。

あたしの飯合梓の顔を作らなくては。それができない限り、この本は書けないような気がする。

それは、この時心をかすめた、かすかに不吉な予感だった。

「本当に、飯合梓の写真って一枚もないんですか？　編集部に残ってたりしないんですか？」

雅春が尋ねる。

「一枚もないよ。とにかく本人が写真を嫌がってたし、同時に複数の人間と会うのも嫌がったくらいだから、写真の撮りようもない」

「でも、子供の頃の写真とかないのかな。こっちに出てきてからはともかく、そんな裕福な家だったら、家族写真とか子供の写真とか、写真館で撮るでしょう」

「写真——シャシン、ねえ。そういえば」

京太郎がぼそっと呟いた。

彼が口にすると、「写真」は映画を指す言葉に聞こえるから不思議なものだ。

「Q、おまえが持ってるあの写真、出してくれ」

青年は訝《いぶか》しげな顔をして聞く。

「あの写真って？」

「ホラ、おまえが定期入れに入れてるヤツさ」

「なんで？」

「思い出したんだ」

Qちゃんはぶつぶつ何か不平を呟きながら、持っていた革のトートバッグの中身を掻き回した。いつも持参しているらしく、どうやら京太郎の薬なども入っているようだ。

私は、目の前に並んで座る歳の差カップルに改めて注目した。

もちろん、露骨な視線ではなく、少し引いたところからさりげなく観察する、といういつものスタンスで。

本当に、孫どころではない。京太郎が正確に幾つなのかは分からないが、恐らく一九二〇年代生まれというところだろう。

こうしてみると、長生きするというのは不思議なものだ。

私の友人に「祖母が明治生まれ」という人がいたが、「明治の女」と聞くたびに、奇妙な心地になったことを覚えている。

なんとなく、手帳を出して後ろのページをめくってみた。

スケジュール管理用の市販の手帳の巻末には、だいたい年齢早見表というのが付いている。生まれ年の年号と西暦、干支が一覧になっているものだ。そこにはぎりぎり明治が載っている。もうここでしかその単語を見ない気がする。それでも子供の頃は西暦よりも「昭和何年」というのを年齢のものさしにしていたが、平成以降、特に二十一世紀に入ってからは西暦のほうが主流になってしまった。

連続した人生を、つぎはぎのように記憶し、記憶された時間の中で生きている不思議さ。

自分の人生を振り返ってみても、誰かから「あの時代」と言われた時に全く実感できない。時代を象徴する出来事が必ずしも自分の記憶とリンクしているとは限らないし、なんとなくボンヤリとした世間の雰囲気を覚えているだけだ。振り返った時、歴史というフィルムには時代の上澄みだけが焼き付けられ、その一色だけが記憶として残る。

京太郎の場合、太平洋戦争の終結を青年の頃に見て、戦後の復興を見て、高度成長期を見て、バブルの崩壊も見て、そして現在に至るわけだ。

彼は凄まじい記憶力の持ち主として知られている。生まれて初めて観た映画から、これまで観た映画は一本残らず、細部まですべて覚えていると言われるほどだ。

あのふたつの目が、ここにいる誰もが知らない光景を見てきて、誰もが知らない時代を経験してきているのだと思うと奇妙な感じがする。

九十歳近くまで現役で指揮を続けたマエストロが言った言葉を思い出す。

生き残ったから。ここまで長生きしたから成功できた。長生きしたので、たくさん振れた。たくさん振れば上達するのは当然。ライバルたちは皆死んでしまった。だからこうして名を残すことができたんです。

確かに、生き残るということは、それだけでもある意味では勝利なのだ。

京太郎は、映画に関する博覧強記の知識を旺盛な筆で書き残している。生き字引、とはまさに彼のことで、このような人が同時代に存在していること自体奇跡のようだ。もはや彼のような人は二度と現れないだろう。

Qちゃんが定期入れを取り出し、中を京太郎に見せている。

一緒に写真を覗きこむ姿が、長年連れ添った夫婦のように馴染んでいてハッとさせられる。

京太郎には、これまでにもそれぞれの時代を一緒に過ごしたパートナーが何人もいただろう。そして、現在一緒にいるのは、高度成長期もバブル景気も知らない、まっさらの赤ちゃんみたいな男の子。こういうパートナーと過ごすとはどういうものなのだろうか。そもそも過ごしたいと思うものなのだろうか。

今の私が、高校生や大学生の男の子とつきあうところを想像してみる。

まず第一に、恋愛感情を抱けるかどうかが疑わしい。せいぜい「素敵な男の子だなあ」と思うのが関の山で、恋愛対象になるとは思えない。もし恋愛対象にしなければならなかったとしても（そんな状況があるかどうかは不明だが）、一から関係を作るのは面倒だ。しかも、相手は人生経験の乏しい子供なのだから、それなりに教育もしなければならない。考えるだに億劫である。

更に、若い男の子を恋愛対象として考える後ろめたさ、みっともなさにも抵抗感を持つだろう。つきあう前から、「年増が若い男の子に狂っちゃって」とか、「あの人イタイよね」とか、周囲に面白おかしく言われるところばかり浮かんでしまう。

それに比べて、目の前の二人はなんと自由なのだろう。なんと自分に正直なのだろう。

いつしか、驚嘆の気持ちで眺めている自分に気付く。

それほどまでに、彼らの恋愛は、純粋なのだ。離れがたい存在と認め合い、共に暮らす理由が恋愛なのだ。それだけでじゅうぶんなのが恋愛なのだ。

そのことが信じられないように思えてくる。好きだから一緒にいる。一緒にいたいから二人で暮らす。恋愛ってそういうものだったっけ？

驚嘆する一方で、あまりの打算のなさと素直さに、どこかであきれ、軽蔑している自分もいる。軽蔑とは、これいかに。妬みと憧れの裏返しなのだろうか。

「これだよ」

京太郎は、Qちゃんの定期入れの中から取り出した写真をみんなに見せた。

そこには、彼の若い頃の姿があった。

といっても、五十代後半か六十代くらいの写真だ。まだ車椅子も杖も使っていない。映画のセット内なのか、周囲にスタッフらしき人がいる。バストアップのシャツ姿。屈託のない、彼らしい笑顔で写っている。

「あれ？　これ、白井組の現場ですね」

角替監督が写真を覗きこんで言った。

「そうだよ」

京太郎が頷く。

「まさか、これ、『夜果つるところ』の？」

「そう」

「あれ、先生、現場にいらしたことありましたっけ？」

「あるよ。近くのホテルで雑誌の対談があって、その合間にちょっとだけ寄ったの」

「そうでしたっけ、全然記憶にないな」

監督は頭を掻いた。

「本当に、ちょっとしかいなかった。白井監督も角替助監督も撮影中だったから、挨拶もロクにできなかったしね」

「ふうん。そいつは失礼しました。で、この写真が何か？」

「これね、あの女が撮ったの」

京太郎は淡々とした口調で言うと、写真に向かって顎をしゃくった。

「あの女？」

「うん、飯合梓」

みんなが「えーっ」と声を上げ、示しあわせたかのように、同時に身を乗り出した。

「本当に？　なんでまた？」

「わかんない。でも、向こうから話しかけてきたんだ。おとなしめだったけど、ちょっとだけ興奮した口調でね。『武井京太郎先生ですか？　私、ファンなんです』って言って名乗って」

「カメラ持ってたんですか、飯合梓」

「うん、ライカのいいの、持ってたよ」

「意外」

綾実をはじめ、みんなが目を丸くする。

「これ、彼女が撮った写真なんですか？」

写真嫌いの飯合梓。本人の写真は全く残っていない飯合梓。

その彼女が「撮った」写真がこうして目の前に現れたことに、誰もが信じられない様子だった。

「で、この写真、どうやって手に入れたんですか？」

監督が尋ねた。

「持ってきたんだよ」

京太郎は事も無げに答える。

「飯合梓本人が？」

「そう」

「へえー。どこに？」

「Tホテル」

「彼女、知ってたんですね、先生がそこにお住まいだってこと」

「らしいな」

京太郎が赤坂の老舗《しにせ》ホテルの一室を居室にしていることは、業界内では広く知られている。彼はそこから試写会に出かけたり、ラウンジで原稿を書いたり、レストランで対談したりしているのだ。飯合梓は、誰からそのことを聞いたのだろうか。出版関係者か、映画関係者か。

「ひと月くらい経ってたかな、写真を撮った日から。ある時、ホテルに訪ねてきたんだ。フロントから連絡があって、飯合梓って人が訪ねてきてるって」

京太郎が続けた。

そのTホテルのフロントには、ほとんど京太郎のマネージャーと化している人がいるという噂を聞いたことがある。

「すぐあの時の女だと思い当たった。原作は俺も読んでたから、ちょっと興味を覚えてね。アポなしで訪ねてくる人間には会うのをいつも断るんだが、あの時は会ってみる気になったんだ」

「知りませんでした、先生が彼女に会ってたなんて」

監督が首を振りながら呟いた。

「話す機会もなかったからな。結局映画は頓挫したって聞いていたから、余計話題にしにくかったし」

「で、彼女と話したんですね？　ホテルのラウンジで？」

「うん」

「どんな話をしたんですか——というより、どんな顔だったか覚えてますか？」

「覚えてる」

京太郎は即答した。

その目がじっと見開かれ、見るともなしにどこかを見つめているさまは、なぜか不安な気持ちにさせられた。

凄まじい記憶力の京太郎。恐らく、今の彼の目にはかつて目の前に座っていた飯合梓の姿がはっきりと浮かんでいるのだろう。

しかし、その姿を誰も共有することはできないし、見ることもできないのだ。彼の頭の中のみにある、鮮明な映像は。

「俺に絵の才能があったら、再現してみせるのになあ」

京太郎は苦笑した。たぶん、私と同じようなことをみんなが考えたのを感じ取ったのだろう。

「残念ながら、俺は生まれつきの鑑賞者らしい。とことん実作には向いてないんだよ。絵の才能もなければ、映画を撮る才能もない」

だが、京太郎は超一流の鑑賞者だ。鑑賞するにも才能が要る。ある意味、作るよりも得がたい才能が。

「でも、覚えてる。あの女の顔。ちょっと不思議な顔をしていた」

「不思議なっていうのは？」

「印象の定まらない顔っていうのかな。俺は覚えてるけど、たぶん他の人が見たら、一度や二度では顔が覚えられないんじゃないかなあ」

「その感じは、分かります」

島崎が頷いた。

「一目見たら忘れないタイプの顔もあれば、何度会ってもなかなか覚えられないタイプの顔もある。彼女はそっちでした。本人があまり顔を見せたがらないせいもありましたけどね」

「強いて言えば、誰に似てる？」

Qちゃんが尋ねた。

「うーん」

京太郎は唸った。

「動物でもいいよ。あるいは、モノとかさ」

「そいつはまた大雑把だなあ」

「あるじゃん、下駄に似てる顔とかさ、カバンに似てる奴とかさ」

「誰だよ、そいつは」

思わずみんなが噴きだす。

京太郎は顎を指でこすった。

「確かに、誰かに似ているというよりは、なんだか動物っぽかったかもな。モグラとかオポッサムとか、ちょっと丸っこくて」

「先生に会いに来た時も帽子をかぶってました？」

雅春が尋ねる。

「うん、かぶってた。ラベンダー色の、つばの広い帽子だった。『帽子をかぶったままで失礼します。私、帽子をかぶっていないと不安でたまらないので、どうしても手放せないんです』って最初に謝ったのを覚えている」

「ケガしたとは言ってなかったんですね」

「そうは言ってなかったな」

帽子は傷跡を隠すためという説の真偽を確認したわけだ。

「ずっと喋っていた。意外なほどに饒舌《じょうぜつ》でね。俺が雑誌に書いた映画のこととか、確かによく読んでるなあと思った」

「どんな声なんですか」

「声も独特だったな。甲高いかと思えばハスキーな声も出すし。とにかく、印象の定まらない女なんだよ、顔も声も」

「それは、本人が演じている感じなのかしら？」

綾実が聞いた。

「――演じているというのは？」

それはさりげなく聞き返しただけだったが、思いがけず冷ややかな響きがあって、綾実が珍しく気圧《けお》されるのが分かった。

長年、映画や芝居で「演技」を観てきた京太郎が、安易に「演じる」という言葉を使ったことを咎めたような気がした。

「ええと、その、誰でも自分を演じるものですけど、作家とか物書きとかって、自分のイメージしている、自分が見せたい作家像を演じるものだと思うんです。あたしたちだって、自分たちのイメージ、大事にしていますし」

綾実は言い訳がましく早口になった。

「飯合梓の場合、特に彼女、自分の経歴や出自をわざと曖昧にしてたところがあるし、見せたい自分を演じてたんじゃないかと思って」

「あー、いや、そんなところは全然なかったなあ」

綾実の懸命な説明を、京太郎はあっさりかわした。

あるいは、綾実を咎めたと感じたのは気のせいだったのかもしれない。そこにいるのはいつもの磊落な京太郎だ。

「むしろ、俺が感じたのは、なんて無防備な女なんだろう、という感想でね」

「無防備？」

思いがけない単語だった。誰もがそういう感じを抱いたのではないだろうか。

飯合梓と無防備。

どうにも結びつかない。

みんなが腑に落ちない顔をしているのに気付いたのか、京太郎は小さく手を振った。

「無防備という言葉でなければ、無造作というか、投げ出しっぱなしというか。とにかく、あっけらかんとしてた。そんな謎めいたところとか、深謀遠慮しそうな印象は全くなかった。とにかく俺はそう感じたね」

「彼女、何か自分のことについて話しませんでしたか」

「いや。特には記憶にないなあ」

京太郎は思い出すように遠くに目をやった。

彼が遠くを見ると、本当に長い歳月を越えてはるか隔てた時間のことを思い起こしているのだなあという実感が湧く。

「とにかく、俺が解説した映画の話ばっかりしてたなあ。あの映画であいう解説をしていて、その部分をとてもよく覚えてます、とか」

無数の記憶、無数の風景。該博な知識と経験が組み合わされて、武井京太郎という巨大なアーカイブを形作っている。

彼がいなくなったら、それが丸ごとひとつなくなってしまうのだ。

そっくりそのまま、彼の記憶をデータ保存しておければいいのに。

私は真剣にそう望んでいることに気付いた。

取材をしていると、しばしばそういう人物に出くわす。検索すれば幾らでも知識は得られるが、知恵だけは直接人間どうしが関わることでしか学べないものだ。それはあくまでも人間性とセットになっているものなので、活字やデータにしようとしても、サラサラと指のあいだから零れ落ちていってしまう。知恵というのは、人としての総合力がないと会得できないし、伝わらないのだ。

「どんな映画の話をしましたか」

角替監督が尋ねた。

「そうだなあ、フリッツ・ラングの話をしたのは覚えてるね。『恐怖省』の、最初に時計の影が映って、主人公がじっと時間が来るのを待っているところが『ドグラ・マグラ』を連想させるとか、『M』でも最初に殺人鬼が登場するシーンは影で、ラングの映画は影がものすごく怖いとか」

「ふうん。フリッツ・ラングとはね」

『ドグラ・マグラ』とは渋いなあ。確かに、『恐怖省』の最初の部分は、主人公が精神病院から退院するのを待ってる場面だもんね」

　雅春が相槌を打つ。

　フリッツ・ラング。私は『メトロポリス』しか観ていない。ウイーン出身、ドイツからアメリカに渡った、映画史上有名な監督。そのくらいしか知識もない。

「呪われた映画」の取材をするのだから、もう少し映画を観ておくべきだっただろうか。

　居心地の悪さを覚え、なんとなくもぞもぞしてしまう。こんな時は、根っからの文科系おたくである雅春が羨ましくなる。

　私は仕事のために、半ば義務感でいろいろなものを観たり読んだりするが、好きで観たり読んだりしている人には到底かなわない。知識の定着度も、結びつきも。

　おたくになれるのも才能だと思うが、おたくになれないのも才能だと思うことにしている。少なくとも私のようなジャンルで書いている人間にとっては、広く浅くのほうが都合がいい。根っからの一夜漬け体質とでも言おうか。

「そうそう、面白いことを言ってたな。映画を観るという行為は、それぞれ一人一人が映画を上映しているんだって」

「どういう意味ですか？」

　島崎が尋ねる。

「つまりだね、映画のサイズというのは、人間の視界のサイズだろ。映画というのは、人間の見ている世界をそのまま模しているわけだ。擬似現実といってもいい。だから、実は目から光が出ていて、脳の中の映像が映し出されているのと一緒なんだと。我々は、映画がスクリーンに映し出されているると思っているが、本当は、それぞれ個人の念が映画を上映しているんだ、だから、それぞれが観ている映画はひとつひとつ違う作品なんだ、ということを力説していたね」

「脳内妄想ですか」

島崎がからかうように言った。

京太郎は首を振る。

「そういうニュアンスとはちょっと違うと思う。俺も聞いたんだよ。それって、個人が勝手に想像してるってことかって。そうしたら、彼女はこう言ったね。例えば、ラジオドラマだったとしたら、みんなが勝手に頭の中で映像を補ってるだろう？　それと同じことを人は映画でもしている。映画には絵はあるが、みんなが想像で補ってることに変わりはない。ラジオドラマと映画の違いは、フィクションかノンフィクションかの違いに過ぎないんだと」

私はなぜかぎくっとした。

どうしてだろう。

思わず、周囲を見回してしまう。

誰も私のように反応している人はいないようだった。

ざらりとした感触。

私は日頃、ノンフィクションは見えるフィクションに過ぎない、と思っているし、そう口に出して言ってきた。ノンフィクション、ドキュメンタリー、言い方はいろいろあるが、いずれも現実にあった話を書いているということになっている。しかし、事実というのは見方や受け取り方で一八〇度異なってしまうし、切り取り方でも全く内容が変わってしまう。

だから、ノンフィクションは見えるフィクションに過ぎないのだと。

恩田陸

夜《よる》果《は》つるところ

太陽はなく、
いつも夜だった。

『鈍《にび》色《いろ》幻《げん》視《し》行《こう》』に続く、
恩田陸 2ヶ月連続刊行
2023年6月26日㊊発売
集英社 文芸単行本

の作家・飯合梓《めしあいあずさ》が遺した唯一の小説。


時々莢子《さやこ》は、私を月観台《つきみだい》に連れていってくれた。

彼女は月観台と呼んでいたけれど、それが本来の使われ方をすることはほとんどなく、大抵は女たちの肌着の物干し場として使われていた。いや、ほんとうは元々が物干し台で、莢子のほうが間違っていたのかもしれない。

それでも、狭い矩形《くけい》の板張りに座り、壊れかけた欄干にもたれかかって遠くを見るのはつかのまの気晴らしになり、莢子はいつもずっと黙って遠い山のあいだに少しだけ見える海に、悪い目を細めて見入っているのだった。

記憶のなかの海はいつも暗く、遠くの空にはどす黒い雨雲が垂れ込めていて、時折空に罅《ひび》が入ったかのような稲妻が数本、走ったかと思うと消えた。稲妻が消えると、ひと呼吸置いてお腹の底に雷鳴が響いてくる。私はその響きをおっかなびっくり楽しんでいたが、莢子は全くなんの反応も示さず、あの恐ろしげな音にも動じなかった。

あそこはどこ、と私は尋ねた。


われた小説だった……。

じゃあ、ここは、と私は尋ねた。

ここってどこ、と莢子はまた気のない返事をする。

ここは、と私は詰まる。そして、ぶっきらぼうに言う。

ここはここだよ、莢子と和江《かずえ》と文子《ふみこ》さんがいるところ。

ああ、そう、と莢子は冷たく答える。

夜の始まるところよ。ここから、暗い夜が始まるの。

莢子がそう言うと、あたかも本当にこの館の窓という窓から闇が噴き出して空を覆うところが目に見えるような気がした。短い黄昏《たそがれ》をみるみるうちに覆い隠し、どんどん闇が重くなり、館を包んでいくところが。

だから、私の世界はいつも夜だった。

私の三人の母が棲《す》み、母たちにまつわる人々が棲む、あの奇妙な館から始まる夜と、夜が終わるところまでが私の総《すべ》てだった。


（恩田陸『夜果つるところ』より一部抜粋）

それは、映像化を試みる人に“不幸”をも

ステリー・ロマン大作『鈍色幻視行』の作中作、

その全貌が実際の
本となって立ちあがる——。

田 陸

夜果つるところ』

月26日㊊発売

英単行本●定価1,980円(税込)

の中にある遊廓「墜月荘《ついげつそう》」。
こで私は、和江、莢子、文子という
人の“母”とともに暮らしていた。
らゆる奇妙な人間がやってくる
月荘には、幾つもの不審な死があり、
がて恐ろしい惨劇が起きる。

〈恩田陸の好評既刊〉

廃ビルで目撃される、麦わら帽子に白いワンピースを着た少女の正体は?

スキマワラシ

集英社文庫●定価1,177円(税込)

古道具店を営む兄・太郎と、ものに触れるとそこに宿る記憶が見えるという弟・散《さん》多《た》。ひと夏の不思議な冒険を描くファンタジックミステリー。

飯合梓は、私と同じことを言っていたのだろうか。いや——つまり、きちんとした絵、鮮明な映像があっても、人間は自分の記憶と想像でしかものを見ることはできない。結局、見たいものしか見ていないという意味なのだろうか。

「確かに、誰かと同じ映画観てても、全然違うところを覚えてることってあるもんなあ」

雅春が呟いた。

「ある、ある。昔観た映画なんか、ほとんど記憶の中で改竄《かいざん》されてるから、こういうシーンがあったはずだと思って見返してみたら、そんなシーンはなかったなんてことはしょっちゅうだよ」

監督が大きく頷く。

「極端な話、モノクロだと思ってた映画がカラーだったたってこともある」

「それって、白黒テレビで放映されてたからではなく？」

「違う。映画館でちゃんとカラーで観たのに、印象はモノクロ、っていうのが結構あるんだよな」

「その逆もありますよ。本当はモノクロだったのに、なぜか記憶の中の映像はカラー」

「あと、勝手に台詞作ってるっていうのもありますね。あの映画の中であの俳優があぁ言ったはずだと思って、さんざん引用してきたのに、久しぶりに見直してみたら、そんな台詞どこにもなかったっていうの」

「あるねえ」

みんなが頷きあうのを眺めながら、私はまださっきの飯合梓の言葉に囚われていた。

フィクションかノンフィクションかの違い。

私がこれから書く、「呪われた映画」のノンフィクションは——

果たして、見えるフィクションなのか？　見えないフィクションなのか？

私が書きたいのは、飯合梓なのか、それとも——

ぼんやりとした、ラベンダー色の帽子をかぶった女。ぽっちゃりとした、モグラみたいな女。意外にあっけらかんとした、饒舌に映画を語る女。

私はその女を書きたいのだろうか。

もちろん、このテーマを選んだ時から、彼女はどこにでも存在した。それこそ、彼女の影はどこにも感じられた。避けては通れぬ存在。

しかし、今になって、私は彼女自身を書く覚悟が全くないどころか、彼女からなるべく離れようとしている自分に気付かされたのである。

私は動揺した。

京太郎の話は続いている。

私の動揺を見透かすかのように、あの女の話が。

「彼女はモノクロ映画が好きだと言っていた。映画というのは、つまりは光と影だから、それだけですべてが表現できる。影に惹かれる、ってね」

飯合梓の影。

どうしても避けては通れない存在——

「ところがさ」

京太郎は、そこでちょっと声を潜めた。

つりこまれるように、みんなが身を乗り出し、京太郎の悪戯っぽい笑みを見つめる。

「そうやって、饒舌に喋り続ける彼女を見ているうちに、だんだん彼女の影が気になってきちまってね」

「彼女の影？　だって、ホテルのラウンジでしょ？　影なんて見えますかねえ？」

島崎が懐疑的な声を出す。

「うん、ホテルのラウンジ。でも、分かるだろ、あそこのラウンジ、おっきな窓があって、外が日本庭園だろ？　席と時間帯によっては、ソファに座ってる人の影がうーんと伸びて見えるんだよな」

Tホテルのラウンジ。

いかにも昔ながらの、高度成長期に建てられた感じのするホテル。いわゆる、ミッドセンチュリーという時代の雰囲気を残している。そういえば、建て替えの噂があるが、そうなったら京太郎（とそのパートナーであるところのQちゃん）はどうするのだろうか。

「なんでか知らないけど、だんだん彼女の影に目が引き寄せられちゃってね。やけに濃くて、絨毯にくっきりと落ちている。彼女自身は熱心に身振り手振りを交えて話をしているのに、影はピクリとも動かないんだ。じっとその影を見つめているうちに、なんだか、目の前にいる飯合梓のほうが影のような気がしてきちまってね」

「本人のほうが？」

綾実が不思議そうな顔になった。

「そう」

京太郎は頷く。

「じわじわと、影のほうが存在感を増してくるわけだよ。日は傾いて、ますます彼女の影が伸びる。まるで、じっとこっちを窺って、ソファに座ってる俺と彼女の話に耳を澄ましてるような気がしてね。なんだか怖くなって、冷や汗を掻いたのを覚えてるよ」

「へえー」

「――ねえ、やっぱり、飯合梓って二人いるんじゃない？」

詩織が低く呟いた。

みんながハッとして彼女を見る。

彼女の声を聞くのは久しぶりのような気がする。

「謎めいた彼女と、あっけらかんとした彼女。ひょっとして、二重人格というか、解離性の障害があったとか」

綾実が頷く。

「ああ、なるほど、そういう可能性はあるわね」

二人の女。二重人格とまではいかなくても、極端な気分屋というのは存在する。日によって、全く違う女のように見えても不思議ではない。

「ははあ、じゃあ、あの時の影の中に、もう一人の飯合梓がいたってことかね」

京太郎は肩をすくめた。

「だけど、不思議なのは、別れた覚えがないんだよな」

「ええっ、その時の？」

Qちゃんが目を見開いた。

本当に、派手な目だ。これで化粧していないというのだから、女性誌の美容ページは商売上がったりだろう。

「うん。影見てぼんやりしてたのは覚えてるんだが、どこをどう探しても、別れの挨拶をした記憶がないんだな。気が付いたら、目の前に彼女の撮ったその写真が置いてあったのさ」

「先生、狐かなんかに化かされたんじゃないの」

「彼女の飲んだティーカップはちゃんとあったぞ。伝票もな。ちゃんと二人分ついてた」

「えっ、彼女、先生にゴチさせたの？　結構いい度胸してるなあ」

「いやー、本当に不思議。まるで、その場から掻き消えたみたいだったよ」

不思議と言いつつ、京太郎はカカカと笑い飛ばした。

「なんだか、いかにも飯合梓っぽいというか、ちょっと出来すぎたお話というか」

綾実がボソボソと呟いた。

「そして、写真だけが残った、というわけか」

島崎が写真に目をやった。

かつての、粒子の粗い少し色あせた写真。もうしばらくしたら、こういう紙の写真そのものが珍しくなるのだろう。

微笑む京太郎をレンズ越しに見ている飯合梓。この写真も、彼女の目から放たれた光が作り出したイメージなのだろうか。

見ている。

飯合梓が、時を越えて遠いところからあたしたちを見ている。

なぜか、背中の一点に視線を感じた。ライカのカメラを構えた、あの女の目を。

二十四、生者と死者

影や暗がりといったものに怯えなくなってから、いったいどれくらいの歳月が経ったことだろう。

俺は、武井京太郎の話を聞きながらそんなことをぼんやり考えていた。

子供の頃は、いたるところに暗がりがあって、そこに何かが潜んでいた。

近所には「決して近寄ってはいけない」場所があちこちにあったし、夜は暗かった。

自宅ですら安息の地ではなく、裏庭のいちじくの木の後ろのいつもじめじめと湿った場所や、トイレの窓の外も恐ろしかった。廊下の角も息を殺してそっと通り抜けた。天井板の節目、仏壇のある部屋、縁の下に裏木戸。古い日本家屋には、何かが隠れられるところがいくらでもあった。

子供の頃、いっとき俺は神経質な子供だった——今となっては嘘みたいな話だし、親ですら俺にそんな時期があったことを忘れてしまっているだろうが。

その時の感覚は、今もおぼろげに覚えている。

神経質、というよりも、異様に感覚が鋭敏だった。

巷でよく聞く、他の人には見えないお友達がいたとか、おばあちゃんが仏壇の中から手招きした、といった類のものとはちょっと違ったような気がする。

どちらかといえば、薬物中毒者のトリップの感覚に近かったのではないか。自然界のものだけでなく、人工的なものまですべての存在がビビッドに迫ってくるのだ。

道を歩いていたり、部屋でぼんやり絵本を眺めていたりすると、突然近くにあるものの存在を感じる。机の上のペン立てや、紫陽花《あじさい》の葉の上のカタツムリが、いきなりアップになって迫り出すようにこちらに向かってくる。それこそ、今で言う3D映像のように何かが突然迫ってくるのだから、びっくりして口も利けないほどだった。いつも誰かに見られているような気がしていたし、常に肌がざわざわと毛羽立っていて、今にも毛穴から何かが自分の体内に侵入してくるのではないかとびくびくしていた。

あれはいったい何だったのだろう。本当に何かが「いた」のだろうか。

影踏み鬼も怖かった。今考えてみても、あれはなんという恐ろしい遊戯だったことだろう。影を踏む。影を踏まれた者は、他の影を踏まない限り、永遠に鬼のまま。

飯合梓の影も?

がらんとした金魚鉢の中をそっと見回す。

ここには何もいない。暗がりに棲んでいたものたちは、とっくの昔にどこかに行ってしまった。今はどこも空っぽで、かさかさと乾いている。

東京の街角はどこも明るく、陰がない。どんどん世界はアニメーションに、二次元の世界に近付いている。

ふと、脳裏にいずみの大学ノートが浮かんだ。

『夜果つるところ』のシナリオのための創作ノート。

几帳面に書かれたタイトル。整然と埋められたページ。

「――ねえ、飯合梓って、本当に死んでるの？」

Qの声にハッとする。

こいつの言うことって、辻占《つじうら》みたいだな。

俺は無邪気なQを見た。辻占は夕暮れ時、交差点で耳に飛び込んでくる言葉を聞いて吉凶を判断したらしい。

「これまた、核心を突くねえ」

同じような感想を持ったのか、島崎が苦笑した。

「死んだことになってるのは確かだね。死亡した日はふたつあるけど」

角替監督が大雑把にそのことをQに説明した。

「ふうん。でも、確認した人は誰もいないんだ。もしかしたら、今も生きてるかもしれないんだね」

Qは真っ当な意見を述べる。俺も本心では同意するが、法律を扱う立場としては、飯合梓死亡説を認めなければならない。

俺は、ずっと気になっていた疑問を口にした。

「そういえば、飯合梓の失踪届って、誰が出したんです？」

島崎があっけに取られた顔になり、次に考える目つきになった。

「失踪届――誰だったろう？」

「飯合梓には、誰か近親者がいたんですか？」

「いや――そうだ、たぶん、出したのはうちの出版社だったと思うよ」

島崎は記憶を探るように目を泳がせる。

「そうでしたか。確かに、失踪届を出せるのは、家族か利害関係者ということになってますけど、珍しいですね」

「そうそう。うちの顧問弁護士にもそう言われたんだった。だから、八〇年代の終わりには、もう死亡したと確定されていたと思う」

「彼女って幾つだったの？」

再び、Qが素朴な疑問を投げかけた。

またしても、我々は苦笑する羽目になる。

「分からないんだよ。生年月日は不詳なんだ」

島崎は首を振りながら答えた。

「当時はそれで済んだのね。今なら、小説を応募してきた時にある程度履歴を出してもらって、場合によっては調べたりするでしょ？」

綾実が島崎の顔を見た。

「虚偽の記載が疑われる時はね。今はいろんな意味で秘密にしとくのは難しいからねえ」

「ふうん。生きてたら、今幾つくらいだろう。先生くらい？」

Qが京太郎を見ると、京太郎は「いやいや」と首を振った。

「俺より十歳は若かったと思う」

「じゃあ、生きてるかもしれないじゃん。で、『夜果つるところ』を書いたのは幾つくらいの時だったの？」

Qは、我ら『夜果つるところ』愛好家があえて踏み込まないところにどんどん踏み込んでくる。

根本的な疑問点を突いてくる。

「それも分からないんだ」

島崎は肩をすくめた。

「だけど、今、彼の話を聞いていたら、当時は『若作りだ』と思ってたけど、もしかすると逆だったのかもしれない、という気がしてきたな」

「逆？」

綾実が聞き返す。

「そう。むしろ、大人っぽく見せよう、貫禄があるようにふるまおう、としていたのかもしれない」

「――その可能性はあるわね」

詩織が呟いた。

「なるべく相手に舐められないように、大事にしてもらえるように、背伸びしていたのかも。それに、当時の三十代とか四十代って、今よりもずっと老けて見えたはずよ。二十代だって、今よりもずっと大人っぽくて、今の四十代くらいに感じた。案外、あたしたちが考えている歳よりもずうっと若かったんじゃないかな」

またしても揺れ動く飯合梓のイメージ。

いったい幾つなんだ、あんた？　少女なのか？　老女なのか？

帽子をかぶった女の、顔のところはいつまでもぽっかり空いたままだ。

同時に、遠いところに、もう一人の女の姿が浮かんだ。

いずみだ。

なぜかいずみの顔を思い出す時は横顔だ。しかも、背筋を伸ばして立っているところで、少し離れた場所にいて、遠くを見ているのだった。

少なくとも、俺を見てはいない。

奇妙なことに、記憶の中のいずみが俺を見ていることはめったになく、大抵俺とは距離を置いていたし、いつも遠くの一点を見つめていた。

まあ、取り残された立場であるので、そういうイメージしかないのかもしれない。

思うに、いずみは影のない女だった。

常識的に考えればそんなはずはないのだが、俺はずっとそう感じていた。

若い頃から活動していたせいもあったのだろうが、常に公明正大というか、どこにいても笹倉いずみだったというか。笹倉いずみという存在として、全くどこにも綻びがなかった。

もう少し意地悪な言い方をすると、彼女には陰影というものがなかった。むろん、完璧主義の彼女がそういったものを完全に抑え込んでいたのは容易に想像がつく。しかし、今となっては、本当にそういう人間だったから陰影がなかったのだ、とも思えてくる。

あなたって、変な人ね。

不意に、いずみの不思議そうな声が歳月を越えて生々しく脳裏に蘇った。

珍しく、俺のことを見ているいずみ。

あなたって、いつもじっとあたしのことを観察してるのね。朝顔が育つのを観察するみたいに、じーっと。

何かの折に、一度だけ、そんな話をした。

あなたの愛情表現って、コレクターに近いわね。

そうか？

同じようなことを、昔から友人に指摘されてきたことは伏せて、そう聞き返した。

そうよ。コレクターって、コレクションを大事にしてくれるし、熱心に管理してくれるじゃない？　だから、コレクションのほうも心地いいし安心なんだけど。

いずみはそこで不意に黙り込んだ。

心地いいし安心なんだけど、なんだ？

俺が続きを促すと、いずみは笑って首を振り、両手を広げてみせた。

彼女はその続きを話すことはなかった。

そして、遺書も残さず、ある日突然、逝ってしまった。

またしても目に浮かぶあのノート。

この船の俺たちの部屋の、段ボール箱の片隅にある、あのノート。

あれが遺書というわけではない。シナリオはとっくに完成されていたし、シナリオに着手するよりもずっと前に、シナリオの準備のために書かれたノートで、完全に仕事関係のものだ。

なのに、月日が経つにつれて、あのノートの存在がじわじわと重くなってくるのを感じていた。

ざっと見た感じでは、『夜果つるところ』に関すること以外の記述はない。

しかし、そこがいずみらしかったし、いずみがもし遺書を書いたとしても、内面的なことは一切書かなかったと思う。

必然性？

あの一言が、今も鋭く突き刺さってくる。

遺書を書く必然性など、あるだろうか？

そう自問し、メモした彼女の姿が目に浮かぶのだ。

正直なところ、あのノートの存在は無意識のうちに隅に押しやってしまっていた。わざわざこの旅のために持ち出してきたものの、なるべくなら開きたくなかった。

俺はまだあのノートをきちんと熟読したことがない。

自死した妻の残したものを読むことに抵抗がなかったといえば嘘になる。誰がそんなものを読みたいだろうか？

内容が『夜果つるところ』に関係していなかったら、一生見向きもしなかったかもしれない。

ふと、ひとつの考えが頭に浮かんだ。

もしかすると、この旅は、あのノートをきちんと読むための旅なのかもしれない。

それは、自分でも思いがけない発見だった。

ほほう、やはり俺も傷ついていたということだろうか？　妻に死なれた男というかわいそうな立場におかれて？

奇妙な感慨が湧いてくる。

自殺は周囲の者に深い傷を残すという。

むろん、俺もそうだった。否定はしない。妻に自死された夫というのが、いかに惨めなものか思い知った。しかし、意外にも、俺を非難する声、あるいは俺を蔑む声があまりなかったのも事実である。むしろ、同情された。

いずみは完璧主義の脚本家として広く知られていたので、原因はそちらにあると誰もが考えたし、俺もそう思った。世間から見ると、夫である俺がエキセントリックな妻を支え、妻に耐えていたという構図らしかった。

彼女の死を目の当たりにした時、ああ、ついにやっちまったか、と思った。率直にいって、あまり驚かなかったのだ。あの完璧主義が、いつか本人を追い詰めることを、俺も——そしていずみも、ずっと前から予感していた。

告白しよう。

いずみが自死し、残された創作ノートを見た時に、どこかで満足している自分がいたことを。

認めよう。

いずみがいなくなり、ひとつ何かが完成された、と感じたことを。

つまり、いずみはそのことにとっくに気付いていたのだろう。

あなたの愛情表現って、コレクターに近いわね。

要は、彼女は、自分が夫のコレクションのひとつだと気付いていた。そのことをあの日指摘した。

だから、コレクションのほうも心地いいし安心なんだけど。

呑み込んだ言葉。

両手を広げた仕草や、あの時の表情を思い出す。

彼女は何を省略したのだろう？　今となっては、はっきり言わなかったのが残念だ。最後まできちんと言ってほしかった。

愛されてはいない？　そんな陳腐な台詞は使わないだろう、完璧主義の脚本家である彼女は。いや、本当はそう思ったのだが、彼女もそう思ったからこそ、言葉にしなかったのかもしれない。

それに、俺は彼女を愛していた。俺なりのやり方で、俺としては最高に、彼女を愛していたのだから。それが、彼女の望む愛だったのかどうかは分からないが。

俺は、なんとなく梢に目をやった。

彼女が、なぜか遠くに感じられた。手を伸ばせば届く、すぐそばにいるのに。

じっと用心深く話を聞き、サラサラとメモを取る彼女の横顔。

なるほど、俺にとっての女のイメージはいつも横顔なのだ。

金貨に彫られた、偉人の横顔のように。コレクターが赤いベルベット張りのトレイの上に並べた、金貨のコレクションのように。

俺はおかしいのだろうか。

梢の横顔を眺めながら、そう自問してみる。

昔から、友人にそう言われてきた。

おまえは変わってる。おまえの女の趣味は分からん。おまえの「好き」はよく分からん。

そう言われたこともある。

だが、自分は自分のやり方でしか愛せないし、他の奴の愛は分からない。俺の愛は俺のものでしかないのだ。

梢を愛しているか？　愛している。俺のやり方で、とても俺らしく愛している。

だが、彼女はどうだろう。彼女は俺を愛しているだろうか。彼女のやり方で？

なんともはや、些か メロドラマ的な問いだな、と自分に突っ込みを入れる。今どき、こんな自問自答は高校生でもしないだろう。

しかし――梢も薄々気がついているように感じる。

何に？

俺の愛情表現がコレクターのようだと？

彼女の目をたまに横切る、深い不安。未知の世界を前にした子供が見せるような、寄る辺なさ。

あれは何を意味しているのだろう。ただ単に、目の前にある「呪われた映画」について書くことへの不安なのかもしれないが。

いずみのノートを持ってくることに関しては、別の迷いもあった。

あのノートの存在について、梢に教えるかどうかだ。

最初のうちは、漠然と、教えないほうがいいだろうと考えていた。夫の自殺した前妻の書き残したものなど、読みたがるとは思えなかったからだ。

しかし、『夜果つるところ』について書きたいというライターにとっては、この上ない重要な資料であることは確かだ。もし、梢がまっとうなライターならば、絶対に読みたいと思うはずである。ならば、梢にその存在を明かし、見せるべきではないか？

別の疑問もある。

梢は、いずみが『夜果つるところ』の脚本を書いていたことを知っているだろうか？

下調べの段階で、いろいろと耳に入っていても不思議ではないが、彼女がそのことを俺に聞いてきたことはない。そのことを知ったら聞いてきてもよさそうなものだが。

知らないのか？　それとも、知っていてあえて聞かないのか？

俺は迷っていた。

ノートを差し出したら、彼女はどんな反応を示すだろう。

驚き？　戸惑い？　嫌悪？　不信？

彼女にとって、決して気持ちのいいものではないことは想像できた。梢は繊細なところがある女だ。俺のことをデリカシーがないと思うかもしれない。だが、仕事のために必要であることはすぐに理解するだろう。

いっぽうで、俺の嗜虐的な部分が、繊細な彼女が示す反応を見てみたいと思っている。

驚き、戸惑い、嫌悪、不信。

それらが彼女の顔に行き交うさまを思う存分鑑賞したいという欲望が、俺の中にちりちりと燃えているのを感じる。

梢があのノートを目の前で読んでいるところを想像する。

真剣な目で、付箋を貼りながら、いっしんにノートのページをめくっているところを。

それは、奇妙に興奮させられる想像だった。

めったにない体験であることは間違いない。前の妻が死に、今の妻がいるからこそできる体験。

そして、前の妻も今の妻も物書きという職業であるからこそ実現する体験なのだ。

俺はいつしかうっとりとその瞬間を想像していた。

もしかしたら、喜悦の表情を浮かべていたかもしれない。

歳月を越えて、死者と生者が交錯する瞬間を目撃する。そう考えると、鳥肌が立つような、ざわざわするものが身体の中に込み上げてくる。

飯合梓。

彼女もまた、死者であり生者である。彼女は死んでいるし、生きている。物理的にはどうかは分からないが、ある時は死に、ある時は生きている。

実際のところ、どちらもそんなに変わりはないのかもしれない。

いずみのノートを読む梢の姿を想像する時、両者のあいだの境界線は、実に曖昧だという実感が湧いてくるのだった。

INTERMISSION

長い映画や芝居には、休憩時間が必要である。

手に汗握るサスペンス。重厚な心理ドラマ。どっぷり主人公に感情移入できるメロドラマ。それがどんなに面白くて魅力的なものであろうと、人間が集中できる時間には限りがある。面白さに、スピードに、感情の高揚に、疲れる。飽きる。一箇所にじっと座っているのも苦痛になる。

旅というのも長い芝居のようなものだ。おのれの巣やホームグラウンドを離れ、連続した時間、他人のテリトリーの中で自分を演じ続けなければならない。それが一人旅であれ、連れがいるのであれ、演じることは同じだ。

武井京太郎が、突然ふわあと欠伸をし、「疲れたな」と呟いたのが合図となった。

彼だからこそ言える一言であり、彼がそう言ってくれたことで、みんながホッと一息つく。張り詰めていた空気が途切れ、脱力する空気が共有された。

「少し休みましょうか」

「だね」

ごそごそと立ち上がる人々。舞台から退場。

つかのま表情が消え、素に戻る。

そのことに気付かず、演技を続けていたのはQちゃんくらいだろう。いや、彼の場合、舞台の上にいるという自覚はないのかもしれない。

その証拠に、彼はまだ一人、それまでの話題を継続していた。

「ねえ、先生。今、飯合梓に会ったら、分かる？」

「ん」

京太郎は目を閉じ、生返事をする。

「先生だったら分かるでしょ。もう一度その女に会ったら分かると思う？」

「んー」

Qちゃんは、必ずしも返事をしてほしいわけではないらしい。京太郎の頼りない反応に慣れている様子だ。

自分の膝の上で頰杖を突き、京太郎をチラッと見ては、またあさっての方向を見る。

「俺、生きてる気がする。飯合梓」

前を向いたまま、目玉だけぎょろりとさせて天井を見ると、ただでさえインパクトのある大きな目がますます際立つ。

「きっとね、どっかで生きてるよ。老人ホームとか入っててさ。『あたし、昔作家だったの』『昔、武井京太郎に会ったの』って、周りの人やスタッフに自慢してるところが目に浮かぶんだよね。で、周りは『はいはい、また始まった』って思ってて、誰も本気にしてやしないんだよ」

Qちゃんは自分の長い指先に視線を落とした。

「『ガラスの仮面』にさ、似たようなシーンがあるんだよね。北島マヤのお母さん、結核で、療養所だか病院だかに入ってるの。もちろん、北島マヤが家出してからずーっとあと。すっかり弱って、目も悪くなって、そこのスタッフに、『これ、うちの娘。女優なんですよ』って、雑誌か何かの切り抜き見せるんだけど、さんざん手で撫でてたから写真がすりきれてて、スタッフには全然何も見えない。だけど、スタッフは『お嬢さん、可愛いですね』って言うの」

Qちゃんは自分の指先に話しかけ続ける。

「もしかして、自分が飯合梓だってこと、忘れちゃってるのかもね。作家だったとか、有名人に会ったことは覚えてても、自分の名前も分からなくなっちゃってるのかも」

京太郎は反応しない。目を閉じたまま、じっとしている。

弛緩した空気。

梢は、舞台に残ってQちゃんの話を聞くともなしに聞いている。彼の目を、指先を、見るともなしに眺めている。

人間には二種類いる。映画や芝居の休憩時間に、必ず席を立つ人間と、席を立たずにその場で休む人間だ。身体を動かさないと休んだ気になれない者と、わざわざ席を立って、込みあったロビーやトイレに行くのなんてゴメンだと考える者と。恐らく、梢は後者のタイプなのだろう。

ゆっくり腕を伸ばしたりするが、その動きも控えめだ。表情も穏やかで、何の感情も覗かせていない。あくまでも彼女は黒子に徹するつもりのようだ。そのまま、メモを取り始める。何か考え込む様子。これまでの話をまとめているのだろうか。

真っ先に席を立ってラウンジを出て行ったのは、やはり喫煙者の面々だった。

喫煙者にとっては、休憩時間イコール喫煙タイムである。

喫煙室は遠いところにあるので、誰もがデッキに出て、潮風の中で煙草に火を点ける。ちょっとずつあいだを置いて立っているものの、かといってそう離れたところには行かないのが喫煙者の連帯感らしい。

雅春、角替監督、清水桂子、進藤洋介の四人である。

桂子は自分のライターをいじっていたが、なかなか火が点かない。

痺れを切らしたように、監督に声を掛けた。

「火ぃ貸して」

監督が近寄っていき、桂子の煙草に火を点けてやっているところが映画の一場面のようで、雅春も進藤もつかのま見とれた。

「煙管《キセル》も煙草も、芝居や映画には欠かせなかったのにねえ」

進藤が肩をすくめた。

「禁煙のご時勢だからね」

監督も苦笑した。

「TVドラマでも、未成年の飲酒と喫煙のシーンはご法度ですからねえ。殺人シーンはOKなのにね」

「ものすごくグロテスクだよ。なのに、グロテスクだってことにそもそも気付いてない」

喫煙者の連帯。

世の趨勢《すうせい》を嘆くのは、もはや彼らにとっては枕詞のようなもので、いわばお約束の会話である。滅びゆく文化、その名は喫煙。伝統文化の維持を担う喫煙者の連帯は強いようでもあり、弱いようでもある。彼らは日々脱落していく仲間たちを目にしているので、自分たちの連帯が砂上の楼閣であることを承知している。本人の伝統文化を守る決心がいくら固くても、ドクターストップという難関がすぐそこに控えていることも知っている。

「どこかに載せるの？」

進藤がさりげなく尋ねる。

「どこかにって？」

自分が話しかけられたことに少ししてから気付いたらしく、雅春がきょとんとした顔で答える。

進藤は、四人のあいだに指で輪を描いた。

「この、みんなの話」

「さあ。まだ決まってないみたいです。本にまとめたいと思ってるのは確かです。もしかしたら一部を雑誌に載せるとか、するかもしれないとは言ってましたが」

雅春は淡々と、やや警戒するように答えた。

「もったいないよねえ。面白い話、初めて聞く話、いっぱいあったもの」

進藤は地顔らしい、真意を読ませぬ笑みを崩さない。

「ものすごい量よね」

桂子が煙を吐き出しながら呟いた。

「去年、角替のドキュメンタリー番組作るっていうんで、半年TVのスタッフが張り付いてたけど、あれだけ撮って、番組になるのってせいぜい五十分でしょ？　あんなに回したのに、使われるのはほんの一部だけ」

「映画と一緒だよ」

「ううん。映画はあんなに長時間撮らないわ」

「なまじ、今は記憶媒体の容量が増えて、いくらでも保存できるからね」

「そう」

風でみんなの声が割れ、煙草の煙の向きがしょっちゅう変わる。

「あたしたち、昨日今日だけでもいっぱい喋ったわ。あれを文字に起こすのだって大変よ。大変でしょ、梢さん」

桂子は雅春をチラッと見た。

「はあ。昨夜は部屋に戻ると夜遅くまで作業してました」

「新婚旅行なのに、可哀想に」

監督が雅春に微笑みかけると、進藤が「えっ」と食いついた。

「新婚旅行なんですか？」

雅春は曖昧に頷いた。

「再婚どうしなんで。どっちも忙しくて、式もしてないし」

「そうなの。新婚旅行で仕事とは」

進藤はあきれ顔である。

雅春は慌てて手を振った。

「俺は完全に休暇ですよ。あいつも、別に苦痛ではないらしい。新婚旅行で、こんな豪華メンバーに話を聞けるなんて、願ってもないチャンスなんだから、むしろラッキーてなもんでしょう。一石二鳥ですよ」

「そういうもんかねえ」

「あたし、むしろ雅春さんのほうが乗り気に見えるんだけど」

桂子が呟いた。

「俺のほうが？」

「そう。あなた、飯合梓のファンなんでしょ？　あなたのほうが主導して、梢さんに書くようけしかけたんじゃないの？」

雅春は絶句した。

「いや、確かにファンだし、興味ありますけどね」

「あなたたち、いいコンビじゃないの。二人でうまいこと、みんなから話を引き出してるわ。息が合ってる感じ」

「そうかな」

雅春は頭を掻いた。

「そりゃそうだよ。彼は、話を聞きだすプロなんだから」

監督が笑った。

雅春は、一瞬、照れたような、傷ついたような、複雑な表情になった。が、すぐにいつもの磊落な表情に戻る。

「映画、観たかったなあ。『夜果つるところ』」

今度は、監督のほうが一瞬、傷ついたような顔をした。

そして、彼もすぐにいつもの穏やかな顔に戻る。

「俺も観たいよ」

化粧室では、二人の女が鏡を眺めている。

洗面台をひとつ挟んで、並んで鏡の中の自分の顔を見ている。

綾実と詩織。

二人は無言である。髪を直したり、口紅を塗り直したりしているが、じゅうぶんに互いのことを意識していることが窺え、どことなく緊張感が漂っている。

鏡を見る女の表情はどことなく不気味だ。自分の顔を鏡で見ている女くらい、この世で真剣な表情の者はいないだろう。

「——全然タイプが違うわね」

綾実が口を開いた。

「何が?」

詩織が低く聞き返す。

「雅春の奥さん。いずみさんとは全然違うわ」

「そうかしら」

詩織は少しだけ首をかしげた。

「違うわよ。思ったより地味な人ね。あんまり作家って感じがしない。大企業の会社員って感じだわ」

「実際、大企業の会社員だったんでしょ?」

詩織は頰の一点を指で押さえた。小さな吹き出物があって、気になるようだ。

「らしいわね」

「感じいい人じゃない」

詩織は吹き出物を押した。

綾実が顔をしかめた。

「よしなさいよ、触るの。ファンデーション塗ってるんだし」

「分かってても触っちゃうのよね」

詩織は取り合わず、鏡に顔を近づけて吹き出物をしげしげと眺める。

「あたし、いずみさん好きだったんだけどな」

アイシャドーを直しつつ、綾実が呟いた。

「愛想はなかったし、いつもピリピリしてたけど、彼女は芸術家だったわ」

詩織の目が暗く光った。

「あら、そう。知らなかったわ、綾実が彼女のこと好きだったなんて。あたしの記憶の中じゃ、生前彼女を誉めたところを聞いた覚えがないけど。あなた、嫌な女だって言ってたじゃない。あんな神経質な女と暮らせる雅春の気が知れないって」

「そうだったかしら」

綾実はとぼける。

詩織の唇に、薄い笑みが浮かんだ。

「要するに、雅春の奥さんだってことが気に喰わないのね」

「そんなことないわ」

「ううん、そうなのよ。誰が奥さんになったってダメよ」

「そんなことない」

綾実の口調がほんの少しだけ、きつくなる。

沈黙。

自分の顔を見つめる二人。

「――漫画にするっていう手もあるわね」

何事もなかったかのように、綾実が再び口を開いた。

「何を?」

詩織も無表情に尋ねる。

「飯合梓について――あるいは、『夜果つるところ』を漫画にするっていう手よ」

「本気?」

詩織が警戒するような視線をちらっと綾実に投げた。

「ええ。これまで思いつかなかったのが不思議だわ。そうよ、あたしたちなら、あの作品を漫画化するのに最もふさわしいんじゃない?」

「『あたしたち』なら?」

詩織が冷ややかな声で言った。

鏡の中の綾実の表情が凍りつく。

沈黙。

綾実は低く溜息をついた。

「そうよ、『あたしたち』よ。あたしたち以外、あれを漫画にできる漫画家はいないわ」

詩織は返事をしなかった。

冷ややかな表情のまま、手にした化粧ポーチのジッパーを閉じる。

綾実も、些か乱暴に、自分の化粧ポーチのジッパーを閉めた。

突然、水を流す音がして、二人はハッとして顔を見合わせた。

奥の扉が開き、小柄な女が出てくる。

進藤の妻だ。

全てに「小作り」という言葉がぴったりの女である。背も低く、とても痩せていて、浅黒い顔には小さな目鼻がちんまりと収まっており、全く表情が読めない。高齢なのだろうが、うんと年寄りなのか、そうでもないのかが分からない。

二人は、どぎまぎした顔でなんとなく会釈した。

進藤の妻も、小さく一礼し、手を洗うと二人の後ろを通って出ていった。

二人は顔を見合わせる。

「——あーびっくりした」

「全然気付かなかったわ」

胸を撫で下ろし、大きく息をつく。

「あまりにも静かだったから」

「あたしたちの話、聞いてたかな」

「聞いてたでしょ」

「もしかすると、話を聞いてたから、出るに出られなくなってたのかもよ」

「そういうタイプには見えないけど」

「不思議な人ね——ほとんど喋らないし。なんだか、置き物みたい」

「しっ。まだその辺りにいて、聞いてたりして」

「やめてよ」

二人は恐る恐る、化粧室の外を窺った。

むろん、そこには誰もいない。がらんとした薄暗い廊下が続いているばかりである。

二人はもう一度顔を見合わせ、力なく笑った。

「戻りましょうか」

「そうね」

彼女たちの休憩時間は、間もなく終わろうとしていた。

二十五、上陸の前に

いつもと少し違う、どこか華やいだ気分の朝だった。

どことなく動きのある気配。リズムのある空気。

目覚めた時にそう感じたのは、今日はこれからアモイに上陸することが分かっているからだろう。

しかし、目覚める直前、私は旅が終わった夢を見ていた。

雅春と連れ立って自宅のマンションに戻り鍵を開け、やや埃っぽい家の中を見て回り、「やっぱり『おうちが一番』ね」と伸びをしているところ。長旅から戻った時の、独特の疲労感。ずっとパブリックな空間に身を委ねていたので、今自分はプライベートな空間に戻ってきているのだ、もう表情を繕ったり、感じのいい愛想笑いを浮かべていなくてもよいのだ、ということになかなか慣れない、あの感じ。郵便受けに溜まっていたチラシを捨てる感触や、乾ききって茶色い斑《まだら》模様になっているシンクで水道の蛇口を開け、一瞬水の出るのが遅れたあと薬缶《やかん》に水を落とす感じなどがとてもリアルで、目を覚ました時はまだ旅の途中だと気付いてつかのま混乱したほどだ。

日本を出て、たったの三日間。なのに、もう一か月くらい海上で生活しているような気がした。

今回の旅は取材がメインで、観光についてはあまり期待していなかったはずなのに、やはり久しぶりに陸に上がれることにうきうきしている自分に気付く。

同じメンバーでこれだけ長い時間一緒に過ごしたのは、いったいいつ以来だろう。会社勤めをしていた頃以来かもしれない。何より、雅春とこんなに長時間、同じ場所で一緒に過ごすのは初めてだということが不思議だった。

他人ではない他人。家の中にいる見知らぬ男。

子供の頃、TVドラマを観ていて、疑問に思う台詞があった。

若い娘が、ボーイフレンドとのつきあいを親に咎められて言う台詞。

あの人はもう他人じゃないわ。

そう叫んだ娘の顔のアップの次には、「なんだと」「おまえ、まさか」などという台詞と共に、強いショックを受けた親の顔のアップ、と決まっていたと思う。

かつてはそれがどういう意味か分からなかった。もう他人じゃない、という言葉がなぜああも家族を動揺させるのかが。

ようやくその意味するところを理解したのは、ずいぶん経ってからだった。

要するに、私は処女ではない、ボーイフレンドと肉体関係を持っている、という意味だと分かったのは、同じような場面を繰り返し見せられ、その後に「実は私のお腹の中にはあの人の赤ちゃんが」という台詞が度々出てきたからである。

初めて聞いた時から奇妙な台詞だなと思っていたのだが、今思い返してみても、つくづくおかしな台詞だと思う。

肉体関係を持とうが持つまいが、他人は他人である。むしろ、他人でない人間と肉体関係を持つのはまずい。肉体関係は、あくまでも「他人」と持つべきもの。なのに、なぜ関係を持ったとたんに「他人ではない」ということになるのか。

私はまだぼんやりとした頭で、空っぽの隣のベッドを見た。

今朝もまた、雅春は早く起き出して煙草を吸いに行ったようである。

ベッドサイドの時計に目をやると、五時半を回ったところだった。もう時差は修正してあるので、これは現地時間のはず。窓の外は、やはりぼんやりとして明るかったが、強い陽射しは感じられなかった。

一緒にいる他人。

私は、空っぽのベッドを見ながらそんなことを考える。

今朝、雅春が起き出したのは分かっていた。眠っていても、なんとなく、あ、今起きた、今出ていく、というのは分かるのである。

まどろみの中で彼の気配を感じていた時、つかのま、彼の意識がこちらに向けられたのも分かった。彼は私を見ている。今私に意識を向けている。私のことを起こそうとでもしているのだろうか。

そんなことを頭の隅で考えた。

ふと、彼は私のベッドの中に入ってこようとしている、と察知したのは本当に短い一瞬だった。

むろん、夢だったのかもしれない。そうでなかったのかもしれない。

私は確かに眠っていた。傍目にも、そう見えていたはずである。

が、それでもなお、私は自分が彼の気配を感じてどこかで身構え、どこかで拒絶していたような気がするのだ。全く身動きもせず、眠りに沈んでいたのに、神経だけが反応していた。そして、雅春も、それを瞬時に感じ取った。そんな確信があった。

たちまち、気配は消えた。

彼が私に向けていた意識は、別のところに向かった。

そこまで感じ取ってから、私はまた眠りの底に落ちた。

あれは夢だったのか、それとも——

私はのろのろと顔を上げ、ベッドサイドに置いてある黒と赤の本を見た。

反射的に顔をしかめる。

ああ、もう、うんざりだ。あたしは本当にうんざりしている。

我らが深く囚われし呪われたテキスト。

我らが忌々しき『夜果つるところ』。

大きく溜息をついてみる。そうすれば、忌々しさがどこかに消えてなくなってくれるとでもいうように。

身体の奥に、鈍い疲れが残っていた。寝る前に本を読んだ時——ちょっとだけ読むつもりが、妙にはまってしまい、予定よりも遅く眠りに就く羽目に陥った時に感じる疲労。

そうだ。テキストだ。

私はもう一度横になり、徐々にはっきりしてきた頭で考えた。

そう、ゆうべこの本を読みながら、何かを考えていた——そして、何かに気付いた。

このテキストの持つ違和感について。

じわじわと、その事実が身体に染みわたってくる。

なぜ、昨夜、この本を読んでみる気になったのだろうか。

私はゆうべの自分の気持ちを反芻してみようと試みた。

人間、自分がどんなことを考えているか、自分では把握できていると思っていても、一日のほとんどは日常生活に流され、ロクに何も考えていないことに驚かされる。自分の行動には意味があると思い、何かの動機があると信じているが、実のところ人間の行動にはあまり脈絡がない。

昨日のミーティングも、後半は散漫になった。武井京太郎がうとうとし始め、他のみんなも緊張感が薄れてきたのは明らかで、なんとなく散会する流れになったのである。

半端な時間が余り、私と雅春は船内のシアターで映画を観た。

互いに観たいねと口にはしていたが、忙しさにかまけて行けなかった映画をやっているのを見つけたので、気分転換に出かけていった。

観客はほとんどいなかったが、意外に立派なシアターで、思いのほか楽しめた。

何も喋らず、何も働きかけず、結末を考える必要もなく、何かを受け取る側にいるというのはなんと楽なのだろう、と思った。

それは近未来のSF映画で、徹底した管理社会から逃れようとあがく男女の物語だった。どこか寒々とした未来社会の風景が美しく、ひどく救いがなく殺伐とした内容の割に、決して後味は悪くなかった。

確かに、映画というものは素晴らしいものである。不安定で不確かな日常を、麻痺し磨耗した感情を、リセットしてくれる装置だ。

そんな感想を漏らしながら、雅春と部屋に引き揚げてきた。

夕飯は軽く済ませた。さすがにみんな疲れたのか、レストランに行っても昼間のメンバーは会釈のみで話しかけてくることもなかった。

私はこの先のミーティングについて迷っていたので、雅春に相談してみた。

「呪われた映画」の歴史、その詳細をみんなから聞いたあと、個別に話を聞く予定でいたが、既にこれだけあけすけに語られているのに、個別で聞く必要があるのかどうか、確信が持てなくなってきていたのである。

そうだなあ、と雅春も考え込んでいた。

むしろ、あの連中は、みんなでいたほうが争っていろんなことを喋ってくれそうだよな。妙な競争意識もあるし、サービス精神もあるし。というか、あとはおまえの考え次第なんじゃないのか、と雅春は私に話を戻してきた。

おまえはあの話をどう書きたいんだ？　おまえがあの話の中から何を選んでどう組み立てるかで、この先何を聞くかが決まってくるんじゃないの。

私は苦笑した。

それは自分でもよく分かっていた。

私は押し寄せる情報を持て余し、その量に溺れつつあった。

そうなんだよね。

私は素直に認めた。

話が面白すぎて、どこに焦点を絞っていいのか分からない。頓挫した映画の頓挫した理由、過去の謎の心中やら飯合梓本人の謎の最期やらで、いったい何がテーマなのか見えなくなってきちゃって。

何を書きたいんだ？

雅春が尋ねる。

「呪われた映画」の歴史なのか？　それに翻弄される人々の話？　そもそも、原作者の飯合梓についてはどこまで言及するつもりなんだ？

うーん、と唸る私。

正直、五里霧中だった。

一次情報の多さに有頂天になり、あれもこれもと記録を続けていたが、この大量の情報からどんな絵を描けばいいのか分からなくなっていたのだ。

題材自体は面白いと思う。何度も映画化が試みられているものの完成しない映画、というのは魅力的な素材だ。だが、『夜果つるところ』が「呪われた映画」になる過程を羅列したところで、「というわけで、この映画はこんにちも完成していません」では、読者も拍子抜けだろう。

かといって、過去の現場での事件を解決するというのが目的でもない。事件だったのかどうかも分からないものを解決してみせたところで、それでこの映画について語ったと言えるのかどうか。

人間というのは飽きっぽいもんだからな。これからは、テーマを絞って、心中事件なら心中事件に集中して、あいつらに論じさせたほうがいい。今日までのところで、ひととおり思い出話を喋って満足しちまってるだろうからな。

雅春はそうアドバイスしてくれた。

そうね。方針を考えるわ。ともあれ、明日はアモイに上陸して、一日観光なのがありがたいわね。少しあいだを置いて、他のことをしたらまた何か思い出してくれるかもしれないし。

そうだな。明日は余計なことを考えずに観光しよう。

二人でそう言って、夕飯はお開きにした。

寝る前は、それぞれ自分たちの仕事やら読書やらをするのが、私たちの習慣になっていた。

昨夜も、めいめい勝手な作業に没頭していたが、私は昼間のミーティングのまとめをするのにも飽きて、元々のテキスト――『夜果つるところ』にひょいと手を出したのである。

私は今船上にいて、証言を聞いている。『夜果つるところ』について話し合っていると思っている。だが、それは、あくまでも映画についての証言だ。作者である飯合梓についての証言も多々含まれているが——そういえば、私たちは、大本であるこのテキストのことは、何も話し合っていないのではないか。

映画を作るきっかけとなった、そもそもの要因。

すべての源泉、小説『夜果つるところ』。その内容について、検討してみなくては。

ゆうべ本を手に取った時、なぜか大昔のことを思い出した。

もう二十年近く前の出来事が蘇ったのだ。

それは、会社員時代のこと——社会人になりたての頃の記憶だった。

細かい状況は覚えていない。だが、書類を紛失したということは覚えている。私ではなく、チームの誰かがなくしたのだ。誰かが真っ青になり、みんなであちこちをひっくり返していた。当時はまだ、机の上に結構書類があったのだ。

その時、先輩が言ったことを覚えている。

捨てていなければ、絶対になくならない。捨てていなければ、絶対にどこかにある。

その確信に満ちた口調が印象に残っている。

捨てていなければ、なくならない——先輩のその言葉は、その日、大捜索の後に証明された。その書類は、元々あるべき場所にあった——なぜか裏返しになっていたのだ。

本当にあるんだなあ、と誰かが感心したことを覚えている。捨てていなければ、絶対にどこかにある——

どうしてそんなことを思い浮かべながら本を手に取ったのか、よく分からない。

そういえば、あの書類を見つけたのも、さんざんみんなで捜して、うんざりしたあとだったっけ。

みんなが疲れ切って、「まさかこんなところにはないよなあ」とひょいと取り上げたファイル――本来あるべき場所で、発見されたのだ。

「うんざりした」状況から連想したのだろうか。

今朝になってみると、そんな気もする。もうお腹いっぱい、当分目にしたくない。そんな気持ちがあの時と共通していたのだろうか。

ともあれ、昨夜久しぶりにきちんと読んだ『夜果つるところ』は、やけに新鮮だった。

ここ数日間、さんざん聞かされたうち明け話や裏話に疲れていたはずなのに、それを思い出すことなくテキストに没頭できた。

このテキストは、どこかおかしい。

私は思い出した――遠い昔、この本を読んだ時の違和感を。

それは、こうしてみると、今もなお――初めて読んだ時からずっと、途切れることなくこの本に対して私が抱いていた疑問だったように思う。

TVドラマで繰り返し聞いていた台詞。

あの人はもう他人じゃないわ。

ずっと不思議に思っていたあの台詞のように。

人が違和感という場合、それはいろいろな要因を含んでいる。言語化できない、物理的なものを指していることもある。

いつも歩いている街角で、強烈な違和感を覚えたことがある。何かおかしい、何か閉塞感を覚えると感じた。その理由を一日考えていて、帰り道に分かった。

通りに面したガラスの窓が、内側から紙に覆われていたのだ。

通り道で、私はいつもそこに自分の姿が映るのを感じていた。無意識のうちに、自分の姿を認めていた。ところが、そこに姿が映らなくなったので、違和感を覚え、何も映らない壁のような窓に閉塞感を覚えていたのである。

私は、『夜果つるところ』に感じる違和感を、別のところに見出《みいだ》していた。

初めて読んだ当時は、ペダンティックな文章に感じ、どこか頽廃的な匂いを感じ取っていた。古い文章だと思っていたのかもしれない――当時は、著者を年配の人だと思いこんでいたし、児童文学やいわゆる文学的なものと比べて、明らかに雰囲気の違う、妖しいものだと思っていたのだろう。

しかし、私はその理由が、そんなものではなかったことを、昨夜このベッドの上で発見したのだった。

今朝も俺が喫煙室に着いた時には、既にタムラ氏が悠然とハイライトをくゆらせていた。

窓の向こうの灰色の海と、タムラ氏の佇《たたず》まいは、まるで絵画のようにぴったりはまっている。

なんとなく会釈をして、離れたところに座り、煙草に火を点けた。

タムラ氏も、こちらを一瞥し、小さく会釈する。最小限の動き。

朝の一服。至福のひととき。

タムラ氏は、例によって孤高の寛ぎを保っている。

それにしても、早い。今日は一番乗りだろうと思っていたのに、タムラ氏はいったい何時からここで煙草を吸っているのだろう。

天井を見上げ、煙を吐き出す。

もしかすると、彼は不眠症なのかもしれないな。

ふとそんな気がした。

しかも、昨日今日に始まったものではない、長年のもの。恐らくハイライトと同じくらい身体に馴染み、慣れ親しんだ、若い頃からの不眠症。

自分は経験したことがないから分からないが、不眠症というのは非常につらいという。

睡眠というのは脳を休ませるためのもので、人間は一週間くらい何も食べなくても生きられるが、一週間眠れなかったら死んでしまうという話を聞いたことがある。

だから、不眠症といっても少しは眠っているのだろうが、その眠りは極端に浅く、長時間眠り続けることができないという状態なのだろう。「よく寝た」「ぐっすり寝た」という実感がないのはしんどそうだ。

俺の数少ない経験としては、徹夜続きで体内時計が狂ってしまい、変な時間に眠ってしまって、通常の就寝時間になっても眠れないというのが一週間近く続いたことがある。確かに、あれはつらかった。全身だるく、疲れ切っているのに、頭の芯だけが妙に冴えざえとしている。スイッチが壊れて消せない電灯みたいで、どこかに不自然な負荷が掛かっている感じがして、余計「眠らなければ」と焦る。かといって、いっそ起きて本でも読もうかというほどの覚醒ではない。ただじりじりと不毛で不愉快な時間が続くだけだ。

タムラ氏の、表情の読めない目を盗み見る。

そこには達観めいたものがあった。

もし彼が筋金入りの不眠症ならば、彼は長い時間をかけてそれを観察し、研究し、うまく飼い慣らして共存してきたのだろう。家族が、他人が、ごく当たり前に眠りを貪り休息している長い時間を、彼は一人で覚醒して過ごしてきたのだ。

なんという孤独だろう。

夜は眠るもの、人は眠るもの、もっと眠りたい、と思っている人たちのあいだで一人ずっと起きているというのは。極端な話、自分が異物のように感じられるのではないだろうか。

ここに来る前に見た、梢の背中を思い出す。

彼女も比較的眠りが浅いたちで、俺が起きると必ず彼女も目を覚ますのは知っていた。

さっきも目を覚ましていて、俺が少しのあいだ彼女の背中を見ていたら、俺がベッドに入ってくるのではないかと勘違いして背中が強張るのが分かった。

俺が離れて部屋を出るとき振り向いたら、明らかに背中の緊張が解けていた。

勘違い。

天井に吐き出す煙。

そう、彼女は勘違いしていた。

俺は、彼女の寝顔を見たかっただけなのだ。

なぜかは分からない。そういえば、しばらく彼女の寝顔を見ていなかったな、とあの時思ったのだ。

寝顔というのは、どこかうら淋しいものだ——特に、相手がぐっすり寝入っているところをこちらがはっきり目覚めた状態で眺めていると、奇妙に後ろめたい心地になる。

どうしてだろう。俺の友人の愛妻家などは、妻のすやすや眠る顔を見ていると、ああ、この女は自分の妻なんだ、といつも幸福になるという。

俺はついぞそういう感覚を持ったことがない。愛する者の寝顔を見ると、いつも淋しく憂鬱めいたものを感じてしまう。ああ、こいつは今眠っていて、俺が見ていることを知らない。遠いところにいて、俺のことなど考えていない。眠っている、ただそれだけなのに、拒絶されているように思えてしまうのだ。

梢とは普段、かなりのすれ違い生活で、バラバラに眠り、バラバラに起きて出かけていくことがほとんどだ。

だから、彼女の寝顔はどんなだったろうと確認してみたかったのだ。

しかし、見えなかった。

彼女は横向きに寝ていて、背中を見せていた。寝顔を見ることはできなかった。

どんな顔で眠る女だっけ?

俺は思い浮かべようとする。

しかし、なぜか出てきたのはいずみの寝顔だった。

それも、彼女のデスマスクだ。

いずみは、梢とは反対で、眠りが深いたちだった。神経質で完璧主義だった性格を思うと不思議な気がするが、いったん熟睡するとなかなか目覚めない。それこそ「死んだように眠る」という表現がぴったりの、深い眠りだった。

しかも、彼女はとても静かに眠るのだ——ぴくりとも動かず、寝返りも打たず、「じっとして」眠っている。

結婚したばかりの頃は、あまりの静かな眠りに「息をしてないんじゃないだろうか」と不安になったくらいで、しばしば呼吸しているかどうか確かめたものだった。

だから、彼女の死に顔は、逆に眠っているようにしか見えなかった。少し顔色が悪いな、と思ったくらいで、よく眠っている、としか思えなかった。

ドアに紐を掛けて首を吊った彼女の顔は、巷で聞く首吊り死体の惨状とは無縁の、綺麗な死に顔だった。

いずみの顔は、なかなか消えなかった。

梢の寝顔を思い出そうとすると、背中ばかりが浮かんできて、そこにいずみの死に顔が重なってしまう。

ひどい男だな、とぼんやり考える。

今の妻の寝顔に元妻の死に顔を重ねるとは。

タムラ氏が、灰皿に煙草を押し付けた。

あくまでも無駄のない動き。すっと手を伸ばし、ぐいっと指をひねり、一度で火を消す。まるで茶道の御点前《おてまえ》でもしているみたいに、隙のない動作だ。

ずいぶん短くなるまで吸うんだな。

俺は自分の指のあいだの煙草を見た。

煙がゆっくりと立ちのぼる。

俺は、もしかすると未だにいずみの死を実感できていないのかもしれない。いずみは今もどこかで眠っているだけなのだ。「永遠の眠り」ではなく、ただただ熟睡しているのかもしれないのだ。

タムラ氏は、次の煙草に火を点けた。

絵に描いたようなチェーンスモーカーだな、としばし見とれる。

今日はアモイに上陸して、一日観光だ。久しぶりの陸地。

梢は、しばしインタビューから解放されることにホッとしているようだった。

それも当然だろう。あんな濃い連中の話をじっと謹聴しているのは俺でも疲れる。

むろん、俺もいい加減地面の上を歩き回り、異国の都市の喧噪《けんそう》を味わってみたかった。

けれど、実際のところ、それ以上に俺は『夜果つるところ』に触れていたかった。観光もいいが、いつまでもじっくり『夜果つるところ』について考えていたかったのだ。

いや、正直に言おう。

俺は、長らく遠ざけていたいずみのノートをゆっくり読む、その機会がついにやってきたと思った。この旅のあいだを逃せば、二度とあのノートを読む機会は巡ってこないだろう。なのに、旅が始まってからもぐずぐずとそれを先延ばしにしてきた。梢が一緒にいるところでは、なかなかノートを手に取れなかったのだ。

別に彼女は俺が何を読んでいるかなどいちいちチェックしていないし、裁判関係の資料もたくさん持ってきたから、仕事をしていると思うだろう。仕事をしているふりをして、いずみのノートを読んでいても気付かないはずだ。

だから、仕事のふりをして読もうと思っていたのだが、予想以上に抵抗があったのだ。

これはなにゆえの抵抗なのだろう？

俺は恨めしくいずみのノートにちらっと目をやりつつ、仕事の資料に集中せよと自分に言い聞かせていた。

恐らくは、違和感だろう。

いずみの筆跡を眺めていると、どこからともなくいずみの声がしてくる。

あの冷ややかで平然とした、きちっとした彼女の声が。

視界に梢の姿を見つつ、いずみの声を聞くというのがいたたまれない。まるで浮気でもしているような、隠れて悪いことをしているような気分になるのだ。

そして、ふと、疑念が忍びこんでくる――ずっと考えないようにしてきた疑念、見て見ぬふりをしてきた疑念。

この旅は、正しかったのだろうか。

俺たちは来るべきだったのだろうか。

そんな根本的な疑念が湧いてきてしまうのだ。

ずっと胚胎《はいたい》していた疑問ではあった――『夜果つるところ』について語ることは、俺にとってはとどのつまりいずみの死について語ることだ。彼女の生前最後の仕事だったことを考えても、どのみち避けては通れない。

問題は、それに梢を巻き込むべきだったのだろうか、ということだ。

これは俺といずみの問題だった――表層的には『夜果つるところ』の脚本という形で目に見えているが、その底には何か根本的な問題が横たわっていたのだ。

そこに、梢を巻き込んでどうする。どうしたかったのだ、俺は？

彼女は仕事として興味をもってくれたが、同時に戸惑いも感じている。俺の『夜果つるところ』に対する執着を不思議に思っている。俺の親戚が何人も出てきて、気後れもしている。

ふうっ、と息を吐き出した。

早朝の喫煙室の中に拡散していく白い煙。

梢の背中。

いずみの死に顔。

眠り。

子供の頃は、なんで眠らなければならないのだろうと不満に思っていた。

親は何かというと「もう寝なさい」と言う。「子供は寝なさい」と怖い顔で言う。

そして、大人は子供が寝たとたん、襖《ふすま》の向こうで楽しいことを始める。子供はいつも損をしている。そう僻んでいた。

中学生になり、高校生になり、起きている時間が長くなると、更に不満は募った。

ずっと起きていられたらいいのに。一日の四分の一を睡眠に費やすなんて、時間がもったいないではないか。

いくらでもやりたいことがあった。本も読みたかったし、音楽も聴いていたかった。

やがて、いつまでも起きていても誰にも文句を言われなくなる。逆に、仕事が終わるまで起きていることを強要されるようになる。徹夜に慣れ、朝帰りの倦怠《けんたい》を知る。

そこで初めて、眠りたい、と思う。ぐっすり眠って、規則正しい生活を送りたい、と思う。眠りはもはや、欠かせないサプリメントのようなものだ。必要不可欠、人生を動かす歯車のひとつ。眠りの質が大事。眠って記憶を整理する。そう刷り込まれる。

眠りたい。

ふと、そんな言葉が浮かんできた。

ゆっくり眠りたい。ぐっすりと、何も考えずに眠りたい。

これまでに考えたことのない欲求であり、不思議な感覚だった。

別にくたびれているわけでも、すべてが嫌になってしまったわけでもない。

ただ、細切れの眠り、一日の仕事の合間に無理やりねじこむ義務の睡眠でなく、ただ眠るという目的のために、贅沢に時間を使ってみたい。

そう思ったのだ。

必然性――

いずみの付箋の筆跡が蘇る。

そう、必然性のある眠りを。眠りのためだけの眠りを。

俺は煙草を灰皿に押し付けた。

タムラ氏ほどではないが、それなりに優雅な、喫煙道という御点前の所作だ。

もしかしていずみもそう思ったのではないか？

ソファにもたれかかると、その考えが降ってきた。

彼女は死にたいと思ったのではなく、ゆっくり眠りたい、何も考えずにぐっすり眠りたい、そう思ったのではないか。

完璧主義の彼女。常に仕事について、瑣末なことについて、きちんと思いつめて考えずにはいられなかった彼女。

その苦痛は、決して誰にも理解できなかった。

だが、彼女がそのことに飽いていなかったと言えるだろうか？　うんざりしていなかったと言えるだろうか？

しばしば、人間は自分に飽きる。自分が自分でしかないこと、自分の外に出られないこと、自分以外の誰にもなれないこと、自分の嫌なところに飽きる。

いずみがそうでなかったと誰が言える？

俺は、二本目の煙草に手を伸ばしかけ、そして止めた。

もしかして、俺は今、何かを理解したのだろうか。

タムラ氏が立ち上がる。

ひどく静かな、優雅な仕草で。

反射的に彼の顔を見て、互いに会釈する。会釈のタイミングはもうバッチリだ。二回目にして、既に俺たちは同じ喫煙道を行く者として、阿吽《あうん》の呼吸である。

二十六、アモイ

観光ツアー。

それは、あらゆる不確実性を排除することで成り立つ。

参加者は何も考える必要はなく、差し出されたメニューを享受するのみ。分刻みのスケジュール。すべて下見がなされているロケーション。囲い込まれたアドベンチャー。予想できるサプライズ。誰もそれ以上のものは望んでいない。

何も考えずに済むということは、かくも平穏で安楽なものなのだ。

お仕着せの旅など嫌だと嘯《うそぶ》く向きもあるだろう。

しかし、ある程度の歳月、人生を歩んできた者ならば、誰かが決めてくれる、誰かのあとについていけばいい、というのがどれほど楽なものか（そして、どれほど恐ろしいものなのか）分かっているはずだ。

素晴らしき観光ツアー。

ありがたき観光ツアー。

本来、私は流されやすい質である。決して人の先頭に立ったり、自ら事業を立ち上げたりするタイプではないのだ。

できない、とは言わない。やれと言われればそれなりに割り切って務めを果たすことは可能だけれども、やはり私は「仕切る」側の人間ではないと思う。

そんなわけで、アモイの港に上陸した時、誰よりも解放感を覚えていたのは私だったかもしれない。いや、きっと私に違いない、という奇妙な自信が湧いてくる。

入管手続きはどうするのかと思っていたら、現地の職員がわざわざ乗り込んできて処理してくれたので驚いた。どこまでもスムーズで、どこまでも用意されている。

懐かしき陸地。

久しぶりの陸地。

空気は遠い日本から途切れることなく続いているはずなのに、外に出たとたん、異国の匂いを感じた。

湿った陽射し。潮風に混じって、なんとなくスパイスのような香りが漂っている気がする。発酵食品のような匂いも。

むっとする蒸し暑さ。はっきりしない天気なのだが、太陽の存在を感じ、南の国に来たという印象を受けた。

たかだか数日間、船で過ごしただけなのに、地面に降り立った時は奇妙な感じがした。

ずっと船が揺れている中で身体をまっすぐに保つことに慣れていたので、足の下が動かないことに違和感を覚えるのだ。硬い地面の上を歩いていると、身体のほうがゆっくりとうねるように揺れているような錯覚すら感じる。

「まだ揺れてるな」

同じように感じたのか、雅春が呟いた。

「うん、揺れてる揺れてる。変な感じ」

思わず頷き返す。

だだっぴろい、巨大な空間。

私は思わず、つかのま足を止め、ここから先にある土地の気配を吸い込んだ。

アモイの港は、がらんとして殺風景である。

大型客船が接岸しているのが、港の外れのほうだったからかもしれない。あるいは、こちらが考えているよりもずっと大きな港なので、そう感じるのかもしれない。

空が広い。

陽射しは鈍いものの、思いがけないほど暑い。

薄曇りで、空気はざらざらとしていた。遠くにぼんやりと山が見える。

どことなく湿った風景の中をぞろぞろと歩いていき、駐車場に停まっている豪華で大きなバスに乗り込む。

スタッフが入口で人数をチェックしている。

バスの通路を進み、いちばん後ろの座席に座り込むとホッとした。

迷わずいちばん後ろの席まで歩いていった雅春に囁く。

「あなた、ひょっとして、遠足の時とかバスのいちばん後ろに座るタイプだった?」

「いや、そうでもないけどな。梢は?」

雅春は首をかしげ、こめかみを掻いた。

「あたしも違ったなあ。いちばん後ろに座ったことがない」

私が首を振ると、雅春は小さく鼻を鳴らした。

「バスのいちばん後ろって、クラスの中の陰の実力者が座るところなんだよな」

「そうそう。いわゆる裏番タイプのグループが、大体一直線に並んで座るの」

「表向きの実力者は前のほう。学級委員とか」

「あれ、不思議だよねー。いちばん後ろに座るのって結構勇気がいるんだよね。下々の者や平凡な連中は、いちばん後ろには座れない」

「あれだな。牢名主が、畳積んで牢獄のいちばん奥に座ってるのと同じ理屈だな。権力を持つものは、いちばん奥に座る」

「あたしは小物だから、一生無理だわ」

「今座ってるじゃないか」

私は小さく笑った。

「これは、単にあたしたちがこの中でいちばん若いからでしょ。皆さん、バスの中であまり歩きたくないでしょうから、前のほうから埋まってる」

「それは言えてるな。なるべく歩く距離は短いほうがいいってことか」

「皆さん、おはようございまーす」

スタッフの女性と、現地のガイドの男性が挨拶をしている。

みんなが挨拶を返した。

現地のガイドの男性は若くてがっしりとした体形だった。スーツにネクタイという、きちんとした格好だ。どちらかといえば、ガイドというよりも学者のように見える。

「あいつ、凄い寝癖だなあ」

雅春が呟く。

それは、私も気になっていた。

髪の毛が多くやや天然パーマ気味なのだが、後ろのほうが大きくはねているのである。

「すげー気になる。ムースとか使わないんだろうか」

「そういう習慣はなさそうね」

「髪、梳《と》かしてやりたくなるな」

雅春は身なりをきちんとするほうだから、余計に気になるのだろう。

バスが走り出した。

どことなく、これから観光に行くのだという華やいだ空気が車内に漂っている。

市内の古いお寺を見て回るらしい。

しかし、私はスタッフとガイドの説明を聞き流していた。

ああ、どこをメモするか、どこで口を出すかと考えながら話を聞かずに済むのって、なんて楽ちんなんだろう。

聞いても聞かなくてもいいという気楽さのあまり、どうやらすっかり注意力と集中力がどこかに行ってしまったようである。

普段は職業柄、何にでも興味を持つようにしているし、さまざまな情報を取り込もうと気をつけているのだが、さすがに今はそんな気にはなれなかった。席も後ろだし、前のほうの乗客たちが熱心に話を聞き、笑ったりしてくれているのがありがたい。

外の景色が次々と流れていくが、全体にがらんとした風景だった。

どうやら郊外と呼ばれるエリアのようで、最近整備されたばかりという雰囲気の広い道路を飛ばしている。

かなりスピードを出しているようなのだが、景色にアクセントがないので、あまりそう感じないのだろう。

大陸的風景、という言葉が浮かぶ。

広い窓を見つめる。

綺麗に磨かれたガラスに少し色が入っていて、窓の外は薄い灰色に見えた。紫外線をカットするガラスらしい。カーテンや座席も豪華な布を使っている。

「あー、なんだか、バスに乗るの久しぶりだな」

「俺も」

二人して、バスの外を眺める。

普段、東京にいると使うのはほとんど鉄道かタクシーなので、こういうふうにバスに揺られるのがいつ以来になるのか思い出せないくらいである。

観光バスというのは、どことなく懐かしい。同時に、少し憂鬱で、鬱陶しい。

遠足や修学旅行の記憶がちらちらと脳裏に蘇るからだろう。

楽しみであり、面倒でもあった遠足。はしゃいで、疲れて、帰りはみんな眠っている。あの帰り道の倦怠感ばかりが記憶に残っている。

「俺、子供の頃はすっごく乗り物酔いしたな」

雅春がふと思い出したように呟いた。

「へえー。あたしは全然。酔うって感覚が分からなかったなあ。じゃあ、バスの前のほうに乗せられてたわけね」

「うん。一生分吐いた」

「前のほうがいいっていうのは、後ろだと大きく振られるからよね？」

「そう。だけど、あんまり効果なかったな。当時は、こんなのが続くなんて耐えられない、って思ってたけど、大人になると治って、すっかり忘れてたから不思議だ」

「今の子も酔うのかしら？」

「酔うだろ」

「でも、考えてみれば、昔は車も道もそんなによくなかったじゃない？　車のシートの匂いだけで酔ってる子もいたもん」

「うん、今のバスはほとんど揺れないし、座席も気持ちいいもんなあ。昔の車はすげえ揺れたな」

「乗り物はみんな揺れたよ。鉄道も、凄かった」

「そういえばそうだった。こんなに乗り物が快適になったのって、割と最近だよな」

乗り物酔い。

そんなものがあることをすっかり忘れていた。

私は車に乗るのが大好きだったので、遠足で青い顔をして吐いている子が本当に不思議でならなかった。いつも酔う子は決まっていて、その子が緊張した顔でバスに乗り込むのが理解できなかったっけ。

「ずいぶん世界が違って見えたんだろうね」

私が呟くと、雅春が「え？」と聞き返す。

「乗り物に酔うのと酔わないのとじゃ、遠足とか修学旅行の意味が全然違ってくるじゃない？」

「そうだなあ」

雅春は頷いた。

「思い出したよ——子供の頃は、とにかく旅行というものが恐怖だった。ばあちゃんちに行くとか、避暑地に行くとか、遊園地に行くとか、親とか親戚とかは楽しそうに話してるんだけど、俺だけ一人で固まってるわけだよ。みんなが楽しみにしてるのに、俺だけが、あんなつらい目に遭うくらいなら、一人で留守番してたいと思ってる。実際、お出かけが嫌で嫌で、一人で残るって言って駄々こねて、さんざん迷惑かけたな」

「ふうん。そんな時期があったわけね」

「うん。孤独だったなー。家族の中で酔うの、俺だけだったし」

子供の頃の雅春を思い浮かべてみる。

アルバムを見せてもらったことがあるが、今からは想像もできない、割と神経質な雰囲気の少年だった。

「大人になると治るよ、って大人たちは言うんだよな。だけど、そんなの全然慰めにならない。今苦しいんだ、今つらいんだ。大人なんていったいどれだけ先のことなんだ、って恨めしく思ってた」

「そうね。割と、大人ってよくそういうこと言うよね。大人になったらよくなる、とか、大人になったら変わる、とか」

「まあ、実際そうなんだが。だけど、当時は大人になるまでの時間が永遠に感じられたんだよな」

大人になったら。

既に、そんな感覚すら忘れていたことに気付く。

確かに、子供の頃は、時間が長くゆっくり過ぎるように感じられた。大人というのは遥か先、うんと遠い向こうにあるものだと思っていた。

だが、気がつくといつのまにか自覚のないまま「大人」になっていて、若い子のことを眩しく眺めていたりする。

「大人になったら——大人になってないなあ」

私は小さく溜息をついた。

「俺も。大きくなったら、自然と立派になるもんだと思ってたんだけど、意外に人間って進歩しないもんだな」

「全然。中身は十代の時とあまり変わってない気がする」

「うむ」

車窓の外側に、少しずつ家が増えてきた。

なんとなく、繁華街が近付いてきている雰囲気である。

屋根の反り具合や、屋根瓦の色が異国を感じさせる。

少しずつ行き交う人も増えてきた。

道路の脇に飲食店がぽつぽつと現れる。

どれも開放的な造りで、デザインのバラバラなテーブルと椅子が並んでいて、店番の女性が手持ち無沙汰にしゃがみこんでいるのが見えた。

自転車とバイクも増え始める。

どのバイクも荷物を沢山載せて走っている。二人乗り、中には三人乗りも。ヘルメットを着けている人は少ない。

みるみるうちに車も増え、町中に入ってきた気配がする。さっきまでがらんとした荒野にいたのに、辺りが賑やかになってきた。クラクション、喧噪、音楽。バスを囲む空気の密度がどんどん濃くなっていく。

「おお、アジアだな」

雅春が身を乗り出し、芸術的なまでに高く荷物を荷台に積み上げたバイクに見入る。

「よくあんなんで走れるな。カーブで倒れるんじゃないか」

「慣れてるんでしょ」

前方に、開けた場所の予感がある。

どうやらそこが、目指す古刹らしかった。


人間の脳の偉大なところは多々あるが、そのひとつが「省略」である。あるいは「忘却」と言い換えてもよい。

例えば、初めて行く場所。

行きは地図と首っ引きで時間を掛けて歩くが、帰り道はほとんど周囲を見ない。もうなんとなく身体が覚えていて、目印だけチェックしていればすんなりと帰れる。行きに費やした労力のほとんどを帰りには省略でき、駅まで歩きつつも今別れてきた客との会話を反芻する、なんて芸当もできる。

例えば、似たようなものを繰り返し目にする場合。

古都で神社仏閣を見物している時などがこれに当てはまる。

最初は丁寧に眺め、細部に見入る。しかし、基本構造は皆同じ。要するに、どれも寺だ。だんだん見たことがあるものに慣れてくる。そうなると、お待たせしました、またしても脳でスタンバイしている「省略」係の出番だ。

こういうのは見たことがある、これは恐らくこういう構造だ。

一瞥してそう判断すると、あら不思議、脳は見たことがあるものは無意識のうちに「飛ばす」のである。

やがて、更に経験を積むと、行く先々で目にする寺の、「違い」だけを抜き書きするようになるのだ。

はい、これまで見たところとはここが違いますね。ここが特徴ですね。

分かりましたか？　試験に出るとしたらここですから。

その巨大な門をくぐり、広大な寺院の中に入った時、俺は自分の脳味噌が「省略」モードに入ったのを感じた。

たいへんな古刹で名刹らしいのだが、「うん、これは知っている」と脳が判断したのを感じたのである。

こういう中華系の仏教寺院、以前、あそことあそことあそこで見た。

頭の中で、カシャカシャと映像が映し出される。とすると、ここもああいう造りでああいう配置で、あんな感じだな。

そういうことであれば、たちまち「省略」係の出番である。

俺は、のんびりと広い敷地を歩きながら、目の前の景色がゆっくりと溶け、BGMならぬBGVになっていくのを感じたのだった。

本当に、見る見るうちに風景がゆらゆらとパステルカラーに滲んでゆく。

だからといって、決して、俺がこのツアーを無視しているとか、この観光を楽しんでいないというわけではない。

　むしろ、その逆だ。

　今くらい、無心に観光している時はないと確信しているくらいである。

　この、大陸的な茫漠たる空間がずっとこの先に広がっているという開放感や、少しざらつくような色彩の空気。異国の地の風の匂い、見知らぬ文化や風俗がそこここに秘められているという予感。

　それを、俺は実にリラックスして穏やかに楽しんでいた。

　ガツガツと観光に邁進《まいしん》するのではなく、この空気に浸り、この風景をＢＧＶにしてしまえるということに、とてつもなく贅沢な気分を味わっていたと言ってもいい。

　つまり、ゆったりとしたクルーズの途中、電話も時間も宿題も気にしなくていい観光で、広々とした異国の寺を歩きながら、この場所とは全く関係のない、子供の頃の遠足の話なんぞをつらつら続けているということが、どれほど贅沢なことか実感できるくらいには、俺も大人になったということである。

　敷地の外側はごちゃごちゃしていて交通量も多く、人通りも賑やかだったのに、敷地内に入ると、そこは思いがけないほどがらんとしていて、全く異なる時間と空気が流れていた。

　観光客も思ったほど多くはなく（というよりも、あまりに広いので拡散してしまっているのかもしれない）、せわしない外界とは完全に隔てられている。

「不思議ねえ、こういうお寺とか宗教施設とかって、どうしてこう明らかに他のところと空気が違うのかなあ」

　梢が呟いた。

　連れが全く同じことを考えていたのだと思うと、ハッとさせられ、同時に奇妙な歓びが湧いてくる。

梢には、しばしば目にした対象との距離感や対象への温度感が俺と似ていることに、いつも新鮮に驚かされる。考えてみれば、そもそも彼女に興味を惹かれたのは、こういうさりげない共感からだったような気がする。

「特別な空気の場所だから宗教施設になったのか。それとも、長いことみんながお参りして大事にしてきたから、思念が降り積もってこうなったのか」

「ニワトリが先か卵が先か、だな」

「でも、聖地ってそういうことよね」

「宗教って、よく分からないな」

俺は素直に告白した。

「子供の頃って、それこそ寺とか神社とかって意味不明じゃなかったか？」

「意味不明だった」

梢が即答する。

「だよな。学校とか、デパートとか、公民館とかいうのなら分かるよ。不特定多数の人を集めて、勉強教えるためとか、商品並べるためとか、子供にも分かる目的があるじゃん。だけど、寺って何？　教会は？　みんな何しに来てんの？　こんなでっかい建物、いったいなんに使うの？」

「あたし、キリスト教が怖かったな。幼馴染みにアメリカ人の宣教師の娘がいてね。運動神経抜群で、数学も得意でね。なのに、聖書とか神様の話になると、突然、顔つき変わっちゃうの。『信じる』ってこと自体、子供心にも怖かった」

「信じる者は救われる」

「彼女の家に遊びに行ったんだけど、家族みんながそうなんだよね。同じ顔つきで。ゾッとしたこと覚えてる。あたしもこのうちに生まれてたら、こんなふうになってたんだって思って。家族って――よく考えると、凄いよね。家族の価値観、宇宙観。そこだけで完結してる。そこがすべて。最小の世界」

「子供は逃げられないし、家族を選べないもんな」

「教育って大事だし、恐ろしいもんだなって、彼女の家からの帰り道で考えたこと、覚えてる」

「それって何歳の時？」

「十三歳くらい」

「うーむ、渋いね。十三歳にして教育問題を考えるってか」

「キリスト教で特に分からないのは、三位一体ってやつね。ほら、父と子と聖霊の御名によってアーメン、って言うじゃない？　父と子が神と神の子イエス・キリストっていうのはともかく、それまでずっと出てこなかったのに、ここにきていきなり出てきた聖霊って、何？　あなた誰？　って感じ」

「俺だって分からん」

「聖書だって、神様、めちゃめちゃ自己チューっていうか、ほとんど気まぐれで人間をひどい目に遭わせるじゃない？　一神教って実感としてよく分からない」

広い敷地の、ガイドが率いる集団につかず離れずでついていく。

ガイドとツアーのスタッフの掛け合いが漫才のようで、他のお客がどっと受けているのが聞こえる。

笑い声が、壁のどこかに反響して、すうっと広がっていく。

この微妙な疎外感と、あちらではちゃんと観光してくれているという満足感とが、たまらなく心地よい。

この雰囲気だと、あの向こうが池だ。

奥に山があるから、あれが借景だ。

そう予想しながら歩くと、本当にそうなっているので密かに満足する。

どことなく甘い香りのする風が、長い回廊を吹きぬけた。

なんだろう、この香り。線香の香りだろうか。それにしては、やけにねっとりとした、熱帯の花にも似た香りだが。

「信じるって意味じゃあ、ここも信仰が形になってるわけだよな。いったい何が違うんだろう。なんでこんな形になったんだろうな」

「風土とか、環境とか？」

「仏教って、元々はインドだろ。それが東へ東へと行くと、こんなふうになって、更に日本に辿り着くとあんなになっちゃうわけだ。伝播の過程って不思議だよな」

瓦屋根のカーブを見上げる。

勾配が反っていて、跳ねるように空に向かう輪郭。

「日本って、文化の冷凍庫とか吹き溜まりとか言われてるんでしょ」

「確かに、極東のどんづまりだもんなあ」

「いちばん端っこって、元の形がそのまま残りやすいんだって。だから、伝播の途中でとっくに廃れたり変わっちゃったりしたものが、日本だと古い形で残ってるらしいよ」

「それって、あれと同じ論理だよな。昔、あったろ、日本語の『全国アホ・バカ分布図』」

「関西のＴＶ番組で調べたやつね」

「あれには驚いたなあ――かつての都だった京都近辺を中心に、いろんな単語が同心円状に全国に伝わっていってるんだろ？　だから、同じ輪の上にある、いちばん端っこの東北の端と九州の端に同じものが残ってるっていう」

「仏教でも、文化でも、伝播の過程で、原形のものとは似ても似つかぬものになっちゃうのと、意外にしっかりそのままの形で残ってるものとあるじゃない？　あれってどうしてなんだろう」

「伝言ゲームみたいなものじゃないのか。コアに当たる部分は変わらないけど、その周りの部分はその場その場で変わる、とか」

「そういうことなのかなあ」

不意に、海の気配を感じた。

顔を上げるが、そちらには、長い土塀しか見えない。

壁は高く、古びていて、その上には薄曇りの空が続いている。

あっちが海だ。

俺はそう確信した。

あの灰色の空の向こうには海があって、水平線で鈍く溶け合っている。そんな景色を見たように思った。

「――伝言ゲーム」

梢が不意に足を止めた。

「コアに当たる部分と、その場その場で変わるもの」

その様子に異様なものを感じ、俺は彼女の顔を覗き込んだ。

「どうかしたか？」

「――あたしね、ゆうべ、久しぶりにちゃんと読み返してみたのよ」

唐突に、梢が呟いた。

一瞬、聞き取るのが遅れる。

「え？　何を？」

少ししてから聞き返す。

「『夜果つるところ』」

そう答えながら俺の顔を見た梢は、少しばかり後ろめたそうな表情をしていた。

この二日間、さんざん話し合ってきたテーマだ。

結局、あたしたち、この話題から離れられないのかしら。

そんな自嘲や照れ、あるいはあきらめが、中途半端な表情となってその顔に浮かんでいるように感じた。

「へえ。そうだったんだ」

「あなたも読み返したんでしょ？　どうだった？」

梢は探るような目つきで俺を見る。

俺は頭を搔いた。

「いや、実はまだきちんと読み返してない。言っただろ、初恋の人みたいなもんだから、幻滅するのが怖くてなかなか読み返せないって」

「なんだ、そうだったの。てっきり、初日の夜に読んだのかと」

「パラパラと、拾い読みはしたけどな」

「うーん。じゃ、この話するの、やめとこうかしら」

梢はためらう目つきになった。

その表情を見て、興味ががぜん湧いてくる。

「え、何か新たな発見でも？」

「うん。まあね」

梢は口ごもった。

「だけど、なんだか、今になってみると、あたしの思い込みなんじゃないかって気がしてきた」

「聞きたい。教えろよ」

「考えてみるとね」

梢は俺の懇願をするりとかわした。

「あたしたち、ずっと映画について話してきたし、飯合梓についても話してきたけど、そもそも肝心のテキストについてはほとんど触れてないよね」

そう指摘されて、考えてみる。

「確かにそうだな。でも、あそこにいたのは映画関係者のほうが多いし、『呪われた映画の思い出』というテーマで話していたから、当然っちゃ当然だろ」

「うん。その通り」

梢は大きく頷いた。

「だけど、もうちょっとテキストに注目してもいいんじゃないかと思った。飯合梓を巡る謎についてはいろいろ話してたわけだしさ。その答えは、飯合梓本人があのテキストにきちんと書いてるんじゃないかって思ったの」

俺は梢の顔を見た。

「どういう意味だ？」

「まあ、うまく隠してはいるけどね。もともとそのつもりでそうしたのか、図らずもそうなっちゃったのかは分からないけど。そういうことってよくあるよね——本人は隠してるつもりでも、隠してることでかえって露呈しちゃう、みたいなこと。小説とか、文章って、特に」

梢はゆるゆると首を振った。

何かに気を取られている横顔を見ているうちに、ふと俺の中に暗い影のような不安が広がった。

彼女は何を見つけたのだろう。これまで誰も気付かなかったこと——俺や角替監督や、熱心なファンを自任する真鍋姉妹ですら気付かなかったことだというのか？

背中にどっと汗が噴き出すのを感じた。

焦り——嫉妬——怒り？

なんとも複雑な感情が込み上げるのをこらえ、俺は努めて冷静な声を出した。

「隠してたことっていうのは、その——あの小説の中の仕掛けのことじゃないんだよな？」

俺は遠回しに確認する。

頭の中では、必死に、過去に読んだ『夜果つるところ』の中身について思い起こしていた。

俺は愕然とする。

いやはや、メインのあらすじは覚えているのだが、細かいところとなるとさっぱりだ。

今度は冷や汗が噴き出してくる。

なんとまあ。ちゃんと原典に当たらずに、なんだかんだと素人推理をこねくりまわしていたことを考えると、文字通りの汗顔ものである。

「あの小説には、大きなミスディレクションがあるだろう？」

梢は即座に首肯した。

「ラストのどんでん返しのところよね？」

「それも大きなものが二つ」

「うん。語り手の素性について、読者を錯誤させていたことが明かされるところと、事件の真相について、違うかもしれないと留保しつつも告白するところでしょ」

その部分はよく覚えている。

小説の肝ともいえる、初読時に最も強い印象を受けるところだからだ。

「そうだ。あれが、飯合梓にも当てはまると？」

「いやいや、そういう意味じゃなくってね」

梢はもどかしそうな顔になった。

「あ、やっぱり自信なくなってきた。雅春、今夜読んでくれる？　先入観与えてもなんだし——でも、ミステリ・ファンの人って、こういうコメントだけでもヒントになっちゃったりするんだよね？」

思わず苦笑してしまった。確かに、ミステリ・ファンというのは、何気ないコメントのはしばしから、バラされたくなかった真相に気付いてしまったりするものなのだ。

「いや、今回は分からないな。よし、今夜読む」

「そうして」

「それにしても、気になるなあ」

強い焦りにも似た衝動は、まだ俺の中にくすぶっていた。すぐにでも船に戻って、読み返したい。

そんなことまで考えてしまったほどだ。

ドッという笑い声が響いてきた。

ガイドとツアー客が、和気藹々《あいあい》と楽しんでいる。

この時ばかりはその声を聞くのが快感でなく、余計に俺の焦りを煽るのを、じりじりしながら噛み締める。

二十七、ピアノの島で

当初の予定では、このあと客家《ハッカ》の集落を訪ねることになっていた。

客家は中国の古い漢民族の一派で、土楼と呼ばれる独特な形をした巨大な建築物に住んでいることで知られている。高楼になった建物は、中庭の周りをぐるりと居住区が囲んでおり、外敵からの侵入を防ぐ砦《とりで》の役割も果たしていた。

ところが、出発前、鳥インフルエンザの感染が問題になっていて、家禽類と一緒に暮らしている客家（彼らの家は、一階部分が家畜小屋を兼ねていることもある）と接触するのはまずいのではないか、ということになり、この観光ツアーが中止になってしまったのだ。

実は、中国の歴史でしばしば重要な役割を果たしてきた人々の伝統的な集落を訪ねるというのは、私がいちばん楽しみにしていたイベントだったのだが、仕方がない。つい、何かの役に立てようとガツガツしてしまうのはこの稼業の性である。

代わりになのか元から予定に入っていたのかは分からないが、お茶の工場兼商店というところに行き、香り高いお茶をいただく。かなりの高級茶と思しきもので、結構みんなが購入していた。

それでも、もはや物欲は満たされている人たちなのだろう。彼らの買い物の仕方は実におっとりとしていて、なおかつ堅実だ。目も肥えていて、物の適正な値段もよく承知している。こういうところで煽られがちな、うぶな「観光客」だった時代はとっくに過ぎていることは一目瞭然だった。

飲茶《ヤムチャ》で昼食。

庭に面した静かなところだったが、もしかするとどこかのホテル付きの離れのレストランだったのかもしれない。

なにしろ、何も考えずに済むというのがあまりに楽すぎて、私は従順なツアー客という役割を喜んで演じ続けていた。

それは雅春も同じだったようで、二人でのんびりと他の客たちに付いていく。

会話の必要すらない。

こんな時、私たちは似た者どうしだという一体感を強く覚えるのだった。もしかすると、この一点のみが私たちを夫婦として結びつけているのではないかと思えるくらいに。

うまく表現できないが、感情のテンションとでもいうものが、それぞれの中で同じ水位で落ち着いている。

前の夫の時は、しばしば彼の中の水位が測れなかった。うんと高いところにあったり、とても低かったりと、今にして思えば意外にアップダウンの激しい人だったような気がする。私はどちらかといえば小刻みに上下するタイプだったので、いずれにしろ、彼とは水位が一致していると感じたことはなかった。若い頃は、その水位の違いにスリルや魅力を感じ、楽しめたのだろう。しかし、相手がカッカと沸騰していたり、ちゃぷちゃぷ音を立てていたり、が続くと、だんだんその違いを楽しめなくなってくる。それどころか、水位の違いをいつもチェックし、神経を尖らせるようになるのだ。

その点、雅春と私はいつも水位が近く、しかもその成分が似ていた。それはとてもありがたいことであり、ストレスが少ないことであると、この時私はしみじみ実感していたのだ。

旅というのは往々にして同行者と間が持てない瞬間が訪れるものであるし、間が持てないということがとてつもなく苦痛に感じる相手とそうでない相手とがある。もしこの旅が前の夫とのものであったなら、到底間が持てないばかりか、水位の違いばかりが強調されて苦痛だったろうな、と思う。

午後はフェリーに乗ってコロンス島に行きます、というガイドの声を脳の片隅で聞く。

「コロンス島？」

私は雅春の顔を見た。

雅春は椅子の背にもたれかかり、脱力したポーズのまま答える。

「南京条約かなんかでアモイが開港したあと、二十世紀初頭に共同租界が設けられた島じゃないか」

「南京条約ってなんだっけ？」

「アヘン戦争で締結したやつ」

「ああ、そうか」

世界史の教科書でしか覚えていない単語というのは、現実に目にする地理や歴史と有機的に知識が繋がっていってくれない。

ガイドの声が聞こえる。

中国で唯一のピアノの博物館があったので、古くから「ピアノの島」と呼ばれていました。

「ピアノの島」

そう口の中で繰り返してみる。なぜか懐かしい響きがした。

「雅春って、ピアノ習ってたんだっけ？」

「うん。姉貴が習ってたから、そのついでに」

「何年くらい？」

「八年くらいかな。ピアノは好きだったけど、ご多分に漏れず、中三の時受験でやめた」

「なるほど。お姉さんは？」

「姉貴は高校二年まで習ってて、大学受験でやめた」

「どうしてもそうなっちゃうよねえ」

「梢は？」

「習いたいと思ってたけど、うち、体育会系なんだよね。あたし、バスケ部だったし、突き指するようなスポーツやっててピアノもないでしょ」

「そりゃそうだ」

雅春は肩をすくめた。

そう。ピアノという言葉には、ほろ苦い憧れがある。ピアノだけでなく、お稽古ごと全般に漂う懐かしい気配。レッスンに出かけていく友達の、楽譜の入ったかばんが羨ましかった。誰かの家の前を通った時に聞こえてくるピアノの音も。

憧れ、というもの自体が懐かしかった。

憧れ。もはやそれも過去の言葉だ。今、あたしは何かに「憧れて」いるだろうか。「焦がれて」いるものや「焦って」いるものはあるけれど、何かをうるんだ目で「憧れ」ることなど、この先あるのだろうか。

バスを降りると、潮の匂いがした。生命のスープだったところの、有機物が渾然一体となった複雑な匂い。

導かれるままに港に近付き、雑然としたフェリーに乗り込む。

フェリーは込んでいた。

観光客と単なる移動の客とがごっちゃになって、客席は濁った色に見えた。

フェリーというのもやけに郷愁をそそるものだ。

別に郷里が海辺の町だというわけではない。首都圏の新興住宅街で育った私には、海は無縁だった。

ゆっくりと岸壁を離れ、方向転換をするフェリーのあとに、灰色の泡が航跡を描いて大きくうねる。

海鳥がその泡に集まってきて、フェリーにまとわりつく。

複雑に吹く風が、デッキを気まぐれに行き交う。

移動のためだけにフェリーに乗っている客は、笑わない。それがただの手段であり、過程であると分かっているから、笑いたいとも思わなければ、笑う必要もない。笑いながら会話を交わしているのは、無邪気な観光客だけだ。

フェリーの客席を埋める、自分と同じツアーの客をぼんやりと眺める。

朝からバスを乗り降りしているうちに、同じバスの客は大体の顔を覚えてしまった。

ほとんどが夫婦のようであるが、会話を交わしている客はいなかった。単に気付かなかっただけかもしれないが。

誰もが無言で、しかも無表情だった。互いの顔すら見ていない。

恐らくは、四十年、五十年と連れ添った人たち。それこそ、会話の必要すらない人たち。

彼らの互いの水位は近いのだろうか？

長年連れ添っているうちに、水位は一致してくるのだろうか？

自然にそうなるものなのか？　歩み寄る？　それとも、やはり合わない人は最後まで合わないのだろうか？

それぞれに長い歴史があると思うと、なんだか空恐ろしい心地になる。

ずっと先に見えていた島は、たちまち近付いてきて、出た時と似たような岸壁に、フェリーを待つ人々が鈴なりになっているのが見えた。

この約五分の道のりを、えんえん行ったり来たりしている生活というのはどういうものなのだろう。

岸壁に着く。跳ね橋のような扉が開き、わっと人々が出てゆき、またわっと人々が乗り込んでくる。人間たちを呑み込んでは吐き出し、吐き出しては呑み込む。

ぞろぞろと出ていくツアー客のあとに続きながら、旅って不思議だ、と思った。

このツアーの客たちは、ほとんどが現役をリタイアして「時間ができたから」旅をしているのだろう。いわば、旅そのものが目的であり、このために働き、時間を作ってきたはずなのだ。それなのに、彼らはまだどこか「上の空」なのだ。彼らには、他に「時間ができたら」やりたいことがあるように見えた。それは、今現在のこの「旅」ではない。そんな気がしたのだ。

「いつか、時間ができたら」ゆっくりやりたいこと。あの歳でそれがこの旅ではないのなら、この先いったい何をすればよいのだろう？

島は、いかにも南国のリゾート島という感じだった。

高い棕櫚《しゅろ》の木など、南方の植物が島を覆い、そこここにコロニアル調の開放的な邸宅が覗いている。それらのほとんどは、十九世紀後半から二十世紀初頭に列強が作った領事館の跡だった。島全体が、時間が止まってしまったかのようなセピア色に包まれている。いわば、島そのものが博物館じみていた。

観光客は多く、道は狭かった。

車やバイクの乗り入れが禁じられているという島は、あちこちで観光客がゾロゾロ列を作って散策している。

「すごい人ね」

「島全体がテーマパークみたいだな。おっきな庭の中の道を歩いてるみたいだ」

集合時間が決められ、我々ツアー客は放し飼いとなった。

領事館を見て回るうちに、どれがどれだか分からなくなってくる。

「横浜の山手をぎゅーっと凝縮したみたい」

「言ってること、分かる。あっちはもっとバラけてるけど、ここは箱庭っぽいな」

「それこそ、ジオラマよ」

庭園はよく手入れされていて、うねうねと散歩道が続いている。海沿いの散歩道には、こちらで珍重される奇岩と思しき変わった形の石がどこまでも並べられている。ここだけ見ていると、確かに中国にいるのだという実感が湧く。

海に面した散歩道はどこも観光客でいっぱいで、道が狭いせいもあってなかなか進めない。

人の多いところを避けて、かねてから耳に残っていた「ピアノの島」を実感すべく、ピアノ博物館に行くことにした。

丘の途中にあるピアノ博物館は、巨大な邸宅を博物館に転用したもののように見えた。

入ってみると、やはりこの元邸宅はべらぼうに広いことが判明した。

それも、丘に沿って建てていったらしく、奥へ奥へと部屋が延びていて、どこまで行ってもまだ先がある。

「面白い建物だね」

「建て増ししたのか？　いや、でもそんな感じじゃないなあ」

雅春が壁や床をじろじろ見ていたが、特に新旧の差は見つけられなかった。

「領事館というより、ちょっと学校ぽくない？」

「うむ。言われてみればそんな気もするな」

天井が高く、窓も高い。凝った寄木細工の床や階段は、風格があって意匠も見事だった。

そして、誰かの家の中を進んでいくような中に、そこここに古いピアノが置いてある。

「うわー、珍しいピアノばっかりだなあ」

雅春が声を上げた。

確かに、ロゴを見ても聞いたことのないメーカーのものばかりで、いったいどこの国のものなのかすら分からない。

「楽器というよりも、調度品だな」

「装飾品ね」

古い洋館に、古いピアノの群れはよく似合っていた。

フランス窓に古びたレースのカーテンが掛かっていて、うっすらと午後の光が射し込んでピアノを照らしているところを見ていると、長いドレスを着たヨーロッパの貴婦人が音もなく歩いてきて、ピアノの蓋を開けるのではないかという錯覚に陥る。

「うーむ。ここ、夜は怖いだろうなあ」

雅春が呟いた。

私も同意する。

「絶対幽霊が出そう」

「出るだろ。学校の音楽室どころじゃないぞ」

「うん。きっと夜中に、あちこちでピアノが鳴るのよね」

「お約束だ」

「今も、出てそうね。昼間でも、その辺りに立ってそう」

「ガイドに紛れて、元のピアノの持ち主がな」

むしろ、この場所ならば、昼間のほうが幽霊に似合っているような気がした。

淡い光。少し黄ばんだレースのカーテン。建物全体が、ピアノと共にうっすらと紗が掛かっていて、影が柔らかい。ここなら、影のない人物がすっと横切っていっても目に留まらないだろう。

見知らぬ誰か、もうこの世に存在しない誰かが紛れ込んでいても。

そう思いついて、私はギクリとした。

今いる同じ部屋の隅のほうに、帽子をかぶった女性が立っているのに気付いたからだ。

広めのつば。顔は見えないが、長い髪の女性で、ちょっと年配のようだった。

帽子をかぶった女。

肩の後ろがひやりとした。

もし飯合梓が紛れ込んでいても、気がつかない――

そっと振り返ると、その女が、後から入ってきた女性に手を振り、賑やかな笑い声が上がった。

ただの観光客か。

馬鹿げていると思いながらも、私は内心安堵していた。

「――今の、飯合梓っぽかったな」

雅春がそう呟いて、思わず振り向く。

そこには、私と似たような、ちょっと青ざめた顔がある。

「やだ、あなたもそう思った？」

「うん。なんだか、絶妙な位置に立ってたしな」

「やめてよ、怖いじゃない」

「俺も、ちょっと怖かった」

私は笑って雅春の肩を叩いたが、まだ恐怖が肩の辺りに残っていた。

絶妙な位置。

私は、そっと振り向いて彼女が立っていた位置を見た。

確かに、雅春の言う意味はよく分かる。

部屋の中の、なんとなく死角になる位置なのだ。すぐそばに明るい窓があるが、柔らかく射し込む光からも陰になっていて、そこに立っていることに気付かれにくい。

窓が少しだけ開いているようだった。

内側に下げられたレースのカーテンが、ゆっくりと揺れる。

「やあね、古いレースのカーテンって」

私は思わず顔をしかめていた。

「うん。揺れたり、膨らんで重なりあったりすると、誰かの影が動いてるみたいに見えるんだよな」

「やめてよ」

何かがまた私をゾッとさせる。

「子供の頃さあ、母親が、レースのカーテンがあれば、外から見えないって言ったのをよく覚えてるよ。内側からは外が見えるけど、外からは見えないって。なんだか分からないけど、そのことが凄く怖かった」

雅春は独り言のように続けている。

「あれもそうだろ。京都の町屋の格子窓。不思議だよな。外からは見えないけど、中からは意外なくらいよく外が見える」

その場所を離れつつも、私はどうしてももう一度振り返らずにいられなかった。

膨らんだままのカーテンが、そのままの状態で動かない。

まるで、ストップモーションのようだった——「だるまさんがころんだ」みたい。

不意にそんな考えが降ってきた。

私が見ている時には知らん振りして動かないけれど、目を離したとたんに、きっと動き出すに違いないのだ。

何を馬鹿な、と私は自分を嗤《わら》った。

なぜそんなことを連想してしまったのだろう。こんなに明るい異国の午後に、こんなに大勢の観光客がいる場所なのに。

そう自分に言い聞かせようとしてみるものの、そのあともしばらくのあいだ、肩のところの肌寒さは消えてくれなかった。

二十八、幻滅

久しぶりの陸地は、寄る辺のない海上生活を過ごしていた乗客たちに精神安定剤のような役割を果たしたようだった。

高齢者の体力に合わせ、どこまでも余裕を持たせたスケジュールの観光ツアーだったので、疲労はほとんど感じなかったが、異国の地面の上を確かに数時間歩いた、という体験は不思議な安心感をもたらしてくれたのである。

帰りのバスの中で、梢がふと、思いついたように俺を見ると言い出した。

「これから数日間は、個別にインタビューする」

「個別に？　一人ずつ？」

「うん。個人面接ね」

「ていうことは、夫婦も別々にやるってこと？」

「そう」

「なんだってまた？」

俺はそう聞かずにはいられなかった。

彼女が、この先どう取材を進めていくか迷っていることは知っていた。それ以前に、このテーマ、この作品をどう書くかという根源的な問題に突き当たっていることも。

「うーん。あたしがもし本当にこれを書くのなら、それぞれの当事者に一対一で向きあわなきゃならないなって思ったの」

その口調には、奇妙な諦観のようなものが含まれていて、俺は思わず彼女の顔を見てしまった。横顔から、このところずっと感じていた迷いが消えているように見える。

「ああしてみんなが話すいろいろなエピソードを聞いていて、凄く面白かった。みんなが一緒にいるから記憶が喚起されて、いろんな話が出てきたというのはあるでしょう。だけど、やっぱりみんな演技してるよね。人の目を、耳を、気にしてる。話の内容も、率直だけどどこか最大公約数になってしまってる」

梢は考えながら続けた。

「それに、あたし、結構雅春に頼っちゃってる部分があるんだよね。ありがたいし、この先も利用させてもらうつもりだけど、みんな、雅春に向けてのトークになってるってことに気がついたの。それはちょっとまずいかなって」

俺もハッとした。

確かにそれはある。特に親戚とは、どうしてもそういう構図になってしまう。俺自身、梢とは別に仕掛けていっているという自覚もある。

「あたしが書くんだから、あたしが聞かないと。もしかすると、雅春相手のようには話してくれない可能性もあるし、もっと演技されて煙《けむ》に巻かれるかもしれない。だけど、それでもいいからやんなくちゃなあって思ったの。このままじゃ、あたし、ただの書記だなあって。作家じゃないなあって」

あの姉妹とも勝負するんだな。

真っ先に浮かんだのは綾実と詩織の落ち着き払った顔だった。

一対一で梢とあの二人が対面した時、どんな会話が交わされるのだろう。

些かスリリングな眺めになりそうで、俺はそれをこっそり覗き見したい衝動に駆られた。

マジで覗いてやろうか。

「ふうん」

疑問が込み上げてくる。

「なんでそう思ったんだ？」

梢は怪訝そうに俺を見返した。

「なんでって？」

「ずっと迷ってただろう。この先どう取材するか」

「うん」

その迷いは、今日のツアー中でも感じられた。迷いを一時棚上げして、ツアーを楽しもう。そんな逃避の意識もあったはずだ。

「何がきっかけに？」

強い興味を覚えていた。

梢はちょっと困ったような顔になると、首をかしげた。

「なんだろう。あのピアノの島を出る時に、フェリーに乗った瞬間、やんなくちゃって思ったの。何かきっかけがあったというより、これ、考えといてねってコンピューターにデータを打ち込んでおいた問題が、知らないうちに知らないところでずーっと演算されてて、ペッと答えを吐き出したのがその瞬間だったってことなんじゃないかな」

「なるほどね」

梢の言いたいことは分かるような気がした。

意識下でずっと考えている問題、というのは、大なり小なり誰でも抱えているものだ。頭の片隅でずっとああでもないこうでもないと考えているうちに、ふっと答えが降ってくる瞬間というのは確かにある。

「おまえのいうのももっともだ。健闘を祈る」

「ありがと」

「だけど、面接の結果をちょっとでいいから教えてほしいな。もちろん、秘密は厳守するから」

「ふふ。考えとく」

梢は謎めいた笑みを浮かべた。

船に戻って、ゆったりと夕食を摂り（久々に運動しただけあって、食欲も戻ってきた。もちろん飲酒欲も）、大浴場に行き風呂に浸かった。

梢は、みんなに電話を掛けて、「面接」のスケジュールを埋めていたようである。

次の寄港地のベトナムまで、これからまた丸二日間は洋上だ。そのあいだにみんなと話すつもりらしい。

「この二日間で全員は無理だろ。午前一人、午後一人くらいが限界じゃないか」

「あたしもそう思うんだけど、後半は観光が多いから、結構日程きついのよね。でも、最後にみんなでもう一度ディスカッションする機会を持ちたいの。そう考えると、観光の合間にも話を聞くにしても、この二日間である程度詰めておかないと」

「ふむ。名探偵が最後にみんなを集めて真犯人を名指しするわけだな」

「やだ、そんなんじゃないわよ」

梢は苦笑した。

だが、この時、俺には奇妙な予感があった。

梢が皆の前で、淡々と何かを説明している場面。

そんな彼女を見て、誰もが絶句し、驚きの表情で彼女を見つめている場面が、ふと目に浮かんだのだ。

はて、いったい彼女は何を説明しているのだろう？

そんなことまで考えた。

これまで、この旅の陰の主役は俺で、俺が名探偵だと思いこんでいたのだが、もしかすると名探偵は梢のほうなのかもしれない。

そんなことを考えつつ、ほうじ茶を飲みながら、俺は密かに緊張していた。

昼間、彼女から出されたクエスチョン。

テキストの中に、これまでに俺たちが挙げた疑問の答えがあるという。

飯合梓が数十年前に書いた『夜果つるところ』の中に。

俺は、今夜中に『夜果つるところ』を読み返し、梢のクエスチョンに答えるつもりだった。

いよいよ、初恋の人とのご対面をしなければならない。これまでに経験したことのないような、奇妙な緊張感である。

思わず、バルコニーに出て一服する。

なんという小心者。暗い海を眺めながら、一人苦笑してしまう。

夜の海は、どろりとしていた。

南国の海だというのもあるだろう。カレンダーは十二月に入ったというのに、風も生暖かく、寒いという感じはない。

さして荒れているようでもなく、かといって天気がいいわけでもなかった。

星は見えず、均一に塗り込められたような灰色の空が黒い海と二色に並行してどこまでもどんよりと広がっている。

なんとなく、遠からぬところに巨大な陸地があるという気配があった。

これからはユーラシア大陸沿いに進むのだから、そう感じるのは当然かもしれない。しかし、明らかにこれまでとは海の様子は異なっていた。人間の集団の気配、人間の営みの気配がここまで漂ってきているような気がするのである。

海というのは、よくできた道だな。

そんなことを考える。

もし、地球が全部陸地だったら、移動はたいへんだったろう。山あり谷あり、べらぼうな高低差を移動するのは、海上を移動するのに比べ、ものすごい距離を移動することになる。均一な高さの海を横に移動していく船は、何かを運ぶ手段としてもエネルギー的にローコストだ。

夜の海。

つい、視界の中に光を探してしまう。

さすがに陸地の光は見えない。どこまでもどろりとした、つかみどころのない空間。

海を前にすると、この世に一人きりのような気がするのはどうしてだろう。

目を凝らしても、何も見えない。

山にいる時はそんなふうに感じない。むしろ、山を歩いている時は、不思議と誰かの気配を感じるし、一人だけど孤独ではないという確信すら覚える。

しかし、海の前に立つと。

俺は、煙草の煙が吸うそばから闇に消えるのを見つめていた。

この上なく一人きり。この世界に、俺は一人きりだ。

そう呟いてみたくなる。

別にハードボイルドを気取っているわけではないが、そんな感慨がふつふつと込み上げてくるのだ。

この海のどこかで、いずみが眠っている。

なぜかそんなイメージが浮かんだ。

あの、「死んだように眠る」いずみが、暗い海の底で、自分が海の底にいることにも気付かず、こんこんと眠っているところが。

俺はぶるっと身震いをして煙草を消すと、携帯灰皿にしまって部屋の中に戻った。

梢は黙々とテープ起こしをしている。

何かに夢中になっている彼女は、俺をホッとさせた。

そこでようやく俺はあきらめ、腹をくくってソファに向かった。

テーブルの上にはあのテキストがある。

さあ、ご対面だ。

この晩の、この読書のことは、しばらく忘れられそうにない。

いや、しばらくどころか、この夜の絶え間なく続く一瞬一瞬と、読書している自分のことを一生覚えているだろう、という確信があった。

人生にはしばしばそんな瞬間が訪れる。

後から思い返す、とある瞬間。人生が変わるとまでは言わないが、人生を引っかく程度の影響をここから受けたのだと思いだせる瞬間。

そういう瞬間というのは、必ず第三者としての記憶である。

その瞬間を体験している自分を、天から見下ろすようにして記憶しているのだ。

この日のことも、俺は自分がソファに座って、寛いだポーズで本を手に取っているところを思い浮かべる。

備え付けのテーブルランプの柔らかな光。

いっしんに作業している梢の背中。

そういったものが風景の一部となって、額縁に入れた絵のように、この時の自分の姿を記憶しているのだ。

さて。

この初恋の人との久しぶりの対面を一言で言い表すならば、それは「幻滅」という単語に集約されるだろう。

不幸な対面だったのか？

初恋の魔法は無残にも解けてしまったのか？

いや、そうではない。

「幻滅」という文字をもう一度よく見てほしい。

幻が滅するのである。そのこと自体は、いいも悪いもなく、ただの事象である。どちらかといえばネガティヴな意味に使われる言葉であるが、この晩の俺の場合は、文字通りの事象としての意味を表していたのだ。

悪い意味での「幻滅」なら、これまでさんざん経験していた。

読書に関しても例外ではない。

子供の頃に感動した本を読み返すのがリスキーであることを、繰り返し思い知らされてきた。受容にはタイミングがあり、子供だからこそ感動できるものがあるというのも理解した。

だが、『夜果つるところ』の場合、それとは全く違う方向の「幻滅」だった。

記憶の中のテキストが、全く異なる様相で読み替えられていく。新たな印象で、イメージで、塗り替えられていく。

記憶の中の場面が、別の景色になる。

発するエネルギーの色合いがかつて知っていたものと全く異なる――

そういう「幻滅」だったのだ。

読み終えたあとも、俺はしばらくソファに座ったまま、じっと新たなイメージの中をたゆたっていた。

いや、動くことができなかったのだ。

その頃には、もう梢はベッドに入っていたような気がする――俺は、彼女がいつベッドに入ったのか思い出せなかった。だが、この時もう彼女は作業を止めて、姿を消していたことは確かだ。

不思議な夜だった。

まるで、ソファに座って、テーブルランプの明かりの中に照らし出されている俺とあの本だけがカプセルに封じ込められてしまったような時間と空間だったのだ。

いちばん違いを感じたのは、俺が『夜果つるところ』に感じていたイメージに対する「幻滅」だろう。

俺の記憶の中のテキストは、限りなく耽美的なゴシック・ロマンとして印象に残っていた。辺鄙《へんぴ》な山奥にある訳ありの娼館。それを、そこに住む子供の目から描いたグロテスクでエロティックな世界。

あらすじからすると、そんな印象を持ってしまうのも無理はないだろう。しかも、これを初めて読んだ時の俺は、いたいけなティーンエイジャーだったのだ。文章のはしばしにいけないものを読み取ろうとしていたのは明らかである。

しかし、それは俺の大きな読み間違いだった。

大人の目から読んだテキストは、どちらかと言えば乾いて軽く、寓話めいたファンタジーだったのだ。

しかも、記憶の中の文章はおどろおどろしくて華美なものだったのに、実物はそうではなかった。センテンスは決して長くないし、むしろあっさりした描写と言ってもいい。

かくも、テキストの印象は変わるものなのだ。

俺は、そのことに驚きつつ、ページをめくっていた。

そして、ラストシーン。

登場人物のかなりが死に絶え、客観的には悲惨な物語のはずなのに、なぜか終わりには奇妙な爽快感すら漂っている。

そのことに、俺はあっけに取られていた。

かつて読了した時には、悲惨なラスト、衝撃的なラストとして少なからぬショックを受けたはずなのだ。世の中には、こんな終わり方をする物語があるのだと思ったことも覚えている。

なのに、今度の読後感はほとんど一八〇度違っていることに、俺はすっかり呆然としてしまったのだ。

ぼんやりとしているうちに、時間が伸び縮みしていた。

過去のことを考え、現在のことを考え——かつての読者だった自分と、今の読者の自分とを行ったり来たりしていた。

ここまでイメージが異なるとすると——他のみんなはどうだったのだろう？

そう考えずにはいられなかった。

監督は？　島崎氏は？

綾実たちは？

ファースト・インプレッションと、現在の印象は、皆同じなのだろうか？

もしかすると、俺と同じく、彼らもかつて読んだ昔の印象だけでここ数日のセッションをしていたとしたら？

衝撃を覚え、ぞっとした。

昔の印象、最初の印象だけで会話をするというのは恐ろしいことだ。

俺はじわじわと、別の「幻滅」が押し寄せてくるのを感じた。

いったい、俺たちはどのくらい似たようなことをしでかしているのだろうか。何年も前の自分、すっかり変わってしまった自分の記憶を基に、どれくらい間違ったことを語り合っているのか。

この時、俺はほとんど冷や汗を掻いていたような気がする。

もしかすると仕事でも——過去の古い知識だけで何かを判断していたとしたら？　何か重大な錯誤をしていないと言い切れるだろうか。

不安と後悔、疑念が次々と浮かんできては消える。

そのマイナス感情にしばらく耐えてから、「今はどうしようもない」と自分に言い聞かせ、『夜果つるところ』に意識を集中した。

もしもみんなが、直近にこのテキストを読み返していなかったとしたら——ましてや、読んだのはずっと以前のままで、俺のようにかなりの歳月をファースト・インプレッションだけで過ごしてきていたとしたら。

俺は固く決心していた。

みんなも読み返すべきだ。そして、このテキストの印象を改めて確認すべきだ。そうみんなに提案しようと思った。

その上で、最後にもういちど皆でセッションをすべきなのだ。

全く眠気は襲ってこなかった。

意識は鮮明で、次々と新しい考えが湧き起こってくる。

眠れそうにない。

俺は、ソファの上で嘆息した。

本をもう一度手に取り、表紙を開いたり、閉じたり、パラパラページをめくり、ラストシーンを読み返してみる。

じわじわと興奮が込みあげてくるばかりで、やはり眠気は襲ってこない。

ふと、俺は、自分が無意識のうちに視線を向けているものに気付いた。

部屋の隅に置かれた段ボール箱。
今だ。今しかない。
そう思った。
俺はゆっくりと立ち上がり、そうっとその箱に向かって近付いていった。
このまま、この魔法の夜のあいだに読むしかない。
俺は手を伸ばし、箱のふたを開けた。
今こそいずみの残した、例のノートを。

二十九、とある作家への架空のインタビュー

——という感じなんですけど、いかがです？

聞いていてどう思われますか？　なかなか面白かったと思うんですけど。

ねえ。ずっと聞いてらっしゃったでしょ？

あたしは霊感だのなんだのというのは信じないし、全く感じない人間なんですけど、それでもこの旅の初めから、ずっとあなたの気配を感じていたような気がするんです。

ラウンジの隅に——白昼の船上で——そうそう、あのピアノの島にもいらっしゃいましたよね。

——おや、否定なさるんですね。

あたしたちの与太話なんか興味ないとおっしゃる？

そうでしょうか？　それは本心ではないですよね。あなたはあたしたちの話に興味津々なはず。

見当違いな与太話であればあるほど、あなたは嬉しくてたまらないはず。恐らく、小躍りしながら、目を輝かせて聞き入っていらっしゃったんじゃないでしょうか。

違います？

あたし、思うんですけど、作家って、ふたつのタイプがいるんじゃないでしょうか。

作品におのれのすべてを注ぎ込み、おのれの存在は消して作品だけが残ってほしい人と、作品は

あくまでも媒体であって、実はおのれ自身を残したい人と。

あなたは前者のふりを装っているけど、本当は後者ですよね。

しかも、ものすごく後者。

なまじおのれを偽り、おのれの素性を消そうとしていただけに、抑圧された自己顕示欲がぱんぱんに膨らんでいる。

それはもう、この船を呑み込みそうなくらい、巨大に。

それがあなたの――そして、今ここに集まった人たちがかけられている、呪いなんだと思うんです。

――あら、あたし、霊感も何も信じないと言いつつ、やけに非科学的な話をしてますね。

これでもあたし、ロジカルなライターだと言われてきたし、ロジカルなテーマばかり書いてきたんですけど、今回あなたの作品に関わってからというもの、なんだかそちらに引き寄せられているみたいで。

正直に打ち明けますと、あたしはあなたのいいファンじゃない。

もちろん十代であなたの作品を読み、あなたに憧れましたけれど、あたしはあなたの「正しい」読者じゃない。

当初からそういうあきらめがあったことを認めます。あなたの作品のファンだ、とあたしの夫のように素直に認められない。夫は、由緒正しきあなたの読者ですし、ここにいる皆さんも「正しい」あなたの読者です。

そんなあたしがあなたについての本を書こうとしているなんて、今も信じられない。もっと書くべき人が他にいるのではないかと、この期に及んでまだ迷っている。

だけど、そういう引け目がある人間が書いたほうがよいのではないかとも思っている。

この船に集っているのが、「正しい」あなたの読者たちであるからこそ、あたしが混じっている意義があるし、彼らのようにはあなたに同質なものを感じられないという違和感を書くのがあたしの使命だとも思っている。

だから、あたしはサークル内の人間ではない。そのことは予《あらかじ》め——とっくにお気付きでしょうけど——申し上げておきたいです。

また作家のタイプの話をします。

作家には、論じやすい、あるいは語りやすいタイプと、そうでないタイプがいると思います。それは、さっき話したふたつのタイプに関係してくる。作品ではなくおのれ自身を残したい人のほうが、論じやすく語りやすい。作品に奉仕するタイプの作家よりも、作品に奉仕させるタイプのほうが、作者が透けて見えるからです。作者の意図が、性格が、すくいあげやすい。作者に共感しやすいし、感情移入しやすい。そうは思いませんか?

作品そのものの完成度が高く、その作品のみが屹立《きつりつ》していると、つけいる隙も、論じる隙もなくなってしまう。なぜ、いかに、その作品の完成度が高いか、についてしか語ることができない。作者が透けて見えず、感情移入もできない。

で、あなたのように屈折した、抑制されたタイプの作家は——

あ、不機嫌そうですね。

あたしの作家論なんか聞きたくないと?

いえいえ、今しばらくお待ちを。これは「あたし」ではなく「あなた」についての作家論なんですから。もう少し聞いていただければ面白く感じていただけるかと。

で、あなたみたいなタイプは――きっと未練と執着があるんだと思うんです。

あなたが生きているのか死んでいるのかは分かりません。恐らくは、もう亡くなっているのでしょう。だけど、ほら、あの、あなたが会いにいらして、写真を撮ったという、あの映画評論家の先生。あの先生は今もご健在です。

ご覧になったでしょ？　可愛い恋人が一緒ですよ。

ですから、あなたもまた、今もどこかで生きているという可能性がないとは言い切れません。

――そうだとすれば、この船に乗っているあなたは、もしかしたら死霊ではなく生霊なのかもしれませんね。

あの男の子がいみじくも言ったように、どこかで『夜果つるところ』を書いた頃のことを今も夢見ているのかもしれません。

なんだか、その光景が目に浮かんでくる気がします。

あなたが生きているにせよ、死んでいるにせよ、あなたはずっとずっと、あなたに関する噂に聞き耳を立てている。

表向きには、あなたは自分の素性を隠しおおせ、自分の存在を隠蔽しきって、安堵しているのでしょう。見事、この世から逃げ切ったということになるのでしょう。

しかし、あなたの本心はそうではなかった。

あなたの心の奥底では――作家としてのあなたは、そんなことは望んではいなかったのです。

あなたは、常に自分の素性が暴かれることを願っていたはずです。もっと注目してほしい、と思っていたはずです。私を見つけだしてほしい、私のことを語ってほしい、崇《あが》めてほしい、畏怖してほしい。そう熱望していたはず。

だから、あなたは引き寄せられてしまうのです。

あなたについて誰かが語っていると、あなたの作品に誰かが関わろうとしていると、あなた自身が、いつのまにか。

そういう作品って、ありますよね。

読んでみよう、考えてみよう、調べてみようとした時に、呼応している感じがする作品。

あたしですら、そんな体験をいくつかしたことがあります。

テーマを探していて、何かが引っかかる。どこか心が動かされて、ちょっと調べてみようかと思う。すると、次々に関連するものが現れる。集まってくる。繋がってくる。まるで一本の道が目的地まで敷かれているかのように、するすると導かれていってしまう。

かと思うと、ピクリとも動かないものもある。

こっちが積極的にアプローチして、働きかけようとしても、固まったまま。底に蠢くものが何もない。

しかし、あなたの作品は、そうではない。

小さな沼みたいなあなたの作品は、覗き込むと自分の暗い影が映るのと同時に、水面の奥底でちろちろと動く別の影の存在を感じるんです。

それが、もっと奥を覗き込みたい、水面を掻き回してみたいと思わせるところなのでしょう。もしかすると、沈んでいるのはただのヘドロか、小動物の骨か、有毒物質を含んだ産業廃棄物かもしれないのに。

——ああ、すみません。決して侮辱するつもりではなかったんです。

ヘドロも骨も産業廃棄物も、悪い意味で言っているんじゃないんです。

だって、今更、古い沼の底にとても美しい、誰も知らない宝石が埋まっていましたというのも嘘臭くありませんか？

都市鉱山て言葉をご存じ？

きっとご存じないですよね、最近できた言葉ですから。

日本は資源がないないと言われていますが、携帯電話やパソコンの部品には、希少な金属が含まれていて、毎年廃棄されるそれらの機器の中の金属を集めると結構な量になるらしい。で、今、地方の鉱山の町では、そういった廃棄物の中から希少な金属を取り出すのを主な産業にしているところがあるんです。それには高度な技術が必要で、そのノウハウを見込んで、国外からも廃棄物が運び込まれているんだとか。それが、びっくりするような利益になるんだそうです。

――ごめんなさい、話が脱線してしまいましたね。

あたしったら、架空のインタビューだと、こんなに図々しく、こんなに皮肉ったらしく、こんなにまどろっこしくなるんですね。普段はいい子にしている反動なのかしら。

はい、すみません。

あなたの作品が沼みたいで、見ている者の影も映るし、底に何かいるって話でしたよね。

そうなんです。

あなたの作品は「動く」んです。

いつも揺らいでいる。定まらない。固まっていない。

それがあなたのせいなのか、読者のせいなのかは分かりません。あるいは両方のせいなのかもしれません。

とにかく、あなたの作品は揺らいでいる。

あなたの作品を読んでいると、刑事ドラマの取調室を思い出します。マジックミラーになっていて、取調室の中の犯人と捜査官のやり取りを、こちら側から複数の捜査官が見つめている。

マジックミラーって、ちょっと暗いですよね。普通の窓と違って、明度が低い。一面に薄墨を塗ったような暗さがある。あれが、それこそ沼の水面を連想させるんです。

あなたがいるのはどちら側なのでしょう。どちらかと言えば、我々が取調室の中にいていろいろやっているのを、あなたがマジックミラーの向こう側から眺めている、という感じでしょうか。

とにかく、我々とあなたは意外に近いところにいるのだと思います。

もしかすると、『鏡の国のアリス』のように、鏡に手をかざせばぐにゃりと表面が溶けて、互いの指が触れられるくらい近いところに。

あなたの世界は揺らぎ続け、動き続けているがために、境界線も曖昧なまま。ですから、あなたは我々があなたの噂をし、あなたの作品に触れようとすると、呼び寄せられてきてしまう。我々のところへやってきてしまうのです。

いや、ある意味、我々が招聘《しょうへい》しているのかもしれません。あなたの作品の揺らぎ、水面下で蠢く何かを呼んでいるのでしょう。

その結果、我々は共鳴してしまう。必要以上の振動、カオス、混乱が、互いに干渉しあってしまう。

それが、「呪い」なのです。我々とあなたの。

——だから、何？　それが何？　との仰せですね。

はい、おっしゃるとおりです。でも、それが、この旅であたしがこれまでに出したひとつの結論なのです。

あなただから打ち明けますが、あたしはこれからこの説を裏付けるために、皆さんにインタビューを試みるつもりなのです。

ストーリーを作ってからインタビューをするなどという行為は、もしあたしがジャーナリストならば非難されるでしょうが、なにしろあたしも小説家の端くれですから、あなたと我々の「呪い」の本質を見極めるために話を聞きたいと思います。

ええ、確かにノンフィクションという形で発表するつもりですが、まだ分かりませんし、ノンフィクションといえど事実をある面から見たフィクションでもあるわけですし。

——嫌ですか？

あたしに書かれるのは嫌？　そうですか。そうでしょうね。小説だったら？

ああ、もっと嫌ですか。じゃあ、やっぱりノンフィクションにしときます。

じゃあ、あの姉妹だったらいいですか？　あの二人、あなたを漫画に描くかもしれませんよ。

——嫌い？　ああ、お嫌いなんですね、あの二人を。

気持ちは分かりますが、ある意味、この中でいちばんあなたのことを理解しているのはあの二人かもしれません。

はい、あたしはそう思います。

ご覧になってお分かりでしょうが、あの二人は合作してひとつのペンネームを名乗っています。あの二人も、あなたと同じく、「引き裂かれて」いる。

あなたが、おのれの存在を消したい自分と主張したい自分とのあいだで引き裂かれているのとはちょっと違いますが、創作者としてのそれぞれの分担とそれぞれの自負のあいだで強く引き裂かれているのではないかと。その正確なところは分かりませんが、かなりの葛藤を抱えているように見受けられます。

――一緒にしないで、との仰せですが、あの二人がいちばん熱心なあなたのファンであることは間違いありません。

それは認めるんですね。

どうです？　他の方たちも、懐かしいでしょう。

編集者にプロデューサーに映画監督に――皆さん、あなたに積極的に関わった人たちばかりじゃありませんか。だからこそ、あなたは引き寄せられてこの船にやってきたのでしょう？

何か彼らに聞いてみたいことはありますか？　なんでしたら、あなたに代わって質問させてもらいますから。

――あたし？

あたしに何が聞きたいと？

ああ、あたしの夫と――夫の前妻、ですか。

確かに、前妻はあなたに関わっていますし、夫も熱心な読者として、ここにいるみんなと同じく、かなり積極的に関わっていますものね。――ええ、ええ、あなたに隠したってしょうがありませんね。あなたはあたしたちが招聘したわけですし、ここまでずっとご覧になっていれば分かることでしょう。

あたしは、彼には、まだあたしに打ち明けていない何かがあると思っています。

それは、この旅に誘われた時からずっと感じていました。

いえ、その件じゃありません。

彼が、前妻があなたの作品の映像化に関わっていたことをあたしに教えていないのも事実ですけど、その件だけじゃない。もっと別の何か。彼はその何かを調べるために、この旅に出たんです。でなければ、この忙しい時期にこんな長期間の休みを取って、やってくるはずがない。その上みんなの話をこっそり録音までして。

それが何か？　分かりません。

それに、実のところ、あたしがその理由を本当に知りたいのかどうかも、今はさっぱり分からないんです。

三十、印象について（Qちゃんの話）

ねえ、しつこいようだけど、俺なんかでいいの？

ホントに俺がトップバッター？

もう気付いてると思うけど、俺、バカだよ？

それに、俺、飯合梓の本、読んだことないよ？　そもそも、本自体、数えるほどしか読んだことない。教科書だって、ロクに読んでない。もちろん、成績最悪。

これって、おねえさんが本書くための取材なんでしょ？　他にいっぱいエライ人いるんだから、そっちから始めたほうがよくね？

ああ、ウォーミングアップなの。

なるほど、俺くらいのバカのほうが気が楽なんだ。

ふうん。なら納得。それなら、俺のほうも楽ちんだよ。

え？　やだな、気を悪くなんかしてないよ。俺がバカなのはほんとのことだし。

それに、俺だって、いつもちっとは気ぃ遣ってるもん。先生、ああ見えて結構セレブだからさ、先生の友達とか、仕事とか、話に加わっててがっくり疲れるのもよくある。だから、おねえさんの気持ちは分かる気がする。

今回？

普通かなあ。怖さで言えば並くらい。もっとおっかない人、いーっぱいいるし。

女の人が多いよね、今回。いつもは、ほとんど野郎とジジイばっかりだから。なんか、ちょっと新鮮。

おねえさん、よくあんなにじっとして、ずーっと人の話聞いてられるね。仕事なんだろうけど、俺には絶対無理。俺、意外に昔話キライじゃないんだけど、さすがにあんだけ聞いてると飽きるわ。

おねえさん、小説家なんだよね？　ずーっと字ぃ書いてるなんて、信じられない。何冊くらい出してるの？　へえ、そんなにいっぱい。ゴメン、知らなかった。あ、俺が知らないのは当然か。

先生との出会い？

なんでそんなこと聞くわけ？　呪われた映画と関係あんの？

まあ、いいけど。ウォーミングアップだもんね。了解。

築地の場外で朝飯食ってて、そこで会った。

俺はひとばん遊んでて、夜明け前で、小腹が空いたんで、うち帰る途中で寄っていった。

うん、行ったことあるなら分かるよね？　みんなひと仕事終わったあと、飲めるとこ幾つかあるでしょ。あの辺で。

先生は、銀座で、オールナイトで映画を観たあとだったみたい。うん、あの頃はまだ先生も体力あったよね。ギンギンにオールナイトで三本、四本、当たり前に映画観てたっていうから。

俺も、元々映画は好きだった。

ほら、両ちゃんがいたからさ。

うち、共働きだったから、子供の頃はよく両ちゃんが映画連れてってくれた。歌舞伎とか、落語も連れてってくれたなあ。

うん、浅草とか、雰囲気も好きだったし。

うん、いわゆる大衆演劇っていうの？　両ちゃん、そういうところの役者さんたちにも顔が広かった。俺も可愛がってもらった。

あの時は何してたんだったかなー。覚えてないなあ。誰か友達んちで騒いでたのかな。それで、食堂のカウンターでイカ天食べてたら、ふたつくらい離れたところに座ってた先生が、ビール、ゴチしてくれた。

いやあ、あん時のことはよく覚えてる。

俺、いろんな人がゴチしてくれるんで、俺に気があるかどうかはすぐ分かる。ま、その手の経験は長いんで。

だけど、先生はねえ。

その顔見た瞬間、びっくりした。なんつうか、月並なんだけど、雷に打たれたたっつうかさ。

あ、それ、よく言われる。使う言葉が年寄り臭いとか、芝居臭いって。俺、そうなんだってね。年寄りと話すこと多いせいかな。だから、余計バアサンにもジイサンにも好かれるんだね。みんな、俺が古い言葉使うと喜んじゃってさあ。もっと言ってくれって。俺は客寄せパンダかっつうの。

ああ、こうやって話がすぐ脱線するのも年寄りの話し方だよね。なかなか本筋に行かなくて、どうでもいいところで、電柱の周りをぐるぐるしがち。

いや、先生がそっちの人で、俺に気があるっていうのは、ちらちらこっち見てた時点で気付いてたんだけどさ、実際のところ、一目ぼれしたのは俺のほうだったたってわけ。

それがね、不思議なんだけど、俺、先生見た時に、先生の若い頃の顔見たの。

ほら、ジェラール・フィリップだった頃の顔。

うわあ、なんて綺麗なんだろ、って思った。

不思議だよねえ。俺、先生のことは知ってたけど、若い頃のことは知らなかった。あの当時、もう八十とかで、じゅうぶんジジイだったはずなんだけどさ。

クッサイ台詞だけど、先生の魂の顔っての？　あれはそうだったと思うわけ。

分かってる、俺だって口にしてて恥ずかしいんだからさ、そうポカンとした顔しないでよ。

で、そのまま先生のところに押しかけちゃったってわけ。うん、もう何年になるかな。

もういいだろ、先生と俺のなれそめの話は。

で、何聞きたいの？

両ちゃんの、例の映画の話はこないだ話したので全部だよ。結局映画も完成しなかったから、それ以降のことは知らない。

え？　飯合梓のことをどう思うかって？　みんなの話聞いてた範囲で？

えー。本も読んでないし、顔も見たことないからナンだけど、なんかちょっと、薄気味悪い女だよね。なんかじめっ、べとっ、ねちっ、て感じ。教室の隅で、指くわえて綺麗な同級生を見てるタイプ。

いるじゃん、クラスに一人か二人、そういうの。あたしはあんたたちとは違うって思ってるくせに、その「あんたたち」をモノほしそうに見てる奴。軽蔑してる「あんたたち」を羨ましがってること、絶対に認めない奴。

生きてると思うかって？

どうだろ。うーん、こないだは、生きてるんじゃないかと思ったなあ。言ったよね、どっかの老人ホームかなんかで、昔、武井京太郎に会ったのよって自慢してるんじゃないかって。そっちのほうがリアルに目に浮かんだ。みんなが言うみたいに、死んじゃってるんじゃなくてさ。死んだ日が分からなくて、二日くらい候補があるんでしょ？

それは駄目だって気がするんだよね。

そんなの、カッコよすぎるじゃん？

俺が思うに、飯合梓って、みんなが祭り上げるほどカッコいい人じゃなかった気がするんだ。すごくせこくて、自意識過剰で、ナルちゃんで、結構みっともない奴だったって気ぃしない？

今だったら、頼まれもしないのにしょっちゅう書き込みして、またあいつかよってくらいサイトを炎上させるタイプだよ。墓穴を掘るっていうかさ。そんな奴が、そんなふうにドラマチックに死んじゃうなんて、美しすぎるでしょ。きっと、痛いのにも弱くて、自殺未遂もできない奴だよ。え、キツイかな。

なぁんか、いけすかないんだよね、やってること。先生んところに写真持ってきて、喋りまくって、伝票置いてったっていうのも気に喰わない。

だけど、この船に乗ってる気がするんだよね。

もちろん、飯合梓だよ。生霊なのか死霊なのか分からないけど、俺たちのそばにいて、目を輝かせて話聞いてる気がして。

へえ。おねえさんもそうなの？

意外。そういうの、信じなさそうなのに。旦那さんのほうは好きそうだけどね。

オカルト好きって——先生は大げさなんだよ。普通だよ。夏休みとか、オカルト番組があったり、みんな怖い話したりするでしょ。その程度。

だけど、さっきから言ってるように、俺、年寄りの知り合い多いからさ。同年代の連中よりは、ちょっと迷信深いかもね。

夜爪切るな、とか。夜口笛吹くと蛇が来る、とか。

噂をすれば影、とかさ。

ねえ。俺たち、こんなにあの女について一生懸命喋っててていいのかなあ。俺たち、あんまり話題にしないほうがいいんじゃないかなあ。こんなにあの女のことばっか話してると、あいつ、図に乗って、ずんずんこっちに来そうで嫌なんだ。

あいつ、いかにも図に乗りそうでしょ？

あ、だけど、あの漫画家先生がいるから大丈夫かな。

そうそう、あの二人なら、飯合梓と対抗できそうじゃん？　魔除けというか、帳消しになるっていうか、ハブとマングースというか。

あ、おねえさん、ここ、そんなに受けるとこじゃないから。もしもし。

あの二人って、本当にきょうだいなの？　あんまり似てないよね。

へえ、おねえさんの旦那さんの親戚なの。ほんと？

えーっ、旦那さんは角替監督とも遠い親戚なの？　ふうん、知らなかった。

いやー、あの二人、すごく賢そうだし、貫禄あるよね。

なのに、なんなの？　あの負のオーラは。

うちの近所にもいるんだよね。

ううん、先生はホテルに住んでるから、俺んちの近所。友達が住んでる高級マンションで、友達んちの隣に住んでる家族の奥さんなんだけど、会うたびすっげー負のオーラが出てて、なんなんだこの女はって思う。

だってさ、どこにそんな負のオーラが出る理由があるんだよって。

あんな高級マンションに住んでるってことはさ、旦那の稼ぎもいいわけじゃん？　連れてる子供たちはみんな可愛くて賢そうで、きちんと挨拶するいい子ちゃん。本人もブスじゃないし、つーか、かなり美人で、スタイルもよくって、いつもいいもん着てる。なのに、どこか恨めしそうなんだよねー。どうみてもすんげー恵まれてるのに、「あたしだけが損してる」オーラが滲み出てて、会うたんびにゾッとするんだ。

愛されてないのかな、旦那に。ま、人の不幸はそれぞれだけどさ。

で、あの二人、それと似たようなオーラを感じるんだよね。どこかちょっと恨めしげで、「あたしだけが損してる」オーラ。

あの二人、結婚してんの？

なるほど、そんな若い時から一緒に漫画描いてるんだー。もしかすると、自家中毒なのかもね。

え？　自家中毒って言葉、久しぶりに聞いたって？

また古い言葉使っちゃった？　俺。そういや、最近聞かなくなったよねー。子供の頃は結構使ってたような気がするんだけど。具合悪い子がいると、みんなそれで片付けてたような気がする。あ、ごめん、俺もなんとなく使ってるだけで、本当の意味は、実はよく分かんない。ほんとにあんの？

そういう病気。

あの二人の印象――他に？

うーん。ひとつ言えんのは、あの派手なほうの漫画家先生、きっとおねえさんのこと妬んでると思うな。

そりゃ、当然、おねえさんのこと、好きだからだよ。でも、親戚なんでしょ？　きっと昔からお気に入りだったんだよ。それを取られたのが気に喰わないってこと。

へえ、再婚どうしなの。意外。ってことはおねえさんも？

ふうん。ねえ、こんなこと言って気ぃ悪くしないでほしいんだけどさ、おねえさん、一対一で話すと色っぽいね。

からかってるわけじゃないよ、ホントにそう思っただけ。

みんなといると、結構気配消してるし、堅苦しい感じだよね。お役所っぽいっていうか。だけど、こうして喋ってると、全然違う。ツンデレ？　旦那さんもそう思ってるんじゃないかな。だから、あんなマングースのことなんか、気にすることないよ。

え？

おねえさんの旦那さんの印象？

こりゃまた、おかしなこと聞くね。どうして？

ああ、確かに、パートナーのことって、分かってるようで分かってないかもね。俺だって、実のところよく分かってないかも、先生のこと。恋愛って、どうしても自分の気持ちばっか大事にしちゃうもんね。舞い上がってる自分に夢中で、俺、今恋してるぜってのがいちばんで、相手のことが置き去りになっちゃってたりする。

うーん。

素敵な人じゃん？　あのマングースが気に入るのも分かるよ。頭よさそうだし、趣味もいいし、存在感あるじゃない？

一瞬、両刀遣いかと思ったんだよね、実のところ。

だけど、そうでないような気もしてきた。

ちょっと不思議な人――何考えてるのか読めない。お仕事、何?

弁護士! ぴったりすぎる。なるほど、道理で。

ただ、なんていうか、その――俺の印象だと、人の悪いところがあるような気がする。

いや、人が悪いってのは違うか。意地悪だとか、そういう意味じゃないよ。うーん、ものすごく冷めているというか、落ち着いているというか。ある意味、人間ばなれしているというか――いや、これもなんか違う。

ゴメン。うまく言えないや。

でも、おねえさんとすごく似てるよね。いや、おねえさんが人が悪いとか人間ばなれしてるとかいうんじゃなくて、なんとなくできてる材料が似てる感じ。

うん、安定感バツグン。

二人で一緒にいると、チームって感じだよね。

いや、それよりもきょうだい?

そうそう、そんな感じ。まるで、二人でいるときょうだいみたいなんだ。

三十一、消えた男（島崎四郎の話）

なかなか面白いテーマ見つけたんじゃない？

これまであなたが書いてきたものとは、ちょっと毛色が異なるよね。

そりゃ、読んでますよ。新人賞を獲《と》った作品はとりあえず読む、って習慣が今でも身体に染み付いてますからね。

あなたの作品、知らないで読んでると、男性作家のものかと思うよね。理路整然としてて、抑制されたタッチで。扱ってる内容も、ポリティカルスリラー系というか、社会派というか、どちらかといえば男性的でしょう。

正直、取材するのがあなただって聞いて、意外に思いました。

どうして今、飯合梓なの？

どうしてこれ取材しようと思ったの？

ああ、すみませんね。ついつい、聞かれるよりも聞くほうに回っちゃって。あんまり聞かれるのに慣れてないんだよね。仕掛けるほうが性に合ってるし。

ふうん。旦那さん経由で。食指が動いたわけね。

小説で書くの？

まだ決めてない？　とりあえずノンフィクション。なるほど。

それ、正解かもしれない。あなた、こういう割り切れない、検証しきれないタイプの話、初めてでしょう？

いや、待てよ。でも、むしろ、だからこそ小説で書くべきというのもあるかな。あなたがこの先作品の幅を広げていくという意味では。

迷ってるのね。

とりあえずはノンフィクションで、ルポにして、雑誌に載せるかもしれないと。

うん、それがいいですね。取材してしばらく寝かせておいて、後からフィクションにしてもいいわけだし。

楽しみにしてますよ。必ず形にしてくださいね。

で、飯合梓と『夜果つるところ』なんだけど、これまでに話したこと以外には特にもう何も。うん、大体話したとおり。

結局、僕は文庫化した時だけのつきあいで、直に原稿のやりとりしたわけじゃないから。

会ったのは——今回、ここに来る前に調べてみたんだけど、四回だけ。

ええ、在職中のスケジュール帳、全部保管してあるから、分かるの。なぜでしょうねえ。資料、かな。記録、だね。仕事の経緯を、事実を書き残しておかなきゃってところがある。どうしても捨てられない。とりあえず、作家とやりとりした手紙とかも取ってある。具体的に何か計画があって、どうこうしようと思ってるわけじゃないんだけど。

なんでも画像がある今の時代からすると不思議に思うけど、当時は顔写真のない作家ってそんなに珍しくなかった。それをいうなら、売れっ子の漫画家でも顔写真の出てた人ってほとんどいなかったでしょ？　特に、少女漫画系は全然顔出してなかった。

恐らく今ここにいるメンバーでいちばん彼女に会ってるのは僕だと思うんだけど、もう全然、顔浮かばないからねえ。もやもやとした印象があるだけで。しかも、やっぱり思い出すのは帽子ばっかり。こうしてみると、帽子の印象って凄く強いんだね。テロリストや暗殺者が制服着て擬態するの、分かるよ。だって、帽子とか制服しか覚えてないもの。


え？


担当者のことを聞きたいの？

あの、いなくなっちゃった奴のこと？

いや、これまた、あまり記憶が定かじゃないんだけどねえ。

名前。名前は確か——待ってね、今思い出すから。少し変わった苗字だった——色に関係する——ああそうだ、緋沼《ひぬま》、だ。鮮やかな赤の緋色の緋に、沼津とか沼田とかの沼で緋沼。緋沼賢治。そんな名前だった。

年齢？

はっきりと覚えてないけど、当時四十代半ばくらいだったんじゃないかな。

年齢不詳の男でね。老け顔にも見えるし、童顔にも見えるし。淡々として、笑顔を絶やさないんだけど、誰にも腹のうちを見せない不思議な奴だった。もしかすると、まだ三十代だったかもしれない。

前にも話したとおり、『夜果つるところ』は、飯合梓が出した私家版の二つの中編、「夜果つる汀」と「お菓子の家」が基になっている。

たぶん、緋沼はどこかでその私家版を読んで、飯合梓に連絡を取ったんだと思う。彼が提案したのか、飯合梓が提案したのかは分からないけど、二人でやりとりしつつ作ったのが『夜果つるところ』なんじゃないかなあ。私家版のほうは、まだところどころ拙いところがあったのに、『夜果つるところ』ではタッチが安定していて、かなり客観的に練り上げられた形跡が窺えるからね。

緋沼は優秀な編集者だった。好みがはっきりしていて、担当したいと思う作家が明確だった。かといって選り好《えごの》みしていたというわけじゃなくて、なんというか、その——いつのまにか、自然と彼と相性のいい作家と作品が集まってきていた感じ。

分かるでしょ？

ああ、この作品は緋沼だな、この人の担当は緋沼だな、と新人賞の応募原稿を読んでいてみんなが思い浮かべるような。

「アングラ系」とでもいうのかな。演劇でも映画でも、隠花植物めいたものをこよなく愛していた。でも、それ以外のものも幅広く読んでいた上での好みだから、バランス感覚はよかったと思う。目立たないけど、みんなが一目置いていた。だから、全く無名の作家の、何かの賞に応募してきたわけでもない原稿を単行本で出すことができたんだ。

装丁？

いいや、分からない。あれも緋沼がどこかで探してきたデザイナーだったと思う。あの頃の本には、ブックデザイナーのクレジットが入ってない本も多かったからなあ。

たぶん、なんの記録も残ってないでしょうね。とにかく、緋沼は一人で本を作っていたし、前にも話したとおり、本が出るまで他に飯合梓に会った人間はいなかったはずだ。

出身地？

どこだったかなあ。北のほうだったような気がするけど、覚えてない。結婚していたのかどうかも分からない。いや、独身だったような気がする。

申し訳ない、「気がする」「気がする」ばっかりで。まさか当時の担当者のことを聞かれるとは思ってなかったんで。なんだったら、東京戻ってから調べてみるけど、それでいいかな？

うん、分かった。調べてみます。連絡しますね。

なんでいなくなったか？

うーん、見当もつかないな。

綾実さんは、飯合梓になりすました女が自分の正体がバレるのを恐れて殺しちゃったんじゃないか、なんて言ってたね。

そんな、まさか、ねえ。話としては面白いけど。

昔はアクの強い作家が多かったけど、編集者も負けないくらいアクの強いのがかなりいた。特に文芸編集者は、それぞれ個人事業主みたいなもんだから、誰が何をやってるか分からないのが普通だったし、情報の共有なんてことも今みたいにやかましく言われなかったし。

僕は、奴は事故か何かに巻き込まれたんじゃないかと思ってる。

最近、知り合いが亡くなってね。

いや、古い友人で、ずっと会ってなかったんだ。

一年ほど前から行方不明になっててね。

そいつはバイクでのツーリングが趣味で、よくふらっと一人でツーリングに出かけていた。ツーリングに出たまま、連絡が取れなくなり、戻ってこなかった。家族が捜索願を出していたんだが、全く情報なし。目撃者がいないかと、目的地の周辺で写真入りのチラシまで配ったんだそうだ。

それが、最近になって見つかった。

山の中で、崖の下に落ちてるところを、林業関係者が見つけたらしい。ね。一匹狼タイプで、一人暮らしで、一人旅なんかしてて、たまたま事故に遭ったりしたら、まず分かりっこない。奴もそういう事故に巻き込まれたんじゃないかって思う。

それにその——なんというか、今思うと、彼はそういう意味でも、いろんなものを引き寄せるタイプだった。

あなた、プロになって何年？

六年とちょっと、か。なら、結構いろんな編集者見てるでしょう。いろんなタイプがいるでしょ？

僕の目から見ても、いろんなタイプがいました。作家にもツイてるタイプがいるけど、編集者にもいるんだね、ツイてるタイプ。うまい具合にトラブルを回避してするするっと抜けていく奴がいる。

かと思えば、コツコツと徳を積み上げて、最終的にツキをつかむ奴。もちろん、ツイてる奴がいれば、ツイてない奴もいる。本人は人柄もよく、全く問題がない人間なのに、なぜかやたらとトラブルばかり背負いこむ奴。優秀なのに、なぜかこれといった実績を残せない奴。

で、緋沼はというと、ツキもトラブルも両方引き寄せるタイプだった。来るもの拒まずというか、トラブルも面白がるような少し自虐的なところがあって、今でいう電波系とでもいうのかな、ちょっと精神的にバランスを欠いた人が寄ってくる。まあ、小説というのはそういう人間の負の部分もひっくるめて作品になってるわけだし、緋沼はそこに興趣を覚えるたちだったから本望だったのかもしれないが、ちょっとこいつのところには危ないもんが寄ってくるな、と感じたことは覚えてる。

そう、だから、あいつがいなくなったと聞いた時、「連れてかれたかな」とちらっと考えたこと、今思い出した。

いや、具体的な「誰か」に、というわけじゃなくてね。「何か」としか言いようのない——超自然的なものというわけでもなく——う一ん、なんとも形容しがたいんだけど、とにかくただ「連れてかれたかな」と。

名簿?

古い社員名簿に彼のデータが残ってないかって?

彼の写真が見たいのね?

うん、それも含めて、東京戻って調べてみます。

それにしても、どうして緋沼のことをそんなに知りたいの?

僕、彼のこと、全然思い出しもしなかったなあ。

なになに、躊躇しないで教えてくださいよ。もちろん、馬鹿にしたりなんかしません。教えて、教えて。

え?

緋沼が飯合梓だった可能性?

ええ、こいつは驚いた。

あなた、そんなこと考えてたの?

ちょっと、待って。

やっぱり、作家だねえ。作家の想像力だねえ。そんなこと、僕、いっぺんも考えてみたことなかったよ。

そりゃ、編集者から作家になった奴なんて、腐るほどいるけどね。

だけど、まさか緋沼が。

あいつが飯合梓？

うん、もちろんただの仮説のひとつだよね。分かってます。

うーん。こいつはほんと、驚きだ。

その根拠は？　詳しく聞かせて。


なるほど。つまり、こういうことですね。

最初の、私家版のほうは「本当の」飯合梓が書いた、と。

恐らく、緋沼がその私家版を手に入れた時点で、その著者である飯合梓は既に亡くなっていた、と。

で、たぶんもともと作家志望であり、たまたま入手した飯合梓の小説のような作品をこよなく愛していた緋沼は、その私家版にほれ込み、自ら編集者としての批評眼を加えて、『夜果つるところ』として完成させ、自ら本にした、と。そして、そのまま飯合梓として生きることを選択した。

だから、緋沼は消えた。緋沼としての人生をフェイド・アウトして、新たな飯合梓に成り代わった。

こりゃ、面白いねえ。

じゃあ、僕が会った飯合梓は？　あれは緋沼だったってわけ？

女装してたか、ひょっとして性転換してたかもしれない？

ふうん。

だから、写真はNGで、なるべく顔を見せないようにしていたのかもって？

帽子も、カムフラージュだったと。

ははあん、だとすると、飯合梓が二人いると言ったのは、合作していたからってことか。

もともと、女性になりたいという願望もあったのかもしれない。

もしかしたらトランスジェンダーだったのかもしれない。その可能性もある、と。

面白い。

ねえ、ちょっと待ってくださいよ。

その可能性を考えると、『夜果つるところ』の内容が、実作者とシンクロしてくることになりますね。本当は男性だったのに、性を偽っていた。

ほんと。まんま、あの小説は、彼の告白だということになる。

うわあ。

興奮しちゃうな。

じゃあやっぱり、僕が会ってた飯合梓は、緋沼だったかもしれないってことか。女装だったのか、もう女性になってたのかどうかは分からない。でも、ろくろく顔も見なかったあの状況では、騙されていたかもしれないね。まさか、かつての同僚の男性が、目の前の女性作家だなんて考えもしないし、やすやすと騙されたでしょうね。

うーん。どうしてそんなことを思いついたの?

いつ、その可能性に気がつきました?

へえ、久しぶりにテキストをきちんと読み返してみたと。それでその可能性を思いついた。

いや、僕も今回の旅の前に読み返してみたんだけどなあ。全然そんなことは。

えっ、みんなの話を一通り聞いてから読んだから?

あなた、この船で読んだのね。なるほど。

みんなにこの話、しました?

僕が最初なのね。

はい、内緒にしておきますよ、もちろん。こんなネタ、大事に取っておかなきゃ。

うん、絶対に書いてくださいね。なんなら、うちから出してもいいし。うちからも出してますものね、あなた。担当者いるでしょう。まだどこに書くか決まっていないのであれば、ぜひうちで。

って、僕はもうOBだけど。

僕も今夜もう一度読んでみよう。

やっぱり、原典に当たるのは大事だね。

それ、基本ですね。

いやあ、僕も奴の写真が見たくなってきた。東京に戻ったら、必ず探して、手に入れてみせますよ。

どうしよう、本当に、彼が僕の会った飯合梓だったら?

うーん。楽しみなような、怖いような——とてもおかしな気分だ。

三十二、ゴシップ（島崎和歌子の話）

なんだか、面白いお話、されたみたいね。

島崎がウキウキソワソワしながら帰ってきたから、何、どうしたのって聞いたら、なんでもない、なんでもないって言ってたわ。

あの人の「なんでもない」は、何かいいこと思いついた時の台詞なのよね。

分かりやすいでしょ？

ああ、もちろん、何も言ってないわよ。彼、秘密は守る人だし、あたしも、あなたから聞きだそうなんて思ってないから。

本か何か、企画がらみなんでしょ？

あの人って、やっぱりナチュラルボーン編集者なのよね。

未だに感心するわ。

もう引退してるはずなんだけど、今でもいつも心は編集者。

あ、実際、まだ週に三日出社してるわよ。嘱託って形でね。

そう。内緒の企画は、くれぐれも用心深く進めてちょうだいな。

世の中、不思議と同じような時期に同じようなこと考える人がいるのよね。秘密裏に進めてた企画が、開けてみたらほぼ同時期に同じようなのが出た、なんてよくある話だし。

これがファッション関係なら業界で流行は統一されてるわけだし、ちっともおかしくないんだけど、全く別々にピンポイントで同じ企画、っていうのもあるから不思議。いわゆるシンクロニシティってやつ。

島崎も、他社に凄く似たようなこと考える編集者がいて、その人のこと、よく気にしてたわ。あいつ、今何やってるんだろうって。何度か企画がバッティングしたことがあったんだって。

でもまあ、しょせん人間が考えることだから、本当に斬新な企画なんてそうそうないってことかもしれないわね。

子供の頃、親が「流行って繰り返すのね」って言うのを聞き流してたけど、実際、そうだもの。だけど、昔と違うのは、今はなんでもありってこと。

多品種少量生産の世の中ですもんね。目に見える流行がなくなってきちゃってる。かと思えば、オールオアナッシングで、市場を取った者が勝ちっていうのも気持ち悪いわね。

あたし、『夜果つるところ』に関しては、あまりお話しできないわ。

あなたもそのことは承知してるわよね？

もちろん、読んだことはあるけど。昔はいっぱしの文学少女だったから。島崎が文庫担当だったのも知ってたけど、正直、あたしは女性誌の編集しかしたことがないから、彼の仕事の内容はほとんど分からないな。

逆に、島崎より詳しいとしたら、芸能ネタ？

角替監督とか、清水桂子さんとか、あの周辺？

実は、あたしの父って、レコード会社にいた人なのね。

うん、結構偉い人だったの。昔は映画会社も持ってたところで、子供の頃は、いろんな人がうちに出入りしてたわ。だから、割に知ってる人は多かったのね。

女性誌やってる時も、父のツテで取材させてもらったり、広告タイアップさせてもらった人もいた。コネはうんと使わせてもらったわ。趣味と実益を兼ねて、ね。父には感謝感謝ってところかな。

うふふ、あなた、この単独での取材の順番、ずいぶん考えたでしょ？

最初があのQちゃんで、次がうちの旦那。外堀から埋めてくって感じかしら？

あたしだったらどうするかな。いきなり本丸に突っ込むのは怖いものね。あたしも似たような順番で始めるかも。インタビューって、下準備がたいへんだし、複数の相手がいる場合、どういう順番で聞いていくかも大事だものね。

島崎の次があたしっていうのはシブイわ。

ねえ――ひょっとして、真鍋姉妹のこと聞こうと思ったんじゃない？

え、違うの？

あたしが芸能ネタとか詳しいことも知らなかった？

あらそう。でも、そうだとしても、あなた、なかなかいい勘してるわ。あたしが取材するとしても、いちばん気を遣いそうなのは、あの姉妹のような気がするもの。

最初、あの姉妹がヒロ子さんの娘さんだって聞いた時はびっくりしたわ。

同期に親しい漫画編集者がいて、漫画家としてはデビューした時から知ってた。姉妹で描いてて、とても実力があって将来有望だって話は聞いてたけど、素性なんかは全然知らなかった。

初めて言葉を交わしたのは、うちの会社のやってる漫画賞を獲って、その受賞パーティの時だったと思うわ。

あたし、なんで出てたんだったかな。式のお手伝いだったかな。誰かのアテンドだったかな。今となってはもう忘れちゃった。

とっても知的でね。確か、大学在学中にデビューしたんだったわよね。名門大学の現役女子大生漫画家って、ずいぶん話題になったものよ。

賞を獲った時は、もうじゅうぶん貫禄があった。二人とも綺麗だしね。

何かの拍子にたまたま挨拶したあとで、誰かに聞いたのよ。

あの二人、角替ヒロ子の娘だよって。

最初はピンと来なかったのよね。

「誰だっけ、角替ヒロ子って」って思った。

あとから思い出したの。

そうか、あの人だ。あの人、うちに来たことがあるって。

いや、確かに有名な人だったんだけどね。

どこかの美大を出てたのよね。なんというか、とても目立つ人だった。ファッションリーダー的というか――華やかで、その――正直、ちょっとエキセントリックで。今で言うなら、「不思議ちゃん」というところかな。

特に何をしているというわけじゃないけど、いるでしょう。そういう、華やかな、社交的な場所にいつもいる人って。グルーピー、というわけでもないんだけど、いつも著名人とつきあってるような人。

そこそこ、いっときは現代美術で展覧会みたいなのもやってたんじゃないかな。個展の案内もらったこともあるし、何度か観に行ったと思う。そこに行けば、当時の最先端の人たちがいつもいたからね。

そう、オノ・ヨーコみたいなことをやってたと思う。残念ながら、オノ・ヨーコもどきという感じだったけど。そちらで大成したという話は聞かないわね。

作品よりも、本人のほうがよっぽど「芸術的」だったわね。彼女自身、何かの作品みたいだった。とにかく、いろいろな人と浮名を流していたわ——彼女の個展のオープニング・パーティの時に、今ここにいる男で彼女と関係を持ってない奴はいないんじゃないか、って陰口叩かれてるのを聞いたことがある。

もちろん、本当かどうかは知らない。悪意ある噂だったのかもしれない。でも、そんなふうに言われていたし、いろいろな人とつきあっていたのは確か。

だから、うちの父をはじめ、いわゆる芸能界とか社交界の中では、知らない人はいなかったと思うわ。

男性関係は派手だったけど、決して嫌な人じゃなかった。話してると楽しいし、頭はいいし、なにより華やかな雰囲気を持ってる人だったわね。

あたしも、自分のうちで言葉を交わしたことがあるけど、子供扱いしないで、対等に話してくれる大人の女の人ってイメージだった。でも、大人が陰でヒソヒソ彼女のこと噂してるのも気付いてた。

で、あたしも大人になって、就職して、一人暮らし始めて、実家離れてたから、そんな人がいたことすら忘れてたのよね。

だから、その後の噂は、仕事関係で聞いたってことになるわね。

彼女が結婚した、っていうのは聞いたわ。子供を何人か産んだっていうのも。

だけど、その話は、おめでたい話じゃなくて、ゴシップとしての話だったことは覚えてる。

子供たちがみんな、違う男の子供で、しかも、夫の子は一人もいない、みたいな話。

いやあ、真偽のほどは定かじゃないわよ。

とにかく「まことしやかに」伝わってきたとしか言いようがない。

一説には、結婚する時には既に一人目がお腹にいて、父親は既婚者だったから、妊娠していることを黙って結婚したとか、あるいは、結婚相手がそれでもいいから一緒になってくれと言ったとか、はたまた、結婚相手は子供のできない人だったから、互いに承知の上で結婚したとか。

どれが本当か知らないし、どれも本当じゃないのかもしれないけど、当時は周知の事実、みたいな雰囲気だった。

だから、彼女を知ってる人のあいだでは、それが真実ということになっていたわね。実際あたしも、誰に聞いたのかは覚えてないけどそう記憶していたわけだし。

それからしばらく経って、パーティでものすごく久しぶりにその名前を聞いたわけよ。しかも、その日の主役である漫画家姉妹が彼女の娘だっていうじゃない？

思わずしげしげと二人の顔、遠くから見ちゃったわ。

言われてみれば――うん、言われなくても、感じてはいたのよね。

全然似てないな、この姉妹って。

あなたも思わなかった？

やっぱりね。思ったでしょ。あまりに顔のタイプが違うんだもの。そりゃ、誰に似るかで全然違うし、きょうだいで似てない人ってよくいるけど、そういうのとは違うんだよね、どことなく。

二人とも、母親にも似てないんだなあ。あたしの記憶にあるあの母親とも、どうしてもつながらないの、未だに。

だけど、ヒロ子さんはメイクが独特だったせいかもしれない。あの頃はサイケみたいなのが流行《はや》ってたから。さすがにすっぴんのところは見たことないしね。

で、時々、あの二人、すごくよそよそしい空気になる瞬間があるでしょう。

そう。なぜかハッとさせられて、居心地が悪くなるような感じでしょ。

あたしが思うに、あの二人も、子供の頃からさんざんそういう噂をどこかで耳にしてきたんだと思うのよ。

家庭内がどうだったのか知らないから、自分たちの父親が違うかもしれないということが、二人にどういう影響を与えたのかは分からない。だけど、影響を受けてないなんてことは有り得ないわよね。

口さがない人はどこにでもいるわけだし、悪意を持って娘たちにそんな噂を吹き込む人もいるだろうし。

母親にはどんな感情を持ってたんだろう？　今ではどう思ってるんだろう？

二人を見るたびに、そんなことを考えちゃう。

ああ、今は、どこかの施設に入っているらしいわね。

父親？　父親は、どうだったろう。もう亡くなってるんじゃないかな。

だけど、そんな二人が、ずっと離れずに一緒に漫画描いてるっていうのも、なんだかよく考えると怖い気がしない？

母親も美大卒だったし、自分たちに母親の血が流れてるということは自覚せざるを得ないでしょう。

しかも、それを生業《なりわい》として、父親が違うかもしれない、母の不義の結果としてのきょうだいとずっと一緒に暮らしているなんて。なんとも、いわく言いがたい心地になる。

ええ、そう。角替ヒロ子は、角替監督のいとこだったはず。

だけどね——

ええと、これも噂でしかないわ。

なんだか、自分がチクリ屋になったような気がしてイヤなんだけど。

ええい、言っちゃおう。

実はね、こういう噂もあるのよ——姉妹のうちのどちらかが、角替監督の娘なんじゃないかって噂が、ね。

三十三、昨夜もマンダレーで（清水桂子の話）

ふふ、あなたとあたし、どことなく共通点がありますわねえ。

あら、きょとんとしちゃって。分かりませんか？　ほら。

専門職の夫。自分たちも専門職。しかも、どちらの夫も再婚で、一人目の妻とは死別している。なおかつ、二人目の妻は最初の妻と同業である。

そんなところまで一緒ですよ。ね。

角替は、雅春さんのことを昔から可愛がってましたね。子供がいないせいもあって、息子みたいに思ってたんじゃないかしら。

ああ、あの腕時計ね。

もちろん、角替も気付いてて、雅春さんが自分が贈ったあの時計をしてきたって、嬉しそうにしてましたよ。

ずいぶん貫禄が付きましたねえ、雅春さんも。

そうねえ――あたし、玉置礼子さんのことってほとんど知らないんです。

あたしが角替と一緒になった時には、彼女が亡くなってからだいぶ経ってましたし、角替から彼女の話を聞いたこともなかったし。

あたし自身、彼女と共演したこともありませんし、話したことすらありません。

今になってみると、あたしとたいして歳が違わなかったのに、やっぱり、亡くなってしまうと、永遠に若いままなんですねえ。いつまでもイメージは、あの頃のまんま。こっちだけ、どんどん歳を取っちゃって。

『夜果つるところ』の話も、角替としたことはないですね。あたしたち、家では仕事の話はめったにしません。

でも、やっぱり撮りたかっただろうし、今も撮りたいと思ってるでしょうね。みんなと話してるのを見ていて、そう思いました。


——ゆうべ、またマンダレーに行った夢を見た。


え?

ああ、すみません。なんとなく、思い出しちゃって。

今の?

『レベッカ』ですよ。ダフネ・デュ・モーリアの小説。

ええ、ヒッチコックの映画のほうが有名でしょうね。

『風と共に去りぬ』と『レベッカ』は、映画を観てから原作を読んで、原作も映画に負けず劣らず面白かったたってことで印象に残ってますね。

そりゃあもう、ビビアン・リーを観て女優に憧れなかった女の子なんていなかったでしょう。あの髪型、声、デコルテのあいたドレス。

今でも時々見返すんですよ。ええ、『レベッカ』も。ヒッチコックの映画も大好きでね。奇跡のように美しくて。

なんなんでしょうね、凄く不思議なんですよ。

あの時代の女優の過不足のないうまさ、というのが不思議でたまらないんです。さりげないし、控えめなんだけれども、実によく感情が伝わってくる。『サイコ』のジャネット・リーなんか、何度見ても凄いと思います。ああいううまさって、今ではアメリカでもなかなか見なくなりましたね。

ああ、そうそう、『レベッカ』の話でしたわ。

ここに来て、ずっと『夜果つるところ』の話をしていたら、『レベッカ』を思い出してしまって。

ええ、あれもまた、最初の妻と死別した男が、若い女と再婚する話でしたね。

そう、マンダレーという凄いお屋敷があって、そこには前の妻の気配が満ち満ちている。前の妻の秩序が、思い出が、屋敷じゅうに残っている。若い妻は、その気配に怯える。おののく。プレッシャーを感じる。

いえ、そういう意味じゃありませんよ。

あら、そんなふうに聞こえました?

『夜果つるところ』に、玉置礼子さんの気配が残っているように感じているかって?

それはない――そういう話をしているんじゃないんですよ。

あたしは、あの映画でも、最後はマンダレーが炎上するんだってことを思い出していたんです。

さっき呟いたのは、『レベッカ』の原作の冒頭の一行なんですよ。

ゆうべ、またマンダレーに行った夢を見た。

とても印象的だったので、今でも覚えてるんです。

映画は、ジョーン・フォンテインがとてもノーブルで綺麗でした。若い危なっかしさもちゃんとあって。

最後の炎上シーンが迫力でね。

モノクロ映画なのに、炎がものすごく明るく立ちのぼっていた、という記憶がある。

『夜果つるところ』も最後は館が炎上する。崩壊する。

その中で、女に見守られながら男が舞うシーンがとても美しい。角替もあのシーンが撮りたいんでしょう。あたしだって、スクリーンでその場面を見てみたいですもの。

ええと、ごめんなさい、話が『レベッカ』と『夜果つるところ』とを行ったり来たりしちゃって。

今は『レベッカ』の話です。

それがねえ、ご存じでした?

原作には、マンダレーが燃えたとは一言も書いてないんですよ。はい、本当です。

あたし、これにはびっくりしちゃいましたね。映画ではあれだけ盛り上がる、すごい場面なのに、原作には炎上シーンは全くないんです。

最後の一行はこんなでした。


――そして海からの潮風に乗って、灰が飛んできた。


たったのこれだけ。

凄いな、と思いました。この一行だけで、マンダレーの最期を表現した小説家も、この一行からあの場面を作り出した映画監督も。

『夜果つるところ』の炎上シーン、角替が撮ったらどうなるでしょうね。

どうだろう、ゴウゴウたる炎を真正面から撮らずに、ゆらゆらゆれる炎の気配と温度だけを感じさせて、舞いを舞う男をスローモーションで撮る？

あるいは書割のごとく、演劇的なセットにしていたかもしれない。

『颪と共に去りぬ』の、炎のアトランタを脱出するシーンに匹敵するようなものを撮ろうと、意気込んでいたかもしれませんね。

でも、本当に撮れるんだろうか、とも思う。

最初の妻を『夜果つるところ』の炎上シーンの火災で亡くしている彼が、そのシーンを躊躇なく撮れるんだろうか。だからこそ撮れるのかもしれないし、やはりどこかでトラウマになっていて、撮れないかもしれない。

どちらの可能性もある。

ゆうべ、またマンダレーに行った夢を見た。

冒頭の場面は、既にマンダレーが焼け、この世から消えた時点でヒロインが回想するところ。もはや存在しないからこそ、落ち着いて回想できる。哀惜できる。そんな場面なんです。『夜果つるところ』のフィルムも、存在しないからこそ美しいのかもしれない。完成してしまっていたら、ここまで熱心に語られなかったかもしれない。未完成だからこそ、安心して哀惜できるのかもしれない。そんな気がするんです。

——で、あなた、笹倉いずみさんが『夜果つるところ』の脚色をなさっていたのはご存じでしたの？

ああ、やはりご存じでしたのね。

ええ、実はあたしも、あの映画、出演する予定だったんです。

主人公の名義上の母の役で、ね。ちょっとばかし年齢が高すぎるような気もするんですが。というのも、当初は予定してなかったんだけど、最初にその役をやるはずだったひとが怪我をしまして、ひょんなことからあたしに回ってきたの。

角替の手前、やるかどうか迷ったんですが、あたしもやってみたい役でしたし、引き受ける予定でした。いえ、角替は知りません。本決まりになったら教えようと思ってたんですが、結局その機会は来なかったんです。

突然いずみさんが亡くなったためです。

びっくりしました。しかも自殺されたと聞いて、二度驚きました。まさか、雅春さんの奥さんが、あんなことになるなんて。

生前に雅春さんと二人、何度かうちに遊びにみえたことがあったんですよ、もうかなり前のことになりますけど。

とてもしっかりした奥様でした。

いずみさんが書いたドラマは観ていたので、どんな人かなあと思って興味があったんですが、いろんな意味で「なるほど、この人があのドラマを書いたのか」と納得させられましたね。

完璧主義。隙のない方。決して心の底からリラックスすることなんてないんだろうな、と思わせるような、常に何かをとことん考えることを自分に強いているような雰囲気がありましたね。

雅春さんは疲れないのかしら、とあたしが呟いたことがあって、そうしたら角替が、「あいつはああいうタイプを面白がれるんだ」って言ってました。「あいつはコレクターなんだよ」って。

いずみさんが亡くなった理由は、結局今も分からないと聞いてます。遺書もなかったそうですし。第一稿は上がっていたし、脚色に悩んでいたとか、それ以外のトラブルがあったという噂も一切なかったし、不可解ですよねえ。人が何に悩むかなんて、他人には分からないものですけど、あたしは、やはり彼女が完璧主義だったから、としか思えませんでした。ああいう人は、自分で自分を追い詰めがちですから。

今にしてみれば、正直言うと、自殺と聞いて腑に落ちるところもありました。あそこまで自分を追い詰める人なら、仕方がなかったのかもしれないと。

『夜果つるところ』のせい？

さあね。それは分かりません。

だけど——今回、皆さんの話を聞いていて思ったんですけど、そういうタイミングの話なのかもしれないですね、あれは。

そういうタイミング、というのは、それこそ「ツキがない」というか。

なんといいますか、ものごとや人生には、必ず「波」がありますでしょう。

いろいろな波をいろいろな人が持ってて、それがぶつかりあって世界は出来ている。ものごとは進んでいく。

当然、いい時もあるし悪い時もある。

そんななかで、よくない波が来た時、負の波が来た時に見える景色というのがあるんじゃないかと思うんです。よくないところに落ち込んでいく時に見えた景色が、とても魅力的に思えたりする。

あの作品は、そういう作品なんじゃないか。人が奈落に落ちていく時に見る、この世のものならぬ美しい顔をちらっと見せる。そんな作品なんじゃないかって気がするんです。ほら、高熱を出していたりすると、色彩がひどくビビッドに見えたりする瞬間があるじゃないですか。ああいう禍々しい美しさ。なんて綺麗なんだ、と思うのと、ああ、今高熱を出してるんだ、というのと、高揚と不安が混じりあってる奇妙な心地。

あの映画に引き寄せられるのは、人がそういう状態にある時期で、もしかすると、あの作品に関わる人だけに見える景色があるからなんじゃないでしょうか。

あ、いえ、あなたがそうだというわけじゃありませんよ。

あくまでもあの作品の映像化に関わった人たちがそうだったんじゃないか、と思います。

いずみさんが『夜果つるところ』の脚色を引き受けた時は、あまりよくない時期だったという話も聞きました。

彼女はいろいろ賞も貰ってましたし、自分にも他人にも厳しい人でしたから、プロデューサーやディレクターが敬遠するところもあったようです。

まあ、ご存じでしょうが、あの業界は世代交代が激しいところです。そして、プロデューサーやディレクターは、必ず自分よりも年下のクリエイターと組みたがる。そうすると、必然的に、年齢の上がった脚本家は使いづらくなっていくわけです。恐らく、彼女もその端境期にさしかかってたんじゃないでしょうか。

そんな時に、あの仕事が現れたんじゃないかしら。

え？　何かおっしゃいましたか？

必然性？　その言葉が何か？

いずみさんが亡くなったあと、何度か雅春さんが角替のところに来てました。

見た目はそんなにダメージを受けてるようには見えなかったんですけど、「変な夢ばかり見る」と言ってたみたいです。いずみさんは実家のご家族と昔から折り合いが悪くて、そちらの方々がいずみさんが亡くなっても冷淡だったらしくて、それが気に喰わない、とも。

なんでも、雅春さんて、ふだんほとんど夢を見ないんですってね。

だけど、これまでの人生で、何度かまとまって夢を見た時期があったんですって。

いずみさんが亡くなったあと、しばらくぶりでまとまって夢を見た、という話をしたそうです。

それこそ「夢判断」じゃないけど、ずっとあいつの夢の話を聞いていた、と角替が話してました。

さあね――これぱっかりは当事者じゃないと分かりませんからね。伴侶に死なれた経験は、角替もあったわけで。二人が何を話したかは他には聞いてません。

だけど、時々ふっと感じるんですよね。

もしかしたら、この人は今もマンダレーに行った夢を見てるんじゃないかと。

もう燃え尽きてしまった屋敷の夢を、ぼんやり見てる時があるんじゃないかって。

でも、あたしたちはもう、燃えた後の屋敷しか知らないわけですからね。どんなに美しい屋敷だったかは、話で聞いても本当のところは分からない。


え、なんですか?

聞きにくいこと?

大丈夫ですよ、怒りゃしません。あなたのお仕事でしょ。

ああ、あの姉妹のこと。

角替の子供だって噂のことですか。

もちろん、知ってますよ。まあ、有名な噂です。ガセネタですけどね。どなたから聞いたかは見当がつきますが。

あら、謝ることなんかありませんよ。

あれは、あの姉妹の母親が自分で流した噂ですから。

ひどい話ですよねえ。そんな噂を流したら、のちのち必ず娘たちの耳に入るでしょうに。娘たちが傷つくとは思わなかったんでしょうか。実際、彼女たちはとても傷ついているし、未だにその傷は癒えていないでしょ。

ああいう、「何者かになりたかった人」が、「何者にもなれない」と気付いた時には、ホント、信じられないくらいなんでもするものなんだと思います。そんな母親を見てきたからこそ、姉妹は「何者か」になったんじゃないでしょうか。それこそが、母親に対する復讐だったんじゃないか。そんな気がしますね。

そうね、二人がその噂を信じているかどうかは分かりません。

なにしろ、とても聡明なお二人ですし、母親が自分でその噂を流したこと、母親が心の底で、もしこの子の父親が角替だったらいいな、と願っていたことには気付いているんじゃないでしょうか。

実際そういう関係があったかどうか？

さあ、それはあったかもしれないし、なかったかもしれません。

ただ、角替は自分が父親だとは微塵《みじん》も考えてません。彼がそう確信していることは分かります。

彼が、自分の子供のように感じているのは雅春さんだけですよ。彼が若い人に時計なんか贈ったのは、雅春さんだけです。

いずみさんが亡くなったことで、角替がシンパシーを感じてることは間違いないでしょう。それまでは息子のような位置づけだったのが、「同志」になった、とでもいいましょうか。

それをいうなら、あたしたちだって、「同志」じゃありません？

彼らにしか分からないものがあるのならば、あたしたちにしか分からないものもあるはず。もしかすると、彼らとあたしたちは、一緒にこの船にいても、今も全然違う景色を見ているのかもしれませんわね。

三十四、残像の海

あの旅の後半――えんえんと、あの人たちに一対一でインタビューをしていた時間のことは、あとで思い返してみても、奇妙な時間だったとしかいいようがない。

まるで、映画だった。私はあの時、観客として、映画を観ていた。

一人一人の語る姿が、私の中に映像となって焼き付けられてしまったのだ。

今まで取材というものを数限りなくこなしてきたはずだったが、あれはそれらとは根本的に何かが異なっていた。

ある意味、「出来すぎていた」と言ってもいいかもしれない。

それまでに経験してきた取材が、フィクションのための「現実」の取材であったのに対し、あの取材はノンフィクションのための「虚構」の取材だったというせいもあるだろう。

私はもうすっかり慣れていた。現実の世界からネタや材料を拾ってきて、膨らませ、発展させ、フィクションのピースとして落としこむことには。

しかし、あれは全く異なる行為だった。

私は、既に完成されていた作品――『夜果つるところ』を巡る人々、というドキュメンタリー作品を見せられていたような気がしてならなかった。

インタビューという行為が、ある種の共犯関係の上に成立していることは、するほうもされるほうも、互いに暗黙のうちに了解している。

あの旅そのものが、共犯関係だった。みんなで、無意識のうちに協力しあって、『夜果つるところ』を巡る人々、という作品を作り上げていたのだ。

それぞれの語る姿が、今も私の脳内でスクリーンのサイズに収まっている。

ただひたすらに、濃密な時間だった。

私は、一人インタビューを終える度に、身体の中に溜まっていく澱《おり》のような疲労を感じた。ねっとりとした、拭いがたい、なんとも複雑な疲労を。

雅春はその様子を見てとっていた。

そっとしておいてくれたし、何も聞かないでいてくれた。

いや、彼は彼で何かに没頭していたようだった。資料なのか、古いノートを繰り返しめくり、考えこんでいたのが視界の隅に見えた。

同じ部屋で、私たちはそれぞれ別の世界に住んでいた。

たまの観光は、かっこうの息抜きになった。ぼうっと何もせずに、連れていかれるままにそこの景色を眺めているのは、リハビリのような効果があった。

だから、ベトナムのハロン湾の美しい景色は、「癒し」の環境ビデオのような位置づけで私の中に残っている。

それは実に不思議な眺めだった。

かつて、夢の中でこんな景色を見たような気がした。

ひとことで言えば、多島海、ということになるのだろう。湾の中とあって、海面は鏡のように凪いでいる。

その中に、無数の島々——大小さまざまな、海に突き出た岩のようなものから、人が住む島まで——が浮かんでいる。

暖かい地方だけあって、海の色も、島を覆う木々も、どこか暖色のグラデーションで、印象派の絵を見ているようだった。光の粒がきらきらと景色にちりばめられていて、さまざまな色が見えるのだ。滑るように海を進む観光船の中からじっと一点を見ていても、角度によって全く色が変わって見える。

空気は、どことなく濁って煙っている。

遠くは、紗が掛かったようにうっすらと滲んで見えるのだ。

それが、ぼんやりと景色を眺める私に奇妙な錯覚を起こさせた。昔のビデオの映像ではないが、二重、三重にブレた映像を見ているように感じるのである。

今どき、もうあんな粒子の粗い映像にはお目にかかれないが、それこそ、子供の頃に見た、壊れたTVのブラウン管に映し出された、赤や青の線が分離して「ゴースト」が現れた画面のようであり、多島海はかつて目にした3D眼鏡で見るための絵にそっくりだった。

もしかして、あたしは今本当に「ゴースト」を見ているのかもしれないな。

全く揺れもせずに水面を移動する船の手すりにもたれて、そんなことを考えた。

もしも、この景色を絵に描いたら、誰でもモネのような絵が描けるだろう。本当に、見たまんまがモネの絵のようなのだから。

船の中では、レースのテーブルクロスなど、地元の女たちが作った布製品が売られていた。素朴な味わいのある、生成りのクロスをコーヒーテーブル用に一枚買った。

この美しい湾に、この先二度と来ることはないのだ、と思うと奇妙な心地になった。

『夜果つるところ』を巡る人々、のことを考えながら、この美しい景色を見た、という記憶だけが残るのだろう。

なんだかものすごく贅沢で、ものすごくもったいないことをしているような気がしたが、逆に観光というのはそういうものだ、旅というのはそういうものだ、とも思った。普段は考えないようなことを、ずっと考え続けられるのが旅というものの醍醐味かもしれない。

この旅で見る景色のすべてが、『夜果つるところ』を巡る人々、のために存在しているのだと思えた。

私と同じく無心にぼんやりしている雅春と、とりとめのない話をした。

インタビューに関することでは、あの件だけを話題にした。


——ねえ、真鍋姉妹のどちらかが、角替監督の娘だって噂、知ってた？

そう何気なく尋ねた時、雅春は意外そうな顔になった。

——え、そんな噂があったのか？

あまりに意外そうだったので、私のほうがびっくりした。

親戚だからとっくに知っていると思ったのに、かえって身内のほうが知らないということがあるものらしい。

私は、姉妹の母親が自らの願望を込めて流した噂であり、角替監督はじめ、関係者は誰も本気にしていないが、そのことは姉妹も知っていて、彼女たちと母親のあいだに深刻な亀裂を生んだらしいことを話した。

――ふうん、なるほどね。

雅春は、何かが腑に落ちたような顔になった。

彼は彼なりに、これまでの真鍋姉妹に関する記憶で疑問に思っていたことが解決されたようだった。

私は、監督が雅春を息子のように思っていること、同時に、妻を亡くした者どうしの連帯感を持っていること、については話さなかった。

――どのみち、二人の父親が違うってことだけは本当なんだろうな。

少しして、雅春が呟いた。

――その事実があって、いろんな尾鰭《おひれ》がついてるわけだ。「父親が違う」というだけで、「じゃあ誰なんだ」という話になって、深読みしようと思えばなんだってできる。

――そうね、そういうことね。

私は相槌を打った。

――ひとつの事実があれば――目に見えるものがあれば、いくらでもお話が作れるってことね。

雅春はチラッと私を見た。

何かを言いたそうにしたが、やめるのが分かった。

――面白い景色だよな。

やがて、彼はそう呟いた。

――うん。

私も彼の見ているほうに目をやる。

——遠近感がない。なんだか、見てると距離感がおかしくなる。なんでだろうな。

——空気がべたっとして、奥行きがないんだよね。湿度のせいかしら。書割の絵みたいな感じ。

——うん、舞台装置みたいだ。

——波がなくて、静かだからというのもあるかもね。

——いや、ほんと、船のエンジン音さえなければ、無音だよな。箱庭みたいだ。

——うん、あまりに綺麗すぎて、人工的に感じるくらい。

——アニメに出てきそうな場所だよな。プロダクト・デザイナーが「こんな世界観」といって、ボードに描いてそうな。

——うん、ある意味、リアリティのない景色なんだよね。造りものみたいで。

——なんか、俺たち、メチャ失礼なこと言ってないか？　こんなに素晴らしい景色なのにな。

——ダメだね、あたしたち、疑り深いから。つい、騙されてんじゃないかって思っちゃうんだよね。世界がこんなに美しいはずはない、とか。

——世界は見たままのものじゃない、とかな。

二人で気の抜けた笑いを漏らす。

——世界がこんなに美しいはずはない、か。

雅春が独り言を言うのが聞こえた。

——残像の海、だな。

え、と私は聞き返した。

——なんて言ったの？

――残像の海。この景色のことさ。

雅春は、海に向かって両手を広げてみせた。

――もしかすると、今目の前に見ているのは、俺たちが「見ている」と思い込んでるものの残像なのかもしれない。奥のほうの島なんて、なんだか幻みたいじゃない？　あのへんに大きなスクリーンが張ってあって、誰かが映してるんじゃないかって思った。

――うん、そうだね。

TVの「ゴースト」に似てる、と言おうとして、私はなんとなくその言葉を引っ込めた。

不意に、ピアノの島で見た、ピアノ博物館の人影のことを思い出したからだ。

残像の海。

それは、確かにこの景色にぴったりのような気がした。

この先、この景色を思い出す時には、雅春のこの言葉がセットになるんだろうな。そんな予感がした。

――ねえ、雅春は何してるの？

ふと、そんな質問が零れ出た。

――何してるって？

ほんの一瞬、ギクリとした表情をしたのを私は見逃さなかった。

聞いてはいけないことだったのか？

そう思ったが、ポーカーフェイスのまま続ける。

――何、熱心に毎日調べてるのかなって思って。あたしはあたしでインタビューにかかりっきりだけど、雅春もそっちに没頭してるじゃない？

――宿題。

雅春は、小さく肩をすくめ、ボソリと呟いた。

――宿題?

――そう、宿題だ。ずっとずっと気にかかってて、やっと手をつけられた。

――お仕事に関係してるの?

――そうともいえるし、そうでないともいえる。

煙に巻くような返事をして、彼は首をかしげた。

――宿題ってのは、答え合わせが必要なんだよな。

――答え合わせができるような宿題なの?

そう尋ねると、雅春は虚を衝かれたような表情になった。

――うーん。どうだろう。分からない。

ゆるゆると首を振る。

私も、それ以上は聞かなかった。

再び、二人で幻のような多島海に目をやる。

スクリーンの海。残像の海。どこかニセモノのような、夢のような景色を、滑るように進む船の中から、私たちはじっと目に焼き付けるように見つめ続ける。

三十五、幼き母を連れて（角替正の話）

雅春はあまり夢を見ないらしいが、僕はよく夢を見る。

子供の頃から、僕の見る夢はとてもはっきりしていた。昔は、色の付いた夢を見るのはよくないと言われていたけど、あれって何か根拠があったんだろうか？

単に、写真も映画もずっとモノクロだったから、見慣れてなくてそう言ってたんじゃないかって気がするね。僕の夢は、子供の頃から色付きだったし。

定番の夢ってない？

たまに見る夢。ああ、この夢、前にも見たことがあるなあって思う夢。

僕は、いくつかある。どれも他愛のない、とりとめのないものなんだけど。

中でもひとつ、印象的なのがある。

母親を連れて、田舎の道をとぼとぼ歩いている夢なんだ。

それが面白いのは、夢の中で連れている母親は、幼い女の子の姿をしているんだよね。だけど、僕はその子が自分の母親であると夢の中で知っている。子供の頃の母親の手を引いて連れて歩いているんだ、と承知している。

夢の中では何も言葉を交わさない。二人で黙々と歩いていくだけだ。実際にあった風景なのかは分からないけれど、僕はその道を知っていて、その先を進んでいくと、大きな川に出くわして、橋を渡ると家に帰れるということも分かっている。

橋が近付いてくると、僕はそれを指差して、ほら、あそこを渡ればもうすぐ家だよ、と母に言う。それが唯一の台詞。だいたい夢はそこで終わる。


『夜果つるところ』にまつわる話、面白く聞いてるよ。

結果として、あの小説や映像化に、いろんな伝説がまとわりついてるのも面白いと思う。ああいう「いわくつき」のものって、確かにこの世には存在するからね。

ただ、みんな忘れているし、あまり指摘されないんだけど、『夜果つるところ』という話は、基本、「母恋いもの」だということだ。

だろ？

主人公の周りには、三人の母親がいる。

産みの母、育ての母、名義上の母。どの母も、主人公には母親だという実感が持てない。それでいて、それぞれに母親を求めてしまう。しかし、結局、どの母親にも拒絶される。誰にも受け入れてもらえない。主人公はそのことに傷つく。ずっと傷つき続ける。その傷は、生涯消えることがない。

『夜果つるところ』は、主人公のアイデンティティ探しの話であり、同時にアイデンティティの源、つまりは母親探しの話なんだ。

迷宮であり、娼館であり、砦でもある墜月荘は、主人公にとって母親の象徴でもある。それが最後に炎上して、崩れ落ちる——その意味するところは分かるね？

主人公のアイデンティティの崩壊——偽りのアイデンティティが崩れ落ちる、というわけだ。

僕が師事した白井監督も、家族には恵まれない人だった。だからあの話に惹かれたのは分かる。

僕も割と早くに母親を亡くしているから、「母恋いもの」としての『夜果つるところ』に惹かれたんだと思う。

綾実と詩織にしても、そうだ。

あの子たちと母親の確執についてはいろんなところで聞かされてると思う。

あの二人も、きっと心の底では「母恋いもの」としてのあの小説に惹かれてるんじゃないかな。

特に、あの二人は小説の中の主人公と重なる部分が多い。母親に自分たちのアイデンティティを求めているんだが、とうとうそれを得られなかった、という、ね。

それって、考えてみると、かなり切ないものがある。


ああ、そういう噂があるのは知ってる。

だけど、僕はどちらの父親でもない。

彼女たちの母親と関係を持ったことは一度もない。でも、彼女たちの母親が僕と関係を持ったと思っていたのは本当らしい。誰かと勘違いしていることは間違いないんだが、僕だと信じていたのは確かだ。彼女としては、嘘をついているという意識はなかったと思う。

そうなると、結局どっちの話を信じるか、ということになるから、僕はあえて弁明はしてないけどね。

でも、僕が父親なんじゃないかとモヤモヤしている綾実と詩織はかわいそうだと思う。要は、母親の不貞を疑うということだから、そんな状況にずっと置かれてきた彼女たちに、母親は罪なことをしたと思うね。

かといって、聞かれもしないのに、「僕は君たちの父親じゃない」と言うのも変だし、それこそヤブヘビというものだ。だから、これから先も、僕はあの子たちにそう言うつもりもない。

洋の東西を問わず、「母恋いもの」というのが存在するのは面白いと思うね。『母をたずねて三千里』、なんていうのもあったっけ。

「父恋いもの」というのはあまりないのにね。

特に、男にとっては、父親という存在は、越えなければならない壁みたいなものだし、生まれながらにして母親を「取られて」いるわけだから、ライバル関係にあるとも言えるわけだ。

しかも、早くに母親を亡くしたりしていれば、あらかじめ母親を「奪われている」という感覚を抱いてしまう。そのあたりが「恋い焦がれる」対象として神格化されるんだろうね。

ま、男はみんなマザコンってことだ。

え？

君の前の旦那がひどいマザコンだったって？

ははは、こんな話、初めてするね。確かに、多かれ少なかれ男はマザコンだけど、ひどいマザコン男というのは妻にとっては災難だな。

雅春からも、君の話、ほとんど聞いてなかったしなあ。というか、あいつ、あんまりプライベートな話、誰ともしないんだよね。

あいつも不思議な奴でね、昔からあんなふうにポーカーフェイスだった。もともと冷静な性格だというのもあるけど、決して誰にも手の内を見せないし、感情を表に出さない。

小さい頃から大人びた、いつも一歩引いてじっと周りを観察してるような子だった。昔から、あいつとは、なんとなく対等に接してきたような気がする。子供なんだけど、僕とはとてもうまが合った。

そういえば、雅春の前の奥さんも、家族とはうまくいってなかったらしいね。

聞いてない？

どうも彼女一人、家族から浮いていたというか、彼女一人が完璧主義で、身内には煙たがられていたというか、恐れられていたというか、敬遠されてたみたいだ。

うん、知ってる。彼女、『夜果つるところ』のホンを書いてたんだよね。

第一稿を上げて、その直後にその――自死したと。

さあね。

それを『夜果つるところ』に関わったせいだなんて言うつもりはない。まあ、傍から見たら因縁以外の何ものでもないように思えるかもしれないけど、ね。

確かに、僕も雅春も、『夜果つるところ』にまつわることで妻を亡くしているわけだけど、呪われてるなんて思ったことはないね。

だけど――いずみさんの場合、やはり『夜果つるところ』の「母恋い」部分に中てられちゃったんだってところはあるかもしれないなあ。

いや、今、思いついたんだけどね。

うん、こんなこと、これまで全然考えもしなかった。

家族の中でも、彼女と母親の関係は特によくなかったみたいだ。雅春は数回しかいずみさんの家族と会ったことがないと言ってたが、母親とは異様な緊張関係にあったと。

それこそ、母親だというのに彼女と全く共通点がなくて、絶望的なくらいに理解しあえない二人、家族であり親子だというのが信じられないほど、「言葉の通じない」二人だったと言ってたな。

それって、悲劇だし、でも実際けっこうある。

世の中には、全く言葉の嚙み合わない、何を言っても根本的に話の通じない、どうしようもなく「違う」タイプの人間がいる。家族だからって、必ず理解しあえるとか、共通点があるとは限らない。

そんな二人が、母と娘だったら。

それは、さぞかし互いにキツイだろうね。

いずみさんは、そのことにずっと傷ついていたんじゃないかな。自覚していたかどうかは分からないけれど、幼い頃から積もりに積もっていた葛藤が、『夜果つるところ』を脚色している時に、ぱっくり、大きな傷口として開いてしまったんじゃないだろうか。

自分は傷ついていたのだ、と。

自分はずっと母親を求めていたのに、求めた母親を得られなかったのだ、と。

そのことに気付いた時に、彼女は何を感じただろう。

怒りか？　絶望か？

遺書はなかったらしい。

ある意味、発作的な行為だったのかも。怒りや絶望があったにしろ、彼女は深く考えた上で、というよりは「なんとなく」その行為をしたような気がしてならない。

うん、雅春は、いっときかなりマイっていた。

というより、なかなか実感がわかなくて戸惑っていた。

分かるんだよね、僕もそうだったから。

僕の時は、アッという間の事故だったから、いきなり目の前から消えたという印象が強かった。

いなくなったという実感が全然なかった。

遺体も黒こげでね、ほとんど炭みたいだった。だから、正直なところ、目にしてもそれが妻の身体だったということがどうしても信じられなかった。

だから、頭の中に「妻が消えた」「どうして？」というクエスチョン・マークだけがずっと浮かんでいる状態。

突然の不在。

それが理解できない。実感できない。受け入れられない。

長いこと半信半疑でね。

雅春も同じように感じてた。

「悲しめない」「分からない」と繰り返してた。

彼の場合は、僕よりもつらかったと思うね。

なにしろ、何も告げられずに妻に自死されてしまったんだから。

「信用されてなかった」「理解してなかった」という後悔はかなりあったと思う。

彼女の完璧主義はつとに知られていたから、むしろ周囲に同情された、かわいそうに思われた、というのもつらかったらしい。妻に自殺されて憐れまれていると感じて、きっと彼のプライドも傷ついたろう。

だから、再婚したと聞いた時はホッとしたよ。今回初めてお目にかかったけど、ずっと拝見していて、君でよかったと思ったね、本当に。

うん、これはかなり重要なキーワードだね。

話し始めた時はそんなに大事なことを喋ってるつもりはなかったんだけど、こうして話しているうちに、『夜果つるところ』において、「母」は相当に重要なキーワードだと気付いた気がする。

君もそう？

発見だね。面白いね、会話って。話しているうちに、自分でも気付いていなかったことが見えてきたりする。人と話すのって、大事だね。

いや、それというのも、僕の見る母親の夢がヒントになったってわけだ。

やっぱり、母親に感謝、だな。

そうそう、最初に話した、小さい母を連れて、あそこを渡ればもうすぐ家だよ、と言うところで終わる夢のことだけどね。

実は、その夢の終わりで、僕は黙っているけれど、そのあと母がどうなるか知っているんだ。

夢の中で、僕は、橋を渡って家に着いたら、母が殺されてしまうことを知っている。

母を殺すのが誰なのかは、はっきりしない。父親なのか、親戚の誰かなのかも分からない。ただ、どす黒くて大きい、暴力的な存在が母を待ち受けていて、母は命を奪われてしまう。そのことを僕は知っているんだけれども、口には出せないし、分かっていて母をそこに送り込むんだということを自覚している。

ああ、あそこに着いたら、お母さんは死ぬんだな。

そう確信しているのに、ニコニコして和やかに話をしながら、僕らは一緒に歩いている。一歩一歩その場所に近付いていく。

母は何も疑わずに、素直に僕に手を引かれている。

どうしようもない、そう決まっているんだから、というあきらめのような気持ちだけが僕の中にある。母の手の温かさだけを感じている。

これって、どういうことなんだろうと考えるよ。

まあ、分かり易く考えれば、やはり僕は母親を誰かに「奪われた」と思ってるってことだな。暴力的な、「死」というものに母を奪われてしまった。そのことに深く傷ついている。気にしている。根に持っている。

あるいは、自分のそばにいてくれなかった母を恨んでいるのかもしれない。

つまり、母親に復讐したい。そばにいて、可愛がってくれなかったお母さんに仕返ししたい。そういうことなんだろうと思う。

子供である母。

なぜ夢の中の母は小さいのか？

どうして幼い姿をしているのか？

そのことについては、ずいぶん考えた。

僕は、母を恨んでいたけれども、同時に、所有もしたかった。

母を自分のものにしたかった。庇護《ひご》したかった。

そんなふうに解釈している。

ところで。

こんなこと言うつもりじゃなかったんだけど、なんだか打ち明けたくなったんで、言ってもいいかな。

今更こんなことを言うのはなんなんだけど——正直に打ち明けると、僕は、飯合梓本人に、みんなほど興味があるわけじゃない。

むろん、彼女がどんな背景を持っていた人なのか、どんなふうに『夜果つるところ』が生み出されたのかは知りたいと思うけれどね。

だけど、本当のところを言わせてもらえば、今ここに『夜果つるところ』という作品がある。こうして、本があって、それを読んだ。

この作品さえあれば、飯合梓自身はどうでもいい。

もっと言えば、作者が誰なのか分からなくても構わないくらいだ。

作家の君にこんなことを言うのは失礼かもしれないけれど、いったん出版され世に出たものは、もうみんなのもの、それを読んだ人のものだ。作品そのものが独立していて、もはや作家には属していないんじゃないかな。だから、本音を言わせてもらえば、著者がどうしたいか、どんなふうにしたいか、なんてどうでもいい。

読んだ人がどうイメージしたか、どういうふうに解釈したか、というのが中心にあって、これを白井さんや僕が映像化したいと思った、その意欲が、欲望が大事なんであって、著者がどう受け取るかなんて考えない。映画監督は皆、そうだと思うよ。

うん、だからね、撮る側がみんなそうだというのを知っているから、著者が意外に映像化を喜ばない、本心では希望していないというのも分かるんだ。自分の作品を取られたような気がするのも当然だと思う。

実際、僕らは「取って」いる。

撮影の「撮る」じゃなく、文字通り、著者から「取り上げて」しまっている。取り上げた挙句、ビジュアルとして、世間に流布させるわけだから。イメージを固定させてしまうわけだから。

そういう意味では、映像化というのは責任が重いよね。

原作を読む前に『風と共に去りぬ』を映画で観てしまった人は、あとから原作を読んで、ヒロインのスカーレット・オハラにビビアン・リー以外を想像するのは難しいだろう。ビビアン・リーが完璧なスカーレットを演じただけに、余計、イメージは固定されてしまっている。ビジュアルにする、というのは恐ろしいことでもある。

だから、逆に、これ以外にない、というビジュアルを作れれば本望だ。


『夜果つるところ』、完成させたかったな。

不幸にして、何度も頓挫しているわけだけど——僕はまだ、あきらめてはいないし、今でも撮りたいけれど——これもまた、正直に打ち明けると、あの原作はもう撮る時期を逸してしまったんじゃないかという気もしているんだ。

賞味期限というのではないが、ある程度映像化にもそういうものがあると思う。

同時代に作っておかなければならないもの、というのがあるんだ。

例えば、高度成長期の話なんかはそうだろう。

松本清張の小説だって、ギラギラしていた、社会問題が次々と明るみに出ていたあの頃のものがほとんどだ。何度も映像化されているが、かろうじて昭和の時代にはなんとか共感できたけど、今作ってもあまり説得力がないし、観客は共感しにくい。

極端な話、時代劇ももう作れない。

今も作られているけれども、時代劇を演じられる俳優がいない。昔の顔がない。みんな手足が長く、顔が小さくつるんとしていて、身体の重心が高く、着物を着た時の所作ができない。昭和の頃なら、まだなんとか江戸時代から自分たちが続いている、繋がっているという感覚が持てたけど、今はもう別の種類の人間だとしか思えないよね。

これぱっかりは、どうしようもない。

時代は移り変わる。世相も、人々の心理も、変わっていく。

『夜果つるところ』も、もう少し前に――昭和のうちに、撮っておくべきだったんだと思う。せめて、昭和の香りが残っている時に撮っておきたかったと思う。

もう、僕たちは撮る時期を逃してしまった。この作品を映像化するタイミングを外してしまったんだ。

いずみさんの書いたホンが、結果としてお蔵入りしてしまったのも、結局そういうことだったんじゃないかな。

映像化されるべきではない。もうその時期はとっくに終わっている。そう、作品自らが判断していたような気がしてね。それもまた「呪われている」ということになるんだろうか。

それでも、キャスティングについては今も時々考える。

映画ではなく、舞台化するのはどうだろう、とかね。

誰に三人の母親をやらせようか、と考えるのは楽しい。むしろ、今ビジュアル化するのなら、舞台のほうがいいかもしれないな。


さっきうたたねした時に見た夢のことだ。

そうだ、今また、思い出した。

夢――夢、か。


君との約束の前に、少し居眠りしてたんだよ。

昔から、細切れで寝ることには慣れている。休める時に休んでおかないと馬力が続かないから、二十分でも三十分でも、いつでもどこでも、少しでも時間があればガッと集中して眠る癖がついてる。この歳になってもその習慣は変わらない。別に今は仕事中じゃないし、寝ようと思えばいくらでも寝られるのにね。

うたたねしてる時って、時々妙にはっきりした夢を見ることがあるだろう?

目の前で起きてるんじゃないかと思うような夢。現実と二重写しになって、果たして夢だったのか、本当に起きていたことなんじゃないのかと分からずに混乱するような、ビビッドな夢。

撮影をしている時は、よくそんな夢を見た。夢の中ですっかり次の場面を撮り終えていて、カット、と声を掛けたところまで覚えているのに、まだ撮ってない、なんてことが何度もあったよ。えっ、今完璧なタイミングで撮り終えたのに、とすごく損したような気がしたものだ。

たぶん、夢の中でも考え続けているし、撮り続けているんだろう。

だから、実際、その後で撮ってみたら、夢の中と全く同じように撮れた、ということもよくあったよ。ある意味、夢の中でも「本当に」撮っていたんだろうね。

うたたね——白昼夢っていうのはああいうことなんだろうか。

そして、うたたねした時の夢に限って、その残像が残っていることがある——うたたねで見た、リアルなヴィジョンが目の前でチラチラし続けていることがある。

実は、今もそうだった。

そうだった、というのは、今やっと、僕がそのことを自覚したからだ。

何の夢を見ていたか、思い出したからだ。

何の夢か？

それがね——出来すぎた話だと思われるかもしれないけど、二度目の映画化の時に無理心中したとされる二人がいただろう？

ほら、雅春が「目の密室」とかなんとか言ってた、あの奇妙な状況にいた二人。

その二人の夢なんだ。

不思議なもんだね。

夢を見てる時は、それがあの時の二人の夢だなんて分かってなかった。

夢の中で、僕は女のほうになっていた。

女になって、相手の男を責め立てていた。

そう、不思議といえば、夢の中で、たいてい僕は女になってるね——商売柄なのか、女の心情を想像してることが多いせいか、はたまたマザコンのせいなのかは分からないけど、夢の中では女になってることがほとんどだ。幼い母を連れてる夢は例外だけど。

僕はアパートのがらんとした古くて小さな部屋の中にいて、男と真剣に議論を戦わせている。

二人は至極大真面目でね。演技論らしきもの、自分たちがこの現場でどうすべきか、どうするのが「正解」なのかというのをねちねちと、交互に主張しているんだ。

その細かい内容は覚えてないな。

いかにも、若くて熱心な役者が言いそうなことを並べ立てていたことは間違いない。自分の言葉に興奮していたことも、覚えている。

それで、夢の中で、僕と相手は努めて冷静に議論をしているんだが、徐々に全身が冷たくなってきて、空気が重くなってくる。

だんだん、互いに追い詰められてきて、思いつめた表情になってくる。

なんというのかな、自分たちがこの現場に対して、演技に対して真剣である、ということを証明するためには「死ぬしかない」という雰囲気になってくるんだ。

夢の中では、僕も相手も、自分は役者という仕事に一生を懸けているし、そのことを互いに証明したいと思っている。そのためには、今ここで、「心中」してみせるしかない、という結論に辿り着きつつあるわけなんだ。

頭では、そんなことは馬鹿げていると分かっている。死んでしまったら元も子もないし、役者という商売を続けられなくなるし、現場が成り立たなくなる、ということも承知している。

だけど、その場では、どうしようもなく二人は追い詰められている。互いに立ちすくんでしまって、そこから逃れることはできないと分かっている。自分たちがもはや死ぬしかないことを知っているんだ。

どうしよう、どうやって心中すればいいんだ、こんなことは馬鹿げている、どうすれば逃れられるんだ、いや、やっぱりここで見事に心中してみせるしかない。

そんな葛藤をしているところで、目が覚めた。

その時はすぐに、起き上がった瞬間にその夢のことは忘れちゃったんだけど、今、突然思い出したというわけだ。

いや、ホント、奇妙なもんだね。

夢なんて、起きたらたちまち忘れてしまうし、めったに後から思い出すこともないのに。

なぜ今思い出したのか分からないけど――でも、一緒に思い出したよ。

あの二度目の映画化の時は、舞台関係者が中心だったと言ったろ？

映画界にしがらみのないスタッフが作ったのだ、と。

僕は舞台を観るのも嫌いじゃなかったから、あの無理心中したとされる役者たちのことも知っていた。中堅どころのいい役者だった、というのも知っていた。

だから、僕は無意識のうちに――本当は、当時から、心の奥底で――「きっとそういうことだったんだ」と考えていたんだな。

「そういうこと」というのは、あの事件の真相は、さっき僕がうたたねした時に見たような状況だったんじゃないか、ってことさ。

役者というのは、シンプルなもんだ。複雑だけど、シンプルなもんだ。演技していると、我を忘れる。とんでもないことをやってしまったりする。むろん、いろいろなタイプの役者がいるし、いちがいには言えないけれど、そういうところは誰もが多かれ少なかれ持っている。

僕の好きな話がある。

映画『マラソンマン』を撮ってた時の、ダスティン・ホフマンとローレンス・オリヴィエの話でね。

撮影の合間、二人が話をしていた。その映画で、ダスティン・ホフマンはタイトル通り、いつも走ってるという設定の役なんだが、その日、「疲れている様子を出すために、本当に寝ないでしばらく走ってきた」とローレンス・オリヴィエに打ち明けた。すると、ローレンス・オリヴィエは不思議そうな顔をして、「それって演技でできないの?」と尋ねた、というんだ。

思い出すといつも笑ってしまう。

いや、どちらが正しいのか、という話じゃない。

どちらも正しい。どっちでもいい。そう思うね。要は、スクリーンで「疲れているように見えれば」いいんだから。

ああ、ちょっと脱線しちゃったな。

つまり、「疲れているように見える」ようにするためには、役者はなんでもやるっていうことなんだ。

それで、思い出したんだよ。

その準主役級の二人は、クライマックスの場面、久我原《くがはら》が莢子に見守られながら舞いを舞った後、二人して焼け落ちる館に巻き込まれる場面で、莢子役と久我原役のスタントをやる予定だったって話をね。

あれもいわば心中シーンなわけだ。

二人は、いわばリハーサルをやろうとしていたんじゃないだろうか。

スタントとはいえ、実際に二人でこれから心中しよう、一緒に果てようとするところを撮るわけだから、その雰囲気は作らなきゃならない。

二人は、雰囲気作りをしていたんだと思う。

撮影期間っていうのは、まあ、言葉は悪いが期間限定で狂ってるようなもんだ。全員で共同幻想を見てるようなもんだ。互いに妄想を共有し、補強しあって生きてるようなもんだ。

しかも、あのロケーション――実在する旅館で撮って、世間から離れたところで共同生活を送ってたわけだし、それこそ「逃れられない」「のっぴきならない」状態にあったわけだろう。

そんなところで、映画には不慣れなものの、いたって生真面目で熱心な舞台俳優がリハーサルしていたら、本人たちが思っている以上に現実離れした心境になっていたとしても驚かない。

そういうことだったんじゃないかな。

互いに止めようもなく、ふと「やってしまった」んじゃないかなって。

そういうことって、ある。

子供たちが集団でリンチして、むごたらしいやり方で一人を殺してしまった。

そんな悲惨な事件が跡を絶たない。

どうしてそんなことをしたのか。止められなかったのか。逃げられなかったのか。

周りはそう思う。ニュースを見て、痛ましくなって疑問に思う。

だけど、きっと本人たちも、取り返しがつかないことになるのを分かっているのに、止められなかったんだろう。

のっぴきならない。逃れられない。

誰か、タオルを投げ込んでくれる人がいない限り、絶望から逃れられず、どうしてもそこに行き着いてしまうしかない。そんな状況って、確かに存在する。

あの二人も、そういうものを見てしまったんじゃないか。

小さなあの一室で、二人は魔に魅入られてしまったんじゃないか。

今ようやく、ずっとそう感じていたことを言語化できたような気がするよ。

凶器が無かったこと？

ああ、進藤の「殺人」説ね。

僕は、あの時彼が話を端折《はしょ》ったことに気付いていた。

彼は「夕食だと呼びに行ったスタッフが二人を発見した」と言っていたね。

実は、あの時二人を呼びに行ったのは城間監督だったそうだ。演技について二人に相談されていた監督が、撮影が難航してずっと気まずい状況に置かれていた監督が、夕食に呼びに来たという口実で重い腰を上げて部屋にやってきた監督が、二人が死んでいるのを発見したんだ。

どれほどショックだったろう？　自分が二人を殺したように感じてしまったんじゃないだろうか。

白井監督が、火災で死んでしまったスタッフに強い責任を感じたように。もしかしたら、彼は無意識のうちに凶器を拾い上げてしまったのかもしれない。自分のしたことに気付いてパニックになったのかもしれない。彼はとっさに自分の触れた凶器を隠してしまった。そう、自分の「殺人」を隠蔽したのさ――二重の意味での「殺人」をね。

そんなところが、「凶器なき殺人」の真相だったような気がする。

心中――昔から思っていたけれど、これほど演劇的な死があるだろうか。

心中は、他人に発見されること、他人に「二人で一緒に死んだのだ」と確認されることで完成する死だ。

他人に認めてもらうことで、成就する死であり、愛の証明となる死だ。

なんとも不思議なことじゃないか？　人様の視線によって、噂によって、完成する死だなんて？

そもそも、心中というのは、上方で現実の事件を芝居仕立てにしたことで広がった形式だ。

近松の書いた舞台が評判になったせいで、それこそあちこちで「心中」することが「流行った」というのだから、ますます奇妙な死だと思わざるを得ない。

人間は自分の作ったフィクションのため、妄想のために死ねる生き物だ。

そんな気がするね。

実際、ここに来て、僕らの話題のほとんどが死だ。

飯合梓しかり、「呪われた映画」の登場人物しかり。

『夜果つるところ』——そこには何が待っているんだろう。もしかすると、生の終わり、待ち受ける死を目の当たりにして、初めて自分が今まで生きていたことに気付くのかもしれないね。

三十六、招聘（進藤洋介の話）

いやあ、いろいろ懐かしい話ができて嬉しいですよ。思いがけないもので、当時の感情が突然、うんと生々しく蘇ってきたりしてね。何十年も経ってるのにね。自分でもびっくりしました。

悔しかったり、打ちのめされたり、やけになったり、絶望したり。そうだ、あの時はああだった、この時はこうだったたって、ずいぶん久しぶりに思い出しましたよ。

私は去る者は追わない主義でね。どんな失敗でもその場で忘れて、割に引きずらずにやってきたつもりだったんだけど、やっぱり、引きずってる部分があったんだなあって。

こんなにあの映画について考えたのも——というより、昔のことをきちんと思い出したり、考えたりしたのって、もしかすると初めてかもしれない。

私は群馬の豆腐屋の三男坊でしてね。

姉が二人と兄が二人います。五人きょうだいの、いわゆる「おみそ」ですね。いちばん近い姉とも四歳離れてるんで、むこうにしてみれば、ガキと遊んでもつまらない。四人のきょうだいには、ロクに相手にされてなかった。だけど、こっちは遊んでもらいたい、仲間に加えてもらいたいといつもみんなにまとわりついていて、周りでちょろちょろしてるってんで、ずっと「チョロ」って呼ばれてました。

最初はうっとうしがってても、懲りずにちょこまかまとわりつかれると、人ってだんだん慣れるもんなんですねえ。そのうち気にしなくなるし、空気のような存在になる。

そうすると、あちこちに出入りしてるもんで、使いっぱしりをさせられるようになって、だんだん重宝されるようになって、結果として、いろんなことを見聞きするようになり、事情通になってくわけなんですなあ。

私の人生は、あの家族内での立ち位置が、そのまま今も続いてるような気がします。

プロデューサーというのもタイプがいろいろあって、どっしり構えてて現場には来ない人もいれば、まめに顔出して状況を把握していたいタイプもいる。人それぞれです。

だから、プロデューサーが何をしているかって、なかなか説明しにくい。人によって考え方が異なるし、それぞれやり方も違うんでね。

最近はひとつの作品にやたら多くのプロデューサーを置いてるのもありますが、どうなんでしょうね。ま、予算の規模も大きくなって、製作委員会形式なんかが増えてるせいなんでしょうけど。

はい、ご賢察通り、私はまめなタイプです。いかにもそうでしょ？

戦争映画とか、ヤクザ映画なんか観てると、捕虜収容所や刑務所には、必ず煙草とかお菓子とか、どこからともなくいろいろなものを調達してくる登場人物が出てくるでしょう。

私はまさにあのタイプ。あちこち潜り込んで、いろんなものをそれこそ「チョロ」まかしてくるヤツでしたね。

私は、プロデューサーっていうのは「御用聞き」だと思ってるんでね。

監督にも、役者にも、スタッフにも、必要なものを聞き出して調達してくる。そういう仕事ですよ。ま、最初はご多分に漏れず、映画スターに憧れましてね。付き人やって、大部屋俳優みたいなことをやったり、監督に憧れたりもしました。

だけど、だんだん気付いてきましてね。

やっぱり、私が向いてるしやりたいのは「チョロ」であって、実際に映画に出たり、撮ったりすることじゃない。現場にいるのは好きだけど、職人じゃないし、作る側じゃないってね。

いや、映画を「作りたい」と思ってることは事実です。あの話を、映画化したい。そういう情熱はある。でも、自分で撮るんじゃなくて、誰かがやってくれて、それが実現されればいい。そういう意味での「作りたい」です。

まあ、お気付きだったかもしれませんが――ここで打ち明けますと、私は、とてもとても――本当に、心底『夜果つるところ』を作りたかった。

『夜果つるところ』がスクリーンで立ち上がるところが見たかった。

ここだけの話ですが、この気持ちだけは――実際にメガホンを取った監督たちにも――決して誰にも負けない、と思っています。

このチンピラめいた、俗物っぽい見た目からは想像できないでしょうが、私はこれでも文学青年でした。むろん、角替監督みたいな教養人じゃないし、文学青年といってもどこにでもいるような、当時なら一般的なやつでした。

中でも、耽美派とか幻想派とか呼ばれるようなものが好きでしたね。こうして打ち明けるのも気恥ずかしいですが。

『夜果つるところ』も出てすぐに読んで、気に入って、繰り返し読み返して、映像になっているところを夢想しました。勝手にキャストを考えたり、誰が撮ったらいいだろうかと真剣に考えたりしてね。

白井監督が撮る、と聞いた時は胸がざわざわして、夜も眠れなかったことを覚えています。まだ当時は駆け出しのプロデューサーもどきで、あんな大物監督とはご一緒できるような身分じゃなかった。

なんとか現場に潜りこみたかったけど、さすがに私が「チョロ」でも白井組には隙がなかったです。

すごく悔しかったし、残念だった。実際、自分にそれだけの力がないことも痛感させられたし。ものすごい無力感、屈辱感、挫折感にまみれました。

ここに来て、最初に思い出した感情がそれだったな。

だから、白井監督の『夜果つるところ』がポシャったと聞いて、真っ先に感じたのが深い安堵だったことも告白します。ぱあっと目の前が開けるような心地になった。死人も出てるのに、現金なもんですが。

でも、嬉しかったです。

よかった。俺にもまだチャンスがある、と。

あれは俺が作る。俺が作ってみせる。俺が、実現させるんだ。そう固く決心したこともね。

もうあんな屈辱感、無力感は味わいたくない。

そう肝に銘じていたのは事実です。

実は、ポシャったと聞く前から密かに考えてはいたんです。

演劇系の人たちを連れてくれば、自分でも作れるのではないか、ってね。白井監督と同じ土俵ではとうてい勝負できない。だけど、当時は小劇場系の芝居が社会現象になるほど注目されるようになっていたし、メジャーどころではない独立系の映画会社もちらほら出てきていた。

そちらならば、自分のような若いプロデューサーでも活路が開けるのではないか。そんなことを考えていたんです。

同じ原作で、映画化が同時に立ち上がることは、決して珍しいことじゃない。

今では、映像化権は、最初に押さえたところが一定期間優先されますが、昔はその辺りはゆるかったから、同じ時期に同じ原作の映画の製作が進んでるなんてこともあった。

だから、元々、違うところでやってみようか、というアイデアはぼんやりと温めてはいたんです。

だけど、白井監督が撮る、というショックが大きくて、なかなか動き出すところまではいけなかった。

ところが、ポシャったと聞いて、がぜんやる気になりました。

白井監督に遠慮して、当分メジャーどころはあの原作に手を出しにくくなったという状況も、こちらにとっては運がよかった。

なので、私としても周到に準備を進められたというわけで。

メインストリームからは、課外活動的な感じで見られていたのを覚えています。演劇関係の連中が、実験的なことをしてる、みたいなね。

きまぐれに始めたみたいに思われてたみたいだし、私もそう思われたほうが都合がよかったんで涼しい顔をしていましたが、実はそんな経緯があったんで、私としては念願のプロデュースだったんです。

さあ、作るぞ。作れるぞ。

クランク・インの時の高揚感と興奮は、今も忘れられません。

全身の血が燃え立つというか、嬉しくて嬉しくて泣き出したくなるような心地で。

うん、あの感情を思い出すのも久しぶり。懐かしいですねえ。

だけど、周りにはそんな気持ちなのは悟らせないようにして、ね。一人で歓びを噛みしめてました。

あの時の現場は、本当にこうして振り返ってみても、実に不思議な現場でしたね。

世間的にはほとんど無名な連中ばっかりだったんで、マスコミとかが取材に来ることもあまりなかったし、通常の映画撮影だったら、他の現場と掛け持ち、みたいな役者もいっぱいいてザワザワ出入りがあるんですが、そういうのもなくて。

あの山の中の古い旅館を借り切って、あの狭いエリアだけで、本当に、いっとき『夜果つるところ』の世界を生きていたって感じがするんです。

特殊な——とても特殊な現場でした。

今でも、夢を見ていたんじゃないかって思う時がある。

こうして振り返っても、本当にあったことなのかなって。

話は変わりますが、映画の醍醐味ってなんですかかね。

何が名作とそうでないものを分けるのか。

私はずっと昔から考えてるんですけどね。

たとえB級映画でもなんでも、やはり名作というものは歴然と存在する。

なぜなのか。どこが違うのか。

今でも考えてますね。

それで、私が考えたのは——緊張感なんです。

映画の持つ、緊張感。

これ、現場の雰囲気とかはあんまり関係がない。あくまでも、結果として映画に映りこんだものの持つ緊張感、てことです。むしろ、誰かがコントロールしようとしてできるようなものじゃない。

映像って不思議です。

緊張感のある映像とそうでない映像がある。

なぜか目が離せなくて、息を呑んでしまって、身動きせずに見つめてしまう映像。そういうのってありますね。

別にハラハラどきどきするような展開があるわけじゃないのに、スリリングで異様な感じのする映画。

いっぽうで、どんな名優がどれだけ名演技をしていても、どういうわけか集中できなくて、すーっと目の前を通り過ぎていってしまうような映像、退屈で観客の視線を繋ぎとめておけないような映像もある。

つまり、そういう緊張感のあるものが名作なんだと思うんです。

目を離せない緊張感の漂うもの。

じゃあ、何がそうさせるのか。

長いこと言葉にできなかったんですが、このあいだ、とある若い映画評論家——まあ若いといっても、もう彼も還暦が近いくらいの歳じゃないかと思うんですが——主に、サブカルチャー、それこそB級ホラー映画ばかり専門にレビューを書いてきた彼の文章を読んでいて「なるほど」と思ったことがありましてね。

映画が名作になるのは、映画という場に、何かこの世ならぬものが「招聘」されて映りこんだ時だ、というんです。

彼は彼の専門であるB級ホラー映画について言ったと思うんですけど、私は、それはすべての映画に当てはまることだと膝を打ったんです。

そう、監督の腕——いや、もちろん監督の腕もありますよ。技術の差は歴然とあります——を超え、何か人智をも超えたものが、映りこむことがある。

「招聘」という言葉を使っていたかどうかはちょっと記憶があやふやです。

だけど、まさに映画という現場は、巫女《みこ》のごとく、黒魔術のごとく、とある「場」を作り、よりしろを拵《こしら》えて、映画の神とでもいうようなものを呼び込み、憑依してもらう場所だということです。

いや、別に私は幻想文学が好きだからといってオカルトには興味はないんですが。

だけど、名作と呼ばれるフィルムには、確かに偶然を超えた、何かとんでもない、異様なものが映りこんでいるという気がする。

そして、私が体験したあの現場では——あの時まさに——何かがあの場所に、「招聘」されていたとしか思えないんですよ。

あの撮影期間の異様な雰囲気は、今でも覚えてます。

というか、あんな雰囲気の撮影現場は後にも先にもあの現場だけです。

私が作家だったら、あの現場で一本小説を書くんだけどなあ。それくらい、何か虚構じみた、あの現場自体がフィクションみたいだった。昼間は映画の中の、『夜果つるところ』の世界。夜は近くのアパートで若者たちのプライベートなドラマ。

記憶って、不思議ですよね。時間が経つと、思い出しやすく整頓されて、均されて、どこかに収まるわけなんだけど、収まり方がそれぞれ違う。

こういう記憶ってありませんか。

なぜかすべてを俯瞰《ふかん》の形で覚えている。

その場にいたものを、上から見下ろしたようにして覚えている。その中には、もちろん自分も入っている。

あの時の記憶が、そういう状態なんです。

もっと言えば、私があの現場に遍在していたような――あらゆる場所にいて、あらゆるものを目撃していたような気がするんです。

それほど、私はあの現場の雰囲気に魅了されていた。のめりこんでいた。

実は、今だから言いますが、現場は混乱していました。

監督はドキュメンタリーをコツコツ撮ってきていましたけど、商業映画は初めて。まあ無理もないんですが、ちょっと撮っては迷い、また少し撮っては悩む。

役者たちも皆、演劇畑で、こっちはこっちで映像に撮られる経験が全くなく、映画の演技について日々悩む、といった状況で、誰もが悩んでいた。

私は私で、まだ中堅といえるかどうかのプロデューサーですしね。さすがに監督以外のスタッフは、経験のある人たちで固めましたが、それでも現場の平均年齢はかなり低かったし、誰もが試行錯誤していたんじゃないかな。

絵に描いたような演劇青年ばかりで、みんな生真面目。議論好きな人たちだった。そんな連中が、現場も、住まいも、いつも同じメンバーでずうっと一緒。

当然、煮詰まってくる。

ぎすぎすしてくる。ちょっとしたことでぶつかる。閉塞感に満ちみちてくる。

だけど、私は案外幸せだったんです。

何より、今『夜果つるところ』を撮っているんだ、という幸福。その現場にいられるんだ、という幸福。

モノを作る過程で、そうそうすんなり行くことなんて、ありゃしません。

あなただって、分かるでしょう?

不安いっぱいで出発して、試行錯誤して、行き詰まる。つまずいて停滞し、堂々巡りをし、八方塞がりに思えて絶望する。そしてまたじりじりと動き出す。

渦中にいる時は、そりゃあしんどいですよ。でも、そこにこそモノを作っているという実感がある。ひりひりするような実体がある。

その現場の空気の肌触りというんですか、その中にいられて私は幸せだった。

だけど、現実問題として、ほんとに大変でしたね。監督はどんどんスタッフや役者との関係がまずくなっていって、相当追い詰められてました。

私は、毎朝、監督を現場へ引っ張り出すのが一日のはじめの仕事になってました。やりたくない、考えたい、と言って、何かにつけて部屋に閉じこもろうとする監督を説得することから始めなきゃならなかった。


また、今にして思うと、あの、撮影場所に選んだ旅館が、ちょっと異様だった。

建物って凄い、場所の力ってほんとに凄い。

家というのは、持ち主の思想の塊みたいなところがある。

あの古い旅館は、何代も続く老舗だったんだけれども、代々の当主の普請道楽を反映していて、増築に増築を重ねて、まさしく迷宮のようになっていた。旅館の中を歩いていると、誰かの脳内の中を歩いてるみたいでね、だんだん建物の持つ毒みたいなものに中《あた》ってクラクラしてくる。

和洋折衷の別棟あり、中華風あり、なんでもあり。キッチュで、装飾過多で、ほんの少しいびつで、それらが歳月を経たことでなんとか奇跡的なバランスを保っている。

まさに「墜月荘」ですよ。


墜月荘。

『夜果つるところ』のもうひとつの主人公です。

私はあの館にも惹かれましたねえ。どんな家だろうと、勝手に図面を作ってみたりしてね。

一応、中華風という記述があるんですが、洋風のところもあるし、茶室なんかもあって、和風のところもある。

似てましたねえ、あの旅館は。

だから、何日もあの旅館の中で過ごしていると、本当に墜月荘で暮らしているような、小説の中に入り込んだような、奇妙な心地になりました。

スタッフや役者たちも同じような感想を漏らしてましたね。

そしてその――現場の空気が悪くなっていくにつれて、だんだんあの旅館を気味悪く感じる人が増えていった。

その頃は、もう旅館を廃業してしばらく経っていたんで、人の出入りはなかったはずなんですが、人の気配がすると言ってね。

夜中に軍服を着た若い男が廊下を歩いていた、とか、着物をひきずった女が庭に立ってた、とか。

むろん、実際は衣装を着けた役者が、演技に悩んでうろうろしてただけだと思いますけどね。

だけど、みんなの精神状態が不安定になってて、誰もが神経質になってましたし、そういう空気って伝染するじゃないですか。だから、一人で旅館に入るのを嫌がるスタッフが増えていきました。

みんな口には出しませんでしたけど。


私は、何にも見ないたちです。

霊感、ゼロ。幽霊もUFOも見たことがなければ、虫の知らせもなし。

だから、現場の異様な雰囲気は感じてましたけど、私自身は集団幻想と割り切って、そんなに気にしていませんでした。

けれど――一度だけ、見たんです。

私だけじゃない。

白昼の撮影中に、みんなが見た。

なぜだろう、今まですっかり忘れてました。無意識のうちに封印してたのかな。あれはなんだったんだろう、とは思っていたんだけど、まともに考えるのを拒絶していたのかもしれません。

いつのことだったか、もう撮影を始めてかなり過ぎていた頃です。つまり、煮詰まって、みんながちょっとおかしくなっていた時期のことですね。

昼間、撮影をしてました。

覚えているのは、曇ったどんよりした日で、そよとも風がない日でしたね。ベタ凪とでもいうんでしょうか、庭を見ても、木の葉一枚動きがない。

書割みたいだ、と思ったことを覚えています。

その日は、主人公の産みの母親を撮っていた。

彼女が部屋で過ごすシーンです。

庇に、鉄製の鳥籠が吊ってある。

鳥籠は空っぽなんだけど、彼女はそこに鳥を見ている。鳥がいると思っている、という演技をするシーンですね。

実は、その鳥籠は、その旅館に元々あったものでしてね。

安く上げたいから、使えるものはなんでも使う。

最初、その鳥籠が納屋にしまってあったのを見つけて、「これ、ピッタリだ」と喜んで使うことにしたんです。

で、カメラが回り出して、女が鳥籠を見上げる。

そうしたら、鳥籠が動いた。

みんなが「えっ」という顔をしました。

突然、鳥籠が揺れ始めたんです。

みんなが顔を見合わせ、それから周りを見た。

地震かな、と思ったんです。

だけど、辺りはしんとしています。全く風はないし、他のものはぴたりと静止したまま。

だけど、鳥籠は揺れている。

しかも、どんどん揺れは大きくなる。

はっきりと、左右に、ほとんど真横になるくらいに激しく揺れているんです。

みんな動けなくなりました。

カメラは回っている。

見上げている女優が真っ青な顔になっていました。

そこで、彼女は、鳥の鳴き声の真似をすることになっていたんですが、声が出ない。

だけど、演技しなければ、という役者の本能はあったらしく、なんとか声を上げたんですね。

ところが、出てきた声が、女の声じゃないんです。

ごーっ、というような、おーっ、というような、ものすごく野太い、男が吠えるような声で。

あの声を聞いた瞬間、私はゾーッとしました。

スタッフも同じです。みんな、そこでワーッと浮き足だった。

カメラも止まりました。

そうしたら、鳥籠が落ちたんです。

あまりに揺れが大きくて、庇に吊るしてある金具から外れて、地面にどさっと落ちてしまった。

騒然となりました。

彼女は自分ののどを押さえて、真っ青になって震えています。

みんなが一斉に話し出して、ちょっとしたパニック状態になりました。

あの時のフィルムは、どうしたんだっけ？　あとで見返したはずなんですが、その映像がないんですよ——確かに撮影したはずなんですけど。


ああ、このキーホルダー、面白いでしょ？

ほら、分かりますか。ホテルの鍵を模してあるんです。

オーバールック・ホテル、二三七号室、ね。

そう、キューブリックが撮った映画、『シャイニング』に出てくるホテル。

日本語では景観荘と訳されてましたっけね。

あのオーバールック・ホテルは実在するホテルだそうです。あのホテルなら、どんな出来事が起きてもおかしくない。

墜月荘もそうだった。

我々が過ごした、あの「墜月荘」も。

二人の役者が亡くなったのは、その鳥籠の騒ぎがあってから、数日後のことだったんです。


あの事件が起きた時、私は「負けた」と思いました。

負けた。

「墜月荘」に負けた。『夜果つるところ』に負けた。

ショックで、絶望で、全身の力が抜けました。

文字通り、へなへなとなって、その場に座り込んだのを覚えています。

だけど、「やっぱり」「とうとう」と腑に落ちたことも記憶しています。なるべくしてなった。やはりこうなってしまった。

そう思いました。

なぜならば——我々は、あの場所に、何かを「呼んで」しまったからです。我々は、あそこに「場」を作ってしまった。何かこの世ならぬものを「招聘」してしまったんです。だから、破局を迎えるしかなかった。

そんな気がしました。

誰もが、憑き物が落ちたような顔をしていました。夢から覚めたとでも言いましょうか。娑婆《しゃば》に戻った、とでもいうような。

だから、映画が完成しなかったのは残念ですが、ああなるしかなかったという気がするんです。逆に、もし映画が完成していたら、あれだけでは済まなかったんじゃないか。もっといろいろなものが持っていかれたんじゃないか。もっと犠牲者が増えたんじゃないか。そんなふうに思えて。

だけど、気恥ずかしい話ですが、あの撮影現場が私の青春でした。

なんだろう、言葉は悪いんだけど、サークル活動みたいな。私は大学には行ってないんですが、きっとサークル活動ってこういう感じなんじゃないかなと思った。それくらい素人臭かったというのもあるし、フレッシュだったとも言える。

だから、後悔はしていないし、私にとっては、今でもとても大事な——とても個人的な記憶なんです。

三十七、祝福された虚構の宴（武井京太郎の話）

Qと話したんだろう？

あなたのこと、「あの人いい人だよ」って言ってたよ、「素敵な人だよ」って誉めてたね、Qが。あいつ、若いけど人を見る目はあるんだ。うちが客商売で、子供の頃から築地で働く人とか、お客さんなんかをいろいろ見てるからだろうな。

奴から「なれそめ」を聞いた？

うん、ちっとばかり美化されてるけど、そんな感じだ。

あのとおりの跳ねっかえりで、見た目がああだからいろいろ言われるけど、キモチの綺麗な子だろ？

この分でいくと、あいつが俺の最後のパートナーになりそうだねえ。

「Q」と名付けたのは名前のせいだけじゃないんだよ。
Q、すなわち問いのことさね。Q&AのQ。クエスチョン、だな。あいつは俺にとっても偉大なるクエスチョンなんだねえ。人生、愛、まあこの歳になってもそれはやっぱりクエスチョンなわけで。

だろ？

アンサーはあるのかな？　きっと、アンサーを探し続けてるうちに人生終わっちまうんだろうな。

映画もそう。俺にとっては、映画そのものが人生についてのクエスチョンだった。

ずっと魅入られている。ずっと追いかけている。ずっと憧れている。ずっと謎に思っている。

結構、結構。

いや、この旅のことさ。

みんなが映画について話しているのを聞いているのは楽しいね。人生が映画だし、映画が人生だもの。映画にまつわるすべてのことが愛おしく、同時に忌まわしい。テーマが呪われた映画、ってのもオツだね。

飯合梓、ねえ。

あなたはどう思う？　俺がホテルで会ったあの女は誰だったのかな？　本物だったのかな？

少なくとも、俺が会ったあの女は、底の浅い、つまんない人物だったねえ。ぺらぺらよく喋る、薄っぺらい女だった。

だけど、作者と作品てえのは、必ずしも一致しないから不思議だね。もちろん、作品に人柄が滲み出てる、作品イコール作者ってタイプもいるけど、人品卑しからぬ人物だからって必ずしも傑作を撮れるわけじゃない。人柄が最低でも、作品は高潔で崇高、てな場合もあるわけで。そこが人間の複雑さ、面白さなわけで。

または、たった一作のみが傑作、ていうのもある。

どういうわけだか、たまたま奇跡的に何かの条件が揃って、図らずも傑作になっちまった、というのがあるんだな。

作家にだっているだろう？　その一作のみにて歴史に名を残す奴。もはや著者の名すら忘れられて、どんな人物だったのか分からなくなっているのに、作品のみが残っている。

まるで最初からひとりでにこの世に現れたみたいな作品。しかも、たった一作品。そういうのも面白い。

飯合梓はそのタイプだったんじゃないかねえ。あんな薄っぺらい女から、ああいう作品が生まれる奇跡。その奇跡を撮ろうとする監督たち。

結構、結構。


白井組の撮影を見に行ったって話はしたよな？

そう、角替監督が助監督に付いてた時。

今でもよく覚えてるねえ。なにしろ、角替監督は、その辺の、ちっとばかし自分の容姿を鼻に掛けてるような役者程度なら裸足で逃げ出すような、たいへんな美青年だったからねえ。白井監督も、これまたダンディで知られた美意識の高い男。

二人並んで打ち合わせなんざしてると、こりゃ眼福、てなもんで。おっと、こいつはQには内緒だぞ。あいつ、自分が生まれてもいない頃のことまで遡ってヤキモチを焼けるっていう、器用な才能の持ち主なんでね。

でも——ここだけの話だけどねえ——実は、現場の雰囲気はよくなかったねえ。

ものすごくギスギスしてた。

その原因、スタッフはよく分かってた。俺にも分かった。

白井監督は、角替監督が結婚したのが許せなかったんだよ。

しかも、女優と結婚しちまった。

監督というのは二種類いる。

女優と結婚する監督と、女優とは結婚しない監督さ。

これは、古今東西、実に深いテーマでしてねえ。女優とは結婚しない監督からすると、女優という仕事相手、いわば商品に手を出すというのはどういうことかと。映画という職業にすべてを捧げるならば、それは公私混同しているのではないか、ということになるわけだ。

しかし、女優と結婚する監督からいえば、私は映画がすべてなのであるから、私生活だって映画の延長だ。ならば、仕事仲間であり、仕事をいちばん理解してくれる女優と結婚するのが当然ではないか、という論法なわけさ。

どっちも当たってると思うし、どっちでもいい。ホラ、俺はいい映画さえ観られればなんでもOKだからね。

だけど、白井監督は女優とは結婚しない監督だったし、角替さんのことをすごく買っていて、可愛がっていたからねえ。

角替監督のほうも、そのことは承知していただろうね。だから、余計に結婚のことを白井監督には相談できなかった。女優と結婚すると言ったら、反対されるに決まっていたからね。

結果として、ひっそり身内だけで式を挙げた。いわば、白井さんに隠して結婚する形になっちまったことも、白井さんを激怒させることになったわけさ。

しかも、結構長いあいだ隠していて、『夜果つるところ』を撮る直前になって白井さんにバレた。

そうなんだよ、白井監督は、映画にキャスティングした女優の一人が角替さんの女房だとは知らなかったんだ。もし知ってたら、絶対に起用してなかったと思うね。

そんなこんなで、クランク・インした時の雰囲気は最悪だった。そりゃあ、そんな事情だから雰囲気も悪くなるだろうよ。

俺も、怖いもの見たさで現場に行ったけど——今だから言うけど、こりゃあ荒れるな、何か起こるなこの現場、と思ったねえ。

そうしたら、あんなことになった。

事故の話を聞いた時は、俺も震え上がったね。

白井監督の嘆きは、いろいろ複雑な意味での嘆きだったと思うねえ。

つまりねえ、白井監督は、自分が彼女を殺した、と思ったんだと思うねえ。それというのも、白井さんは彼女を憎んでいたからだ。はっきり言うと、角替さんと結婚した彼女に強く嫉妬していた。いなくなればいい、と望んでいたからだ。

そのせいで、事故を引き寄せたんじゃないかと、白井監督は後悔していたんだと思う。

白井監督は、角替さんのことを愛してましたからね。

文字通りの意味だよ。ラブ。

うん、白井さんは女優じゃない一般の人と結婚して子供もいたけれど、本当に愛していたのは角替さんだけだったろうね。

角替監督？

ああ、あの人は両刀遣いだよ。そんなことは口に出したことはないけど、ずっとそう。白井さんのことも好きだったと思うけど、彼も彼なりに悩んだんでしょう。

あの人も面白い人でね。

二種類の分類からいくと、「女優と結婚する監督」なんだけど、ちょっとまた独特なんだよね。

女優だから愛した、綺麗な女だから愛した、という感じじゃない。

不思議な人だなあ。男女関係なく、非常にニュートラルな愛し方をする人でねえ。

相手のキャラクターそれぞれに非常に興味を覚えたので、一緒になってみた、という人なんだ。観察するため、理解するために一緒になった。

だから、最初の奥さんを亡くした時の嘆き方も独特だったねえ。

まだ理解できていなかった、全部知り尽くすことができないうちにいなくなってしまった。そのことが残念だ、みたいなことを言ってたのが印象的だったなあ。

ある意味では、とことん監督なんだねえ。人間そのものに興味があって、それを理解し、表現したい、という。


へえっ、あなたの旦那さんもそういうタイプ？

ああ、彼、角替さんの遠い親戚なんだよね。

二人のウマが合うのは似てるところがあるから。

そんなこんなで、当時は思ったね。あの映画は頓挫すべくして頓挫したってね。

更に不謹慎なことを言わせてもらえば、本当に白井監督は、彼女を殺したのかもしれない。文字通り、彼女を事故に見せかけて故意に殺したのかもしれない。

それほどまでに――念願の映画化だったのに、その映画をぶち壊しにしてしまうほどまでに、白井さんの憎しみは深く、同時に角替さんへの愛情は深かったのかもしれないってねえ。

そんなことを、あなたたちの話を聞きながら、考えちまいましたね。

それを「呪われた映画」と呼ぶのか？　それはいったい何に対して「呪われた」っていうのかなってね。

監督の情念があの事故を呼んだのであれば、それはあの原作でなくとも起きたのかもしれない。他の作品だったとしても、事故は起きたのか？

いやいや、やはりあの原作でなきゃならなかった。

あの原作は、自分のアイデンティティを探していく話だよね。自分の特性を自覚し、自分が何者か、何を愛しているのかを自分で気付いていく話だね。

ということは、白井監督にしても、それは心のどこかで意識していたはずなんだ。

あの原作を映画化したいと願い、それを実現したということは、監督自身のことを原作の中に見つけ、それを具現化していく作業だという自覚はどこかにあったでしょう。

そして、クランク・インした時に、自分の身に起きていること、自分の置かれた状況がまさに原作と二重写しになっていると気付いて愕然としたんじゃないか。

いわば、彼は現場で見つけたんじゃないか——自分は角替を深く愛しているということ。裏切りのような形でその彼を失ったこと。その喪失感と、裏切られた感は、想像以上に自分を深く傷つけたこと。しかも、その裏切った相手と、裏切る原因になった対象が、二人とも今、自分と同じ場所にいる。

これはなんという煉獄《れんごく》だろうか、と。しかし、それと同時に、逆にいうとなんというチャンスだろうか、ってね。

この現場は、裏切り者を罰することができるまたとない機会でもある、とも、どこかで気付いていたんじゃないか。

もちろん、これは単なる俺の妄想だよ。まあ、年寄りのたわごとだと思って、適当に聞き流して。

監督にとっては、映画を完成させること、これが何よりの望み、それがベスト。

だけどね、映画もまた人生であるわけで。

監督が無意識のうちに、人生に対する復讐を考えなかったと誰に言える？ そういう矛盾とかおぞましさすらも、映画だからね。

分からんけど、そういうものを喚起させるという意味で、やっぱり『夜果つるところ』は呪われた原作なのかもしれない。

だけどね、それをいうなら、どうだい？

映画というものは、すべて呪われてるんじゃないかねえ。

映画だけじゃない。それを作りたいという衝動、何物かを喚起させるという点では、創作物というのはすべて、人間たちの呪いなのかもしれないねえ。

ああ、うん、全部覚えてるよ。

その噂は本当だ、これまでに観た映画はどれもみんな覚えてる。お望みとあらば、初めて観たのから順番に挙げてみせてもいい。

さあねえ。俺は子供の頃からずっとこんなだったから、他の人もみんなそうなのかと思っていた。だけど、学校に行ってみて、俺が特殊なんだってことに気付いたねえ。最初はからかわれてるのかと思ったもんだ。なんだってまた、わざわざ覚えてないふりをしてるんだ、ってね。ところが、本当に覚えてないんだと理解した時は仰天したなあ。

まあ、いわゆる映像記憶ってやつか。映画なんだから、そのまんまだな。だけど、映画評論なんかやってる奴は、同じようなのが多いね。

もちろん、他のことも覚えられるんだが、十二くらいの時に、もう余計なことは覚えないことにした。映画のこと、映画にまつわることだけを覚えていようと決心したのさ。

俺のガキの頃なんか、ロクなもんじゃなかったし。キモチワルイだのヘンな子だの、つまはじきにされたことしかないんで、嫌なことは忘れることにしたのさ。

うん、できるもんだよ。というか、意志の力でそうしたんだ。

まあ、だけど、本当のところは覚えてるんだけどね。映画に関することはきっちりラベルを付けて整理してるけど、他の記憶はラベルを付けてないので、その周りに散らばってる。そんな感じ。

俺もさすがに年寄りだからな。最近は、ちょっとばかし以前とは違ってきた。

なに、前は呼び出した時だけ映像が出てきたんだよ。

例えば、今日はモンゴメリー・クリフトの出演作をチェックしてみるか、と考えれば、出演した映画がずらっと頭に浮かぶよね。

俺は彼の出ている『陽のあたる場所』がお気に入りだから、それを念入りに脳内で上映してみる。するってえと、ラストで、エリザベス・テイラーがモンゴメリー・クリフトに言う台詞のところで止まる。この台詞がいいんだ。

「私たちはさよならを言うために出会ったのね」ってね。

この場面、俺はエリザベス・テイラーの全出演作で彼女が最も美しい場面だと思うんだな。

ってなわけで、次は、じゃあ、エリザベス・テイラーの他の作品で、この場面に匹敵する美しさの見られる場面はあるかな、と今度は彼女のフィルムをチェック。

こんな感じで、いくらでも続けられる。映画館に行かなくても、脳内上映で楽しめるって寸法さ。

ところがなあ、最近は、呼び出してもいないのに、映画のほうからやってくる。

勝手にPLAYボタンが押されて、勝手に映画が上映されちまうことがあるんだ。

しかも、映画以外の場面が混じってる時がある。

ガキの頃の記憶が、映画と混じって映像で出てくるのさ。

なんだあこりゃあ、お迎えが近いのかね、なんて言うと、Qが怒るんだよ。そんな縁起の悪いこと言うのやめてくれ、ってね。

別に、俺としちゃあ縁起の悪いことを言ったつもりはないんだが。よく言うだろ、死ぬ前に、それまでの人生が走馬灯のごとく蘇る、ってね。

だけど、今の人に走馬灯なんて言っても通じるのかね？　Qは中身が昭和だから分かってるがね。

俺は人生のほとんどを映画館の暗がりで過ごしてきたわけだ。なかなかいい人生だったな。暗がりの中で、何千人、いや何万人もの人生を追体験できたんだもの。たった一人の人間の人生としちゃ、贅沢だと思わないかい？

だからなあ、俺としては、今ひとつ腑に落ちない。

うん、今のひとの「リア充」とかいうやつがね。

なんでも、映画や小説のことを「それって、作り話でしょ？　要は、嘘でしょ？　そんなものに時間を使うのは無駄じゃないの？」なんて評する若い人も多いとか。

リアルが大事、現実最優先。物理的に役に立つこと、得することが一番。

なんともはや。

どんなに素敵な、充実した生活を送っておられるのかは存じ上げないが、しょせんそれはあんただけの人生だ。

もちろん、言いたいことは分かる。たった一度きりの人生、無駄なことはしたくない、時間を無駄にしたくない、素晴らしい実りのある人生を送りたい、ってね。

たった一度きりの人生。世間じゃよくそう言うよな。一度きりの人生、悔いのないように生きましょう、やりたいことをやりましょう。

そいつは結構。そいつはホントのことだ。全くもって、おっしゃるとおり。

だけどなあ、ホントにそんなにたいしたもんなのか？　人の人生って、そんなに素晴らしいもんなのか？

大部分の人は、食べるため、子孫を残すため、やりたくもない仕事をやって、大変な思いをして──いや、大変な思いをしてない人もいるな。ただなんとなく、のんべんだらりと何も考えずに生きてるやつだっていっぱいいる──ほとんどがその他大勢の一人として生きて死んでいく。

確かに一人一人の人生は、取替えのきかない、「かけがえのない」人生なのかもしれない。

あ、どうでもいい話だが、俺、「かけがえのない」って表現が大嫌いでね。なぜかこの表現を聞くとざわっと嫌な鳥肌が立つんだよ。なんとも偽善に満ちた、べたべたと押し付けがましい表現だと思わねえか？　この言葉を口に出して使うやつに限って、本心では「かけがえのない」なんてこれっぽっちも思っちゃいないのさ。口に出したとたん、薄っぺらくなる、ケツが痒《かゆ》くなる言葉ってあるもんなんだな。

まあ、本人が心の中で自分の人生を「かけがえのない」と思ってるぶんにはちっとも構わない。

そう思う人は、きちんと人生をまっとうしていくわけで、それはそれで素晴らしいことだ。

だけど、逆に、本人がそう思ってないのなら、それはそれでいいんじゃないかと思うわけだ。その他大勢、自然の摂理に従って生物として本能のまま、さしたる主体性もなく生きていく。

それもまた正しい。そのこと自体は、よくも悪くもない。

でもな、俺は言いたい。

君らが充実させたいと願ってる君らの人生。その中に真実はないぞ、と。

事実はある。現実はある。生活はある。感情もある。たまには感動なんかもちょっぴりあるかもしれない。

しかし、真実はない。人生の中に真実はないのさ。

はっきり言おう。

真実があるのは、虚構の中だけだ。

もっと正確に言えば、虚構の中には、真実に触れられる瞬間がある。

これは断言できる。人間の人生は、それだけで精一杯で、真実の紛れ込む余地なんかないんだ。

人生を生きている当事者には、その中の真実は見えない。

だからこそ、我々は、映画館の暗がりに、小説の中に、真実を求めに行く。探しに行く。

そうだろう?

なぜ監督は映画を作るのか。なぜ人は虚構の物語を作ろうと望むのか。それは、その中にしか出現しない真実に触れるためだ。

たったひとつの人生、たった一人のちっぽけな人生。

俺の人生は、俺だけのものだ。他のやつのは分からないし、俺という人間の、知性とか体力とかの条件でかなり制約のある、ごくごく狭い範囲内のことしか俺には体験できない。ものすごく不自由だし、ものすごく限界がある。

それの何が面白い？

たった一度きりの人生？

かけがえのない人生？

それのどこが面白いんだ？

人間の人生、人間の姿、その全貌——というのは無理だとしても、その一部分を少しでも多く知りたいと思うのならば、それは虚構に触れることでしかできない。他人の人生を、人間を追体験し、理解するためには、多くの人生を経験するためには、多くの人間を体験するためには、虚構に触れるしかないのさ。

おっと、なんだか、柄にもなく、青臭いこと言っちまったな。

だけど、俺の実感なんだ。人生のほとんどを映画館で、虚構にどっぷり浸かって過ごしてきた俺の得た結論だ。

だから、今回の旅、みんなには感謝してるよ。

虚構について語り続ける、映画について語り続ける、何時間も、何日も、みな真剣に、大の大人たちが。

結構、結構。

俺は幸せだね。虚構の宴、万歳だ。

やれやれ、珍しく興奮しちまった。

いつもより早く眠くなってきたぞ。

年寄りのタイムテーブルは小刻みでね。変な時間に寝たり起きたりしてるから、とんと日付の感覚も、昼か夜か、夏か冬かも見当がつかなくなっちまって。

おねえさん、そろそろこんなところで切り上げさせてもらうよ。

悪いが、ひとっぱしりして、Qを呼んできてくれるかい？

三十八、カードの城（真鍋綾実の話）

あなたたち、仲いいのね。

ああ、もちろん、雅春とよ。

羨ましいわ。お互い信頼しあってるっていうか、何も話さなくても分かってるって感じ。

あなたたち、みんなと一緒にいる時って、ほとんど言葉交わさないわよね？　でも、なんだか通じ合ってるって気がするのよ。二人ともちょっと引いたところにいて、じっとみんなを観察してるのも同じ。

共犯者めいてるっていうか、似てるわよね。

まあ、あなたも知ってると思うけど、雅春は前の奥さんがああいうことになっちゃったから、ずっと心配してたんだけど、あなたなら大丈夫ね。

前の奥さんとは、どこかいつも緊張感が漂っていたから。といっても、専ら奥さんのほうが常に緊張してたんだけど。

今になってみると、あたし、いずみさんが笑った顔って見たことないわ。いつもじっと思いつめたような顔をして、とにかく隙のない人だった。

あら、あなた、会ったことあるの？

へえ。ああ、同じような印象を受けたのね。

そうそう、隙はないんだけど、ある意味無防備というか、子供みたいなところはあったわね。うん、家族との関係に悩んでたって話は聞いてる。

たぶん、彼女は、人生の中で、自分の中の何かとの折り合いをつけるので精一杯だったんでしょうね。彼女にとって、仕事はその折り合いをつけるための作業だったんだわ。だから、あそこまでストイックで、完璧主義だったのかも。

それで——仕事でも折り合いがつけられないことに気付いて、絶望したのかも。

あら、いきなりズバリ聞くのね。

驚いた。もっとやんわり来るのかと思ってたわ。

うふふ、でも、ここで遠慮してたら物書きなんかやってらんないわよね。

ねえ、物書きってほんとに不思議な職業よね。物書きに至る道筋は本当に千差万別、人それぞれ。いずみさんみたいに家族への感情を昇華するために書いていた人もいれば、飯合梓みたいな人もいる。

飯合梓？

そうねえ。今回、いろいろと皆さんの話を聞いていたら、ますます分からなくなったわ。自ら伝説となることを目指した俗物だったのか、それとも人間嫌いの孤高のアーティストだったのか。はたまた、経歴を詐称した犯罪者だったのか。どれもお話としては面白いけどね。

あたしたちの初版本コレクション？

うーん、今となってはいつから集め始めたのかは覚えてないわ。

結構早くからだったのは確かよ。学生時代まで遡るわ。もっとも、当時は集めてるという意識はなくて、なんとなく見かけるたびに買ってただけ。

だからコレクターという意識はなかったんだけど——プロとしてデビューしてからだわね、本格的に彼女に関するものを集め始めたのは。

なんでしょうね、これって。

自分と引き比べるのもなんだけど、あなた、知ってた？　スティーヴン・キングがフォークナーの世界的なコレクターだって。ええ、ウイリアム・フォークナー。アメリカ文学の大御所だわね。

でも、なんだかちょっとは分かるような気がするのよ。

自分が書き手としてプロになって、いわば、追われる立場になったわけよね。ちょっと偉そうで言葉は悪いけど、仰ぎ見られる立場になったというか。そうすると、自分が仰ぎ見ていた頃のことが懐かしくなる。同業者として読むのではなく、ただの一読者でいられた頃の自分が羨ましい。そんな自分に戻りたくなって、いわば「仰ぎ見ていた」自分を取り戻すため、思い出すため、追体験するために、かつての自分のアイドルのものが欲しくなる。集めたくなる。実際に、集める。コレクターになる。

そういうことなんじゃないかな。

今みたいにネットで何でも買える時代じゃなかったから、苦労したわよ。

時間がある時にこまめに古本屋さんを回ったり、ファンクラブの人たちに告知を出して、協力してもらったり。

そもそも、まつわるものがほとんどないから、刊行の広告が載ってた週刊誌とか、小さな書評とか。

でも、手に入った時は、今よりもずっとずっと嬉しかったな。

どんな小さなものでも、ひとつ手に入れる度に、天にも昇る心地になったものよ。

初版本って、カバー違いがあるのよ。微妙な違いだけどね。

あら、知ってたのね。そうか、雅春が持ってたんだ。そうなの、彼も実は結構なファンなのよね。

当時は、紙の調達もフレキシブル——要は、行き当たりばったりってこともあったんじゃないかしら。

それがねえ、何種類あるかが分からないの。あたしたち、『夜果つるところ』を二十冊以上持ってるんだけど、どれも違うんだなあ——というか、違うような気がするんだなあ。今となっては、カバーの一部が破損していて、印刷汚れなのかなんなのかよく分からないのもあるんだけどね。カバーに数種類のパターンがあるのは確からしいのよ。なぜそんな無名の新人作家のカバーにそこまで凝ったことをしたのかは分からないけど。

だから余計に、コンプリートしたくなっちゃうんだよね。これって、コレクターの性だわね。

ごめん、話があっちこっち飛んじゃったわ。これって、典型的なオバサンの話し方よねえ。質問されたことにまっすぐ答える代わりに、相手の言葉の細かいところに反応して、見当違いのこと答えて、話が別のところに行っちゃうって。

うん、そうね、もちろん知ってたわ。

あたしと詩織の父親はどちらもうちの父親じゃないって言われてたこと。もしくは、あたしと詩織で父親が違うらしいって言われてたこと。

そして、うちの母親が、父親の一人は角替監督だって言ってたってこともね。

ああ、もちろん、そんなことを信じるほどあたしたちはおめでたくないんでね。

別に、虚勢を張ってるわけじゃないわ。

うん、あなたが疑う気持ちもよく分かる。

話としては面白いわよ。

でも、信じてないわ。あの人のそんなたわごとは。

そりゃ、似てないことは認めるわ。あたしと詩織、確かに全然似てはいない。だけど、あたしたちは、どちらもうちの両親の子よ。あたしは母にそっくりだし、詩織は父にそっくり。というより、詩織は父方の祖父に似ているし、あたしは母方の祖母に似ている。

全然面白くないでしょ?

誰もそんな話じゃ納得してくれないのよ。

うちの父も、反論すればするほどゴシップになるだけなのを分かってて、何も反論しなかったし、取り合わなかった。

うちの母親の噂を聞いてる人は、あたしたちがそう言っても最初から信じる気がないのよ。あなただってそうでしょ?

でもね、正直なところ、うちの母親はしょせん「小物」なのよ。そんな大それたことができる人じゃない。アーティストとしてだって、結局大成せずにオノ・ヨーコもどきでしかなかった。

そもそも、基本、そんなに性格悪い人じゃないの。はっきり言って、頭もそんなによくない。めちゃめちゃとんがった人でもなければ、ぶっとんだ人でもない。

要は、独創性がないってことよ。凡庸ってこと。むしろ、人が好いというか、エキセントリックなところは全然ない人だった。逆に、そこがあの人の悲劇だったのかもしれない。分かるわよ、青春の一時期、「凡庸」という言葉がいかに残酷で、アーティストを目指す人にとっては自分がそうであることをどれほど認めたくないかってことはね。

もちろん、美大に入ったんだから、多少のセンスはあったんでしょう。綺麗な人だったし、そこそこ気の利いた、チャーミングな人だったのも確か。いろいろな人とつきあったのも本当でしょう。少なくとも、角替監督に憧れていたし、いっときつきあったこともあったんでしょう。

だけど、あたしは皆が言うほど、いろんな男と関係を持っていたとも思えないのよねえ。そんな噂はあったけど、ホントのところは、どうだったんだか。母は自分を大きく見せたがったし——たぶん、自分を芸術家たちのミューズみたいに見せたかったんだと思うわ——周りは母にヴァンプというレッテルを貼りたがっていた。互いの思惑が一致したってことなんじゃないかしら。

だって、あたしたちの知ってる母は、そんなに「マメ」な人でもなければ、ガッツがある人でもないのでね。そもそも、何かに執着するような人じゃなかった。そう見せたいと思ってたのは確かだけど。ファム・ファタルになるには、それなりの才能と運が必要だものね。あの人にはどっちもなかった。

むしろ、あの人が凡庸だったせいで、あたしたちがその呪いを引き継いだとも言えるわねえ。あたしたちは絶対に「何者か」にならなきゃいけなかった。それも、二重の意味でね。母のために。母の代わりに。同時に、母への復讐として。

どちらの意味でも、あたしたちは「何者か」にならなきゃならなかった。そのことだけは、小さい頃からひしひしと感じていたわ。

母への意趣返しとしても、母のためにも、あたしたちはひとかどの人物にならなきゃいけなかったの。

このアンビバレンツな感情、分かる?

うん、ある程度は分かると思うのよ、あなたにも。物書きになるような女が、どれだけの抑圧を受けてきているかってこと、分かるわよね?

だけど、あたしたち二人の受けていた抑圧は、ほんとに矛盾しているとしか言いようがないわ。あたしたちは「何者か」になったら母を喜ばせ、同時に母を苦しめる。「何者か」になれなかったら、母を落胆させ、同時に母を安堵させる。

どちらにせよ、それは即ち、あたしたち自身にダイレクトに跳ね返ってくる。

どちらにせよ、あたしたちは苦しむ。

分かっていたわ。

だけど、なんのかんの言っても、あたしたちは母を愛していた。

そうよ、やはり最終的には母のよき娘であろうとした。母がそのことをどう思っていたかは、今となっては分からないけれど、あたしたちは母のために頑張ったし、母に復讐するために頑張った。

愛があったことは間違いない。その愛が、互いを傷付けあうものでしかなかったのだとしても。

あたしたち、母にずっとデビューしたことを教えてなかったの。

元々、そんなに会話があった親子じゃなかったし、母はほとんど出歩いていて、娘たちが何をしてるか全然知らなかった。学生時代から、二人で家を出ていたしね。

賞を獲ったことも、友達から聞いたらしいのね。もしかしたら島崎和歌子さんかも。聞いたでしょ、母と島崎さんが知り合いだったこと。

いつだったかな――何かを取りに家に戻った時に、ばったり母に会ったの。

そうしたら、嚙み付きそうな顔で、「あんたたち、漫画描いてるんだって?」って言ったわ。

「そうよ、もうあたしたち、それで生活してるの」って言ったら何て言ったと思う?

「ずるい」って。

忘れもしない、「ずるい」。

さすがに「えっ? どうして?」って聞いたの。そうしたら、真顔で言うのよ。

「あたしから貰った才能で儲けてるくせに、何のお礼もないなんて」

思わず「はあ?」って言っちゃったわよ。

あんたは美大に入るのが精一杯だったんでしょ、あたしたちは普通の大学に行ったけど、才能があったのよ。

そう言い返したくて喉まで出かかってたけど、結局言わなかった。それきり。

だけど、後から人づてに聞いたわ。実は、自分が娘たちに手ほどきをしてやって、あの子たちは才能を開花させた。実は、デビューした頃の作品は、あたしが話を作ってやっていたし、手直しをしていた、とかなんとか。

馬鹿馬鹿しくって、何も言わなかったわ。でも、逆にこっそり溜飲を下げた部分もあったことは認める。

母を悔しがらせた、あたしたちに嫉妬させた、あの嚙み付きそうな顔をあたしに向けさせた。これまでほとんどあたしたちに無関心で、放任主義だったあの母を。

これから先、誰かがあんたの娘たちのことを誉めるたびに、悔しがるがいい。自分が手に入れられなかった賞賛を受けるさまを指を銜《くわ》えて見ているがいい。

あたしたちはこれで母親に復讐できた、ってね。

実はね、この旅で思いついたことがあるの。

なんだと思う？

飯合梓の、『夜果つるところ』の漫画化。

ええ、これまで一度も考えたことがなかったのが不思議だわ。

でも、考えてみれば、いい企画じゃない？　映画化よりもずっと実現性が高そうだし。

何より、「あたしたち」にピッタリの企画。まさに、「あたしたち」のためにあるような企画じゃないの。ここに来なければ、このまま一生思いつかなかったかもしれない。

そうなのよね、漫画化の際の著作権はどうなるのか。誰に許可を取ればいいのか。その辺りは島崎さんとか、映画関係者の人に聞いてみようと思って。最後のドラマ化の時って、誰に許可を貰ったのかしら？　そういうの、あたし苦手で。契約関係は、詩織に任せっきりなの。


昔は完全に折半して描いてたんだけどね。うん、あたしたち、同じような時期に絵を描き始めたし、子供の頃から絵のタッチもよく似てたから、ほとんど違和感はなかったと思う。漫画家としてデビューしてからも、二人で描いてるって分からない人も多かった。いっときは、あたしたち自身、それこそどちらが描いたものだったか、後で自分たちで見返しても分からないくらい。すごい同質感というか、一体感があった。

あの頃は幸せだったな。


絵を描くのって不思議な行為よね。

どうして人は絵を描くのかしら。子供は放っておいても絵を描く。地面に、砂に、紙に落書きする。そもそも、「お絵かき」って言って、子供にはたいていスケッチブックを与えるわよね。あれってよく考えると不思議じゃない？　人は必ず絵を描くものだっていう認識を、無意識のうちに共有してるってことでしょ。

あたしと詩織は二歳違い。ものごころついた頃から、二人で「お絵かき」してた記憶しかないのよね。母も、「あんたたちはスケッチブックさえ与えとけばおとなしかった。放っておくといつまでも描いてた」って言ってたっけ。

あたしたち、あんまり喋らない子供だったの。母は出歩いていたし、放っておかれたせいもあったかも。だけど、「お絵かき」で互いにコミュニケーションを取っていたのよね。そう、姉妹のコミュニケーションだけじゃなく、今にしてみれば、たぶん世界とも絵を通してコミュニケートしていたのかも。

ね。そうじゃない？　絵を描いたり、小説を書いたり、何かを作るっていうのは、世界を自分の中で作り直す作業じゃないかしら。幼い頃に違和感を覚えていた、受け入れられていないと感じていた世界と、もう一度繋がり直したいんじゃないかしら。

イメージの中だけで知っているものってあるわよね。実際に見たわけじゃないんだけど、話としては知っている、ってやつ。

例えばさ、「原始人が食べてる肉」ってあるじゃない？真ん中にハムみたいな肉の塊があって、左右に骨が突き出していて、焚き火で焼いて、骨の部分を手に持ってかぶりつく、ってイメージ。

あれ、どこから来てるのかしらね。アニメかな？　日本人だけじゃなくて、海外の人もああいうイメージ、あるのかしら。

ともあれ、あんなお肉、実際に見たことないわよね。豚でも牛でも、あんな形で肉が出てきたことなんてない。そもそも、あれ、何の肉で、どこの部位なのかしら。マンモスの肉？　じゃあ、象の肉に近いってこと？　ひょっとして足の部分とかかしら？

とにかく、みんなが知ってるけど、実際には存在しない。そういうものって結構あるんじゃないかと思うの。

あら、何の話をしてるかって顔ね。

許してちょうだい、話があちこち飛んじゃって。

カードの城の話をしたいの。

ええ、トランプのカード。

欧米の映画とか、ドラマなんかで、見たことない？　トランプのカードを積み上げて、お城みたいなのを作ってるところ。

あるでしょ？　漫画なんかでも出てきたりするわよね。誰かがそばを歩いたり、くしゃみをしたりしただけであっというまにバラバラ。

砂の城と同じくらい、はかなくてあっけないというイメージ。

だけどね、砂の城もそうだけど、カードの城なんて、絶対作れない。

あなた、作ってみたことある？

あたしたち、何度も試してみたんだけどね。そもそも、一番下の段すら作れないのよ。映画なんかで見るカードの城は、こう、カードを斜めにして二枚ひと組で立ててるわけよ。その逆V字形のセットを並べて、その上に平らにカードを渡して、その上にまた同じ逆V字形の次の段を載せる。

無理よ、無理。二枚ひと組で立てるのもやっとなら、その上にカードを載せるのも無理。さらにその上に何段も同じものを作るなんて、とてもじゃないけど不可能よ。

紙のカードで、絨毯とかフェルトの上でならなんとか一段目はできるでしょう。

だけど、今のトランプはほとんどがプラスチックじゃない？　あんなつるつるしていて摩擦のない、切ったり混ぜたり曲げたりすることを前提としているもので、カードの城なんて作れっこない。

砂の城だって、絵や映画に出てくるような、立体的で塔とか窓とかついてるものは、実際には全然作れない。固めて盛り上げるだけで精一杯。

ドラマに出てくるカードの城は、絶対陰で小道具さんが仕掛けをしてるわよ。テープで貼るかなんかして。

だって、無理だもの。普通にやったら作れっこない。

そういうものって、結構現実にあるような気がするの。

イメージとしては知っているんだけれども、実際には有り得ないもの。どこかに存在しているとみんなが思ってるけど、本当は存在しないもの。

愛とか平和とか平等とか？

残念ながら、そういうのもカードの城みたいなものだわね。

そう、あたしたちも漫画に描くために、作ってみたってわけ。

「カードの城ってさ、よく見るけどホントに作れるの？」ってね。

あたしたちが描いているのはファンタジーだけど、壮大な虚構を造り上げるには、細部のリアリティが重要なわけ。

しかも、ビジュアル化しなければならないので、必ずモノは現物を当たる。

だから、いつも調査には時間を掛けている。

ね、大きな嘘をつくには、その嘘を信じてもらうには、小さな事実を積み重ねて信用を勝ち取っていくしかない。分かるでしょ？

二人でいろんなトランプを集めて試したんだけど、あたしたちの結論としては「作れない」。

詩織なんか、かなりしつこく試していたわね。あたしもそうだけど、あの子も徹底的に凝るタイプだから。


実は、十年ほど前に腱鞘炎をやったのよ。それも、結構ひどいやつ。

職業病だから仕方ないんだけど、これがホントに痛い。

整体、鍼《はり》、いろいろ試したんだけど、未だに完治はしていないの。

だから、自然とね、止むに止まれず、作画は詩織がメインでやってくれているわ。どうしようもないの、以前と同じようには線が引けないんだもの。

だけど、プロットとネームのメインはあたしよ。

編集者と打ち合わせをして、ネームはほとんどあたしが作ってる。

もちろん、作画は大変だし、読者が最初に目にするのは絵だから、詩織の負担はたいへんなものよ。最終的に人の目に触れる部分を仕上げなきゃならないんだから。責任は大きいし、ネームが難航すると、締め切りまでの時間が短くなるから、物理的なプレッシャーも大きい。

ここ数年は、編集者にも口やかましく文句を言われっぱなし。

詩織先生がたいへんなんだから、早くネームを上げてくださいって。

そんなことは重々分かってる。駆け出しじゃないんだから、承知してるわ。

それでも、時々辟易《へきえき》するわね。

この人たちは、ゼロから一を生み出すのがどんなに大変なことなのか、ホントに分かってるのかなって。

脚本がダメな映画は、いくらスターが出ていて演技が達者な人がやっても、しょせんダメな映画にしかならない。

どんなに華麗な絵があっても、お話がつまらなければ、ネームがしっかりしていなければ、すぐに飽きられてしまう。

いつも必死に考えてるわ。寝ても覚めても、ネームのことばっかり。何もしてないみたいに言われるけれど、いつもいつも考えてるのよ。頭の中では作業してる。それなのに、傍目には確かに何もしていないように見えるから、サボってるみたいに言われるのよ。

やんなっちゃうわ、雅春までそんなふうに思ってるんだもの。大変なのは詩織でおまえじゃないだろって。

ね、どう思う？　それって、あまりにもソフトに対するリスペクトがないわよね。まあ、日本は元々ソフトに対するリスペクトが低い国だけどさ。

『夜果つるところ』を漫画化したい。

あたしは飯合梓をリスペクトしている。

だから、脚色には時間を掛けたいわ。そのまま漫画にすればいいってものじゃないでしょ。せっかくあたしたちが漫画化するんだから、あたしたちのものになるように、完璧なネームにしたいわ。そして、完璧なビジュアルに仕上げる。

そうすれば、あたしたちも一ファンとして、一読者として、「成仏できる」って気がするのよ。

ところでさ、評論って不思議よね。

あらごめんなさい、また話が飛んじゃった。読者として成仏するってことを考えたら、読者なんだけど同時に読者ではない評論家ってものを連想したのよ。

昔は大嫌いだったわ、評論家って。自分で何も生み出さないくせに、人の作ったものに文句つけるだけで偉そうにしてる、そう思ってた。

だけど、自分で創作するようになると、それはそれで物足りないのよね。特に、漫画って長らく評論の対象にならなかったし、どこの誰がどう読んでくれてるのか、実作者にはなかなか分からないじゃない？

売れているから、ファンレターがたくさん来るから、人気がある。愛されている。評価されている。期待されている。

もちろんそれは素晴らしいことだわ。誰もがみんなハッピーになれるし、とてもありがたいことだけど、実は――あたし、未だに人気っていうものがよく分からないの。

ここ数年よ。本当に独創的な評論というのは、イコール創造的なものなんだと思うようになったのは。

素晴らしい評論を読むと、その作品が作り直されているように、新たな作品に生まれ変わったように思えるのよ。それって、作品を作っているのと同じなんじゃないかって。そして、そんなふうにも読めるんだ、って感心できるのは、とても楽しいことなんだって。

深読みって言い換えてもいい。そうね、「深読み」のほうが好きだな。そっちのほうがより親密で、面白がってる感じがする。

きっと、あたしは誰かに深読みされるのを望んでいるんでしょうね。深読みされるような対象になりたい、それだけの内容があるものを書きたいって。

考えてもみてよ、たとえば芭蕉の俳句なんか、たったの十七文字なのよ？

ランボーの詩、カフカの短編、シェイクスピアの戯曲。源氏物語。

それらについて、世界中で、さまざまな言語で、元のテキストに比べて、数百倍、数千倍、ううん、もっともっとたくさんの文章が書かれている。

たった十七文字からどれだけ沢山の言葉が引き出されていると思う？　気が遠くなるというか、この中に宇宙が畳みこまれてるんじゃないかって考えちゃうわね。

それだけの言葉を引き出せるなんて、もちろん元のテキストが素晴らしいからだろうけど、あたしは人間の妄想力というか「深読み」力のほうに感心する。

どこからこんなに大量の言葉が出てくるっていうの？　とにかく、ものすごいパワーなのは確か。

昔、国語のテスト問題にあったわよね。

次の中から、作者が言いたかったことを選びなさい。

次の中から、作者の考えに近いと思われるものを選びなさい。

懐かしいわ、さんざんやった四択問題。

誰が見ても明らかに違う答えと、表面的には正解っぽいけど実は全然違う答えと、引っ掛けの答えと、正解。この四つから先の二つをまず排除せよ。そして、引っ掛けと正解の二つに絞って考えよ。そんなふうに指導されたっけ。

だけどさ、実作者なんて、そんな大したこと考えてるものかしら？

あなたはどう？

あなたの書いてるもの、社会性のあるものが多いけど、世間を啓蒙しようとか、社会に警鐘を鳴らそうとかしてるわけ？

まあ、表向きはそう答えるわよねえ。もっともらしい理由はつけるわね。単に注文があったから、というのがその理由の大部分であったとしても。

だけど、実際のところ、みんな、ただ書きたいから書いてる。それが正直なところだと思うのよ。実作者のほとんどはそうじゃないかな。たまに、使命感とか深遠な思想を抱いて書いてる人もいるかもしれないけど。

テーマは愛です。

テーマは癒しです。

そんなこと、実作者が自分で言ってどうするのよ。

だけど、世間は作者に要約させたがるのよね。

つまり、どういう話なんですか？　どういうつもりで書いたんですか？　テーマはなんですか？

そんなの、読んだ人が好きに決めてくださいよ、一言で片付けられないからこれだけの長さのものを書いたんだから、って言いたいわね。

深読み上等。いったん作者の手を離れたら、もうこれは最後まで読んだあなたのもの。あくまでも、ちゃんと最後まで読んだ人の、よ——「ええと、どこの部分を読んでそう思ったんですか？」

「いや、読んでないんだけど、誰々さんがそう言ってたから」「だって、みんなそう言ってます」

――だからさ、「みんな」って誰なのよ？

結局、人は自分が読みたいようにしか読まない。逆にいうと、自分の知識と経験の範囲内でしか読めない。だから、皆が同じテキストを読んでいても、必ずしも同じものを読んでいるわけじゃない。

そう、飯合梓に対しても。

ゆうべも寝ながら考えちゃったわ。

あたしはいったい飯合梓に何を求めているのかしら？

で、今話していて気付いたの――本当のところ、あたしは、飯合梓自身について、それほど大した興味はないってこと。

ううん、もちろんそれなりに興味はあるわ――どういう人がこういう作品を生み出したのかとか、文体やテクニックがどのように生み出されたのかとか、作品の背景とか、彼女の読書体験とか、他の作品は残っていないのかとか。

だけど、あたしが最も興味があるのは、やはり『夜果つるところ』というテキストそのものなのよ。飯合梓に興味があるのは、このテキストが生み出されるまでの過程が知りたいからだけ。

そう――あたしの頭の中では、『夜果つるところ』の世界だけが存在し、それだけで完結している。

もはや、テキストというよりも、『夜果つるところ』という「場」ね。

この「場」をすみずみまで味わい尽くしたい。いつまでもこの「場」にいたい。

うまく言えないわ――もっと深読みしたい、もう一度、いいえ何度でも、新たな『夜果つるところ』が立ち現れるところを見たい。繰り返し繰り返し、姿を変えて現れるこの作品を体験し続けたい。

それはすなわち、あたしが何かをこのテキストに求め続けているっていうこと――それこそ、何度でも。

それはいったい何だろう。

ねえ、なんだと思う？

あなただってそうじゃないの？

どうしてこのテキストに惹かれたの？

ねえ、あなた本当にこのテキストに興味あるの？　なぜ、およそあなたの守備範囲とは思えない飯合梓の取材なんかしてるの？

本当の飯合梓のファンなら泣いて喜ぶような、『夜果つるところ』に深く関わってきた人たちに？

分かってるの、この環境、本当に本当にとても贅沢で特別なものなのよ？

雅春の妻だから？

夫の知り合いだし、新婚旅行のついでに？

あなた、あれにそっくりよね。入社試験で受験者同士討論させて、こっそりメモを片手に採点をしてる試験官。

受験者のことは、履歴書のデータをざっと予習してひととおり知ってるだけ。誰にも思い入れなんかないくせに、ニコニコしながらためらわずに×を付けるのよ。

ごめんなさい、別に非難したつもりはないのよ——ただ、あなたが適任なのかどうかって疑問に思っていたものだから。まだ雅春のほうがふさわしいんじゃないかなって。

ごめんなさい、気を悪くしたかしら。

ホントにそんなつもりはなかったのよ。

あたしったら、何を熱くなってるのかしら？

あなたがあまりにも冷静でビジネスライクで、素顔が見えなくて苛立っていたのかしら？　雅春の妻ってことで妬ましかったのかしら——詩織はそう言ったわ。あたしがあなたに嫉妬していると——それとも聞き上手のあなたへの甘えかしら？　あるいは仕事やらなんやらに煮詰まってることからくる八つ当たりかしら？


はあ。

ごめんなさい、自己嫌悪。

たぶんね——あたしは、この本に自分自身を投影しているのね。この本の中に自分を見ているのね。少なくとも、自分の中にあると感じているものを。

愛していても愛されなかったこととか。

愛しているのと同時に同じくらい憎んでいることとか。

許されないものと許せないものとか。

そもそもなかったものと、かつてはあったのに失われてしまったものとか？

そうね、そういうものを求めてあたしは本を読むのね。

だからきっと——これからもまた、『夜果つるところ』を読むのね。

三十九、エスカレーター

上へ、上へ、上へ。

後から最後の寄港地である香港のことを思い出そうとすると、梢の頭に浮かぶのは、高級ホテルの中華料理ではなく、活気溢れる市街地でもなく、急勾配で屋根の低いエスカレーターに乗って運ばれる時の、みるみるうちに遠ざかっていく地上の入口のことばかりだ。

かつて会社員時代にも友人と来たことのある香港だが、このエスカレーターには乗らなかったはずだ。グルメとショッピングに夢中で、あまり観光らしい観光はしなかった記憶があるからだ。

それとも、乗っていたのだろうか？　あの時は女四人ということもあり、どこに行ってもおしゃべりに夢中で、周りの景色などロクに見ていなかったから、もしかするとエスカレーターに乗ったことすら意識していなかったのかもしれない。

今回は、久しぶりに地上に降り立った安堵もあって、雅春と二人、香港の街のとりとめのないそぞろ歩きを楽しんだ。

楽しんだといっても、あまり会話は交わさなかったように思う。

こんな時、梢は改めて二人の同質感というか、「体温」の低さ加減が似ているなと思ったし、似ていてくれて本当にありがたいと思った。

梢は緊張するインタビューが続いて疲れていたし、雅春は雅春で何か資料を読み込み熟考している様子で、彼もまた何かに倦《う》み疲れた表情だった。そんなわけで二人とも「疲れ具合」まで似通っていて、それをほぐしてリハビリでもするように、異国の街を漂うように歩き回っていたのである。


上へ、上へ、上へ。


香港は狭い都市だ。

海辺に迫る山とのあいだにびっしりと高層ビルや住宅が建ち並び、まさに上下左右に延びている。ごちゃごちゃと看板の入り乱れる路地には昔ながらの露店や屋台が並び、中華系のスパイスの匂いが鼻をくすぐる。

漢文は東アジアのラテン語、とは誰が言った言葉だったか。

ヨーロッパに近付くと風景の中から文字が消えていくのに対し、漢字圏が近付くと風景の中に文字がどんどん増えてゆき、空間を埋めていくのは不思議だ。

ひょっとして、それは漢字が表意文字だからだろうか？

梢はそんなことを考えた。

もしかすると、東洋人は漢字を「景色」の一部とみなしているのではないだろうか。だからこんなふうに空間を埋め尽くす文字に耐えられるのかもしれない。

かつて、日本人はどんな雑音も右脳で聞いており、騒音も音楽として聞き流しているからうるさいのにも平気だ、とまことしやかに言われたように。

ともあれ、パッと見てなんとなく意味が分かるという安心感は大きい。しかも、香港の表記は繁体字だから、日本人にも馴染みが深い。

上へ、上へ、上へ。


香港のエスカレーターの話は聞いていた。とにかく高速で、びっくりすると。

なぜエスカレーターに乗ることになったのかは分からない。なんとなく街の中を歩いていたら入口に出くわしたのだろう。

前の人が次々と当たり前のようにエスカレーターに吸い込まれていくのにつられて、その列に加わった、という感じ。

乗った時には、あまりの急勾配に一瞬気後れした。おまけにエスカレーターは長く、終点が見えない。

そして、噂どおり速い。

あれよあれよというスピードで上昇していく。

いったいどこまでのぼるの？　この先に何があるの？　このスピード、途中下車はまず不可能だ。いつのまにか天国に着いていても分からないのではないだろうか。

梢は小さく笑った。

うん、これが昇天していくところならば、実に快適だ。このまま天国に行ってしまうのも悪くない。

なんだ、と雅春が振り向いた。梢の笑い声に気付いたらしい。

凄い速さね。このまま天国に行っちゃいそうだなって。

うん。確かに速いな。

終点が見えてきた。慣れた様子で人々が左右に散っていく。

なんとか戸惑わずにエスカレーターを下りると、左右には当たり前のように路地が延びていて、そこには当たり前に街があり、皆がそこに吸い込まれていく。

そして、目の前には次のエスカレーターがあって、そこにどんどん通行人が吸い込まれていく。

まだまだ上があるのね。かなりのぼってきたように感じたのに。

梢はエスカレーターを見上げた。

行ってみよう。

二人は上昇する人々の列に加わる。

再びあれよあれよと上昇していく矢印の一部になる。

あたし、綾実さんに叱られちゃった。

梢はそう雅春の肩に呟いた。

雅春が渋い顔で振り向くと「すまんな」と言った。

あら、あなたが謝ることないでしょ。

梢は肩をすくめる。

まあ、もっともなお叱りよ。あたしは皆さんみたいにベタなファンじゃないのは事実だもの。なんであんたなんかがこの船に乗ってるの、雅春のおこぼれに乗っかってるだけのくせにスカしてんじゃないわよってさ。

おいおい、ホントにそんなこと言ったのか?

雅春は半ばあきれ、半ば鼻白んだ。

彼が怒りを見せてくれたことに梢はなんとなく満足した。

ま、要約するとそういうことね。でも、モヤモヤと感じていたことだったから、はっきり面と向かって言われて逆にホッとしたわ。陰で言われてるよりはずっといい。

ふん、誰もそんなこと言いやしないさ。あいつだけだよ。

雅春は低く言った。

梢は「この話はこれでおしまい」というように、ポンと雅春の肩を叩いた。


上へ、上へ、上へ。


奇妙なことに、更にもう一度長いエスカレーターに乗り、高台から眼下の香港を見下ろした時の感激はうっすらとしている。上昇する、ということは、それが本来の目的だろう。そこが終点であり、ハイライトであったはずである。なのに、確かに素晴らしい眺め、まさしく神の視点で見る街に興奮したはずが、なんとなくぼやけてしまっているのだ。

更に、そのあと下ったはずのエスカレーターの記憶がない。

上がったのと同じだけの距離を下りたはずなのに、下降のベクトルの記憶がないのだ。身体に焼きついているのは、あの不自然なほどに速い上昇のスピードとその中にいた時の印象ばかり。

後で気付いたのは、下りのエスカレーターというのは上りよりも遅い、ということだ。人は上がっていく時はスピードが速くてもあまり恐怖を感じないが、下りる時には恐怖を感じるので、下りのエスカレーターは上りよりも遅くしている場合があるというのである。

あの時の香港のエスカレーターの下りは、スピードが遅かったために印象に残らなかったのだろうか。それとも単に、帰りには身体が慣れてしまっていて、新鮮さを失っていたのだろうか。

分からない。

海辺の市街地に戻り、船のコンシェルジュに予約してもらった高級ホテルの高級中華に舌鼓を打つ頃には、二人はようやくリラックスして、のんびりと料理とお酒を楽しんだ。

目も眩《くら》むような夜景の中、ぶらぶら歩いて船に戻る。

門限が過ぎ、乗客数が確認され、深夜、船は港を離れた。

多くの客たちがデッキに出て、徐々に離れていく香港の街を見守る。

梢と雅春もその中に加わった。

誰もが無言で、遠ざかる宝石箱を見つめている。

それは不思議な光景だった。

梢は、かつて取材で中南米に行った時のことを思い出していた。

あれは飛行機だったが、やはりナイトフライトで、街を離れたのは夜遅くだった。

離陸後、どんどん上昇していくと、だんだん街が下に離れていく。

やがて、視界の中にくっきりとした碁盤のような四角い街が収まってくる。

その光の四角が、どんどん小さくなり、遠ざかっていく。

あの美しさ、今でも覚えている。

それが今度は、真横に見えるのだ。

画面いっぱいに輝き、ストライプ模様を描く光の塊が、やがて視界に収まる。

闇の面積が、徐々に光を圧倒していく。

光は少しずつ遠ざかり、勢いを失う。

やがては小さな塊になり、滲んだ鈍い光になる。

そして、その一点が消え、辺りは闇になり、それまで聞こえていなかった波の音だけを意識するようになる。

光が消えても、二人はしばらくデッキで闇の奥を見つめていた。

今の印象的な光景を見ているさなかもなお、梢はエスカレーターに乗っていた時の自分を感じていた。


上へ、上へ、上へ。

波の音を聞きながら、梢はやはり上昇し続けるベクトルを、いつまでも自分の中に感じ続けていたのだった。

四十、過去に向かって手を振る（真鍋詩織の話）

綺麗だったわね、香港の夜景。

見た？

ああそう、デッキに出てたの。

デッキ、人いっぱいだった？

そう。最後の寄港地だものね。

あたしたち？　あたしたちは部屋のバルコニーから見てた。

ゆうべはあったかくてよかったわね。

飛行機だとあっというまだけど、あんなふうに船で岸からゆっくり遠ざかっていくっていうのも余韻があっていいものね。

ずっと見てるうちに、なんだかやけに感傷的な気分になっちゃった。姉なんか、涙ぐんでたくらい。

ええ、あたしたちも上陸してホテルで中華料理を食べた。

あなたたちはどこ？

ああ、なるほど。コンシェルジュに頼んだんだ。

ううん、あたしたちは日本から予約していったから。

さすがに、日本で食べるのと違うわね、ゴージャス感が。引き算の国の料理と、足し算の国の料理の違いね。


珍しく、姉が落ち込んでたわよ。

謝っといてって言ってた。

あの人、あなたに八つ当たりしたんですって？

ごめんなさいね。何を言ったか、大体の見当はつく。あの人の毒舌は、パーティトークのひとつで悪気はないの。知ってる人は慣れっこだけど、知らないと傷つくわよね？　申し訳なかったわ。

あまり反省しない人なんだけど、ほんと、珍しく反省してたわ。許してやってちょうだい。

うふふ、この順番でよかったわよね。あたしのあとがあの人だったら、印象最悪で終わっちゃうじゃない。逆にいうと、どうしてあたしをあとにしたの？　というか、きっとあたしがラストよね。

どうして？　これってどういう順番なの？

ふうん。そんなの、買いかぶりよ。あたしはそんなに賢くない。会議で最後のほうに発言すると賢そうに見えるでしょ、あれよ。

ふふ、姉が噛み付くのも分かるわ。あなた、ちょっとあたしとタイプが似てるわよね。少し引いたところで見てて、相手がボロを出すのをじっと待ってるような感じが。

何事にもフライングしがちのうちの姉みたいなタイプは、あたしたちみたいなのが苦手だし、目障りだし、それでいて羨ましいのよ。

あたしたちの仲？

どうだろう。きょうだいで、ずっといつも近くにいるから、もう仲がいいとか悪いとかを超えちゃってる。

ただ互いに補完関係にあるのは確か。仕事でも、人生でも。

同時に、分かちがたいがゆえに、強烈な近親憎悪があるのも確かよ。離れられないから傷つけあう、という部分がすごくある。だから、プライベートのスペースはきっちり分けているの。


うん、あの人、腱鞘炎なの。あれは傍から見ててもツライわね。

あの人、子供の頃からすごく筆圧が強かったから、肩も腰もガッチガチ。

絵のタッチは似てるのに、あたしの描き方と全然違うの。あたしはそんなに力を入れなくても描けるんで、まだ腕を痛めずに済んでる。それでも、若い頃みたいな線は引けなくなってきたわね。硬いペンが年々つらくなってきて、数年ごとに少しずつ柔らかいのに替えてる。

デジタルに完全に移行した漫画家さんも多いけど、あたしはやっぱり紙の感触とインクの匂いがないと描いてる実感が持てないから、きっと、ずうっとアナログのままでしょうね。

うん、自分で絵を描けなくなったことも、姉にはストレスになってる。美麗な線を引くのって、凄い快感だからね。漫画家を名乗っててそれを失うのって、ものすごくキツイわ。加えて、かつてのようにはすらすらとネームが浮かばなくなって、ひたすら考えるだけっていうのもストレスでしょう。もちろん作画も物理的にたいへんだけど、姉のほうがずっとたいへんだと思う。あたしもネーム考えたり意見したりはするけど、姉の作った叩き台があるから意見できるんであって、最初の叩き台を作るのは本当にたいへん。

あたし、内心ではものすごく同情してるんだけど、そういうのを見せるとそれはそれで彼女は気に喰わないらしいんで、表面上はドライにしてる。

あたしはとっても大変なの、こんなに大変なのに誰も分かってくれない、って言わせておくわ。そうやって愚痴るのも彼女のストレス解消法のひとつだから。


あたしが驚いた顔を？

いつの話？

ふうん、ウエルカム・パーティの晩。旅の最初のほうね。Qちゃんの親戚が二つの『夜果つるところ』の映画の小道具係だったたって話をしていたところ、か。

なんだったんだろう。あたし、なんでディナーに遅れていったんだっけ？

待ってね、日記を見るわ。

ああ、これ。日記というよりは、日誌、かな。日々の仕事の進み具合をずっとつけてるの。スケジュール帳も兼ねてる。

うん、旅行中も仕事してるわ。毎日姉と一緒にネーム作ってる。ネーム作りって、習慣にするからできるっていう部分もあるから、やっぱり毎日続けてないとダメなのね。編集者に見せてからでないとペン入れはできないので、作画はお休みしてるけど。

ああ、この時ね。

あたし、編集者と電話してたんだ。まだこの時はぎりぎり携帯電話が通じたのよ。すぐに電波が届かなくなるっていうんで、いろいろ事務連絡をしてたわけ。アニメ化の話の打ち合わせとかね。ええ、契約関係とか事務関係はあたしの役目なの。姉はそういう細かい話が苦手。あたしはそういうの割と苦にならないほうだから、別に負担には感じてないわ。

そうそう、いつ電波が届かなくなるか分からないから、向こうもあたしもすごい早口で話してたっけ。それからディナーに。

思い出したわ。

ここに書いてあった、「広間の椅子」。

不思議なものよね、何かを思い出すきっかけって。

あの晩レストランに入った時、奥のテーブルの椅子がちょっとずれてて椅子の背中がこっちを向いてたのよ。

それが目に入った瞬間、二か月ほど前に描いた絵に間違いがあったことに気付いたの。

そうだ、あの椅子は広間の椅子じゃない。寝室の椅子だったって。

漫画の中に出てくる屋敷の椅子がみんな布張りなんだけど、広間にある椅子と、寝室にある椅子で布の柄が違うのよ。なのに、広間の椅子に寝室の椅子の布の柄を描いちゃったの。そのことに誰も気が付かなかった、ってことに気付いたのよ。

単行本になる時に直さなくちゃ、と思ってあとでこうやってメモしたわけ。メモすると忘れちゃうんだけどね。

ええ、自分の描いた絵は、ほとんど全部覚えてる。姉と一緒に描いてた時のもね。姉はけっこう自分がどこを描いたか忘れちゃうんだけど。

なるほど、あの時のそれが何かに恐怖した表情に見えたわけね。

あはは、確かに恐怖だわよ、プロとしてあるまじきミスを発見したんだもん。

まさかあんなところで思い出すとは思わなかった。

きっと、レストランの椅子の置いてあった角度が、あたしの記憶の中の絵に描いた椅子の角度とぴったり重なったからでしょうね。

聞いてみれば「なあんだ」でしょ？

出生の秘密に気付いた、とか、殺人事件の真相に気付いた、とかじゃなくてごめんなさい。

うふふ、雅春をガッカリさせちゃうわね。

彼、本当にミステリ好きなのねえ。ちょくちょく話には聞いてたけど、今回ゆっくり喋ってみて、初めてよく分かった。


あたしたちに出生の秘密なんてないこと、姉に聞いてるでしょ？

ゴシップもスキャンダルもなし。ホント、馬鹿馬鹿しい。

母との確執、ねえ。

姉はすごくあったと思うけど、正直、あたしはそれほどでもなかった。よく分からない人だったから。

そうね、『夜果つるところ』が「母恋いもの」だという角替監督の指摘は正しいわ。あたしたちが惹かれた理由のひとつがそれだということも。

言い換えれば、「父親の不在」の話でもある。

でしょう？　三人も母親が出てくるのに、父親の話はちっとも出てこない。

うちもそうだった。

無口で穏やかな人だったというのもあるけど、うちの父は驚くほど存在感がなかった。あたし、母以上に父のこともよく分からなかった。父が何を考えているかなんて、一度も聞いたことがない。

今や、顔さえよく思い出せないわ。

ほんとに親子って謎ね。姉もあたしも、見た目は祖父母に似てるけど、二人の性格はどこから来たんだろ？

いっとき、すごく不思議に思って、両親をじっくり観察してみたんだけど、あたしたち、性格も両親にちっとも似ていない。もしかしたら見た目と同じく祖父母に似ていたのかもしれないけど、今となっては分からない。

「母恋し、父不在」の小説。

確かにそう。

でもね、あたしが『夜果つるところ』に感じるのは、「叶わぬ愛」を描いた小説だということ。あの中には、祝福された恋愛はひとつも出てこない。

でしょ？


兄嫁に横恋慕して、挙句の果てに殺してしまう男。

異母きょうだいなのに愛し合い、関係を持ってしまう男女。

同性の恋人と心中しそこねた男。

妻がいるのに、若い恋人を妊娠させてしまう作家。

そして、三人の母親を持つ主人公。

誰の愛も叶わない、報われない。

かくして、愛は滅び、墜月荘は焼け落ちる、というわけね。

ううん、墜月荘は焼け落ちなければならなかった。終わらない夜の中で、真っ赤な炎を上げて焼失しなければならなかった。

叶わぬ恋、叶わなかった恋は何も残さない。残らない。そこから新たな命が生まれることはない。そこにあるのは、それこそ圧倒的な「不在」よね。恋そのものがなかったことになってしまう。だから、墜月荘も消える。その存在が消える。焼け跡にあるのは「不在」だけ。

もしかすると、飯合梓は「不在」を描きたかったのかもしれない。愛の「不毛」が彼女のテーマだったのかもしれない。


ああ、『夜果つるところ』の漫画化、ね。確かに、姉がこのあいだそんなことを言ってたっけ。

そうねえ——あたし個人としては、やってみたいような、みたくないような。どちらかといえばやりたくないような気もする。姉はいい思いつきだと興奮していたけど、自分で線を引けないのにほんとにあれをやりたいのかしら。あたしが姉だったら、絶対自分で線を引きたいと思うんだけどな。

前に話したでしょ、自分たちの漫画が映像化されるのって複雑だって。嬉しいんだけど、嬉しくない。いつも身近で愛用していたおもちゃを、よそから来た人に取り上げられたような気がしてしまう。

だから、『夜果つるところ』もビジュアル化するのが申し訳ないというか、気が進まないというか。あれはあのまま、映像化されることも漫画化されることもなく、ずっと「いつかビジュアル化したい伝説の作品」のままでいたほうがいいんじゃないかなって。

だって、ビジュアル化してしまうと矮小化されてしまう。神性が失われてしまう。口当たりのいい、いろんなものが省略された、しゅっと掌に収まるものになってしまう。

それが悪いというんじゃないのよ。いろんな人に内容が伝わるという意味では、ビジュアルの力は強烈だもの。

だけど、本当に観たいのかな。

スクリーンで。漫画で。

本当に可視化したいの？　そうきかれたら、うーん、と首をかしげざるを得ないというのが正直なところ。

それに、やっぱり――あたし、なんだか怖いのよね。

あの本。

飯合梓。

覚えてるわ、あの本を買ってもらった時のこと。

ええ、あの本を先に手に入れたのはあたしなの。あたしが買ってもらって、それを読んで、姉にも勧めたの。

中学校二年の時だったかな。

父と書店に行って、そこで。

前後の事情は覚えてないけど、父は仕事が忙しくてめったに遊びに連れていってもらえなかったし、父と二人だけで書店に行くのはかなり珍しいことだったからよく覚えてる。どうしてあの時、母と姉がいなかったんだろう？　そっちの理由は全然覚えてないんだけどね。

父に、なんでも好きな本を買ってあげる、ゆっくり選んでおいで、って言われて店の中をぐるぐる回ったわ。

昔の本屋さん、懐かしいわね。今みたいにべらぼうな数の刊行物があったわけじゃないし、ちょっと目を離すと店頭からすぐに本が消えてしまうなんてこともなかった。

いつ行っても同じ本が棚に並んでいて、背表紙の並びをすっかり覚えてしまっていたくらい。静かで特別で、少しハイソ――って死語かしら――な空気を感じていた。ぎっしり知識が詰まった、濃密な世界。

ずいぶん店の中を回ったわ。図鑑とか、児童文学とか、欲しい本はいっぱいあったんだけど、決め手に欠ける気がしてね。せっかくパパが買ってくれるんだから、何か記念になるような、あの時パパに買ってもらったって言えるような、うんと特別な本を買いたかった。

父をかなり待たせていたから、いい加減決めなくちゃと焦っていたのも覚えてる。

歩き疲れて、溜息ひとつついたのも。

でね、なんか呼ばれたような気がしたのよ。

うん、文字通り、聞こえない声を掛けられたような気がした。

ふっと振り返ったら、大人の小説の棚でね。

なんとなく、棚の中の、一冊の本の背表紙に目が吸い寄せられたの。

こぢんまりとした、少し小さめの単行本の黒い背表紙。

不思議よね、こういう時って、本当に字が浮き上がってみえるのね。

夜果つるところ　飯合梓

目に飛び込んできた、という感じでね。思わず近付いていて、本を抜いたわ。手に持ったとたん、これだ、と思ったの。そのまままっすぐ父のところに持っていって「これがいい」と言ったわ。

父はちょっと面喰らっていたようだった。子供向けの本じゃなくて、どちらかといえば地味な大人の本を選んだから、「本当にこれがいいの？」というような顔であたしを見たけど、何も言わずにレジに持っていって買ってくれた。

すごい高揚感でいっぱいだった。あたしは正しいものを選んだ、買うべきものを買ったという確信があった。

そういうことってない？

書店の店頭とかで、「出会った」としかいいようのない体験をすること。棚から面妖なオーラを放ってる本に出会うってこと。

あの時、呼ばれたように感じたのは嘘じゃない。本のほうでも呼ぶべき人をじっと店頭で待ち構えているんだって思った。

読んで夢中になったわ——今にして思えば、あの歳でどのくらい内容を理解していたのかは心許ないけど、あの世界に魅入られたのは確か。すぐに姉にも勧めたら、姉のほうがもっとはまってた。

そうなの、記憶の中の本はいつも本物よりもちょっと大きくて、謎めいていて、素敵なのよ。なんていうんだろう、伝説になる作品というのは、実際のところ、現物はえてしてつまらないのよ。決して面白すぎず、よくできてもおらず、きちんと整合性があるわけでもない。

『夜果つるところ』もそう。

めちゃめちゃ傑作というわけじゃないし、辻褄の合わないところもある。

読み返すと、いつも記憶の中のものほどよくないなと思い、あら、こんな話だったんだと思う。

いったい何度読んだかしら？

最近も読み返したのよ。そして、読む度に「大したことないな」と思う。

なのに、また読んでしまうのよ——記憶の中のものほど大きくないことを何度も確認しているのに、それでもやはり以前よりもイメージの中の本は「大きく」なっていることに気付く。

もはや、幻影の中のテキスト、幻影の中の作品のほうが現物よりもすっかり大きくなってしまっているの。そして、あたしの中の『夜果つるところ』のほうが元のものよりも偉大で、謎めいていて、ずっと魅力的なの。

これまで読み返した時間、掛けた歳月を考えると、もはや偉大でないことを許せないのよ。

そう思わない？

監督たちも、プロデューサーも、編集者も、もはや元のテキストなどどうでもいいように見える。それぞれが抱いている自分のイメージと妄想のほうが大事なのよ。

だから、この中でいちばんニュートラルなのはあなたかもしれないわね。下手な妄想にとらわれていないだけに、記録者としてあなたは適役だわ。

姉が腹を立てたのもそこのところでしょ？

雅春はどうなのかしら。

彼もあなたに次いでニュートラルに見えるけどね。

姉が彼をお気に入りなのは分かるし、あたしも彼のことは好き。だけど、彼にもよく分からないところがある。とてもいい子なんだけど、たまにヒヤリとする。

芯が凝っているとでもいうような——どこか、厳しく冷徹な部分があるような。

うん、これは批判ではなくてね。彼の職業には必要な資質でしょう。

飯合梓が何者だったかなんて、正直なところどうでもいい。

確かに彼女は存在して、『夜果つるところ』を書いた。他にゴーストがいたのか、彼女が今生きてるのか死んでるのかも分からないけれど、確かに『夜果つるところ』という作品は残った。

彼女は存在しているのに、存在していない。それでいいんじゃないかしら。ね。さっきも言ったとおり、この作品が「愛の不在」「愛の不毛」を表しているのであるなら、余計にね。

遠ざかる香港の夜景みたいなものね。

記憶の中の夜景は、とてもきらびやかで美しい。この世のものとも思えぬ、ひたすらゴージャスなもの。

これから先、船から見た香港の夜景は、記憶の中で更にゴージャスになっていくでしょう。歳をとるにつれ、ますます華やかに、いよいよ美しくなっていくでしょう。

そして、あたしたちは船から手を振るの。

誰も見ていないのに、誰も見送ってくれないのに、離れていく香港の岸辺に向かって。


タイトルは忘れてしまったけれど、ミラン・クンデラの小説に、手を振る女性の描写が繰り返し出てくるものがあるのよ。

あなた、読んだ?

読んでない? うーん、どの本だったかしら。

ただ女が手を振っている、というそれだけの描写なんだけど、何度も何度も出てくるので、そのイメージが頭に残ってしまっているの。

考えてみれば、奇妙よね。

人は、なぜ手を振るのかしら。誰も見てないのに手を振る。誰かに向かって手を振る。

誰かが手を振ってくれれば嬉しいし、こちらも振り返す。

特に、別れの時には手を振るわよね。

あたし、ずっと不思議に思っていた。

人に手を振る。人は手を振る。

これはいったい何？　何の行為なの？

で、ゆうべもそんなことを考えていたんだけど、ふと思いついたのよ。

あたしたちは、人に向かって手を振っているんじゃなくて、過去に向かって手を振っているんだって。

そう、離れていく香港に手を振るのは、そこにいたという自分の過去に向かって手を振っているのよ。

遠ざかる過去に向かって、過去を惜しんで、過去を懐かしんで、手を振る。過去にさようならを言う。

それが、手を振るという行為なんだわ。


とどのつまり、あたしたちがやってることもそれね。

こうして毎日話しているのは、過去のことじゃない？　過ぎ去った日々のこと、かつて書かれた本のこと、かつて撮られなかった映画のこと。

あたしたちは、ずっと過去に向かって手を振り続けているの。手を振り返してくれる人はどこにもいないというのに。

それなのに、あたしたちは過去に向かって手を振らずにはいられない。自分たちの思い出の中にしか過去はないことが分かっているし、あたしたちの肉体と共にその思い出もいずれ失われると分かっていても。

だけど。

だけど、今回は――今回に限っては、誰かがそっと手を振り返してくれているような気がする。

うんと遠く離れたところで。かなりの時間を遡った過去で。

クンデラの小説の中の登場人物のように、手を振っていることは確かなのに、その顔は陰になって見えない。


それでね――これはあたしの妄想なんだけれど、あたしはその手を振っている人物は、なんだか女じゃないような気がするのよ。

確かに見た目は女で、長い髪をして、女の格好をしている。だけど、陰になっているところは、いかつい顔をした男なんじゃないかって。

こんなこと言うのは初めてだわ。

今、いきなり口にしてみて自分でもびっくりした。

たぶん、ずっと意識下で考えていたと思うの――しかも、こうしてあなたと話していて、気付いたってわけ。実は、初めて書店であの本を見つけた瞬間から、そう感じていたんだって気付いた。

どうしてだろう。

たぶん、名前ね。

この、飯合梓というペンネーム。

少なくとも、このペンネームを考えた人、ペンネームを付けた人は男性なんじゃないかって気がする。

梓というのは、日本では一般的に女性の名前よね。

同時に、梓という木は古くは弓に使われていたから、「梓弓」という枕詞にもなっている。「引く」や「張る」なんかに掛かる言葉よね。

当然、弓といえば狩猟や戦を思い浮かべるから、印象としては攻撃性を秘めている。

しかも、苗字が「飯合」とくれば、単なる駄洒落かもしれないけど「メシア」イコール「救世主」という言葉を思い浮かべてしまうわ。メシアは、新約聖書ではズバリ、イエス・キリストのことを指す。だからこの苗字は男性の姿をしている。

つまり――飯合梓というペンネーム自体が女の格好をした男なのよ。

ペンネームって不思議ね。なんとなく付けたつもりでも、どうしてもどこかに、何かその正体が滲み出ている。

これ、あたしの個人的な印象なんだけど、『夜果つるところ』を書いたのは、かなりの女性性を持っている男性なんじゃないかって思う。

むろん、人は誰でも女性性と男性性の両方を持っている。人によって割合は異なるし、場合によっては「女性性」と「男性性」という成分そのものが違うかもしれない。

特に物書きは――フィクションを書く人は、その両方が必要ね。

『夜果つるところ』は、「愛の不毛」がテーマであるのと同時に、ジェンダーのねじれが主題のひとつになっている。

もしかすると、それは著者自身の持つねじれが顕《あらわ》れたものかもしれないわ。

皆さんの話を聞いていると、確かに「飯合梓」という女性はいた。『夜果つるところ』は彼女が書いたものであり、彼女が作者だったとは思うけれど、あたしはその陰に男性の存在を感じるのよ。

どんなふうに関わったのかは分からないし、女性である「飯合梓」は自分が書いた自分の作品だと信じているんでしょうけど、真の作者はその男性のような気がする。

不思議よね、これだけジェンダーレス化が進んでいるのに、本を読む時には、著者の性別が気になる。

無意識のうちに、男の席に座って読むか、女の席に座って読むかを読者は決めている。読者は座る席によって見える景色が違ってくることを知っているから、性別が不明だと、どちらの席に座っていいのか分からなくて、辺りをきょろきょろしてしまうし、どうにも落ち着かない。

そしてね、あたしは、その男性はずいぶん前に亡くなっているんじゃないかって気がするのよ。実際の女性の「飯合梓」よりも先に。

「飯合梓」の精神性の部分は、その男性と共に消滅し、あとに表層的な「飯合梓」が残った。だから、皆さんの話の中に出てくる「飯合梓」はなんとなくスカスカだわ——つかみどころがなくって、ふわふわしていて、人によって印象が違うし、いかにも表面的な感じがする。

当然、それ以降の作品は生まれようがなかった。

だけど、それでよかったんじゃないかな。

たったひとつでも、後世に残る作品があったというのは、物書きにとっては本望じゃない？　こうして語られるもの、未来から手を振ってくれるものを残せたというのは。

あなたはまだ若いから、自分の作品が残るか残らないかなんて考えないでしょう。

あたしたちだって、普段は目の前の締め切りを乗り切ることに精一杯で、そんなことめったに考えない。

でも、今回、改めてほんの少しだけ考えちゃったわ——これまで描いてきた大量の作品のうち、どれがこの先も残るのかなって。

かといって、目をギラギラさせて「残したい」と思っているかといえばそうでもないの。

作品ごとにその時の読者に読まれて、あっさりと消えていくのもいいなと思う。

だって、自分たちが読んできた漫画や小説のことを思い出してみても、かつてどんなに売れたものでも、今では消えてしまっているものがたくさんあるでしょ？

懐かしいなあ、読み返したいなあと思っても手に入らないものがいっぱいある。

みんなが観ていたTVドラマでも、今や誰が脚本を書いていたか分からないし、映像も残っていない。残っていてもクレジットがないものばかり。

だから、あたし、シェイクスピアの正体についてうんぬんするのはナンセンスだと思うの。

ほら、シェイクスピアって、学者たちの合作だとか、政治家が隠れて書いてたんじゃないかとかって言われて、ずいぶんその正体が取り沙汰されているじゃない？

なぜかというと、ほとんどその生涯について記録が残っていないからなんですって。

馬鹿馬鹿しい。

あれだけの売れっ子戯曲家だったら、それこそ漫画家が週刊誌に連載を持っていたようなもの。

毎週押し寄せる締め切りをこなすのに必死で、プライベートなんて全然ないわ。

人気のあるTVドラマの脚本担当が誰なのかなんて観ているほうはふつうはそこまで気にしないし、気にする人がいるかもしれないけど、ほとんどのお客にとって作者の素性がどうのこうのなんてどうでもいいわよね。

売れっ子漫画家だって、そのプライベートはほとんど知られないままに消えていってしまった人が大勢いる。

シェイクスピアは売れっ子だったからこそ、何も記すべきプライベートが無かったんだと思う。

だけど、彼の作品は残ったわ。彼の生涯は不明でも、作品だけは残った。それ以上、何を求めるというの。

だから、あたしは飯合梓がちょっとだけ羨ましいの。

未来から手を振ってくれるものを持てた。たったひとつでも、そういうものがある。

あたしも、たったひとつでもいいから、未来から手を振ってもらえるものがあればいいなと思う。

そうしたら、いつか、ずっと先に、遥かな過去から、あたしも小さく手を振り返せたら、と思ってしまうのよ。

四十一、図書室にて

読み終えた本をパタンと閉じ、大きく伸びをし、ふわああと声を出して欠伸をした。ゆっくりと息を吐き出し、放心状態で椅子にだらしなく身をもたせかける。

私以外誰もいない図書室。

起承転結がはっきりした、ハラハラドキドキのアメリカのスリラー小説だった。

ここでこの本を読んだのは私が初めてだったようだ。ページを開く時にぱりぱりと音がしたし、スピンは真ん中できっちりと折り畳まれていて、紙に窪《くぼ》んだ跡まで付いていたからだ。

著者はアメリカの世界的ベストセラー作家。さすがのページターナーで、安心のブランド。一気に読めて、あー面白かったと満足して本を閉じられる。

知能指数の高い凶悪なシリアル・キラーと、幼少期のトラウマを抱えた捜査官との戦い。捜査官はギリギリまで追い詰められ、大事な人にシリアル・キラーの魔の手が迫る。クライマックスの直接対決では、どう考えても普通の人ならとっくに死んでいるのではと思うような怪我（殴られたり、折られたり、刺されたり、撃たれたりする）を負いつつも、最後のところで機転を利かせて辛《から》くもシリアル・キラーに勝利し、愛する人と共に生き残る。しかし、シリアル・キラーの死体は見つからない。倒したのは確実だと思うのだが、モヤモヤした不安は残る——

きっと、何年かしたら続編が出るのだろう。実はシリアル・キラーは生き延びていて、別の人物として主人公の前に現れ（しかも物語の序盤からさりげなく登場している）、新たな大きな事件を誰かを操って起こし、じわじわ主人公に復讐をしかける。そんな展開になるかな、などと考えてしまう。

かくも、世界中で大小さまざまな物語が生産され、喧伝され、消費される。エンターテインメントは、まさに一大産業だ。

実は、私が当初書きたいと思っていたのは、今読み終えたような、こういう小説だった。この著者を尊敬していたし、憧れていたし、力及ばずながらも目指していたといってもいい。

叙情的なもの、文学的なものは極力排して、いわゆる情報小説と呼ばれるような、ウェットではないエンターテインメント小説を書きたいと思っていた。ただ面白く読んでもらえればいい。すぐに古くなってしまっても構わない。

実際にそういう小説でデビューし、女性が書いているとは思えない、スケールが大きい、骨太だ、などというコメントを誉め言葉として受けとめていた。

叙情的なもの、文学的なもの。

それは、いわば私にとっては趣味だった。仕事とは別に、プライベートで嗜《たしな》むものという位置づけだった。

だから、今回のテーマは、興味をそそられたものの、守備範囲外でおっかなびっくりだったたし、ある種の気分転換だと思っていた。もちろん、守備範囲を広げられたらラッキーだし、できれば、自分の得意ジャンルである情報小説の手法を用いて書こうと思っていた。

だから、あなたは門外漢であるという綾実の怒りはもっともだと思ったたし、逆にああ言われて開き直れたのも事実である。

そうなのだ、私はこのテーマに対しては当事者でもなければ、大した思い入れもない。それでも、理解したいと思うし、自分なりの解釈も意見もある。たぶんオブザーバーとしての適性はある。

今はそう割り切ったものの、やはりこれまで書いてきたものとは取材の内容の方向性が全く異なるので、みんなの話を聞くのは重労働だった。ひたすらに負荷が掛かり、ずっしりと重たかった。

取材には慣れているはずだったが、一人、また一人と取材を終えるたび、ほとほと疲れ切っているのを自覚した。

しかも、そのインタビュイー全員と同じ空間で寝起きしているのだ。むろん広い船内だし、それぞれの個室はあるが、食事に行けば顔を合わせるし、どこにいても心から寛ぐことはできない。

おまけに、テープ起こしというこれまた気の遠くなるような作業がある。じりじりしてなかなか進まない作業に対して、時間はあっというまに過ぎてゆく。果たしてこれは本当に旅行ついでの仕事だったのか、仕事ついでの旅行なのかがだんだん分からなくなってきた。

かといって、こういう作業は後からやろうとか、落ち着いてからやろうと思ってもできないことが分かっているので、なるべく間を置かずにやっておかなくては、という強迫観念がある。当然、睡眠時間を削って続けることになる。なまじいつでも中断できるしいつでも寝られるという環境が整っているので、余計に時間の感覚がなくなってきた。

ようやく詩織までのインタビューを終えて部屋に戻った時には、燃え尽きたどころではなく、しばらく椅子から立ち上がれなかった。

思わず、雅春の持ってきた（家からなのか、船内のバーからなのかは分からない）ウイスキーを失敬してストレートで呷ってしまったくらいだ。

カンヅメよりもきつい、と自分のげっそりした顔を鏡で見て苦笑する。

それでも、奇妙な達成感があったことは否定しない。

原稿を書くのはこれからだし、まだ一枚も書いていないというのに、皆の話を聞いていくうちに、それだけで長い旅をしてきたような気がして、もう満足してしまいそうだった。

正直、ウイスキーを舐めながら、別に書かなくてもいいのではないか、という考えが頭をかすめた。

誰もがそれぞれの『夜果つるところ』について話すことで満足しているように見えたし、いかに彼らの言葉を一字一句正確に文字にしたとしても、彼らの表情や声、対面した時の雰囲気や私が感じたことを完璧に再現することはできない。

ならば、オブザーバーの私がすべてを受け止めた、聞いたという事実だけで、もう終わりにしてしまってもよいのではないか。

呪われた映画。決して最後まで撮られることも、完成されることもなかった映画のように、この膨大な記録もこのままお蔵入りするのがふさわしいのではないか。

もういいや。みんなに罵られても、非難されてもいい。

そんな捨て鉢な気持ちが込み上げてくる。

すると、どこからか、ヒソヒソ声が聞こえてくる。

結局、どうなったんだろうねえ、あの本。

なんだったのかなあ、あれ。

あんなに時間を掛けたのにねえ。

やっぱり、彼女には荷が重かったのよ。そもそもあの人が書いているものとは全然ジャンルが違うでしょ。

何も書かれないまま歳月は過ぎる。関係者も、一人、また一人と櫛《くし》の歯が欠けるように鬼籍に入ってゆく。

やがて、この旅も伝説になる。『夜果つるところ』の原作と映画にまつわる伝説のひとつに加わるのだ。

関係者が一堂に会して、思い出話をしたらしい。その聞き取り取材をした作家は、みんなの話を聞いてまとめているうちに精神を病んでしまい、結局そのインタビューは世に出ることはなかったという。

なぜか、年老いた雅春が、押入の天袋からゴソゴソと小さな段ボール箱を取り出すところが目に浮かんだ。

もう私はこの世を去っていて、雅春が一人で暮らしている。そこに、ある日数人の若者が訪ねてくる。

あのう、あなたとあなたの奥さんが船旅で『夜果つるところ』の関係者にインタビューしたというのは本当でしょうか。その時の音源は残っているんでしょうか。もし、それが残っていたら、聞かせていただけないでしょうか。私たち、あの本と映画について調べているんです。

雅春が首をひねる。

音源はどうかな。だけど、テープ起こしをしたものが残っているはずだよ。探してみるから、連絡先を教えてくれないか。

若者たちは「お願いします」と頭を下げて帰っていく。

雅春は、遠い過去の船旅のことを思い浮かべる。

ああ、そんなこともあったな。

雅春は、家の中をゴソゴソと探す（奇妙なことに、このイメージの中では、雅春は生家に戻っている。彼が子供の頃に過ごした、日本家屋で暮らしている）。

どこに入れたっけ。

かつては無敵を誇った雅春の記憶力も、最近、とみに衰えた。

のろのろと頭を掻く。その頭はすっかり白くなっている。

そうそう、あそこだ。

不意に思い出し、雅春は小さな踏み台を持ってきて、天袋を開ける。そこには、古ぼけた小さな段ボール箱。箱の側面に、この船旅の日程とともに、『夜果つるところ』関係者インタビュー」と私の字で書かれているのを見つける。

梢の字を見るのは久しぶりだな。

そんなことを思いながら、雅春はおぼつかない手付きで段ボール箱を取り出し、ゆっくりと床に下ろす――

そんな場面をぼんやりと思い浮かべていた。

それくらい私は心底くたびれていたし、『夜果つるところ』に食傷気味を通り越して完全に飽きていたし、インタビューそのもので満足してしまっていたのだった。

同時に、私の頭の中には、ゆったりと海を行く客船の姿が浮かんでいた。

船は刻一刻と日本に近付いている。

まもなく、こちらの旅――現実の旅も終わろうとしている。

ここで、脳をリフレッシュさせなければ、何ひとつとして吸い込めない。

そう思った私は、ここにやってきたのだ。

私ではない他の人が書いた、最後まで書かれた、しかもよくできている、ハラハラドキドキのエンターテインメントを求めて。

実際、期待通りに求めたものを与えられ、しばし自分のことも、自分の仕事のことも忘れて、楽しむことができた。

おかげで、なんとか気を取り直してもうひとふんばりできそうな気になる。

私はよいしょと椅子に座り直した。

もう一人だけ、インタビューをしなければならなかった。

本を書棚に戻そうと立ち上がる。

一冊分だけ隙間の空いた書棚の扉を開けた。

じきに最後のインタビュイーがここにやってくる。

いつでもできたのだが、さすがに自分たちの部屋でやろうとは思わなかった。異なる場所で、あくまでもインタビュイーとインタビュアーとして対面したかったのだ。

私以外に誰もいない図書室。

ガラスの扉に影が映った。

影が手を上げて挨拶する。

「よう、お疲れ」

「よろしく」

私は書棚の扉を閉め、私の夫である蕗谷雅春に振り向いて微笑みかけた。

四十二、サウダーデ（蕗谷雅春の話）

なんだか奇妙な感じだな。女房のインタビューを受けるのって。

こんなふうに面と向かって話をするのも、ずいぶん久しぶりのような気がする。

もう何日も一緒にいて――たぶん、こんだけ長時間一緒にいるのって初めてだよな――毎日会話してるっていうのに。


不思議だよな、人間どうしの関係って。

たとえば、男女がつきあうとする。

互いにほのかな好意を抱いていて、少しずつ距離を詰めていった、と。

親しくなり、気安い雰囲気になり、やがて「実は」と本音を漏らすようになる、と。

本音にもいろいろと段階がある。

初めのうちは仕事の悩みや愚痴。同僚や上司の好き嫌い。

その次はもう一段階プライベートになり、家族のことや友人のこと、自分自身のことを打ち明ける。ホントは臆病。ホントはさびしがりや。ホントは――とかなんとか、弱みを見せる。そして、いよいよ互いに好意を告白、という流れになるわけだ。まあ、人によっちゃ、いきなり告白、というケースもあるだろうけど。

俺、なんとなく、男女関係ってお菓子作りを連想しちまうんだよな。

うちの母親は料理好きで、洋菓子を作るのも上手だった。俺たち子供にずいぶん凝ったお菓子を作ってくれたもんだ。

時々、お菓子作りを習いたいって女の子が来るんだよ。近所の人だったり、祖父の教え子だったりがさ。

俺、思うんだけど、お菓子作りを習いたいってやつは、別にお菓子が食べたいんじゃなくて、お菓子作りをしている自分を人に知ってほしいだけなんだよな。

だって、ただお菓子を食べたいんだったら、買うもん。世の中には鬼のようにうまい菓子が溢れてるし、そっちのほうが味が保証されてていいじゃないか。

だから、お菓子作りをしてる女は、自分では食わずに、必ず人に食わせるんだよ。

これ、あたしが作ったの。

お菓子作りの上手な、近所の人に習いに行ってるんです。

雅春くん、どう？　おいしい？

俺、母親の「生徒さん」にずいぶん失敗作を食わされた。中に「だま」のあるガムみたいなカスタードクリーム、生焼けでびちゃびちゃのケーキ。まずい菓子って、ホントにまずいんだよな。

すまん、脱線した。男女関係の話だ。

互いに、「こんな材料持ってます」と見せ合い、「実は、こんな材料もあります」とゴソゴソ出してきて、持ち寄って、一緒にお菓子を焼く。

はい、こんなん出来ました。シンプルなパウンドケーキが完成しました。めでたくカップル成立。

いったん成立してしまうと、またしても一からやり直しだ。表面がこんがり焼けて、ひとつのケーキになっているカップル。あのカップルはああいう色と形のケーキ。そう認識されちまうと、なかなかその形を崩せない。

あんなに本音を打ち明けあってこういう関係になったというのに、しばらくのあいだ「次の」本音はなかなか出にくくなる。ケーキにフォークを入れるのが難しくなる。

次にフォークを入れて、中身の「本音」が出てくるのは、破局か結婚かを選ぶ時になるわけだ。

何が言いたいかというと、人間どうしというのは、関係が安定、あるいは固定すると、本音を出さなくてもやっていけるということだ。

普段口に出さないこと、出しちゃいけないと思うこと、出す出さないを意識すらしていないこと。そういうものが、人と人とのあいだに、大量の地下水みたいに流れている。ところどころに溜まっている。

それでも、人はやっていける。

たまにいるだろ？

「私たちは何も隠しごとはしません。なんでもとことん話し合いますし、なんでも打ち明けられる関係です」っていうのが。

俺は、あれは嘘だと思う――それがビジネスの席でなら立派だが――もしそれが本当なら、ずいぶん乱暴な話だし、デリカシーがないと思う。

ずいぶん前に話したけど、覚えてるだろ？

交渉の席では、嘘はついてはいけないが、言う必要のないことは言わなくてもいいって。

そもそも、本音って明かす必要があるのか？

そもそも、本音ってほんとうに本音なのか？

世の中には、相手の歓心を買うために明かす本音もあれば、相手を傷つけるためだけに明かす本音もある。

「死ね」とか「死ぬ」とか、「殺してやる」とか「殺して」とか、「好き」とか「嫌い」とか、人は思ってもいないことをすぐ口に出す。自分が何を考えているのか分かってないヤツもいっぱいいるし、俺だって自分が本当のところ何をどう感じているのか、何を望んでいるのか分かってない。

俺はおまえがこの船旅で言ったあの台詞が忘れられない。


真実なんて、パレードで降ってくる紙吹雪みたいなものだよね。


パレードの最中は、キラキラと降ってくる紙吹雪がとても貴重で美しいものに見えるけど、パレードが終わればただの厄介な紙くず。

そう、みんな真実はたいそうなものだと思ってる。

真実が知りたい。誰もがそう言うよ——そうでない場合もけっこう多いし、本当のところはむしろ知りたくないという場合もあるが。

仕事でしょっちゅう聞いてる。そりゃ、確かに俺だって知りたい。真実なんてものがあるのならば。

だけど、実際のところ大事なのは事実だ。

誰が殴ったか。誰が盗んだか。誰が嘘をついたか。人はその事実に対して償いをしなけりゃならない。

真実が必ずしもたいそうなものだとは限らない。

それは、今回みんなの話を聞いていてつくづくそう感じたよ。

だから、飯合梓の真実も、みんなそれぞれが「そうだ」と思ってる真実でいいんじゃないかな。


いや、あのな、別に俺がおまえに隠しごとをしてるって話じゃない。

だって、何が「隠しごと」になるのかも分からないし。俺だって、おまえについて知らないことはゴマンとある。だからって、おまえが「隠しごと」をしてるとは思わないさ。

ああ、やっぱり知ってたんだな？

いずみが『夜果つるところ』の脚本を書いていたこと。

うん、なんとなく言いたくなかった。まあ——言いにくいのは分かるだろ？

でもすまん、『夜果つるところ』についての旅なんだから、言ってしかるべきだったのは認める。申し訳ない。

いずみに関していえば、未だに「分からない」というのが正直なところだ。なぜ自死したのかも、死の直前に何があったのかも。もしかすると、何もなかったのかもしれない。

実は、未だに実感がない。どこかで今も淡々と仕事を続けてるんじゃないかと思う時がある。

俺が旅のあいだ読んでいたのは、あいつの創作ノート、作業日誌だ。

いや、日記じゃない。あくまでも作業日誌。

ついでにいえば、あいつは日記はつけていなかった。作業日誌が日記だったんだ。

そりゃまあ、俺もビビってたことは認めるよ。

正直、読むのが怖かった。

もし、俺に対する恨みつらみとか不満が書きつらねてあったらどうしよう、とか。

俺が気付いていないだけで、何かひどいことをしていたんじゃないか、とか。あいつの自死の理由の一端が自分にあったんじゃないか、とか。

訴えられたらどうしよう、と考えてる自分に気付いて苦笑いしたよ。

そうか、あいつはもう死んでるんだっけ。とりあえずあいつには訴えられることはないなって。もっと言えば、あいつの家族は俺に感謝こそすれ、俺を訴えることなんてないよなって。どちらかといえば、俺があいつの家族を訴えてやったほうがよかったんじゃないかと思ったくらい。

ああ、あいつとあいつの家族の関係が良くないのは見当がついただろ？


実際、この船でじっくり日誌を読んでみて拍子抜けしたよ。

見事に仕事のことしか書いてないいんだ。

もちろん、生活のスケジュールに関しては書いてあった。買わなきゃいけないものとか、いろいろな手続きとか。

おまえも聞いてたと思うけど、俺が司法浪人中の時はあいつに養ってもらってたし、あいつは早くから稼いでいた。

完璧主義なのはもちろん知ってたけど、作業日誌を読んで驚嘆したよ——毎日きっちり予定を立てて、本当にその予定通りに書いてたんだ。

脚本て、そんなふうに書けるものなのか？　今日は何枚書くと決めて、ぴったりその枚数書くなんてことができるわけ？

ああ、人による、と。そりゃそうだな。

あいつだからそうだったんだろうな。

うん、ハコ書きっていうのか、話のプロットも几帳面にきっちり書いてあったよ。

分かった、よかったらあとで読んでみるといい。いずみもおまえが資料として読むのなら気にしないだろう。

本当にプライベートな記述は全くなかった。

打ち合わせの内容、何について誰と電話で相談したか。そういったすべての「作業」についての記述は完璧に書かれていたが、あいつの感情にまつわることについては全く書かれていない。あいつらしいといえばあいつらしいけど、まさかあそこまで徹底しているとは思わなかったよ。

でも、逆に、あいつの『夜果つるところ』の映像化における脚色の過程がよく分かって、そっちのほうはとても面白かった。

当然ながら、主人公と三人の母親との関係が軸になっていても、白井監督と角替助監督のコンビの場合は、母親への思慕が感じられるのに、あいつの場合は、理解不能の障害物のように描かれていてね。

うん、あいつと家族との関係が滲み出ていたような気がする。


へえ、あいつとニアミスしたことがあったんだ。

おまえの本のドラマ化の時か。

喋ったの？　ああ、喋ったというのともちょっと違うんだな。

なんて言ってたって？

――必然性。


マジかよ。

いや、なんでもない――わけでもないな。

あいつが最後に残した、机に貼ってあった付箋に書かれていた言葉さ。

必然性、クエスチョン・マーク。唯一、あいつが残した言葉だ。


必然性。

思えば、この言葉があいつの行動原理だったような気がする。

『それって必然性はあるの？』

『必然性がないよね』

電話で打ち合わせしてる時に、よくそう言ってるのを聞いたよ。

『あたしがその仕事をする必然性がどこにあるの？』

っていうのが決め台詞さ。

必然性。それが、あいつが仕事を引き受ける判断基準だったんだ。

そう、だから、あいつが『夜果つるところ』を引き受けたのは、その仕事をする必然性を感じたってことだ。

今にしてみると、そこのところにもっと早く興味を覚えるべきだったな。今の今まで、おまえから「必然性」という言葉を耳にするまで、考えたことがなかったよ。

いったいあの仕事のどこにあいつは「必然性」を見いだしたんだろう？

原作の内容か？　仕事を頼んできたスタッフか？　それとも、これまで映画化に挫折してきた経緯にか？

もしかするとそこかもしれないな。あの業界は、けっこうゲンを担ぐところだろう？　『四谷怪談』をやる時は、必ずお岩さんの墓にお参りするとかさ。

あいつは迷信とか、ジンクスとか、全く気にしない女だった。そういうのを気にしない脚本家が他にいない。それはあいつが引き受ける必然性になるんじゃないか？

ともあれ、あいつは仕事を引き受けて、とりあえず完成させた。

ならば、残された付箋の「必然性プラス、クエスチョン・マーク」は何に対してのものだったんだろう。

え？

ああ、そりゃそうだ。

普通に考えたら、「自分の存在の必然性」ってことになるんだろうな。なにしろ、そのあと自殺してるんだから。

問題は――引っかかるのは――なぜそんなことを考えたかってことだ。

何をきっかけに「自分の存在の必然性」について考えたんだろう？　やっぱり、『夜果つるところ』の脚本を書いたこと、としか考えられない。

必然性を感じて引き受けた仕事が、おのれの必然性について考えさせるきっかけになった。皮肉というか、なんというか。

となると、結局脚本の内容について考えざるを得ないよな。脚本、もしくは原作の内容について。

俺はあいつが書いた脚本も読んだ。

脚本は原作に忠実だった。過不足なく、原作のエピソードをうまく取り入れてまとめていた。素人目からだけど、恐らく完成度は高いと思う。

ただ、ひとつだけ大きく原作と異なるところがあった。

それが何かというと、性別だ。

原作では、主人公は女の子に化けた男の子という設定だったが、あいつの脚本では、主人公は女の子ということになっている。

ビイちゃんという呼び名も、ビー玉が元になっているのは同じだけれど、色の薄い目がビー玉に似ているからという理由になっている。

この変更について、脚本を読んだ時はあまり深く考えなかった。

原作では、実は男の子だったというのが伏せられていて、自分に感じる違和感や異物感の真相としてサプライズになっているんだけど、その辺りを映像で説明するのは難しいからそうしたんだと思っていた。

だが、主人公を女の子にするとなるとどうなる？

実はもうひとつ、原作と大きく変わる箇所が出てくるということだ。

分かるか？

そう、原作では、主人公は、先のミカドの落としだねということになっている。クーデターを起こす叛乱軍が擁立する最後の切り札として、世間の目を逸らすために女の子の格好をさせて山奥に隠していたということになっている。

だが、女の子だとその設定が消える。

女性がミカドの後を継ぐことはないからだ。

原作ではその部分もサプライズのひとつなんだが、女の子にしたために、当然あいつの脚本では
そこもカットされている。

そうすると、あいつの書いた『夜果つるところ』は、見た目は原作通りに見えるかもしれないが、本質的な部分で全く別の物語になっちまうんだ。いくらすべてのエピソードを網羅していたとしてもね。

俺は、『夜果つるところ』というのは、とどのつまりアイデンティティの確立がテーマの物語だと思ってる。

自分は何者であるのか。自分という存在は何なのか。

血筋の問題。親子の問題。

三人の母親は、主人公の引き裂かれた自我を表してるんだと思う。

ジェンダーの問題。性的指向の問題。

原作で主人公が恋心を抱くのは、美しい青年将校だ。主人公は同性愛者であることが匂わせてある。

なのに、主人公を女の子にしてしまうと、これらの問題が小さくなってしまう。あるいは、消えてしまう。

主人公は、ただの傍観者・観察者になってしまう。

ちょっと複雑な家庭環境に育った少女が、墜月荘の滅びを目撃した、というだけの話になってし

まうんだ。

あいつがそのことに気付いていないわけはない。

恐らく、最初は単に、脚色する際に映像的に難しく不要だと思って、映像化するに必要と思われる「作業」を「職人」として進めたんだと思う。

だが、脚本を完成させてから、実は自分がテクニックとしてそういう脚色をしたのではない、と気付いたんじゃないかって。

だとすれば、どうなる?

そのことに気付いたあいつは、どう思ったろう?

プロフェッショナルのあいつ、この仕事に自分が携わる必然性を感じたあいつは。

自分がやるべきことをやったはずなのに、その実、自分は原作をきちんと脚色できていなかったことに気付く。原作を別の物語に変えてしまったことに気付く。

それは、あいつにとって相当ショックなことだったと思う。

そして――更に――更に、だ。もう少し――単なる俺の妄想かもしれないけど、あいつの考えたことを想像してみる。

あいつは、もしかすると自分が無意識のうちに、そう脚色したのではないか、と考えたんじゃないだろうか。

あいつは、原作がアイデンティティの物語だと理解していたのに、そう解釈することを避けた。解釈したくなかった。

アイデンティティ、血筋、親子の問題。

それは彼女自身の問題でもあった。彼女が避けてきた、触れたくない、彼女のロジカルな部分が受け入れがたいテーマだった。

だから、無意識のうちに避けた。忠実に脚色しているつもりで実は原作をねじ曲げて、違う物語にしてしまった。

そう認めるのはつらかったはずだ。

ショックだったはずだ。

そこで、改めて、自分の考える必然性、自分という存在の必然性について考えたんじゃないだろうか。

あの付箋は、仕事に対しても自分に対しても、いろんなものをひっくるめての「必然性？」だったんじゃないのか。

あいつはそう気付いた時に、深く絶望したのかもしれない。

そういうことってないか？

何か、ふとしたきっかけでひどく沈んでしまう時。自分でもどうすることもできないくらいに落ち込んでしまう時。

あいつのことだから、絶望する時も淡々としていたような気がする。

絶望する自分を、客観的に見守っていたような気がする。

発作的な、ふと暗い影が差したようなものだったのかもしれない。

ちょっとしたイレギュラーな行為。

それがあいつを向こう側にやってしまった。

たぶんそういうことだったんじゃないか。それが、あいつの死の真相だったんじゃないか。

しかしだな、こうしてみると、やっぱり、これもまた原作の「呪い」ということになるのかな？

結局、あいつも『夜果つるところ』の呪いの犠牲者ってことになるんだろうか。

分からん。


え？

あれ、ホントだ。

俺、泣いてるな。

なんじゃこりゃ、文字通り、涙、涙だな。

あいつが死んだ時、あまり実感がなかった。唐突にいなくなって、どう受け止めていいのかよく分からなかった。

すまん。

ティッシュありがとう。よくこんなもん持ち歩いてたな。おまえ、持ち物検査で、先生が誉めてくれただろ。

でもな、言っとくけどこれ、あいつのための涙じゃないぞ。

うん、今気付いた。

これ、俺のための涙だ。俺が、かわいそうな俺のために流す涙だ。

おい、笑うところじゃないぞ、ここ。

うん、だって、俺ってかわいそうじゃないか？

俺、すごーく傷ついてた。深く深く傷ついてたってことがよーく分かったんだ、たった今な。

まあ、あいつはああいう性格だし、何か行動を起こす時に、いちいち俺に断ったりするようなやつじゃなかった。何かする時、どういう心情だったかとか、言い残したりほのめかしたりしないやつだと、分かってたつもりだった。

だけど、傷ついてたんだ。

何も言い残してもらえなかったこと、ほのめかしすらもなかったたってことに。

パートナーだったのに。あいつの家族よりも家族だと思っていたのに。

傷ついてたんだ。

何よりも、あいつの「必然性」に俺が含まれていなかったことに。

俺に言い残す必然性、俺を一人にしない必然性、あいつはそれを感じなかったってことさ。俺が悲しむだろうということを、想像してくれなかった。残される俺のことを思ってくれなかった。

そのことに俺はずっと傷ついてた。

ホント、俺ってかわいそうだ。だからもうちょっと泣く。

悪い、どっかからコーヒー貰ってきてくれるか？

四十三、鈍色幻視行

海を見ていた。

見渡す限り何もない海、ただそこに広がっている海を。

空は薄い灰色で、陽射しは全くなかった。色彩もなく、濃淡もなく、のっぺりとした空が広がっていた。

水平線は、文字通りの水平な線だった。

自然の摂理に従い、愚直に、忠実に、ひたすら空と海を隔てていた。

そして、海は鈍色だった。

濁っていて、くすんでいて、巨大な質量を湛《たた》え世界を満たしていた。

無数の爪痕のような波が表面を覆っていて、果てることのないリズムで上下に揺れていた。その単調なリズムは、見つめる者の言葉をじわじわと奪っていくのだった。


海を見ていた。

海を見ていると、頭が空っぽになり、肉体もいつしか透明になって、海の表面に溶けて拡散していき、目だけの存在になったような気がした。

今ここで海を見ているのは誰なのだろう？　この目は誰のものだろう？

そんな疑問が、想念が、霧のようにふわふわと宙を漂っているようだった。

目だけの存在になった今、自分の声を忘れてしまった。

それなのに、海に出てから耳にしたたくさんの声が、波間から浮き上がり、重なりあい、近付いては遠ざかっていった。

声が聞こえるのと同時に、声の主のふとした表情も蘇った。

ゴメン。うまく言えないや。

Qちゃんがぱちぱちと大きく瞬きする度、長い睫毛がかすかにそよぐのに見とれたこと。

島崎四郎の抑えた興奮。

いつ、その可能性に気がつきました？

その妻、和歌子の苦笑じみた、ゴシップを打ち明ける昏《くら》い歓びとかすかな罪悪感の入り混じった表情。

姉妹のうちのどちらかが、角替監督の娘なんじゃないかって噂が、ね。

清水桂子の共犯者めいたまなざし。

あなたとあたし、どことなく共通点がありますわねえ。

角替監督が見ていたという、幼い母親の夢。

そう、監督の夢すらも、波間からぼんやりと浮かんできた。

カラカラとフィルムの回る音がする。ぎくしゃくとした人物の動き。

ひとりの青年が、小さな女の子の手を引いている。手を引かれるままに、無邪気についてくる娘。

手を引く青年を信頼しきっているのだ。

その青年は、どこか物憂げな笑みを浮かべて、女の子を見下ろしている。

二人は田舎の道を並んで歩いていく。行く手に、大きな川にかかる橋が見えてくる——

ゆうべ、またマンダレーに行った夢を見た。

燃える屋敷。燃える墜月荘。

波間に無数の燃えかすが舞う。

まだかすかに炎が残っていて、時折キラリと残光を発し、やがて消えていく。

真実はパレードで降ってくる金色の紙吹雪。

何かがあの場所に、「招聘」されていたとしか思えないんですよ。

進藤洋介の不思議そうな声。自分でそう話しながらも、信じていないような声だった。

招聘。

たぶん、芸術作品というのはすべてそういうものなのではないだろうか。スクリーンに、舞台に、ページの中に、何かを呼び寄せる。それぞれが設けた場所に、何かが降臨してくれるよう、ひたすら祈りを捧げ、雨乞いのごとく希《こいねが》うのだ。

遠い過去から、遥か未来まで、我々は常にひたすら希うことしかできない。自分の力でどうこうできるものではないものを、どこか遠いところにいる誰かが、気まぐれにもしくは哀れみを覚えて、時折ぽとりぽとり雫のように落として恵んでくれるのを待っているだけなのだ。

アンサーはあるのかな？

武井京太郎の艶やかな声。

人生の中に真実はないのさ。

真実があるのは、虚構の中だけだ。

ふとした笑みの中に、Qちゃんが言うように、若い頃の美しさが埋まっていた。ジェラール・フィリップ。永遠の美青年。

彼らは永遠に歳を取らない――

死んでしまった者は、その瞬間に時を止める。皆若いまま、若い姿のスナップだけを残す。生きている者は、彼らをどんどん追い抜いてゆく。

角替監督の最初の妻。

雅春の最初の妻。

彼女たちは歳を取らない。

そして、飯合梓も歳を取らない。

帽子をかぶった女、はしゃいでいる女、印象の定まらない女、あるいは男であったのかもしれない女。

にやにや薄笑いを浮かべた女が波間に漂っている。

熱病にかかったような目をして、ほくそ笑みながらこちらを窺っている。

もっともっと、あたしについて語ってちょうだい。

もっともっと、あたしに恋い焦がれてちょうだい。

その貪欲な表情に、焦れた憎悪が浮かぶ。

もっとくれって言ってるんだよ！　えっ？　分かんないのかよ！　それっぽっちじゃ、これまでのこっちの空白は埋まらないんだ。

飯合梓が叫ぶ。その目は血走り、唇からは粘ついた唾が飛ぶ。

俺たち、こんなにあの女について一生懸命喋っててていいのかなあ。あいつ、いかにも図に乗りそうでしょ？

話し声が重なりあう。こだまのように海のあちこちから聞こえてくる。

我々の声が、我々の情熱が、彼女の自尊心を肥《ふと》らせる。顔がぶよぶよと白く膨らみ、ぶくぶくと彼女は肥大してゆく。

巨大な帽子をかぶった巨大で醜悪な女が波間で嗤う。


人、それを呪いと呼ぶ。

それもまた、呪いなのだろうか？


真鍋綾実が怒っている。不意に怒りを爆発させる。綾実の憎悪の炎に照射されるのを感じる。

二人の結論。カードの城は作れない。

バラバラと崩れ落ちるカード。

ハート、スペード、クラブ、ダイヤ。赤と黒のカードが入り乱れ、波の上に散らばる。

愛していても愛されなかったこととか。

愛しているのと同時に同じくらい憎んでいることとか。

カードが波に浮かび、ゆらゆらと揺れて波間に消える。

遠ざかる香港の夜景。

みんなが手を振る。デッキに立っている人々の後ろ姿。

誰もが過去に向かって手を振る。

手を振り返してくれる人はいるのだろうか？

波間に、たくさんの腕が飛び出している。

その手は皆、大きく振られている。

さようなら。さようなら。ごきげんよう。お元気で。

手を振る彼らの上に、金色の紙吹雪が降り注ぐ。

ごらん、きれいだね。

ああ、そうだね。

さようなら。ごきげんよう。お元気で。

波が揺れる。肉体を失い、声を失った目だけがそれを見ている。

無数の爪痕のような波が上下する鈍色の海を。


海を見ていた。

灰色の海、退屈なのっぺりとした海を。

目だけになったような気がした。身体が透けて、海の表面に溶ける。

肉体を失い、目と思考のみが在る。

波間に、さまざまな情景が浮かぶ。

それは過去のもののようだ。

子供の頃のこと、かつて愛したもの、かつて持っていたもの、すっかり忘れていたもの。

それらが、ぼんやりと浮かんできては消えてゆく。

あんな感情があった。こんな感情もあった。

あんなふうに感じた。こんなふうにも思った。

他人事のような懐かしさが、かすかに蘇る。

しかし、今はあまりにも遠い。

それらはただ通り過ぎるのみ。

何も言わない。何も求めない。

子供の頃に飼っていた犬も、憧れていた近所の少女も、とうとう立ち枯れてしまった庭の桜の木も。

それらは無言のまま、波間に消えてゆく。

淡いイメージも見る間に薄れ、なくなってしまう。


こんなふうに、すべては通り過ぎてゆく。

こんなふうに、すべては去ってゆく。


色彩のない、時も光もない、ただたゆたうだけの波が続く、この鈍色の海の中へ。

四十四、フェアウエル・パーティ

「――で、もちろんやってくれるんだろうな？」

雅春が意味ありげな声で囁いたので、梢は怪訝な顔で振り向いた。

「何を？」

華やいだ喧噪。

船長主催の、フェアウエル・パーティは、乾杯の挨拶と共にどっとほどけて、そこここで気の置けない仲間同士、おしゃべりの花が咲いていた。

明日の午後には、横浜港に着く。

長かったような、短かったような――とんでもなく濃密な時間だったことは確かだ――この旅も、いよいよ終盤だった。

正装した人々の表情には、旅の終わりの安堵感と、疲労感と、名残惜しさと、淋しさとが微妙に入り混じっており（むろん、「やれやれ」「うんざり」「せいせいした」という本音も含まれている）、どことなく弛緩した解放感が全体を鈍い膜のように覆っている。

「ほら、アレだよ。『名探偵、皆を集めて〝さて〟といい』」

「何それ」

梢は噴き出した。それと同時に手にしたグラスが斜めになってシャンパンが零れそうになり、「おっと」と慌ててグラスをまっすぐにする。

「どこかで聞いた川柳なんだが。誰の作だったっけ」

「初めて聞いたわ」

「やっぱり最後は締めないとな。推理小説は大団円でなきゃ」

「あたしが名探偵役をやるっていうの？」

「そりゃそうだろ。このまんまお開きにするのはもったいないし、何かセレモニーをしなくちゃ」

梢は苦いものでも呑み込んだような表情になった。

「別に話したいことなんてないなあ」

「おまえの本だろうが。ご協力に感謝、くらいは言っておかないと」

「それはそうだけど」

「でも、何か考えたことがあるんじゃないのか」

雅春が真顔で尋ねるので、梢はちらりと彼の表情を確かめた。

「ないわけでもない。むしろ、あなたのほうが何か言いたいことがあるんじゃないの？」

雅春は肩をすくめた。

「ないわけでもない」

梢の言葉を繰り返す。梢もつられたように肩をすくめる。

「だけど、あたしが原稿を書くのはこれからだもの。まだテープ起こししてる段階だし、すべてを快刀乱麻を断つがごとく解決して大団円、というわけにはいかないわ。そもそも、解決すべき問題が何だったのか、何が謎だったのかも未だによく分かってないし」

「確かに。飯合梓の正体？　呪われた映画の謎？　人が見たら、ただの思い出話をしてるようにしか見えないだろうな」

ふと、梢は何かを思いついたように顔を上げた。

「だから、感想戦ってことでどうかしら」

雅春は一瞬黙り込み、しばし考えてからゆっくり頷いた。

「感想戦、ね。なるほど」

「そう。この二週間、飯合梓と『夜果つるところ』にどっぷり浸かってたわけよね。それこそ、いろんな説を戦わせたといってもいい。だから、どんな感想を持ったか、何を考えたか、皆さんに聞くってことでどう？」

「ふむ。そんなところで我慢しとこう」

「なんなら、雅春が仕切ってくれてもいいわよ。ホントはやりたいんでしょ、名探偵役」

雅春は目を泳がせた。

「うーん。どうだろう。いろいろ考えてたことはあったけど、実際のところ、おまえにいずみの話をしたら、俺、もうすっきりしちまったからなあ」

いずみの話。

静かな図書室。

最後のインタビュー。

あの時、雅春は、梢がコーヒーを持って戻ってきた時も、静かに涙を流し続けていた。放心していたといってもいい。

あんな無防備な夫を見るのは初めてで、梢は思わずしげしげとその姿を眺めてしまった。

途方に暮れた子供のようだ。

梢は、そんなことを考えながら彼の前にコーヒーカップを置き、腰を下ろした。

乗り物酔いがひどかったという幼年時代は、こんな表情をしていたのかもしれない。

梢は自分の分のコーヒーを飲みながら、雅春から何かが抜け落ちて、涙と共に流れだしていくのをじっと見ていた。

それは決して不愉快ではない時間だった。むしろ、言葉のいらない、とても充実したひとときだった。彼に対する愛おしさが自分の中にじわじわと込み上げてくることに、梢は奇妙な感動すら覚えていた。

抱きしめたい。

あの時、梢はそう思った。

この男を、私の夫を、力いっぱい抱きしめたい、と素直に思ったのだ。

「そうみたいね。あたし、誰かがカタルシスを感じてるとこの一部始終を目撃したのって初めてだったな」

「俺?」

「うん。何かが溶けて、流れ出していってたよ」

「実は俺も、おまえがじっと冷静に俺のこと見てるの意識してた。目撃されてて、ちょっと気持ちよかった」

「あら、そうなの」

「じゃあ、明日は俺たちのフェアウエル・パーティってことで。最初に集まったラウンジに十時集合でいいな」

二人は、込み合うパーティ会場を歩き回り、業務連絡をすることにした。

相変わらず、角替監督とその妻桂子は華やかなオーラを振りまきつつファンの中心にいたので、すぐに見つかった。

一緒にいた進藤洋介とその妻にも、明日の件を伝える。

誰もが和やかで、どこかホッとした表情をしていた。梢と雅春を見ると、皆一様に懐かしそうな表情になるのが面白かった。

意外だったのは、武井京太郎とQちゃんのコンビである。

最初の頃は、Qちゃんのアイドルばりの（やや異形感すらある）美貌と武井京太郎との組み合わせに圧倒されて、他のお客はどことなく遠巻きにしていたように思うが、今やどうだろう。

二人の周りを、角替監督夫妻にも劣らぬ数の男女が二重、三重に取り巻いているではないか。

Qちゃんが何か言うたびにどっと笑い声が上がり、どの目も孫でも見るような好意に溢れている。

そもそもが年寄り受けする子だったというのもあり、すっかり輪の中心はQちゃんになっている。

武井京太郎も、その様子を満足げにニヤニヤしながら眺めているのだった。

雅春が、武井京太郎の耳元に連絡事項を囁き、京太郎が大きく頷くのを見ながら、梢はそっと会場を見回した。

ふと、薄暗く沈んだような一角に目が留まる。

そこに、島崎夫妻と真鍋姉妹がいた。

壁の前に並んだ椅子に、四人が横並びで座って、何事か真剣に話し合っている。

唐突に、昔読んだ本の一節が頭に浮かんだ。

銀座の大きなクラブに勤めるボーイの視点から書かれた小説の一節。

本気でホステスを口説いている客の席は、そこだけ周りの席よりも暗く沈んで見える、という一節だった。

あれは本当だったんだ、と梢はなんだかおかしくなった。

雑談やパーティトークではない話題のようだ。

雅春に目で合図し、四人がいる席にちらりと視線を向けると、彼はすぐにやってきた。

二人で近付いていくと、島崎四郎が気付いて手を上げ、妻と共におなじみの懐かしげな笑みを浮かべる。

綾実の目に、かすかな動揺の色が浮かぶのが分かった。なるほど、彼女は妹の話通り、梢に暴言を放ったことを「反省している」らしい。

梢は綾実に向かって、ニッコリ笑うとしっかり頷いてみせた。「気にしていない」というサイン。あなたが反省していることは分かっている。決して嘘ではない笑みを浮かべられたと思う。

その証拠に、綾実もホッとしたような顔をして、ちょっと気弱な笑みで頷き返してきた。

詩織に目をやると、そのやりとりを見てとったのか、やはり小さく頷いて、サッと手を上げてみせる。

「やあやあやあ、皆さんお揃いで」

雅春が軽い口調で両手を広げてみせる。

「ひょっとして、ビジネスの話でもされてましたか?」

四人の顔を交互に見ると、四人は互いの顔を見て、つかのま逡巡したが、やがて詩織が口を開いた。

「何か、飯合梓で仕掛けられないかって話をしていたの。『夜果つるところ』が刊行されてから何十周年、みたいな」

「あたしたちによる漫画化を含めて、ね」

綾実が付け加えた。

「それこそ、ホントに角替監督が映画化でもしてくれれば、いいきっかけになるんですけどね」

島崎四郎が呟いた。

梢は、監督が『夜果つるところ』は映画化する時期を逸した、と話していたことを思い出した。舞台化のほうがいいかもしれない、とも言っていたっけ。

「あなたの本も一緒にできればいいわね」

詩織が静かに梢の顔を見た。

梢は、「そうですね」と中途半端な返事をするにとどめた。

あたしの本。本当に本にできるのだろうか。

この旅を？　飯合梓を？　『夜果つるところ』を？　このあたしが？

ぼんやりしていると、雅春の声が聞こえた。

「それじゃあ、明日、監督に改めて提案したらどうですか？　明日十時、最初に集まった最上階のラウンジで、俺たちのフェアウエル・パーティを開こうと思いますんで」

「あら、いいわね」

「明日は昼から飲んじゃおう」

「もう最後だしね」

華やいだ同意の声が上がる。

しばし雑談モードになり、梢は会話に加わると適当に相槌を打った。

しかし、頭の中では、やはりさっきの疑問がぐるぐると渦巻いている。

本当に、あたしが、書けるのだろうか？

「それでは、業務連絡も済んだことですし、明日また」

「お疲れ様」

「また明日ね」

雅春の後について、その場所を離れた。

「これで一通り連絡したな」

そう言ってそわそわするので、ニコチン切れだな、と気付く。

「俺、煙草吸ってくる」

「行ってらっしゃい」

梢は近くを通りかかったスタッフの持つお盆から、白ワインのグラスを受け取った。

そっとグラスに唇を付けながらも、やはり頭の中では同じ疑問についてずっと考え続けている。


パーティ会場を出ると、いかに人いきれに中てられていたかが分かる。

いきなり気温も数度下がったかのようで、雅春はちょっとだけ身震いした。

通い慣れた喫煙室への道。

それも明日までだと思うと名残惜しいような気がする。

先客がいた。

静かに佇むシルエット。

おや、と雅春は思った。

タムラ氏である。

そういえば、早朝以外にタムラ氏に会うのは初めてだ。

見違えたな、と思ったのは、タムラ氏が見事にタキシードを着こなしていたからだ。

タキシードは場数を踏んでいないと、なかなか着こなせない。着つけていないと、それこそ「借りてきた衣装」か、「七五三」みたいになってしまう。

しかし、タムラ氏はまさに「板についた」としか言いようのない着こなしだった。スマートで、品があって、そこはかとない色気まで身にまとっている。

瑪瑙《めのう》の素晴らしいカフリンクスが目に留まる。

おお、カッコいいな。ほんと、この人いったい何者なんだ。

雅春が入っていくと、タムラ氏も気付いてお互いに会釈した。

「その組み合わせってどうなんです？」

雅春は軽口を叩いた。

タムラ氏は、雅春の視線の先に気付いて、苦笑した。

右手にシャンパングラス。左手にハイライト。

「はっきりいって、まずい。お互いの味をきっちりだいなしにしてるな」

初めてタムラ氏の声を聞いた。

予想どおりの、渋くて、それでいてひょうひょうとした声だった。

雅春は「あはは」と笑い声を上げた。

タムラ氏の口調に、とぼけた諧謔《かいぎゃく》を感じ取ったからだ。

「明日はもう帰国ですね」

自分の煙草に火を点け、雅春は独り言のように呟いた。

「ああ」

タムラ氏は溜息のような声を出した。

「目にうるさい日常に戻るわけだ」

「目にうるさい？　耳にではなく？」

雅春は思わず聞き返した。

タムラ氏は窓の外に目をやり、かすかな笑みを浮かべた。

「海はいいな。あるのは空と水平線だけ」

窓の外は真っ暗だった。

何も見えない、真の闇。

が、タムラ氏の目は、闇の奥にある一点を見つめている。

「人工物が何も見えない。都会は、目にうるさすぎる。ありとあらゆる人工物と情報が、これでもかとばかりに目に飛び込んでくる」

「確かに」

雅春も窓の外に目をやる。

タムラ氏と彼自身の姿が、暗く窓ガラスに映っている。

「海はいい」

タムラ氏は、もう一度繰り返した。
二人は無言で、暗い窓の外を、そこにあるはずの海を、闇の底にある海を見ていた。

四十五、大団円、あるいは聖者の行進

「大団円」という言葉を私が初めて知ったのは、子供向けのミステリ小説でだったと思う。目次に章タイトルが並んでいて、だいたい最後の章のタイトルが「大団円」だった。なんだろう、これ。どう読むんだろう。どういう意味なんだろう。

何冊も読み、目次に何度もその単語を見ているうちに、なんとなく分かってきた。

長いお話の最後に、すべてが丸く収まったということ、無事お話が閉じたことを示す言葉。いわば、おとぎばなしの最後のフレーズ、「そしていつまでも幸せに暮らしましたとさ」と同じなのだ、と。

子供の頃に観ていた連続ドラマや、夢中になって読んでいた連載漫画の最終回もそうだった。それまでは波瀾万丈、問題山積だったのに、突然皆ものわかりがよくなり、パタパタと何もかも解決してめでたし、めでたし、というような。

つまりあれが「大団円」なのだ。

むろん、この世に大団円などない。「そしていつまでも幸せに暮らしましたとさ」と締めくくり、ぱたんと本を閉じてそこで終わりということもない。人生は続くし、日常生活に戻り、風呂掃除をしたり郵便局に行ったりしなければならない。

自分が書いている小説について「大団円」という言葉を意識したことはなかったし、書いている内容からいって、何もかも綺麗に解決するなどということは有り得なかった。むしろどこまで読者にカタルシスを与えるのか、あるいは与えないのかという匙加減についていつも悩む。

それでなくとも、今はお話をうまく終わらせるのが難しい時代である。

あまりにハッピーに終わらせればリアリティがないと言われ、思わせぶりに終わらせれば、ああ、続編の予定があるのね、と言われる。

投げ出すように終わらせれば、何か裏でトラブルがあったのかしら、と疑われ、広告とのタイアップの有り無し、版元の懐具合や作者の健康状態など、誰もが勝手に深読みをする。

古きよき時代の「大団円」、まぼろしの「大団円」。いわばほとんど死語となった、古臭い言葉である。

それでも、どこかでノスタルジックな「大団円」への憧れはある。

かつて物語に無邪気な信頼があった時代。王子と姫は結ばれ、悪者は退治され、国は栄え、民は万歳を叫ぶ。シャンシャンと鈴が鳴らされ、登場人物は笑顔で退場していく。

詩織の言葉ではないが、こちらも客席から笑って登場人物に手を振って見送ることができればどんなにいいだろう。

それでは、我々のこの物語は？

三たび、青い金魚鉢のようなこの部屋に集まってきた面々を眺める。

角替夫妻がいる。

監督は、ゆうべのフェアウエル・パーティほどではないものの、きちんとした格好でやってきていた。夫人もシックな江戸小紋の着物姿である。

他の面子《メンツ》も、どことなくよそいきの格好だった。

確かに、今日は我々のフェアウエル・パーティだ。

スーツを着てきてよかった、と自分の肩を見て、なんとなく埃を払う。

武井京太郎の車椅子を押して、Qちゃんがやってきた。今日も鮮やかな、朱色のシルクシャツ。

初めて二人を見た時は、本当にびっくりしたっけ。

今日も色違いの、お揃いのニットのアンサンブルで現れた真鍋姉妹。

いったいどのくらいの服をお揃いにしているのだろう。つまり、いつも一緒に買い物に行くのか、それとも行きつけのブティックに任せているのか。

島崎夫妻もスーツ姿だった。

職業のせいもあるのか、やはりこの二人はよく似ている。

進藤夫妻。

そういえば、結局、進藤洋介の妻は全く口を開かなかった。よく考えるとすごいことのような気がする。

不思議な人だ。影のように夫に付き従っているのだが、かといって不満そうにしているわけでも、退屈そうにしているわけでもない。

特に、今日は、いつもの無表情と比べてにこやかな気がする。

こうして見ると、実は(というのも失礼だが)顔立ちの整った、楚々とした綺麗な人だった。これまであまり笑顔を見なかったので、その美しさに気付かなかったのだ。

彼女は彼女なりに、この場にいることを楽しんでくれているのだと思いたかった。

こうして、このメンバーが集まることは二度とないのだろう。この二週間、互いの人生が交錯したことも、陸に戻ればすぐに忘れてしまうに違いない。

そう考えると不思議な心地になった。

初めてこの部屋に来たのは、二週間前。

たった二週間前、なのか、もう二週間も経ったのか、と言うべきか。

緊張しながらここに集まり、皆で話をしたのがもう大昔のことのように思える。

あのピリピリした感じ。

今にしてみれば、皆が互いの出方を窺い、腹を探り合っていた。

「帽子をかぶった女がいない？」と突然尋ねられた話を聞いて、いささかビビったり、部屋の隅に誰かがいるのではないかとそっと振り向いたことも懐かしい。

雅春が前日に頼んでおいたらしく、シャンパンのボトルはワインクーラーに入れられて簡単なオードブルと共に置かれていたし、ワインのボトルもスタンバイしていた。

もはや、席に着いた面々は誰もがリラックスしていて、互いを見る目にも同志めいた共感の色があり、どことなく同窓会めいた雰囲気が漂っている。

そう、これは同窓会なのだ。

そんなことを考える。

あるいは、サバイバーたちの集まりかもしれない。

「呪われたテキスト」及び「呪われた映画」を生き延びた、生存者たちの宴。

だからこそ、こんなにも、極限の感情を体験し共有した者たち特有の虚脱感が漂っているのだろう。

「はいはいはい、お疲れ様」

雅春が先に立って皆にグラスを渡し、シャンパンを注いで回っている。

そのまめまめしいホストぶりを見ていると、なんだかおかしくなった。

もうスッキリしたからいい、とは言っていたものの、やはり名探偵役をやりたいのだろう。そもそも、彼がこの旅、この企画の陰の立役者だったことは誰もが気付いているだろうから、彼がこの「同窓会」を仕切ることに不満はないに違いないのだ。

なんだっけ、「名探偵、皆を集めて『さて』といい」？　本当にそんな川柳があるのだろうか。

ふと、涙を流していた彼の姿が目に浮かんだ。

涙というのは不思議なものだ。

感情を発露する時、なぜ人は涙を流すのか。体内から流れ出す水分に、いったい何の意味があるというのか。

汗は体温を下げ、尿は身体から不要なものを排泄《はいせつ》する。

ならば、涙は何なのか。

雅春が談笑している。

その笑顔には、全く屈託も曇りもなく、いつもの磊落で気さくな彼がそこにいる。

なるほど、涙は脳の排泄物なのかもしれない。

そんなことを思いついた。

高ぶったり、嘆いたり、取り乱したりといった、イレギュラーな感情の乱れをならすために、過剰な感情を外に押し出す。

あの時雅春から「何かが流れ出している」と感じたのは、単なる比喩でなく、本当に余分な感情——わだかまりだったり、悲嘆だったり、不満だったり、怒りだったり、ずっと彼の中に凝っていたもの——が流れ出ていたのだ。

感情の発露。

それは私にとって非常に決まりが悪く、できれば避けたいものである。ましてや、人に見られたりしたら、苦痛と屈辱を感じるものでもある。

それでいて、雅春が見せた涙は苦痛ではなかったし、むしろホッとさせられた。どこか、私の代わりに——あるいは、私の分も何かを流してくれている、とすら感じてしまった。

いや、雅春だけではない。

不意にそう気付いた。

この旅の後半で、皆から個別に話を聞き、皆が「感情の吐露」をする度に、私は同じように感じていたのではなかったか。

綾実の怒りですらも、「私の代わりに」「私の分も」吐露してくれているとどこかで感じてはいなかったか。

そう思いついて、奇妙な爽快感を覚えていることに気付く。

彼らへのインタビューは、負担ではあったけれども、同時に私の吐き出せない何かを肩代わりしてくれていたのかもしれない。

私の顔を何気なく見た雅春が、びっくりしたような顔をした。

「どうした？」

「え？」

「なんだか驚いた顔をしてた」

「あたしが？」

「うん」

そう言われて、逆に驚く。

今の発見が、私にそんな表情をさせていたとは。

「さて！」

雅春がそう声を上げ、手を叩いたので、会話が止み、皆の視線が集まった。

「感想戦。いや、答え合わせかな。その時間です」

雅春は注目を集めているのを楽しむかのように、ニヤリと笑った。

やっぱりホントに「さて」って言うのね。

私は、内心噴き出したくなるのを必死に我慢していた。


「ねえ、答え合わせっつってもさー、そもそもこれ、どういう問題だったわけ？」

例によって、Qちゃんがあっけらかんとした声で口火を切ってくれた。

「飯合梓が生きてるか死んでるか？　それとも、映画の呪い？」

確かに、という表情が皆の顔に浮かぶ。

やはり彼はいつもいい仕事をしてくれる。

「ウン、『問い』の設定は大事だ。とっても大事。今のは、実に素晴らしい質問だ。しかも、この期に及んで、旅の最終日にだな、そういう根源的な質問が出てくるっていうのが素晴らしい」

雅春が苦笑いしつつ答えると、明るい笑い声が上がった。彼の苦笑いは、Qちゃんと同じようなことを考えていたせいだろう。

「人生自体がひとつの大きな『問い』みたいなもんさ」

武井京太郎がひょうひょうと呟く。

「おお、名言が出ましたね」

角替監督が笑う。

「何かが解決したかどうかはともかく、供養にはなったたな。お蔵入りした映画っていうのは、非常に切ないもんだし、後悔の塊みたいなもんだし、ずっとどこかで後ろ髪を引かれてるようなもんだ。長いこと引きずってたものを整理できて、僕はよかったな」

「逆に、残り火を掻き立てられたようなところもありますけどね」

進藤洋介がぼやいた。

「やっぱり、『夜果つるところ』を作りたかったし、今でも機会があれば作りたいという気にさせられましたよ」

「作るかい？」

角替監督が冗談めかして進藤の顔を見ると、一瞬、彼の目が光ったような気がした。

「やってみますか？」

監督の目にも同じく真剣な光が浮かんだ。が、すぐにその光が消え、首を振る。

「いや、あれはもう撮るべき時期を逸したと思うね。昭和のうちに撮るべきだった。昭和の顔が残っていた時代に」

ああ、と進藤の顔に同意の表情が浮かんだ。同時に、残念そうな表情も。

「むしろ、今なら舞台化するのがいいんじゃないかな。舞台のほうがあの虚構的設定が映える気がする」

「なるほど。舞台化ですか」

進藤は意表を衝かれたようで、しばし考えこみ、やがて顔を上げて監督を見た。

「面白いかもしれませんね。もし実現できたら、角替さんが演出してくれますか？」

「いいよ、やるよ」

二人の頭の中で、何かが動き出す気配があった。

「おお、いいねいいね。新たなプロジェクトの始まりだ。そうこなくっちゃ」と武井京太郎が愉快そうな顔になる。

「あら、あたしたちも漫画化プロジェクトを立ち上げようと思ってるんですよ」

綾実が身を乗り出した。

「本当に漫画化するの？」と詩織が冷ややかな視線を投げる。

「本気よ」

平然と綾実が詩織を振り返り、次に島崎四郎を見た。

「ねえ、ゆうべもお話ししましたけど、島崎さんのところでやらせてもらえません？」

「やるならやるで、原作のリバイバルと、舞台化とのタイアップで相乗効果が上がるようにしたいですね」

島崎四郎の頭の中で、算盤《そろばん》を弾く音が聞こえるようだった。

「リバイバルでブームになっちゃったりしたら、名乗り出てくるかもしれないねー、飯合梓」

Qちゃんが呟く。

「えー、飯合梓が生きてるってこと？」

綾実が目を丸くする。

Qちゃんは首を振る。

「生きてるっつーか、もはやどっちでもいいんだけど、なんか『自称』飯合梓って、いっぱいいそうじゃん？　先生が会った飯合梓自体、『自称』っぽかったしさ。私が飯合梓ですって言いたい奴が、けっこういそうな気がする」

「ああ、分かるわ」

詩織が大きく頷いた。

「成功には百人の母がいるが、失敗は孤児である、みたいな。何かが評判になると、あれにはあたしも関わってたのよ、とか、あれはあたしのおかげよ、って言い出す人が必ず出てくるもの」

詩織の口調にはしみじみしたものがあった。彼女の念頭にあるのは、自分の母親のことだろうか。

「四人も五人も名乗り出てきちゃったりしてね。それはそれで、飯合梓っぽくて面白いかもね」

島崎和歌子がくっくっとくぐもった笑い声を上げた。

「その場合、どうすれば本人だと証明できるのかしら？」

和歌子は雅春に目をやる。

「けっこう難しいと思うなあ」

雅春が腕組みをして考えこんだ。

「まずは、武井先生に首実検してもらうことになるのかな？」

「ふふっ。あたしがやりましょうか」

清水桂子が艶然と笑った。

雅春が目をぱちくりさせる。

「え？　やるって、何を？」

「飯合梓の役」

皆がきょとんとした。

桂子はぐるりと皆を見回す。

「舞台化されたあかつきには、あたしが飯合梓を名乗って出ましょう。四人も五人も飯合梓を演じたい人間が出てくるのなら、一人くらい本物の役者が入ってたっていいじゃないですか」

「ははあ。それもリバイバル・ブームの仕込みってことですね」

進藤洋介が頷いた。

ふふっ、ともう一度桂子は笑った。

「不思議な人ですね——飯合梓。芝居がかった女。薄っぺらい女。でも、作品は魅力的。あたし、今ひとつ飯合梓という人が理解できませんでしたし、実のところそんなに興味があるわけでもありませんでした。でも、今頃になって、興味が出てきたというか、やってみたいな、と思ったんです」

シャンパンをひと口飲んで、彼女は続ける。

「考えてみると、薄っぺらい人物って、これまでやったことがなかったな、と思って。どちらかというと、普段はいかに人間的な深みを出すか、というほうに心を砕いているので、逆に薄っぺらい役のほうが難しい気がしますね。屈折した自己顕示欲とか、一見軽佻浮薄《けいちょうふはく》な感じなのに、それでいて作品の持つ底知れない暗さとか、そういうものを併せ持つ人物をどうすれば表現できるのかな、なんて考えてしまいますね」

「ふうん。君が飯合梓を、ね」

角替監督が興味深そうな目付きになった。

「それも面白いかもしれないね。そうだ、『夜果つるところ』の舞台化には、飯合梓も登場させればいい。劇中劇として『夜果つるところ』が演じられ、フレームアウトしたところでは飯合梓の執筆過程やら、いなくなるまでの経緯やらを君が演じる。それが今の時代の『夜果つるところ』なのかも」

監督の頭の中には、舞台の上の桂子が見えているようだった。

私も想像する。

桂子が大きな帽子をかぶり、気取った口調で武井京太郎や島崎四郎と向かいあっているところを。きっと桂子は飯合梓になりきるだろう。厚化粧をしてしなをつくる、薄っぺらいおしゃべりな女を演じ切ることだろう。大袈裟な身振り手振り。思わせぶりな上目遣い。観ている者をいらつかせる、どこかがずれた女を。

「それは観たいですねえ」

進藤洋介がうっとりした表情になった。彼の頭の中にも、演じる桂子の姿がくっきりと浮かんでいるに違いない。

「面白そう。そうね、劇中劇にすれば、『夜果つるところ』の虚構性がうまくはまるかもしれないわね」

綾実が頷く。彼女は彼女で、劇の構成を思い浮かべているのだろう。飯合梓が登場するプロットやその台詞も考えているのかもしれない。

「えーっ、俺はやだー」

Qちゃんがすっとんきょうな声を上げた。

「天下の名優清水桂子に、あんなヘンな女やってほしくないなー」

「あら、天下の名優だなんて。過分なおほめの言葉、ありがとう」

桂子がからかうように頭を下げた。

「だーかーらー、あんまり持ち上げると、アイツ寄ってきそうだから、やめようよ」

Qちゃんがぶんぶんと首を振る。

「全く、意外に臆病だな、おまえは」

武井京太郎が「ふん」と鼻を鳴らした。

「だってー」

ふと、Qちゃんが青い顔をしていることに気付く。

「先生も見たでしょ、ゆうべ」

「あれはただの乗客だろ」

こそこそと二人で囁きあう。

「見たって、何を見たんだ？」

雅春が尋ねる。

Qちゃんは一瞬ためらったが、キッと大きな目を見開いて答えた。

「——帽子かぶった、薄気味悪い女だよ」


「何、それ」

みんなの顔がさっと青ざめたような気がした。

一瞬、最初の座談会の日に戻ったように感じ、眩暈を覚えた。ぐるりと時計の針が逆転し、初めてここで顔を合わせた日に戻ってしまったのではないか。もしかして、我々は永遠にこの船の中で、同じ旅程を繰り返し、いつまでも飯合梓の話を続けていくのではないか——そんな錯覚すら感じた。

「どこで見たの？」

低い声で詩織が尋ねる。

「鏡の中」

「えっ」

そう聞いた時のほうがゾッとした。

鏡の中。

人は古代から鏡に魔力を感じてきた。すべてをあべこべに映し出すもの。そっくりではあるが、決して同じではないものを見せるもの。

「やだー、どこの鏡よ」

島崎和歌子が慌てた声、それでいてどこかはしゃぐような声を出した。恐らく、彼女も「鏡の中」という言葉に恐怖を感じ、騒いでごまかそうとしているのだろう。

「レストランに行く途中の角に鏡あるじゃん。あそこ」

「ああ、あそこね」

皆がその場所を思い浮かべているのが分かった。

フェアウエル・パーティの会場にもなったレストランの隣は、広いラウンジにもなっている。そのラウンジに沿った壁の角が斜めに切ってあり、大きな鏡が掛かっているのだ。

「俺らの部屋のあるフロアからエレベーターで降りて、ラウンジに向かう廊下を歩いてると、正面にあの鏡が見えるんだよね。で、壁が斜めになってるから、ラウンジの隅が鏡に映るんだよ」

Qちゃんが掌を斜めにして、すっと下げる。

「で、あの鏡にラウンジの隅に立ってる、帽子かぶった女が映りこんでたの」

「じゃあ、パーティに行く途中に見たのね」

綾実が確認する。

「そう」

「どんな帽子かぶってた？」

島崎四郎が尋ねる。

「えーと、白っぽい、つばの広いやつ。柔らかそうな素材で、コサージュかなんか飾りが付いてた」

白っぽいつばの広い帽子。

ふと、雅春と目が合った。

たぶん、彼も私と同じく、ピアノの島で見た帽子姿の女のことを思い出しているのだろう。あれはどんな帽子だったか？　今聞いたようなものだったろうか？

既に記憶はおぼろげで、揺れている古いレースのカーテンしか目に浮かばない。

「俺と先生、同時に気付いて、思わず立ち止まっちゃった。あー、こわっ」

Qちゃんは、その時のことを思い出して改めて気味が悪くなったのか、ぶるっ、と身体を震わせた。

「先生もご覧になったんですよね。どう思われました？　前にホテルで会った飯合梓と似てましたか？」

角替監督に聞かれ、武井京太郎は肩をすくめた。

「見たのはほんの一瞬だったからなあ」

Qちゃんは頷く。

「そう、あっ、あそこに帽子かぶった女がいる、って思ったら、そいつ、スッと動いて鏡の映る範囲から出ていっちゃったの」

「ふうん。じゃあ、パーティ会場のほうに向かったってことだね?」

「たぶん。でも、俺、あの時、あいつと目が合ったんだよね。俺からあいつが見えたってことは、あいつからも俺が見えたってことじゃん。すごく遠くだったけど、ばちって視線がかちあったんだ」

Qちゃんは、肌寒さが消えないらしく、自分の腕をさすった。

「俺、すげえ目がいいから――でも、ヘンなんだ。確かに目は合ったんだけど、あいつ、目がなかった」

「どういう意味?」

詩織が眉をひそめる。

「カラッポなんだよ。目の部分に穴が開いてるみたいでさ」

またしても、ゾッとする。

「ひえっ、ヤバッ、こいつ、目のところ、カラッポだよって思ったよ」

「やだやだ、怖いじゃない、やめてよ」

島崎和歌子が悲鳴を上げる。

「ふうん、そういうことだったのか。あん時、おまえが固まってたのは」

京太郎がのんびりとQちゃんの顔を見た。

「だから説明したじゃん、先生、ヤバイのがいるよって」

「で、そのあとは?」

雅春が続きを促す。

Qちゃんは気を取り直したように背筋を伸ばした。

「俺、しばらく、動けなくってさ。もしかしたら、他にもあの女に気付いて、ヘンな人がいるって悲鳴でも上がるんじゃないかと思ってたら、何も起きないし、なんともない。それで、パーティ会場まで行ってみると、中をひととおり歩き回ってみたんだけど、どこにもそいつは見当たらなかったんだ」

「帽子を脱いだのかもしれないわ」

「それはないんじゃない？　パーティにファッションとして帽子をかぶってきた女が、わざわざ脱ぐってことはないと思うけどね」

綾実と詩織がボソボソと囁きあう。

「きっと、誰かの上に乗っかって出てきたんだよ」

Qちゃんは忌々しげに言った。

「乗客の誰か、自己主張の強くない、人の影響を受けやすい普通の人に、あいつがこれ幸いと憑依みたいな何かをして、出てきちゃったんだ。だから、あんまし噂しちゃダメなんだよ」

「ああ、なるほどね。ホントは赤の他人なんだけど、よりしろとして作用しちゃうわけか。で、見る人が見れば、そこに飯合梓の姿が見える、と」

綾実が大きく頷いた。

「ふうん。成仏してないんですねえ」

進藤がのんびりと呟いたので、皆が注目する。

「成仏？」

「生きてるかもしれないのに？」

複数の声に、進藤はゆっくり首を振った。

「そうですね、もしかすると生きてるのかもしれない。だけど、『夜果つるところ』の作者としての彼女はもう死んでる。だってそうでしょ、あれ以降一作も書いてないんだから。私が言ってるのは、作品としての『夜果つるところ』と、『夜果つるところ』の作者としての彼女が成仏してないってことです。だから、やっぱり何かしら作らなきゃダメなんですよ、我々は」

その諦観めいた口ぶりには、なぜか誰もが納得させられるものがあった。

「舞台化と漫画化。これで名誉回復はできるんじゃないかな」

監督がおどけた調子で言う。

「名誉回復――」

雅春がぼんやりと繰り返し、ふと、真顔になって監督を見た。

「名誉回復って、なんの名誉回復ですか？」

その顔があまりに真剣だったので、監督は一瞬戸惑いの表情を見せたが、すぐに笑みを浮かべた。

「彼女と彼女の作品が忘れられていたことについて。あるいは、ずっと『呪われた作品』というキャッチフレーズがつきまとっていたことについての名誉回復だよ。今度こそビジュアル化が為されれば、そのどちらについても払拭することが出来るだろう？」

「ああ、なるほど」

雅春は、やはり真顔で頷き、じっと考える表情になった。

「何を考えてるんだ、雅春？」

監督の目はかすかな不安を覗かせていた。

監督の不安は私が感じている不安でもあった。雅春のこの表情には、何か見る者の不安をかき立てるものがある。

皆に注目されているのに、彼はそれを気にする様子もなく、もう少しのあいだ、無言で考え込んでいた。

「うん」

唐突に雅春は小さく頷くと、やっと顔を上げた。

「俺も、してやんなきゃならないのかもしれない」

「何を？」

監督が身を乗り出す。

「名誉回復」

「誰の？」

今度は綾実が身を乗り出した。

「いずみの」

その名前が出たとたん、今度は皆が動揺し、一斉に引いたのを感じた——むろん、私も含めて。

ああ、やっぱりみんな、避けていた名前だったんだ。

そんなことを改めて思った。

タブーであったその名前を口にした本人は、澄んだ目をしてどこか宙の一点を見つめている。

「俺は、『夜果つるところ』を映画化するのにふさわしい脚本家だと自負していたいずみが、結局自分ではその職務を果たせないと絶望して、それで自殺したんだと思ってました」

彼は、ちらりと私を見て、かすかに頷いた。

図書室で彼がした話を思い出せ、という意味なのだろう。

そして、彼は再び宙に目をやった。

「だけど、もしかすると、そうじゃないのかもしれない」


「――そうじゃないのなら、理由はなんなの？」

冷めた声で尋ねたのは詩織だった。

凍りついたようになっていた一同にホッとしたような空気が漂い、動きが戻ってくる。もちろん、私も含めて。

「あと、余計な疑問かもしれないけど、なんで今そんなことを思いついたの？　何かきっかけがあったわけ？」

詩織は重ねて尋ねた。

そう、それは私も疑問に思った。

なぜ、今？　角替監督の言葉のどれかのせいだろうか？　監督は今さっきなんと言っただろう？

ふと、詩織がその疑問を抱いたのは、彼女に対するインタビューの時に、私が「なぜレストランに入ってきた時に驚いた顔をしたのか」という質問をしたからではないかという気がした。アガサ・クリスティーの『鏡は横にひび割れて』の一場面のように。

「いやあ」

雅春は頭を掻いた。

「たぶん、監督の『名誉回復』という言葉にだと思うんだけど――ううん、違うな、それよりもずっと前――うん、『供養』だな。そっちに反応したんだと思う」

供養。

皆の頭にその言葉が浮かぶのが分かった。

「考えてみると、俺、あいつの供養をしたことがなかったな、って思ったんだ。あ、もちろん坊主とあいつの実家とで法要はしてるよ。いずみとも俺ともどうにも噛みあわないあいつの家族と。一周忌、三回忌、エトセトラ。だけど、供養はしていなかった」

雅春は思い出したようにシャンパンを飲んだ。

そのグラスが空になったのを見て、ワインクーラーの近くにいた角替監督が無言でシャンパンを注いでくれる。

「ありがとうございます」

雅春は会釈した。

「だから、供養しなくちゃって。だったら、供養ってなんだろう。そう思ってたところに、監督の『名誉回復』って言葉が聞こえてきて反応した」

「なるほど、分かったわ。じゃあ、『そうじゃない』ほうの理由を聞かせて」

詩織が静かに促した。

「まあ、まだ頭ん中でまとめてる最中なので、先にどうして今言った理由を思いつくに至ったかというところから説明します」

雅春はそう前置きをして、先日私に語った話をもう少しコンパクトにまとめて説明した。

いずみがいかにおのれの「必然性」を重視していたか。残された「必然性？」の付箋。

彼女の書いた脚本が、なぜ結果として原作を歪める物語になってしまったか。

それが、自分の家族との関係に由来していることに気付いた彼女が、どれほど自分を責めることになるか。

その整然とした説明を聞いているうちに、私は奇妙な感覚に襲われた。

死者は、もう一人いたのだ。

そう、我々はずっと、我々が話題にしている死者は飯合梓だけだと思っていた。むろん、過去の事故や事件による多くの死者が存在していたのだが、話題の中心はずっと飯合梓だった。旅のあいだ、感じていたのは彼女の影だけだった。

しかし、実は死者はもう一人いた――顔も知らない謎の女流作家ではなく、我々のほとんどが知っているし、半数が接したことのある死者が。

突然、いずみの存在が、不在の彼女の存在が、その場にむくむくと急速に膨らんでいくような気がした。

彼女の影が、あの冷静な目が、そこここに遍在している。

そうか。こんなにも大きかったのか。

一瞬、あの目に呑み込まれたような錯覚に陥り、私は身震いしていた。

誰も気付いていなかったが、かくも冷徹な死者が、最初からずっとここにいて、我々を見ていたのだ。

「ふうん。すごく説得力があるわね」

綾実が何度も頷いていた。

「必然性――なんだか淋しい言葉ね」

ふと、彼女の顔にも幼い少女のような、儚《はかな》げな表情が浮かんだ。その思いがけない無防備な顔に胸を衝かれる。

「うん、僕も納得したよ。それが正解のように思える。今の説から『名誉回復』をすると、いったいどういうことになるんだ？」

角替監督が首をかしげた。

雅春は小さく笑った。

「いや、これがホントに『名誉回復』になるのかどうかは自信がありません。ただ、そういう解釈もできるな、と思いついただけで」

皆が自分の言葉の続きを待っていることに気付いたのか、雅春は再びシャンパンで唇を湿してから、しばし沈黙し、それから話し始めた。

「いずみが、意識してか無意識にか原作を捻じ曲げて、脚色してしまった。そのことに気付いて、彼女は絶望した。そこまでは同じです」

まだ考えをまとめているのか、しばし宙を見て、また口を開く。

「ただ、それは絶望だけだったのかな、と思いつきました」

自分の必然性を否定する仕事をしてしまった、という絶望。

「なんだろう——確かに、彼女は自分にがっかりしたんだろうけれど、もしかしたら、彼女がずっと否定してきた、封じ込んできた、おのれの人間臭さみたいなものをついに認めた、という可能性はないのだろうか」

いつのまにか、雅春は裁判の弁論のような口調になっていた。

その目はひたと遠くを見据えていて、今の彼はどこかの法廷にいるのではないか、とすら感じた。

そして、被告人席には彼女が座っている。

あの冷静な、落ち着き払ったまなざしで、弁護する雅春を見つめている。

「常に完璧主義。常にスケジュール通りに仕事を進める。自分が必要とされる、自分にしかできない仕事をする。彼女は自分の人生をも、スケジュール通りに進めることに誇りを持っていたように思います。しかし、その彼女ですら、おのれの中の葛藤を無視することはできなかった。『夜果つるところ』のテキストを忠実に脚色することを、その葛藤が妨げていた。そのことはたぶんショックだったでしょう。自分で自分を否定したように感じたでしょう。けれど、もしかすると――あくまでも、これは私の希望的観測であることは認めます――もしかすると、いっぽうで、そのことに、ほんの少しでも救いを感じていた部分もあったのではないか」

被告人席の彼女の表情は変わらない。

微動だにせず、弁護人を見つめている。

「これまで必死にやってきたし、完璧に自分をコントロールできていると思っていたけれど、やっぱり自分も人の子なのだ、と。家族に対するモヤモヤした言葉にできない思いや、理屈では割り切れない感情、どうしても理解しあえない虚しさ、抑えこんでも抑えこんでもこみあげてくるどす黒い衝動。この歳になっても、それはいかんともしがたく、自分の行動に影響を与えている。彼女はそう気付いたのではないか」

今や、我々は、法廷の傍聴人だった。

法廷は水を打ったように静まり返っている。

「もしかしたら、彼女は初めてそのことを認めたのではないかと思います。恐らくは、自分の――淋しさについても」

「淋しさ」と口にする前に、かすかにためらった彼の口調から、私はあの時の彼を思い出した。

うん、だって、俺ってかわいそうじゃないか？

ホント、俺ってかわいそうだ。

ようやく、自分が傷ついていることを、自分がかわいそうだと認めた彼。

その彼は、今いずみにもそう認めることを迫っている。

「彼女は、自分に自分の淋しさを認めることを許したのです。その瞬間、彼女の顔に浮かんでいたのは、ほとんどは絶望だったかもしれません。しかし、もしかすると――もしかすると、そこには、苦笑めいたものが含まれていたかもしれません」

私は、ハッとした。

被告人席に座っていたいずみの表情が、かすかにほころんだからだ。

それはごく僅かな変化だった。

しかし、私には見えた――微苦笑。

初めてみる、彼女の表情だった。

「その苦笑は、彼女の心境に何をもたらしたでありましょうか。私には、分かるような気がします。彼女は、これまでの人生を振り返ったでしょう。これまで、彼女が自分で自分をがんじがらめにしてきた、『必然性』の世界を、自分の歩いてきた道に見たでしょう。そして、気付いたはずです――もう、あそこには戻れない、と」

いずみの微苦笑は、もはやはっきりとした苦笑になっていた。

そして、徐々に「苦」の部分が抜け、穏やかな微笑へと変化してゆく。

「彼女は思った。自分はもうあの『必然性』の世界へは戻れない。そして、そのことを後悔はしない。彼女は付箋を残した。『必然性？　それって、いったいナンボのものなの？』と。それが彼女のメッセージだった。そして、彼女はもはや振り返ることなく、自分が戻る気のない、その世界にきっぱりと別れを告げたのであります」

被告人席のいずみが、スッと立ち上がるのが見えた。

かすかな笑みを浮かべたまま、静かに退廷してゆく。

判決も聞かず。

弁護人に礼も言わず。

我々傍聴人は、彼女が退廷していくのを、無言で見守っていた。

バタン、と法廷の扉が閉まる音が聞こえたように思ったのは、私だけではないだろう。


「――供養になったんじゃないの？」

そうボソリと呟いたのは、角替監督だった。

「名誉回復にもね」

そう続けたのは詩織である。

ええ、きっとそうだと思います。

私も心の中でそう同意した。

間違いない。私は、いずみの微笑を見たのだから。たぶん、私以外の人たちも、そして雅春その人も、彼女の笑みと退廷を見ていたに違いないのだから。

「そうかな？」

雅春の声にも、疑問形ではあったが、納得している響きがあった。

「ふうん、雅春ってそんなふうに弁護するのね」

綾実が感心したような声を出した。

雅春は照れたような顔をした。

「まあ、大体のところは。ただ、今のはかなり叙情的だった。実際は、もうちょっとビジネスライクな感じだ」

「叙情的、ね。確かに。いいわねえ、あたしたちもそんなふうに弁護してもらいたかったわ」

綾実は詩織の顔を見た。詩織も無言で綾実を見返す。

あたしたち。似ていない姉妹。複雑な姉妹。傷ついている姉妹。

「いったい何を弁護するんだ？」

雅春が眉をひそめた。

すると、綾実が鼻白んだ表情で口を尖らせる。

「あら、分かってるでしょ。うちの母から、そして世間から、守ってもらいたかった。いわれなき非難を受けてきたあたしたちの名誉を、ぜひとも回復してもらいたいわ」

「いわれなき非難、ねえ。確かにそういう部分はあったかもしれないけど」

雅春の口ぶりは歯切れが悪い。

「あったわよ。特に、あの人に嫌な思いをさせられた人はいっぱいいたわ。角替監督だって」

綾実は頑《かたく》なな目をして、角替監督の方を向いた。

皆がギョッとしたように身体を強張らせ、綾実と詩織、そして角替監督に目をやる。

まさか、綾実が角替監督に向かって、自分たちの母親が監督と関係を持って綾実か詩織を産んだ、という噂を持ち出すとは。

誰もが気まずい表情になったのを見て、この場にいるほぼ全員がそのゴシップのことを知っていることに気付いた。

「迷惑だったでしょう？」

綾実は監督をキッと睨みつける。「そんなことはない」とは言わせないわよ、という表情である。

監督は無言で小さく肩をすくめた。

皆が注視する中、彼は全く感情を読み取らせない。

「いいんですよ、遠慮していただかなくても」

綾実は更に言いつのる。

監督は苦笑し、その表情のまま「あのね」と口を開く。

綾実は、この場でどうしても監督に彼女の母親についてコメントさせたいのだ。自分がコメントするまで彼女はあきらめない、と監督は腹をくくったのだろう。

「いろいろ噂があったのは事実だよ」

ふ、と溜息をつく。

「だけど、この商売、話題になってナンボ、というところがあるからね。君らのお母さんだけじゃなく、他にもあることないこと、さんざん言われてきたよ。それはもう、数え切れないくらい。全部は覚えていられないほどだ。いったい僕は何人いるんだろうと思うくらい、あちこちで浮名を流していることになっていたっけ。正直、いちいち気にしていたらやっていられなかった」

「そうそう、監督はなにしろ美青年で才能があって、モテたからね。モテもしなければ、才能もない連中のやっかみってのは実に恐ろしいもんだぜ」

武井京太郎がニヤニヤしながら口を挟んだ。

「お嬢さんがた、自分らのお母ちゃんが監督に迷惑を掛けられるほどのタマだったって自慢したいのは分かるよ」

「自慢だなんて」

綾実がムッとするのが分かった。顔がサッと朱に染まる。

「いやいや、気を悪くしたんなら謝るよ」

京太郎は拝む仕草をした。

「でもね、それくらい、自分と監督は特別な関係なんだって言いたい連中は山ほどいたんだ。だからさ、許してやんなよ」

「許す？」

反応したのは詩織だった。

「許すですって？　なんであたしたちがあの人を許してあげなきゃならないの？」

抑えた声だけに、余計に積年の怒りが感じられた。

彼女の凍りついたような青ざめた顔は、顔を赤くして怒りをこらえている綾実とは対照的である。

「うーん。俺も今弁護してあげたいのは、むしろ君らのお母さんのほうなんだよね」

雅春が静かに言った。

同時に綾実と詩織が彼を睨みつけたので、さすがの雅春もその無言の非難にかすかにたじろいだ。

「いったい何を弁護するっていうの？　子供たちをスポイルして世迷《よま》いごとを吹き込んだ挙句、子供たちの邪魔しかしてこなかったあの人の何を？」

綾実の剣幕は凄まじかった。

怒りが彼女の周りに紅蓮《ぐれん》の炎のようにめらめらしているのが見えそうなほどだ。

「――だからさ」

雅春は両手を広げてみせる。

「だからさって、何が『だからさ』よ」

綾実の語気の強さを冷ますかのように、雅春は静かに続けた。

「そんなことしかできないくらい、みじめな人だったからさ」

雅春はじっと二人の顔を見る。

綾実と詩織が絶句するのが分かった。

つかのまの沈黙。

「確かに、ひどい母親だったかもしれない。狭量な、自己愛しかない人だったかもしれない。だけど、君らは生き延びた。生き残った。しかも、ひとかどの人物になった。クリエイターとして、名を揚げた。君らは母親に勝った。そうだろ？」

二人は同じ目をして黙り込む。

「君らだってとっくに分かってるはずだ。自分たちの母親がかわいそうな人だって」

雅春は低い声で呟いた。

「むろん、恨む気持ちや消せない怒りは分かる。さっきの俺の話、聞いてただろ？　俺は、ずーっとみじめだったぞ。遺書も残さず、なんの兆候も見せず、いきなり妻に自殺されちゃった夫だもんな」

自嘲気味に小さく笑う。

「俺もさっきまでは同じだった。自分のことばかり憐れんでいて、いずみのことを恨んでいた。自分のことがかわいそうだと思っていた」

そこで、雅春はちらっと私の顔を見た。

「あ、今もやっぱり自分のことがかわいそうだとは思ってるけどね」

私は頷いてみせた。

そう思っていても構わない。そう認めた彼に尊敬の念を抱いているのだから。

私の気持ちが伝わったらしく、彼もまたほんの少しだけ頷いて、姉妹のほうに向き直った。

「それに、俺は、ちょっとだけ君らの母親の気持ちが分かる」

雅春は、膝の上で両手の指を組んだ。

「優れたクリエイターに憧れる気持ち。自分もそうなりたかった人の気持ち。なぜスポットライトを浴びているのが自分じゃないのかと妬んだり、優れたクリエイターのそばにいて、その人のオーラを見てるだけの自分が嫌だ、と思う気持ちが」

私はどきっとした。

雅春のその言葉が、私にも向けられていると感じたからだ。

まさか、と思った。

うぬぼれているわけではない。

正直なところ、これまで私は一度も彼が私のことを羨んでいると感じたことはなかったし、自分が一流のクリエイターであるとか、ましてやいずみよりも優れていると思ったことはこれっぽっちもない。

彼が作家に対するリスペクトを持っている人なのは理解していたけれども、その中に自分が含まれているとは思えなかったのだ。

だが、これは思い過ごしではないという確信があった。

本当に、私に対しても彼はそんな気持ちを持っていたのだろうか？

私はなんともいえない複雑な気分になった。自分でも思いがけないくらい動揺していたのだ。

「君らは分からないだろ？　そういうの」

「あら、分かるわよ。この世界、仰ぎ見るような天才や先達がいーっぱいいるんだから。あたしたちだって、叩き上げで苦労してきたのよ」

綾実がつんと顎を上げた。

ようやく怒りが収まってきたらしく、表情が柔らかくなった。

雅春がニヤリと笑う。

「努力できるのも才能だってことも、知ってるよな？」

「もちろんよ」

「だから、俺がお母さんを弁護したくなるのも分かってくれるよな」

「うーん、まあね」

そう答えた詩織も、目元の硬さがほぐれてきた。

二人の和やかな表情に安堵しつつも、私はまだおのれの動揺が収まらないことを強く感じ続けていた。


俺は、不思議な高揚感に包まれていた。

身体が軽くなっていくようだった。本当に、すうっと全身が浮かび上がるような感覚があったのだ。いささかオカルトめいていて、口に出すのも憚られるが、まさにいずみが「成仏した」と思えた。なんということだ。つまり、これまでずっと、いずみは俺の肩の辺りにでも取り憑いていたのだろうか？

こんなことを言ったらあいつは笑うだろう。

なあに、それ。非科学的ね。あたしはそんなことしやしないわよ。あなたの思い込みなんじゃないの？

苦笑しつつそう言うあいつの顔を見たような気がした。でも、その笑顔は悪くなかった。冷笑ではなく、その目に明るさを感じたのだ。

そう、単なる自己満足なのだろう。うまいこと自分を説得し、宥めたのだろう。だが、かわいそうな俺は、ほんの少し救われた。自分がかわいそうだということに気付けただけでももうけもんだったのに、その上ちょっとでも慰められたのだから、相当にめでたいことではないか。

常日頃から、すっきりとした勝利とか、八方丸く収まる円満な解決などというものが世の中にめったにないことを思い知らされている。

ささやかな勝利、不条理な敗北、かろうじてマイナスにならない程度のわずかな利益、双方の不満を呑み込んでの痛みわけ。そういう、スカッとしない結末がこの世のほとんどを占めている。モヤモヤしたり、割り切れなかったり、納得できなかったり。不満の熾火《おきび》はそこここで昏くくすぶっている。蒸し返したところでしょうがないと、済んだことは忘れることにしているが、それでもたまに抑え切れない怒りが、何かの拍子に噴き出してくることもある。

だから、これは俺にとっては、かなりの勝利だ。

俺は、その勝利を真鍋姉妹にも分けてやりたかった。二人が囚われている怒りと悲しみから、ほんの少しでも解放してやりたかったのだ。まあ、俺の個人的高揚感のなせる行為で、余計なお世話かもしれないが。

梢が、そういった俺の心の動きを逐一正確に把握してくれていることも感じていた。

それもまた、どこか誇らしく、今の俺の満足感に繋がっていた。梢は分かってくれている。それがどんなに心強いことか、今更だが依頼人の気持ちが理解できたような気がした。

些かロマンに浸っていたところに、突如、無遠慮な声がかぶさる。

「ねえねえ、確かに俺も今、話聞いてていずみさんが成仏したと思ったよ。ちょっと感動しちゃった。でもさ、飯合梓はどうやったら成仏するのさ？」

むろん、それはQちゃんの声である。

「あいつ、名誉回復だけじゃ満足しないよ？」

「そして呪いは続く、と」

武井京太郎が歌うように呟いた。

「いいんじゃないですか、続いても。そのほうが飯合梓も本望でしょう。おのれの呪縛が未来永劫続いていたほうが」

進藤洋介が、達観したような顔で言う。

「今、雅春は、どうしていずみさんの供養ができたと思った？」

不意に、角替監督が、俺に真顔で尋ねた。

「どうしてって——」

急な質問に面喰らう。

ドウシテイズミヲクヨウデキタカ。

が、すぐに答えが浮かんだ。

「理解した、と思えたからじゃないですかね」

「理解した」

監督が繰り返す。

「うん。あいつのことが理解できた。そう感じたから、気が楽になった。そういうことだと思います」

みんなの背筋が少しばかり伸びるのが分かった。

「うーん」と綾実が唸る。

「理解できるかしらね、あたしたちに。恐らく、ここにいるのって、日本でいちばん飯合梓に詳しい人たちのはずよ？　そのあたしたちがこれだけ話し合ったのに、未だに理解できたとは思えない」

その顔は、珍しく自信がなさそうだ。

「理解していなくても愛することはできますよ。その逆もしかり、ですけど」

清水桂子が呟く。

皆が彼女に注目した。桂子の目は、どこか遠いところを見ている。

「どっちが幸せなんでしょうね」

詩織が桂子に控えめに声を掛けた。

桂子は遠いところを見たまま、声を出さずに笑った。

「どうでしょうね。本当は、両者が一致していればいちばんいいんでしょうけど、往々にしてそうはいかない。理解の度合いと愛の度合いに差があったりする。でも、あたしが思うに、愛されていても理解されていなければ、ひどく孤独を感じます。恐らくは、その逆よりも」

「そうかもしれないね」

監督が低く同意した。

つかのま沈黙が降りる。桂子の言葉は、監督に向けたものだったのだろうか？　誰もがそんなことを考えたに違いない。ならば、監督の返事は？

二人はいつものようにポーカーフェイスのままだったので、口を挟むことは憚られた。

完璧なセット。完璧な商品。

俺は二人を眺めていてそんなことを思った。

口に出さなければ分からない。それは正しい。俺の商売も、言葉にしてナンボだ。

だが、そういう商売だからこそ、映画を観ていると、口に出しても仕方がない、としばしば思わされる。

口に出さない多くのもの、多くの時間が人と人との関係を作る。ましてや、赤の他人どうしの夫婦ともなれば、どれだけの言葉にできない感情が二人のあいだに湛えられていることか。

夫婦というのは、ダムみたいなものだ。二人で協力してダムを囲い、せっせと中に水をため、定期的に水を落としてそのエネルギーで発電する。ダムを維持しながら得られた電力で子供を育てたり、社会活動を行ったりするわけだ。大雨が降ったら溢れないように水を放流しなければならないし、逆に干上がりそうになれば水の消費を節約しなければならない。二人の協力態勢は、常に微妙なバランスで成り立っている。互いの信頼にヒビが入れば、いつダムが決壊しても不思議ではない。だから、常にそれなりにたっぷりした水を、同じ水位に保っておかなければならない。闇雲に水を放流しさえすればいい、というわけではないのだ。

俺は、監督と桂子のあいだに湛えられた深い水を思った。豊かではあるが、どろりとして底の見えない、深い水を。

俺といずみのダムは隔てられていたのかもしれない。同じダムでも、あいだに大きな仕切りがあって、それぞれのダムにせっせと水をためていたけれど、相手がどんなタイミングで水を放流していたのか、どのくらいの水がためられていたのかを互いに知らなかったのだ。いずみのダムは強固な造りだったはずなのに、実はずいぶん前から水が漏れていた。じわじわと浸み出し、いつしか水は目減りしていて、そのことに気付いたいずみは最後にすべての水を放流することを選んだのだ。

それでは、俺と梢のダムは？

ふと、不安になった。

俺と梢は、一緒に同じダムを囲んでいるのだろうか？　水はどのくらい湛えられているのだろう？

その疑問が湧いたのと同時に、声がした。

「——詩織さん」

詩織が動揺したような顔をした。

いや、詩織だけでなく、なんとなく皆がぎくっとするのが分かった。俺も含めて。

今の声には、どことなくこれまでの会話とは異なる響きがあったのだ。

そして、その声は梢のものだった。

梢がとても静かに、詩織の顔を見ている。

「はい？」

詩織が不思議そうに梢を見た。

「私が詩織さんにインタビューした時に聞いた話を、ここでしてもいいですか？」

梢はひどく冷静な声でそう尋ねた。

詩織は戸惑ったように首をかしげた。

「どの話？」

「飯合梓のペンネームとジェンダーについて、詩織さんが感じたことです」

梢は詩織に目で訴え、左右に首を振った。

「プライベートな話の部分じゃありません」

詩織は納得したらしく、「ああ」と頷いた。

「ええ、構いません」

「ありがとうございます」

梢は小さく頭を下げ、顔を上げて皆を見回した。

「ちょっと、私の意見をお話ししてもいいですか？」

彼女は落ち着いた目で、皆の注目を平然と受け止めていたが、ちらっと島崎四郎のほうを見て、はにかんだような笑みを浮かべた。

「島崎さんには、少しお話ししたんですけど」

「あなた、あの話、ここで言っちゃうの？」

島崎四郎が苦笑しつつ、梢に声を掛けた。梢も苦笑しつつ頷き返す。

「はい。皆さんがどう思うか、意見を聞いてみたいなと思って。私も、飯合梓を理解したいとずっと思っていたし」

「もったいないような気もするけど、確かに、僕も皆さんの反応は見たい」

俺は、初めて見る女のように、ぽかんと梢を見ていた。

皆も同じだ。彼らも、落ち着き払った彼女に、意外そうな顔で注目している。

名探偵、皆を集めて「さて」といい。

てっきり、探偵は俺だと思っていた。今日の主役を張るのは、きっと俺になるだろうと。実際、いずみを「理解した」ことで、名探偵の役目を果たした。そう思っていた。

でも、そうじゃない、という声がどこかで聞こえた。

ひょっとして、名探偵は彼女なのだろうか。


この時の私の心情は、後から振り返ってみても、すこぶる不思議なものだったと思う。決して、前もって準備していたわけではないし、むしろ雅春が私に対してどんな感情を抱いているのか、と動揺していたところだったのに、なぜかどこからかおもむろに別の自分が現れて、唐突に発言をしていた、という印象なのだ。

いや、自分では「準備していたわけではない」と思っていたが、もしかすると、ずっと準備していたのかもしれない。皆の話を聞き、『夜果つるところ』を読み返し、それぞれにインタビューをしているあいだも、寄港先で観光をしているあいだも。

いつのまにか、私はこんなふうに話し始めていた——


私は、皆さんに『夜果つるところ』や飯合梓にどういう印象を持っているか、お聞きしました。それでいろいろ興味深いお話を聞かせていただきました。

『夜果つるところ』については、母恋いものである、アイデンティティ探しの物語である、報われない愛の話である、愛の不毛である、そういう意見がありました。どれも、なるほどと思わされるものでした。

そして、飯合梓に関しては、皆さん、戸惑っておられたように感じました。どうにも印象が定まらない、ころころと印象が変わる——

それは、私も同じでした。旅の前半に皆さんが語り合うのを聞いて、なんて不思議な人なんだろう、と思いました。

私、皆さんに個別のインタビューをする前に、『夜果つるところ』を読み返してみたんです。

ええ、この船の中で。

これもまた不思議なものですね。皆さんのお話を聞いてから改めて本を読んでみたら、なんだかいろいろなことに違和感を覚えました。

私がうっすらと考えたことを、島崎さんにお話ししたのは、島崎さんだけが、飯合梓の担当編集者をご存じだったからです。はい、行方不明になったという、『夜果つるところ』の単行本を作った担当者です。

島崎さんとお話しした時は、まだ自分の考えがきちんとまとまっていたわけではなかったんですが、インタビューを進めていって、最後のほうで詩織さんと話をした時に、詩織さんも私と似たようなことを感じていたことが分かりました。詩織さんの説明を聞いて、ああ、そうだったんだ、私もどこかでそう感じていたんだ、と思いました。

詩織さんは、ペンネームの話をしてくださいました。

物書きがペンネームを付ける時に——ペンネームを名乗る時に、無意識のうちに、自分が滲み出る、というお話でした。

それは分かるような気がします。自分とかけ離れた名前を付けたつもりでも、どこかで自分の正体についての手がかりを残している、というような。

ペンネームの付け方というのはいろいろです。自分の好きな小説の登場人物の名前からもらった。母親の旧姓からとった。アナグラムや洒落から作った。あやかりたい芸能人や有名人から名付けた。それぞれ、由来を聞くのは面白いものですよね。

私の場合は、性別が分からない、どちらとも取れる名前をペンネームにしました。私が好んで書いている小説が、比較的「男性的」と言われそうなタイプのものだったので、女性と特定できる名前でないほうがよいだろう、という判断でした。

ある意味、私も性を偽っている、性別を隠しているといってよいかもしれません。

詩織さんも、ペンネームには、何か隠しきれないものが顕れる、とおっしゃっていました。彼女が感じていたというのはこうです――

飯合梓という名前には、女性の格好をしているが、男性の顔が付いている、と。

飯合という苗字は「メシア」、つまり救世主、イエス・キリストというイメージがあるし、梓は女性の名前ではあるけれども、「弓」を連想させるし、「梓弓」は「張る」「引く」などの枕詞ですから、どこか攻撃的で男性的な言葉でもある。

つまり、女性を名乗りつつも、本来は男性である、ということを示しているのではないか、というご指摘です。

実際、『夜果つるところ』もそういうお話ですよね？

小さな男の子が、生命の危険から身を守るために、女の子として育てられる。幼い彼は、自分が何かを偽っていることを自覚しているんだけれども、それがなんなのかは説明できない。しかも、三人の母親がいて、彼女たちに対する感情も複雑で、引き裂かれている。どちらも主人公のアイデンティティのゆらぎの原因になっていて、常に不安とストレスを感じている。

小説を書いていて、よく聞かれる質問があります。映画監督や、漫画家や、お話を作る人は、必ず聞かれる質問なんじゃないでしょうか。

登場人物にモデルはいるのか？

主人公は作者自身の投影なのか？

皆さん、頷いてらっしゃいますね？

私の場合はというと、いつもモデルはいません。私自身を投影しているか、と聞かれたら、どの登場人物にもちょっとずつ、私の一部が入っている、と答えます。私自身の経験を基に人物を作るのですから、どの人物にも私の経験や一面が影響しているのは当然でしょう。人はいろいろな面を持っていますから、ある一面を少し強調してやって、登場人物を作り上げる。

で、『夜果つるところ』の場合、私は、この主人公に、著者が自分自身を見ている、という印象を受けるんです。それも、かなり強く。この作者は、主人公におのれを投影している、と感じる。だとすれば、ペンネームである飯合梓と、『夜果つるところ』の主人公は、二重写しになっているのではないか。男性であるけれども、女性性をまとっている、というところも同じなのではないだろうか。

そう考えたんです。

ならば、『夜果つるところ』が出現する前後で、この作品の周辺で、消えた男性がいるのではないか。

そんなことを考えました。

そうしたら、その条件に当てはまる人が一人いました——そう、『夜果つるところ』の単行本を担当したという編集者です。

もしかすると、その編集者――緋沼さんとおっしゃるそうです――が、飯合梓というペンネームを付けて、女性作家として『夜果つるところ』を書いたのではないか。

『夜果つるところ』はふたつの作品が基になっていて、それが組み合わされてひとつの作品になったというのは分かっています。

私が思うに、その基の作品を書いたのはM・Aというイニシアルの女性だったのではないでしょうか。しかし、その作品を残して、もう亡くなってしまった。そこで、その作品にほれ込んだ編集者が、あとを継いだ。彼はとても優秀な編集者だったそうですから、彼の優秀な「編集」能力を活かし、新たな作品を作り上げたのです。

実際、彼はトランスジェンダーだったのかもしれません。これを機に、飯合梓として生きていくことにしたのではないでしょうか。

島崎さんに会った時の彼が、女装していたのか、それとも性転換の手術をしていたのかどうかは分かりません。でも、常に帽子をかぶり、帽子の印象を前面に押し出していたのは、彼を知る人たちに見破られないように用心していたからではないか。

コロコロ印象が変わったのも、彼自身、飯合梓のキャラクターを作っている途中だったせいではないか、と考えられます。

突然編集部を訪ねてきたり、「飯合梓は二人いる」と口にしたり、と不可解な行動を取ったのも、ある時はM・A、ある時は緋沼、またある時は飯合梓、とおのれのアイデンティティがまだ確立できていなかったからではないでしょうか。『夜果つるところ』の主人公が三人の母を持ち、そのあいだで揺れていたように。

しかし、飯合梓として生きることを選んだけれども、やはり彼には『夜果つるところ』以上のものを書くことはできなかった。「編集」はできても、その後のオリジナルは生みだせなかったのです。

さぞかし、彼は焦っていたでしょう。二人いるけど、本当は私の作品なんです、と主張したのは嘘ではなかった。確かに、飯合梓は二人いたのです——基の小説を書いた亡き女性と、亡き女性の書いたものの完成度を上げて、新たな作品を作り出した男性と。

彼が、その後どんなふうに生きたのかはよく分かりません。もしかすると、またどこかで編集者として仕事をしていたかもしれませんね。ライター業をしていたのかも。しかし、ついに他の作品が書かれることはなかった。

『夜果つるところ』の最後のシーン。

大人になったビイちゃんが、医者に向かって告白をします。

彼は、毎晩のように墜月荘の夢を見る、と言います。彼は、「今も私の夜は終わっていないような気がする」と打ち明けます。

夜が終わるあの場所で、莢子と落ち合う約束をしたのに、行けていないから、と彼は言います。

約束を果たしていないので、私の夜は一度も明けたことはない、と。

私はあそこに行かなければならない。だけど、いつか生きているうちにあの場所に行けるんだろうか。彼はそう漏らします。

そして、最後の一文が来る。

莢子が待っているあの場所、私の長い長い夜が終わる場所、いつも遠くに見えるだけで決して手の届かない、夜の汀《みぎわ》の果つるところに。

これは、そういう目で読むと、まるで二人の飯合梓と、二人が夢見た素晴らしい小説のことを指しているように思えます。

二人は合作で『夜果つるところ』を生みだしたけれど、その先はあるのか。飯合梓は、「いつも遠くに見えるだけで決して手の届かない」ところを目指していた。しかし、小説の最後で、それが絶対に手に入らないことを予期してしまっている。

著者と作品が、ここでもまた二重写しになっているのです。

それが、なんとも切なく、やるせない。

だからこそ、この作品は、奇跡的な合作であり、唯一無二のものになり、今も我々のような特定の読者を惹き付け、決して手の届かないところを目指す、クリエイターたちを惹き付け続けるのでしょうね。


不思議な沈黙だった。

誰も全く動かない。まるで置き物のように。あるいは、静止画のように。

そして、誰もが似たような表情をしていた。

私は見るともなしに皆を見回しながら、奇妙な感慨を覚えた。

皆が私に注目している。私は全員の視線を「感じて」いる。

この表情を、なんと説明すればよいのだろう。小説に書くとすれば、どのように描写すればよいのか。

興味。安堵。諦観。悲哀。虚脱。

あたしの仮説は、受け入れられたのか？

納得や満足、という表情は見受けられなかった。かといって、冷笑や批判、という表情もない。プラスでもマイナスでもない、ただ、フラットとしか言いようのない、静かな凪にも似た表情。感情の水面の高さが、皆、同じに思えた。個々の表情でありながら、感情が共有された、全体でひとつのものに見えた。

それこそ、映画の一場面のようだ。

カメラがあたしの位置から、ゆっくりと皆の顔を舐めるように撮りつつ横に移動していく。登場人物一人一人の表情の上を、視線が流れてゆく。

旅が終わったのだ。

不意にそう思った。

あたしたちの旅は終わった。

むろん、本当の終わりはまだ先だ。

数時間後には、船は港に着く。近付いてくる陸地、懐かしき日本の陸地を目にして安堵する。閉めるのに苦労した、パンパンに膨らんだスーツケースを運び出し、のろのろとロビーに集合する。列を作って順番に検温をし、パスポートにスタンプを押してもらう。

船のスタッフに笑顔で挨拶し、別れを惜しむ。地上に降り立ち、「まだ揺れているような気がする」と言いつつタクシーに乗り込む。師走の都心への道は、いつものように込んでいるだろう。都会の喧噪に包まれたとたん、たちまち普段の生活に引き戻される。

車の中で、雅春と二人それぞれ、慌しくあちこちメールしたり、電話したりする。悪い知らせや思いがけない知らせに驚いたり唸ったりしつつ、すっかり頭の中は仕事モードになっている。失われた二週間の辻褄合わせにあれやこれや頭をめぐらせながらも、ぐったりして自宅に辿り着く。

やれやれ、疲れた、やっと着いた、と言い合う。

荷ほどきもそこそこに、郵便局に留め置いてもらっていた郵便物を引き取りに行く。

「こんなにあるのか！」と、段ボールひと箱ぶんはくだらない、大量の郵便物にうんざりし、重さに辟易しつつ持ち帰る。

そう、それまでが旅だ。子供の頃さんざん言われたように、「おうちに着くまでが遠足」なのだから。

しかし、この時、私は確かに旅が終わった、と感じた。

たぶん、それは幻想なのだろう。自説を披露して満足してしまったのだと言われればそれまでのこと。単なる思い込みと言われても否定はしない。

大団円なのだ。

その言葉が浮かんだ。

これはあたしの「大団円」。恐らくは、あたしの中でだけの。

あたしにとって、『夜果つるところ』にまつわる物語は、今ぐるりとひと回りして、ひとまず閉じた。

他の人にとってどうなのかは分からない。『夜果つるところ』にまつわる物語は、語る人の数だけそれぞれ存在する。閉じていない人もいるだろう。閉じようのない人もいるだろう。閉じたいと願わない人だっているに違いない。

だが、構わない。結局、これはあたしの目から見た物語でしかないのだから。

ふと、離れたところから、陽気な音楽が流れてきた。

このメロディは、『聖者の行進』だ。弾むような足取りで近付いてくる、明るいディキシーランド・ジャズ。

誰かがやってくる。

一列に並んで、踊るようにおどけたステップを踏みつつ進んでくる。

ああ、死者たちだ。

突然、そう気付いた。

全く動かない、静止画のような我々の後ろを、『夜果つるところ』にまつわる物語を語る登場人物たちの周りを、音楽を奏でつつ死者たちがぐるぐると行進する。

懐かしい死者たち。

私は順番に、彼らの顔を眺める。

我々が語ってきた死者たち、我々の記憶の中の死者たち、記録の中でしか知らない死者たち。

むろん、先導役は飯合梓以外には務められない。トロンボーンのスライドをそれらしく動かしているが、今ひとつ音程が合わず、あまり楽器が得意でないことをうかがわせる。そのすぐ後ろにいるのは笹倉いずみだ。トランペットを手にした彼女は、技術的にはしっかりしているようである。完璧主義の彼女なら、それも当然だろう。

もっとも、相変わらず飯合梓の顔は大きな白い帽子に隠れて見えないし、いずみはかすかな皮肉めいた微苦笑を浮かべたまま。

二人だけではない。

おどけた顔で、太鼓を打ち鳴らし、チューバやサックスを抱えた人たちが続く。「呪われた映画」の製作過程で命を落としたスタッフや役者たちだ。

薄幸そうな顔の玉置礼子は、意外に生真面目な印象だった。表情に乏しいものの、彼女も静かに微笑んでいる。

共に命を落とした舞台俳優の男女は、イメージよりもずっと若かった。こんなに若かったのか、と胸を衝かれた。こんな若者たちが、一緒に死んでしまったなんて。あまりの痛ましさに不意に息苦しくなる。

彼らは永遠に歳をとらない。顔を見合わせ、ニコニコ笑っている。

そういえば、『聖者の行進』は、その陽気なメロディとは裏腹に、アメリカでは黒人のお葬式で演奏されていた曲だと聞いたことがある。

なるほど、死者たちは活き活きとしていた。

フラットな表情をした静止画のような「生者」たちより、よっぽど生命力に溢れ、鮮やかに見えた。

だとしたら、あなたたちのおかげね、と誰かが言ったような気がした。

あなたたちがえんえんと語り続けたおかげで、あなたたちがイメージしたおかげで、あたしたちもこうして実体化した。あなたたちの中で、あたしたちは確かに存在した。あたしたちはもう一度生まれて、もう一度生きた。

そうかもね、と私は頷いていた。

Qちゃんの言った通りになったわねえ、とQちゃんに目をやってみたが、彼は澄ました顔のまま無言だった。

あなたの危惧した通りだったじゃない？　あたしたちが噂ばかりしていたから、こうしてみんな現れたわよ。

誰かが、スン、と鼻を鳴らした。

陸地が近いみたい。土の匂いがする。

死者たちはつかのま演奏をやめ、ざわついて顔を見合わせた。

じゃあ、行かなくちゃ。陸の上では踊れないわ。

飯合梓が帽子をかぶり直し、いずみが肩をすくめる。

再び演奏が始まった。

明るいメロディ。弾むようなリズム。

ベースラインを奏でるチューバ。トロンボーンのスライドが勢いよく宙に突き出される。

トランペットがけたたましい高音を鳴らし、クラリネットがひらひらと舞う。

誰も振り向かない。

そうして、死者たちは現れた時と同じように、陽気な足取りで去っていった。ためらうことなく、未練を見せることもなく、一団となって、整然と行儀よく。

徐々に音楽が遠ざかってゆく。

メロディが小さくなり、チューバの刻むリズムだけが伝わってくる。

私は、彼らの姿が見えなくなるまで、じっとその背中を見送った。

円環が閉じるその瞬間を、呆《ほう》けたような顔で見届ける。

終章

日常という名の世界に戻ると、たちまち二週間の旅は非日常という名のイレギュラーなカテゴリーに押しやられてしまう。あの二週間もまた、そのさなかでは確かな日常であったというのに。慌しい生活に追われつつも、日常と旅との境界線はどこにあるのだろう、と頭の片隅でいつのまにかぼんやり考えていることに気付く。


今でも旅は続いている。

人生という名の旅だけでなく、あの二週間の旅も同様に、俺の中で並行してずっと続いているように思う。

あの旅の中で、俺たちはいつまでも語り続けることだろう。

答えのない、もはや確かめようのないものについて。あの本について。実現されなかったあの本の映画化について。

漫画化や舞台化が進んでいるのかどうかは分からない。もしかすると進んでいるのかもしれないし、そうでないのかもしれない。そもそも、旅のあいだのよくある集団幻想に盛り上がっただけで、誰もそんな気はなかったのかもしれない。あの旅を楽しむための、その場限りのただのリップサービスだったのかもしれない。

また会いましょう。ぜひ今度飲みましょう。

そう口にする時は、誰もが本気で約束する。少なくとも、その時は本気であると信じている。だが、同時に、この約束が果たされないであろうことも、既に心のどこかで知っているのだ。


今も、あの旅が不意に蘇る時がある。

町の雑踏の中、信号が変わり、横断歩道に一歩踏み出した瞬間に。

喫煙室で、煙草に火を点けた瞬間に。

冷たい雨の降る夜、カーテンを閉めようとして、暗い窓ガラスに映る、幽霊のようなモノクロの自分の顔と目を合わせた瞬間に。

金魚鉢のような青い部屋を。

タムラ氏の素晴らしい瑪瑙のカフリンクスを。

そして、鈍色に滲む、どこまでも重たげな水平線を。

ふと、我に返ると、自分が船の中のソファに腰掛け、巨大な海原に浮かんでいることに気が付くのだ。

この海原は、遠いあの夜に繫がっている。

誰も辿り着くことのできない夜、果たされることのない、儚い約束だけがある遥かな夜へと。

分かっていても、我々は旅を続ける。終わることのない旅を、必ず道半ばで中断することが運命づけられているそれぞれの旅を。

恐らく、目的地に至ることなどないと悟った時に、初めてその景色を目にすることができるのだろう。

我々の長い夜が終わる場所、誰もが遠くに仰ぎ見ながらも、決して手の届くことのない、我らの夜の汀が果つるところを。

初出　集英社WEB文芸「RENZABURO」
二〇〇七年一〇月〜二〇一二年三月
雑誌「すばる」
二〇一三年四〜一〇、一二月号
二〇一四年一、九、一一月号
二〇一五年三、七、九、一一月号
二〇一六年一、三、五、七、九、一一月号
二〇一七年一、五、七、九、一一月号
二〇一八年一、三、七、九、一一月号
二〇一九年三、五、七、九、一一月号
二〇二〇年一、三、五、七、九、一一月号
二〇二一年一、三、五、七、九、一一月号
二〇二二年一、三、五、七月号

単行本化にあたり、大幅に加筆・修正を行いました。

装丁　川名潤

恩田陸（おんだ・りく）

一九六四年生まれ、宮城県出身。九二年、日本ファンタジーノベル大賞の最終候補作に選出された『六番目の小夜子』でデビュー。二〇〇五年『夜のピクニック』で吉川英治文学新人賞と本屋大賞、〇六年『ユージニア』で日本推理作家協会賞長編及び連作短編集部門、〇七年『中庭の出来事』で山本周五郎賞、一七年『蜜蜂と遠雷』で直木三十五賞と本屋大賞を受賞。ミステリ、ホラー、SFなど、ジャンルを越えて多彩な執筆活動を展開する。他の著書に、『スキマワラシ』『灰の劇場』『薔薇のなかの蛇』『愚かな薔薇』『なんとかしなくちゃ。青雲編』など多数。

鈍色《にびいろ》幻《げん》視《し》行《こう》

二〇二三年五月三〇日　第一刷発行

著者　恩《おん》田《だ》陸《りく》
発行者　樋口尚也
発行所　株式会社集英社
〒一〇一-八〇五〇　東京都千代田区一ツ橋二-五-一〇
電話　〇三-三二三〇-六一〇〇（編集部）
〇三-三二三〇-六〇八〇（読者係）
〇三-三二三〇-六三九三（販売部）書店専用
印刷所　大日本印刷株式会社
製本所　加藤製本株式会社

©2023 Riku Onda, Printed in Japan

ISBN978-4-08-771430-2 C0093

定価はカバーに表示してあります。

造本には十分注意しておりますが、印刷・製本など製造上の不備がありましたら、お手数ですが小社「読者係」までご連絡下さい。古書店、フリマアプリ、オークションサイト等で入手されたものは対応いたしかねますのでご了承下さい。

本書の一部あるいは全部を無断で複写・複製することは、法律で認められた場合を除き、著作権の侵害となります。また、業者など、読者本人以外による本書のデジタル化は、いかなる場合でも一切認められませんのでご注意下さい。

集英社文庫　恩田陸の本

光の帝国　常野物語
ネバーランド
ねじの回転　FEBRUARY MOMENT（上・下）
蒲公英草紙《たんぽぽぞうし》　常野物語
エンド・ゲーム　常野物語
蛇行する川のほとり
スキマワラシ